Martin Meyer-Pyritz
Brandgefährlich I

Martin Meyer-Pyritz

Brandgefährlich I

Droste Verlag

Bibliografische Information Der Deutschen Bibliothek
Die Deutsche Bibliothek verzeichnet diese Publikation in der
Deutschen Nationalbibliografie; detaillierte bibliografische Daten
sind im Internet über http://dnb.ddb.de abrufbar.

2. Auflage 2006

Umschlag unter Verwendung von Fotos
der Fa. Excalor Hitzeschutz GmbH (Coverbild),
sowie des Autors
Satz: Fanslau Communication / EDV, Düsseldorf
Druck und Bindung: Clausen & Bosse, Leck
ISBN-3-7700-1171-6

www.drosteverlag.de

Inhalt

Vorwort 7

Der nasse Tod 11

Unter strenger Quarantäne 30

Insch-Allah – Kemal 52

Begegnungen 75

Ein Leben am »Seidenen Faden« 90

Private Veränderungen 105

Verschüttet 113

Brandgefährlich 121

Geburt einer Höhenrettungstruppe 154

Tödliche Streptokokken 161

Hochwasser und ein Haufen Geld 176

Schweine auf der A 59 191

Auf dem Feuerlöschboot 201

Die Bombe im Rhein 208

Der Erdwolf, Teil I 223

Gefährliche Begegnungen 270

Der Erdwolf, Teil II und ein verpasstes Mittagessen 286

Der Erdwolf, Teil III 332

Gefährliche Sturmnacht 334

Anhang 381

Vorwort

Eine geradezu erdrückende Informationsflut erreicht uns täglich über die Medien. Das Leid und die Not der ganzen Welt wird uns via Satellit oder Kabel ins Haus geliefert.

Dennoch haben wir die Chance, unser Leben harmonisch zu gestalten. Den hektischen »Zwängen«, die eine Großstadt produziert, kann man gerade hier mit vielen Möglichkeiten entgegenwirken: Ein Spaziergang durch die erholsame Natur, der Besuch eines der vielen Konzerte, Theaterstücke oder Museen, das Lesen eines guten Buches oder einfach die herzerfrischende Gesellschaft von Freunden bestimmen ebenfalls die Qualität unseres Lebens.

Als Leitender Branddirektor der Stadt Düsseldorf obliegt es mir und meinen Mitarbeitern, Ihnen, den Bürgern und Gästen unserer Stadt, ein Höchstmaß an Sicherheit für Ihr Leben, Ihre Arbeit und Ihre Freizeit zu gewährleisten.

Rund um die Uhr ist ein großer Teil der 785 Düsseldorfer Berufsfeuerwehrmänner an zehn Feuerwachen tagtäglich für diese Aufgabe in Alarmbereitschaft.

Unterstützt von hochmotivierten Freiwilligen Feuerwehren, von unverzichtbaren Hilfsorganisationen und hervorragenden Werksfeuerwehren führen wir ebenfalls den Rettungsdienst durch.

Oft weit über 100.000 Mal im Jahr rückt alleine die Berufsfeuerwehr Düsseldorf zu ihren vielfältigen Einsätzen aus!

Die Feuerwache Sechs, Hauptschauplatz des vorliegenden Buches, bewältigte im Jahr 1999 im Schnitt 22 Einsätze pro Tag.

Dieses Buch ist ein Roman, aber gleichzeitig viel mehr – es hat die Seele unserer Feuerwehr eingefangen.

Ich bin stolz und freue mich, dass einer unserer Feuerwehrmänner in Worte gefasst hat, was es bisher in dieser Art noch nicht zu lesen gab.

Sie, lieber Leser, erhalten einen realistischen Einblick in unsere oft gefährliche Arbeitswelt. Eine Welt, die den meisten Menschen wahrscheinlich unbekannt ist und von der doch so vieles abhängt.

Bitte bedenken Sie dabei: Was in Düsseldorf passiert, geschieht auch in anderen Städten – auf der ganzen Welt und zu jeder Zeit.

Gott sei Dank gibt es überall beherzte Feuerwehrmänner und -frauen, die sich mit Mut, Tatkraft und Idealismus diesen schweren und gefährlichen Herausforderungen stellen!

Wir können nicht alle schlimmen Ereignisse verhindern, aber wir bekämpfen ihre Auswirkungen mit ganzem Herzen und mit ganzer Kraft zum Wohle unserer Stadt und all derer, die darin leben.

Ihr Armin Harbort
Leitender Branddirektor der Landeshauptstadt Düsseldorf

Dass die Vögel
der Sorge und des
Kummers über
Deinem Haupte
fliegen, kannst Du
nicht ändern.
Aber dass sie
Nester in Deinem
Haar bauen,
das kannst Du
verhindern.

Chinesisches Sprichwort

Der nasse Tod

Seine Hand zitterte und ebenso zittrig war die Schrift, mit der er mühsam Worte zu Papier brachte, die ihm schwer auf der Seele lasteten. Wieder rann eine Träne über seine eingefallenen Wangen und tropfte auf die dicht beschriebenen Zeilen des aufgeschlagenen, alten, abgewetzten Notizbuches, das auf seinen Knien lag. Verzweiflung packte ihn über dieses weitere Missgeschick in seinem verkorksten Leben. Entnervt und gereizt warf er das dünne, in schwarzes Leder gebundene Büchlein auf den verdreckten Dielenboden. Die Worte, die er in sein unrasiertes Gesicht brummelte, klangen wirr und wahrscheinlich hätte sie niemand verstanden. Aber es befand sich sowieso kein Mensch bei ihm. Seit Tagen hauste er in dem leer stehenden Gartenschuppen, zu welchem er sich gewaltsam Zugang verschafft hatte. Unbeachtet von allen hatte er sich hier in diesem alten, verlassenen Schuppen verkrochen und wollte seinem traurigen Leben ein Ende bereiten.

Noch vor einem halben Jahr hatte er eine gut gehende Kanzlei gehabt. Dann, als Erika ihm eröffnete, dass sie ihn verlassen und zu dem jungen Anwalt ziehen würde, hatte er überheblich getönt.

»Was willst du? Zu Norbert?«, und mehr ungläubig als wütend lachend hinzugefügt:

»Du spinnst ja, der Mann ist, entschuldige bitte, viel zu jung für dich.«

Norbert, sein eigener Partner, es wollte ihm nicht in den Kopf. Er selbst war mittlerweile achtundfünfzig. Er hatte Erika vor mehr als siebzehn Jahren kennen gelernt und sich sofort in sie verliebt. Damals war sie gerade zwanzig Jahre alt, aber was bedeutete das schon. Er war ein Mann im besten Alter, sah gut aus, besaß eine Spitzenposition und Erika schien ihm die ideale Partnerin.

Drei Jahre später kam ihre Tochter Alexandra zur Welt. Er hatte sich immer einen Sohn gewünscht, einen Sohn, der einmal seine Kanzlei übernehmen sollte. Aber Erika konnte keine weiteren Kinder mehr bekommen. Irgendwie hatten sie sich seitdem auseinander gelebt. Davon unabhängig verlief seine Karriere weiter steil nach oben. Alexandra besuchte ein Schweizer Internat und seine Frau sammelte edle Pelze und teuren Schmuck.

Norbert trat der Sozietät als vierter Mitarbeiter vor fünf Jahren bei. Er war jung und sah verdammt gut aus, wie sich Hochheim insgeheim eingestehen musste. Aber nie im Traum wäre er darauf gekommen, dass seine Frau mit ihm ... Norbert, der ständig neue Liebschaften mit geradezu unverschämt jungen Frauen hatte.

Angeblich ging das schon über zwei Jahre so. Und jetzt reichte seine Frau die Scheidung ein. Hochheim griff zur Flasche. Nach außen konnte er noch eine gewisse Zeit den Schein aufrechterhalten, aber der Alkohol raubte ihm sehr rasch seine wirtschaftliche Existenz. Er fiel in ein tiefes Loch. Sicher, so gestand er sich ein, er hatte seine Frau vernachlässigt, hatte sie wohl auch seinen Frust über den versagten Sohn spüren lassen. Aber hatte er ihr nicht alles gegeben?

Jetzt war es zu spät, denn heute wusste er, dass er Erika nicht alles gegeben hatte. Und nun spürte er den Verlust von Liebe, Geborgenheit und Vertrauen schmerzlich am eigenen Leib. Jetzt war ihm klar, dass er selbst den Grundstein zu seinem heutigen Schicksal gelegt hatte.

Aber es war nicht mehr zu ändern! War es das wirklich? Immer wieder zweifelte er an seinem Entschluss, stürzte sich durch stundenlanges Grübeln in tiefe Depressionen. Nein, sein Entschluss stand fest, und er würde ihn heute in die Tat umsetzen. Zum x-ten Mal griff er das weggeworfene Notizbuch und versuchte, seine wirren Gedanken für die Nachwelt festzuhalten. Letztlich gab er frustriert auf, genauso frustriert, wie er sich selbst aufgegeben hatte.

In den vergangenen Monaten hatte er sich total vernachlässigt, geistig wie körperlich. Der ehemals elegante Kaschmirmantel schlotterte wie ein schmieriger, alter Lappen um seine abgemagerte, heruntergekommene Gestalt. Von Alkohol zerfressen, gaukelte sein

Gehirn ihm Wahnvorstellungen vor. Mühsam richtete er sich an der rauen Holzwand auf und steckte umständlich seinen goldenen Kugelschreiber und das ramponierte Notizbuch in die Brusttasche. Ein kurzer Blick zurück auf seine Unterkunft der letzten Tage, erbärmlich, es widerte ihn an, es ekelte ihn vor sich selbst. Dann zog er sorgsam die in ihren verrosteten Angeln quietschende Schuppentür hinter sich zu und marschierte los.

Er fröstelte, obwohl so richtig kalt war es schon nicht mehr. Im Gegenteil, die ersten warmen Sonnenstrahlen lockten Hunderte an diesem schönen Sonntagmorgen zu einem gemütlichen Spaziergang an das Benrather Schlossufer. Selbst der in den trüben Wintermonaten träge dahin fließende Rhein mit seinen vielen Schleppkähnen wirkte heute irgendwie frischer.

Es ist immer wieder wie ein Wunder. Die Natur schläft im Winter und nur ein bisschen Sonne ist nötig, um sie zu wecken. Die Sonne spendet den Menschen Lebenskraft und lockt sie heraus aus ihren Wohnungen und Häusern, um diesen Tag zu genießen.

Dieser sonnige Sonntagvormittag sollte jedoch nicht für alle ein schöner Tag werden. Als Gernot Hochheim den glitschigen, nassen Steg betrat, zählte er bereits zu dem Heer der Namenlosen, der Verzweifelten, die dem Leben entsagt hatten. Und nachdem er – sich selbst Mut machend – fast die ganze Flasche Cognac, es war die letzte von seiner Lieblingssorte, leer getrunken hatte, ging sein tränenverhangener Blick auf die in seinen Augen düsteren und bedrohlichen Wassermassen. Vor vielen Jahren hatte er hier Erika das erste Mal gesehen, hier bei einer Party auf einem der schönen weißen Ausflugsdampfer der Köln/Düsseldorfer. Der Kloß in seinem Hals verstärkte sich. Hier, wo alles begann, sollte es auch enden. Bitterkeit stieg in ihm auf, als er die Menschen oben auf der Uferpromenade sah. Verdammte, glückliche Menschen ... ich hasse sie. Er starrte wieder in die Fluten, sahen die nicht widerlich schmutzig braun aus? Dann schauderte es ihn, immerhin blickte er in sein eigenes Grab.

Ein letztes, verzweifeltes Hoffen. Diese Menschen, diese vielen Menschen, sie mussten ihn doch sehen, ihn, seine Not, sein Elend – und noch einmal streifte sein ängstliches Auge zu den im Sonnenlicht glücklichen Menschen, zu denen er nicht mehr gehörte.

Dann entdeckte er das kleine Mädchen, es lief an der Hand einer jungen Frau, vermutlich ihrer Mutter. Er sah sie und eine neue Tränenflut rann über sein aschfahles Gesicht. Wie meine Tochter, die ich nie wieder sehen werde. Der Gedanke wütete so grausam in seinem Innern, dass er heftig würgte und sich übergeben musste. Erschöpft blickte er wieder hoch, suchte mit den Augen verzweifelt dieses Kind, das ihn so sehr an seine eigene Tochter erinnerte. Völlig unverständlich spürte er große Erleichterung, als sein ängstliches Auge sie wieder entdeckte. Einer inneren Eingebung folgend, hob er die Hand und winkte.

Viele Spaziergänger sahen den weit entfernten Ausleger und ahnten nicht, dass der Mann, der auf ihm stand, seinem Leben ein Ende bereiten wollte.

Die junge Mutter mit ihrer kleinen Tochter an der Hand sah ihn ebenfalls.

»Mama, ich will auch dahin, wo der Mann ist. Darf ich?«

»Nein Ulrike«, kam die erschrockene Antwort der Mutter, »das ist viel zu gefährlich.«

»Och bitte, Mama!«

Die Mutter blickte besorgt zu ihrer Tochter herunter und deutete zu dem weit entfernten Steg. »Aber Kind, siehst du nicht, wie die Wellen dagegen schlagen. Das Wasser ist dort sehr tief und der Steg ist schmutzig und glatt, da fällst du ganz schnell ins kalte Wasser.«

Zur Bekräftigung ihrer Worte fasste sie die kleine, weiche Kinderhand noch etwas fester.

»Guck mal! Der Mann winkt«, rief Ulrike fröhlich und winkte mit ihrem freien Ärmchen zurück.

Gernot Hochheim registrierte die winkende Hand der kleinen Ulrike. Es war ein Zeichen, ein Signal – sein Signal, nur für ihn hatte sie ihre kleine Hand gehoben, ein letzter Gruß aus dieser scheidenden Welt. Er fühlte nichts mehr, als er sich mit den Füßen abstieß, den Bodenkontakt verlor und sich mit weit vornüber gebeugtem Oberkörper in die Tiefe fallen ließ. Kein Schrei, kein ängstliches Wimmern kam über seine Lippen, lautlos tauchte er ein, wurde von den eiskalten Fluten verschluckt.

Viele hatten den Vorgang in fassungslosem Staunen mit ange-
sehen. Auch Ulrike, sie blickte mit ihren großen Kinderaugen ungläubig auf die Wellen, auf den leeren Steg, dann kam ihre kindliche
Frage: »Mama, wo ist der Mann?«

Ihrer Mutter stockte vor Schreck der Atem und sie riss ihre
Tochter fest an sich. Der Schreck über das soeben Miterlebte raubte
ihr die Stimme. Auch die Umstehenden waren vor Entsetzen wie
gelähmt. Die junge Mutter blickte zu ihrem Kind herab, sie zitterte,
dann sah sie sich Hilfe suchend um und rief: »Tut doch endlich was!
Jemand muss die Polizei rufen! Der Mann ... der Mann ...«. Ihre
Stimme ging in ihren Tränen unter.

»Mama!«, weinte nun auch die Kleine und klammerte sich
ängstlich an den Mantel der Mutter.

Nachdem sich die Menschen von ihrem ersten Schreck erholt
hatten, wurden weitere Stimmen laut.

»Holt die Polizei!«

»Holt um Gottes willen die Feuerwehr!«

Einige liefen über die Straße, um von den gegenüberliegenden
Rheinterrassen zu telefonieren, andere eilten über den breiten Wiesenstreifen die Deichböschung herunter bis zu den dicken Basaltsteinen, die hier vom Wasser umspült wurden. Aufgeregt deuteten
sie zu der Gestalt, die immer wieder auftauchte, um dann erneut in
den tödlichen Fluten zu versinken. Der Mann war nicht weit vom
Ufer entfernt, aber keiner fühlte sich in der Lage, persönlich Hilfe zu
bringen. Noch war das Wasser eiskalt und der Strom äußerst gefährlich. Seine schnelle Strömung und tückischen Strudel hatten selbst
in Ufernähe schon viele Opfer gefordert.

»Ich bin froh, dass wir die Frau noch rechtzeitig ins Krankenhaus
fahren konnten«, erklärte Dr. Thomas Frankenhauser. »So ein
Hinterwandinfarkt ist eine äußerst kritische Sache.«

»Ich verstehe nur nicht, wieso unser EKG das nicht gezeigt hat?«

Thomas nickte und machte eine Geste des Bedauerns: »Dazu
benötigt man ein wesentlich besseres Gerät, mit unserem Notfall-
EKG sind wir dazu nicht in der Lage. Vielleicht wird man technisch
in ein paar Jahren so weit sein, handliche Geräte mit der Qualität
unserer stationären EKGs zu bauen.«

»Und die kann dann keiner bezahlen«, meinte Ralf.

»Na, das glaube ich nicht, der technische Fortschritt geht immer weiter. Überleg doch mal, wie wir angefangen haben und was wir jetzt schon alles mitführen.«

Ich gab ihm recht. Die Entwicklung hatte im Rettungsdienst eigentlich nie stillgestanden, und die Düsseldorfer Feuerwehr hat sich der fortschreitenden Medizintechnik nie verschlossen.

»Was ist denn jetzt, Jungs?« Thomas drängelte. »Seid ihr immer noch nicht mit euren ungesunden Glimmstängeln fertig?«

Ralf grinste: »Raucher sind gemütliche Menschen.«

»Und nicht so ungeduldig wie ihr Nichtraucher!« Die zweite Bemerkung, ausgesprochen von Jochen, galt mir.

»He, noch so'n Satz und ich zeig euch, wer hier der Boss ist.«

»Ha! Ist er nicht lieb! Unser kleiner Napoleon.« Jochen strich mir dabei wie einem kleinen Kind über die Haare.

Wir fuhren nun schon so lange zusammen, dass jeder die Eigenarten des anderen genau kannte und unser Geplänkel war nur ein Wortspiel. Niemals gab es zwischen uns Dreien ernsthaft Streit. Eine wie auch immer geartete Befehlshierarchie benötigten wir nicht. Unser Team zeichnete sich durch Kompetenz, Erfahrung und gute Zusammenarbeit aus. Die besten Voraussetzungen, um auch in schwierigen Einsätzen mit komplizierten Situationen souverän fertig zu werden. Und solche Einsätze – na ja, davon kann jede Großstadtwehr ein Lied singen.

Die Zigarette musste ich den beiden einfach gönnen, denn auf dem Wagen wird nicht geraucht. Ich hatte unser Team wie gewöhnlich über das rote Krankenhaustelefon frei gemeldet. Wir waren also jederzeit einsatzbereit; allerdings wollten wir lieber das unterbrochene Frühstück fortsetzen, als einen neuen Einsatz bekommen.

»Na los, sehen wir zu, dass wir auf die Wache kommen. Ich kann auch noch einen Happen vertragen.«

»Endlich«, stöhnte Thomas und stieg durch die geöffnete Seitentüre nach hinten in den Patientenraum. Vorne war nur für drei Personen Platz, deshalb blieben diese den Feuerwehrmännern vorbehalten.

Ralf steuerte den NAW über die schmale Einfahrtstraße des Krankenhauses auf die Urdenbacher Allee und dort erhielten wir schon einen neuen Einsatzauftrag:

»Einsatz für Florian 6-81-1, Benrather Schlossufer in Höhe Rheinterrassen – Person im Rhein!«

Jochen griff sofort nach dem Funkhörer und bestätigte:

»6-81-1 verstanden, Person im Rhein, Benrather Rheinterrassen.«

Ich hatte parallel dazu Einsatzort und Zeit auf dem Papier vor mir am Klemmbrett des Armaturenbrettes notiert. Ralf betätigte die beiden schwarzen Kippschalter nacheinander mit seiner rechten Hand. Sofort ertönte die Sirene, die uns freie Fahrt verschaffen sollte. Die Blaulichter zuckten auf dem Fahrzeugdach und signalisierten den anderen Verkehrsteilnehmern ebenfalls unsere höchste Priorität. Ralf trat aufs Gaspedal, beschleunigte den Notarztwagen.

Aus dem Lautsprecher meldete sich erneut die Leitstelle: »Zu Ihrer Information – Feuerwache Sechs ist alarmiert und das Löschboot ist zu Ihnen unterwegs. Geben Sie umgehend Rückmeldung!«

Jochen hatte den Hörer nicht zurück in die Halterung geklemmt, sondern presste ihn an sein Ohr, um keinen Funkspruch zu verpassen. Der Lärm unserer eingeschalteten Fahrzeugsirene ist im Wageninneren so fürchterlich laut, dass man sich nicht in normaler Lautstärke unterhalten kann.

Thomas zwängte seinen halben Oberkörper durch das Schiebefenster, das den Patientenraum mit der Fahrerkabine verbindet. »He, was ist denn los? Ich hab hier hinten wieder nichts verstehen können! Neuer Einsatz?«

»Ja«, rief ich und drehte mich halb um: »Person im Rhein! Schnall dich lieber an!«

Wir dachten alle dasselbe: *Wer hier in den Rhein springt, hat kaum eine Chance, besonders nicht in dieser Jahreszeit.*

Jahr für Jahr fordert der Fluss seine Opfer. Oft sind es Menschen, die sich in selbstmörderischer Absicht von einer der vielen Rheinbrücken stürzen, aber auch solche, die leichtsinnig ungesichert von ihren eigenen Schleppkähnen fallen. Ihre Überlebenschance ist sehr gering, allzu oft endet ein solches Geschehen tödlich und irgendwann treibt eine Leiche im Duisburger Hafen. Am schlimmsten treiben es die »Mutigen«, die aus irgendeiner Laune heraus anderen beweisen wollen, dass sie die Größten sind. Dann wird gewettet, und ein Unbelehrbarer versucht, den breiten Fluss schwimmend zu durchqueren. In der reißenden Strömung erwarten ihn dann gefährliche Strudel, die von einer oft in dichter Folge riesiger, neben- und hintereinander fahrender Schlepper ausgelöst, in hohen Wellenbergen jede Sicht und Orientierung verlieren lassen. Erschöpfung und Entkräftung lassen Panik aufkommen. Voller Entsetzen merkt der Betroffene zu spät, auf was er sich eingelassen hat. Das grausige Ende der Leichenbergung obliegt dann oft den Besatzungen der Feuerlöschboote und ihren Tauchern.

»Was meint ihr, ist der vom Boot gefallen?«

Ralf sah zu mir. »Wahrscheinlich, eine Brücke haben wir ja hier nicht.«

»Mann! Guck nach vorne!«, schrie Thomas, der schon wieder seinen Kopf durch das Schiebefenster streckte. Mit quietschenden Reifen raste der NAW durch die Benrather Schlosskurve, schlingerte leicht auf dem Kopfsteinpflaster.

»Keine Panik, Thomas, ich hab das voll im Griff!«, rief Ralf, und seine blitzenden Augen sahen den aufgeregten Dr. Frankenhauser im Rückspiegel an.

»Du sollst nach vorne sehen!«

Gerade berührten die Reifen die Bordsteinkante. »Wahnsinniger! Du bringst uns noch alle um!«

»Keine Übertreibung bitte!«

Abgebrühter Kerl, dachte ich und bewunderte ihn insgeheim wegen seiner Fahrkünste. Laut jedoch mischte ich mich in das Gespräch ein. »Der Doc hat recht, riskier nicht zu viel, wir wollen immerhin noch ankommen!«

Die Kurve wechselte in eine Gerade, der Wagen schaukelte und Ralf beschleunigte.

Ohne jetzt den Blick von der Fahrbahn zu nehmen, bemerkte er nüchtern: »Noch dreihundert Meter! Dahinten an der Ampel biegen wir links ab, wir sind gleich da!«

»Okay! Kann sein, dass einer ins Wasser muss, das mach dann ich!«

Jochen sagte nichts dazu, zog nur seine Armbanduhr aus.

»He, wozu das?«

»Du brauchst Hilfe, das ist alleine nicht zu schaffen«, gab er mir zur Antwort. »Denk dran, das Wasser ist eiskalt!«

»Weiß ich, darauf baue ich auch. Wenn der eine Chance hat, dann nur wegen des kalten Wassers!«

Der Sturz in die kalten Fluten führt in der Regel zu einem raschen Atemstillstand, spätestens beim Ertrinken unterbindet ein Stimmritzenkrampf jegliche Sauerstoffzufuhr.

Jeder im Rettungsteam weiß, dass es jetzt um Sekunden geht.

Am anfälligsten reagiert das Gehirn auf Sauerstoffmangel, denn nach drei Minuten treten irreversible Schäden auf. Andere innere Organe folgen zwangsläufig. Aber die kritische Zeit wird bei einer starken Unterkühlung nach oben verschoben. Der Körperkreislauf des Betreffenden zentralisiert sich, er verliert das Bewusstsein und nur die lebenswichtigen Organe werden noch mit Sauerstoff versorgt. Deren Grundumsatz fährt durch die Unterkühlung auf Sparflamme. Darauf baute sich unsere Hoffnung. Jeder von uns wusste, wenn es überhaupt eine Chance gab, dann nur deswegen, auch wenn sie sehr gering war.

Ich zog ebenfalls meine Uhr ab. Thomas, der unser Gespräch mit wachsender Erregung verfolgte, konnte sich nicht länger bremsen: »Ich glaube fast, dass ihr das ernst meint? Das ist glatter Selbstmord!«

»Nicht wenn er in Ufernähe ist! Wir werden unser Leben nicht sinnlos aufs Spiel setzen! Aber wenn es eine reelle Chance gibt, bin ich im Wasser!«

»Jungs, tut das nicht! IHR wisst doch, wie tödlich der Rhein gerade zwischen den Steinmolen ist!«

»Keine Sorge, Thomas! Also nochmals: Ich gehe rein, Jochen unter Umständen auch – aber nur bis zum Bauch. Einer muss draußen bleiben. Ralf! Wir werden nach der Aktion vor Kälte wohl kaum noch etwas machen können. Vielleicht musst du uns dann alle drei versorgen.«

Thomas stöhnte verzweifelt auf, aber ich wusste genau, was ich tat. Natürlich waren wir keine Irren, die sinnlos ihr Leben wegwarfen. Aber als Feuerwehrmann muss man auch bereit sein, etwas zu riskieren. Dieses Risiko wird scharf kalkuliert, dabei darf man sich und seine eigenen Kräfte nicht überschätzen oder sinnlose Alleingänge riskieren. Wir sind immer ein Team, so dass sich einer auf den anderen verlassen kann, aber auch Individualisten, wenn es sein muss. Das macht uns so stark.

Die Ampel zeigte grün, ein günstiger Umstand für uns. Wieder quietschten die Reifen, dann überholte uns ein Polizeiauto. Geradeaus konnten wir schon den Rhein sehen.

»Mann, Mann, Mann! Die Kiste gibt nichts her!« Ralf trat das Gaspedal bis zum Anschlag durch, mit mäßigem Erfolg. Die Beschleunigung entsprach eben der eines Serienlieferwagens, nicht mehr und nicht weniger. Natürlich wünschten wir uns lieber einen Michael Schumacher-NAW, aber für den meist dichten Stadtverkehr reichte unsere Motorversion allemal.

Weit voraus hielt der Polizeiwagen an. Die Sonne beleuchtete ihn, so dass die Blaulichter nicht mehr zu erkennen waren. Auf dem Rhein trieb ein dunkler Fleck. War er das?

»Halt hier an!«, rief ich.

»Hier?«

»JA! BREMS!«

Ralf bremste den NAW hart ab. Es roch stark nach verbranntem Gummi. Viel weiter vorne, dort wo der Polizeiwagen stand, winkten die Menschen aufgeregt mit den Armen, einige riefen, verstanden nicht, warum wir hier so weit hinten stehen blieben. Ich stieß die Tür auf und rief während des Herausspringens meinen Kollegen zu: »Kommt! Schnell! Der treibt nahe genug! Wir werden ihn hier packen!«

Dort, wo wir angehalten hatten, befanden sich natürlich ebenfalls die sonntäglichen Spaziergänger. Aufgeregt riefen einige mir zu: »Sie müssen da vorne hin!« Dabei deuteten sie mit ihren Armen heftig stromaufwärts. Ein junger Mann packte mich sogar am Arm und schrie mir ins Ohr, dass ich hier verkehrt sei. Verärgert riss ich mich los. Für Erklärungen hatte ich keine Zeit, ließ den verdutzten, übereifrigen Burschen stehen und eilte den hier ziemlich steilen Uferhang herunter.

Meinen Kollegen war längst klar geworden, warum ich hier hatte halten lassen. Die starke Strömung des Rheins würde uns den Mann wie ein Stück Treibholz zutreiben.

Er hatte den Kampf gegen die Fluten verloren und sein Körper trieb leblos auf den Wellen immer näher heran. Sein Kopf hing tief im Wasser. Ich riss mir die schweren Lederstiefel von den Füßen und sprang förmlich aus der weißen Überhose. Die Einsatzjacke hatte ich längst von mir geworfen. Auf Socken, nur mit Unterhose und Hemd bekleidet, balancierte ich über die glitschigen, regelmäßig geformten, schwarzen Basaltsteine. Ich musste mich beeilen. Schon sah ich, wie der Körper in meine Nähe kam. Er war höchstens zwanzig Meter entfernt und trieb in einem stumpfen Winkel auf mich zu. Aber dieser Winkel veränderte sich zusehends, wurde immer enger.

Eigentlich hatte ich mir vorgenommen langsam rein zu waten, denn das Wasser war mehr als eiskalt. Es stieg mir jetzt bis an die Oberschenkel, die Haut an der Oberfläche war schon nicht mehr zu spüren, so schnell hatte sich das Blut zurückgezogen. Ich musste schwimmen, sonst gab es keine Möglichkeit zu ihm zu gelangen, also ging ich in die Knie und tauchte bis zum Hals in das Wasser ein.

Brrrr... die Atemluft schien in meinen Lungen zu erstarren. Mit hastigen Zügen schnappte ich nach neuer Luft.

Ganz ruhig bleiben, schoss es mir durch den Kopf, denn ich war auf dem besten Wege zu hyperventilieren. Suchend blickte ich über die unruhige Wasseroberfläche, aber ich konnte aus dieser tiefen Position den Mann nicht mehr entdecken. Brackige Wasserwellen tanzten mit flockigen, schmutzig grauen Schaumkronen vor meinen Augen. Verdammt! Wo war er?

Ich richtete mich noch einmal auf. Oh! Oh! War das kalt. Aber ich sah ihn. Da, schräg vor mir. Das waren keine zehn Meter mehr. Kräftig stieß ich mich mit den Füßen von den letzten Basaltsteinen ab und machte einige kräftige Schwimmzüge in seine Richtung.

»WEITER RECHTS! WEITER RECHTS!«, rief mir Ralf vom Ufer aus zu und das war gut so, denn sonst hätte ich den Mann hoffnungslos verfehlt. So reagierte ich sofort.

Das Wasser war wirklich eisig. Ich schwamm, als ginge es um mein Leben. Die Entfernung vom Ufer war nicht weit, aber ich hatte mich dennoch verschätzt und noch viel weiter vorne ins Wasser gehen müssen. Endlich, jetzt sah ich ihn. Aber nicht wie erwartet vor mir, sondern bereits zwei, drei Meter über meinen Standort hinaus getrieben. Das gab ein Rennen gegen den Strom, besser gesagt mit dem Strom. Dabei spürte ich die Auswirkungen des kalten Wassers wesentlich stärker, als ich angenommen hatte.

Lass ihn treiben, gib auf, du schaffst es nicht! Die Gedanken wurden mit jeder Sekunde heftiger. Obwohl höchstens eine Minute seit meinem Gang ins Wasser vergangen war, schwanden mir die Kräfte und ich war nahe daran umzukehren, als meine Hand gegen seinen Körper stieß. Erschreckt zuckte ich zusammen, so überraschend empfand ich diese Berührung, da ich ihn zuletzt wieder aus den Augen verloren hatte.

Meine vor Kälte erstarrte Hand wollte ihren Dienst versagen. Ich vermochte kaum fest zuzupacken und glaubte schon, ihn wieder zu verlieren.

Mit eisernem Willen mobilisierte ich die letzten Kräfte und zog ihn schräg mit der Strömung treibend auf das Ufer zu. Der Weg schien nicht enden zu wollen. Besaß ich überhaupt noch Füße? Wenn er mir jetzt wieder entrissen würde, mir wäre es egal gewesen. Ich hatte nur noch einen Gedanken:

Raus aus dieser Kälte!

Da griffen zwei Hände kräftig zu. Eine davon zog an mir, die andere an meiner schweren Last. Es war Jochen, der mir – wie abgesprochen – bis zum Bauch im eisigen Wasser stehend entgegengekommen war. Scharfsinnig hatte er den Treffpunkt richtig eingeschätzt.

Hier zeigte sich wieder, dass nur Teamwork und Mitdenken solche Aktionen konsequent und erfolgreich beenden können. Allein hätte ich es nicht geschafft.

Natürlich hatte auch Ralf mehr als nur nasse Füße bekommen. Auf den klammen und feuchten Ufersteinen wurde es noch einmal richtig schwer für uns. Zuerst trugen Jochen und Ralf den Mann gemeinsam bis auf das sichere Ufer. Dann kam Ralf zurück, um mich zu holen. Er musste mich fast über die Steine tragen, denn meine gefühllosen, entkräfteten Beine hätten die beschwerliche Strecke kaum bewältigen können. Ich fühlte mich außer Stande, mich an den nun anstehenden Arbeiten zu beteiligen. Wieder draußen an der Luft raubte mir die Kälte meine letzten Kräfte. Das eisige Rheinwasser hatte mich mit brutaler Deutlichkeit spüren lassen, welche Macht der nasse Tod besitzt.

Im Nachhinein bekenne ich, dass ich doch ein zu hohes Risiko eingegangen war. Mindestens eine Leinensicherung hätte ich anlegen müssen, denn der Grad zwischen Leben und Tod hatte auch für mich eine kaum mehr erkennbare Grenze gezogen. Heute danke ich meinem Schöpfer, dass er mein junges Leben vor einer Gefahr beschützte, die ich im jugendlichen Übermut wohl doch nicht ernst genug eingeschätzt hatte.

In der Ferne tönte das Tatü-Tata zusätzlich anrückender Einsatzkräfte. Schlotternd vor Kälte, mit klammen Fingern und blauen Lippen stolperte ich über die Wiese, immer noch barfuss die Deichböschung hinauf. Thomas und Ralf trugen die Trage mit dem Patienten diesmal allein zum Notarztwagen. Eine Arbeit, die wir gewöhnlich zu viert erledigen. Aber auch Jochen hatte zu lange im eisigen Wasser gestanden. Seine Beine waren ebenfalls taub und gefühllos, so dass er sie noch nicht belasten konnte.

Unsere Kleidung und die Stiefel hatte Thomas bereits eingesammelt und in den NAW gelegt. Danach war er so umsichtig gewesen und hatte den NAW etliche Meter näher zum Fluss gefahren, so dass wir jetzt nicht so weit laufen mussten.

Mittlerweile schmerzten meine Füße beim Gehen. Das war zwar nicht angenehm, aber ich registrierte es mit Genugtuung. Es war ein gutes Zeichen, obwohl sie trotzdem immer noch mehr gefühllos als lebendig waren.

Die Gebläseheizung im NAW lief auf der höchsten Stufe. Schnell bildete sich dort, wo ich stand, eine Wasserlache auf dem Kunststoffboden. Bei den anderen sah es genauso aus. Vergeblich versuchte ich eine vorgewärmte Infusionslösung vorzubereiten, aber noch immer versagten mir meine klammen Finger den Dienst.

In diesem Moment öffnete sich die Seitentür des Wagens und mein behelmter Kollege Achim Schorn blickte herein. Er erkannte die Situation sofort und stieg ein, ihm folgte ein zweiter. Dafür stiegen Jochen und ich aus, nur Ralf bestand darauf zu bleiben.

Wenig später fuhren wir beide in unserem Löschgruppenfahrzeug zurück zur Wache. Die dunkelbraunen Wolldecken über den Schultern hängend, begaben wir uns sofort in den Duschraum auf der oberen Etage. Nach und nach steigerten wir die Temperatur des wärmenden Wasserstrahls. Ich schätze, dass wir bestimmt eine viertel Stunde in vollen Zügen diese gesündere Art Wasser genossen hatten, bevor wir später, eine weitere Etage höher, in der Küche saßen. In frischer trockener Kleidung und mit Unmengen heißem Kaffee ging es uns bald viel besser.

Die Nachricht von der Vergeblichkeit unserer Rettungsaktion erreichte uns, als wir immer noch in der Küche der Feuerwache Sechs saßen. Dr. Thomas Frankenhauser setzte sich zu uns.

»Noch Kaffee da?«, fragte er.

»Klar, ganz frisch. Extra für uns«, strahlte Jochen.

»Sozusagen Belohnungskaffee«, ergänzte ich.

»Den habt ihr euch auch redlich verdient.«

Sein Gesicht sah aber nicht so aus und auch wir waren ziemlich betroffen, als er uns dann mitteilte: »Leider war es vergeblich. Offen gesagt, ich habe es schon gewusst, als ihr den Mann aus dem Wasser getragen habt. Wir haben im NAW trotzdem noch einmal alles versucht. Ich fand, dass ich euch das schuldig war ... außerdem wollte ich den Tod nicht so einfach akzeptieren.«

Wieder einmal hatten wir den Wettlauf mit dem Tod verloren, Jochen und ich waren bedrückt. Da griff Thomas in seine Hosentasche, zog die Hand wieder heraus und mit ihr unsere beiden Armbanduhren.

»Hier Männer, die lagen noch im Wagen. Ich wünsche euch, dass eure Zeit noch lange nicht abgelaufen ist.«

An diesen gefährlichen Einsatz, der nun schon viele Jahre zurück liegt, dachte ich, als ich heute mit einer anderen Besatzung, aber auch im Notarztwagen zum Rhein donnerte.

Ein kleines Mädchen sollte von der hohen Kaimauer des Reisholzer Hafens in das Wasser gefallen sein. Uns war mit erschreckender Grausamkeit klar: Dann kam auch diesmal jede Hilfe zu spät.

Die Kaimauer hat hier eine Höhe von über zehn Metern und der Rhein treibt seine rasenden Fluten in dieser Kurve mit gnadenloser Macht und hoher Geschwindigkeit an dieser, aus rauen Natursteinen bestehenden Wand entlang. Wir starrten entsetzt in die Tiefe. Es bestand nicht der Hauch einer Chance. Tatenlos mussten wir warten, bis die Taucherstaffel der Düsseldorfer Berufsfeuerwehr eintraf und ihre gefährliche Arbeit begann. Das Kind wurde nicht gefunden. Es war ein Opfer des Flusses, der es nie wieder freigeben würde. Nach zwei Stunden vergeblicher Bemühungen der Taucher, fuhren wir deprimiert zur Feuerwache zurück. Keiner von uns kannte dieses kleine Mädchen, keiner hatte es je gesehen, aber es lebt als schmerzliche Erinnerung in unseren Herzen weiter.

Ich rannte die kurze Strecke bis zur S-Bahn. Obwohl mich der schnelle Lauf körperlich nicht sehr belastete, schlug das Herz dennoch wild in meiner Brust. Das kam durch die Aufregung, die sich meiner bemächtigt hatte. Von dem Moment an, als der falsch programmierte kleine Wecker auf meinem Nachttisch sein gemeines Piepsen von sich gab, waren bis jetzt höchstens vier Minuten vergangen – vier äußerst stressige Minuten, bei denen mir die im Beruf antrainierte Schnelligkeit zwar geholfen hatte, mir aber nicht die innere Aufregung nehmen konnte.

Verdammt, schoss es mir durch den Kopf, wieso gerade heute? Ich könnte mich ohrfeigen wegen meiner eigenen Schusseligkeit mit dem Wecker.

Heute war Sonntag, da fuhren die S-Bahnen in einem anderen Zeittakt. Ich presste die alte, braune Aktentasche fest unter meinen Arm und beschleunigte meinen ohnehin schnellen Lauf. *Bing! Bing! Bing!* schlug der eiserne Klöppel an die Glocke, wie sich die Schranken senkten. Jetzt wurde es wirklich knapp. Noch fünfzig Meter, dann durch die Unterführung und die Treppe hoch. Ich könnte es schaffen. Der Zug fuhr ein, ich lief durch den verlassenen, kleinen überdachten Bahnhof. Um diese frühe Morgenstunde war am Wochenende nur selten jemand unterwegs. Ich hechtete die vierundzwanzig Stufen empor, immer zwei auf einmal nehmend. Gott sei Dank, die Bahn stand noch. Zu meinem Glück war sie heute nicht so weit vorgefahren, wie es manchmal der Fall ist. Im letzten

Moment sprang ich durch eine offen stehende Türe in ein menschenleeres Abteil und warf mich schwer atmend auf eine der roten, kunstledernen Sitzbänke. Es war wirklich die letzte Sekunde gewesen, denn die Bahn rollte bereits wieder an. Rasch gewann sie an Geschwindigkeit, die Bäume rasten an meinem Fenster vorbei und drei Minuten später verließen wir den Höseler Wald und erreichten Ratingen Ost. Hier, auf dem größeren Bahnhof meiner Heimatstadt, wartete doch noch eine Hand voll Menschen auf diese frühe Bahn. Aber niemand stieg in mein Abteil und als wir weiterfuhren, beschäftigte ich mich in Gedanken mit dem, was mich erwartet hätte, wenn ich zu spät gekommen wäre.

Feuerwehrmänner sollten sich nicht verspäten, aber wir sind alle nur Menschen und es kommt immer mal wieder vor. Im wiederholten Falle gibt es zumindest ein unangenehmes Gespräch auf höherer Ebene mit unterschiedlichen Konsequenzen. In meinem Fall hätte es mich lediglich eine Runde für alle gekostet, die interne Strafe für so genannte Gelegenheitstäter. Aber ich hasse die eigene Unpünktlichkeit und empfinde es als peinlich.

In meinen Gedanken sah ich meine Kollegen im Halbkreis zum morgendlichen Dienstantritt in der Fahrzeughalle stehen. Spätestens, wenn der Chef meinen Namen und meine Position für den heutigen Vierundzwanzig-Stunden-Tag vorlesen und kein bestätigendes »ja« hören würde, würden seine Riesenhände den Tagesdienstplan sinken lassen und sein scharfer Blick die Übrigen treffen. Wahrscheinlich wäre dann sein linkes Auge etwas zusammengekniffen, danach folgte bestimmt ein entsprechender Kommentar, wie:»Wenn er doch noch kommt, gleich in mein Büro.« Der Tagesdienst, seine rechte Hand, müsste einen anderen auswählen, der meine Position einnähme, aber dennoch wären wir ein Mann zu wenig.

Mein Ruhepuls zwischen fünfzig und fünfundfünfzig hatte sich wieder eingestellt. Eine durchaus akzeptable Frequenz für einen Langstreckenläufer. Befriedigt stellte ich fest, dass ich es doch noch pünktlich schaffen würde. Die Fahrzeit bis zum S-Bahnhof Düsseldorf Garath beträgt fünfunddreißig Minuten, von da zur Wache nochmals höchstens vier Minuten. Ich konnte mich also entspannt zurücklehnen und etwas lesen. Das Lehrbuch zur Erlangung des

Sportbootführerscheins steckte noch von der letzten Schicht in der braunen Tasche. Seither hatte ich keine Zeit gefunden weiter zu lernen, obwohl es dringend nötig gewesen wäre. Der Prüfungstermin rückte immer näher und ich kannte meine Wissenslücken. Als Feuerwehrmann verfügt man für gewöhnlich nicht über das Gehalt, sich eine Luxusjacht leisten zu können, aber es gibt ja auch andere Gelegenheiten, bei denen man diesen Führerschein benötigt. Ein kleines Segelboot zu mieten, um damit zwischen den Schären Norwegens und Schwedens zu kreuzen, erschien mir zum Beispiel recht verlockend. Aus diesem Grund büffelte ich zusammen mit vier weiteren Kollegen, die ähnliche Ziele hegten, seit einigen Wochen an mehreren Tagen in meiner Freizeit für die theoretische Prüfung. Unterstützt wurden wir dabei von Klaus Seibert. Er arbeitete auf dem Feuerlöschboot und besaß sämtliche Patente, war also Vollprofi. Mit seiner Hilfe konnten wir unsere Geldbörsen schonen, da wir bis zur Prüfung keine der etablierten Bootsfahrschulen besuchen mussten.

Mit Bedauern stellte ich beim Hervorholen des Lehrbuches fest, dass ich in der morgendlichen Hektik meinen Yoghurt vergessen hatte. Nun ja, das war zu verschmerzen, auf einer Feuerwache gibt es immer etwas zu essen, ich würde deshalb nicht verhungern.

Nachdem ich die Zeit mit dem Erlernen von nautischen Verkehrsschildern zugebracht hatte, erreichte der Zug Garath. Ich war der Einzige, der hier ausstieg, und auch auf dem kurzen Fußweg zur Wache begegnete mir keine Menschenseele. Das große Einfahrttor stand offen. Die Lampen in der riesigen Fahrzeughalle leuchteten und sämtliche Fahrzeuge standen an ihren gewohnten Plätzen. Ich benutzte die Treppe zur zweiten Etage und stieg knapp fünf Minuten später fertig umgezogen noch eine Etage höher, um den ersten Kaffee des heutigen Tages zu genießen. Die meisten Kollegen waren ebenso wie ich bereits umgezogen. Die einen in Feuerwehr-Blau, die anderen in Rettungsdienst-Weiß. Sie saßen an dem großen Tisch in der Küche und unterhielten sich. Jeder hatte das dampfende Getränk vor sich stehen. Erst kurz vor sieben Uhr mussten wir uns in den kleinen Aufzug zwängen oder die Treppe nach unten in die Fahrzeughalle laufen, wo jeden Morgen die offizielle Dienstübernahme stattfindet.

Frank Brozulat, der Teamführer des NAW sah mich in die Küche kommen.

»Ah, meine Ablösung, dann kann ich ja gehen.«

»War was Wichtiges?«, fragte ich ihn, nachdem ich mir aus meinem persönlichen Küchenspind meine schon ziemlich betagte Keramiktasse gegriffen hatte und jetzt hinter der Theke stand, um mir ebenfalls einen Kaffee einzuschenken.

»Nichts Außergewöhnliches. Eine Sauerstoffflasche ist leer, da musst du noch die Atemschutzwerkstatt anrufen«. Er nippte an seiner fast leeren Tasse und erhob sich. »Kann ich aber auch noch machen«, fügte er freundlich hinzu.

»Vergiss es, heute ist Sonntag, da wird nichts geliefert.«

»Oh ja, Mensch«, Frank sah zur Wanduhr, »da muss ich mich aber sputen, die Bahnen fahren heute doch anders.«

Ich grinste, ich war also nicht der Einzige, der sich wegen des Sonntags vertan hatte. Allerdings ist das verständlich, da sich das Leben eines Feuerwehrmannes weniger nach Wochen-, Sonn- oder Feiertagen unterscheidet, sondern eher nach Dienst und dienstfrei.

Ich fahre gerne auf dem Notarztwagen. Es ist zwar so ziemlich der stressigste Job, den man bei der Feuerwehr ausüben kann, aber unser momentanes Team, bestehend aus einem Notarzt sowie meinen Kollegen Ralf Cornelishen, Jochen Flesch und mir selbst, ist erfahren und eingespielt. Über mangelnde Beschäftigung brauchen wir uns auch nicht zu beklagen, denn als einer von drei Notarztwagen in Düsseldorf sind wir rund um die Uhr im Einsatz.

Unser erster Einsatz an diesem Tag sorgte dafür, dass wir unser Frühstück halb aufgegessen stehen lassen mussten. Wir wurden nachgefordert, aber die Kollegen hatten ganz richtig entschieden. Die Patientin, eine knapp vierzigjährige Frau, litt unter akuter Atemnot. Mit hoch gelagertem Oberkörper saß sie mehr in ihrem Bett, als dass sie lag. Die Rettungssanitäter hatten ihr bereits Sauerstoff zur Inhalation gegeben und Puls und Blutdruck gemessen. Auf dem Nachttisch lagen ihre Medikamente für den Notarzt zur Einsicht. Ebenfalls griffbereit standen eine Schüssel und ein Handtuch neben ihrem Bett. Offensichtlich litt sie an Übelkeit, die unangenehme Begleiterscheinung vieler Krankheiten. Dr. Thomas

Frankenhauser reichte eine kurze Untersuchung und Befragung, um sich zumindest die Gewissheit zu verschaffen, dass diese Frau schnellstmöglich in ein Krankenhaus gehörte.

Ihr schwacher Kreislauf wurde mit einer Infusion gestützt, dazu verabreichte er zwei intravenöse Medikamente, eines zur Beruhigung und ein anderes gegen die Atemnot. Ihr EKG zeigte keine besondere Auffälligkeit. Die Frau war hier nur zu Besuch bei ihrer etwa gleichaltrigen Freundin, die ziemlich aufgelöst im Morgenmantel hin und her lief. Ich kümmerte mich um sie. Auch das gehört zu den Aufgaben eines Teamführers, denn ein häuslicher Notfall wird nicht unbedingt stressfreier, wenn nach dem Eintreffen der Rettungswagenbesatzung noch weitere vier Männer in die Wohnung stürmen. Spätestens dann, wenn ich nicht unbedingt beim Patienten benötigt werde, versuche ich daher die Angehörigen zu beruhigen und zu informieren. Die RTW-Besatzung half uns dabei die Frau, die selber nicht mehr laufen konnte und es aus medizinischen Erwägungen auch nicht mehr durfte, in den Notarztwagen zu tragen.

Unter strenger Quarantäne

Im weiteren Verlauf des Tages fuhren wir nur noch Routinefälle. Eine Unterzuckerung, eine aufgestoßene Unterschenkelvene, den ersten gebrochenen Knöchel eines Inlineskaters. Für uns waren das keine außergewöhnlichen Einsätze, für die Betroffenen dagegen waren es schlimme, schmerzhafte und einschneidende Ereignisse in ihrem Leben. Aber so ist das in unserem Beruf – ständig werden wir mit den Schicksalen anderer konfrontiert.

Bei über achtzigtausend Einsätzen im Rettungsdienst ist vom »einfachen Krankentransport« bis zum spektakulären Unfallgeschehen alles vertreten. Die blühendste Fantasie eines Filmemachers verblasst angesichts dieser Menge und Vielfalt dramatischer Ereignisse, mit denen Feuerwehrmänner immer wieder konfrontiert werden. Ich habe in diesem Beruf viele fähige Männer und Frauen kennen gelernt, die genau wie wir mit den Rettungswagen ihrer Hilfsorganisation im Düsseldorfer Stadtgebiet Dienst tun.

Die Tage blieben nun schon länger hell und ich finde es wesentlich angenehmer, dass es am frühen Morgen, wenn ich das Haus verlasse, nicht mehr ganz so dunkel ist. Die Strecke zur S-Bahn könnte ich allerdings auch in stockfinsterer Nacht zurücklegen, so vertraut ist mir der kurze Weg. Nach einem freien Tag zu Hause hieß es heute wieder vierundzwanzig Stunden Feuerwehr. In der S-Bahn setzte ich mich auf den gleichen freien Platz wie bei der letzten Fahrt und nahm mir wieder mein Lehrbuch vor. Diesmal beschäftigte ich mich mit den Vorfahrtsregeln auf Binnen- und Küstengewässern, sehr langweilig, aber wichtig.

Ein wenig schlauer geworden, erreichte ich eine halbe Stunde später die Feuerwache, ohne mich allerdings an diesem Vormittag für den normalen Dienst zu melden.

Unmittelbar nach dem Umziehen und der gemeinschaftlichen Dienstübernahme in der Fahrzeughalle, verabschiedete ich mich von meinen Kollegen, denn ich verbrachte den Vormittag als Gastlehrer an der Feuerwehrschule.

Um die Mittagszeit hatte ich meinen Unterricht beendet und übernahm wieder meinen Platz auf dem NAW. Unser Team setzte sich genauso zusammen wie bei der letzten Schicht. Ich fuhr also auch heute wieder mit Ralf und Jochen.

Addi, unser Koch, hatte für den heutigen Abend eine besondere Leckerei im Ofen – Pizza.

Bereits am Nachmittag hatte er den Teig geknetet, Käse gerieben und die Zutaten für den schmackhaften Belag vorbereitet. Helmut half ihm dabei. Er feierte heute seinen neunundzwanzigsten Geburtstag. Aus diesem Anlass spendierte er die Pizza, auf die wir uns alle freuten. Die Schüsseln mit den großen Teigkugeln standen mit Küchentüchern abgedeckt auf der Fensterbank. Wäre das Kuchenteig gewesen, hätte Addi seinen Platz keine Sekunde verlassen dürfen. Immer wieder schlichen »finstere Gestalten« in die Küche und fischten in den leckeren Zutaten. Das ging so lange gut, bis Addi der Kragen platzte und uns alle aus der Küche warf.

Gegen Abend durchzog der unverwechselbare Geruch von frisch gepresstem Knoblauch das gesamte Treppenhaus.

Knoblauch! Es schüttelte mich. Damit kann man mich jagen! Die meisten meiner Kollegen mögen ihn allerdings sehr gern. Um es Befürwortern wie Gegnern recht zu machen, ist Addi so nett und stellt Ersteren eine zusätzliche Schale dazu, die man eher als Schüssel bezeichnen kann. So kann sich jeder nach eigenem Geschmack davon nehmen, soviel er möchte. Oder es auch lassen, so wie ich. Einige streichen sich das Zeug fingerdick auf die frische, heiße Pizza. Das müsste reichen, um ganze Generationen Vampire in die Flucht zu schlagen. Über die Mengen Pizza, die auf unserer Wache an einem solchen Abend verdrückt werden, möchte ich mich hier nicht näher auslassen. Nur soviel – sicher würde sich manche Pizzeria über einen solchen Umsatz freuen.

Mit großen Tellern sowie Messern und Gabeln »bewaffnet« standen wir ungeduldig wartend um Addi herum. Endlich war es so weit, er zog die großen Backbleche mit den dampfenden Pizzen aus dem Ofen. Während er sie mit einem riesigen Küchenmesser in gleich große Quadrate zerteilte, wagte ich einen vergeblichen Appell: »Aber bitte die, die mit mir auf dem NAW fahren, keinen Knofi!«

Ich erntete nur ein mitleidvolles Lächeln.

»Pass mal auf, Liebelein.« Damit war ich wohl gemeint. Jochen stopfte sich schon im Stehen ein überdimensionales Stück dick belegter Knofi-Pizza in seinen gierigen Schlund. Obwohl man bekanntermaßen mit vollem Mund nicht reden soll und bei einem solchen Riesenbissen eigentlich auch nicht konnte, kam es etwas undeutlich über seine Lippen: »Du darfst uns zwar sagen, wann und wo wir in den Rhein springen sollen«, schluck ... würg ..., dann war der Happen anscheinend unten, denn er sprach wieder verständlich. Dabei strahlte er wegen seiner kautechnischen Meisterleistung über das ganze Gesicht. »Aber was ich mir wie dick auf meine Pizza streiche, bestimme ich ganz alleine!«

»Ich auch!«, trumpfte Ralf auf.

»Und ich sowieso«, flüsterte mir unser Notarzt von der anderen Seite ins Ohr. Dabei hielt er mir ein Stück seiner stark duftenden Pizza direkt unter die Nase. »Hier, riech mal.«

»Bah! Nimm das weg, ist ja widerlich!« Ich schüttelte mich.

»Hmmm, lecker, du hast ja gar keine Ahnung und ...«. Jetzt sprach er wieder laut und hob dabei schulmeisterlich seinen Zeigefinger empor: »Das ist gesund!«

Beifälliges Nicken und Gemurmel. Als dann Uli mit seinem verschmitzten Gesicht auch noch laut durch die Küche rief: »He Mann! Was regst du dich auf? Ist doch super, dann brauchst du keinen Anästhesisten mehr!«, gab ich entnervt auf.

Am Tisch saß ich neben Horst. Er hatte sich nicht an dem Knoblauchdisput beteiligt, stattdessen kräftig an der Vertilgung der Pizzamengen mitgewirkt. Jetzt blickte er mich auf einmal vorwurfsvoll an und meinte: »Du stellst dich aber sehr zimperlich an. Da habe ich dich doch schon ganz anders kennen gelernt.«

Verwundert blickte ich ihm ins Gesicht: »Wie meinst du das?«

»Na, erinnere dich zurück an unsere Zeit an Feuerwache Drei.« Obwohl er das so belanglos aussprach, machte er dabei ein pfiffiges

Gesicht, das mir nicht entging. Ich grübelte, kam aber nicht auf den richtigen Gedanken.

»Na, weißt du nicht mehr?«

»Keine Ahnung, ehrlich.«

»Ja ja, so was vergisst man lieber«, feixte er und sah mich schadenfroh an. »Ist aber auch schon etliche Jährchen her, als du mit dem Stephan angefangen hast.«

Ah, jetzt wusste ich sofort, auf was er hinaus wollte. »Hör mir bloß auf mit dieser alten Geschichte, die kann ich schon nicht mehr hören.«

»Du meinst wohl riechen«, erwiderte er lachend.

Die anderen Kollegen hatten erst nicht auf unser Gespräch geachtet. Sie wussten nicht, um was es ging, aber jetzt witterten sie eine Feuerwehrstory.

»He, Horst, erzähl doch mal!«

Horst winkte ab. Ein weiteres Stück Pizza auf seiner Gabel näherte sich seinem Mund. Aber die anderen bohrten weiter.

»Lasst euch das von dem kleinen Stinker selbst erzählen. Ich möchte einfach nur in Ruhe meine Pizza essen.«

Das war natürlich schamlos gelogen. Umsonst hatte er die Kollegen nicht neugierig gemacht und die bedrängten nun mich. Da ich den Fragestellern nicht entgehen konnte und die Sache offensichtlich bei mir gelandet war, begann ich meine Erzählung.

Die Geschichte ist eigentlich verjährt, aber solche Dinge vergisst man nicht. Damals hatte ich mit meinem Freund Stephan Boddem eine wahnsinnig aufregende Zeit. Feuerwache Drei, da war immer was los – mehr als heute bei uns. Die Wachen Eins, Drei und Vier sind ja heute noch die Innenstadtwachen und hatten schon damals die meisten Alarmierungen. Und die Rettungswagen fuhren auch früher schon rund um die Uhr.

Es ist nicht verkehrt, als junger Feuerwehrmann auf einer solchen Wache zu beginnen. Man lernt schnell und viel, eine gute und vor allem wichtige Basis für die gesamte nachfolgende Feuerwehrzeit.

Ich erinnere mich noch genau daran, wie wir, eine super Truppe von etwa sechzehn Männern, in einem kleinen Billardzimmer eng gequetscht auf der ungepolsterten hölzernen Eckbank saßen. Einige lehnten an der selbst gezimmerten Theke, ließen sich die Soleier schmecken, die in einem riesigen Glas verführerisch auf einer Ecke standen. Auch ich hatte etwas dafür übrig. Die eingelegten Eier wurden halbiert, das Eigelb herausgedrückt und die Aushöhlung mit Essig, Senf, Salz und Pfeffer gefüllt. Dann das Eigelb geschickt darauf gelegt und das Zeug mit einem Happen runtergeschluckt.

Es war einer jener lauen Sommerabende, an denen trotz vorgerückter Stunde keiner zu Bett gehen wollte. Da hörten wir von der Moltkestraße lautes Gegröle. Das kleine zweiflügelige Holzsprossenfenster stand weit geöffnet. Neugierig reckten einige den Kopf heraus, sie winkten uns anderen zu, ebenfalls zu schauen. Anscheinend gab es etwas Interessantes zu sehen.

Im Schein der Straßenlaterne torkelte ein angetrunkener Mann, ich schätzte ihn so auf circa 30, über das Kopfsteinpflaster. Er grölte: »He! Ihr da! Macht mal die Tür auf!«

Er meinte damit allerdings nicht uns, denn wir versuchten jetzt alle, neugierig die Köpfe durch das kleine Fenster zu zwängen. Nein, sein Blick richtete sich auf einige erleuchtete Fenster des genau gegenüberliegenden, mehrgeschossigen alten Wohnhauses. Es war ja bereits fast Mitternacht und sicher schliefen die meisten Hausbewohner.

Mit stark schwankendem Gang, aber trotzdem zielsicherem Kurs, steuerte der einsame Akteur lautstark über die Straße auf die Eingangstür zu. Drüben angekommen, betätigte er anscheinend sämtliche der nicht gerade wenigen Haustürklingeln. Dazu hämmerte er kräftig mit der Faust gegen die Türe und begehrte lauthals Einlass. In einigen Zimmern ging jetzt das Licht an. Verärgerte, im Schlaf gestörte Menschen, rissen die Fenster auf und schimpften von oben runter, er antwortete tapfer hinauf.

Was er so von sich gab, verbietet mir meine christliche Erziehung niederzuschreiben. Nur soviel: Wir staunten nicht schlecht, gab es doch immer noch Vokabeln, die uns nicht geläufig waren.

Die Bewohner, in deren Fenstern schon vorher Licht gebrannt hatte, betrachteten die Angelegenheit mehr von der lustigen Seite, sie lachten. Und so lachte der Bursche unten auf der Straße ebenfalls.

Amüsiert verfolgten wir diese kurzweilige Unterhaltung, dann mischten wir uns in die Posse ein.

»**He du!**«

»**Wer?**«

»**Na du!**«

»**Wo denn?**« sein Blick irrte ziellos umher.

»**Hier! Hier drüben! Auf der anderen Seite!**«, schrien wir.

Jetzt blickte er zu uns rüber. Aber in seinem angeheiterten Zustand bemerkte er unser kleines Fensterchen nicht und wandte sich wieder ab.

Also schrieen wir wieder.

Längst hatte einer von uns, ein besonderer Spaßvogel, einen Eimer mit Wasser gefüllt.

Lauthals lockten wir: »**He! Komm doch mal rüber!**«

Er drehte sich unschlüssig um und versuchte, mit glasigem Blick die Rufer auszumachen. Endlich bemerkte er uns, blieb aber unschlüssig stehen.

Ich war an unserem Fenster einer der Vorderen. Hinter mir drängelten meine Kollegen so stark, dass mir fast die Luft wegblieb. Irgendwer hielt demonstrativ den Wassereimer empor. Die drüben in ihren Fenstern sahen das und lachten. Allerdings schwappte permanent etwas aus dem Eimer über uns, denn die Drängelei wurde immer heftiger, jeder wollte ja möglichst alles mitkriegen.

»**He! Geh mal nach drüben! Die wollen was von dir!**« Unsere Nachbarn hatten genauso schäbige Gedanken wie wir.

Da torkelte der Schreihals auf unsere Straßenseite.

»**Was wollt ihr?**«, lallte er, aber so laut, dass es alle hören konnten. Aber er stand noch zu weit entfernt.

»**Mensch ... nun komm doch mal ein Stück näher!**«

Na also, endlich war es so weit. Jetzt hatten wir unseren Krakeeler genau in der richtigen Position.

Der Wassereimer, dessen Inhalt sich bereits stark verringert hatte, war jetzt bei uns in der vordersten Reihe angelangt. Mein Nebenmann, den ich aus datenschutzrechtlichen Gründen selbstverständlich nicht nenne, kippte das kostbare Nass mit gezieltem Schwung präzise über das ahnungslose Opfer. Aber statt der von uns erwarteten Schimpftirade lachte der Begossene herzlich zu uns hinauf.

Dann klopfte er sich mit beiden Händen das Wasser aus der Jacke, tippte sich mit eindeutiger Geste gegen seine nasse Stirne und rief belustigt: »**Ihr seid aber ganz schön doof!**«

Von drüben schallte lautes Gelächter, da trollte sich unser Opfer lustig singend von dannen.

Noch während wir uns köstlich über diese fragwürdige Heldentat amüsierten, riss uns ein Feueralarm in den beruflichen Ernst zurück.

»Einsatz für Zug drei und den RTW! Grashofstraße XXX, vermutlich Brand in einem Klubhaus!«

In jedem Raum, auf allen Gängen, von der obersten Etage bis in den Keller hinunter, erklang die Alarmierung aus unzähligen kleinen, hölzernen Lautsprecherkästen. Selbst in den Toiletten wurden wir nicht davon verschont.

Schlagartig verstummten wir, lauschten der Durchsage ... dann rannten wir los.

Zweiunddreißig lederne Feuerwehrstiefel dröhnten über das auf Hochglanz polierte Linoleum einen langen, schmalen Gang entlang, um dann an seinem Ende die alte ausgetretene Steintreppe hinunter zu poltern. Einige wenige – ich eingeschlossen – rannten jedoch nicht die Treppe hinunter, sondern hechteten von dort vier weitere Stufen nach oben. Wir liefen durch den Aufenthaltsraum und rissen die Türe zum Rutschschacht auf. Blitzschnell glitten wir nacheinander in die Tiefe. Schneller als die anderen waren wir dadurch aber nicht. Aber Stange rutschen hat was, war eben echt Feuerwehr!

In der alten, hohen Fahrzeughalle leuchteten sämtliche Lampen, spiegelten sich im polierten Rot der Großfahrzeuge. Noch standen sie still, diese motorstarken Dieselfahrzeuge. Vorne rechts das TroTLF mit seinem riesigen Pulverbehälter, der Veteran in unserem Fahrzeugpark. Direkt daneben das LF 16. Dieses Fahrzeug war damals das am weitesten verbreitete Feuerlöschfahrzeug, das zu fast allen Brandeinsätzen mit einer Löschgruppe ausrückte. Im Verhältnis zu unserem heutigen LF wirkte es geradezu zierlich. Die Fahrzeuge der Nachfolgegeneration sehen dagegen aus wie moderne Wunderwaffen. Aber ganze Generationen von Feuerwehrmännern haben mit diesem Gerät grundsolide Arbeit geleistet. Dritte im

Bunde war unsere mechanische Drehleiter, eine DL30. Ein schier unverwüstlicher Leiterwagen, der noch mit seitlichen Stützspindeln aus den Blattfedern gedreht werden musste. Eiserne, geschmiedete Fallhaken sicherten den auch zu dieser Zeit schon dreißig Meter hohen Leiterpark vor unbeabsichtigtem Einfahren.

Links von den »dicken Roten« stand unser NEF, in dem der Notarzt mit einem Feuerwehrmann fuhr, direkt dahinter der NAW, also der eigentliche Notarztwagen. Der Rettungswagen und die Krankenwagen hatten eigene Hallen.

Längst hatte Norbert Krämer, unser Telegrafist, in seiner kleinen feuerwehreigenen Zentrale die Ampel, die vor der Wache installiert war, auf rot geschaltet. Das bedeutete grün für uns und somit freie Fahrt.

An mehreren Toren wurden die silberfarbenen Aluminiumknebel hochkant gedreht. Sofort entriegelten sich die Bolzen und kräftige Federn rissen die schweren hölzernen Torflügel zu beiden Seiten auf. Das war mit viel Krach verbunden, der sich jetzt noch steigerte, weil die Maschinisten ihre vorgewärmten Dieselmotoren starteten.

Der Boden schien zu zittern, diese alten Giganten gaben schon ein markiges Gedröhne von sich.

Ich saß hinten im Löschgruppenfahrzeug und es war verdammt eng hier. Jeder hatte seinen festen Sitzplatz und versuchte sich so gut es ging auszurüsten. Ich schnallte mir den breiten ledernen Hakengurt um, setzte den fluoreszierenden, gelblichen Feuerwehrhelm auf, prüfte die Funktion meiner Handlampe und streifte mir dann, die mit langen Stulpen versehenen ledernen Rohrführerhandschuhe über. Das alles geschah bei rasanter Fahrt über das Kopfsteinpflaster der damals noch nicht asphaltierten Münsterstraße. Wir wurden kräftig durchgerüttelt und hatten das Gefühl, als knallten wir direkt mit den brettharten Sitzbänken auf das Kopfsteinpflaster.

Gott sei Dank war um diese späte Zeit kaum ein anderes Fahrzeug unterwegs. Und die wenigen, die unterwegs waren, konnten uns durch die Ruhe der nächtlichen Stunde schon auf weite Entfernung hören. Der gewaltigen Pressluftfanfare konnte niemand entkommen.

Diese heute wieder öfter zum Einsatz kommende Sirene bediente mein damaliger Löschzugführer Ewald Werner besonders gerne. Eigentlich war sie nur zur Unterstützung des permanent laufenden Martinshornes da. Liebend gern hätte ich sie auch heute in unserem LF, besonders wenn irgend so ein Discofreak vor mir her fährt und die Bahn nicht frei macht, weil sein vermutlich sowieso schon geschädigtes Gehör gerade den letzten Rest durch Techno-Musik bekommt.

Mir gegenüber sitzend, rüstete sich der Angriffstrupp aus. Mit dem Rücken lehnten die beiden an ihren in einer Halterung befindlichen Pressluftatmern, die sie sich wie einen Tornister mit Gurten auf den Rücken schnallten. Dann werden die Atemschutzmaske und verschiedene andere Geräte befestigt. Damit ist man schon eine Weile beschäftigt und auf kurzen Anfahrten muss man sich schon sehr sputen, um beim Eintreffen am Zielort fertig ausgerüstet zu sein.

Es hat immer wieder etwas Faszinierendes, in dieser donnernden Kiste zu sitzen. Trotz der Hektik des Ausrüstens und der extremen Enge lief alles wie am Schnürchen, nur scharfe Kurven warfen uns im wahrsten Sinne des Wortes aus der Reihe. Werner und Klaus hatten mittlerweile die Feuerwehrhelme auf ihren Köpfen und ihre Gesichter verschwanden unter der schwarzen Atemschutzmaske. Krieg der Sterne 1975!

Mittlerweile hatte es einen zweiten Alarm gegeben. Das bedeutet, dass eine zweite Feuerwache zu diesem Einsatzort beordert worden war. Also rasten die Kollegen der Feuerwache Vier ebenfalls zu diesem Brand.

Da ich in Fahrtrichtung saß, sah ich den roten Feuerschein bereits, als wir das leichte Gefälle der Münsterstraße in Richtung Mörsenbroicher Ei hinunterfuhren.

Weit voraus befand sich auf der linken Seite ein ziemlich weitläufiges Freigelände mit brachliegendem, verwildertem Grasland. An einem Ende befand sich ein Vereinshaus, das gleichzeitig auch als Gaststätte genutzt wurde. Es war ein fester, eingeschossiger, lang gestreckter Steinbau mit ausgebautem Spitzdach. Große Teile des unteren Mauerwerks waren von Glasbausteinen durchzogen.

»Oh, Mann! Das brennt aber heftig!« Henry, unser Maschinist, pfiff durch die Zähne.

Alle blickten gebannt auf die mittlerweile klar erkennbaren Flammen, die wie helle rotgelbe Feuerzungen aus verschiedenen Öffnungen des Hauses schlugen. Über dem Ganzen stieg ein mächtiger, schmutzig-schwarzer Rauchpilz empor, in dem helle Funken wie tausende Glühwürmchen tanzten.

Wir konnten nicht ganz heran fahren, das unwegsame Gelände ließ das nicht zu. Aber ein plattierter Weg reichte, um die ersten Schlauchleitungen auszurollen.

Hier würden wir mit dem Wassertank unserer Fahrzeuge nicht auskommen, das war sofort völlig klar. Und so ertönten die eindeutigen Befehle unseres Chefs durch die vom Feuerschein erhellte Nacht.

Ewald Werner war ein erfahrener Einsatzleiter, ein solcher Brand brachte ihn nicht so schnell aus der Ruhe. Er wies uns unsere Aufgaben zu und erkundete dann zum zweiten Mal die Lage. Das ist sehr wichtig, denn ständig können neue Bedingungen die Situation verändern. Denen muss man sich blitzschnell stellen können, wenn man nicht unnötige Risiken auf sich nehmen will.

Obwohl es sich hier um einen Gaststättenbetrieb handelte, befanden sich keine Menschen in Gefahr, denn an diesem Abend war geschlossen gewesen. Mir drängte sich der Verdacht der Brandstiftung auf, besonders weil das Gebäude bei unserem Eintreffen bereits in voller Ausdehnung brannte.

Unten in den eigentlichen großen Gastraum konnten wir überhaupt nicht eindringen. Hier wütete ein alles vernichtendes Flammenmeer. Die Wärmestrahlung war so gewaltig, dass die Glasbausteine schmolzen. Aus diesem Grund stand unser Angriffstrupp in geduckter Haltung in der unmittelbaren Nähe der verbrannten Eingangstür und schickte aus zwei C-Rohren vierhundert Liter Wasser pro Minute in die Feuerhölle. Ich hatte zusammen mit Stephan einen Hydranten auf der Straße gefunden. Gerade öffnete ich mit dem langen Unterflurhydrantenschlüssel die ovale Verschlusskappe, da brausten die Kollegen der Feuerwache Vier an uns vorüber.

Nur kurz blickten wir ihnen hinterher, sahen gerade noch, wie sie mit zuckenden Blaulichtern und heulenden Sirenen in die Einmündung der nächsten Straße bogen. Dann verstummten die Sirenen.

200 Meter von uns entfernt, öffneten sich die Türen der roten Feuerwehrfahrzeuge und weitere Männer griffen beherzt in das nächtliche Geschehen ein.

Sie kamen direkt von einem anderen Brand. Rußgeschwärzte Gesichter, die Stiefel, Hosen und Jacken bedeckt vom anhaftenden Schmutz eines Kellerbrandes, den sie noch vor einer halben Stunde niedergekämpft hatten. Knapp vor Erreichen ihrer Wache erhielten sie den neuen Einsatzauftrag: Unterstützung der Feuerwache Drei bei einem Gaststättenbrand.

Mit einem Schlag war sie zunichte, die Hoffnung auf eine heiße Tasse Kaffee, auf eine erfrischende Dusche und saubere Wäsche. Aber das kannten sie, denn die Wache Vier wird zu vielen anderen Einsatzorten mitgeschickt.

Diese Männer waren ebenfalls echte Profis, Feuerwehrmänner durch und durch. Solche Burschen krempeln die Ärmel hoch und packen an. Da gibt es keine unnötigen Fragen, jeder weiß, was er zu tun hat und so erhielt das Feuer schnell von zwei Seiten unerschrockene Gegner, die ihm mächtig zusetzten.

Wir wandten uns wieder dem Hydranten zu und entfernten den Metalldeckel, mit dem der Schacht verschlossen war. Mit der Taschenlampe leuchtete Stephan das dunkle Loch aus, kniete sich hin, griff hinein und entfernte jene kleine Verschlusskappe, die den direkten Zugang an das städtische Wasserrohrnetz ermöglichte. Das auf allen Löschgruppenfahrzeugen befindliche Standrohr wurde mit wenigen Umdrehungen eingeschraubt – unser Hydrant stand. Jetzt noch kurz spülen, damit kein unnötiger Schmutz in den Schlauch kam, dann den 75er B-Schlauch ankuppeln und das Handrad aufdrehen. In Windeseile füllte sich der dunkelrote Schlauch mit Wasser, das von hier direkt dem Löschwassertank unseres Feuerwehrfahrzeuges zugeleitet wurde. Im Laufschritt, die große Schlauchhaspel wie einen zweirädrigen Handkarren hinter uns herziehend, eilten wir ebenfalls zurück, um uns sofort beim Zugführer zu melden.

Ewald Werner war froh, mit uns zwei weitere einsatzbereite Männer zu haben. Bei seinem erneuten eingehenden Erkundungsgang um das frei stehende Gebäude hatte er hinter einer Hecke, keine fünf Meter vom Gebäude entfernt, einen großen Flüssiggasbehälter entdeckt. Bei der ersten Erkundung war er ihm nicht aufgefallen, da sein Augenmerk mehr dem Brandobjekt galt. Ewald Werner ärgerte sich, dass er diese gefährliche Zeitbombe nicht sofort bemerkt hatte. Aber jetzt reagierte er prompt. Sein in der Nähe postierter Angriffstrupp stand nur knapp zehn Meter entfernt.

»He Horst! Schnell! Kommt mit dem Rohr hier rüber!« Die beiden schienen nichts zu hören. Also ging Ewald Werner näher: Verdammt! Die Strahlungswärme des Brandes war fast unerträglich. Er hob den linken Arm schützend vor sein Gesicht. Halb vom Feuer abgewandt, legte er die wenigen Meter zu seinem Angriffstrupp zurück, der durch das Türloch unaufhörlich Wasser in die glühende, hell lodernde Feuerhölle schleuderte. Ein Innenangriff war absolut unmöglich.

Ewald tippte dem ihm am nächsten Stehenden auf die Schulter. Der drehte sich um, es war Horst. Ewald winkte mit der Rechten, um ihm zu signalisieren, dass er mitkommen solle und zog sich sogleich wieder zurück. Ohne die schützende, das gesamte Gesicht bedeckende Atemschutzmaske konnte man es nur wenige Sekunden dort aushalten.

Horst war gefolgt, aber sein Kollege stand immer noch an der Front und kämpfte den aussichtslosen Kampf gegen die Flammen. Es gab keine reelle Chance das Gebäude zu retten, das war allen klar.

»Was gibt es?«

Ewald fasste Horst am Oberarm und führte ihn die wenigen Schritte zu der Ligusterhecke, deren normalerweise frische, grüne Blätter durch die enorme Hitze bereits vertrocknet waren und wie zerbröselnder Blätterteig abfielen. »Kommt mit dem Wasser hier her. Jetzt kühlt ihr nur noch den Behälter, klar?«

Horst nickte und machte sich unverzüglich auf den Weg zu seinem Kollegen. Beide waren erfahrene Feuerwehrmänner, das wusste Ewald Werner und deshalb war dieser Gefahrenpunkt in sicheren

Händen. Einem Neuling hätte er noch eine Position zuweisen und etwas von gesicherter Deckung erzählen müssen ... aber all das war bei den beiden überflüssig.

Aber er brauchte ein weiteres Rohr. Die Lücke, die durch ihren Wegfall entstanden war, musste unbedingt wieder ausgefüllt werden. Das sollte unsere Aufgabe werden.

»Passt auf, ihr zwei Grünschnäbel. Ich will ein C-Rohr haben, genau hier hin! Einen zweiten Verteiler setzt ihr ebenfalls, zwei Minuten, dann steht die Sache!«

Wir sahen uns betreten an: »Äh, zwei Minuten, das schaffen wir ...« nicht, wollten wir eigentlich noch sagen, aber Ewald Werner fuhr uns unwirsch an: »Gibt es noch irgendetwas?«

»Ich meinte ja nur!«

»Jaa! Was denn?« Dann zeigte sein ausgestreckter Arm auf die Hecke, in deren Nähe unser Angriffstrupp aus gedeckter Stellung Wasser auf eine für uns nicht sichtbare Stelle spritzte. Ewald Werner schien seinen Frust an uns auszulassen.

Er fauchte: »Dahinten steht ein Flüssiggastank, den ich mit einem C-Rohr nicht halten kann. Wenn der uns um die Ohren fliegt ...«

»Wir sind schon unterwegs, Chef!«, rief Stephan und fasste mich am Ärmel. Im Sturmschritt rannten wir über das brachliegende, grasbewachsene Gelände, im Rücken die Hitze des Brandes und schon den Ohren zerreißenden Knall eines explodierenden Gasbehälters vor unserem geistigen Auge.

Zufrieden lächelte unser Zugführer in sich hinein. Es hatte ihm gut getan, ein wenig Dampf auf harmlose Art abzulassen. Von dieser Harmlosigkeit ahnten wir damals aber noch nichts. Nie zuvor und ich glaube auch niemals später, hatten wir so schnell eine Leitung aus mehreren B-Schläuchen ausgerollt. Ewald Werner überwachte unsere rasante Aktivität nur aus den Augenwinkeln. Über sein Funkgerät hatte er längst Kontakt zu seinem Gegenüber, dem Löschzugführer der Feuerwache Vier aufgenommen. Ewald Werner fasste einen schnellen Entschluss. Er näherte sich seinem zweiten Trupp, der ebenfalls ein C-Rohr vorgenommen hatte und den Angriff von der Kopfseite vortrug. Hier war die Situation nicht ganz so brisant, so konnte er einen Mann abziehen und uns zur

Seite stellen. »Norbert, lass den mal hier allein weitermachen. Ich brauche dich woanders.« Er erklärte ihm kurz die Situation: »Siehst du unsere Neulinge?« Werner blickte ein wenig auf Norbert runter, immerhin war der Chef weit über ein Meter achtzig und überragte ihn um einiges.

»Ganz schön flott, unsere Küken«, grinste der.

»Na ja, hab denen ja auch ordentlich Beine gemacht, wollten die beiden doch mit mir diskutieren!« Es schien, als erwarte er eine Antwort, doch Norbert hütete sich, dazu einen Kommentar abzugeben. Wenn Ewald Werner etwas hasste, dann waren es diskussionsfreudige Feuerwehrmänner, die seine Anordnungen in Frage stellten. Mit dieser Aversion gegen jegliche Einmischung stand er nicht allein.

So gut wie jeder Zugführer verbietet sich langwierige Wortgefechte. Dafür muss er allerdings auch seinen Kopf hinhalten, wenn einmal etwas nicht reibungslos klappt. Das bedeutet natürlich nicht, dass er sich nicht mit seinen Brandmeistern über die strategischen und einsatztaktischen Maßnahmen verständigte – nein, es ging nur um das Infragestellen unmittelbar umzusetzender Anordnungen, die laufend anfielen. Wenn er jede seiner Überlegungen an der Einsatzstelle verteidigen müsste, verlöre er viel zu viel wertvolle Zeit. Bei diesem Gedanken überkam ihn erneut leichter Groll. Zu oft hatten in letzter Zeit einige Männer seine Entscheidungen angezweifelt, das hatte es zu seiner Zeit nicht gegeben. Aber dann verwarf er diese dunklen Gedanken und wandte sich wieder seinen Aufgaben zu.

Henry, unser Maschinist vom ersten Fahrzeug, lachte: »Da hat euch der Alte aber ganz schön verscheißert.« Ungläubig blickten wir in sein freundlich verschmitztes Gesicht. Kleine Lachfältchen bildeten einen Strahlenkranz um seine wasserhellen Augen. Er drückte mir den Verteiler in die Hand und meinte: »Na, überlegt doch mal! Wenn es da unten wirklich brisant gewesen wäre, dann hätte der Alte im Umkreis von zig Metern keinen einzigen seiner Männer mehr im Einsatz gehabt – klar!«

Uns war das nicht so klar. Henry war zwar ein Spitzenmaschinist und der Chef hielt außerordentlich viel von seinem älteren Brandmeister, aber immerhin war er ja nicht wie wir am Feuer gewesen, sondern stand nur hier oben an seinem Löschfahrzeug.

Das war meine zweite Fehleinschätzung am heutigen Tag. Aber ich war noch zu unerfahren, um den Wert eines guten Maschinisten richtig einschätzen zu können. Besonders eines Mannes wie Henry Droste, der mehr Feuer gelöscht hat, als ich mir damals vorstellen konnte. Im Laufe der Jahre lernte ich ihn dann besser kennen und ich kann nur Folgendes sagen: Wenn jede Feuerwache nur über einen Mann seines Kalibers verfügen könnte, wäre dies ein riesiger Vorteil.

In diesem Moment stieß Norbert zu unserer Dreiergruppe. »Ich soll euch ein wenig unter die Arme greifen, das geht unserem Chef etwas zu langsam!« Diese bierernst gesprochenen Worte riefen unseren Protest hervor. Henry und Norbert lachten nur. Dann fiel auch bei uns der Groschen. Norbert hatte jetzt das Kommando.

»Komm, Stephan, wir schnappen uns die Haspel mit den C-Schläuchen. Martin, du bringst noch zwei C-Strahlrohre und zwei Rollschläuche mit. Den Verteiler kannst du mir geben.«

»Okay«, meinte ich und blickte den beiden hinterher. Sie trugen die rotlackierte, blecherne Schlauchhaspel mit den fünf aufgewickelten C-Schläuchen in ihrer Mitte. Henry drückte mir die beiden Strahlrohre in die Hand. »Na los doch, ich denke, ihr habt es so eilig, von wegen Explosion und so.« Ich wusste nicht, was ich davon halten sollte, aber recht hatte er trotzdem, eilig war es ja. Schnell nahm ich rechts und links je einen der fünfzehn Meter langen Rollschläuche in die Hand und lief los. Die beiden Strahlrohre steckte ich vorher in meinen breiten, ledernen Hakengurt.

Knappe zwanzig Meter vor mir liefen Norbert und Stephan über den unebenen Stoppelacker.

Es war ein wilder Anblick. Immer noch schlugen die Flammen aus einem mittlerweile fast vollständig zerstörten Dach. Gelbrotes, waberndes Flackerlicht warf seinen hellen Schein gegen einen nachtschwarzen Himmel, in den immer wieder Millionen Funken aufstieben. Weißgraue Dampfwolken drangen wie überdimensionale Watteberge aus allen Öffnungen des Vereinshauses, ein Zeichen unseres baldigen Sieges. Meine beiden Kollegen zeichneten sich messerscharf als Silhouetten ab und warfen bizarre

Schatten über den undeutlich zu erkennenden dunklen, wildbewachsenen Boden.

Ich konnte mich diesem faszinierenden Anblick nicht hingeben. Meine gesamte Aufmerksamkeit galt diesem schwierigen, unebenen Gelände voller kleiner Löcher und Erdaufwerfungen, auf dem man besonders nachts und bei solchem Zwielicht nur langsam gehen sollte.

Aber ich lief so schnell es eben ging, genau wie die beiden vor mir. Ich hatte mich ihnen jetzt etwas genähert, denn die schwere Haspel in ihrer Mitte behinderte sie beim Laufen.

Dann, auf einmal, ich sehe das Bild heute noch genau vor mir, tat sich die Erde auf und verschlang meinen besten Freund. Im Bruchteil einer Sekunde war er verschwunden. Ich hörte nur noch seinen Aufschrei und sah, wie Norbert eine zirkusreife, artistische Rolle vorwärts schlug. Dabei hielt seine linke Hand immer noch den metallenen Handgriff der Schlauchhaspel fest. In Panik rannte ich die letzten Meter, die beiden aufgerollten Schläuche hatte ich bereits fallen lassen. Dann erblickte ich einen, von dichtem Wildgras gut getarnten, tiefen Erdkrater. Er war auch jetzt nur zu erkennen, weil mein unglückseliger Freund hinein gestürzt war.

Wie tief mochte er gefallen sein? Hoffentlich lebte er noch oder hatte er sich vielleicht die Beine gebrochen?

Meine Sorge war, Gott sei Dank, umsonst. Ein lang gezogenes »Buahh!!«, sagte meinem überglücklichen Herzen, dass noch Leben in Stephan steckte.

Norbert rappelte sich gerade wieder auf: »Verdammt! Was war das?« Er stützte sich auf seine Hände, ließ sich aber sogleich wieder mit einem Schmerzensschrei zurückfallen. Mit der rechten Hand umfasste er sein verstauchtes linkes Handgelenk. Eigentlich, so erzählte er uns später, wollte er seine Hand noch während des Saltos von der Schlauchhaspel lösen. Das gelang ihm aber durch den dicken Lederhandschuh nicht schnell genug. So zog er sich mit der schweren Haspel eine schmerzhafte Verstauchung seines Handgelenkes zu.

Jetzt standen wir, nachdem ich ihm aufgeholfen hatte, staunend am Rand dieses mysteriösen Erdlochs. Es quatschte seltsam da unten, dazu ein undefinierbares Grunzen, aus dem wir nicht schlau wurden. Nach den berühmten Schrecksekunden, die ja bekanntlich über Leben und Tod entscheiden können, besannen wir uns aber auf unsere hoheitliche Aufgabe der Menschenrettung. Dazu möchte ich in aller Aufrichtigkeit bemerken, dass wir sehr versucht waren, diesen Ort des Grauens schnellstens zu verlassen, denn was jetzt folgte, wird der geneigte Leser selbst bei begnadetster Fantasie nicht nachvollziehen können.

Das Erdloch entpuppte sich als eine bei Bauarbeiten ausgehobene Toilettengrube. Ach, was soll's – nennen wir das Ding doch beim Namen: Eine elende Scheißegrube war es, eine offensichtlich lang genutzte. Die Bauarbeiter (weiß Gott, was sie in dieser Pampa gebaut hatten, denn weit und breit war nichts zu sehen) waren weg, das berühmte Holzhaus mit dem Herzchen ebenfalls. Nur die ungesicherte Grube mit den unumstößlichen Beweisen ihres Daseins hatten sie zurückgelassen. Und Stephan, ein Kind des Glücks (heißt es nicht im Volksmund, wer in Scheiße tritt, hat Glück. Wie viel mehr Glück hat also der, der in eine solche Grube fällt), steckte bis zur Brust darin!

Unter dem größten persönlichen Mut der Überwindung legten wir uns flach auf den mit Sicherheit stark kontaminierten Boden und streckten ihm hilfreich unsere Arme entgegen. Natürlich hätten wir auch eine Leiter holen und in dieses Loch der Glückseligkeit herablassen können. Diesen Gedanken zeitaufwendig in die Tat umzusetzen, verwarfen wir aber gleich wieder, angesichts des grauenvollen Stöhnens und Jammerns aus der dunklen Tiefe.

Außerdem, so ging es uns durch den Kopf, war es sicher nicht gut, eine wertvolle Feuerwehrleiter aus edlem astfreien Zedernholz in diese abscheuliche Jauche zu tunken.

Ich atmete nur noch durch den geöffneten Mund, denn mein stark in Mitleidenschaft gezogenes Riechorgan konnte unmöglich noch mehr von diesem besonders strengen Duft vertragen.

Stephan, dem solche zart besaiteten Gefühle sicher schlagartig vergangen waren, packte beherzt mit seinen verseuchten Händen unsere immer noch halbwegs sauberen Jackenärmel und zog sich ächzend und stöhnend in die Höhe. Gnadenlos missachtete er dabei die elementarsten Gesetze menschlichen Zusammenlebens, indem er sich unserer wehrlosen Körper als Kletterhilfe bediente.

Dabei wurden wir unweigerlich von den Düften, die durch seine heftigen Befreiungsversuche entstanden, nochmals auf das heftigste attackiert. Doch nicht genug damit: Einige dieser ekeligen, festeren und flüssigen Bestandteile der Grube tropften von seiner Kleidung ab und fielen auf uns ... brrrrrrrrrr.

»So eine elende Scheiße!«, fluchte er dabei unentwegt vor sich hin. Wir konnten ihm nicht widersprechen.

Verflucht seien sie, diese Kerle, die dieses Loch der Schande offen zurückgelassen hatten!

Dieses unrühmliche Kapitel Düsseldorfer Feuerwehrgeschichte hatte maximal drei Minuten in Anspruch genommen, aber die Nachwehen wirkten noch in naher und ferner Zukunft.

Noch immer unter dem Schock des fürchterlichsten aller Erlebnisse stehend, dachten wir jetzt wieder an unsere eigentliche Aufgabe.

Noch war unser kurzes Fernbleiben niemandem aufgefallen und so erreichten wir mit einer kleinen Verspätung den eigentlichen Einsatzort. Wie es heißt, riecht der Knoblauchesser seine für andere Menschen oft penetranten Ausdünstungen nicht. Nun, es wäre übertrieben zu behaupten, dass wir nicht gerochen hätten, was mit uns geschehen war, aber unsere Wirkung auf die Nichtbeteiligten glich der Begegnung eines Pestkranken mit Gesunden.

Ewald Werner kam zu uns, knurrte: »Wurde aber auch langsam Zeit, dass ihr das C-Rohr hier platziert.« Seine wenigen Schritte hatten ihn in unseren Dunstkreis gebracht. Er verzog zuerst nur ein wenig das Gesicht. Den Riechkolben schnüffelnd wie ein Spürhund in Falten gelegt, stellt er die rhetorische Frage: »Was stinkt denn hier so ekelig?« Eine eisige Mauer des Schweigens versuchte vergeblich die unüberriechbare Schande zu vertuschen.

»Hat etwa einer von euch irgendwo herein getreten?« Er kam noch zwei Schritte näher, um dann mit entsetztem Gesicht gleich wieder auf Distanz zu gehen. »Pfui Teufel! Das kann ja keiner aushalten, was ist denn mit euch passiert?«

Norbert, der älteste von uns Dreien, beschrieb mit nüchternen Worten was geschehen war. Der Chef verzog keine Miene und erteilte statt dessen im Bewusstsein des wichtigeren Tatbestandes der Brandbekämpfung seine Befehle: »Norbert, Martin, C-Rohre hier an die Tür, haltet hauptsächlich auf die Knotenpunkte. Ich will nicht, dass uns die gesamte Dachkonstruktion einstürzt. Stephan, mitkommen!« Gott sei Dank, den Oberstinker waren wir los.

»He DU! Ich sagte zwar mitkommen … aber doch nicht an meiner Seite! Das hält ja keiner aus!« Armer Stephan, hart hatte es dich getroffen und jetzt setzte sich das Spießrutenlaufen auch noch weiter fort. Bedröppelt trottete er mit hängenden Schultern wie ein treuer Hund hinter dem Chef her, jetzt im gebührenden Abstand von einigen Metern.

Ewald Werner bog um eine Ecke des langen Gebäudes zu einem Eingang, von dem eine halbwegs begehbare Treppe nach oben führte.

Hier arbeiteten mehrere Feuerwehrmänner. Zwei spritzten immer noch Wasser mit Sprühstrahl auf qualmendes, aber mittlerweile nur noch kokelndes Brandgut.

Die anderen rissen mit Dungharken das verkohlte Gerümpel heraus, damit der Weg nach oben wieder frei wurde.

»Pack hier mal mit an«, sagte Werner und verzog sich dann eilig.

Stephan griff sich auch sogleich ein undefinierbares Möbelstück, beziehungsweise das was davon übrig geblieben war. Dabei kam er den anderen näher als ihm lieb war und so wiederholte sich, was er nur wenige Minuten früher bereits draußen erlebt hatte. Die hier anwesenden Feuerwehrmänner konnten hier schon wieder ohne die noch unlängst lebensnotwendigen Atemschutzmasken arbeiten. So kamen auch sie in den fragwürdigen Duftgenuss, der Stephan wie eine unsichtbare aber desto intensivere Aura eines altindischen Fakirs umgab.

Nach einigen heftigen Wortausbrüchen schritten die Männer mit dem Sinn fürs Praktische zur Tat und pinselten meinen armen Freund genau mit den Strahlrohren ab, die sie eben noch auf die kokelnden Glutnester gerichtet hatten. Dass es dabei nicht gerade zimperlich zuging, kann man sich wohl vorstellen.

Die Kühle der Nacht ließ Stephan bald frieren und ein einsichtiger Einsatzleiter schickte den Bedauerlichen in das Löschgruppenfahrzeug, wo er sich seiner miefenden, total durchnässten Kleidung entledigen konnte. Wie immer gab es natürlich auch hier ungebetene Zuschauer. Eine Frau öffnete die Tür zum Mannschaftsraum des LF, aus welchem Grund auch immer. Sie sah auf Stephan, der nur noch mit seiner Unterwäsche bekleidet, eine Wolldecke aus dem Sitzkasten holte. Mit einem: »Oh! Entschuldigung, haben Sie schon Feierabend?« warf sie die Tür wieder zu und verschwand in der Dunkelheit.

In Decken gehüllt, wartete er dann das Ende dieses für ihn so unrühmlichen Einsatzes ab. Freiwillig hätte Stephan das Feld allerdings nicht geräumt, er ist mit Leib und Seele Feuerwehrmann.

Bis sich die abgekämpften Löschmannschaften zurück zu ihren Fahrzeugen begeben konnten, verging noch eine längere Zeit.

Zurück blieb die ausgebrannte Ruine eines zuvor recht hübschen Gaststätten-Vereinshauses. Die von einer Rußschicht überzogenen Dachbalken ragten traurig in den nachtschwarzen Himmel; Tür- und fensterlos stand es da, ein brandgeschwärztes Kalksandsteingebäude mit geschmolzenen und wieder erstarrten Glasbausteinen. Ein durchdringender, penetranter Brandgeruch lag über dem Ganzen. Das Umfeld war vom Löschwasser matschig und aufgewühlt. Der klebrig-schwarze Belag überzog auch die Schläuche, die Stiefel und Uniformen aller, die diesen Brand niedergekämpft hatten. Trotz der Müdigkeit, die nach dieser langen Nacht in unseren abgespannten, schweiß- und rußverschmierten Gesichtern stand, herrschte eine gelöste Stimmung.

Feuerwache Vier startete gerade die Dieselmotoren und auch wir hatten unsere Ausrüstungsgegenstände wieder in den Fächern verstaut.

Lediglich viele aufgerollte, schmutzige Schläuche lagen noch auf einem großen Haufen vor dem Löschgruppenfahrzeug. Normalerweise stehen diese aufgerollt in eigens dafür vorgesehenen Fächern. Nach Gebrauch – und das wird bei allen Feuerwehren so gehandhabt – wirft man sie meist in den Fußraum der Fahrzeuge hinten, dort wo die Löschmannschaft sitzt.

Nichts ahnend öffnete einer meiner Kollegen die Tür zum Mannschaftsraum, um die Schläuche genau dort hineinzuwerfen.

Voll Entsetzen prallte er mit einem Aufschrei des Grauens zurück: »BAHH!! Was stinkt denn da drin so??«

Was nun geschah, kürze ich ab: Stephan, die arme Socke, wurde samt seiner verseuchten Kleidung auf die Leiter verbannt und keiner setzte sich dazu.

Nur der heftig protestierende Maschinist musste sich unter Androhung disziplinarischer Konsequenzen hinters Steuer setzen. So fuhr ein mit Feuerwehrmännern hoffnungslos überfülltes Löschgruppenfahrzeug und ein unter Quarantäne stehendes Drehleiterfahrzeug zurück zur Feuerwache Drei.

Dort angekommen, entwickelte sich zu dieser späten Nachtstunde eine geschäftige Aktivität auf dem bis dahin so stillen Feuerwehrhof. Trotz der Müdigkeit, die uns allen in den strapazierten Gliedern steckte, brachten wir unsere Fahrzeuge wieder auf Vordermann. Das hieß Grundreinigung! Abspritzen der verdreckten Geräte, der Schaufeln, Dungharken, Strahlrohre usw., Auffüllen sämtlicher stark gelichteter Schlauchfächer mit Rollschläuchen, Aufrollen von B- und C-Schläuchen auf die Haspeln. Selbstverständlich wurden auch die eingesetzten Pressluftatmer gewechselt und noch in der gleichen Nacht fuhr ein Mann mit den leeren Geräten zur Feuerwache Eins, um sie in der Atemschutzwerkstatt gegen neue Geräte einzutauschen.

Erst, nachdem all diese Arbeiten erledigt waren und die großen, roten Löschfahrzeuge, die wieder einmal ihre Aufgabe zuverlässig erfüllt hatten, sauber abgeledert auf ihren Plätzen in der Halle standen, durften auch wir unter die Dusche. Aber auch nicht alle gleichzeitig. Dass jeder den groben, rußigen Schmierfilm von seinem Helm putzte, versteht sich von selbst. Und besondere Sorgfalt widmeten wir der Reinigung unserer Atemschutzmasken. Kurzum, ein solcher Einsatz benötigt immer eine lange Zeit für die Wiederherstellung der Einsatzbereitschaft.

Und so fielen wir auch erst in den frühen Morgenstunden erschöpft in unsere Betten. Zwei Mann konnten allerdings in dieser Nacht keinen Schlaf finden: Stephan kam gar nicht mehr unter dem reinigenden Wasserstrahl der Dusche hervor und unser Telegraphist Norbert Krämer wälzte sich in seinem Bett hin und her.

Er wurde von einem ihm unerklärlichen penetranten Gestank gepeinigt, der sich wie ein Albtraum über sein schlafloses Nachtlager legte.

Wo kommt nur dieser schreckliche Mief her?, rätselte er, denn selbst nach dem Schließen des Fensters, wollte der Gestank nicht weichen.

Wie konnte der Arme auch ahnen, dass Stephan seine Kleider der tausend Düfte zum Trocknen über das schmiedeeiserne Geländer gehängt hatte, das unter seinem Fenster den Kellertreppenabgang sicherte.

Man kann sich vorstellen, dass meine Geschichte in unserer gut gelaunten Runde zu wahren Ausbrüchen der heftigsten Lachattacken führte. Meine übermütigen Kollegen ergingen sich in den abenteuerlichsten Äußerungen, dabei fiel so mancher Kommentar, den ich hier besser nicht zitiere.

Ich appelliere an die Fantasie meiner Leser und so kann sich jeder seine gedankliche Version der weiteren Gesprächsrunde machen.

Zugeben musste ich aber auch meine Mitschuld an einem schändlichen Vergehen, das von mehreren Kollegen an den unschuldigen Stiefeln meines leidgeprüften Freundes begangen wurde.

Die schwarzlederne Fußbekleidung stand in gebührender Entfernung von unseren feinfühligen Nasen im Sonnenschein hinter dem hohen Feuerwehrsteigeturm. Viel frische Luft und Sonne sollten den Dämon austreiben, dessen Gestank nach wie vor tief im Leder steckte.

Als diese »Knobelbecher« trocken waren, stanken sie tatsächlich nicht mehr – das heißt, keiner der näher als zwei Meter herantrat, roch etwas. Und dennoch gab es einige Unerschrockene (eben Feuerwehrmänner mit besonders mutigem Charakter), die den Trocknungsprozess mit Hilfe eines Eimer Wasser zielgenau unterbrachen.

Das ging so viele Tage, bis Stephan endlich ein neues Paar Stiefel erhielt und sich schweren Herzens über einem verzinkten Müllbehälter für immer von seinen »Freunden« verabschiedete.

Insch-Allah – Kemal

Uli grinste über beide Wangen. Während er seinen letzten Bissen Pizza kaute, meinte er: »He, das ist ja eine irre Geschichte, DAS müsstest du in deinem Buch schreiben!«

»Klar, du Depp, damit der Stephan dafür dem Martin den Kopf wäscht!«, entgegnete Ralf lachend.

»Das ist doch Quatsch. Die Story muss rein ... also, wer dafür kein Verständnis hat ...«

»Das sagst du so, was meinst du wie viele dann denken, der Mann sei nur für Sch ... gut?!«

Horst schaltete sich wieder ein: »Was wisst ihr Kinder denn von unserem Stephan? Ich sage euch, er kann das verkraften. Und außerdem, wer ihn so kennt wie wir, weiß genau, dass er wesentlich mehr drauf hat als ... als ... als ...«

»... als du!«, kicherte Ralf.

»He, pass bloß auf – Bürschchen.«

»Genau, bald wird Horst nämlich DGL ... und dann, dann bist du dran!«

Sofort nahm unser Gespräch eine andere Wendung.

»Stimmt das?«

»Kann man schon gratulieren?«

»Wann ist es denn so weit?«

Horst, bedrängt von den neugierigen Fragestellern, blieb indessen völlig gelassen. Und in seiner ihm eigenen, kühlen Art winkte er nur ab: »Passt mal auf, ihr Lümmel, wenn es so weit ist, werdet ihr es schon früh genug merken. DANN ist es nämlich mit dem Zuckerschlecken vorbei!«

Natürlich meinte er es bei weitem nicht so hart, wie es jetzt klang, aber mancher in unserer Runde fürchtete dennoch den Tag, an dem Horst den Platz eines DGL einnehmen würde. Er war nicht bei allen beliebt, aber kein DGL hat jemals eine schwere Aufgabe erhalten, weil er so »beliebt« war.

Zwangsläufig würde sich mit der neuen gewaltigen Verantwortung und der Position des Vorgesetzten auch ein verändertes Verhältnis zur Mannschaft einstellen. Blieb die Frage: Wie geht ein Vorgesetzter mit eben dieser Macht und ihrer praktischen Umsetzung gegenüber seiner Mannschaft um? Und da gibt es leider nicht wenige, denen auf ihrem neuen Weg ein gutes Stück Menschlichkeit abhanden kommt.

Ich verfolgte den weiteren Gesprächsverlauf nicht mehr. Da das Interesse an der Stephangeschichte von dem neuen Thema abgelöst worden war, hing ich meinen Gedanken nach. Bei allem Karrierestreben freute ich mich darüber, dass ich hier in einer solchen Runde unter all den Knofi-Pizza-Essern als Einziger eine unverseuchte Pizza essen konnte, unter diesen herrlich verrückten, prima Kerlen, meinen Kameraden! Das zählte! Das ist das Glück des Lebens! Seien wir uns dessen immer bewusst, gerade wir, die täglich mit Leid und Tod konfrontiert werden. Wir, die nur allzu oft bei unserer Arbeit erfahren, wie schnell vergänglich das Leben und die Gesundheit sein können.

»Was ist los, Martin?«

Ich zuckte bei der Berührung meines Armes förmlich zusammen. Unser Notarzt hatte mich angesprochen.

»Du wirkst so abwesend!«

Ja, ja, das war ich auch. Aber schnell verscheuchte ich meine Gedanken: »Nee, alles klar, hab nur ein bisschen nachgedacht.«

Thomas, ein guter Menschenkenner, konnte wohl in meinen Augen lesen. Er blickte mich ernst an und sagte: »Hier, nimm noch ein Stück von dieser wirklich ausgezeichneten Pizza!« Dabei reichte er mir meinen Teller, auf dem schon wieder ein verführerisch duftendes, dampfend heißes Stück von überdimensionaler Größe lag.

»He, seid ihr wahnsinnig? Wer hat mir das denn aufgelegt? Also ehrlich, ich streike, ich kann nicht mehr.«

Und mit einem Augenzwinkern entgegnete Thomas: »Du willst doch nicht unseren Addi beleidigen?«

»Haut rein«, rief dieser, »es sind immer noch zwei Bleche im Ofen.«

Aber aus dem Reinhauen wurde nichts mehr, zumindest für die Notarztwagenbesatzung.

Ein Doppelgong ertönte, sofort verstummte jegliches Gespräch: »Einsatz für den Notarzt! Hasselsstraße Ecke Am Schönenkamp! Verkehrsunfall!«

»Wird auch langsam Zeit, dass ihr faulen Säcke mal was tut!«

»Wir lassen euch aber noch was übrig! Vielleicht!«

»Untersteht euch, uns nachzufordern! Macht euren Kram gefälligst allein!«

Solche netten Kommentare begleiteten uns vier auf dem Weg zum Rutschschacht. Das war beileibe nicht böse oder ernst gemeint. Kleine, spöttische Wortgeplänkel sind einfach an der Tagesordnung und überdecken lediglich den Ernst der permanent auf uns lastenden Anspannung.

Auf der Schnellstraße, die an unserer Wache vorbeiführt, herrschte noch dichter Verkehr. Wir können uns nicht völlig auf die automatische Ampel vor unserer Wache verlassen, denn es passiert immer wieder, dass die vorbeirasenden Autofahrer das rote Licht nicht beachten. Dadurch hat es schon manche brisante Situation gegeben.

Ralf grinste, als er die Sondersignale bereits in der hohen Fahrzeughalle einschaltete. »So, jetzt wissen die da oben, dass wir raus sind!«

Die, das waren die Kollegen oben in der Küche, nur störte sie der von den elektrischen Sirenen erzeugte Lärm jetzt nicht. Würden wir dieses Spielchen allerdings zur nachtschlafender Zeit machen, dann hätten wir mächtigen Ärger bekommen.

Bevor wir die Doppelfahrspur gefahrlos überqueren konnten, flogen trotz eingeschalteter Sondersignale noch etliche PKW an uns vorüber. Es gibt hier eine eigens für uns freigelassene Durchfahrt im Grünstreifen dieser autobahnähnlichen Raserstrecke, so dass wir nach links in Richtung Hassels fahren konnten.

Die erste große Ampelkreuzung zeigte rot. Hier galt es, besonders vorsichtig zu sein. Ralf verringerte das Tempo und tastete sich langsam in die Kreuzung.

»Rechts frei«, rief ich, als ich sah, dass der Verkehr stand. Links musste er selber gucken.

Wir überquerten fast die breite Kreuzung, da schoss auf einmal von rechts ein Motorradfahrer mit hoher Geschwindigkeit an uns vorüber.

»**Idiot!!!**«, schrie Ralf und trat gleichzeitig hart auf die Bremse.

Wir fluchten alle. Genau das sind die gefährlichen Situationen, gegen die selbst größte Vorsicht nicht schützen kann.

»Organspender!«, meinte Jochen lakonisch, während wir unsere Fahrt bereits mit beschleunigtem Tempo fortsetzten.

Ja, *er hat Recht,* dachte ich. Viele Motorradfahrer verkennen die besondere Gefahr, die mit ihrem Gefährt verbunden ist, unterschätzen das Risiko und überschätzen ihr eigenes Können. Viele, zu viele haben dadurch ihr Leben gelassen oder ihre Gesundheit geopfert.

Ausfahrt Benrath, vor der scharfen, unübersichtlichen Kurve bremste Ralf ab. Die Straße hat hier starkes Gefälle. Vor uns bremsten einige Autos, die Ampel zeigte rot. Wie so oft bemerkten uns die Autofahrer trotz Lichthupe und eingeschalteten Sondersignalen erst ziemlich spät. Wir wollten rechts abbiegen, drei Wagen versperrten uns den Weg. Die Doppelspur geradeaus war ebenfalls besetzt.

Die Rechten unternahmen verzweifelte Versuche nach links zu fahren, die Linken wollten nach rechts. CHAOS!

Ralf schaltete die Sirene aus. Obwohl wir den vor uns Stehenden nicht in die Augen sehen konnten, spürten wir ihre Panik.

Jochen gab Anweisungen über den Außenlautsprecher: »Fahren Sie an den rechten und linken Fahrbahnrand und bilden Sie eine Gasse!«

Vorderräder rumpelten brutal über Bordsteinkanten, endlich wurde es grün. Wir quälten uns durch die millimeterschmale Lücke und waren endlich durch. Nach einhundert Metern Forststraße bogen wir links in die Hasselsstraße. Hier zeigte die Ampel grün, keine Probleme. Die Hasselsstraße ist ziemlich lang, mit vielen Kurven. Am Ende mündet sie im Schönenkamp, da wird oft viel zu schnell gefahren, selbst bei hellem Sonnenschein, wenn viele Kinder unterwegs sind.

Einige dieser Kinder versuchten mit ihren Rädern auf dem gegenüberliegenden Bürgersteig uns ein kleines Rennen zu liefern – wir gewannen.

Höchstens noch zweihundert Meter, hinter der letzten Kurve musste der Unfall sein.

Wir wissen nie genau, was uns erwartet. Es ist immer wie ein Sprung ins kalte Wasser, aber die große Nervosität der ersten Berufsjahre verspürte von uns keiner mehr.

Dazu sind wir schon zu lange Profis. Trotzdem sind wir keineswegs abgebrüht, gefühlskalte Menschen, sondern wir haben gelernt, unsere Emotionen zu beherrschen, um effektiver arbeiten zu können.

Ich habe den Tod auf der Straße oft erlebt, habe verzweifelte Verletzte schreien hören, habe selbst im Blut gelegen und wäre oft genug am liebsten davongelaufen. Aber das geht nicht! Entweder du schaffst das oder du wechselst besser den Beruf!

Pro Mann und Jahr circa tausend Einsätze, da ist alles drin. Und doch gibt es immer wieder Neues.

Der lindgrüne Audi lag auf dem Dach, die tief eingebeulte Fahrerseite hatte keine Scheiben mehr.

Ein am Unfall beteiligter, nagelneu wirkender VW-Bus stand mit laufendem Motor mitten auf der Kreuzung. Aufgeregte Autofahrer rannten planlos mit ihren Verbandkästen umher. Einen sah ich sogar mit einem kleinen PKW-Feuerlöscher in der Hand. Er stand bei dem Audi, winkte uns hektisch mit der freien Hand.

Autos gehören auf die Straße, dieses jedoch lag auf dem Gehweg, neben ihm zwei offensichtlich verletzte Menschen.

Das alles erfasste ich in einem kurzen Augenblick und erkannte, dass wir hier unbedingt umfangreiche Hilfe benötigten.

»Oh, oh! Arbeit, Thomas, das sieht nach viel Arbeit aus!«

Unser Notarzt hatte längst seinen Kopf durch das Schiebefenster gesteckt, um einen ersten Eindruck zu gewinnen. »Wir werden uns teilen!«, bestimmte er.

»Florian Düsseldorf für 6/81/1 kommen!« Meine Stimme war genauso ruhig wie immer, wenn ich den Funk bediene.

»Kommen Sie 6/81/1!«

»Unfall am Schönenkamp Ecke Hasselsstraße mit zwei PKW. Mehrere Verletzte, Brandgefahr. Wir benötigen eine Löschgruppe und zwei Rettungswagen zur Einsatzstelle. Weitere Rückmeldung folgt.«

»Verstanden. Ein LF und zwei RTW!«

Noch waren wir nicht ausgestiegen, wir hatten also keinen präzisen Überblick über die Schadenslage sowie die Anzahl und Schwere der Verletzten – aber dennoch war es elementar wichtig, bereits im Vorfeld die Verstärkung anzufordern.

In einer solchen Situation konnte man eher einen überzähligen Rettungswagen zurückschicken, als ihn zu spät anzufordern.

Die Polizei war noch nicht da. Spätestens nach diesem Funkspruch würde sie in wenigen Minuten zur Stelle sein.

»Ralf, nicht ganz an den Audi ranfahren.«

Rechter Hand, knapp sechs bis acht Meter weiter, gab es eine freie Stelle, ein idealer Platz für unseren NAW mit freiem Zugang.

»Motor laufen lassen und hinten alle Lampen an! **Ralf**, du sicherst die Unfallstelle, dann stell uns die Trage mit Vakuummatratze raus. **Jochen**, Handscheinwerfer und Feuerlöscher mitnehmen!«

Es galt schnell zu handeln. In kürzester Zeit mussten wir einen klaren Überblick über die gesamte Situation haben.

Jeder hatte seinen Feuerwehrhelm aufgesetzt. Unsere orangefarbenen Jacken hatten die gleiche Wirkung wie Warnwesten, nur dass sie wegen ihrer vielen Taschen wesentlich praktischer waren. In allen Taschen steckte der nützliche Krimskrams, den jeder Feuerwehrmann und Rettungsassistent unbedingt mit sich führen »muss«. Bei der Auswahl der Utensilien setzt allerdings jeder seine eigene Priorität.

Wir sprangen aus dem NAW, sofort riefen verschiedene Passanten nach uns. An drei verschiedenen Stellen sollten wir zugleich sein.

»Hallo! Hier drüben! Schnell! Der Mann atmet nicht mehr!«

Das hörte sich verdammt kritisch an.

»Hilfe! Hilfe! Der Wagen brennt! Schnell Mann! Machen Sie doch!«, rief der Mann mit dem Feuerlöscher.

Schien genauso eilig zu sein.

Weitere hilferufende Stimmen drangen an mein Ohr:

»Ich habe alles gesehen, möchten Sie meine Personalien?«

»Das war der am VW-Bus.«

» Hallo! Sie sollten mal nach dem Fahrer sehen!«

»Hören Sie mal, meiner Frau geht es gar nicht gut, können Sie bitte mitkommen?«

Das klang zwar höflich, passte aber gar nicht zu dem festen Griff, mit dem er meinen Arm umklammert hatte.

»Was hat Ihre Frau denn?«, fragte ich, ohne meinen schnellen Schritt in Richtung Audi zu unterbrechen. Notgedrungen musste der hartnäckige Greifer entweder loslassen oder mitgehen. Er entschied sich für Letzteres.

Ich muss gestehen, dass mir der Kerl lästig wurde. Nur im Hintergrund hörte ich seiner Story zu, die vollkommen unwichtig war. Als unbeteiligter Neugieriger hatte er sich unter die Gaffer gereiht, jetzt war es seiner Frau anscheinend übel geworden. Sie hatte sich übergeben und ihr neurotischer Gatte glaubte, wir hätten nichts Wichtigeres zu tun, als uns mit solchen Sperenzchen abzugeben.

»Jochen, sieh dir die Leute im VW-Bus an, wir sind beim Audi.«

»Geht klar!«

Einem Mann wie Jochen Flesch brauchte ich nichts weiter zu sagen, auf ihn konnte ich mich hundert Prozent verlassen.

Thomas beugte sich bereits zu zwei am Boden liegenden Menschen herunter.

»Kommst du klar?«, rief ich.

»Ja, ja! Mach mal, ich schaffe das hier schon.«

Der Lästige hatte sich wieder entfernt, dafür waren wir nun von anderen umringt. Autofahrer, die anhielten, weil die Kreuzung blockiert war oder weil sie helfen wollten. Verschiedene Fußgänger, die den lauen Abend zu einem kleinen Gang an der frischen Luft genutzt hatten und mittlerweile auch die Kinder auf ihren Fahrrädern. Die, die uns eben das kleine Rennen geliefert hatten.

Auf den ersten Blick sah ich keine blutenden Verletzten. Aber das bedeutete nichts, es ist oft schwierig, unter all den vielen Umherstehenden die tatsächlichen Unfallopfer auszumachen.

Das alles erfasste ich immer noch auf dem Weg zu dem auf seinem Dach liegenden Audi. Der Mann mit dem Feuerlöscher stand hilflos daneben, drehte sein rotes Prachtstück mit beiden Händen und schien unschlüssig, was er damit überhaupt anstellen konnte oder sollte.

Verdammt, es roch penetrant nach Benzin! Eindeutig, das war Sprit und nichts anderes. Und im Audi hingen zwei Personen kopfüber in den Sicherheitsgurten der Vordersitze.

Unter dem Wagendach trat die schillernde, todbringende Flüssigkeit hervor. Ein Funke, eine weggeworfene Zigarette … Bufff! Das wär's! Mir wurde ganz anders. Ich blickte sofort in die Runde, ob irgendwo ein Raucher auszumachen war. Aber Gott sei Dank sah ich niemanden. Hier gab es kein Zaudern. Der Wagen war eine tickende Zeitbombe. Ich brauchte dringend Hilfe.

Jochen blickte in den VW-Bus. Die Fahrerin, eine junge Frau um die fünfundzwanzig, hing apathisch hinter dem Lenkrad. Von ihrem kastanienbraunen Schläfenhaar zog sich eine starke Schwellung bis zur linken Augenbraue. Der Sicherheitsgurt war immer noch angelegt. Ein feines Blutgerinnsel aus dem linken Ohr war bereits verkrustet.

Mit etwas Kraft ließ sich die Fahrertür öffnen. Jochen überwand die Schwergängigkeit des verzogenen Scharniers, dann legte er drei Finger seiner Hand an die Halsschlagader und spürte einen beschleunigten Herzschlag. Er sprach die Verletzte an. Keine Reaktion, nur ein leises Stöhnen.

HWS-Syndrom, Schleudertrauma. Vermutlich Schädelbasisbruch, lautete seine erste Verdachtsdiagnose.

Hinter ihm wurden aufgeregte Fragen laut: »Lebt sie noch?« »Was hat die Frau?«

»Kommen Sie, ich helfe Ihnen, wir holen sie am besten raus!«

Aber Jochen hatte anderes zu tun, als darauf zu achten. Trotzdem registrierte er die gut gemeinte Hilfsbereitschaft, die aus diesen Stimmen klang.

Mit der kleinen Punktleuchte, die er aus seiner oberen Brusttasche zog, leuchtete er in die Pupillen seiner Patientin.

Die träge, verzögerte Reaktion stimmte ihn sehr bedenklich, aber immerhin reagierten beiden Augen gleich.

Ralf, der in Windeseile einige der Autofahrer zur Unfallstellenabsicherung veranlasst hatte, rollte gerade die Krankentrage auf ihrem fahrbaren Untergestell zu Jochen an den Bus.

Vorausschauenderweise hatte er nicht nur die Vakuummatratze, sondern ebenfalls die Tasche mit den Stiffnecks darauf gelegt.

Da sich die Beifahrertür nicht mehr öffnen ließ, kletterte er kurzerhand durch die große Heckklappe in das Fahrzeuginnere. Dabei musste er über die überall verstreuten Häppchen mehrerer kalter Platten klettern. Offensichtlich war die Frau entweder zu einer größeren Party unterwegs oder sie betrieb dieses Geschäft professionell. Wie auch immer, an die zweihundert Lachs-Schinken-Käse-Pasteten und Wursthäppchen hatten unfreiwillig ihre mit frischen grünen Salatblättern verzierten Silbertabletts verlassen, lagen nun einträchtig mit den kleinen Frikadellen und den Partybrötchen auf dem Boden. Trotz der ernsten Situation steckte sich Ralf ein mit Gurke verziertes Käsestückchen in den Mund und überstieg die Sitzbank. Auf dem kurzen Weg pressten sich gezwungenermaßen viele der kleinen Leckereien in seine Hosenbeine und mit vollem Mund meinte er: »Hmm, kleinen Stiffneck, Schleck – kleiner schlanker Hals, Schmatz!«

Jochen blickte ihn strafend an. Sein »verfressener Rettungsassi!« kam so dezent über seine Lippen, dass nur Ralf es hören konnte.

»Na und«, entgegnete der mit Unschuldsmiene. »Was soll's, die fliegen sowieso alle weg.«

Dann legten die beiden mit sicheren Handgriffen der Bewusstlosen den stabilisierenden Stiffneck um den Hals. Die Gefahr der Verschlimmerung einer vorhandenen oder drohenden Verletzung des Rückenmarks oder gebrochener Halswirbelkörper wurde dadurch auf ein Minimum reduziert.

»Wir brauchen jetzt Ihre Hilfe.« Jochen drehte sich zu den drei Männern um, die dicht an der Fahrertür standen und ganz den Eindruck machten, dass man sich auf sie verlassen könne.

»Wie ist Ihr Name?«

Verwundert blickte mich der Angesprochene an. Er deutete auf sich selbst und fragte: »Meinen Sie mich?«

»Ja sicher, wie heißen Sie?«

»Ich heiße Kemal, ich bin Türke.«

»Okay, Herr Kemal, ich brauche Ihre Hilfe. Laufen Sie zu allen Autofahrern und bringen Sie mir die Feuerlöscher. Haben Sie das verstanden?«

»Ja, ja! Ich verstehe – alle Feuerlöscher.« Dabei stellte er seinen Eigenen neben mir ab. »Is nich gut, tut nich … kaputt … aber egal. Ich bin gleich zurück.« Damit eilte er davon.

Wenn er welche auftreiben konnte – gut. Wenn nicht – na ja, hier konnte er mir jedenfalls nicht helfen.

Hier konnte und durfte ich mich nur auf meinen eigenen Kollegen verlassen. Zu groß war die Gefahr, Unbeteiligte zu gefährden.

Ein schneller Blick noch zu Thomas, der nur wenige Meter von mir entfernt die beiden auf dem Boden liegenden Verletzten versorgte.

Schon sein erster Eindruck hatte ihn an ein schweres Unfalltrauma denken lassen. Die Zeugen schilderten bereitwillig, dass der Audi mit hoher Geschwindigkeit über die Ampelkreuzung gefahren wäre. Die Ampel hätte längst rotes Licht gezeigt. Der VW-Bus sei aus der Hasselsstraße gekommen. Dann der schreckliche laute Knall. Wie ein Geschoss flog der Audi gegen den Bordstein und kippte sofort über die Seite auf sein Wagendach. Dabei drehte er sich genau an der Stelle, an der er jetzt lag, mehrmals um die eigene Achse.

Die beiden Fußgänger hatten keine Chance auszuweichen. Alles geschah in Bruchteilen von wenigen Sekunden und in der Drehbewegung wurden die beiden Fußgänger vom rotierenden Chassis getroffen und brutal zu Boden geschleudert.

Der Mann, circa 60 Jahre alt, groß und von hagerer Gestalt, lag leichenblass mit schmerzverzerrtem Gesicht auf dem Rücken. Ängstlich blickte er zu der neben ihm liegenden Frau mit blutigen, mittellangen, grauen Haaren.

Sie war ohne Bewusstsein, atmete aber und ihr Puls ging regelmäßig. Das alles hatte Dr. Thomas Frankenhauser schnell untersucht. Zwar konnte keiner der Zeugen genau sagen, wer von den beiden vom Wagen getroffen worden war, doch für Thomas stand es fest. Der Mann hatte einen vernichtenden Schlag gegen seine Hüfte erhalten, war vermutlich gegen seine Begleiterin geschleudert worden und selbst zu Boden gegangen. Sein Oberschenkel war stark angeschwollen, der leichte Druck auf die Beckenschaufel erklärte alles Weitere. Dr. Frankenhauser rechnete mit einer schweren Becken- und Oberschenkelfraktur. Aussehen, Schmerz und Schocksymptome deuteten darauf hin, dass er dringend auf den OP-Tisch musste. Den ersten venösen Zugang legte er in den rechten Unterarm. Das gleiche wiederholte er links und verwendete großlumige, braune Viggos.

Im Moment war er ganz auf sich gestellt, das wusste er.

Wenn wir nicht selbst so dringend mit den anderen beschäftigt gewesen wären, hätten wir ihm die Infusion hergerichtet, aber so ...

»Halten Sie die mal bitte! Ja genau, einfach so festhalten und laufen lassen. Ich bin Notarzt. Ich brauche Sie! Danke für Ihre Hilfe.«

Die zwei jungen Mädchen sahen etwas verlegen aus, aber sie blieben bei ihm und so verwandelten sich aus den vielen unbeteiligten Zuschauern einige in gute, umsichtige Helfer.

Man muss sie nur ansprechen. Oft fehlt einfach der Mut, etwas von sich aus zu unternehmen. Viele haben auch Angst etwas falsch zu machen, aber die Bereitschaft ist da.

Jochen und Ralf hatten ihre Patientin mittlerweile auf die Vakuummatratze gelegt.

Sie war immer noch ohne Bewusstsein. Jochen konnte sie nicht allein lassen, aber Ralf eilte von Thomas zu mir.

»Der kommt allein klar!«, erklärte er. Dabei verzog er bedenklich das Gesicht: »He, das ist astreiner Sprit! Wir müssen sie raus haben, bevor das Ding abfackelt.«

»Ich weiß! Fordere noch ein TLF an, einen zweiten Notarzt und ...«, bedenklich sah ich einige Raucher, zwar weiter weg, aber eben Raucher. »Jag die Glimmstängel zum Teufel!«

Ralf sprintete zum NAW. Seine Funkruf lies weitere Kräfte nachkommen. In der Ferne erklangen auch schon die Sirenen der ersten, vorhin angeforderten Feuerwehr- und Rettungswagen. Dann vernahm ich seine Stimme über das Außenmikro. »Achtung, hier spricht die Feuerwehr, stellen Sie sofort das Rauchen ein. Werfen Sie keine Kippen auf den Boden! Es besteht akute Brandgefahr. Sie bringen uns in höchste Lebensgefahr!«

Kaum war die Durchsage verklungen, verschwanden einige der Umstehenden und zogen sich auf sichere Distanz zurück. Das war gut so.

Ralf kniete sich wieder zu mir.

»Ich kriech jetzt rein. Von hier draußen ist nichts zu machen.«

»Das schaffst du nicht allein!«

»Weiß ich, aber bevor die anderen nicht hier sind, wäre es Wahnsinn, wenn wir beide da rein gehen. Ich brauche dich hier draußen. Du bist der Einzige, der weiß, was nötig ist, wenn es tatsächlich drauf ankommt.«

Wir sahen uns nur kurz an. Ein Blick der Übereinstimmung, der auch Vertrauen signalisierte.

Durch das geborstene, hintere Seitenfenster schob ich mich wie eine Schlange ins Wageninnere. Gut, dass ich so schlank bin, dennoch machten mir meine ein Meter achtzig zu schaffen.

Die akute Gefahr war mir zwar bewusst, aber angesichts der Situation hatte ich sie verdrängt. Hätte ich mich von Ängsten quälen lassen, wäre ich sicher draußen geblieben.

Meine Sicherheit oder besser der spärliche Rest, der mir noch geblieben war, bestand aus meinem Feuerwehrkameraden Ralf. Dieser hatte den PG 6 scharf gemacht und kniete hart am Fenster, neben sich einen unserer Notfallkoffer, um mir etwaige Medikamente etc. anreichen zu können.

PG 6, Glutbrandpulverlöscher mit sechs Kilogramm Löschpulver. Für die Brandklassen A, B, C, D. Sprühdauer maximal sechs Sekunden! »Scheiße, ... hoffentlich sind die bald da! Mit dem einen Feuerlöscher sehen wir verdammt alt aus!«

Dann sah er den kleinen PKW-Löscher rechts neben sich auf dem Boden liegen. »He, was ist das denn. Besser als nichts.« Er ergriff ihn, stuckte ihn mit seiner Unterseite kräftig auf die Gehwegplatten.

»He, was machst du da?« Ralf blickte überrascht den Frager an. Was will der denn hier? Dachte er, dann sah er sie – mindestens vier, ach was, sechs Feuerlöscher. Der Schwarzhaarige hielt sie alle im Arm.

Dabei strahlte er so, dass seine kräftigen Zähne unter dem dichten schwarzgrauen Schnurrbart deutlich zu sehen waren. »Ich bin

Kemal! Kollege wollte viele davon!« Mit diesen Worten stellte er sie alle auf den Gehweg.

»Kemal, du bist ein Ass! Willst du mir helfen?«

»Klar, ich helfe.«

»Okay, ist aber gefährlich hier.« Ralf deutete auf die Benzinlache.

»Ich hab keine Angst! Ich bleibe!«

»Na klar, Allah ist bei dir, was?« Am liebsten hätte er sich jetzt wegen seiner flapsigen Bemerkung die Zunge abgebissen, aber da war sie auch schon raus. Er meinte es nicht so, das war nur seine lockere Art.

Kemal schien das aber nicht so zu empfinden, im Gegenteil. Mit ernster Miene erklärte er meinem verdutzten Kollegen: »Du hast recht, ob mein Allah oder dein Jesus ... wir sind immer in Gottes Hand. Also, was soll ich tun?«

Die Feuerwehrmänner im Löschgruppenfahrzeug rüsteten sich aus. »Ich will Pulverlöscher haben und stellt sofort einen Schaumteppich her. Wenn Martin von Brandgefahr spricht, dann ist das ernst!«

»Mit PA oder ohne?«

»Ein Mann zieht den Pressluftatmer an, das genügt mir.«

Helmut Hackin und Daniel Schlagmann bildeten den Angriffstrupp. Daniel zog sich den PA auf den Rücken. Nachdem er die Bebänderung von Schulter- und Bauchgurt angelegt hatte, stülpte er sich die Atemschutzmaske über. Unter ihr sehen alle Feuerwehrmänner gleich aus, denn sie verdeckt das ganze Gesicht.

Jetzt noch den Helm und er war fertig.

Horst, der diese Anordnung erteilt hatte, lauschte jetzt mit angespannter Miene der zweiten Rückmeldung, die Ralf von der Einsatzstelle an die koordinierende Zentrale sandte. Die Situation ist ernst, dachte er, anscheinend haben die Jungs alle Hände voll zu tun und warten ungeduldig auf sein Eintreffen.

Direkt hinter dem großen Löschgruppenfahrzeug fuhr der Rettungswagen von Feuerwache Sechs.

Genau wie jedes zur Zeit im Einsatz befindliche Fahrzeug hörte auch seine Mannschaft die zweite Rückmeldung.

»Oha!, da scheint es aber mächtig gerummst zu haben.« Uli Nagel warf bei diesen Worten einen schrägen Blick auf den Mann hinter dem Steuer. Ralf Masuhr, groß und blond, gab sich wie immer cool. Mit einigen Jahren Berufserfahrung hatte er nun selbst Kinder und wenn ihn etwas traf, dann waren es Unfälle mit Kindern. Hoffentlich ist es nicht das, dachte er, aber man sah ihm diese schwarzen Gedanken nicht an. »He Ralf«, flachste Uli, »dann musst du ja heute doch noch arbeiten!« Uli kicherte in seiner ihm eigenen Art in sich hinein. Dabei strahlte er über das ganze Gesicht, so als führen sie nicht zu einem schweren Verkehrsunfall, sondern zu einem lustigen Picknick. Wir schätzen ihn und seine Art sehr, denn seine Ungezwungenheit hat uns schon so manche schwere Situation erleichtert.

Auch Ralf kannte ihn gut, dennoch entgegnete er: »Blödmann«.

Von zu wenig Arbeit konnten die Zwei nach dem heutigen langen Tag sicher nicht sprechen, immerhin hatten sie bereits 13 oder 14 Einsätze gehabt. Genau wusste er es nicht mehr, war auch egal, wer zählte schon die Einsätze vor der langen Nacht?

Das LF bremste hart. Ralf trat ebenfalls sofort auf die Bremse: »He, sind die bescheuert?«

Uli hatte sich wieder einmal nicht angeschnallt. Das ist sehr leichtsinnig, aber leider wird das noch immer von vielen Feuerwehrmännern und Rettungssanitätern so gehandhabt. Eigentlich unverständlich, kennen sie doch nur zu genau die verheerenden Folgen dieser Unterlassungssünde. »Schnall Dich doch an, Du Pfeife!« Ralf hatte natürlich die nutzlose Schutzbewegung von Ulis Armen gesehen, er hatte aber noch ausreichenden Abstand zum vorausfahrenden LF gehabt. Beide wussten, dass das Abstützen mit den Armen beim Auffahrunfall nichts bringt, höchstens verstauchte Handgelenke oder gebrochene Arme.

»Die fahren ja auch wie die Henker!« schimpfte Uli immer noch.

»Anschnallen!«

»Ja, ja, ist ja gut!« Uli schnallte sich an.

Im LF war man auch heftig durchgerüttelt worden. »Idiot! Typisch Frau! Anstatt rechts ranzufahren, latscht sie einfach auf die Bremse!« »Das mit der Frau kannst du ja mal zu Hause erzählen.«

Heinrich Osthoff verzog keine Miene. Horst bohrte weiter: »Was ist, traust du dich das zu Hause bei deiner Frau auch?«

»Pass mal auf . . . bei mir zu Hause gibt es nur einen Chef und der bin ICH!«

Lautes Gebrüll ertönte von den hinteren Rängen.

»Ihr seid ja alle doof! Mit euch rede ich nicht mehr!«

Noch lauteres Grölen.

Heinrich versuchte sich zu verbrüdern: »Ne, Horst, wir haben unsere Frauen eben im Griff. Was wissen denn diese Kinder!«

Erneutes Aufbranden ungezügelter Heiterkeit.

»Ruhe! Ihr unwissendes Jungvolk. Meine Frau kniet auch immer vor meinem Bett!«

»Oho! hört, hört!«, echote es von hinten.

Und mit verschmitztem Gesicht fuhr Horst fort: »Dann bückt sie sich ganz tief runter und ruft: Komm raus, du Feigling!«

Die Situation, in der ich mich momentan befand, war alles andere als lustig. Es hatte einige Mühe gekostet, halbwegs unbeschadet durch die unzähligen Glassplitter in das Autowrack zu kriechen. Auch für uns Feuerwehrmänner ist es nicht das tägliche Brot sich in auf dem Dach liegende, brandgefährdete PKW hineinzubewegen und sich dort zurecht zu finden. Alles, was vorher auf den Sitzen und in den Seitentaschen lag und steckte, war mir nun im Weg.

Es war schlimm. Vermutlich war der Fahrer tot, ich konnte seinen Herzschlag nicht mehr tasten. Auf dem Rücken liegend, zwängte ich mich so weit nach vorne, bis mein Helm an die Windschutzscheibe anstieß. Mein Gott! Das waren ja noch Kinder. Ich schätzte die beiden auf höchstens sechzehn Jahre. Natürlich konnte ich mich irren. Die Gesichter waren geschwollen, weil sie mit den Köpfen nach unten hingen. Das Mädel lebte noch. Sie stöhnte, hatte Schmerzen, aber ihre Augen waren geschlossen. Lang fiel ihr dichtes blondes Haar bis auf mich herunter. Ihr Gewicht schätzte ich auf ungefähr fünfzig Kilogramm. Das könnte ich schaffen.

Allerdings nur mit dem extrem hohen Risiko, ihre Verletzungen zu verschlimmern. Ihr aus dieser Position die Halskrause anzulegen, war verdammt schwer. Und ohne? Was, wenn sie schon eine Wirbelsäulenverletzung hatte?

Auf der anderen Seite stand die akute Brandgefahr. Wir hatten ja noch nicht einmal die Batterie abklemmen können.

Ich entschied mich, zu warten. Die scheinbar endlos dahinschleichende Zeit in einer solchen Situation kannte ich, es waren Gott sei Dank nur wenige Minuten und dann hörte ich bereits meine Kollegen. Die Sirenen ihrer Fahrzeuge klangen immer näher.

»Du! Riechst du das? Es stinkt.«

»Mach keinen Scheiß, Kemal!«

Ralf sog intensiv die Luft durch seine Nase, kroch flink wie ein Wiesel um das Auto und schnüffelte so, als wolle er alle gefährlichen Dämpfe einsaugen.

Dann erblickte er es ... das feine helle Fähnchen.

Musste aus dem Motorraum kommen ... Kabelbrand ... Kurzschluss ... schoss es ihm durch den Kopf.

Sogleich kniete er wieder unten bei mir: »Komm raus! Sofort! Vorne knistert es, das Ding wird abfackeln.«

»Nur mit dem Mädel!«

»Komm raus, du Irrer!«

»Nur mit ihr! Sie lebt noch ... wir müssen sie rausholen!«

Ich war fest entschlossen, alles zu riskieren, wenigstens das Mädchen musste gerettet werden, aber allein hätte ich es nicht schaffen können.

»Okay, okay! Wir schaffen das. Schneid den Gurt durch. Ich komme hier durch das Seitenfenster.«

»Was ist mit mir?« Der Türke Kemal kniete neben Ralf, blickte ihn an.

»Kemal! Hol den anderen Feuerwehrmann und bleib dann weg.«

Ich hörte noch seine laute Stimme: »Schnell! Kommen helfen! Auto brennt gleich!«

Aber das war mir egal. Es galt jetzt alles oder nichts!

Das Messer hatte ich schon aufgeklappt. Ralf hing mit dem ganzen Oberkörper ebenfalls im Wagen, stützte von unten das Mädchen an den Schultern ab.

Sie war doch schwerer als vermutet. Mit viel Mühe richtete ich meinen Oberkörper so weit auf, dass ich jetzt fast mit dem Kopf in den Fußraum ragte. Ich schwitzte und keuchte vor Anstrengung, denn ich hielt die Kleine jetzt mit beiden Armen an ihrer Hüfte.

»Lass runter!«, rief Ralf von unten, »lass runter, halt sie nicht die ganze Zeit fest!«

Ich reagierte träge. Es hatte sich eine giftige Atmosphäre aus Brandgasen gebildet, die mir fast die Sinne raubte.

»Raus, raus, raus!« Nur dieser Gedanke trieb mich noch an. Ich weiß nicht mehr, wie lange es dauerte, bis der leblose Körper des jungen Mädchens quer über meinen Oberschenkeln lag. Der beißende Qualm ließ mich die Enge dieser lebensgefährlichen Feuerfalle nicht mehr erkennen. Das Würgen eines widerlichen Brechreizes erstickte in einem heftigen Hustenanfall, der so fremdartig und reibeisend aus meiner Kehle klang, als wäre er nicht von mir.

Aber es war meine eigene Stimme, die jetzt heiser krächzte: »Okay, ich lass sie runter.«

»Los, schieb sie quer! Wir holen sie aus dem Seitenfenster! Das geht schneller.«

Mir war speiübel, aber mit einem Schub der letzten Energie, einer Kraft, die man nur in den extremsten Situationen mobilisieren kann, riss ich mich noch einmal zusammen.

»Alles klar, wir haben sie. Komm raus!«

Aber ich schaffte es nicht mehr. War ich ohnmächtig geworden oder hatte ich doch alles mitbekommen?

Ich erinnere mich nur noch, dass ein mächtiger Schwall feuchten Schwerschaums in das Wageninnere eindrang und mich jemand gleichzeitig an den Stiefeln packte und ruckartig zu sich zog.

Mein Kopf knallte gegen das Armaturenbrett, aber ich spürte keinen Schmerz. Dann hörte ich noch, dass Jochen rief: »Hör doch mal auf, er kriegt ja den ganzen Schaum ins Gesicht!«

»Scheißegal, zieht!«

Was dann folgte? Keine Ahnung. Ich war wohl doch weggetreten.

Horst Heck hatte, ohne viele Fragen stellen zu müssen, die Gefährlichkeit der Lage sofort erkannt und ohne geringste zeitliche Verzögerung schnell reagiert. Er setzte seine Männer zielgenau an den Gefahrenschwerpunkten ein. Dabei kribbelte es ihn, selber mit anzufassen. Aber durch Erfahrungen in der Vergangenheit war er mittlerweile zu beherrscht, um diesem emotionellen Drang nachzugeben. Und das war gut so, denn nur so konnte er die Übersicht behalten und hatte alles im Blick.

Menschenrettung geht vor Brandbekämpfung, so steht es in den Lehrbüchern. Was aber, wenn beides untrennbar und auch noch zeitgleich stattfinden muss?

Was, wenn außerdem eine Person reanimiert wird und eine weitere schwer verletzte Person im absoluten Gefahrenbereich liegt?

Was, wenn man mehr Männer bräuchte, aber nur vier zur Verfügung hat?

Dann entwickelt der Feuerwehrmann eine verzweifelte Energie.

Dann verlegt die Besatzung eines Rettungswagens Feuerwehrschläuche, um die Kollegen zu entlasten.

Dann fliegen die Fächer des Löschfahrzeugs nur so auf und der Maschinist stellt selber die Schaumleitung her, obwohl er sowieso schon tausende anderer Aufgaben zu erledigen hat.

Und dann ist der Chef fast überall, gibt seine Anweisungen, packt beherzt zu, wo gerade eine Hand fehlt und fiebert genau wie seine Männer um die, die es zu retten gilt.

Was dann in wenigen Minuten unter extrem hoher psychischer Belastung geleistet wird, ist härteste Arbeit mit voller Konzentration, schweißtreibende Muskelarbeit bei hochgradigem Stress!

Auch jetzt. Heinrich warf die Feuerlöschkreiselpumpe an, öffnete die Handräder der Ventile – dann flogen die gelben, schweren Schaummittelbehälter heraus, dazu Verteiler, Zumischer, Ansaugschlauch, Zubringer sowie das Schwerschaumrohr.

Mit flinken Händen verkuppelte er die Schläuche mit den Geräten, warf zwei zwanzig Meter lange B-Schläuche aus, verband sie mit dem Schwerschaumrohr und legte für sich selbst noch ein C-Rohr bereit. »Schaumleitung steht«, rief er. Sein Blick suchte das Druckmanometer ... fünf Bar, das war in Ordnung.

Er blieb in der Nähe, um die Schaummittelbehälter bedienen zu können. Unmittelbar daneben hatte er das C-Rohr mit Wasser am

Rohr abgelegt. So war er in der Lage, bei einer eskalierenden Situation sogleich eingreifen zu können.

Hoffentlich wird es nicht gebraucht, dachte er. Der Benzinsee und die eigenen Kameraden im Autowrack bereiteten ihm große Sorgen.

Der Angriffstrupp hatte sich derweil geteilt. Daniel konnte mit dem PA auf dem Rücken nicht in den Wagen kriechen. So hockte er mit dem scharf gemachten P12 unmittelbar an dem Seitenfenster, durch das eben das Mädchen von Ralf und Jochen herausgeholt worden war. Natürlich packte er mit an.

»He! Hier! Mach – aber gründlich!«

Horst Heck hatte ihm das Schwerschaumrohr in die Hand gedrückt. Erst zischte und spritzte noch Wasser aus dem Rohr, dann presste sich der weiße, dichte Schwerschaum wie ein klebriger, zäher Brei aus dem Rohr, bedeckte mit seiner trennenden Schicht die gefährlichen, brennbaren Benzindämpfe und verringerte so das Risiko einer Zündung.

»Auch da rein!«, ordnete Horst an.

Das war der Moment, als Jochen einwarf: »Hör doch mal auf, der kriegt ja den ganzen Schaum ins Gesicht!«

»Scheißegal! Zieht!« Das war wieder Horst. Und Helmut Hackin packte mit seinen Schraubstockhänden meine Beine, zog, als wolle er sie abreißen. Er wusste, es ging hier um jede Sekunde! Natürlich hatte er mich angesprochen – keine Antwort.

Dann hatte er auch schon zugepackt und lauter geschrien: »He Martin!« Immer noch keine Antwort und er konnte mit seinem Organ normalerweise Tote wecken. Also dachte er folgerichtig, dass höchste Eile geboten war.

Auch Ralf Masuhr und Ulrich Nagel standen mächtig unter Druck. Nachdem sie sich geteilt und nach der Verletzten aus dem VW-Bus gesehen hatten, blieb Ralf bei unserem Notarzt. Dieser war froh, dass er bei seinen Reanimierungsversuchen den Helfer durch einen versierten Rettungsassistenten ersetzen konnte.

Uli teilte sich zwischen dem Verlegen einer Schlauchleitung zu einem inzwischen aufgestellten Hydranten und der Frau im VW-Bus auf. Sie hatte ihr Bewusstsein wiedererlangt, war aber völlig desorientiert und fiel kurze Zeit später wieder ins Koma. Sofort raste Uli zu Dr. Frankenhauser: »Bitte sieh mal nach dieser Frau drüben in der Vakuummatratze – das gefällt mir gar nicht. Ich bleibe hier und mach weiter.«

Dieses ›Weitermachen‹ bestand in der Herzdruckmassage, während mit einem Beatmungsbeutel Luft in die Lungen des lebensgefährlich Verletzten gepumpt wurde.

Dr. Frankenhauser eilte zum VW-Bus. Nach einer kurzen, aber genauen Untersuchung war ihm klar – diese Frau musste sofort in die Klinik.

Zur Erleichterung aller traf in diesem Augenblick die angeforderte Verstärkung durch die Feuerwache Sieben ein. Auf einmal ging alles sehr schnell.

Hilfreiche, fachkundige Hände griffen zu.

Die Patienten wurden in die Rettungswagen und in den NAW transportiert.

Polizisten schafften Ordnung in das entstandene Verkehrschaos, nahmen Personalien auf, erkundigten sich bei den Besatzungen der Rettungswagen nach den Krankenhäusern, die jetzt angefahren wurden. Weitere machten Fotografien von der Unfallstelle und begannen mit den ersten Vermessungen der Bremsspuren und so weiter. Besonderes Augenmerk aber schenkten sie den stark abgefahrenen Reifen, des immer noch auf dem Kopf liegenden Audis.

Den Brand im Motorraum hatten meine Kollegen mit den Pulverlöschern erstickt, die abgerissene Benzinleitung mit einer Nabelklemme aus dem NAW abgeklemmt. (Was gut für die Nabelschnur eines Neugeborenen ist, war allemal gut genug für die Benzinleitung eines Autos.)

Das erste, was ich sah, als ich die Augen wieder öffnete, war ein besorgter Blick aus dunklen Augen. Dann aber, kaum dass diese Augen mein Erwachen bemerkten, ging ein freudiges Zittern durch den dichten, schwarzgrauen Schnauzbart und der dazugehörige Kopf nickte mir freundlich zu.

Dann hob sich dieser Kopf energisch in die Höhe und eine sich fast überschlagende Stimme rief: »Chef kommen! Feuerwehrmann ist fast wieder da!«

»Brüll hier nicht so rum, Kemal. Das tut keine Kranken-schwester!«

Ich wandte meinen Kopf nach links. Da saß Ralf neben mir auf der Erde: »Na, du fauler Hund, alles klar?«

»Geht so, mir ist nur noch etwas komisch im Kopf.«

»Da erzählst du mir nichts Neues, das haben wir schon lange bemerkt.«

Ich musste grinsen: »Es gibt doch nichts Netteres als Kollegen.« Man hatte mich auf die Krankentrage eines KTW gelegt, die aller-dings draußen stand. Jetzt richtete ich mich auf. Aber sofort drückte mich Kemal mit sanfter Gewalt zurück. »He Mann, was soll das?«

»Ich bin Krankenschwester«, entgegnete er mit unmissverständ-lichem Stolz in der Stimme.

»Aber nicht meine«, protestierte ich und machte mich von sei-nem Griff frei.

»Besser du bleibst liegen!« Das klang so besorgt und sein Gesicht war so ernst, dass ich mich wieder zurückfallen ließ.

»Ah, der Simulant ist wach ... Doktor! Arbeit!«

Über mir stand mein lieber Horst Heck und tatsächlich kam da so ein Weißkittel zu mir gelaufen.

»Ja, seid ihr denn alle verrückt? Ich stehe jetzt auf.«

»Schwester«, grollte Horst, »festhalten! Doktor, der braucht Valium!«

»Also wenn es schon sein muss, will ich eine Schwester mit was in der Bluse! Keine mit einem Schnauz!«

»Der redet ja irre. Doppelte Menge Valium!«

Gelächter um mich herum. Man hatte schon wieder Zeit für Späße. Dabei waren wir gerade erst einer mittleren Katastrophe ent-gangen. Aber so ist das eben bei uns. Erst stehen wir mitten in der Gefahr und nicht selten ist der Tod unser grausamer Begleiter. Kaum ist dann die Gefahr gebannt, reißen wir schon wieder Witze; vielleicht die einzige Möglichkeit, die großen psychischen Belastun-gen einigermaßen zu verarbeiten.

Diese Belastungen wiegen schwer; davon kann so mancher ein Lied-chen singen. Besonders mit zunehmendem Alter wird der Druck spürbar höher. Dennoch ist es wichtig, eine gut gemischte Altersstruktur in der Mannschaft zu haben. Die Ausgeglichenheit der altersbedingten Lebenserfahrung, Abgeklärtheit und auch größerer Vorsicht bildet einen sinnvollen Gegenpol zu der ungestümen Spontaneität der jungen, kraftstrotzenden Feuerwehrmänner, welche die Flammen am liebsten überrennen würden.

Unsere momentane Heiterkeit bezog sich jetzt allerdings nur auf die Situationskomik und verflog genauso schnell, wie sie gekommen war. Der Fahrer des Audis, ich hatte mich in seinem Alter nicht verschätzt, war tot. Wahrscheinlich hatte er einen Genickbruch erlitten. Um das Leben des Mädchens kämpfte das Notarztteam der Feuerwache Eins immer noch in dem hell erleuchteten Notarztwagen, der nur wenige Meter entfernt stand.

Die Nachricht verbreitete sich wie ein Lauffeuer und die Betroffenheit zeichnete sich auf unseren Gesichtern ab. Das Lachen verstummte, die intensiven Aufräumungsarbeiten wurden schweigsam verrichtet. Ich blieb noch einen Moment liegen, schloss die Augen, legte den schmutzigen Ärmel meiner Uniform über mein Gesicht, als wollte ich mich vor einer nicht vorhandenen Sonnenstrahlung schützen.

Niemand sollte meine Tränen sehen, die mir in die geröteten Augen traten. Bittere Selbstvorwürfe plagten mich. Selbstvorwürfe, die – so wusste ich – keiner Logik stand hielten. Aber es sind manchmal jene emotionellen Empfindungen, die einen so niedermachen, wenn man irrigerweise glaubt, mit einem noch schnelleren, effektiveren Einsatz ein Leben hätte retten zu können. Wenn ich früher in den Wagen gekrochen wäre …

Wenn ich erst den Jungen … vielleicht eine sofortige Reanimation …?

Neben mir saß immer noch Kemal. Er berührte mich am Arm:

»He«, leise klang seine Stimme: »He, du kannst nichts dafür. Er hatte keine Chance.« Aber ich wollte das nicht hören, nicht jetzt. Und drehte mich zur Seite.

Da fasste er mich fester am Arm. »Du!«

Ich war verärgert. Was wusste der denn schon, so dachte ich und wusste doch, wie falsch und unsinnig das war, aber es war der Schmerz, der falsche Stolz.

»Ich leide auch«, flüsterte er fast.

Da blickte ich ihn an. In seinen treuen, dunklen Augen schimmerten die Tränen eines aufrichtig mitfühlenden Menschen.

Wir wischten uns beide die Augen und ich versuchte ein schwaches Lächeln.

Mein »Danke« würgte sich mehr aus meiner immer noch zu rauen Kehle, aber es lag nicht an der Rauheit, die durch die Branddämpfe hervorgerufen worden war.

»Du hast die Kleine gerettet«, meinte Kemal, »nur das zählt.«

»Und du bist nicht weggelaufen, Kemal.«

»Nein.«

Schweigen.

Dann, nach einer Weile: »Kemal«, wir waren wie selbstverständlich zum »du« übergegangen, »ich danke dir, wenn du nicht . . .«

»Sag nichts . . . ich bin ein Mann, hab nicht leicht hier in deinem Land. Zu Hause, es gibt viele Männer, verstehst du?«

Dann ging er, der Türke, der sein Leben riskiert hatte – ich werde ihn nicht vergessen.

Begegnungen

Die wenigen Stunden, die uns in dieser Nacht noch zur Verfügung standen, verbrachte ich in einem ungesunden Dämmerschlaf.

In wilden, wüsten Traumbildern wurde ich von dämonenhaften Autos verschlungen, denen ich verzweifelt zu entkommen versuchte.

Es gibt sie, diese Träume, die dich nicht freigeben, selbst wenn du schon aufgestanden bist. So ging es mir an diesem Morgen. Ich fühlte mich zerschlagen und völlig übernächtigt. Selbst der Milchkaffee, den ich gemeinsam mit den anderen in der Küche unserer Feuerwache trank, konnte meine Lebensgeister nicht mobilisieren. Ich war unzufrieden mit mir, ohne konkret sagen zu können, weshalb das so war. Ich hatte miserable Laune, Gott sei Dank erlebe ich so etwas nur sehr selten. Aber mit genau dieser miesen Laune ging ich zwanzig Minuten später zum S-Bahnhof Garath, um mit der S 6 die Heimfahrt anzutreten.

S-Bahn fahren, immer wieder ein Abenteuer, auch diesmal wie schon so oft.

Ich scheine gewisse Aktionen förmlich anzuziehen, mein Leben ist oft eine Aneinanderreihung von aufregenden Ereignissen. Viele meiner Kollegen verbringen Jahre, ohne diesen Nervenkitzel zu erleben, bei mir scheint kaum eine Woche zu vergehen, in der nicht wenigstens ein herausragendes Erlebnis geschieht. Kriminalpsychologen haben dazu eine eigene interessante Theorie entwickelt. Nach der sollen angeblich eher die ängstlichen Menschen die Aufmerksamkeit von Kriminellen auf sich ziehen und so (natürlich ungewollt) zum Gewaltakt animieren. Eine Vielzahl von Vergewaltigungsopfern wird mit dieser Theorie konfrontiert. Ich kann mich mit dieser Überlegung nicht anfreunden, weil sie menschlich entwürdigend ist, dennoch scheint sie einer gewissen

Logik nicht zu entbehren. Das Schlimme daran ist, dass es, um diese Theorie zu beweisen, einer Gesellschaft bedarf, die Kriminalität verinnerlicht hat und sie als Bestandteil ihrer selbst akzeptiert.

Der Bahnsteig war rappelvoll, nichts Außergewöhnliches um diese morgendliche Zeit. Die Bahnverbindung wird von den zur Arbeit in die Innenstadt strömenden Erwachsenen, aber auch von vielen Kindern und Jugendlichen auf dem Weg in die Schule genutzt.

Dazwischen finden sich auch immer wieder einige Rentner, über die ich mir schon oft den Kopf zerbrochen habe: Warum stehen die schon so früh auf?

Im Bereich des Aufzuges großer Tumult. Wer weiß, was da los ist?

Da ich gut vierzig Meter davon entfernt auf dem Bahnsteig stand, erlosch meine Aufmerksamkeit so schnell wieder, wie sie aufflammte. Dann wurde es aber wieder laut. Konnte ich eben noch nichts sehen und bis auf ein heftiges Stimmengewirr akustisch nicht differenzieren, um was es eigentlich ging, so sah ich jetzt, was sich da – immer noch weit von mir entfernt – abspielte.

Ein junger Bursche (ich schätzte ihn auf höchstens 15, 16 Jahre) manövrierte sich auf einem Skateboard erst recht geschickt durch die Menge. Seine Geschwindigkeit war beachtlich. Vier gleichaltrige Teenies, offensichtlich seine Bewunderinnen, kicherten, gibberten und heizten ihn an.

Dann die Boshaftigkeit: Ungebremst ließ er sein Skateboard einem alten Menschen in die Beine knallen. Kurz vor dem Zusammenstoß sprang er geschickt ab, um sich in geckenhafter Pose und geradezu verhöhnender Art tief vor seinem Opfer zu verbeugen: »Sorry, sorry, tut mir ja so Leid!« Die Mädchen kreischten vor Vergnügen, der Typ lachte laut, schnappte sich sein Skateboard und steuerte sein nächstes wehrloses Opfer an. Einige machten schnelle Schritte zur Seite. Die alte Frau aber mit der auf dem Boden abgestellten großen Einkaufstasche hatte keine Chance. Mit brutaler Gewalt traf sie das harte Brett von hinten in Höhe der Fußfesseln. Ich hörte ihren Schmerzensschrei, sah wieder das gleiche höhnische Spiel und – mir platzte der Kragen. Als der feige Bursche seine tiefe »entschuldigende« Verbeugung machte, erhielt er von mir einen

Tritt in seinen Hintern, so dass er in hohem Bogen bäuchlings über den Asphalt rutschte. Sein Pech, er war mir mit seinen Aktionen eben einige Meter zu nahe gekommen. Die Mädchen blickten sich betreten an, dann besannen sie sich auf ihre Aufgabe und verhöhnten jetzt anstatt des ursprünglichen Opfers ihren nun gar nicht mehr so toll aussehenden Skater.

Dieser drehte sich mit schmerzverzerrter Miene um. Dann Erstaunen in seiner Mimik, anscheinend war es das erste Mal, dass er erhielt, war er verdiente.

»He, du bist wohl Banane«, pflaumte er mich an, seine flache Hand wedelte dabei eindeutig vor seiner Stirn hin und her.

»Entschuldigung! Entschuldigung!«, äffte ich ihn nach. »Ich bin einfach noch nicht so gut zu Fuß und habe meine Beine noch nicht unter Kontrolle.«

Die Mädchen fanden das »bärenstark«. Der Typ schien aber noch nicht erkannt zu haben, dass er seinen Meister gefunden hatte.

»Dir juckt wohl die Fresse, Alter?«

Ein Dompteur im Löwenkäfig hätte seine gefährlichen Tiere wohl kaum schärfer im Blick, als ich ihn jetzt ins Visier nahm. Und der Klang meiner Stimme ließ an der Ernsthaftigkeit meiner Absichten keinen Zweifel: »Bursche! Du schnappst dir jetzt dein Skateboard und machst dich vom Acker! Aber vorher entschuldigst du dich bei der Frau, sonst wirst du erleben, wem hier was juckt.«

Kleinlaut rappelte er sich auf. Ein mühsames »Entschuldigung« quälte sich über seine Lippen, dann verschwand er mit seinem Tross in der Menge, begleitet von vielen Augenpaaren, die sichtlich zufrieden mit dem Ausgang des Geschehens waren.

Dann spürte ich sie, die taxierenden Blicke. Kein freundliches Lächeln, geschweige denn ein Danke. Fast körperlich empfand ich die Kälte, die mir entgegenstrahlte. Man distanzierte sich von mir, wandte sich ab, tuschelte leise.

Ich kam mir vor wie der misslungene Held in den guten alten Westernfilmen. Da bedienen sich die leidgeprüften Schwachen des schnellen Revolvers jenes edlen Kämpfers, der den Bösewichtern immer überlegen ist. Kaum, dass er das Gesindel vertrieben hat, legt man ihm jedoch nahe, ebenfalls die Stadt zu verlassen. Man will eben keinen Revolverhelden, man braucht ihn nur – kurzfristig.

Die Bahn kam, trübe Gedanken über die Schlechtigkeit in dieser Welt beschäftigten mich. Wofür mache ich das eigentlich alles. Warum begebe ich mich für Menschen in Gefahr? Diese immer wieder kritischen Alarmfahrten. Die Feuer, die unberechenbaren, gefährlichen Einsätze, die Nächte mit elenden, brennenden Müllbehältern, angezündet von Scheißkerlen, die nichts anderes im Kopf haben als sinnloses Zerstören. Natürlich weiß ich, dass ich in einer solchen Stimmungslage selbst nicht mehr differenziere.

Ein Frühstück, ein richtiges gutes Frühstück in aller Ruhe ohne den Alarm im Nacken – und dann einfach noch mal ins Bett. Zwei Stündchen Schlaf und alles sieht besser aus, ich wusste das, nur in diesem Moment half es mir nicht aus meinem Tief.

Vor etlichen Jahren hätte ich nicht im Traum daran gedacht, einen solchen Tag mit einem Schläfchen zu beginnen. Aber die Jahre forderten ihren Tribut. Das geht allen Feuerwehrkollegen ähnlich und dann kommt der Tag, an dem man geschafft ist, selbst wenn man in der Nacht keinen Einsatz hatte. Das entwickelt sich vermutlich über Jahre durch die ständige psychische Anspannung, jeden Moment alarmiert zu werden. Man kann die Stunden Schlaf auf der Feuerwache nicht mit der tiefen Ruhe im heimischen Bett vergleichen.

Meine persönliche Philosophie, Körper und Geist im Einklang zu halten, lautet schlicht: Sport. Das ist keine neue Erkenntnis, aber jeder muss sie für sich persönlich entdecken. Hat man erst einmal seinen inneren Schweinehund überwunden, beginnt die Sache Spaß zu machen, jeder muss nur die für sich richtige Sportart finden. Im Übrigen vertrete ich die Meinung, dass man von einem Berufsfeuerwehrmann die erforderliche Fitness erwarten darf, die ihm im Ernstfall in seinem anstrengenden Beruf abverlangt wird.

Eine wirkliche Ausnahmeerscheinung auf dem Gebiet der Düsseldorfer Leichtathleten ist mein Kollege Rüdiger Hopp. Seine Medaillen- und Pokalsammlung ist äußerst beeindruckend. Reihenweise sammelt er die Ehrungen für seine hervorragenden athletischen Leistungen ein. Er, Europas unangefochten schnellster

Sprinter unter den Feuerwehrmännern, ist – wie könnte es anders sein – Sportausbilder der Berufsfeuerwehr Düsseldorf. Seine Kenntnisse in Bezug auf ausgewogenen Sport in Verbindung mit vernünftiger Ernährung erreichen leider dennoch nicht alle Ohren. Insbesondere die derjenigen nicht, die es dringend nötig hätten. Übergewicht, falsche Ernährungsgewohnheiten, Bewegungsmangel bei gleichzeitigem Missbrauch von Alkohol und Nikotin schleichen sich auch in die Feuerwehren ein. Noch erfüllen die meisten das geforderte Leistungspensum, aber es gibt meines Erachtens schon zu viele Jüngere, vor deren Leistungsmöglichkeiten (wenn sie so weitermachen) in einigen Jahren mir jetzt schon Angst und Bange ist.

Hier müsste stärker gegengesteuert werden. Ich versuche, mein biologisches Altern so gut es geht aufzuhalten.

Der Gedanke, in einem Treppenhaus im fünften Stock unter dem Pressluftatmer nicht mehr weiter zu können, wäre schrecklich für mich. Noch schaffe ich es spielend dank einer ausgezeichneten Kondition, die ich mir in vielen Jahren konsequenten Ausdauertrainings angeeignet habe.

An die Leistungen eines Rüdiger Hopp bin ich allerdings nie herangekommen. »Ist auch nicht wichtig«, wie er mir selber schon versicherte. Ausschlaggebend ist ein gesundes Ausdauertraining und und und ... Wenn das Gespräch auf sein Lieblingsthema kommt, ist er nicht mehr zu bremsen, genauso wenig wie beim Laufen.

Aber es ist hoch interessant, ihm zu zuhören, denn manchmal sind die Dinge im Leben so einfach, wir müssen sie nur beherzigen.

An diesem Abend zog ich zu Hause meine Laufschuhe an. Es war circa 19.00 Uhr. Meine ideale Zeit, um die »Hausstrecke« mit exakt 11.600 Metern Länge abzulaufen. Seit über zehn Jahren mache ich das schon so zwei, manchmal drei Mal die Woche. Mir fehlt richtig etwas, wenn ich aus irgendeinem Grund nicht laufen kann.

Die Luft war noch warm, aber die Sonne hatte soviel an Kraft eingebüßt, dass es eine Freude war, den Asphalt Meter um Meter mit meinen Füßen zu vertilgen. Neben der Landstraße verläuft ein kombinierter Geh- und Fahrradweg. Schon bald verließ ich die Straße und bog in einen kleinen Feldweg ein, der sich am Wasserschloss vorbei zu den in weiten Feldern liegenden Gehöften windet. Immer Asphalt, aber ohne Autoverkehr. Ich mag diesen Weg am liebsten. Wo findet man in unserer Gegend noch einen idealen Naturboden zum Laufen? Ich kenne keinen, zumindest keinen von ausreichender Länge. Auf unseren heimischen Waldpisten, die mit Schotter aufgeschüttet sind, ist die Gefahr für Verletzungen der Sprunggelenke viel höher als auf dem glatten Asphalt.

Zumal ich hier auch bei schlechter Wetterlage einen sicheren Untergrund finde. Dafür leiste ich mir einen wirklich guten, hochwertigen Laufschuh. Eine sinnvolle Investition, die man nicht scheuen sollte.

Aus reiner Lust legte ich einen Spurt ein, um meinem Körper noch etwas mehr abzuverlangen.

Allerdings brach ich ihn bereits nach wenigen Metern ab, fiel zurück in mein normales Tempo. Da waren sie wieder, diese schmerzhaften Stiche im linken Kniegelenk. Schon seit einigen Tagen waren sie mir aufgefallen, immer wenn ich das Tempo verschärfte.

Aber so heftig wie heute war es noch nie. Ich musste das Tempo verlangsamen, ging jetzt nur noch, der Schmerz peinigte mich zu heftig.

Nach hundert Metern ein neuer Versuch, vorsichtig antraben, leicht federnd abrollen. Es ging mehr recht als schlecht, aber nach einiger Zeit hatte ich mich wieder eingelaufen und maß dem Ganzen keine weitere Bedeutung bei.

Der nächste Tag begann mit meinem ärgsten Gegner – dem Wecker. Ach, wie gerne wäre ich noch ein halbes Stündchen liegen geblieben, es ging jedoch nicht. Es war früh morgens, fünf Uhr zwanzig. Die S-Bahn kam pünktlich um fünf Uhr fünfzig in Hösel an. Clevere S-Bahnfahrer können die sich seit längerem häufenden Verspätungen schon fast einplanen. Auch ich hatte meine Konsequenzen gezogen und fuhr meistens eine Bahn früher, damit ich nicht ständig zu spät auf der Wache erschien. Zu spät kommen wird bei uns immer mit einer Runde Kuchen oder im Sommer mit Eis für jeden geahndet.

Meist sah man die immer gleichen Gesichter einsteigen. Erst später, wenn die Angestellten, die Büromenschen zur Arbeit fahren, wird es richtig voll. Um diese Uhrzeit kann man sich seinen Sitzplatz noch aussuchen.

Mein Kollege Wolfgang Kierstein stieg zu. Erstaunt sah ich ihn, als er sich meinem Platz näherte. »Guten Morgen, Wolfgang. Was machst du denn in dieser Bahn?« Wolfgang wohnt in Wittlaer und fährt normalerweise eine andere Strecke. Heute war er mit seinem Roller bis Ratingen Ost gefahren und hatte hier in diese S-Bahn gewechselt. Wir saßen beisammen und sprachen über dies und das, Belanglosigkeiten.

Kurz vor dem Hauptbahnhof erfolgte auf freier Strecke eine außergewöhnliche Lautsprecherdurchsage: »Achtung! Achtung! Ist ein Arzt an Bord? Wir haben einen Notfall! Bitte melden Sie sich vorne beim Zugbegleiter.«

Wir sahen uns an. »Was meinst du? Wir sind zwar keine Ärzte, aber immerhin Rettungsassistenten.«

»Na klar, lass uns nachsehen, ob wir helfen können.«

Zügigen Schrittes durcheilten wir zwei weitere Abteile, dann sahen wir den Zugbegleiter. Er beugte sich zu einer Sitzgruppe hinab, ohne dass wir den Grund dafür erkennen konnten.

Dann waren wir bei ihm und erkannten sogleich, welche Hilfe hier erforderlich war. Eine junge Frau hatte unverkennbar einen epileptischen Krampfanfall. Ohne Zögern legten wir sie auf den Boden, ich rollte eine Zeitungsseite zusammen, schob sie ihr als Beißkeil gegen selbst verletzende Zungenbisse zwischen die Zähne. Sie war bewusstlos, Puls und Atmung etwas beschleunigt, aber regelmäßig. Wir konnten nichts weiter für sie tun. »Ein Krankenwagen ist bestellt«, meinte der Zugbegleiter, der heilfroh war, die Verantwortung an uns abtreten zu können.

Einige Leute waren aufgestanden, blickten zu uns.

»Es ist alles in Ordnung«, beteuerte der Zugbegleiter. »Zwei Ärzte kümmern sich bereits um die Frau.«

Weder Wolfgang noch ich hielten es für nötig, ihn über unseren wahren Berufsstand aufzuklären.

Die S-Bahn erreichte den Hauptbahnhof. Man hatte wirklich schnell reagiert. Der RTW war bereits vor Ort und zwei Rettungsassistenten der Feuerwache Eins betraten mit ihren Aluminiumkoffern das Abteil. Ihre Gesichter waren mir vertraut, jedoch hatte ich ihre Namen vergessen. »Ah, der Ausbilder will eine praktische Prüfung machen«, flachste der eine. »Hallo Martin. Was ist passiert?« Ein paar kurze Erklärungen, Blutdruckmessen und schon wurde die Patientin auf die Krankentrage gelegt. »Danke für die Hilfe – ich hoffe, wir haben bestanden?«

»Einwandfrei, Männer.« »Na ja, wir hatten ja auch einen guten Ausbilder. Tschüss.«

Und weg waren sie. »Wer war das?«, fragte Wolfgang. Ich zuckte mit den Schultern: »Keine Ahnung.« Er grinste: »Wie, keine Ahnung, die beiden schienen dich aber gut zu kennen.« »Was meinst du, wie lange das schon her ist. Die waren doch schon älter. Als ich dich ausgebildet habe...«

»Ich weiß, das war sicher noch vor dem Schlossbrand.«

»Keine Übertreibungen bitte.«

Wir gingen zu unseren alten Plätzen zurück, wo wir unsere Taschen unangetastet vorfanden. Der Zugbegleiter hatte sich nicht mehr blicken lassen, aber das war uns auch egal.

Wir beide hatten unseren Spaß: »Herr Kollege, operieren Sie heute in OP 1 oder in OP 2?«

Gut gelaunt stiegen wir in Garath aus. Von hier bis zur Wache betrug die Entfernung höchstens vierhundert Meter. Man erreichte sie über die kleine, parallel zur Frankfurter Straße verlaufende, rückwärtige Straße. Das große eiserne Rolltor war geschlossen. Trotzdem ist der Blick auf den dahinter liegenden Feuerwehrhof frei, denn das Tor besteht aus einzelnen Metallstäben. Draußen befindet sich ein elektronisches Tastenfeld. Wolfgang gab den Code ein, das Tor rollte zur Seite. Noch vor ein paar Jahren hatte diese Aufgabe ein Kollege erfüllt. Einer von denen, die aus gesundheitlichen Gründen den Alarmdienst nicht mehr ausüben konnten. Man hatte diese Posten rationalisiert, ja, so ist das heute. Da wird schnell gerechnet und ein Feuerwehrmann, der nicht mehr kann, taugt heute nichts mehr.

Bis sechzig muss man schon durchhalten, verdammt hart in diesem Geschäft, denn nicht jeder ist Chef. Wer vorher geht, weil es die

Gesundheit nicht mehr zulässt, hat erhebliche Einbußen in seiner Pension. Ein Beamter einer Berufsfeuerwehr ist halt eine Mutationsform unter den Beamten, zumindest im Alarmdienst. Beamten-Mikado trifft auf uns leider nicht zu.

Wie? Sie kennen Beamten-Mikado nicht? Wer sich zuerst bewegt, hat verloren!

Es war zwanzig vor sieben. Die zivile Kleidung hatte ich bei meinem Spind gegen eine blaue, dicke und auch sehr warme Tuchhose sowie ein hellblaues, kurzärmeliges Hemd ausgetauscht. Statt luftiger Sandalen trug ich nun schwere, schwarzlederne Feuerwehrstiefel mit Stahlkappen. Ich stapfte noch eine Etage höher. Hier saßen schon einige meiner Kollegen mit den Kollegen der alten Schicht draußen im kleinen Atrium.

»Guten Morgen.«

»Morgen Martin«. Die Männer sind alle genauso feine Kerle, wie die unserer eigenen Schicht, dennoch gilt immer nur ein Grundsatz: Unsere Tour ist die gute – nur unsere Tour! Natürlich ändert sich das schlagartig, wenn man in eine andere Tour versetzt wird.

Dankbar muss ich aber anerkennen, dass die erste Tour an Feuerwache Sechs morgens immer frischen Kaffee für uns bereithält.

In kurzen Gesprächen wurde von den Einsätzen des Tages beziehungsweise der vergangenen Nacht berichtet. Es war wie fast immer in letzter Zeit. Die weiße Flotte (RTW und NAW) war mal wieder im Dauereinsatz und der Löschzug löschte zwei elende Containerbrände. »Scheiß Mülleimer.«

»Kannst du wohl sagen.« Der DGL der ersten Tour blickte mich an. Sein Gesicht sprach Bände. »Der erste um halb eins, der nächste um zwei Uhr.«

»Na toll, dann dürften wir ja heute Nacht Ruhe haben.« Ich glaubte zwar selber nicht daran und staunte um so mehr, als er mir beipflichtete.

»Das kann gut möglich sein, die Grünen (Polizei) haben nämlich einen geschnappt.«

»Echt?«

»Klar, wird unser Mann sein, der hat aber nicht nur Container angezündet, sondern auch Frauen vergewaltigt.«

Wir diskutierten eifrig über diesen Fall und vergaßen darüber fast die Ablösung in der Fahrzeughalle.

Jetzt aber mit Tempo Treppe abwärts. Fritz Horn stand bereits mit dem Dienstplan in der Hand einsam in der Fahrzeughalle und wunderte sich, wo seine Männer blieben.

Die jeweiligen Posten auf den verschiedenen Fahrzeugen wurden verlesen, danach strebten alle in den hinteren Raum mit den langen Reihen stabiler metallener Kleiderhaken. Hier hatte jeder einen fest nummerierten Platz für seine persönliche Schutzausrüstung.

Ich nahm Helm, Lederjacke, Uniformjacke und Sicherheitsgurt vom Haken und begab mich zu meinem Fahrzeug.

»6-33-1 Meyer-Pyritz, Trunitschek!«, hatte Fritz vorgelesen. Stan warf seine Sachen, während er auf der Fahrerseite einstieg, auf den Mittelplatz. Ich tat es ihm gleich, allerdings stieg ich von der anderen Seite ein. Der Mittelplatz bleibt bei uns unbesetzt, dafür fehlt das Personal. Stan füllte die Fahrtenscheibe aus. Ich überprüfte das Handsprechfunkgerät. Anschließend schoben wir sämtliche Rollos hoch und überzeugten uns von der Vollständigkeit der Geräte. Auch auf einer Drehleiter befindet sich so allerhand: Beleuchtungsgerät, Leinen, Wasser führende Armaturen, Schläuche, Drahtseile, Pressluftatmer mit Atemschutzmasken, Schraubfilter, Fluchthauben, Äxte, Beile, Spaten, Werkzeugkasten, Verbandkasten, elektrische Kettensäge, Schutzbekleidung, Dachdeckerschuhe, Feuerlöscher und eine weitere Menge nützlicher Kleinkram. Jeder Maschinist prüft jeden Morgen die Zuverlässigkeit seines Fahrzeugs und die Vollständigkeit seiner Ausrüstung. Das galt auch für Stan.

Während Stan die Leiter von den Versorgungsleitungen Strom und Pressluft abkoppelte, öffnete ich die hohe, metallene, mit Drahtglasscheiben versehene Flügeltür zum Hof und winkte ihn heraus. Der Feuerwehrhof zieht sich mit Verbundbetonsteinen gepflastert am gesamten Gebäudekomplex entlang. Im hinteren, südlich gelegenen Teil erweitert er sich, wird gleichzeitig Parkplatz, Übungsgelände und Abstellplatz für unsere Schrottautos.

Nein, nein, nicht die Autos armer Feuerwehrmänner. Es handelt sich um richtige Schrottautos, solche zum Üben für Schere und

Spreizer. Außerdem befindet sich hier hinten noch die Saugbrunnenanlage.

Wir waren mit unserer Drehleiter die Ersten. Nach und nach fanden sich noch das Löschgruppenfahrzeug und das Tanklöschfahrzeug ein. Hier lassen wir jeden Morgen die Pumpen und Aggregate laufen, starten Motorkettensägen und Stromerzeuger. Die obligatorische Fahrt mit der Drehleiter erfolgt erst vom Maschinistenstand.

Stan hatte die Pratzen ausgefahren. Wie die Beine einer Spinne presst die Hydraulik vier stählerne Füße paarweise auf jeder Seite fest auf den Betonboden. Die Blattfedern sind entlastet, so dass die gesamte Leiter starr und fest auf der Erde steht.

Nachdem alle Leiterfunktionen durchfahren wurden, ließ Stan den Leiterpark seitlich bis fast auf den Boden heruntersinken. Gemeinsam hingen wir den Rettungskorb an der Spitze ein, verbanden die elektrischen Anschlüsse und ich stieg allein ein.

Stan saß wieder unten auf seinem Maschinenposten. Alle Fahrfunktionen, die er von seinem Platz aus durchführen kann, kann auch ich in meinem Steuerstand im Korb bedienen. Sollte es jedoch zum Beispiel in einer Gefahrensituation nötig sein, von unten einzugreifen, so sperrt der Maschinist mit einem Fußpedal die Korbfunktion und übernimmt sofort die Kontrolle über den weiteren Ablauf. Dies ist eine wichtige und sinnvolle Einrichtung in dem ausgeklügelten Sicherheitskonzept dieser Rettungsgeräte. Immerhin ist Deutschland mit seinen in Technik, Zuverlässigkeit und Sicherheit legendären Drehleitern weltweit bei vielen Feuerwehren vertreten.

Die kleinen, schwarzen Schalthebel lassen sich genauso bedienen, wie die Fernsteuerung eines Fernlenkautos.

Langsam schwebte ich nach oben und fuhr gleichzeitig den Leiterpark weiter aus. Die absolute Höhe erreichte ich bei einem Aufrichtwinkel von 75 Grad. Etwas über einunddreißig Meter!

Nach einer Dreihundertundsechzig-Grad-Drehung mit einem fantastischen Blick durch die noch morgendlich klare Luft weit über die Dächer von Düsseldorf fuhr ich wieder auf die gewöhnliche Höhe aller Fußgänger. Unten wartete Mark Vogel auf mich. Mark, einst einer meiner Schüler, hat sich als Ausbilder für die Feuerwehrschule gemeldet. Bereits seit einiger Zeit arbeitete er im täglichen Dienst hier auf diesem Wachgelände, da hier Feuerwehr und Ausbildungsstätte gleichermaßen beheimatet sind. »Hallo Martin!« Ich war noch nicht ganz unten, winkte ihm zu: »Hallo Mark.«

Er schien etwas von mir zu wollen, denn seine Miene zeigte jenen Ausdruck von Ungeduld, den man hat, wenn einem etwas unter den Nägeln brennt. Ganz so dringend war es aber dann doch nicht. Mark ist immer sehr höflich, reichte mir die Hand. »Grüß dich, Mark, was kann ich für dich tun?« Stan hatte den Leitermotor ausgeschaltet, befand sich aber noch auf dem erhöhten Leiterpodest. »Guten Morgen, Mark, womit können wir dir behilflich sein?« Mark gab auch Stan die Hand, der während seiner freundlichen Begrüßung in die Hocke ging.

»Hört mal, wir haben heute Aufnahmeprüfung und unsere Schulleiter sind beide weg.«

»Aha, da brauchst du also unsere Leiter?«

»Tja, an uns soll es nicht liegen, nicht wahr, Martin?« Stan blickte mich an. »Wenn sich jemand zu uns bemüht und freundlich fragt – also da kann ich nicht nein sagen. Aber, ich kann das nicht entscheiden, du musst Fritz fragen.«

»Alles bereits erledigt, ich soll euch ja auch nur noch in Kenntnis setzen.«

»So, so«, Stans stets vorhandene Freundlichkeit wich gespielter Entrüstung: »Der junge Bursche will also mir nichts dir nichts Erwachsenen die Leiter wegnehmen? Ja, junger Freund, und wenn es brennt?« Mark wusste genau, dass seine Entrüstung nur gespielt war, ging zum Schein darauf ein. Ich beendete das Wortgefecht: »Wann soll es denn losgehen?«

»Um neun Uhr.«

»Okay, wir stellen die Leiter auf den üblichen Platz. Brauchst du auch noch jemanden von uns mit dabei?«

»Sicher, das wäre gut, am besten zwei Mann.«

Stan lachte lauthals: »Na, das gefällt mir, kommt der daher und kriegt nicht nur die Leiter, sondern uns beide gratis noch obendrauf. Da werden wir deine Jungs aber scheuchen.«

Natürlich wurde es nichts mit dem Scheuchen. Pünktlich um neun platzierten wir die Drehleiter vor der riesigen Übungshalle.

Die Aspiranten, die heute hier hochklettern mussten, waren junge Männer, die sich um einen Ausbildungsplatz als Berufsfeuerwehrmann beworben hatten. In einem körperlichen Eignungstest musste nun jeder von den knapp dreißig Bewerbern, durch ein Seil gesichert, bis in die Spitze des Leiterparks emporklettern.

Zu diesem Test ragte die Leiter genau wie heute Morgen in einem Winkel von 75 Grad aufgerichtet in den wolkenlosen, blauen Himmel.

Den Gesichtern der in Sportkleidung angetretenen Kandidaten, konnte ich nicht entnehmen, ob sie Bammel hatten oder nicht.

Hans Emmeling, stellvertretender Schulleiter, hatte ein Klemmbrett in den Händen. Er rief die Reihenfolge auf, in der sie klettern sollten. Zu ihm gesellte sich auch Rüdiger Hopp, unser Sportausbilder, und Mark Vogel. Die drei würden entscheiden, ob der Leitergang für die Einstellung reichte oder nicht. Um es gleich zu sagen: Viele Kandidaten fallen hierbei durch. Manche brechen schon sehr früh selber ab, andere quälen sich noch etwas höher, hören dann aber doch auf. Verschiedene bewegen sich so gefährlich langsam, dass man sie vorsorglich, bevor die Nacht anbricht, zurückruft.

Es kommt sogar vor, dass einer weder vor noch zurück kommt. Der ist dann irgendwann so in Panik, das einer von uns zu ihm emporklettern muss. Klar, die Sache ist nicht einfach, wer ist schon vorher dreißig Meter in den freien Himmel gestiegen. Aber hier trennen sich die Geister. Jemand, der bei uns anfangen will, muss das halt schaffen. Es stehen außerdem noch eine Reihe anderer körperlicher Tests auf dem Programm. So mancher, der siegesbewusst ankam – das schaffe ich doch mit links – verlässt den Feuerwehrhof schneller als gedacht.

Ich legte einem weiteren Kandidaten den Sicherheitsgurt an. Das Seil war bereits eingebunden, lief durch den Leiterpark bis zur Spitze über eine Rolle wieder nach unten durch eine gesicherte Seilstoppsperre. Alles Geräte aus der Höhensicherung, tausendfach bewährte Materialien der Bergsportkletterei.

»So, hier die Schlaufen festziehen. Ja, genau, und an den Oberschenkeln nicht ganz so eng, es muss gerade noch eine flache Hand dazwischen passen. Der junge Mann machte einen souveränen Eindruck, ein drahtiger Typ, mittelgroß.

»Einen Helm brauche ich nicht.«

»Egal, wenn Sie Feuerwehrmann sind, müssen Sie den immer aufhaben.«

»Na gut.« Er setzte sich die gelbe Aluminiumhartschale auf und wollte bereits losklettern. »Moment. Ganz langsam. Erst noch die Handschuhe.«

Er grinste: »Das ist das erste Mal, dass ich als Dachdecker mit Handschuhen die Leiter hinaufklettere.« »Okay, dann los. Stan, er kommt!«

Dieser Dachdecker war der Schnellste, zumindest am heutigen Tag. Stan hatte Mühe, das Seil so schnell durch den Seilstopper zu ziehen, so flink kletterte er hoch. Auf den Gesichtern seiner Zuschauer war das Erstaunen deutlich abzulesen. Im Stillen gestand ich mir ein, dass dieser Mann unzweifelhaft schneller nach oben stieg, als ich es je geschafft hatte. Na ja, ein Dachdecker, tröstete ich mich. In seinem Beruf hatte er öfter in der Höhe zu arbeiten, als ich in meinem. Wenn er den Rest der Teste genauso gut absolvierte, würde ich ihn sicher irgendwann hier an der Schule wieder sehen.

Ich stellte mich zu der Prüfergruppe und blickte auf das Klemmbrett von Hans Emmeling. Dezent raunte er mir zu: »Dachdecker«.

»Ich weiß, hat er gesagt«, antwortete ich.

Jetzt war es schon 10.30 geworden. Um 11.00 Uhr sollte die Wachmannschaft rausfahren. Besichtigung und Unterweisung an der Chlorgasanlage des Hallen- und Freibades Benrath stand auf dem Programm.

Bedenklich blickte ich auf das Grüppchen, das den Leitergang noch vor sich hatte. Das würden wir nicht in einer halben Stunde schaffen, wurde mir klar. Kurz vor 11.00 Uhr schickte Fritz einen Mann zu mir und ließ ausrichten, dass wir nachkommen sollten, wenn das hier vorbei wäre.

Der letzte Mann kletterte 11.15 Uhr von der Leiter. So schnell wie möglich verpackten wir die Kletterausrüstung, fuhren den Leiterpark ein und legten ihn ab.

Dann ein kurzes Telefonat mit der Leitstelle an Feuerwache Eins, dass wir jetzt mit der Leiter zum Benrather Schwimmbad fahren würden.

Hinter mir wurde Alarm für den RTW gegeben und der Fernschreiber ratterte. Die Depesche für den Einsatz riss ich ab und wartete auf meine Kollegen. »Danke.« Rasch ergriff der vorbeieilende Uli das dargebotene Papier. Sekunden später verklang das Tatü-Tata in der Ferne. Die automatische Ampel zeigte zwar noch grün, aber Stan und ich warteten noch in der Fahrzeughalle. Was saßen abfahrbereit in der Leiter und ließen jetzt erst einmal den durch den RTW-Einsatz angestauten Verkehr durchfahren. Dann fuhren wir in Richtung Benrath auf die Straße. Die Sonne brannte heute noch einmal gnadenlos. Als wir dort eintrafen, meldete ich mich über Sprechfunk, erkundigte mich, wo sich unsere Truppe momentan aufhielt. Aber sie kamen bereits zurück, wir hätten uns die Fahrt sparen können.

Ein Leben am »Seidenen Faden«

Gegen Mittag gab es eine Wetterwarnung von der Leitstelle. Die neuesten Daten direkt vom Düsseldorfer Airport berichteten von starken Sturmböen mit heftigen Gewittern zum späten Nachmittag.

Wenn es denn auch stimmt, dachten wir und schwitzten, zu unserer aller Erleichterung ohne Feuermeldung, in der stickigen Luft unserer Wache.

Die Mittagspause war vorbei und nun gab es wegen der großen Hitze Diensterleichterung. Das bedeutete für uns, dass wir nur wichtige anfallende Arbeiten erledigen mussten. Dinge wie Hof fegen und anderes blieben eben liegen.

Bereits um 15.30 Uhr ließ Fritz über Rundsprechanlage die sonst zu späterer Uhrzeit stattfindende Dienstbesprechung ansagen. Große Neuigkeiten gab es nicht zu verkünden und so hingen wir ziemlich schlaff mit unseren Mineralwasserflaschen auf den einfachen Buchenholzstühlen unserer Küche.

Draußen im Atrium konnten wir nicht sitzen, es war viel zu heiß. Der Sonnenschirm bedeckte höchstens ein Achtel der Sitzplatzfläche. »Ach ja, was ich noch sagen wollte«, – als würde unser Chef irgendeine Belanglosigkeit mitteilen, warf er diesen Brocken lapidar in die Runde. Es war ein echter Hammer, die Sensation schlechthin – »die Düsseldorfer Feuerwehr hat zwei Frauen eingestellt. Eine für den gehobenen Dienst, sie bleibt wahrscheinlich an Wache Eins und eine im mittleren Dienst ... sie kommt höchstwahrscheinlich zu uns.« Was jetzt geschah, was sich jetzt hier abspielte, würde Stoff für meinen dritten Feuerwehrroman geben. DIE ERSTE FEUERWEHRFRAU! bei der Berufsfeuerwehr Düsseldorf! Das neue Zeitalter war eingeläutet. Die nun folgende Diskussion hätte sicher Tage angehalten, wären wir nicht von höchster

Instanz in unseren aufgeregten Gesprächen unterbrochen worden.

Ein dumpfes Grollen kündete das sich rasch nähernde Gewitter an. Der eben noch freundliche helle Sommerhimmel färbte sich fahlgelb – eine bedrohliche Färbung – eine, wie sie nur selten in unseren Breiten auftritt. Das ließ Schlimmes ahnen.

Werner Gerber steuerte seinen schwarzen MAN-Truck von Augsburg kommend über die viel befahrene A 3 in Richtung Düsseldorf. Er kam aus Italien und hatte schon die ganze Nacht hinter dem mächtigen Steuer seines kräftigen Diesel verbracht. Die Ruhepause, die so dringend nötig gewesen wäre, nicht nur weil sie gesetzlich vorgeschrieben ist, sondern weil sein übernächtigter Körper danach verlangte, hatte er ausgelassen. In der Raststätte bei Augsburg hatte er seinen letzten Stopp gemacht. Einen Becher pechschwarzen Kaffee, dann den alten, simplen Trick mit der Fahrtenscheibe und schon ging es weiter.

»Dieser elende Termindruck!« Sein Chef, ein Ekel, wie er oft sagte, war skrupellos.

»Entweder du stehst Donnerstag um 18.00 Uhr auf der Matte oder das war deine letzte Fuhre!«

Halsabschneider! Nur – er hatte keine andere Wahl. Die Schulden für viele alte Ratenzahlungen drückten, dazu das Geld, das er jeden Monat seiner kranken Schwester gab.

Es hatte eben nie gereicht, dennoch teilte er das Wenige, was er hatte, gerne. Den kleinen Frechdachs seiner Schwester hatte er wie ein eigener Vater in sein Herz geschlossen.

Die Zwei lebten allein. Schon vor langer Zeit hatte der Mann sie verlassen, er war verschwunden, wie er gekommen war – lautlos, fast als hätte es ihn nie gegeben. Nur der dicke runde Bauch seiner sonst sehr zierlichen Schwester zeugte von der Existenz dieses Mannes. Dann der dumme Unfall. Nichts Weltbewegendes, beim Aufhängen der Gardinen unglücklich von der Leiter gefallen. Aber die sechs Wochen Krankenhaus hatten gereicht, um die sowieso schon schwache Lebensgrundlage zu zerstören.

Ihr ohnehin schlecht bezahlter Job war gekündigt worden, der Job einer Frau, die weder die Kraft noch die Chance hatte, ihn vor dem Arbeitsgericht einzuklagen. Dafür war jetzt der Junge da und das liebe Geld reichte hinten und vorne nicht.

Werner Gerber fackelte nicht lange – er überwies einfach jeden Monat, was er erübrigen konnte und Gabi weinte, ein wenig aus Rührung, ein wenig aus Scham. Dennoch war sie ihrem Bruder unendlich dankbar . . . was hätte sie ohne ihn tun sollen?

Für Werner war das seine Familie. Ein Mann musste jemanden haben, um den er sich kümmern konnte.

Klar, als er noch jung war, da war er einmal verheiratet, drei oder vier Jahre, er wusste es schon nicht mehr so genau.

War auch egal, war verdammt lange her. Kinder hatten sie Gott sei Dank nie gehabt. Er hatte sie nicht gerade toll behandelt, außerdem seine vielen Fernfahrten mit dem Laster, natürlich auch viele Frauengeschichten . . . Schwamm drüber, Vergangenheit.

Jetzt mit über fünfzig, gewohnt alleine zu leben, niemand Rechenschaft schuldig, konnte er seine Freiheit dennoch nicht ausleben.

Das verdammte Geld, immer wieder das verdammte Geld! Er war gezwungen jede Fuhre anzunehmen, auch solche, die andere ablehnten.

Schon oft hatte ihn die Autobahnpolizei zahlen lassen. »Peanuts«, wie sein Chef sagte, der allen Fahrern schon das entsprechende Geld in bar mitgab. So etwas plante er in die Route mit ein, es steckte in einem Umschlag hinter der Sonnenblende.

Auf seiner jetzigen Tour hatte er Glück gehabt – keine Kontrollen – und er lag in der Zeit.

Nur noch eine schlappe Stunde, dann erreichte er Düsseldorf, seinen Zielort.

Den ganzen Tag diese elende Hitze und jetzt noch diese Wetterfront. »Verdammt! Abladen im Regen – passt mir gar nicht«, brummelte er vor sich hin und dabei musterten seine braunen Augen den verfinsterten Horizont. Na Hauptsache, ich habe es gleich hinter mir, verflucht schwere Tour. So dachte er, doch er dachte leider verkehrt, denn alles sollte völlig anders kommen als geplant.

»Wetten, dass ihr gleich rausfahren müsst, Wasser pumpen?«

»Dann fordern wir euch eben nach! Wenn soviel runterkommt wie der Himmel erwarten lässt, werden wir wohl alle raus müssen.«

»Möglich, zuvor sollten wir aber erst mal sämtliche Fenster schließen.«

Diese Aufforderung galt allen.

Sogleich zogen wir los – immerhin gab es genügend offene Fenster und das Vergessen (wie wir aus leidvoller Erfahrung wussten) bedeutete großflächige Überschwemmungen in diversen Räumen.

Mit mehreren Kollegen eilte ich aus dem Küchentrakt über die Treppe eine Etage tiefer. Hier befinden sich die Ruheräume mit ihren großen verandaartigen Türen. Sie zeigen auf einen mit Pflanzenkübeln bestandenen Innenhof. Wenn der Wind den Regen peitschte, trieb er ihn unmittelbar in die Zimmer und hinterließ große Pfützen.

Die Blendgranate eines Sondereinsatzkommandos hätte uns nicht härter treffen können.

Scharf, fast schneidend dröhnte der erste Knall des Donners in unseren Ohren.

Wie betäubt standen wir da, dann brach es los. Ein heftiges Unwetter, wie es nur alle paar Jahre vorkommt.

Der tiefschwarze, wolkenverhangene Himmel öffnete schlagartig seine Schleusen. Dazu fegte ein auffrischender Wind die Fluten durch die Straßen der Stadt, die im Wasser zu ertrinken drohte. Die wenigen Sekunden hatten gereicht, unsere bis dahin trockenen Ruheräume in pitschnasse Teiche zu verwandeln. Während ich eilig die Glastür schloss, klatschte mir der Sturm mit tausend Nadelstichen den Regen ins Gesicht.

Mein Oberhemd war sofort durchnässt und beim Verlassen des Raumes hinterließen meine Feuerwehrstiefel und die meiner Kollegen schwarze Abdrücke auf dem Boden. Auf dem langen gefliesten Flur vereinigten sie sich zu einer »schicken« breiten Dreckspur, über die sich morgen unsere freundlichen Putzfrauen »freuen« würden. Ich wollte mir auf jeden Fall ein trockenes Hemd anziehen. Darum ging ich zu meinem Spind, schloss auf und nahm mir eins von den kurzärmeligen, hellblauen, mit dem Wappen der Düsseldorfer

Feuerwehr versehenen Hemden. Zuerst aber zog ich mir mühsam das an der Haut klebende nasse vom Körper.

Aber auch das neue Hemd bereitete mir erhebliche Probleme. Ich hatte es schon über den Kopf gezogen, aber es rutschte einfach nicht weiter. Dann fummelte ich blindlings mit über dem Kopf erhobenen Händen verzweifelt am obersten Kragenknopf herum, denn den hatte ich vergessen zu öffnen. Natürlich wäre es wesentlich leichter, noch einmal aus dem Hemd heraus zu schlüpfen, aber irgendwie klappte es dann doch noch.

In diesem leicht hektischen Moment (Gott sei Dank leide ich nicht an Klaustrophobie) erklang der Vierfachgong:

»Einsatz für Feuerwache Sechs. Unfall mit LKW. Münchner Straße, Richtung Innenstadt, in Höhe Wersten.

Es rücken aus: Von FW Sechs das LF, die DL, das TLF, der RW, der RTW, der NAW und der C-Dienst. Von FW Sieben das LF und die Drehleiter.

Von FW Eins der B-Dienst und von FW U der Rüstzug.«

Verdammt, das musste heftig gerummst haben, wenn jetzt schon der B-Dienst der Feuerwache Eins rausfuhr.

So schoss es mir durch den Kopf und ich machte kein langes Federlesen mehr mit dem Hemdknopf. Es knackte nur ein wenig, dann war mein Kopf durch.

»Pling« fiel der kleine, graue Knopf auf den roten Fliesenboden. Ich stopfte hastig das Hemd in die Hose und eilte die wenigen Meter bis zum Rutschschacht. Zwei Sekunden später landete ich an der dicken Edelstahlstange entlangrutschend unten auf dem dicken Moosgummipolster. Hoch über mir rauschte der Deckenventilator, der selbstständig anspringt, wenn die Türen zum Rutschschacht geöffnet werden.

Sein Luftstrom verhindert, dass die ungesunden Abgase unserer starken Dieselmotoren in die oberen Schlafräume ziehen.

Draußen prasselte der Regen auf die Frankfurter Straße. Ein dichter Wasserschleier rann unaufhörlich an den hohen Rolltoren herunter und verwehrte so die Sicht auf die Straße. Außerdem war es fast so dunkel, als hätten wir tiefe Nacht, obwohl es doch erst später Nachmittag war. Die Zeiger der großen Fahrzeughallenuhr zeigten exakt 17.43 Uhr. Die Halle war von Neonröhren hell erleuchtet, denn diese werden automatisch eingeschaltet, wenn eine Alarmierung erfolgt.

Die Dieselmotoren starteten. Ihr markiges Brummen erfüllte die Fahrzeughalle. Die Scheinwerfer fraßen sich durch den dichten Regen und vorsichtig tasteten sich die gewaltigen Feuerwehrfahrzeuge an den Rand der stark befahrenen Frankfurter Straße. Die Maschinisten mussten jetzt besonders aufmerksam sein, die Sicht betrug nur wenige Meter und dennoch flogen einige Wahnsinnige im Blindflug an unserer Wache vorbei. Auf die Ampel, die eigens für das alarmmäßige Ausrücken und Überqueren dieser breiten Straße grün geschaltet war, konnten wir uns nicht verlassen.

Wie ein langer, Feuer speiender Lindwurm querten die Feuerwehrfahrzeuge mit zuckenden Blaulichtern und dröhnenden Sirenen die Fahrbahnen.

Die wenigen Zurückgebliebenen konnten uns bereits nach kurzer Zeit nicht mehr erkennen. Aber auch wir hatten eine katastrophale Sicht und die Scheibenwischer wurden der ankommenden Fluten nicht mehr Herr.

Dennoch, wir rollten Richtung Innenstadt, dorthin, wo Menschen in Gefahr waren, Menschen, die dringend auf uns warteten.

Sekunden wurden zu Minuten – hoffentlich kamen wir nicht zu spät. Aber dieses Sauwetter ließ uns keine Möglichkeit zu schnellerer Fahrt, wir mussten schließlich heil ankommen.

Mancher PKW-Fahrer sah das anscheinend anders und so wurden wir von den Unbelehrbaren überholt.

Werner Gerber war ein guter Trucker, aber heute hatte er seine Leistungsfähigkeit längst überschritten. Die klassischen Anzeichen hoffnungsloser Übermüdung, er kannte alle. Sie hatten ihn schon länger fest im Griff, ließen die Kilometer zum gefährlichen Drahtseilakt werden. Den Zeitpunkt, an dem er hätte »STOPP« sagen müssen, »du musst jetzt eine Pause einlegen«, hatte er mit Kaffee und Cola so weit verdrängt, dass er seinen tonnenschweren Truck nun wie eine Maschine gegen die schwarze Gewitterfront lenkte.

Trotz seiner bleischweren Lider und dem in immer kürzeren Intervallen einsetzenden Sekundenschlaf registrierte er die orientierende Mittellinie wie ein endloses, verschwommenes Schleierband.

Einige Baustellen – und es hatte reichlich davon gegeben – wären ihm fast zum Verhängnis geworden.

Am kritischsten waren die Kilometer zwischen Frankfurt/Main und Köln. Hier wurde die neue Hochgeschwindigkeitsstrasse der Bahn gebaut und dort reihte sich ein Engpass an den nächsten.

Der schlagartig einsetzende Regen hämmerte gegen seine mit Fliegen, Mücken und anderen Insekten verschmierte Windschutzscheibe.

Der Lärm riss ihn aus einem erneuten Sekundenschlaf. Er zuckte zusammen, fühlte einen Moment gefährlicher Desorientiertheit und verriss sein Lenkrad. Sofort reagierte der Anhänger heftig auf die brutale Attacke der Zugmaschine.

Wie der mächtige Schwanz einer vorsintflutlichen Riesenechse peitschte der schwer beladene Anhänger hin und her.

Wie weggeblasen die Müdigkeit. Instinktiv fühlte Werner Gerber – jetzt ging es um alles!

Er trat das Gaspedal tief durch, zog mit einem erzitternden Brummen den Diesel aus dem eingeschalteten Tempomat. Wäre der Regen nicht so dicht gefallen, hätte er seinen Anhänger mal links, mal rechts im Außenspiegel sehen können.

Diesmal schwitzte er nicht vor Übermüdung, diesmal war es die nackte Angst. Schließlich gelang es ihm, durch seine kontrollierte Beschleunigung den Truck zu stabilisieren. Hätte er falsch gebremst, dann hätte ihn der Hänger überholt, wäre umgeschlagen und hätte das gesamte Gespann von der Bahn gerissen. Er wusste das. Gerber atmete heftig, seine Pulse hämmerten. Erst jetzt schaltete er gnadenlos runter, verringerte die Geschwindigkeit. Sein Blick heftete sich starr auf die Tachonadel: 100 – 90 – 80 – 60 – das reichte, er konnte sowieso kaum weiter als zehn Meter sehen!

Mehr als Tempo Dreißig war für uns nicht drin, die Sicht betrug höchstens zehn Meter. Immer noch rasten die unverbesserlichen Autofahrer an unserer Blaulichtkarawane vorbei. Todbringende Geschosse, wie die vielen schrecklichen Nebelunfälle immer wieder grausam dokumentieren.

Fritz, der schon mehrfach als Zugführer mit uns ausgerückt war, saß auch heute an exponierter Stelle vorne rechts im ersten Fahrzeug. Seine Fähigkeit, auch in extremen Situationen einen ruhigen Kopf zu behalten, hatte er bereits in unzähligen Einsätzen unter Beweis gestellt.

Jetzt drehte er sich nach hinten, erteilte einige Anweisungen: »Ich will keinen Mann da draußen ohne Warnweste sehen.«

»Mensch, Fritz, die haben wir doch schon längst an.«

In der Tat. Jeder von uns wusste nur zu gut, wie gefährlich diese autobahnähnliche Schnellstraße war. Manchmal fahren uns die Raser oder die noch gefährlicheren Schlafmützen fast den Arsch ab – egal ob mit oder ohne Warnweste. Dennoch ist die gute Sichtbarkeit ein unverzichtbares Muss!

»Zwei Mann übernehmen die Unfallstellenabsicherung! Macht das bitte gründlich. Bei dem Sauwetter müssen wir besonders vorsichtig sein.«

Es bedurfte keiner Frage, wer diese Aufgabe übernehmen musste. Da sie zu viert hier hinten im Mannschaftsraum saßen und der Angriffstrupp aus Frank und Helmut bestand, blieben nur Thorsten und Achim übrig. Sie würden gleich mit den rot/weiß gestreiften Verkehrsleitkegeln sowie einigen starken Warnscheinwerfern »bewaffnet« dem rückwärtigen Verkehr entgegengehen und je nach vorgefundener Lage eine der beiden Fahrbahnen oder sogar beide sperren.

Stan saß hochkonzentriert hinter dem großen Steuer der Drehleiter. Seine Sicht war fast null. Die Reifen des vor uns fahrenden LF wirbelten zusätzlich soviel Wasser auf, dass wir das Gefühl hatten, in einer Waschhalle zu fahren.

»Das ist alles seine Schuld!« Er deutete mit einem leichten Kopfnicken nach rechts. Der Mittelplatz war zum ersten Mal seit langem besetzt, aber nicht mit unseren Sachen, wie üblich – nein, Mark Vogel saß dort. In voller Montur strahlte er uns an. Mark hatte Überstunden an der Schule gemacht, Papierkram aufgearbeitet. Als der Alarm losging, rannte er sofort zu uns. Nichts hätte ihn an seinem Schreibtisch halten können.

Obwohl Werner Gerber gerade erst eine lebensgefährliche Situation überstanden hatte, die seinem Körper und seiner Konzentration viel abverlangt hatte, fiel er doch rasch wieder in die alte Lethargie. Bis zum Endziel trennten ihn jetzt nur noch wenige Kilometer. Längst hatte er das Hildener Kreuz verlassen, war auf die A 59 in Richtung Düsseldorf Innenstadt gefahren. In Wersten nahm er die Tunnelabfahrt. Eine viertel Stunde vielleicht noch, dann würde er seine Fracht im Industriegebiet Reisholz abliefern.

»Reiß dich zusammen!«, rief er sich selbst zu. Seine rotgeränderten Augen erkannten kaum noch die Straßenschilder. Er befand sich jetzt auf der Münchner Straße. Es ging wieder etwas flotter, die Straße verlief in zwei breiten Doppelspuren, so wie man es von einer innerstädtischen Schnellstraße erwarten durfte. Zwar war die Sicht nach wie vor elendig schlecht, aber was sollte ihm jetzt noch geschehen.

So dachte er und leider war das grundverkehrt.

Anstatt seine Geschwindigkeit der Wetterlage anzupassen, drückte er während der letzten Kilometer kräftig auf das Gaspedal. Den Wohnwagen hatte er viel zu spät bemerkt. Wie ein grauer Klotz tauchte er urplötzlich schemenhaft wenige Meter vor ihm aus dem dichten Regen auf.

Mit aller Kraft stemmte er sich auf das Bremspedal, riss den Lenker nach links ... die weiteren Ereignisse entzogen sich seinem Einfluss.

Physikalische Gesetze bestimmten jetzt den Ablauf des Geschehens. Der Anhänger hob sich, löste die rechten Räder vom Asphalt. 10, 15 Meter weiter krachte er schwer auf die Seite. Das Kreischen von schleifendem Metall und das Bersten von Holz vermischten sich und bevor die massive Deichsel wie ein Gummiseil einknickte und verdrehte, warf sie die Zugmaschine ebenfalls um.

Gerber, der seinen Sicherheitsgurt grundsätzlich nie trug, schlug hart mit der Schläfe gegen den Türholm.

Schwarze Punkte tanzten verschwommen vor seinen Augen. Ob der Schleier vor seinen Augen vom Regen oder von seinem Blut herrührte, das aus einer klaffenden Platzwunde strömte, konnte er nicht sagen. Er wurde bewusstlos und der schwere LKW rutschte ungebremst mit ihm auf dem Fahrersitz auf ein Brückengeländer zu.

Berthold Sabotta hätte seinen Hintern lieber im Sessel gelassen. So dachte er und genau das hatte er auch seiner Frau gesagt. Aber er hatte ihr erklärt: »Watt sin muss, muss sin!« Immerhin war er der Boss, alle Fahrer waren weg und der Zug musste noch heute Abend in Neuss im Hafen beladen werden.

»Ich fahr jetzt los und bin in spätestens drei Stunden zurück. Nee, hol mich nich ab, ich nehm 'ne Taxe! Tschüss.«

»Sauwetter«, fluchte er vor sich hin. Von der Kölner Straße wollte er auf die Münchner auffahren. Im Regendunst erkannte er schon die Brücke, rechts davor die Auffahrt.

Berthold Sabotta traute seinen Augen nicht. Eigentlich musste er hier rechts abbiegen, um auf die Schnellstraße zu kommen, deren Überquerung unmittelbar voraus lag. Er blickte mit aufgerissenen Augen auf den Truck, der genau in diesem Moment das Brückengeländer durchschlug, und trat voll auf die Bremse. Gut, dass gerade niemand hinter ihm fuhr.

Es waren nur Sekunden, aber diese würde er sein Leben lang nicht mehr vergessen. Das Führerhaus des Trucks lag auf der Seite, schob sich immer weiter hinaus und hing dann wie frei schwebend in der Luft.

Wieso fliegt der nicht runter, fragte sich Sabotta, dann erst registrierte er die ganze Tragödie. Brückenteile und Teile des LKW stürzten herab in die Tiefe, landeten krachend auf dem Asphalt der Kölner Straße. Nur ein größerer Gegenstand blieb oben hängen.

Der immer noch dicht fallende Regen raubte ihm die Sicht, er fuhr langsam etwas näher. Dann erkannte er voll Entsetzen den Mann, der am Spiegel seines LKW kopfüber in der Höhe hing. Jeden Moment konnte er abstürzen.

Berthold Sabotta sah vor seinem geistigen Auge schon den aufschlagenden Körper und reagierte schnell und besonnen. Er rumpelte mit seinem Truck über die Bordsteinkanten der eingegrenzten Straßenbahngleise, die in der Mitte der breiten Straße verliefen.

Dann platzierte er seinen Planenanhänger genau unter dem Mann hoch über ihm. Er griff sofort nach seinem Handy und wählte 112.

»Guten Tag, hier ist die Berufsfeuerwehr Düsseldorf. Was können wir für Sie tun?«

Der Regen verschwand so schnell, wie er gekommen war. Die tief hängende schwarze Front war über uns hinweggerauscht, tobte sich nun weiter südlich in unserem Rücken aus.

Zurück blieben knöchelhohe Wasserflächen, überquellende Gullydeckel sowie unzählige geflutete Kellerräume und Tiefgaragen.

Aquaplaning bildete jetzt die größte Gefahr. Besonders schlimm waren die ausgefahrenen Spurrillen, die tausende Brummis im Straßenbelag hinterlassen hatten.

Gott sei Dank, der Himmel riss auf, die Sicht wurde wieder klarer.

Aber jetzt stiegen dichte Schwaden verdampfenden Regenwassers aus dem erhitzten Asphalt.

Wir erreichten die Unfallstelle exakt um 18.02 Uhr.

Neunzehn Minuten Fahrzeit für eine glatte Fahrstrecke, die wir gewöhnlich in der Hälfte dieser Zeit absolvierten.

Der Anblick, der sich uns bot, ließ unsere Nackenhaare zu Berge stehen!

Das Führerhaus eines LKW hatte das Metallgeländer der Überführung durchbrochen. Zwei Drittel ragten frei über diesem Brückenabschnitt. Sechzehn Meter tiefer, genau unter ihm, die verkehrsreiche Kölner Straße.

Dass er nicht hinabstürzte, verhinderte die verdrehte und teilweise gebrochene Deichsel. Sie war der seidene Faden zwischen dem umgestürzten Anhänger und der am Abgrund hängenden Zugmaschine. Der Atem stockte uns, als wir den Fahrer erblickten.

Sein lebloser Körper hing außerhalb der Fahrerkabine kopfüber nach unten, nur mit dem Fuß im Gestänge des Außenspiegels verkeilt, frei in der Luft. Welcher Schutzengel mochte ihn da noch aufgefangen haben? Aber lebte er überhaupt noch?

Die Situation war höchst brisant. Jede noch so geringe Erschütterung konnte seinen Absturz verursachen. Wie lange würde er überhaupt noch in dieser grauenvollen Zwangslage fest hängen können? Es musste blitzschnell eine sichere Lösung gefunden werden. Die angebrochene Deichsel ächzte und knarrte, ungeheuere Spannungen lasteten auf dem Metall, wie lange würde es dieser extremen Belastung standhalten?

Am liebsten hätten wir jemanden über das Wrack zu dem verunglückten Fahrer klettern lassen. Aber dieses riskante Unternehmen wurde sogleich wieder verworfen. Zu hoch das Risiko, alles zu verlieren. Wir mussten ja nicht nur den Fahrer retten, sondern auch den Absturz der Zugmaschine verhindern.

Von Feuerwache Eins kam der B-Dienst an. Horst Kronenberg stieg aus seinem Passat.

Wir arbeiteten gleichzeitig auf drei verschiedenen Ebenen und alle Aktionen verliefen koordiniert und geplant.

Das tonnenschwere Löschgruppenfahrzeug wurde über mehrere Drahtseile mit Schäkeln an der Zugmaschine angeschlagen. Diese Arbeit übernahmen Helmut und Frank. Später wurden sie von Achim und Thorsten unterstützt. Unsere Drehleiter sollte den direkten Zugriff auf den LKW-Fahrer ermöglichen. Zu diesem Zweck platzierte Stan die Leiter so, dass jetzt der Leiterpark über die im Freien hängende Zugmaschine gefahren werden konnte. Eine Möglichkeit, von hier oben direkt an den Mann heran zu kommen, gab es nicht. Es musste daher jemand am Seil hängend zu ihm runtergelassen werden. Ein einzelner Mann am Seil in sechzehn Metern Höhe zu einem Menschen, der nur mit einem Fuß labil am Außenspiegel hängt, der vielleicht bei der leichtesten Berührung abstürzt – wie sollte man ihn sichern?

Aus diesem Grund wurde auch die Drehleiter der Feuerwache Sieben, die unten auf der Kölner Straße angefahren war, in die Rettungsaktion mit eingebunden. Dieter Klüppel saß auf dem Maschinistenplatz und wollte sein Gerät millimetergenau unter den Körper des herabhängenden Fahrers manövrieren. Vorher hatte er mit seinem Kollegen Erich Keuchen den Rettungskorb angehangen. Erich, dem man zutrauen konnte, einen erwachsenen Mann mit seiner gewaltigen Körperkraft zu halten, blickte gespannt nach oben. Kurz vor Erreichen des Ziels gab es einen Ruck, der durch den gesamten Leiterpark ging ... dann bewegte sich nichts mehr.

Unten standen Dieter die Schweißperlen auf der Stirn: »Scheiß Hydraulik!« Eines der zuverlässigsten Geräte der Feuerwehr hatte einen Aussetzer und das ausgerechnet jetzt. Vier Meter trennten die Leiterspitze nur noch von dem Fahrer, aber weder Korbsteuerung noch Maschinistenstand bewegten den Leiterpark auch nur einen Zentimeter.

Aufgeregte Stimmen: *C-Dienst an Maschinist – Maschinist an Zugführer – B-Dienst an C-Dienst...*

... es ging hin und her ohne Ergebnis. Erich verließ den Rettungskorb, kletterte über den Leiterpark zur Erde.

Berthold Sabotta hatte seinen LKW längst verlassen. Die Zeit des untätigen Wartens war ihm endlos lange vorgekommen. Er war nass wie ein begossener Pudel. Aber das war ihm egal. Trotzdem, gut dass der Regen jetzt aufgehört hatte.

»Was is'n los mit eurer Leiter, im Arsch?«

Dieter war sauer, beherrschte sich aber. Er hatte, wie wir alle, neidlos anerkannt, dass dieser LKW-Fahrer super reagiert hatte. Die Plane seines Anhängers hätte sicher das Schlimmste verhindert, sollte der Mann wirklich abstürzen. An seiner Stelle stand kurze Zeit später ein riesiges Sprungkissen. Die Chancen, den immer noch drohenden Absturz zu überleben, stiegen somit gewaltig.

Mark legte sich die Gurte der Höhensicherung an. Seine Hände blieben ruhig, als er den Achtknoten in die Bandösen einknotete. Er war ohne Zweifel der qualitativ geeignetere Mann von uns beiden, um diese schwere Mission durchzuführen. Zwar hatten wir beide die Grundausbildung für Höhensicherung abgeschlossen, aber zwanzig Jahre weniger auf dem Buckel und größere Körperkräfte waren die ausschlaggebenden Kriterien. Es gab auch gar keine Diskussion. Ohne Umschweife hatten wir drei, also Stan, Mark und ich als Leiterbesatzung die Entscheidung getroffen und bereiteten uns nun vor.

Peter Küpperbusch, unser C-Dienst, gab grünes Licht für die Aktion. Mark sollte sich vom Drehleiterkorb zu dem Verunglückten herablassen, ihm vorsichtig ein Sicherungsseil umbinden und ihn dann mit sich zusammen in das Sprungkissen hinunter zu lassen. Das Ganze hatte etwas von einem Tandemsprung an sich, allerdings in zeitlupenartiger Geschwindigkeit.

Bei der Werksfeuerwehr Henkel schrillten die Alarmglocken: »Einsatz für die Drehleiter! Einsatz für die Drehleiter! Kölner Straße in Höhe Auffahrt Frankfurter Straße. Unterstützung nach VU für die BF!« Diese Feuerwehrmänner waren nicht zum ersten Mal außerhalb ihres riesigen Firmengeländes im Einsatz.

Es war eine gute Entscheidung, die der B-Dienst getroffen hatte. Die Werksfeuerwehr hatte nur eine kurze Anfahrzeit bis zu uns und wir benötigten nach wie vor dringend die zweite Leiter.

Wenige Minuten später konnte die defekte Leiter von Feuerwache Sieben gegen die von Henkel ausgewechselt werden.

Während dieser Zeit liefen natürlich alle anderen Aktivitäten ohne Unterbrechung weiter. Mehrere Drahtseile mit stabilen Durchmessern sicherten nach wie vor die Zugmaschine vor dem Absturz. Aber erst nach der Rettung des Fahrers würden wir beginnen, den schweren Koloss auf den sicheren Bereich der Straße zurück zu ziehen.

Mark und ich stiegen mit Seilen gesichert in den Rettungskorb. Ich steuerte von hier aus, Stan saß auf dem Maschinensitz und verfolgte jede unserer Bewegungen. Seitlich über dem Verunglückten schwebend, stoppte ich den Rettungskorb mehrere Meter über ihm. Mark kletterte aus dem Korb. Ich selbst hatte mich festgehakt und führte die Sicherungsleine, an der er nun langsam abwärts glitt.

»Stopp!«, erklang es auf einmal.

Sofort bremste ich das Seil. »Was ist los?«

Peter Küpperbusch rief uns diese Anordnung zu: »Die Henkel-Feuerwehr bringt ihre Leiter in Stellung! Wartet, bis sie von unten in Position sind! Das ist sicherer.«

Mark baumelte in der Luft. Von unten schwebte der Rettungskorb mit zwei Mann empor. Sie fuhren an der linken Seite. Mark schwebte jetzt weiter in die Tiefe, stoppte genau parallel auf gleicher Höhe. Mit vereinten Kräften gelang es den Dreien, den immer noch bewusstlosen Fahrer in den Rettungskorb zu heben.

Ich war erleichtert. Das hätte schnell ein Fiasko werden können. Eine falsche Bewegung, ein unbeabsichtigtes Ruckeln ... aber die Arbeit wurde souverän durchgeführt, die Rettung war gelungen.

Mark ließ sich am Seil zur Erde runtergleiten und löste sich dann aus seinen Knoten. Ich zog das Seil zu mir in den Leiterkorb. Unsere Aufgabe war erledigt. Unten kümmerte sich bereits der Notarzt um den Verletzten.

Was nun folgte, war Routine. In Ruhe konnten wir den LKW, ohne den Zeitdruck, der uns eben noch im Nacken gesessen hatte, bergen.

Private Veränderungen

Seit geraumer Zeit machte sich ein privates Problem immer drückender bemerkbar. Unsere anfänglich sehr liebe, uns wohlgesonnene Hauswirtin machte uns das Leben schwer. So etwas kann in einem Zweifamilienhaus, wenn man mit dem Besitzer unter einem Dach wohnt, sehr belastend werden. Viel Ärger und schmerzhafte Enttäuschungen ließen uns einen Entschluss fassen: nie mehr Mieter! Ein frommer Wunsch, der aber nur dem gestattet ist, der mit seinen wirtschaftlichen Möglichkeiten Eigentum erwerben kann. Meine Kollegen auf der Wache kannten meine massiven Probleme und hatten schon lange zum Auszug geraten. Und so hatten wir, meine Frau, mein Sohn und ich, uns schweren Herzens zu dem Entschluss durchgerungen, dieses Domizil aufzugeben. Ich glaube, für mich war es am schwersten. Ich war wie verwachsen mit dem riesigen Garten. Sechzehnhundert Quadratmeter hatte ich gestaltet, neu angelegt und gepflegt. Hier hatte unser Sohn seine Kindheit verlebt. Ich kannte jeden Stein im Haus, da ich vieles selbst in unzähligen freien Stunden umgebaut oder renoviert hatte.

Ich hatte es nie wahrhaben wollen, was Freunde uns schon so oft kopfschüttelnd gesagt hatten: »Eines Tages bekommt ihr statt vieler falscher Versprechungen einen Tritt in den Hintern.«

Nun war es tatsächlich so weit. Es gab für uns nur noch eine einzige Alternative: entweder in eine andere Mietwohnung oder in ein eigenes Haus beziehungsweise eigene Wohnung umziehen. Aus Ratingen wollte keiner von uns weg. Hier lebten unsere Freunde, hier war unsere Heimat, die Schule, der Arbeitsplatz. Ein Haus war sowieso zu teuer, also gingen wir auf Eigentumswohnungssuche.

Ja, man hat so seine Vorstellungen. »Nie mehr Garten!«, hatte ich gesagt, »ein Balkon reicht.« »Du und kein Garten?«, lachten meine Freunde, »das ist wie ein Schiff auf dem Trockenen.«

Sie hatten recht (schon wieder). Aber was wir auch besichtigten, nichts sagte uns so richtig zu oder aber es fehlte am nötigen Kleingeld.

Fast wollten wir schon frustriert aufgeben, da lasen wir eine Anzeige im Immobilienteil des Ratinger Wochenblatts: Erdgeschosswohnung mit Garten in Ratingen Ost, Privatverkauf. Ich griff sofort zum Telefon. Fünf Minuten später saßen wir im Auto. Vom Vorort Hösel bis Ratingen Ost, einem ruhigen, netten Stadtrandbereich, benötigten wir nur fünfzehn Minuten.

Die Wohnung gehörte sympathischen Menschen, die sich ein Haus bauen ließen. Am liebsten wären wir da geblieben, so gemütlich war es. Der herrlich angelegte kleine Garten, direkt über eine schöne Holzterrasse zu betreten, sonnige Südlage und eine gelungene Raumaufteilung. Das Ganze hatte nur zwei Haken: Der Preis war wesentlich höher als eingeplant, aber das hatten wir in unserer Euphorie schon fast vergessen. Schwerer wog, dass wir natürlich nicht die Einzigen waren, die sich um dieses traumhafte Eigentum bewarben. Eins war klar, sollte – was wir auch schon erlebt hatten – durch die Nachfrage der Preis steigen, waren wir aus dem Rennen. Im Übrigen mussten die finanziellen und notariellen Transaktionen recht schnell abgewickelt werden, das war eine Voraussetzung des Verkäufers. Wir mussten also schnell handeln.

So ungern wie an diesem Morgen bin ich selten zur Feuerwache gefahren. Ach, hätte ich doch heute frei, ich könnte zur Bank gehen, mir ein Finanzierungsangebot für diese tolle Wohnung machen lassen und … Na ja, der eine Tag würde den Kohl auch nicht fett machen, tröstete ich mich und starrte, ohne auf die mir so vertraute Gegend zu achten, aus dem Fenster der schnell fahrenden S-Bahn. Ich könnte ein Darlehen von der Stadt erhalten, sicher, das hatten viele meiner Kollegen, die längst Eigentum besaßen, auch erhalten. Immerhin war ich städtischer Beamter. Aber gab es das auch, wenn man außerhalb Düsseldorfs kaufte? Außerdem der Preis, ich atmete tief durch. War doch allerhand, für das Geld konnte man draußen auf dem platten Land schon ein ganzes Haus kaufen. Aber eben nur auf dem platten Land, weit weg von Düsseldorf. Das hätte zwei Autos bedeutet und viele Kilometer Fahrerei und genau das wollten wir doch nicht.

Wenn wir all unsere Ersparnisse nähmen … ich rechnete im Kopf und mir dämmerte, dass es schwerer werden würde, als wir je gedacht hatten. Und wenn es ein anderer kauft? Ich verwarf diesen Gedanken. Diesmal musste alles klappen, es musste einfach. Wir waren alle längst nervlich am Boden. Der Krieg mit unserer Hauswirtin traf meine Frau, die von uns am meisten zu Hause war, am härtesten. Und es wurde im folgenden Jahr noch härter für uns. So lange sollte es noch dauern, bis wir unser neues Heim beziehen konnten.

Auf einmal schreckte ich auf. Aus den Augenwinkeln hatte ich den Bahnsteig von Garath gesehen. So ein Mist, hier hätte ich aussteigen müssen. Jetzt blickte ich ununterbrochen auf die Armbanduhr. Eigentlich völliger Blödsinn, denn der Zug fuhr deshalb auch nicht schneller.

Nächste Station – Hellerhof. Ich stieg aus. Noch hatte ich eine Chance, die Wache rechtzeitig zu erreichen. Viele Menschen standen auf dem Bahnsteig. Aber von meinen Kollegen, einige wohnen in diesem Stadtteil, war keiner zu sehen. Das war mir recht, denn ich empfand den Gedanken, gesehen zu werden, als peinlich. Endlich kam der Zug, Gott sei Dank war er pünktlich. Ich setzte mich erst gar nicht hin, sondern blieb im breiteren Türbereich stehen, um als einer der Ersten aussteigen zu können. Wieder der zwanghafte Blick zur Uhr, es reichte immer noch, selbst ohne Laufen würde ich die Wache noch vor Sieben erreichen. Der Gedanke, zu spät zu kommen, die übliche Runde Eis für alle auszugeben, war unter den neuen wirtschaftlichen Gesichtspunkten auf einmal schrecklich.

Noch öfter ertappte ich mich selber bei dieser, bisher nie gekannten, fast schon geizigen Sparsamkeit. Allerdings stellte es sich später heraus, dass auch ein Wohnungsbesitzer sehr wohl in der Lage ist, ohne Geiz vernünftig und gut zu leben. Nachdem mir das wieder zu Bewusstsein gekommen war, habe ich weiter gerne einen ausgeben.

Tagsüber blieb es ruhig, d. h. ruhig für den Löschzug. RTW und NAW fuhren wie fast jeden Tag mit gewohnter Regelmäßigkeit ihre vielen Einsätze.

In der Frühstücks- und auch in der Mittagspause gab es nur ein Gesprächsthema: Martin kauft eine Wohnung. Mit den Tipps und Finanzierungsplänen, die mir mit auf den Weg gegeben wurden, hätte ich ganze Stadtteile kaufen können.

Alle meinten es gut, aber ohne konkrete Zahlen waren solche Gespräche eben nicht mehr als nette Gespräche.

Den wirklich bedeutenden, unerwarteten Glückstreffer machte ich am Nachmittag. Stephan Boddem, mein alter Freund und Lehrgangs-Kollege, hatte sich zur nachmittäglichen Dienstbesprechung angesagt. Selbst die Wachführung wusste nicht genau, um was es ging. So saßen wir gespannt gegen 16.30 Uhr an dem großen Tisch in trauter Runde beim obligatorischen Kaffee.

Stephan, das wandelnde Lexikon der Feuerwehr, so kannte ich ihn bereits seit der Grundausbildung. Er hatte sich mit zähem Fleiß und echtem Können das Dienstgradabzeichen in Gold verdient. Eine tolle Karriere! Wenige können erahnen, wie viel harte Arbeit, wie viel Zähigkeit und Idealismus damit verbunden war. Viele unserer Kollegen, die auch heute noch mit mir gemeinsam Dienst schieben, kannten Stephan und mich noch aus unserer gemeinsamen Anwärterzeit.

Eine sagenhafte Zeit, besonders in den ersten drei Monaten. Man hatte uns schon lange vor Lehrgangsbeginn eingestellt, beschäftigte so eine größere Anzahl von künftigen Feuerwehranwärtern an der Hauptfeuerwache Eins im täglichen Arbeitsdienst. Natürlich hatte das nicht im Entferntesten mit Feuerlöschen zu tun. Wir waren einfach »Mädchen für alles«. Wagen waschen und polieren, Renovierungs- und Aufräumarbeiten von morgens 7.30 Uhr bis zum Nachmittag.

Irgendwann landeten wir bei den »Bären«, einer Sonderfahrzeugtruppe. Das war 1975. Rettungsgeräte waren zu dieser Zeit immer schwer und groß. Hydraulische Scheren und Spreizer gab es bereits, aber welche Monster waren das im Vergleich zu heute. Und so setzte sich die Gruppe dieser Männer aus den wirklichen »Bären« deutschen Urgesteins zusammen. Dagegen sahen wir wie die Kinder dieser meist schon etwas älteren Feuerwehrmänner aus.

Schnell hatten wir mit Fleiß und Freundlichkeit die Herzen dieser oft grimmig aussehenden »Bären« erobert. Arbeiten, und waren sie noch so unbeliebt, wurden von uns beiden immer zu bester Zufriedenheit im Teamwork erledigt. Man konnte sich auf uns verlassen und daher ließen sie uns in Ruhe, wenn wir eher fertig waren, als es der Feierabend vorsah. Das brachte uns auf die absonderlichsten Ideen, die verbleibende Zeit rumzukriegen.

Wieso geriet dabei immer ich in die peinlichen Situationen, die uns auch heute noch zum Lachen bringen? Damals freilich habe ich Blut und Wasser geschwitzt.

Wir hatten gerade eine höchst »sinnvolle« Arbeit erledigt, den mächtigen eisernen Haken des alten Kranwagens sorgfältig mit schwarzem Lack angestrichen. Akkord ohne Qualitätseinbuße, so hatten wir noch etwas Zeit für unser Lieblingsspielchen: Verstecken in der Fahrzeughalle. Doch! Wir waren wirklich schon sehr erwachsen.

Während Stephan die obligatorische Zeit auf der Toilette absaß, kroch ich unter die Plane des großen Rüstwagens. Ein Fronthauber, der heute zu den echten Oldtimern zählen würde. Er war nicht mit den heutigen genormten RW I oder RW II zu vergleichen. Knapp unter der Plane lagen auf stabilen, metallenen Trägern Bauhölzer. Darauf hatte ich es mir so gut es ging »bequem« gemacht. Hier würde er mich nie finden. Ich war stolz auf mich.

Stephan kam, suchte vergebens. Dann das Verhängnis. Es alarmierte! »Ding, Ding, Ding, Dong!« »Einsatz für die Sonderfahrzeuge! Es rücken aus: der Kranwagen und der Rüstwagen ...!«

Wohin und weshalb, ich weiß es heute nicht mehr. Ich weiß aber noch genau, dass ich keine Zeit mehr hatte, mich unter der engen Plane hervorzuarbeiten. So fuhr ich meine erste Alarmfahrt als blinder Passagier in einer sehr ungewöhnlichen Situation mit den Feuerwehrmännern, die natürlich nichts von meiner Anwesenheit ahnten.

Wie schon gesagt, ich hatte damals Blut und Wasser geschwitzt. Zu meinem Glück wurde der Rüstwagen nicht benötigt, so dass ich genauso unbemerkt wieder zurückkam. Dort hatte sich natürlich Stephan über mein unerklärliches Verschwinden gewundert. Er war der Einzige, der damals erfuhr, wo ich gesteckt hatte.

Die zweite Situation zeigte mir in schonungsloser Offenheit die abgrundtiefe »Schlechtigkeit« meines »hinterhältigen« Freundes. Ich war wieder an der Reihe mich zu verstecken. Natürlich kroch ich seit jenem denkwürdigen Ereignis nicht mehr in Feuerwehrautos. Der geprügelte Hund legt seinen Haufen ja auch nicht mehr an die Stelle, an der er seine Schläge erhalten hat.

Aber die drei schmalen, hölzernen Spinde, in denen die Putzutensilien verstaut waren, hatten es mir angetan. Der Mittlere enthielt nur die Besen, fein säuberlich mit den Borsten nach oben aufgehängt. Niemand käme im Traum auf die Idee, hier einen Menschen zu vermuten.

Von den dicken »Bären« könnte sich sowieso keiner hier hineinzwängen. Das schafften nur solche »Rippchen« wie ich. Natürlich musste man ganz ruhig stehen, damit die hängenden Besenstiele nicht aneinander klapperten, aber das schaffte ich schon. War ja nur für eine kurze Zeit. Verdammt eng war es ja doch, enger als erwartet und ich durfte mich keinen Millimeter bewegen, wenn ich mich nicht durch Geräusche verraten wollte. Durch ein kleines Lüftungsloch konnte ich den Platz unmittelbar vor meinem Versteck recht gut überblicken. Dann kam Stephan, ha, herrlich. Er blickte sich um. Da kannst du lange suchen, dachte ich. Aber das Verhängnis nahm seinen Lauf. Es kam in Gestalt des Wachvorstehers höchstpersönlich. Wachvorsteher Kempmann, die Nr. 1 der Feuerwache Eins, näherte sich. Ich konnte ihn zwar nicht sehen, aber bereits hören. »Herr Boddem, Herr Meyer-Pyritz!« Dann war er da. Wieder einmal war es zu spät, um aus meinem Versteck zu schlüpfen. Beide standen unmittelbar vor dem Spind, in dem ich schwitzend steckte. »Herr Boddem, kommen Sie mit. Ich habe eine wichtige Arbeit für Sie! Wo ist denn der andere?«

Bei diesen Worten drehte er sich einmal um hundertachtzig Grad. Sein Auge schweifte durch die Halle, natürlich konnte er mich nicht entdecken. Das wäre auch ein Fiasko geworden. Feuerwehrmannanwärter versteckt sich im Besenspind. Die Sitten waren damals noch etwas rauer als heute. Oberfeuerwehrmänner wurden mit »Sie« angeredet. Und der Wachvorsteher war fast der liebe Gott. Das konnte mein Ende sein, bevor es begonnen hatte. Jetzt drehte mir dieser Gott den Rücken zu. All meinen Mut zusammenfassend öffnete ich die Spindtüre einen Spalt, ließ meine Fingerkuppen leicht winkend heraus schauen. Stephan, der in strammer Haltung vor Kempmann stand, hatte sie bemerkt.

»Was grinsen Sie denn so?«

»Äh, nichts, es ist nichts.«

»Wo bleibt denn nur dieser Meyer-Pyritz?«

»Ich glaube, der ist zur Toilette.«

»Na gut, dann kommen Sie eben allein mit. Ich zeige Ihnen, was zu tun ist und Sie holen Ihren Kollegen später nach. Ich habe keine Zeit, hier ewig zu warten.«

Schweiß rann mir am Körper runter. Was ist ein Kellerbrand gegen diesen nervlichen Stress? Ich hatte zwar noch keinen Kellerbrand erlebt, aber ich kannte diesen Spind, die Folterkammer meines verdammungswürdigen Spieltriebs.

Oh nein! Oh nein! Du Lump! Stephan kam die wenigen Schritte auf mich zu ... Du wirst doch nicht ...

»Jawohl, Herr Kempmann, ich muss nur noch abschließen.« Sprach's und drehte den Schlüssel im Schloss. Ich saß in der Falle.

»Seit wann wird denn hier abgeschlossen?«, hörte ich Kempmann fragen. Die sicher erfundene Antwort meines Freundes konnte ich nicht mehr hören. Sie verschwanden beide aus meinem Blickfeld.

Tage später fand man mich verschmachtet und ausgetrocknet wie ein Fensterleder auf dem Boden des hölzernen Spindes – zumindest in meiner grauenvollen Fantasie. Okay, Stephan kam zugegebenermaßen recht schnell zurück, aber dass er sich direkt vor mir auf dem gefliesten Hallenboden kugelte und ihm dabei die Tränen über die Wangen seines »gemein« grinsenden Gesichtes liefen, das war ... verdammt noch mal, das war das dickste Ding vor unserem ersten Feuer!

So, und dieser »durchtrieben schlechte« Mensch kam heute zu uns auf die Feuerwache Sechs. Aber sicher nicht, um Verstecken zu spielen. Eigentlich führte ihn sein Weg in die Schule. Er hatte dort eine wichtige Besprechung und nutzte die Gelegenheit, einen Abstecher zu uns, der Wachmannschaft, zu machen. Eine freundliche Geste, denn nur zu selten verirren sich die Herren Direktoren zu ihren Mannschaften.

Hinterher fanden wir noch Zeit für ein paar persönliche Worte. »Hör mal, Martin. Ich habe auch eine Eigentumswohnung. Ich gebe dir gerne eine Telefonnummer von einem BHW-Berater hier in Düsseldorf. Du kannst sicher sein, der wird dich objektiv und korrekt beraten. Vergleichen solltest du auf jeden Fall. Ich rufe dich dieser Tage zu Hause an.«

Mit diesem BHW-Berater, Herrn Goeres, haben wir unsere Wohnung finanziert. Ich schreibe das ganz bewusst so offen, denn niemand hat uns so gut und fair beraten wie er.

Heute sitze ich, während ich dies schreibe, mit seiner Hilfe zufrieden im eigenen Heim. Mit diesem Hinweis hat sich Freund Stephan wieder einigermaßen in Ansehen gebracht und ich bin fast geneigt, ihm die Versteckspiel-Spindabschließen-Aktion zu vergeben.

Verschüttet

Seit knapp acht Minuten schufteten wir wie die Wilden. Diesmal ging es um alles.

Der durch ein Feuer eingestürzte Dachstuhl einer nagelneuen Doppelgarage hatte mit seinem Gewicht die Zwischendecke durchbrochen. Sie war vor unserem Eintreffen mit dem ganzen darauf liegenden Gerümpel unter lautem Getöse heruntergedonnert.

Zwei Jungen im Alter von acht Jahren wurden vermisst. Sie sollten in der Garage gespielt haben. Da diese nicht nur als Autoabstellplatz, sondern auch als Hobbywerkstatt benutzt wurde, war sie ein geradezu magischer Anziehungspunkt zum Stöbern für Jungen in diesem Alter. Wir mussten sie unter den Trümmern vermuten.

Es wurde ein Rennen gegen die Zeit. Immer noch qualmte es aus dem wirren Berg aus Bohlen, Brettern, Dachpfannen und anderen Baumaterialien. Oben auf der Zwischendecke hatte man ein Lager für Baustoffe und Gegenstände eingerichtet, die man nicht im Keller haben wollte.

Es war offensichtlich zu viel gewesen.

Ich schwitzte nicht, ich schwamm geradezu unter meiner Uniform. Außentemperaturen von 27° C im Schatten, da steht man im eigenen Saft.

»Jacken ausziehen!« Dieser lauten Anordnung unseres DGL Fritz Horn folgten wir bereitwillig. Die schweren warmen Jacken flogen in die Ecke, ohne dass der Arbeitseifer darunter litt.

Fritz war sich sehr wohl bewusst, damit gegen gewisse Vorschriften zu verstoßen – aber es war nur eine Frage der Zeit, wann die Ersten einen Hitzestau bekommen und der Kreislauf versagen würde. Es war eine vernünftige Entscheidung. Klar, man konnte sich verletzten, sich an den Trümmern die Haut aufreißen – aber was war das schon?

Das Feuer war unter Kontrolle, es schwelte nur noch. Zwei C-Rohre waren immer noch weiter im Einsatz. Aber jetzt galt es, in mühsamer Handarbeit Stück für Stück den Brandschutt abzutragen.

Längst hatte ich mich des vorher notwendigen Pressluftatmers entledigt. Schwarz und rußig rann mir der Schweiß aus den strähnigen Haaren und brannte in den geröteten Augen. Neben mir wühlte sich mein Kollege Michael Musch in die Glut.

»Micha, kriech da nicht so tief rein!«

Aber er schien nichts zu hören. Sein halber Oberkörper verschwand unter einer schräg liegenden Bretterwand, die nur einen schmalen Schlitz freigab. In diesen hatte Micha mit seiner Lampe geleuchtet und war dann vorgekrochen. Jetzt kam er mühsam zurück. Seine Lungen keuchten, aber sein pechschwarzes Gesicht strahlte. »Ich glaube, ich habe ihn!« Diese Nachricht elektrisierte alle. Sofort waren die anderen da. Vorsichtig deckten wir die Stelle frei. Gerade zerrte ich die Reste einer verbrannten Eckbank zwischen den Nut- und Federbrettern der Zwischendecke heraus, da sah ich ihn – den kleinen Fuß – nur mit einer braunen Sommersandale bekleidet. Einen Moment schien mein Herz stehen zu bleiben. »Da ist er. Schnell weiter!«

»Nein, ruhig Leute, keine Hektik. Macht weiter wie bisher. Stück für Stück.«

Fritz hatte recht. Übertriebene Eile führt zu Fehlern. Man durfte sowieso nur an den Balken und Sachen ziehen, die offen lagen.

Alles Verdeckte wurde mühsam freigelegt. Wie leicht könnte man den Körper des Kindes verletzen.

Fritz gab weitere Anweisungen, koordinierte gewissenhaft den Einsatz unserer Hände. »Hier. Schnell, schnell, das glüht alles. Aber vorsichtig! Alles ohne Druck.«

Ich hatte die schützenden Handschuhe ausgezogen, schaufelte lose Ascheteilchen von dem fast freigelegten kleinen Körper, fühlte seine nackten, dünnen Beinchen.

Nie werde ich das Gefühl beschreiben können, als ich sein leises »Aua« hörte.

Er lebte! Der Junge lebte! Tränen rannen mir über die Wangen. Ich blickte zu Micha, er hatte ihn entdeckt und auch seine Augen waren feucht. Ich bin überzeugt, es war nicht der elende Schweiß, die Hitze oder der beißende Mief des Brandes.

Unser Notarzt, Dr. Zenz, kniete längst hinter uns im Dreck. Ungeduldig fieberte er genauso wie wir anderen um das Leben der Jungen. Vorher hatte er sich um die verzweifelte Mutter gekümmert. Sie war unter ständigen Weinkrämpfen einem Zusammenbruch nahe, ließ sich aber nicht davon abbringen, unserer Arbeit weiter mit bangem Hoffen zuzusehen. Zwei Mann vom NAW mussten sie mit sanfter Gewalt festhalten, als der erste Ruf von Micha erklang.

Sie hätte sich sonst durch nichts aufhalten lassen, selber in den Trümmern zu suchen.

Ein Teil einer kompakten Bretterwand hatte den Jungen geschützt. Viele Hände hoben vorsichtig dieses letzte Hindernis zur Seite. Er war zwischen dicken Holzbohlen eingeklemmt. Sie hatten ihm das Leben gerettet. Hätte er nicht dazwischen gelegen, hätten ihn die schweren Lasten zerquetscht.

Es gibt also doch immer wieder Wunder! Wieso es ausgerechnet an dieser Stelle nicht gebrannt hatte, konnte keiner erklären.

Die einzigen zwei Quadratmeter von fünfunddreißig!

Dr. Zenz hob den Jungen vorsichtig auf die bereit gestellte Vakuummatratze. Dann ab in den NAW, wo er mit seiner Arbeit begann. Ich war total erledigt, hätte mich so in eine Ecke verziehen können.

Die physische wie auch psychische Anstrengung war enorm groß.

Aber noch gab es keine Pause, noch fehlte ein weiterer Junge.

Deshalb wühlten wir uns aufs Neue durch diesen Trümmerberg, jetzt allerdings wieder mit den schützenden Handschuhen.

Endlich, in der Ferne ertönte das Tatü-Tata weiterer anrückender Kräfte. Kurze Zeit später trafen sie ein. Fünf Mann, mehr gab es nicht, das war das Verstärkungsteam von Feuerwache Sieben.

Aber immerhin, fünf Männer, die sofort beherzt mit anpackten. Wir bekamen wieder frischen Schwung, alles ging viel schneller. Dennoch dauerte es weit über eine Dreiviertelstunde, seit wir den ersten Jungen gerettet hatten, bis wir erleichtert feststellen konnten, dass kein weiterer Mensch mehr unter den Trümmern lag. Einmal hatte es noch Aufregung gegeben. Wir entdeckten ein vermeintliches Bein, es war jedoch nur ein Kinderschuh in einer Kiste mit

Kleidungsstücken beziehungsweise das, was das Feuer davon übrig gelassen hatte.

Die Uhr zeigte 15.20 Uhr, als auch das letzte Strahlrohr endgültig abgesperrt worden war. Der Riesenhaufen, der einst eine Garage gewesen war, lag weit verstreut im Garten.

Draußen auf der kleinen Nebenstraße standen mehrere große Feuerwehrfahrzeuge, welche die gesamte Fahrbahnbreite einnahmen und niemanden mehr durchließen. Entsprechend viele PKW und Schaulustige hatten sich angesammelt. Die Nachbarn der umliegenden Häuser standen heftig diskutierend umher. Sichtlich beeindruckt zeigte man sich von der aufgeplatzten Propangasflasche, die zwei Gärten weiter in ein Kräuterbeet eingeschlagen war. Ihr Knall – dieser ohrenbetäubende scharfe Knall – hatte sie aus ihren schmucken Häusern getrieben. Darauf folgte die Stichflamme, die aber nur wenige gesehen hatten. Die Propangasflasche durchschlug das Garagendach und flog in hohem Bogen in die Luft. Schwer von der Explosion des Druckgefäßes gezeichnet, brach die Doppelgarage zeitlupenartig in sich zusammen. Es brannte lichterloh!

Die verzweifelten Schreie der Mutter, die ihre Kinder in den Trümmern vermutete, drangen uns beim Eintreffen in die Ohren, ich werde sie wohl nie vergessen.

Den einen hatten wir ja gerettet, aber wo war der zweite?

Wolfgang Maurer, unser C-Dienst, hatte eine groß angelegte Suchaktion eingeleitet – bisher ohne Erfolg.

»Okay Männer! Einpacken!« Noch ein wohltuender Schluck aus der Mineralwasserflasche, dann begannen wir mit den Aufräumarbeiten. Standrohr abbauen, Schläuche aufrollen, etc. Alles war total verdreckt, aber das ist nach einem Brand immer so. Auch wir sahen dementsprechend aus. Unsere Kollegen von Feuerwache Sieben hatten damit nichts zu tun, das war ausschließlich unsere Sache. Sehnsüchtig blickte ich ihnen nach, als sie zu ihrem Fahrzeug gingen. Aber so einfach sollte ihnen die Abfahrt nicht gelingen. Vor uns, hinter uns, alles zugestopft mit Autos. Die Polizei hatte allerhand zu tun.

Fritz hatte sich persönlich bei den Männern der Feuerwache Sieben bedankt. Das war zwar nicht nötig, denn sie hatten ja auch »nur« ihren Job gemacht, aber Fritz hatte Stil und so etwas kam immer gut an und außerdem freute man sich über ein verdientes Lob.

Auf der Rückfahrt drehte er sich daher um und zeigte ein sehr zufriedenes Gesicht: »Das war gute Arbeit! Ich schmeiß ein Eis für alle!« Ausgelassene Heiterkeit! Man sollte kaum glauben, dass hier ausgewachsene Männer fuhren.

»Hm, Eis!«

»Vom Chef!«

»Super«.

»Haltet mal den Schnabel, ich verstehe sonst nichts!«

Wir hatten nicht mitbekommen, dass die Leitstelle unser Fahrzeug über Funk rief. Fritz hatte den Hörer am Ohr. Auf einmal war es mucksmäuschenstill im LF, alle lauschten der neuen Einsatzmeldung.

Dann die Kommentare der verärgerten Kollegen:

»Oh, Mann, so eine Scheiße!«

»Dieser Drecksack!«

Gemeint war der Typ, der den Müllcontainer angezündet hatte, zu dem wir jetzt fahren mussten und der uns somit unnötige Arbeit bescherte, auf die wir gerne verzichtet hätten. Ob diese Irren wussten, wie sehr wir sie hassten? Vielleicht taten es manche ja gerade deswegen.

Aus müden Augen blickte ich stumm vor mich hin. Auch ich dachte nur: *So ein Mistkerl!* Aber das half natürlich nichts, auch das ist Teil unserer Arbeit, die traurige Realität einer Großstadtfeuerwehr. Müllcontainer anzünden – erbärmlicher Volkssport angetrunkener, meist nächtlicher Spätheimkehrer oder hirnloser Spinner, die sich mit solchen »Heldentaten« brüsten, weil sie sonst nichts zu Stande bringen.

Der dunkle Qualm stieg, von weitem sichtbar, kerzengerade empor.

»Fluten oder Umkippen?«

»Kippt ihn um!«

Es handelte sich um einen verzinkten Blechcontainer für Altpapier, die überall in der Stadt aufgestellt sind. Acht Hände in nach Feuer und Rauch stinkenden Handschuhen warfen den Container auf die Seite. Sogleich gab die sich öffnende Bodenklappe ihren brennenden Inhalt frei.

Nach einer knappen Minute und einhundert Litern Löschwasser zogen wir wieder ab. Zurück blieb ein Haufen Papiermatsche, der weiteren Mitarbeitern der Stadt Arbeit machen würde.

»Noch so'n Ding und ich kündige«, murmelte ich vor mich hin.

»Halt an! Halt! Halt an! Ich leg sofort Feuer!«

Alle lachten, schnell kehrte die alte, ausgelassene Stimmung zurück.

Achim scherzte mit Thorsten: »Containerfeuerwehr!«

Stan lächelte still.

Thorsten ereiferte sich: »He, von wegen Containerfeuerwehr! Was war das denn vorhin?«

»Ha, ha!«

»Na, sieh dich doch mal an, sauber und adrett, wie ein frisch gewaschener Schuljunge.«

»Ich glaube, ich spinne! Und was ist das, bitteschön?« Thorsten hielt demonstrativ seinen geschwärzten Helm mit dem rußverschmierten Visier hin.

»Papperlapapp«, winkte Stan ab. »Das hast du dir ja nur draufgeschmiert, um bei uns alten Kämpfern Eindruck zu schinden. Aber wir haben dich durchschaut, das zieht bei uns nicht.« Wir lachten. Das gehörte dazu. Dabei hatte sich Thorsten heute bravourös geschlagen und sah im Übrigen aus wie ein Schwein, das sich im Schlamm gewälzt hatte. Eine äußerliche Gemeinsamkeit, die uns alle verband. Letztlich hatten wir heute alle auf dem Bauch liegend im Brandschutt gewühlt.

Längst hatten wir die Ausrüstung wieder auf Vordermann gebracht, Geräte gereinigt, Schläuche gewechselt und uns selber geduscht und umgezogen, als gegen 20.00 Uhr der Notarztwagen zurück zur Wache kam. Wegen zwei Folgeeinsätzen hatten sie bisher keine Gelegenheit gehabt, ihre schmutzige Kleidung zu wechseln. Jetzt stießen sie zu uns. Wir saßen gemütlich in dem kleinen Innenhof auf der obersten Etage direkt neben der Küche und schleckten zufrieden an unserem erfrischenden Eis.

Dr. Zenz strahlte wie ein Honigkuchenpferd über das ganze Gesicht. Seine ehemals weiße Hose zeigte jene typischen Spuren von abgewischten Schmutzhänden an den Oberschenkeln, passend mit schwarz verdreckten Knien.

»Hm, Eis.«

»Ihres steht noch in der Tiefkühlung.«

»Danke, wer ist denn der edle Spender?«

»Das Eis ist von mir«, meldete sich Fritz »aber wollen Sie nicht erst mal die Hose wechseln?« Fritz tat ganz harmlos: »Ich denke, der nächste Einsatz als Schornsteinfeger wäre auch nicht so übel.«

Der Notarzt lachte: »Erst das Eis, dann die Hose!« Er setzte sich mit seinen drei Rettungsassistenten, für die es natürlich auch ein Eis gab, zu uns.

»Und? Was ist mit dem Jungen?« Wir platzten fast vor Neugierde.

»Jungen? Was für ein Junge?«

»Nehmt dem Doc das Eis weg! Keine Infos, kein Eis!«

»Datenschutz«, schmunzelte er vor sich hin.

»EIS WEG!«

»Okay, okay«, mit der Linken musste er sich schon wehren; »ich rede ja. Oder Dirk, mach du das.«

Dirk, seit einiger Zeit Teamführer auf dem NAW, berichtete. Wir freuten uns aufrichtig über den positiven Zustand des geretteten Jungen.

»Der hat wirklich Glück gehabt. Keinen einzigen gebrochenen Knochen, nur Prellungen, eine dicke Beule am Hinterkopf und eine leichte Rauchvergiftung.«

»Ich muss dir doch widersprechen.« Dr. Zenz legte mit diesen Worten seine Hand auf Dirks Arm: »Das war kein Glück. Das war der Herrgott persönlich!« Stille...

Eine solche Antwort hatte niemand von dem jungen lockeren Zenz erwartet, keiner sagte etwas dazu.

Wir, die Hartgesottenen, reden kaum über Gott. Es ist anscheinend nicht zeitgemäß und dennoch, so hoffte ich, für jeden hier an diesem Tisch: Erhaltet euren Glauben und sei er noch so tief verschüttet. Man kann ihn freilegen wie den Jungen heute, den haben wir ja auch frei gegraben, zurück ins Leben.

In der Küche klingelte das Telefon. Es klingelte wieder und wieder...

»Reine Nervensache!« Helmut lachte – keiner bewegte sich.

»Ja, will denn keiner rangehen?«, rief Fritz.

»Das regelt sich von ganz allein.«

»Ich zeig dir gleich, was sich regelt.«

»Na gut, ich gehe.« Gemächlich stand Helmut auf und nahm den Hörer ab: »Hackin, Feuerwache Sechs...«

»Sag ich doch, regelt sich ganz von allein«, grinste er, »hat aufgelegt.«

Zur Beruhigung meiner Leser eine kurze Erklärung. Auf dieser Telefonleitung kommen keine Notrufe an. Es ist eine interne Nummer, also bedeutungslos für die Sicherheit der Stadt und ihrer Menschen.

Kurze Zeit später klingelte das Handy des Chefs, das offizielle Diensttelefon. »Horn...ja...gut...ja...«

Fritz hielt den freien rechten Daumen als unmissverständliches Zeichen empor. Also was Gutes.

»Danke für die Nachricht. Ja, ich werde es den Jungs mitteilen...Tschüss.«

Alle Augen richteten sich gespannt auf ihn. Aber so, als sei nichts geschehen, griff er nach seinem Eisbecher und begann genüsslich das letzte Drittel zu verspeisen.

»Erzähl, was gab es denn?«

»Och, nichts«, und löffelte mit Unschuldsmiene weiter.

»Nehmt dem Mann das Eis weg!«

Da lachte selbst Fritz, gab sich seinen eigenen Worten geschlagen. »Halt! Ich rede ja. Gib sofort den Becher wieder her! Also der zweite Junge ist wieder aufgetaucht. Die Eltern haben eben die Leitstelle angerufen.«

»Find ich aber wirklich nett. Und wo war er?«

»Eigentlich ganz simpel. Sein großer Bruder hatte ihn mit ins Benrather Freibad genommen. Und die Eltern dachten, er spiele mit Patrick in der Garage.«

»Schön, ein gutes Ende. Dann dürfen unsere jüngeren Kollegen jetzt auch ins Bett gehen.«

Bei diesen Worten blickte Stan die Betroffenen streng an.

»Hast du was? Die Jungen bleiben auf und wir schicken die Alten ins Bett!«

Aber es kam wie so oft ganz anders. Weder Jung noch Alt legten sich hin, weil ein neuer Alarm uns für die nächsten Stunden in Atem halten sollte.

Brandgefährlich

Eigentlich müsste ich jetzt schlafend im Feuerwehrbett liegen.

Nachdem ich mir im Waschraum die Zähne geputzt hatte, legte ich die wenigen Schritte zum Schlafraum auf Strümpfen zurück, um meine Kollegen, die bereits schliefen, nicht zu wecken. Gerade drückte ich die Türklinke hinunter, da schreckte ich mächtig zusammen.

Grell leuchtete die endlos lange Reihe der Neonleuchten auf dem Flur auf und laut hallte der Alarmgong in meinen Ohren.

Verdammt, das hatte mich eiskalt erwischt. Dieser Alarm peitschte meinen Blutdruck rapide in die Höhe. Natürlich stand ich deswegen nicht wie ein hypnotisiertes Kaninchen bewegungslos auf dem Flur, sondern stellte schnell die Stiefel mit der Hose vor der Tür auf den Fliesenboden.

Kaum, dass ich den ersten Fuß in den Stiefel gesteckt hatte, öffnete sich die Tür und zwei Feuerwehrmänner stürmten heraus. Allerdings wurde ihr Sturm durch mich, weil ich gerade unglücklich auf einem Bein mitten im Weg stand, abrupt gestoppt. Wer rechnet auch schon damit, nachts beim Alarm den eigenen Kollegen vor der Türe umzurennen?

Der Anprall war so heftig, dass wir alle Drei stürzten. Leider lag ich zum Überfluss auch noch unten.

»Idiot!«, fluchte ich den schwer auf mir liegenden Kollegen an.

»Selber!«, kam es grimmig zurück. »Was hast du denn vor der Türe zu suchen?«

»Entschuldige bitte! ICH SCHLAFE DA!«

»Hab ich gemerkt! Schläfst du vor der Tür.«

»So war das nicht gemeint . . .«

Aber meine Kontrahenten hatten schon die Rutschstange erreicht und düsten nach unten.

»ICH WOLLTE GERADE INS BETT!«, rief ich ihnen laut nach. Ärger klang in meiner Stimme, aber das interessierte niemanden – es war Alarm. Also packte ich ebenfalls die dicke Edelstahlstange und rutschte auch in die Tiefe. Unten in der Fahrzeughalle war ich durch mein Missgeschick der Letzte.

Man lachte: »AH! Da kommt der Mann, der gerade ins Bett wollte!«

»Ihr seid ja doof«, versuchte ich zu kontern, erntete aber nur erneuten Spott.

»Was haltet ihr denn von Einsteigen?«

Ich sagte nichts zu der bissigen Bemerkung unseres Chefs. Es hatte sowieso keinen Sinn die Situation zu erklären – niemand interessierte sich dafür. Alle hatten mit sich selber genug zu tun.

Ralf und Daniel waren im Angriffstrupp. Sie zogen sich ihre Atemschutzgeräte an. Daniel Schlagmann, unser Neuer, schlief mit Achim und mir in einem Raum. Mit ihm hatte ich gerade den dummen Zusammenstoß und das anschließende Wortgefecht gehabt. Natürlich ließ sich das unter einer Atemschutzmaske nicht weiter fortführen. Und wie bereits erwähnt, interessierte es auch niemanden. Wir mussten uns auf unsere bevorstehende Arbeit vorbereiten.

Neben mir saß Achim, er zog genau wie ich seinen Sicherheitsgurt fest und half seinem Gegenüber bei den Bändern des Atemschutzgerätes. Dabei sagte er kein Wort. Das wunderte mich. Er, der sonst immer so gesprächig war, verrichtete die gewohnten schnellen Handgriffe wortlos. Und da alle anderen auch schwiegen, spürte ich irgendwie eine gedrückte Stimmung.

Mitleidslos dröhnte die Alarmsirene ihr permanentes Tatü-Tata in die nächtliche Dunkelheit. Endlich, fast wie eine Erlösung empfand ich die Stimme aus dem Funkgerät:

»Florian 6/46/1 für Florian Düsseldorf kommen.«

Fritz Horn griff nach dem Hörer: »6/46/1 hört, kommen.«

»Frage, haben Sie das TLF mit?«

»Nein, TLF ist nicht dabei.«

»Verstanden, Ende.«

»Die spinnen auf der Leitstelle«, rief er so laut, dass wir hinten es offensichtlich hören sollten. Ohne eine mögliche Antwort abzuwarten, fuhr er fort. »Wie soll ich denn bei dem Personalstand noch ein Tanklöschfahrzeug mitnehmen?«

Da ich in der Aufregung von vorhin die Alarmierungsdurchsage nicht mitbekommen hatte, wusste ich bis jetzt noch nicht, zu welcher Art Einsatz wir unterwegs waren. Und da ich mit Achim die TLF-Besatzung bildete, wollte ich mir auch keine Blöße geben.

Vorausgesetzt es wäre wirklich nötig gewesen, was hätte dagegen gesprochen, dass wir beide statt hier im LF das TLF gefahren hätten. Das Einzige, was ich definitiv wusste, war, dass zu dieser Einsatzstelle verdammt viele Fahrzeuge unterwegs waren. Denn als ich unten in der Fahrzeughalle die Moosgummiplatte der Rutschstange erreicht hatte, zählte der Disponent von der Leitstelle immer noch eine lange Reihe von ausrückenden Wachen und Fahrzeugen auf.

Der uns gegenübersitzende Angriffstrupp hatte sich fertig ausgerüstet.

Beide Feuerwehrmänner hatten ihre Handscheinwerfer zwischen die Knie geklemmt und blickten ausdruckslos durch das Sicherheitsglas ihrer Atemschutzmasken.

Achim boxte mich leicht in die Seite.

»Na Wahnsinniger, Schiss?«

Was sollte denn das jetzt schon wieder? Ich blickte ihn fragend von der Seite an.

»Wieso?«

»Na ja, du bist so still, so kenn ich dich ja gar nicht. Dass die beiden da stumm sind, kann ich ja noch verstehen, ist ihr erstes großes Feuer. Aber du!«

»Äh hm«

»Ja und was bedeutet das bitte schön?«

»Also um ehrlich zu sein, ich weiß gar nicht, wo wir hinfahren.«

»He, ist ja toll! Habt ihr das gehört? Er weiß nicht, wo wir hinfahren!«

Ich wusste es wirklich nicht, das schien er meinem Blick anzumerken. Um so bedeutungsvoller fiel seine Erklärung aus. Aber nicht, dass er mir einfach sagte, was, wie und wo die Einsatzstelle lag, nein! Er machte es richtig spannend. Anscheinend hatten wir eine längere Fahrstrecke vor uns, so dass er Zeit hatte, ein solches Spielchen zu treiben.

Aus der tiefen Tasche seiner blauen Uniformhose zog er viel sagend das runde mit Löchern durchbrochene Aluminiumhandrad für ein Wasserabsperrventil hervor, hielt es mir geradewegs unter die Nase: »Na ... wofür brauchen wir denn so etwas?«

Natürlich war mit dem Vorzeigen des Handrades das Kinderspielchen sofort beendet, denn jeder Feuerwehrmann in einer Großstadt kennt die Bedeutung dieses unverzichtbaren Teiles, wenn es darum geht, in ein brennendes Hochhaus mit Wandhydranten einzudringen. Mit diesem Rad, das normalerweise in jedem Wandhydranten vorhanden sein soll, wird die Wasserleitung geöffnet oder auch abgesperrt, je nach dem, was gerade erforderlich ist. Leidvolle Erfahrungen haben jedoch gezeigt, dass diese Handräder aus unerfindlichen Gründen einfach immer fehlen.

Man kann sich vorstellen, welche fatalen Folgen oder zumindest welche schwerwiegenden Verzögerungen es gibt, wenn wir an das dringend benötigte Wasser nicht herankommen. Deshalb hängen in unseren Feuerwehrfahrzeugen die entsprechenden Handräder im Mannschaftsraum, die wir bei Bedarf mitnehmen. Man muss natürlich daran denken. Achim hatte dieses Handrad jener bereits erwähnten, individuellen Privatausrüstung entnommen, die jeder Feuerwehrmann in seinen Taschen mit herumträgt.«

»Welche Etage?«, fragte ich daher nur.

»Wahrscheinlich vierzehnte«, erwiderte er ebenso knapp.

»Telegrafische oder ...?«

Da drehte sich Fritz nach hinten um. Er hatte unser Wortspielchen natürlich mitbekommen.

»Wir fahren XXX-Straße, reines Wohnhaus, mehrere Anrufe. Stellt euch man schon auf eine lange Nacht ein.«

Das gab also nichts mit Telegrafischer.

»Außerdem, ein Wohnhaus ... Martin!«

»Na ja, wir haben genug Objekte mit entsprechenden Tiefgaragen«, entgegnete ich.

»Klar, in der vierzehnten Etage«, meldete sich jetzt erstmals Daniel zu Wort.

»Das sind alte Hasen, da darf man nicht meckern, die wissen nämlich alles besser.« Ich sah genau, wie Daniel unter seiner Maske grinste, auch wenn die untere Gesichtshälfte vom schwarzen Kautschuk bedeckt wurde.

»Grins nicht so unverschämt.«

»Wer? Ich?«

»Klar, wer sonst.«

»Siehst du, wie ich grinse, Ralf?«

»Nö.«

»Du grinst genauso!«

»Wieso sollte ich?«

»Das wisst ihr beide ganz genau. Wegen der vierzehnten Etage. Aber euch wird das Grinsen noch vergehen. Ihr wisst ja, Aufzugfahren geht nicht.«

»Ach so«, klang es verdächtig heuchlerisch. »Die vierzehnte Etage ist oben, nicht in der Tiefgarage, das ist natürlich was anderes. Ich dachte nur, weil du mit deiner Erfahrung und so...«

»Ich gebe dir gleich Erfahrung! Ich dreh dir die Luft ab!«

»Mach mal, dann musst du aber selber nach oben gehen.«

Unser Wortgeplänkel wurde jetzt ein zweites Mal von Fritz unterbrochen. Er schaltete sich mit einer ernsten Information ein:

»Es ist, denke ich, sowieso nötig, dass ihr beide«, (damit meinte er Achim und mich), »ebenfalls ein Gerät anzieht. Stellt euch schon mal drauf ein, mit nach oben zu gehen.«

Wir befanden uns nicht mehr weit von der Einsatzstelle. Nach der nächsten Kreuzung bogen wir die zweite Straße rechts rein. Vor uns belebte sich die der nächtlichen Stunde entsprechend leere Straße zusehends mit Menschen, die dem gleichen Ziel zustrebten wie wir. Es ist doch immer wieder erstaunlich, mit welcher magnetischen Anziehung ein Unglücksfall oder eine Katastrophe die Menschen anzieht.

Uns gefiel das gar nicht, denn der Strom der Schaulustigen aus den vielen Hochhäusern würde uns sicher in der Arbeit behindern. Ein Problem, an dem nicht einmal die späte Zeit etwas änderte.

Addi, unser Maschinist, fuhr jetzt hart an den Bordstein und verringerte die Geschwindigkeit. Über Handsprechfunk forderte

Fritz die Drehleiter auf, uns zu überholen: »Fahrt vor Horst, sonst kommt ihr nicht mehr in die richtige Position.«

»Okay!« und die Leiter zog an unserem Löschgruppenfahrzeug vorbei.

Diese Vorgehensweise ist eine Variante von mehreren taktischen Überlegungen, wie und wo welches der Feuerwehrfahrzeuge am besten platziert wird. Oft hat man schon Ortskenntnisse, dann weiß man bereits im Vorfeld, wie man sich aufstellen kann. Sonst muss man sich erst vor Ort von den Gegebenheiten leiten lassen.

Mit einiger Erfahrung hat der Einsatzleiter ein Auge dafür. Das ist immer ein sicheres Indiz, ob jemand seinen Job gut beherrscht oder nicht, denn wenn unsere dicken Brummer erst einmal in Stellung gebracht sind, werden sie in der Regel nicht mehr versetzt. Außerdem muss man dabei immer noch an die weiteren, nachkommenden Einsatzfahrzeuge denken und sich möglichst nicht in seiner Bewegungsfreiheit einschränken lassen.

Das geschah auch heute wieder durch einen dichten Strom von Schaulustigen, die durch den Lärm unserer Sirenen angelockt, die Straße wie auf einem Schützenfest bevölkerten.

Die Polizei war bereits mit mehreren Wagen eingetroffen. Fritz sprang aus dem Fahrzeug. Sein erster Blick richtete sich in die Höhe, dann rief er den Polizisten zu: »Sperrt alles weiträumig ab! Wenn die Brocken von oben runter fliegen, möchte ich nicht auch noch hier unten Verletzte haben!«

Auch ich hatte einen kurzen Blick nach oben geworfen. Flammen schlugen aus zwei nebeneinander liegenden Fenstern, deren Scheiben geplatzt waren, zuckten hell gegen den nachtschwarzen Himmel. Gierig leckten sie an der Betonfassade des Hochhauses, erreichten mit beängstigender Kraft die darüber liegenden Fenster der nächsten Etage. Ein sicher faszinierender Anblick für die Massen, nicht aber für uns.

Laut klangen die Befehle in unseren Ohren: »Angriffstrupp zur Brandbekämpfung und Menschenrettung durch das Treppenhaus zur Brandetage vor! Schlauchtrupp zur Unterstützung des Angriffstrupps ebenfalls unter PA vor!«

Mehr brauchte uns nicht gesagt zu werden. Die Regeln waren bekannt. Daher rissen wir unverzüglich das Aluminiumrollo hoch, hinter dem sich neben anderen Ausrüstungsgegenständen auch die Pressluftatmer befanden. Die Handgriffe saßen. Wir waren bepackt wie zwei Lastesel, allerdings hatten wir die Atemschutzmaske noch nicht angezogen. Sie hing in ihrer geschlossenen Kunststoffdose über der Schulter.

Aufsetzen würden wir sie, wenn es nötig wäre. Es war höchstens eine Minute vergangen, seit wir uns ausgerüstet hatten. Aber in dieser kurzen Zeit hatten die Männer der Drehleiter, unterstützt von der Besatzung des Rettungswagens, die erste wichtige Schlauchleitung zur Einspeisung an das brennende Hochhaus angekuppelt.

In der rechten Hand die lange Feuerwehraxt, in der Linken einen C-Rollschlauch und den Handscheinwerfer, folgten wir unserem Angriffstrupp den mühsamen Weg nach oben.

Die zwei vom RTW winkten noch kurz mit ihren behandschuhten Händen. Die Männer waren zwar ganz in Weiß gekleidet, sahen aber mit den großen Stulpenhandschuhen und den von altem Ruß verfärbten Helmen irgendwie komisch aus.

Der Trupp vor uns war nicht mehr zu sehen, ich rechnete auch nicht damit, ihren Vorsprung einzuholen. Am Hauseingang stand Fritz, gab letzte Anweisungen und kontrollierte die Druckmanometer unserer Pressluftatmer. Dann ein freundlicher Klaps auf die Schulter und wir stiegen nach oben.

Man glaube jedoch nicht, dass wir hier in diesem ziemlich breiten, schmucklosen Steintreppenhaus alleine waren.

Auf den unteren fünf Etagen oder waren es sechs, herrschte immer noch reger Betrieb. Menschen eilten die Treppen hinunter, andere hinauf. Dabei wurden wir regelmäßig überholt. Aber mich störte weder das Eine noch das Andere. Eigentlich müssten wir jeden sofort zurückweisen, aber dann bräuchten wir erst gar nicht weiterzugehen. Nein, wir hatten ein festes Ziel und um dahin zu gelangen, hielten wir das eingeschlagene Tempo unabhängig von den Flitzern auf der Überholspur durch. Es ist wie im Berg, zügiges Steigen ohne Hasten, sonst verlassen einen die Kräfte.

Ab der elften, zwölften Etage kam nur noch vereinzelt jemand von oben herunter. Fast alle jung, keiner hustete, keiner roch nach Brandrauch. Sie starrten uns an wie Menschen von einem anderen Stern.

Die Last auf dem Rücken wurde schwerer, so auch unsere Beine. Aber die Kondition stimmte, und wir hielten das Tempo bei. Auf einmal hörte ich ein starkes Rauschen hinter mir.

»Halt mal an!« Achim drehte sich um.

»Was ist los, keine Kraft mehr?«

»Quatsch!« Ich winkte abwehrend mit der Hand. »Hörst du das nicht? Das ist doch Wasser!«

»Stimmt, da strömt was, aber mächtig.«

»Ich schätze, dass da einer von den Wandhydranten offen oder defekt ist.«

»Mist, dann müssen wir zurück. Wenn das unter uns rausläuft, haben die oben kein Löschwasser.«

Die Situation konnte für unsere beiden Kollegen überaus gefährlich werden. Ich schätzte, dass sie längst oben angekommen waren. Sollten sie jetzt dringend Wasser benötigen, so stünde ihnen bestenfalls ein müdes Rinnsal zur Verfügung. Es galt also, schnell zu handeln.

Mit wenigen Handgriffen löste ich die Gurte und Bänder meines Pressluftatmers. Das hinderliche Ding brauchte ich momentan nicht. Befreit von meinem Ballast eilte ich die Treppenstufen wieder runter. Sekunden später, die Etage unter uns war in Ordnung. Das Rauschen wurde stärker. Ich hechtete eine weitere Etage hinunter. Immer noch nichts. Aber dann sah ich es schon. Aus dem geschlossenen Wandhydrantenschrank ergoss sich ein Wasserfall, rauschte auf den Terrazzoboden und floss von da ungehindert in die Tiefe. Ich riss die Blechtüre auf und sogleich sprudelte das Wasser aus dem offenen C-Anschluss auch über mich. »Verdammter Mist! Achim! Hast du ein Handrad?«

Achim stand unmittelbar hinter mir und grinste: »Woher? Das hat doch der Angriffstrupp mit. Ich funke den Maschinisten an, der soll kurz absperren.«

»Lass mich das machen«, erwiderte ich: »Dreh du derweil hier oben weiter ab. Ich hab einen kleinen verstellbaren Maulschlüssel in der Tasche.«

Wie schön für dich, dann dreh auch lieber selber. Es reicht ja, wenn einer von uns nass wird.« Damit hielt er sich in sicherer Distanz.

Ich holte den Maulschlüssel hervor und begann mein nasses Werk. »Ich denke, du wolltest funken?«

»Lohnt nicht, ist doch gleich zu.«

Er hatte Recht und ich sah aus wie nach einem unfreiwilligen Bad. »Jetzt aber schnell nach oben. Wir haben reichlich Zeit verloren.«

Auf dem Weg nach oben, jetzt ohne Geräte flotter, warfen wir einen schnellen Blick in die Wandhydranten der anderen Etagen. Alle okay. Unser Funkgerät meldete sich. Es war Fritz: »Wassertrupp für Zugführer 6 kommen.«

»Hört kommen.«

»Gib mal eine Rückmeldung. Ihr müsst doch längst oben sein.«

»Wir hatten einen offenen Wandhydranten und mussten noch einmal zurück. Sind jetzt auf der zwölften Etage und gehen weiter.«

»In Ordnung, beeilt euch. Ich erhalte nämlich keinen Kontakt zum Angriffstrupp. Also sofortige Rückmeldung, was da los ist. Es kommen noch zwei weitere Trupps hinter euch.« »Verstanden. Ich melde mich.«

Wir schulterten wieder unsere Pressluftatmer, hingen uns Fangleine und Fluchthaube um, packten Beil, Schläuche, Strahlrohr sowie Handlampe und stiegen die beiden noch vor uns liegenden Etagen empor. Ich glaubte, Brandrauch riechen zu können, war mir aber nicht ganz sicher, meine Nase ist nicht so fein wie die eines Spürhundes. Im Prinzip auch egal, denn das Feuer über uns war so sicher wie das Amen in der Kirche.

Die vorhin nass gewordene Hose klebte schwer an meinen Beinen. Überhaupt schien alles schwer an mir zu hängen. Dann spürte ich auf einmal wieder diesen stechenden Schmerz im Knie. Es war genau der gleiche Schmerz, wie ich ihn in letzter Zeit beim Joggen gespürt hatte. Ich konnte das Tempo nicht mehr halten. Jede Stufe zuckte wie ein scharfer Messerstich in das Gelenk. Am liebsten hätte ich mich am Geländer hochgezogen, um so das Knie zu entlasten, aber ich hatte beide Hände voll. Achim war mir schnell einige Stufen voraus, bemerkte nicht, dass ich zurückgefallen war. Jetzt erreichte er die Kehre zum nächsten Treppenabsatz. »Oh!«, rief er,

»hier ist schon der erste Qualm. Wir werden jetzt unsere Atemschutzmasken aufsetzen müssen.«

Er hatte diese Worte in normaler Lautstärke gesprochen und drehte sich, im Glauben mich direkt hinter sich zu haben, um. Daher blickte er erstaunt die Treppe abwärts, sah mich mit einem gequälten Lächeln die Stufen mühsam heraufhumpeln. »He, was hast du? Du hinkst ja!«

»Scheiß Knie, tierische Schmerzen. Aber da muss ich durch.«

»Willst du lieber hier sitzen bleiben? Ich kann auch alleine …«

»Von wegen, es wird schon wieder. Das dauert nie lange.«

»Wie? Nie lange, seit wann hast du das denn?« Er war jetzt ernsthaft besorgt, das sah ich ihm an. Kein Wunder, das wäre ich auch gewesen, wenn der eigene Partner in einer so brisanten Situation gesundheitliche Probleme bekäme. Gerade jetzt, wo es darauf ankam, die körperlichen Kräfte voll zu mobilisieren, wo unter Umständen Menschen gerettet werden mussten. Verdammt, das passte überhaupt nicht!

Ich blockte ab: »Komm, Maske auf und PA anschließen. Wir müssen auch nach unseren Kollegen sehen.«

Die meldeten sich nämlich immer noch nicht. Und das bereitete mir Sorge.

Ich war nicht der Einzige, der sich darüber Gedanken machte. Unten auf der Straße blickte Fritz zum wiederholten Male nach oben, dahin, wo die Flammen immer noch aus dem Fenster schlugen.

Neben ihm stand der C-Dienst Jürgen Leineweber und machte sich ein Bild über die momentane Einsatzsituation.

»Wie viele Trupps hast du drin?«, fragte er ihn.

»Zwei, aber der Angriffstrupp hat sich immer noch nicht gemeldet.«

»Wer ist im zweiten Trupp?«

»Meyer-Pyritz und Schorn.«

»Das ist gut, die sind topfit. Und«, erwartungsvoll blickte er Fritz an, »schon Rückmeldung erhalten?«

»Ja, vor drei oder vier Minuten. Bei denen hatte sich aber auch was verzögert.«

»Wieso?«

»Wandhydrant war offen, sie mussten wieder zurück, drei Etagen, zudrehen und dann gleich wieder rauf. Ich schätze, sie melden sich jetzt gleich.«

»Hmmm …« Jürgen war mit dieser Aussage nicht zufrieden. Immer und immer wieder schärfte er den Männern ein, wie wichtig der permanente Funkkontakt von der inneren Einsatzstelle zur Einsatzleitung nach außen ist. Nur so konnte man von hier adäquate Entscheidungen treffen. Atemschutzüberwachung von außen ist das A und O für die Sicherheit der Feuerwehrmänner. Es ist ein Albtraum, keinen Kontakt zu seinen Männern zu haben. Nur gut, dass Zug Sieben bereits eingetroffen war. Dadurch hatte er zwei weitere Trupps unter Atemschutz nach oben schicken können.

Solange er keine gesicherten Erkenntnisse über die Zahl der Menschen hatte, die vom Brandgeschehen betroffen waren, solange er nicht genau wusste, auf welche Bereiche sich das Feuer ausdehnte, solange hielt er es für richtig, weitere Einsatzkräfte da oben zu haben und nicht hier unten stehen zu lassen. Wenn es oben eng wurde, konnte er die Männer nicht vierzehn Etagen laufen lassen. Bis sie ankämen, wäre es vermutlich zu spät.

Hier unten hatte sich in der relativ kurzen Zeit viel getan. Die Straße zeigte ein hektisches Treiben. Rote Feuerwehrfahrzeuge reihten sich aneinander. Neben denen der Feuerwachen Sechs und Sieben, waren auch verschiedene Sonderfahrzeuge eingetroffen. Dazu der C-Dienst von Jürgen sowie etliche Polizeifahrzeuge. Die meisten ließen ihre Blaulichter laufen. Dieselmotoren brummten unentwegt und von zwei Feuerwehrfahrzeugen zogen sich die prall gefüllten roten Schläuche über Straße und Gehweg. Es handelte sich ausnahmslos um B-Schläuche. Einige kamen von einem Hydrantenstandrohr, liefen zum Pumpenstand des Löschgruppenfahrzeugs, weiter zum Tanklöschfahrzeug und von da zur Löschwassereinspeisung an der Außenfront des Hochhauses.

Wenn man Wasser so weit nach oben pumpen muss und oben auch noch genügend Druck am Strahlrohr herrschen soll, presst man es mit mehreren Pumpen, die in einer Reihe hintereinander geschaltet sind, in die Leitungen. Der Druck von mehreren Feuerwehrfahrzeugen summiert sich und reicht dann aus. Mit nur einem Fahrzeug würde das lebensrettende Löschwasser auf tieferen Etagen seine Kraft verlieren und weiter oben, wo es so nötig ist, käme nichts mehr an.

Also Wasser müssten die oben haben, was war bloß geschehen. Diese Ungewissheit nagte quälend an Fritz Horn und die Sorge um seine Leute wurde immer größer. Am liebsten hätte er sich selber ein Gerät geschnappt und wäre die vierzehn Etagen nach oben gesprintet. Doch nur zu genau wusste er, wie unmöglich, ja geradezu dumm eine solch kopflose Aktion gewesen wäre. Sein Platz war hier. Er war Ansprechpartner und Koordinator für alles und alle. Mit Jürgen Leineweber zusammen, unterstützt vom Löschzugführer der Feuerwache Sieben, leiteten sie alle Vorgehensweisen und stimmten sich bei weiteren Entscheidungen ab.

Es gab genügend zu tun. Alles lief unter Zeitdruck, wie immer. Es gibt kaum Einsatzstellen, in denen die Zeit keine Daumenschrauben anlegt.

Noch hatten die Rettungswagenbesatzungen keine verletzten Menschen zu betreuen, dennoch wurden sie beschäftigt. Mehrere der evakuierten Menschen waren nur in Schlafanzügen oder Nachthemden auf die Straße gekommen. Sie saßen jetzt im Feuerwehrbus, eingehüllt in Decken. Die Rettungsassistenten in den roten Jacken reichten heißen Kaffee, redeten beruhigend auf Verschiedene ein, denen der Schreck noch im Gesicht stand.

Eine ältere Frau schien völlig verstört. Immer wieder musste Helmut sie mit sanfter Gewalt auf ihren Sitz drücken. »Bitte, bleiben Sie doch sitzen, wir kümmern uns um Ihren Mann.« »Aber wo ist er denn?« Hilfe suchend voller Angst blickte sie Helmut an. »Ist ihm was passiert?« Ihre Stimme zitterte. Helmut setzte sich neben sie, legte den Arm um ihre Schultern und blickte sie an.

»Jetzt sagen Sie mir erst einmal Ihren Namen.«

»Aber den hab ich doch schon dem Mann da vorn gesagt.«

Sie deutete mit der ausgestreckten Hand auf einen Feuerwehrmann, der mit Schreibblock und Stift bewaffnet alle Personen nach Namen, Wohnetage usw. befragte und alles genau mitschrieb.

»Ja, das mag schon sein, aber ich soll mich doch jetzt persönlich um Ihren Mann kümmern, nicht wahr?«

»Oh ja, bitte! Bitte tun Sie das, ich bin so in Sorge, wissen Sie, mein Mann ist nämlich zuckerkrank und er müsste schon längst seine Medikamente eingenommen haben.«

»Na, das hat er doch auch sicher getan.«

Helmut versuchte zu beruhigen, hatte dabei aber ein sehr aufmerksames Ohr für das Problem der alten Dame und spürte, dass eine kritische Situation vorlag.

»Auf welcher Etage wohnen Sie?«

»Auf der vierzehnten.«

»Vierzehnte, sind Sie da ganz sicher?«

Entrüstet schaute sie ihn an. »Also junger Mann, nur weil ich alt bin, heißt das nicht, dass ich auch verkalkt bin.«

Einen Moment hatte sie ihre Sorge vergessen, dass man an ihrer Glaubwürdigkeit zweifelte, ärgerte sie.

Aber Helmut fragte sich: *Vierzehnte?, das ist doch die Brandetage, wie ist sie denn hinuntergekommen.*

Er brauchte indes keine diesbezügliche Frage stellen, denn sie lieferte selbst die Erklärung.

»Hören Sie, ich bin mit meinen Nachbarn gegangen, die haben mich nämlich geweckt, wissen Sie. Also mit denen bin ich nach unten gefahren.«

»Im Aufzug?«

»Natürlich! Das haben die unten auch gefragt.«

»Wer?«

»Na, Ihre Leute, ganz sauer waren die, weil wir aus dem Aufzug rauskamen.« Sie machte eine Grimasse und fuhr fort: »Dabei benutze ich den doch immer. Wie soll ich denn in meinem Alter auch...«

»Gut, gut«, Helmut drängte »und was ist denn jetzt mit Ihrem Mann?«

»Also eigentlich wollte ich ja gar nicht mit runter, stellen Sie sich vor, die haben mich einfach in den Aufzug geschubst.« Sie schluchzte, berichtete unter Tränen, dass ihr Mann Willi im Rollstuhl säße, weil er nur noch ein Bein habe. Früher wäre er ja noch auf seinem Holzbein gelaufen, später dann habe er zusätzlich Krücken bekommen, aber seit dem Zucker...

Nur das hörte Helmut nicht mehr. Er hatte genug erfahren. Sollte sich hier draußen kein rollstuhlfahrender, zuckerkranker

Willi Hausmann befinden, so musste er dringend da oben gefunden werden.

Helmut rannte zwischen Menschen hindurch, rempelte zwei Passanten an, die als Gaffer hier zwischen den Feuerwehrfahrzeugen nichts zu suchen hatten.

Längst hatte die Polizei das engere Gebiet der Einsatzstelle mit rot/weißem Flatterband abgesperrt, was Verschiedene aber nicht abhalten konnte, den Feuerwehrmännern immer wieder zwischen die Füße zu laufen.

»Pass doch auf, du Trottel!«, pflaumten die beiden jungen Burschen Helmut an. Grimmig dachte der: *Seid froh, dass ich es so eilig habe, sonst hätte ich euch den Trottel aber gegeben.* »Wo ist Fritz?« rief er Addi zu, der seinen Pumpenstand besetzt hielt und gerade in seine Richtung blickte.

»Da vorne am Eingang!«, kam es zurück. Da vorne bedeutete einen Hindernisparcour über zig B-Schläuche und durch große Wasserpfützen zu einer Treppe, auf deren oberem großen Podest mehrere Feuerwehrleute standen.

Diese Männer unterschieden sich rein äußerlich von der Menge der anderen Feuerwehrmänner dadurch, dass sie weder einen Pressluftatmer noch einen Sicherheitsgurt trugen. Dafür waren sie alle mit dem Handfunkgerät ausgestattet. Fritz war einer von ihnen. Die komplette Einsatzleitung hatte sich hier versammelt.

Helmut hetzte die wenigen Treppenstufen zu der kleinen Gruppe empor.

»He Fritz, auf der vierzehnten ist wahrscheinlich noch ein Rollstuhlfahrer!«

»Ist das sicher? Woher hast du die Information?«

Mit knappen Worten berichtete er, was er gerade selber erst erfahren hatte.

Jürgen Leineweber hatte ebenfalls aufmerksam zugehört: »Gut Helmut, wir werden die Jungs sofort suchen lassen – machst du das, Fritz?«

»Bin schon dabei.«

»Angriffstrupp für Zugführer 6 kommen, Angriffstrupp für Zugführer 6 kommen!«

Aber der Angriffstrupp meldete sich auch jetzt immer noch nicht.

Wir hatten unsere Atemschutzmasken angezogen. Bevor ich den Lungenautomaten des Pressluftatmers anschraubte, führte ich noch eine Maskendichtprobe durch. Ich legte kurz die Handinnenseite vor das Einatemventil und atmete tief ein. Ist die Maske dicht, presst sie sich fest an das Gesicht. Diesen wichtigen Vorgang darf ein Feuerwehrmann nie vergessen. Er kostet keine Zeit, ist aber von elementarer Bedeutung, denn sollte die Maske nicht völlig dicht abschließen, so konnte man jetzt noch seine Gummibänder nachspannen. Hat man aber erst einmal den Helm auf und befindet sich im Brandrauch, ist das kaum noch möglich. Im leichtesten Fall dringt etwas von dem Hustenreiz erzeugenden Qualm in geringer Menge seitlich ins Maskeninnere und verursacht so ein quälendes Dauerproblem. Im schlimmsten Fall macht man einige Atemzüge und kippt bewusstlos um.

So, jetzt noch den ledernen Kinnriemen vom Helm festziehen und das war's. Achim blickte durch das halbrunde Sicherheitsglas in meine Augen. »Alles klar?«

»Alles klar!«

»Na dann.« Er griff nach meinem Lungenautomaten, der an dem schwarzen Hochdruckschlauch des Pressluftatmers hing, und schraubte dessen Außengewinde in das passende Gegenstück meiner Maske. Ich verrichtete die gleichen Handgriffe bei ihm. Diese Methode des gegenseitigen Helfens ist wesentlich einfacher als sich selber den Lungenautomaten anzuschrauben.

Die Flaschen waren aufgedreht und sogleich erklang mit jedem Atemzug das markante Strömungsgeräusch, das mich immer an den Film »Krieg der Sterne« erinnert.

»Warte noch, ich will schnell durchgeben, dass wir jetzt den PA angeschlossen haben.«

Achim hielt in seiner Bewegung inne. In diesem Moment hörten wir, wie Fritz den Angriffstrupp erneut rief. Vergeblich, wie wir unschwer feststellten.

»Ich geh mal dazwischen«, sagte ich und drückte die Sprechtaste. »Zugführer 6 für Wassertrupp kommen.«

»Hört, kommen.«

»Wir sind jetzt ein Podest unterhalb der Vierzehnten, haben PA angeschlossen und gehen jetzt rein, kommen.«

»Okay, gebt sofort Rückmeldung, was mit dem Angriffstrupp ist ... und noch was, in der Wohnung, das heißt auf dieser Etage soll noch ein älterer Mann sein, ein Rollstuhlfahrer.«

»Verstanden, ich melde mich sobald wir etwas wissen, Ende.«

Der Brandrauch hatte uns eingenebelt, wir waren jetzt auf der vierzehnten Etage, konnten aber noch etwas sehen. Unter der Decke des Flurs hingen allerdings die dunklen Schwaden und hatten sich bereits über den gesamten Gang ausgebreitet. Ohne Atemschutz wäre es ein tödliches Unterfangen, den Weg ins Freie zu suchen. Die Blechtür des Wandhydranten stand weit offen und der angeschlossene, rote C-Schlauch sagte uns eindeutig, dass unsere Kollegen in die Wohnung eingedrungen waren. Offensichtlich mit Gewalt, denn der hölzerne Türrahmen war zersplittert.

Wir folgten dem Feuerwehrschlauch, der prall mit Wasser gefüllt war, durch den verräucherten Flur und eine angelehnte Türe in ein weiteres Zimmer. Der Raum hinter dieser Türe war viel stärker verqualmt als der Flur. Dennoch konnten wir ihn an den schemenhaften Umrissen der Möbel als Wohnzimmer identifizieren.

Zum ersten Mal hörten wir die typischen Brandgeräusche, dann das Zischen von versprühtem Löschwasser. Gott sei Dank. Dann mussten unsere Kollegen ja in Ordnung sein.

Tief geduckt, robbten wir zu der nächsten Tür, deren Türblatt stark angekokelt nach innen auf stand. Im Türrahmen saßen tief geduckt Ralf und Daniel. Ich konnte sie nicht auseinander halten, denn sie drehten uns den Rücken zu. Außerdem sehen bei diesem Qualm und unter der Atemschutzmaske alle ziemlich gleich aus.

Ich tippte dem mir Näherhockenden auf die Schulter. Erschreckt zuckte der zusammen, drehte sich zu mir um. Es war Daniel.

»Was wollt ihr denn hier?«, waren seine ersten erstaunten Worte.

»Kontrolle, du Pfeife!«, schrie ihm Achim ins Ohr.

»Was ist denn mit eurem Funkgerät?«, fragte ich ihn.

Daniel zuckte mit den Schultern und deutete auf Ralf: »Hat Ralf.«

Ich hatte genug gesehen, die beiden würden den Küchenbrand in wenigen Minuten gelöscht haben, soviel war sicher. Das mit dem Funkgerät konnte man später klären. Hauptsache die beiden waren in Ordnung. Ralf hatte sich nur einmal kurz umgedreht und den Daumen emporgehoben, das reichte mir.

»Komm Achim! Wir suchen jetzt den alten Mann.«

Die Wohnung bestand zwar aus mehreren Zimmern, war aber nicht groß. Ich schätzte sie auf maximal siebzig Quadratmeter. Wir warfen einen Blick in alle Räume. Keine Menschenseele! Es war Zeit, eine Rückmeldung zu machen und deshalb drückte ich die Sprechtaste: »Zugführer 6 für Wassertrupp kommen!« Keine Antwort, also noch mal dasselbe. »Zugführer 6 für Wassertrupp kommen!« Immer noch nichts. Verstehe ich nicht, dachte ich. Laut aber sagte ich: »Ich krieg hier keinen Kontakt.« Dann fasste ich Achim am Arm: »Komm, wir suchen jetzt konsequent die gesamte Etage ab. Hier sind noch weitere Wohnungen. Irgendwo muss der alte Mann ja stecken.«

Achim zögerte. »Was hast du?«, fragte ich.

»Na ja, wenn wir jetzt auch keine Rückmeldung geben, flippen die da unten aus!«

Ich wurde nachdenklich. »Du hast Recht, pass auf, ich flitze die eine Etage noch mal runter, denn da funktionierte der Funk ja und du schaust schon mal in die nächste Wohnung.«

Weitere Erklärungen waren nicht nötig und so trennten wir uns, damit jeder seiner Aufgabe nachkommen konnte. In gefährlichen Situationen, wie zum Beispiel dem Brandeinsatz von Ralf und Daniel, verbot sich eine solche Trennung des Trupps. In unserer Situation konnten wir jedoch von diesem Grundsatz abweichen und getrennt arbeiten. Zumal wir mit einer ausbleibenden Rückmeldung die Einsatzleitung in Zugzwang gesetzt hätten. Und das hätte bedeutet, dass man für uns Vier, von denen nichts zu hören war, einen Rettungstrupp losschicken müsste.

Tatsächlich funktionierte der Funk auf der tiefer liegenden Etage wieder einwandfrei und mein Knie spielte auch wieder mit. Ich gab mit wenigen knappen Sätzen einen Bericht zur Lage und erwähnte auch unser Funkproblem.

Danach stieg ich wieder nach oben und ging in die nächste Wohnung, in der ich Achim vermutete.

Horst Kronenberg, der B-Dienst, hatte noch bis vor wenigen Minuten im tiefen Schlaf gelegen. Dann klingelte ihn der Leitstellendisponent aus seinem Bett. Horst zählt zur oberen Führungsebene und verdient sein Geld schon lange nicht mehr mit Löschen. Seine Aufgabe besteht in der Koordination von Einsatzkräften an größeren Einsatzstellen. Er wird immer dann aktiviert, wenn mehrere Wachen zugleich tätig sind und besondere Situationen eine übergeordnete Führung verlangen.

Gerade hatte ich meine Rückmeldung von der dreizehnten Etage gemacht.

Fritz, der Zugführer von Wache Sechs, machte ein nachdenkliches Gesicht:

»Es ist nicht gut, dass wir keinerlei Kontakt nach oben haben, die können ja nicht ständig runterrennen, um mit uns zu sprechen.«

Auch Jürgen zog sein Gesicht in sorgenvolle Falten:

»Am liebsten wäre es mir, wenn ein Gruppenführer vor Ort wäre.«

»Finde ich auch, lass mich gehen, ich habe immerhin vier meiner Männer da oben.«

»Einverstanden«

»Ich schnapp mir noch einen Mann von der Leiterbesatzung und folge ihnen.«

»Okay und du, Egon, hast jetzt wie viele Männer unter PA?«

»Vier! Zwei, die wir direkt nach oben geschickt haben und die beiden, die hier noch in Reserve stehen.«

Egon Pöhl, der Gruppenführer von Wache Sieben deutete auf die zwei Männer, die sozusagen Gewehr bei Fuß in einigen Metern Entfernung mit geschultertem PA und voller Ausrüstung bereit standen.

»Gut«, Jürgen fasste laut zusammen, »wir haben also zwei Trupps vor Ort, einen Weiteren unterwegs, einen hier als Reserve und schicken dich, Fritz, mit noch einem Mann hoch. Neben dem vermissten Rollstuhlfahrer haben wir drei weitere als vermisst gemeldete Personen. Zwei davon sind Kinder unter zehn Jahren und«, dabei blickte er besorgt in die Höhe, »es ist möglich, dass das Feuer Zugang in die darüber liegende Etage gefunden hat.« Er blickte seine Gesprächspartner an: »Irgendwelche Vorschläge?«

»Lassen wir es erst mal so laufen und schicken noch zwei weitere Trupps nach oben, wenn Wache Eins da ist. Aber wir könnten den Aufzug als Lastenaufzug benutzen und uns weitere Pressluftatmer und Schläuche wenigstens bis zur zwölften Etage fahren lassen. Was hältst du davon?«

»Gut«, nickte Jürgen. »Das koordinierst du und noch was, Egon.«

»Ja?«

»Lass deine Männer eine zweite komplette Wasserversorgung aufbauen. Also zweiter Hydrant, eigene Leitung und so. Ich werde verdammt nervös bei dem Gedanken, dass hier ein Schlauch platzen könnte und unsere einzige Wasserversorgung zusammenbricht.«

»Geht in Ordnung!«

Damit waren die neuen Aufgaben verteilt. Fritz und Egon entfernten sich und Jürgen Leineweber stand allein unter dem überdachten Eingang des riesigen Hochhauses. Er ahnte, dass ihm diese Einsatzstelle noch viele Probleme bescheren würde und wünschte sich die Kollegen von Wache Eins sehnlichst herbei.

Derweil raste Horst Kronenberg in seinem VW-Passat mit eingeschalteten Sondersignalen der nächtlichen Einsatzstelle entgegen. Er verfolgte interessiert den Funkverkehr und überflog die Zeilen auf dem Fernschreiben in seinen Händen. Denn die lagen nicht auf dem Lenkrad. Er hatte einen Fahrer, so dass er sich auf seine kommende Aufgabe voll konzentrieren und vorbereiten konnte. Dazu hatte ihm die Leitstelle alle erdenklichen Informationen zukommen lassen. Mit diesem Wagen und seinem Fahrer standen ihm Möglichkeiten offen, was die Information und direkte Auswertung der Daten betraf, die von keinem anderen Feuerwehrfahrzeug erreicht werden konnten.

Modernste Computertechnik, direkte Anbindung an die Großdatenbanken chemischer Unternehmen, Mess- und Analysegeräte, eine Wärmebildkamera sowie eine Vielzahl weiterer Spezialgeräte und Nachschlagewerke hatten ihren festen Platz in dieser mobilen Einsatzstation.

Aber alle hochmoderne Technik war wertlos ohne sein Wissen, sein Können und seine Entscheidungskompetenz. Er war genauso Feuerwehrmann wie alle anderen und musste seine oft weittragenden Entscheidungen schnell treffen. In unserem Beruf gibt es nur selten die Möglichkeit zu eingehenden Diskussionen oder einem bedachten Abwägen, welche Vorgehensweise die sicherste oder die vielversprechendste ist.

Auf jedem Einsatz lastet dieser gefährliche permanente Zeitdruck, weil die Ereignisse von der Zeit diktiert werden und das Feuer keinen Respekt vor dem menschlichen Leben hat.

In Gedanken war Horst bereits an der Einsatzstelle, er wusste, dass Menschen im Gebäude vermisst wurden. Es gibt natürlich viele harmlose Möglichkeiten. Da ist der Mann, der nur mal eben ein Bierchen in der Kneipe um die Ecke trinkt, die junge Mutter die mit einem Korb Wäsche in den Gemeinschaftskeller gegangen ist oder die fast erwachsene Tochter, die sich ohne Wissen der Eltern bei einem Freund aufhält. Aber ein vermisster Rollstuhlfahrer und zwei kleine Kinder? Das sah übel aus, da ist die Feuerwehr in Zugzwang und das bedeutete: Alles gründlich absuchen und zwar wirklich alles und das möglichst schnell. Wehe, wenn die Betroffenen dem gefährlichen Brandrauch ausgesetzt sind! Hier zählt jede Sekunde!

Das wussten auch Achim und ich. Ich traf ihn in der Nachbarwohnung wieder. Die Sicht hier drin war leidlich. Dennoch konnte man es ohne ein Atemschutzgerät, zumindest stehend nicht aushalten.

Der alte, immer wiederkehrende Fehler: Die Menschen verlassen in Panik ihre Wohnung und die Eingangstür bleibt offen. Rußige, giftige Brandgase dringen über den Flur in die Wohnung, bedrohen die noch Anwesenden und legen ihren schwarzen Schmierfilm über alles.

Sie bedecken die Möbel, die Tapeten, die Teppiche, den gesamten Hausrat. In aller Regel bleibt es nicht nur bei der zwingend notwendigen Renovierung, oft muss vieles schweren Herzens weggeworfen werden, denn alles, was nicht gründlich abgewaschen werden kann, ist für immer verseucht und stinkt darüber hinaus hundserbärmlich nach Brandrauch!

Wir suchten die gesamte Wohnung ab, nichts, hier war niemand mehr. Allerdings gab es noch zwei weitere Wohnungen.

»Komm, Achim! Die nächste Wohnung!«

Wir betraten wieder den menschenleeren Flur, eilten die wenigen Schritte zur nächsten Eingangstür. Die war allerdings geschlossen. Achim schien unter seiner Atemschutzmaske zu grinsen, ich konnte es nicht sehen, da nur seine Augenpartie erkennbar war, aber ich hörte seine eindeutigen Worte: »Na Rambo, zeig mal, was du drauf hast!«

Rambo hatte man mich schon lange nicht mehr genannt. Es war aber auch schon eine geraume Zeit her, seit ich »meine« letzte Tür aufgetreten hatte.

Abgesehen von der Gefährdung des eigenen Sprunggelenks, haben sich die Ansichten und die damit verbundenen Rechtsprobleme durch gewaltsames Eindringen stark geändert. Der Feuerwehrmann, der heute eine Türe auftritt, hat unter Umständen mit direkten Regressansprüchen zu rechnen. Da überlegt man sich schon sehr genau, was man macht.

Mit unserem jetzigen Vorhaben würden wir uns der Verletzung eines Grundrechts schuldig machen!

Die Unverletzlichkeit der Wohnung, verankert in den Grundrechten unseres Grundgesetzes! Doch hier und jetzt durften, ja mussten wir dieses Recht außer Acht lassen.

Es mussten Menschenleben gerettet werden und wir Feuerwehrleute erfüllten dabei eine hoheitliche Aufgabe.

Darum fackelte ich nicht lange und erfüllte meine hoheitlichen Aufgaben mit einem ebenfalls hoheitlichen und gut gezielten kräftigen Fußtritt knapp unterhalb der Klinke.

Ich hatte mich mächtig ins Zeug gelegt: Der halbe Schlosskasten brach aus dem simplen Türholz. Die Türzarge selbst blieb unbeschädigt, da sie aus Metall bestand.

In der Wohnung brannte Licht. Brandrauch war noch nicht eingedrungen und wir lehnten die Türe wieder zu. Dann begannen wir mit der Suche. Achim steuerte auf die Türe geradeaus zu, ich nahm die Tür rechter Hand.

Es war die Küche. Niemand hielt sich darin auf, aber auf dem Herd glühte feuerrot eine angelassene Herdplatte. Gut, dass hier kein Fettfilter mit Dunstabzug angebracht war. Wir hätten dann mit Sicherheit einen zweiten Küchenbrand bekommen.

Ich blickte auf die Küchenuhr. Seit wir unsere Pressluftatmer angeschlossen hatten, waren gut zehn Minuten vergangen. Es wurde langsam Zeit, Willi Hausmann zu finden. Ich eilte zum nächsten Zimmer und hatte schon die Klinke niedergedrückt, da rief Achim:

»Martin! Komm, ich hab ihn!«

Sein Rufen klang so frei, als hätte er die Atemschutzmaske abgezogen.

Als ich durch die Tür trat, durch die er eben verschwunden war, wurde meine Vermutung bestätigt. Ohne Atemschutzmaske beugte Achim sich über einen am Boden liegenden Mann. Er besaß nur noch ein Bein.

»Falls ich ihn wach kriege, trifft ihn der Schlag, wenn er mich sieht!«

»Klar, den trifft wohl jeden, bei solch einem Gesicht!«

»Blödmann, ich hab doch die Maske ausgezogen!«

»Klar, das ist ja das Problem. Zieh die lieber wieder an!«

»Danke, bist ein echter Freund.«

»Genau, von Freunden sollte man immer die Wahrheit erfahren.«

Ungeachtet dessen überprüfte Achim die Vitalfunktionen. Er tastete die Halsschlagader: »Okay!«

Ich setzte ebenfalls meinen Helm ab, löste die Bänder der Atemschutzmaske und streifte sie vom Kopf. Die Luft war einwandfrei, und wir konnten davon ausgehen, dass Ralf und Daniel das Feuer mittlerweile gelöscht hatten. Mit guter Durchlüftung würde man in einigen Minuten wieder »normal« durch die Flure laufen können.

Ich beugte mich jetzt zu unserem Patienten herab, denn als solchen betrachteten wir ihn. »Riechst du das?«

»Was?«

»Komm mal tiefer.«

Ich hatte eine Pupillenkontrolle durchgeführt und den charakteristischen Acetongeruch festgestellt, der Zuckerkranken in kritischen Situationen zu eigen ist.

»Diabetes!« konstatierte er.

»Vermute ich auch.«

In diesem Moment erschien Ralf bei uns im Zimmer. Auch er hatte seine Maske abgezogen. Sie baumelte an dem langen Gummiband vor seiner Brust. Ralf sah aus wie ein Schwein und stank penetrant nach Brandrauch. Kein Wunder, denn so heftig wie die beiden eben gearbeitet hatten, mussten sie auch aussehen.

»Was ist mit ihm?«, fragte er.

»Vermutlich zuckerkrank. Und bei euch? Feuer aus?«

»Klar, irgendwelche Zweifel? Aber ich mach mir Gedanken über die Wohnung direkt über dem Brandraum.«

»Wieso?«

»Weil ich gerade aus dem Küchenfenster gesehen habe. Die Außenfassade ist pechschwarz und das Fenster da drüber steht offen.«

»Das hört sich nicht gut an. Da muss kontrolliert werden. Habt ihr schon Rückmeldung gemacht?«

»Versucht, Martin, versucht. Aber ich bekomme keinen Kontakt. Deshalb bin ich ja jetzt bei euch. Versuch du es doch mal mit Deiner Florentine, mein Mistding will nicht.«

»Das scheint nur ein Problem auf dieser Etage zu sein, wir hatten die gleiche Schwierigkeit. Ich hab dann von einer Etage tiefer gefunkt.«

»Okay, ich übernehme das, bleib du hier. Wo ist Daniel?«

»Noch in der Wohnung.«

»Gut. Ich denke, dass wir den Aufzug wieder nutzen können, aber das spreche ich mit der Einsatzleitung ab. Dann kann der Notarzt sich den Mann selber holen. Also bis gleich.« Die Luft im Flur war schon wieder erträglich.

Bevor ich an der Brandwohnung vorbeilief, rief ich nur kurz hinein: »Daniel! Alles in Ordnung bei dir?«

»Ja! Alles klar!«

Beruhigt lief ich weiter. Natürlich hatte ich auch auf dieser Etage versucht zu funken. Aber es war wieder vergeblich. Erst eine Treppe tiefer erreichte ich meine Kollegen.

Jürgen Leineweber gab seine Anweisungen: »Pass auf, Martin, eigentlich sollten längst noch zwei Mann bei euch sein. Die haben im Treppenhaus aber die beiden vermissten Kinder gefunden und bringen sie herunter. Fritz ist aber mit noch einem Mann unterwegs. Die müssten jeden Moment eintreffen. Und der Aufzug kommt mit weiterem Gerät bis zur dreizehnten Etage. Ist der Flur qualmfrei?«

»Ja, das geht schon wieder.«

»Gut. Ich schicke das NAW-Team hoch. Du kannst aber mit dem Achim schon nach oben gehen. Die darüber liegende Wohnung muss unbedingt kontrolliert werden. Aber kein Risiko. Denk daran, ich schicke frische Leute hoch und ihr habt nicht mehr lange Atemluft. Verstanden?«

»Ja verstanden. Ich mach mich auf den Weg. Ende.«

»Von wegen – ich mache mich auf den Weg. Ich komme mit.« Das war Fritz und direkt hinter ihm Ludwig Peil.

Die beiden hatten die endlosen Treppen hinter sich gebracht und den letzten Teil meines Funkgesprächs mitgehört.

»He Ludwig, du alter Sack, hab ja gar nicht gewusst, dass du noch so weit laufen kannst.«

Ludwig lachte. Schwitzend und keuchend vor Anstrengung, hatte er aber allemal noch genug Luft mir Kontra zu geben.

»Spart euch euren Atem für wichtigere Dinge«, mahnte unser Chef. »Ludwig, du bleibst hier und lass den Aufzug ruhig durchfahren. Aber nur mit Geräten. Das NAW-Team darf erst fahren, wenn wir oben alles kontrolliert haben.«

»Soll mir recht sein«, lachte Ludwig, »ich setze mich hier auf die Treppe und halte die Stellung. Ihr könnt schreien, wenn ihr 'nen echten Feuerwehrmann braucht.«

So lustig sich das jetzt anhörte, ich war mir sicher: Mein Lehrgangskamerad Ludwig würde wirklich kommen und wenn er auf dem Zahnfleisch kriechen müsste. Auf ihn war 100 Prozent Verlass!

Daniel befand sich immer noch in der ausgebrannten Küche. Von Tapeten war keine Spur mehr zu sehen. Die Brandtemperaturen waren so hoch gewesen, dass der Putz von den Decken und Wänden geplatzt war. Auf dem Fußboden türmten sich die schwarz verkohlten Reste der einstigen Kücheneinrichtung. Eine nasse, schmierige, stinkende und unförmige Masse Brandschutt. Der Fensterrahmen war völlig weggebrannt.

Daniel legte das Strahlrohr nieder. In den letzten zwei drei Minuten hatte er kein Wasser mehr geben müssen. Er fühlte sich spitzenmäßig. Das war immerhin sein erster richtiger Einsatz und er war mit sich und seiner Leistung voll zufrieden. Sie hatten kein unnötiges Löschwasser verbraucht, sondern hatten, wie es ihnen beigebracht worden war, sorgfältig auf die gezielte Abgabe von Wasser geachtet. Dennoch stand er in einer Lache schwärzlichen Wassers, aber das war die Menge, die einfach unvermeidbar gewesen war.

Jetzt zog er seinen Helm ab und streifte ebenfalls die Atemschutzmaske vom Gesicht. Ein gutes Gefühl. Dann blickte er auf das Druckmanometer, er staunte über den noch vorhandenen Luftvorrat in seinem Pressluftatmer. Eigentlich hatte er erwartet, dass sein Gerät fast leer sein musste, aber Ralf hatte in Abständen immer wieder den Druck überprüft und das Okay zum Weitermachen gegeben.

Er suchte wiederholt den Brandschutt nach Glutnestern ab. Beruhigt stellte er fest: Hier konnte sich nichts mehr entzünden, das war sicher. Und da er es langweilig fand, alleine in dieser Trostlosigkeit zu warten, beschloss er seine anderen Kameraden zu suchen.

Ralf und Achim hatten sich inzwischen intensiv um den bewusstlosen Herrn Hausmann gekümmert. Beide waren Rettungsassistenten und wussten genau, welche Vorarbeiten sie ausführen mussten, bis der Notarzt den Patienten abholen würde.

Wir trafen mit Daniel zusammen, gerade als dieser mit seinen verschmierten Stiefeln weitere schmutzige Stapfen auf der Auslegeware im Treppenhaus hinterließ. Das war aber bedeutungslos, denn es war sowieso alles versaut.

Fritz klopfte ihm anerkennend auf die Schulter. »Na, da hast du ja dein erstes großes Feuer gut überstanden.«

Daniel strahlte.

»Ich sehe mir mal schnell eure Arbeit an«, sprach er und stiefelte durch den Flur der Wohnung in die Küche.

»Soll ich schon mal nach oben gehen?«, rief ich ihm hinterher.

»Nee, warte! Ich bin sofort zurück!«

»Wo wollt ihr hin?«, fragte Daniel.

»Eine Treppe höher, wenn wir Pech haben, ist das Feuer von außen in die obere Wohnung reinmarschiert.«

»Na, das wäre aber eine schöne Scheiße, kann man denn von unten schon wieder Feuer sehen?«

»Bis jetzt anscheinend noch nicht. Aber deshalb ist Fritz ja selber mit hochgekommen. Und Verstärkung ist auch unterwegs.«

Fritz kam schon wieder zurück. »Das ist in Ordnung, da passiert nichts mehr. Los gehen wir hoch.«

»Sollen wir nicht besser gleich den C-Schlauch mitnehmen? Also wenn es da wirklich brennt . . .«

Fritz überlegte: »Wie viel Luft habt ihr noch im PA?«

Ich überprüfte den Druck auf dem Manometer, Daniel tat das gleiche: »Einhundertzwanzig Bar.«

»Bei mir noch siebzig Bar – knapp.«

»Das bringt nichts, wir müssen frische Geräte haben. Pass auf, Daniel, du gehst jetzt zu Ludwig und fragst, ob die PAs mit dem Aufzug hochgekommen sind und ob ein weiterer Trupp unterwegs ist. Wenn die Geräte da sind, bringst du zwei mit. Meines ist noch neu. Und wir«, dabei schaute er mich an, »gehen nach oben – mit Schlauch.«

Daniel düste los und ich begann unverzüglich die Schläuche auseinander zukuppeln, die noch vor wenigen Minuten der Brandbekämpfung auf dieser Etage gedient hatten. Fritz packte mit an.

Wir warfen die fünfzehn Meter langen C-Schläuche in Buchten über unsere Schultern. Das in ihnen enthaltene Restwasser pladderte auf den Teppichboden. Darauf nahmen wir allerdings keine Rücksicht.

Es dauerte keine Minute und wir marschierten schwer bepackt auf die nächste Etage. Auf der Treppe verspürte ich wieder diese heftigen Stiche im linken Knie. Aber ich biss die Zähne zusammen und behielt Fritz schnelles Tempo bei.

»Wandhydrant!«, er deutete mit seinem Lederhandschuh auf die rotlackierte Blechtüre im Rauputz des Treppenhauses. Dann marschierte er zielstrebig auf die Türe, der infrage kommenden Wohnung zu.

Ich warf die Schlauchbuchten ab, kuppelte ein Schlauchende an das Gegenstück im Kasteninneren des Wandhydranten. Hinter mir kam Daniel die Treppe raufgekeucht. Er schleppte zwei Pressluftatmer, die je rechts und links an einem Riemen über seiner Schulter hingen.

»AHHH PUHH! Mann bin ich platt«. Er schnaufte mächtig, fasste aber sogleich mit an. Wir legten unseren Schlauch bis vor die Türe. Auf das Klopfen hatte niemand aufgemacht. Hatten wir aber auch nicht erwartet. Erwartungsvoll blickte ich zu Fritz.

»Was ist? Aufbrechen?«

»Moment, MOMENT! Lass mich erst mal mit dem Häkchen ran.« Fritz zog einen von diesen speziell gebogenen Federstahlhaken aus der Tasche, den fast alle Feuerwehrmänner mit sich tragen und versuchte sein Glück an der Wohnungstüre. Mit viel Fingerspitzengefühl gelang es ihm, den Schnapper einzudrücken. Die Türe ließ sich nach innen öffnen. Eine simple Methode, die allerdings nur dann funktioniert, wenn nicht verriegelt ist.

»Zieht eure neuen PA's an.«

»Schon dabei.« Die Schläuche lagen mit angekuppeltem Strahlrohr bis zur Tür. Wir legten die alten PA's auf den Boden.

Fritz probierte noch einmal sein Sprechfunkgerät. Leider auch hier vergeblich. Typische Brandgeräusche hatten wir an der Türe nicht hören können. Qualm kam auch nicht heraus. Ich rechnete offen gestanden nicht mit einem Übersprung von der unteren Etage nach oben. Man hätte von unten längst einen Feuerschein sehen müssen. Trotzdem war ich genauso gespannt wie die beiden anderen.

Fritz drückte die Türe auf. Unsere Handscheinwerfer leuchteten in einen dunklen Wohnungsflur.

»Ich mach mal Licht«, sagte ich und erhob mich aus meiner gebückten Stellung. Der Schalter war direkt links neben der Türe, aber er funktionierte nicht. Wir hatten zwar alle wieder unsere Atemschutzmasken auf, aber die Geräte noch nicht angeschlossen.

So müssten unsere Nasen einen etwaigen Brandgeruch riechen, glaubten wir. Das war allerdings ein verhängnisvoller Irrtum. Wir stanken selber zu sehr nach Brandrauch und hatten den Geruch der unteren Etage so in der Nase, dass wir nicht sensibel für neue Gerüche waren.

Fritz ging voran, ich folgte mit dem Strahlrohr in der Hand, hinter mir Daniel, den C-Schlauch ziehend. Vor uns die Küchentür. Wenn es hier wirklich brennen sollte, dann in diesem Raum. Aber nichts deutete darauf hin.

»Was ist?« Ich stand unmittelbar hinter Fritz, wunderte mich, dass er nicht herein ging.

Er drehte sich um: »Alle Mann runter.«

Wir legten uns flach auf den Bauch.

»Hast du noch das kurze Stück Schnur?«

»Klar«, ich zog meinen rechten Handschuh aus und griff in die Hosentasche, gab ihm die erwünschte Schnur mit dem eingebundenen Aluminiumschäkel.

Daniel wurde ungeduldig und fragte, warum es nicht weitergehe: »Das Fenster ist doch offen, da kann es doch keinen Flash Over geben?«

»Ich will lieber ganz sicher gehen, hab so ein ungutes Gefühl.«

Ich hatte kein ungutes Gefühl, aber er war der Chef, also was soll es, alle Mann auf den Bauch. Fritz hatte die Schnur an der Klinke befestigt und blickte sich nach uns um. »JETZT!«

Ein leichter Zug an der Schnur, ein Stoß gegen das Türblatt. Die vor uns entstehende Öffnung sah aus, als blickte man einen schwarzen Pappdeckel an. Aber ich bemerkte jetzt diesen eigentümlichen Geruch. Was war das?

Diese Frage konnte ich nicht mehr stellen. Ein ohrenbetäubender Knall raubte mir fast die Sinne, dabei blendete mich eine gleißende Helligkeit. Wie benommen presste ich instinktiv den Kopf fest gegen den Fußboden.

Die gesamte Küche hatte sich in einen brodelnden Feuerball verwandelt, der seine gelbroten Ausläufer weit aus dem Fenster hinausschießen ließ.

Unten auf der Straße zuckten alle zusammen. Die Köpfe flogen nach oben wie bei einem Feuerwerk und ein lang gezogenes:

»OOOOHHHH!«, entrann sich den Kehlen der Zuschauer.

Die Feuerwehrmänner hatten natürlich ebenfalls empor geblickt, aber statt eines Schauers der Begeisterung für dieses spektakuläre Schauspiel rann ihnen ein Schauer des Schreckens über den Rücken.

Sie alle wussten, dass jetzt möglicherweise eine Tragödie ihre dort oben befindlichen Kameraden getroffen hatte. Am liebsten wäre jeder sofort die Treppen hinaufgestürzt. Aber es galt, Ruhe zu bewahren.

Und Jürgen Leineweber, der genau wie alle anderen zusammenzuckte und nach oben blickte, dachte: *Oh Gott, hoffentlich ist keinem etwas passiert!*

Sofort gab er seinen Männern Weisungen. Das Wichtigste war, in Erfahrung zu bringen, wie die Dinge dort oben standen. Der dringend erforderliche Lagebericht und die bange Frage: *Was ist mit meinen Männern?* nahmen sein gesamtes weiteres Vorgehen in Anspruch.

Horst Kronenberg traf an der Einsatzstelle ein.

Auch er hatte, während er aus dem Wagen stieg, den grellen Feuerball gesehen. Im raschen Laufschritt eilte er dem Haupteingang zu. Dort stand Jürgen. Er sprach immer noch in sein Funkgerät.

Die Feuerwalze raste über unsere Köpfe hinweg in den Flur hinein, versengte die Feuerschutzbekleidung der ganzen Rückenpartie. Gott sei Dank hielt sie der kurzen, aber heftigen Flammeneinwirkung stand. Wir spürten ihre beißende Temperatur. Irgendwie hatte man das Gefühl, dass uns die eigene Haut vom Leibe gezogen würde.

Das dauerte keine zwei Sekunden, der Flammenball fiel in sich zusammen so schnell, wie er entstanden war. Vor uns brannte jetzt die Küche in voller Ausdehnung und hinter uns standen Teile des Flurs ebenfalls in Flammen.

Vorsichtig hob ich den Kopf. Es summte und brummte heftig in meinem Schädel, so als hätte mir jemand eins übergezogen. Das war die Folge dieses ohrenbetäubenden Knalls. Fritz, der seitlich von mir lag, hatte gleichfalls den Kopf angehoben. Seine Lippen formten einige Worte, die ich aber nicht verstehen konnte. Es schien als seien meine Trommelfelle geplatzt.

Jedenfalls – im Moment war ich taub! Meinen Kollegen ging es genauso. Andere Schäden an Leib und Seele hatten wir nicht abbekommen.

Alle drei rappelten wir uns auf, sicherheitshalber blieben wir dabei aber auf allen Vieren.

Heller, feiner Staub schwebte in der Luft. Die leichten, nicht tragenden Schwemmsteinwände hatten dem hohen Druck der Explosion nicht standgehalten und waren wie dünne Pappewände weggedrückt worden. Wir hatten nur überlebt, weil wir flach gepresst auf dem Boden gelegen hatten!

Jetzt richtete ich das Stahlrohr gegen die brennenden Garderobenstücke und auf den lappigen Stoffbehang an der gegenüberliegenden Seite. Die Flammeneinwirkung war zu kurz, um einen tief sitzenden Brand zu erzeugen. Mehrere gezielte Sprühstrahlstöße löschten die Flammen sofort.

Doch jetzt wurde es höchste Zeit, die Pressluftatmer anzuschließen.

Der Hustenreiz quälte uns immer heftiger. Wir drehten sofort die Lungenautomaten in die Anschlussgewinde.

Fritz besorgte das für mich, da ich weiter mit der Brandbekämpfung beschäftigt war.

Dann sahen wir zwei Köpfe vorsichtig um die Ecke der Eingangstüre hereinblicken. Trotz Helm und Maske erkannte ich sogleich die Gesichter von Ralf und Ludwig. Sie waren unmittelbar nach dem Knall zu uns geeilt. Ich sah ihnen ihre Erleichterung an, als sie auf uns zu kamen.

Fritz erhob sich:

»MACHT DAS AUS! Ich bin unten und gebe Rückmeldung. Die sind sicher schon verdammt nervös da unten.«

Achim war als Einziger bei dem bewusstlosen Herrn Hausmann geblieben. Dessen Atmung war gut, Puls beschleunigt und der Notarzt sollte mit dem Aufzug kommen. Es hatte ihn einige Überwindung gekostet, hier zu bleiben, nachdem er die Explosion gehört hatte.

Jürgen Leineweber teilte dem B-Dienst mit, dass ein NAW-Team mit dem Aufzug nach oben unterwegs sei.

»Hoffentlich bleiben die jetzt nicht hängen«, gab Horst zu bedenken.

»Das konnte ja keiner ahnen. Wir haben vorher eine Testfahrt zur Dreizehnten gemacht, nur mit Geräten.«

»Stoppen können wir eh nichts mehr.«

Im Aufzug standen die Notarztwagenbesatzung und zwei mit Pressluftatmern ausgerüstete Feuerwehrmänner der Feuerwache Eins. Auf der dreizehnten Etage machte der Aufzug wie gewünscht Halt und die sechs Männer legten den restlichen Weg zu Fuß fort.

Dann trennte man sich.

Das NAW-Team bestehend aus Dr. Zenz, Hajo, Muschi und dem Teamführer schleppte das komplette Equipment mit: Koffer-Atmung-Kreislauf sowie den Medikamentenkoffer, EKG, Beatmungsgerät und Vakuummatratze. Für eine Trage war der Aufzug zu klein.

Die Untersuchung verlief routinemäßig und schnell. Der venöse Zugang war rasch gelegt. Die 40%ige Glucose und die anschließende G5 verfehlten nicht ihre Wirkung. Natürlich hatte Dr. Zenz vorher einen Zuckertest mit dem kleinen elektronischen Gerät durchführen lassen – insulinpflichtige Diabetes, total entgleist.

Willi Hausmann war immer noch ganz benommen und völlig durcheinander. Die Aufregung zerrte mächtig an seinen Nerven. Hier war noch eine Beruhigung mit etwas Valium notwendig. Die sachliche, besonnene Art von Dr. Zenz und die Medikamente zeigten ihre positive Wirkung.

Das EKG war unauffällig. Puls, Atmung und Blutdruck hatten der Situation entsprechende, aber keineswegs beunruhigende Werte. So konnte das Team mit ihrem Patienten auf der Vakuummatratze liegend, den Rückweg zum Aufzug antreten. Von der Explosion hatten sie während ihrer Fahrt im Aufzug nicht mehr als einen dumpfen Knall gehört, dem sie aber keine besondere Bedeutung beimaßen.

Achim jedoch hatte sich sofort nach der Übergabe seines Patienten an den Notarzt auf den Weg nach oben gemacht. Fritz begegnete ihm auf der Treppe. Es folgte eine knappe Information, denn er hatte ja eben erst den Kollegen von Feuerwache Eins, die jetzt oben angekommen waren, die Verhältnisse erklärt und ihnen Verhaltensmaßregeln erteilt.

Zu der Zeit richtete ich den Wasserstrahl des C-Rohres in die brennende Küche. Aber auch dieses Feuer konnte schnell gelöscht werden. Es ist etwas anderes, ob ein Feuer schon lange wüten konnte oder wie hier gerade erst entstanden war.

Der Wasserstrahl ließ die letzten Flammen in sich zusammensinken. Das Feuer war aus, ich stellte das Strahlrohr ab, legte es auf den Boden. Dann besahen wir uns den ehemals runden dickwandigen Blechbehälter, der direkt neben der Wohnungseingangstüre im Flur lag. Dieses aufgefetzte, scharfkantige Blech war noch vor wenigen Minuten eine Propangasflasche gewesen, bevor der Druckgefäßzerknall sie unter der Wirkung dieses verheerenden Flammenballes explosionsartig zerplatzen ließ und anschließend wie ein Geschoss quer durch den Raum gegen die Wand schleuderte.

Sie hatte den Putz von der Wand geschlagen und mit Sicherheit auch unsere Köpfe vom Hals, wenn wir nicht flach auf dem Boden gelegen wären. Selbst wenn uns die Gasflasche nicht getroffen hätte, so wäre die Flammenwalze unser Verhängnis geworden.

Mir kommt erst jetzt, während ich dies schreibe, so richtig zu Bewusstsein, was wir drei dem »unguten« Gefühl von Fritz zu verdanken hatten.

Was nun folgte, war simple Aufräumarbeit.

Später, als wir dann wieder alle auf der Wache beisammen saßen – hinlegen lohnte wieder einmal nicht mehr – erfuhren wir Folgendes:

Der Bewohner der Propangasflaschenwohnung hatte seine Stromrechnung nicht bezahlt. Nach wiederholten Mahnungen hatten die Stadtwerke ihm darum den Strom abgesperrt. Kurzerhand besorgte er sich zum Kochen das Propangas. Geltende Sicherheitsvorschriften hatte er sinnigerweise ignoriert. Ihm war nicht einmal bewusst, wie leichtsinnig er vorgegangen war.

Und als dann die Flammen aus der unteren Wohnung tatsächlich in das oben offen stehende Fenster schlugen, hatten sie unglücklicherweise genau das Gas entzündet.

Die dabei entstandene Temperatur führte dann zu dem verhängnisvollen Druckgefäßzerknall, der uns fast das Lebenslicht ausgepustet hätte. Unsere Feuerwehruniformen hatten das Schlimmste verhindert, waren dabei aber so verbrannt worden, dass wir alle drei wegwerfen mussten.

Die Begutachtung der Brandschäden entfachte erneut die alte Diskussion über die Qualität oder auch Nichtqualität unserer Schutzbekleidung. Demnächst wird es eine ganz Neue geben, so hieß es. Wir waren gespannt, was man da eingekauft hatte. Eine Schutzbekleidung nach der neuen europäischen Norm. Noch hatten wir sie nicht, aber es gab bereits die tollsten Gerüchte darüber.

In der S-Bahn war ich froh, dass sich im Hauptbahnhof der Zug leerte und ich endlich einen Sitzplatz erhielt. Mein Knie schmerzte mächtig und bereitete mir echte Schwierigkeiten.

Geburt einer Höhenrettungstruppe

Sorgfältig tasteten seine schlanken Finger über die dicht gewebte Oberflächenstruktur des Seiles. Konzentriert folgten seine dunklen Augen den geübten Bewegungen. Es war ein Vorgang, wie er sich schon oft im Leben von Wilfried Birnbaum wiederholt hatte. In kurzer Zeit würde seine Sicherheit, ja sein Leben von der Zuverlässigkeit dieses Seiles abhängen.

Helles Sonnenlicht schien durch das geöffnete Fenster, umflutete seine sehnige, muskulöse Figur. Er war groß, sehr groß und saß nur mit kurzer Kakihose bekleidet und nacktem Oberkörper auf dem blanken Dielenboden. Um ihn herum lagen verteilt eine Vielzahl jener unverzichtbaren Utensilien, die jeder Bergsportler benötigt. Die metallenen Gegenstände waren in makellos gepflegtem Zustand, obwohl seinem geübten Auge die Gebrauchsspuren auf dem Abseilachter sowie den eloxierten Aluminiumschäkeln nicht entgingen.

Sichtlich zufrieden legte Wilfried das geprüfte Seil zur Seite und griff nach einer Landkarte, deren Falt- und Knickstellen auf häufige Nutzung schließen ließen. Er breitete sie vor sich auf dem Boden aus und seine Augen suchten jenen wichtigen Punkt in dem Gewirr von Höhenlinien, bis sie die vertraute Stelle fanden. Eigentlich brauchte er sie nicht zu suchen. Alles war bekannt, immer und immer wieder in unzähligen Momenten durchdacht.

Sein Blick verlor sich ins Leere, schweifte weit aus dem Fenster in die Ferne.

Yosemite Nationalpark ... Kalifornien, USA ... Half Dome, North West Face.

Seine Route, sein Berg.

Während er diesem Tagtraum nachhing, legten sich angenehme Hände auf seinen Nacken.

Er hatte sie nicht hereinkommen hören.

»Störe ich dich, Schatz?«

Wilfried legte seinen Kopf mit dem dichten schwarzen Haar seitlich mit der Wange gegen ihren Handrücken.

»Nein, nein. Ich bin nur in Gedanken . . .«

»Ich weiß. Zum tausendsten Mal deine Route im Berg.« Ihre Stimme war ruhig und sanft, dennoch konnte sie die mitschwingende Angst in ihrer Stimme nicht völlig verbergen. »Du bist doch vorsichtig, Wilfried? Wir haben drei süße kleine Kinder. Die brauchen dich.«

»Und du?«, dabei drehte er sich um und blickte sie an.

Er sah seine immer noch schöne Frau an, eine Frau, die ihn liebte. Kraftvoll drückte er sich aus dem Schneidersitz in die Höhe. Dann fasste er sie um die Hüften und hob sie empor. »Ich warte auf deine Antwort«, lachte er schelmisch. Sie wandte sich wie eine Schlange, vergeblich. Seine starken Arme hielten sie eisern, so dass die kleinen Füße weiter über dem Boden schwebten.

»WILFRIED! Lass mich sofort runter!«

»Sag erst: Was ist mit dir?«, forderte er.

»Du weißt es!«

»Das reicht nicht, sag es!«

»Nein, erst runterlassen!«

Es war ein Spiel und er genoss es. »Okay, du hast es nicht anders verdient!«

Sie kreischte auf. Ein schneller Schwung, ein kurzer Dreh und sie lag quer auf seinen Armen. Er trug sie zur Couch.

Später, beim Abendessen frug sie ihn: »Wilfried?«

»Ja«

»Du legst soviel Wert auf deine Ausrüstung, deine Seile sind so teuer . . .«

Worauf will sie hinaus, dachte er. *Seit wann ist es das Geld . . .* Laut aber antwortete er: »Schatz, sag doch einfach was dich bedrückt.«

»Na ja, ich finde, wenn du in den Berg gehst, bist du fast schon zu pingelig, aber über diese komische Fangleine von der Feuerwehr schimpfst du wie ein Rohrspatz. Dabei hängt dein Leben doch davon genauso ab.« Eine Pause des Schweigens folgte.

»Wilfried! Ich rede mit dir!«

Wilfried hatte sinnend auf sein Abendbrot gestarrt. Wie oft schon hatten sie darüber diskutiert. Mein Gott, wie oft hatte er sich Gedanken gemacht, was man besser machen könnte, nein müsste. Er blickte auf: »Wenn die Feuerwehr das machen würde, was ich möchte . . .«, er winkte ab, »vergiss es. Ich habe überhaupt nicht die Entscheidungskompetenz. Du, da geht es um richtig viel Geld!«

»Und um euer Leben! Ist das etwa nichts?« Sie hatte recht. Er wusste das ja, aber . . . Sie ließ nicht locker. »Ich denke, ihr habt da doch angeblich so gute neue Leute? Diesen Rimo, Rimo . . . na, du weißt schon.«

»Cimolino!«

»Genau, was ist mit dem. Und der Dirk Ortmann? Du sagst doch selbst, du müsstest die nur begeistern können.«

»Ja sicher, aber . . .«

»Mach es doch, Wilfried mach es einfach!«

Zwei Monate später trafen sich in einem Büro der Feuerwehrschule auf der Feuerwache Sechs, fünf Männer zu einem, die Feuerwehr Düsseldorf in mancher Hinsicht verändernden Gespräch. Es waren Ulrich Cimolino von der Branddirektion, Dirk Ortmann vom C-Dienst und zuständig für den Einkauf von neuem Feuerwehrgerät, Heinz Engels, stellvertretender Schulleiter und zuständig für die Ausbildung neuer Feuerwehrmänner, Oliver Schulz, ambitionierter Hauptbrandmeister und Wilfried Birnbaum, Fachmann für Klettern im Berg.

Ausgehend davon, dass es bereits verschiedene Höhenrettungsgruppen bei Berufsfeuerwehren gab, wurde durch diese Männer die erste Höhensicherungstruppe für Düsseldorf ins Leben gerufen. Oliver Schulz, der zeitgleich mit den Überlegungen Birnbaums die Unzulänglichkeit der dreißig Meter langen Feuerwehrfangleine und ihre Einsatzverwendung genau dokumentiert hatte, präsentierte seine Version einer zeitgemäßen Ausrüstung. Mit Hilfe der unbürokratischen Entscheidungskompetenz der Branddirektion beauftragte Ulrich Cimolino die hier anwesenden Männer zu folgendem Handeln:

Wilfried und Oliver sollten eine Grundausrüstung kaufen. Dirk war der Ansprechpartner und Mitdenker für die kaufmännische Seite und Heinz erarbeitete die ersten Ausbildungsrichtlinien für eine weit gehende Ausbildung, die möglichst rasch allen Feuerwehrmännern zu Gute kommen sollte. Ziel war es, in kurzer Zeit eine schlagkräftige Höhenrettertruppe aufzubauen, neue Feuerwehrmänner an diesen Gerätschaften bereits in der Grundausbildung zu schulen und Düsseldorfs mehr als sechshundert Feuerwehrmänner für den täglichen Alarm fit zu machen.

Ein Mammutprogramm, das die Vier neben ihrer sonstigen Tätigkeit, die natürlich weiterlief, voll beschäftigte. Sie investierten viel Zeit, noch mehr Idealismus und wuchsen an ihrer Aufgabe. Nie zuvor hatte ein Projekt so ungeteilt die absolute rückhaltlose Unterstützung der Direktion erhalten und trotz angespannter Haushaltslage gab es einen fast ganz nach oben offenen finanziellen Rahmen. So machte die Arbeit natürlich Spaß und es näherte sich schnell der Tag, als sich Oliver Schulz der Wachmannschaft der Feuerwache Sechs mit diesem neuen Rettungs- und Sicherungsgerät zur Unterweisung ankündigte. Es sollte an diesem Nachmittag eine ganz besondere Unterweisung werden.

Das Wetter spielte mit, Sonnenschein. Wir hatten die Drehleiter auf den Hof gefahren und standen komplett mit Helm und Sicherheitsgurt ausgerüstet daneben, munter plaudernd und neugierig auf das, was uns jetzt gezeigt werden würde. Klar, wir wussten, um was es ging, auch dass die gute alte Fangleine wohl ihre letzten Tage gesehen hatte, aber so 100 Prozent Bescheid über das, was gleich geschehen sollte, wusste doch keiner.

Oliver Schulz, der Prototyp eines Feuerwehrmanns, näherte sich mit strahlendem Gesicht. Jahrgang 67, drahtig sportlich, freundlich offenes Gesicht mit kurzem Haarschnitt. Er hatte uns schnell für seine Sache begeistert. Man merkte ihm an, dass er selbst voll dahinter stand. Wir lernten das sechzig Meter lange Seil und seine Vorzüge kennen, er konnte überzeugen. Der Umgang mit den Zusatzgeräten, den Bandschlaufen, den Karabinern, den Rebschnüren, all das war neu, machte aber Spaß. Keine Unterbrechung, kein Alarm störte, und so verflog die Zeit, bis er uns sagte: »So, Männer, nachdem ihr Vertrauen in das Gerät bekommen habt, werde ich euch etwas zeigen.«

Die Drehleiter wurde ausgefahren, knapp über zwanzig Meter auf ca. 60 Grad Neigung aufgerichtet. Von der Leiterspitze lief ein Seil durch den Leiterpark nach unten, das andere Ende war mit einer Seilstoppbremse versehen an einem Festpunkt unten an der Erde verknotet. Oliver hatte sich den Becken- und Brustgurt angelegt und führte das eine Seilende in einer bestimmten Art durch verschiedene Ösen und Schlaufen, wie er es uns eben ganz genau gezeigt hatte.

Abschließend ein Achtknoten. Fertig, er war im Seil eingebunden. Jetzt noch das Sicherungsseil. Dann begann er, die Leiter hoch zu steigen. Ich gestehe meine Enttäuschung, das konnte es doch wohl nicht sein: Gesichert durch den Leiterpark nach oben klettern? Wie langweilig! Da hatte ich aber in vielen Situationen Kritischeres vollbracht, ungesichert!

Die anderen dachten anscheinend ähnlich. Jedenfalls sahen wir uns ein wenig ungläubig an. Dann aber zogen sich unsere ungläubigen Gesichter mächtig in die Länge, denn nach etwa sieben, acht Metern Aufstieg, kletterte Oliver aus dem sicheren Leiterpark heraus und krabbelte wie ein Insekt an der Unterseite der Leiter bis zu ihrer Spitze empor. Das alles sah so leicht, so spielerisch aus, dass ich geradezu Lust verspürte, es ihm nachzumachen. Oben angekommen, er hing immer noch mit allen Vieren an der Leiterunterseite, rief er herab: »Jetzt gebt mal so fünf Meter Seil frei! Ich werde mich dann fallen lassen!«

Oh ha! Was er nun vorhatte, erinnerte schon ein wenig an Bungee-Jumping. Aus zwanzig Metern sich fünf Meter tief in ein Seil fallen lassen, das sich dann strafft und den eigenen Körper in den Bergsteigergurten auffängt, das war doch schon was anderes.

Oliver sprang mit Schwung von der Leiter ab, fiel in die Tiefe und wurde wie geplant sanft abgefangen. Dann baumelte er wie ein Pendel bequem im Sitzgurt langsam nach unten. Das Lächeln hatte ihn die ganze Zeit nicht verlassen. Jetzt aber schien es sich noch zu verstärken, als er verkündete: »So, jetzt seid ihr dran!«

Um es noch mal ganz klar zu sagen: Dies hat nichts mit dem Nervenkitzel des Bungee-Jumpings zu tun. Hier wurde kein sinnloses Vergnügen mit hohem Risiko für irgendwelche fragwürdigen Gefühle durchgeführt. Das war eine Feuerwehrübung mit hundertprozentigen Sicherheitsvorkehrungen. Hier lernten wir, dass wir uns auf eine Ausrüstung bei sachgemäßer Anwendung verlassen konnten und das unter »stressfreien« Bedingungen. So etwas ist wichtig! Im Alarmfall muss ich später genau wissen, was ich tue, welche Konsequenzen das hat und wie ich selber auf bestimmte Vorgänge reagiere. Wir haben später noch viele Übungen gemacht, welche die nötige Sicherheit und Routine für den Ernstfall gewährleisten sollten.

Jetzt aber kletterte einer nach dem anderen den gleichen Weg wie Oliver an der Unterseite der Drehleiter nach oben.

Alle hatten sich überwunden und sprangen.

Ich habe dabei über einige von uns gestaunt. Männer, die wesentlich älter waren als ich, hatten nicht eine Sekunde gezögert. Allerdings so locker und spielerisch wie Oliver hat es keiner geschafft.

Mann, das ging aber auch in die Arme und Überwindung kostete es schon, diesen Sprung so ins Leere. Aber es war irgendwie auch toll. Wir waren eine super Truppe, danach herrschte eine fast euphorische Stimmung und Oliver berichtete von der künftigen Höhenrettungstruppe, die aufgebaut werden sollte. »Dazu brauchen wir Leute von jeder Wache und jeder Tour. Mit denen werden wir einen ganzen Tag lang üben. Hier in eurer Halle.« Er deutete mit dem Daumen auf die Schulübungshalle hinter uns. Die Dachunterkonstruktion mit ihren vielen Stahlrohren ist geradezu ideal dafür. »Also, wer ist dabei?«

Viele meldeten sich: »He, ich auch!«

»Ist gut, genug, genug! Ich kann euch doch nicht alle nehmen. Und die Älteren scheiden sowieso aus, also ab über vierzig.«

Oliver bemerkte mein enttäuschtes Gesicht: »Martin, ein paar Ältere werden genommen. Wir brauchen ja auch Männer mit viel Erfahrung, die nicht unbedingt ganz vorne rumturnen müssen. Also melde dich ruhig, ich weiß ja, dass du immer noch fit genug bist.«

Sehr schön, ich war erst mal dabei.

Ich hatte den Tag unter dem Übungshallendach genossen. Allerdings war ich für die späteren echten Höhenretter leider einige Jährchen zu alt. Diese Feuerwehrmänner klettern auf Baukräne, ersteigen Schornsteine, folgen Lebensmüden auf Brückenpfeiler, um sie nicht nur zu sichern, sondern auch wieder heil zur Erde hinunter zubringen. Hajo war dabei einer von uns. Er hatte die Auswahlkriterien geschafft. Würde er auch den hohen Anforderungen gerecht?

Oliver und Wilfried bauten ihre Truppe auf, sie schenkten sich nichts. Nach endlos vielen Trainings- und Übungsstunden, Knotenbinden mit verbundenen Augen, Abseilen, Hochklettern, Selbstretten und sich Retten lassen fand gegen Ende dieses Sommers eine große Übung statt.

Der einhundertundsechzig Meter hohe Baukran einer Düsseldorfer Großbaustelle wurde von genau dieser neu gegründeten Höhenrettungstruppe bestiegen. Es folgte eine spektakuläre Rettungsaktion unter den Augen hunderter Schaulustiger und in Anwesenheit der gesamten Presse sowie des WDR. Die Lehrer Wilfried Birnbaum, Oliver Schulz, Heinz Engels und Dirk Ortmann konnten mit ihren Männern zufrieden sein und schon in jüngster Zukunft zeigte sich bei gefährlichen Einsätzen wie gut und eingespielt diese Spezialtruppe war und wie erfolgreich sie eingesetzt werden konnte.

Tödliche Streptokokken

Seit längerer Zeit hatte ich meinen abendlichen Lauf nicht mehr durchgeführt. Die Schmerzen im Knie hatten mich gezwungen, immer längere und immer häufigere Pausen einzulegen.

Allerdings zu meinem heiß geliebten Taekwondo-Training ging ich dennoch. Mein Meister, ein sehr kluger Mann, vertrat bei bestimmten körperlichen Gebrechen seine eigene Philosophie: »Höre auf deinen Körper, achte auf deinen Schmerz. Lege selber eine Pause ein, wenn es nicht mehr geht, aber unterfordere dich auch nicht.«

Diese Philosophie hatte ich mir gerne zu eigen gemacht, denn ich wusste nur zu gut, wie wichtig gesunde Bewegung für den gesamten Organismus ist. Das alte Sprichwort: Wer rastet, der rostet – enthält viel Wahrheit.

Dennoch, um einen Besuch beim Orthopäden kam ich nicht herum. Ich zögerte diesen Termin so gut es ging hinaus. Dann kam der unvermeidbare Einsatz, der mir dafür keine Zeit mehr ließ.

Es war die »lächerliche« Katze im Baum. Diese Art Einsatz wird wohl jeder Feuerwehrmann auf der Welt schon durchgeführt haben, und solange es noch Katzen und Bäume gibt, durchführen.

Ulrich Nagel, mein Rennrad fahrender Kollege hatte die Ärmel seines grauen Arbeitskittels hoch gekrempelt. Aus der Entfernung war dies jedoch nicht zu sehen, denn seine Arme sahen genauso grau aus wie sein Kittel. Erst beim Näher kommen konnte man erkennen, dass das vermeintliche Grau eher ein tiefes Schwarz war. Seine Hände und Arme waren bis an die Ellenbogen schwarz von Schmierfett. Uli hatte die »ehrenvolle« Arbeit, den dreißig Meter langen Leiterpark abzuschmieren. Eine »Sauarbeit«, mit der sich weder die Herren Oberbrandmeister und noch viel weniger die Hauptbrandmeister die Hände schmutzig machten. Aber das sah Uli gelassen – einer musste es ja tun. Er war noch jung und bei der Feuerwehr ist es nicht anders als bei anderen Organisationen und Unternehmen: Je jünger der Mann, desto umfangreicher die Arbeit. Ohne Männer wie ihn lief eigentlich gar nichts! Und in einigen Jahren würden andere junge Feuerwehrmänner seine heutige Arbeit verrichten.

Ich stand gerade in der Zentrale, deren gläserner Aufenthaltsraum den Blick in die lang gestreckte Fahrzeughalle freigibt. Draußen regnete es. Darum hatte Uli die Leiter nur ein Stück aus der Reihe der anderen Feuerwehrfahrzeuge zurückgesetzt und dann den Leiterpark horizontal rechtwinklig ausgefahren.

Dreißig Meter Sprossen schwebten mit ihren seitlichen, brückenartigen Geländern somit in einer für ihn idealen Arbeitshöhe die Fahrzeughalle entlang. Auf einem selbst gebauten Fahrwagen stand sein Werkzeug: Fetttopf, Fettspritze, eine Unmenge von Putzlappen und kleinerer sowie längerer Hölzchen, mit denen er auch die kleinste Ritze erreichen konnte.

Uli war heute mein Maschinist auf dieser Leiter. Wir zwei bildeten ein Team.

Die Katze, die keinerlei Verständnis für die Notwendigkeit des Leiterabschmierens hatte, löste den Alarm um 11.54 Uhr aus.

»Einsatz für Florian 6-33-1. Tier in Notlage. XXX-Straße Nr. X in Hellerhof. Leiterführer, rufen Sie die Leitstelle an!«

Na, da brauchte ich nur nach unten zu greifen, denn ich stand genau vor dem ehemaligen Telegrafistenpult mit den Telefonen. Ich wählte die Nummer der Leitstelle: »Martin Meyer-Pyritz hier, ich bin der Leiterführer.«

»Dann pass mal auf. Wir haben hier den Anruf einer Frau, deren Katze angeblich schon seit drei Tagen in einem Baum sitzt.« Ich musste lachen.

Uli, der wie alle anderen auch den Alarmgong und die Durchsage gehört hatte, hob resigniert die schwarzen Arme in die Höhe. Ich konnte hier zwar nicht verstehen, was er sagte, aber sein Gesicht drückte die ganze Verzweiflung aus. Das sah so komisch aus, ich musste einfach lachen.

»Was gibt's denn da zu lachen?«, klang es vorwurfsvoll von der Leitstelle.

»Nein, nein, das gilt nicht dir. Wir schmieren hier nur gerade die Leiter ab und der Kollege steht noch bis zum Hals im Schmierfett.«

»Ach so. Aber ihr könnt doch raus, oder?«

»Klar!«

»Dann los, ne Einsatznummer gebe ich dir später.«

»Mit Alarm oder ohne?«

»Ohne, du sollst schließlich keinen Tiger fangen! In der Ruhe liegt die Kraft mein Freund.«

Ich legte auf und verließ die kleine Zentrale. »He Uli! Wie siehst du denn aus?«

»Ja Mist! Das ist doch ... ist doch ...«

»Schmierfett«, stellte ich lakonisch fest.

»Genau, scheiß-elendes Schmierfett! So kann ich doch keine Katze fangen!«

»Brauchst du ja auch nicht.«

»Wieso? Ist der Einsatz abgeblasen? Hast du deshalb telefoniert?«

Er hatte mich also gesehen, machte deshalb ein hoffnungsvolles Gesicht.

Aber meine Antwort fiel negativ aus: »Nö, du musst nur fahren, die Katze fange ich!«

»Na großartig und wie komm ich jetzt in meine Jacke?«

»So!« Ich hatte mir einen von den Putzlappen genommen und versuchte seine, mir demonstrativ entgegengestreckten Arme zu säubern. Jetzt erst sah ich, dass er klugerweise zum Schutz der Hände die Einmalhandschuhe vom Rettungswagen trug. Die noch runter und er sah ganz passabel aus. Michael, unser Katzenfreund, hatte sich auf den Maschinistenplatz der Leiter gesetzt und fuhr den Leiterpark wieder ein. Er grinste und rief, um das in der Fahrzeughalle sehr laute Motorengeräusch zu übertönen: »Martin! Mit dem Schwein willst du rausfahren?« Da kam er bei Uli allerdings an den Rechten. Bereits beim Überstreifen seiner Jacke gab es die Retourkutsche. Mit listigem und pfiffigem Gesicht antwortete er: »Pass mal auf, Muschi! Wenn mir danach ist, bring ich nur für dich, meinen allerbesten Freund, das Fell mit. Aber ohne Katze!«

Es standen einige Kollegen bei uns, die jetzt alle lachten. Nur Muschi nicht, in solchen Sachen verstand er keinen Spaß. Er zog leicht beleidigt von dannen.

»Du kennst den Weg?«

»Ach sicher, als alter Düsseldorfer.«

Jetzt lachte ich. »Ist klar, von wegen alter Düsseldorfer.« Uli kommt, wie ein großer Teil unserer Kollegen aus den umliegenden Städten.

Wir erreichten die große Ampelkreuzung, an der wir links abbiegen mussten. Es regnete jetzt so stark, dass der Scheibenwischer schon auf mittlerer Geschwindigkeit laufen musste. Ich blickte unzufrieden nach draußen. Regenverhangene, graue Wolken, so weit das Auge reichte. »Am Besten wir ziehen direkt unsere Lederjacken über«, meinte Uli, der mich und meinen kritischen Blick aus dem seitlichen Augenwinkel beobachtete.

»Hmmm«, brummte ich nur.

Die Bäume, sehr alte hohe Silberpappeln, standen auf einem breiten Wiesenstreifen, den wir nur erreichen konnten, wenn wir vorher zwei Poller aus ihren Erdhülsen zogen. Ich stieg aus und erledigte das. Einige Unentwegte harrten trotz des stärker werdenden Regens unter ihren aufgespannten Schirmen aus, neugierig darauf, wie die Feuerwehr die Sache klären würde. Auch die Besitzerin der Katze war da. Noch konnte ich nichts Lebendiges da oben erblicken. Erst nachdem mir gezeigt wurde, wo das Tier saß, entdeckte ich es ziemlich weit oben. Es kauerte dicht am Stamm und blickte ängstlich herunter. Ich wies Uli seine Position zu. Er rangierte die Leiter exakt nach meinen Anweisungen und ich hoffte, so zu dem Tier zu gelangen. Der Einsatz des Leiterkorbes war hier eher hinderlich – es musste geklettert werden. Gut, dass wir seit einiger Zeit die Reserveleiter fuhren, da musste der Korb sowieso erst eingehängt werden, wenn man ihn benötigte. Im Übrigen fuhren wir natürlich wesentlich lieber mit der neuen Drehleiter. Für unseren momentanen Einsatz aber war es gut, dass die sich seit drei Tagen in einer großen Inspektion befand.

Ich stellte mich auf das Leiterpodest neben den Maschinistensitz, den Uli jetzt inne hatte. »Die ist doch weg, wenn du da hin kletterst.«

»Möglich«, erwiderte ich so leise, dass es keiner hörte. »Aber anders kommen wir da nicht ran, was willst du sonst machen?«

Er zuckte mit den Schultern und musste mir beipflichten. Viele Einsätze gehen so aus, dass die Katzen entweder einfach weiter klettern oder selbst am Stamm herunterkommen. Nur selten lassen sie sich packen. Und wenn ist eine dicke Lederjacke sehr, sehr wichtig und auch ein heruntergeklapptes Helmvisier.

Zirka sechzehn Meter hatten wir die Leiter ausgefahren, aber nicht steil nach oben gerichtet. Sie reichte ungefähr in eine Höhe von zehn Metern. Die Leiterspitze hatte sich durch das Geäst des Laubbaumes bis dicht an die Katze herangetastet. Noch blieb sie sitzen, beäugte interessiert das fremde, große Ding in ihrer Nähe.

Ich kletterte hinauf. Jetzt erreichte ich die ersten Äste, durch die ich mich hindurch zwängen musste. Das raschelte gewaltig. Einige dünnere Äste brachen. Die Katze zuckte zusammen und kletterte weiter nach oben. Da brauchte ich mich gar nicht mehr bemühen. Aus meiner momentanen Position war sie für mich unerreichbar. Also zurück.

Die Menschen unten riefen zu mir herauf:

»Höher! Viel höher!«

und: »Sie sind da nicht richtig! Die ist weiter oben!«

Ja, ja. Sie ist weiter oben, das wusste ich auch. Aber eben war sie noch hier.

Wieder bei Uli angekommen, wartete ich sein Fahrmanöver ab, dann ging es erneut hinauf. Es kamen wieder die Äste, das bekannte Rascheln, das gleichsam bekannte Brechen dünner Äste und ... wie konnte es anders sein ... die Mieze huschte wieder einige Äste weiter.

»Ohhhhh!«, raunte es zu mir hinauf. Aber das war kein Mitleid für mich, der ich mich hier redlich im strömenden Regen abmühte, das war Mitleid für die arme Katze. Also, wieder runter, nochmals Leiter versetzen und wieder hoch.

Uli hielt es für angezeigt, mich darauf aufmerksam zu machen, dass ich doch mal die Katze mitbringen sollte: »Macht doch mehr Sinn.«

Ich blickte grimmig.

»Ich mein ja nur.«

Diesmal schaffte ich es, bis auf etwa zwei Meter an sie heranzukommen. Dann hatte die Katze die Nase voll und raste direkt vor meinen Augen wie der geölte Blitz zum Stamm und an ihm hinunter.

Ein allgemeiner Aufschrei des Schreckens aus der Zuschauer-menge gefolgt vom tiefen Aufatmen der Erleichterung, denn das gute Tier hatte sich nicht verletzt und eilte schnurstracks zu seiner überglücklichen Besitzerin.

Ich blickte durch das Geäst nach unten. Die meisten Zuschauer verließen jetzt, nachdem das Wichtigste vorbei war, diesen ungastli-chen Ort. Immer noch prasselte der Dauerregen herunter. Ich kam mir selber vor wie eine nasse Katze. Der Regen hatte, wie konnte es anders sein, seinen Weg vom Helm unter den hochgeschlagenen Kragen meiner Lederjacke gefunden und rann unangenehm über meinen Rücken. Die Handschuhe waren mittlerweile so durch-weicht, dass sie eher hinderlich als nützlich waren. Ich drehte mich daher im Leiterpark etwas seitlich, um mich besser abstützen zu können und zog die nassen schweren Handschuhe aus. Bei dieser Drehung passierte es. Wie eine glühend heiße Nadel fuhr es mir durch das anfällige linke Kniegelenk. Der Schmerz war so heftig, dass ich fast mein Gleichgewicht verlor. Ich ließ die Lederhand-schuhe fallen und griff hastig Halt suchend in die Sprossen. Unten klatschten die Handschuhe satt auf den befestigten Gehweg.

Uli blickte erschrocken auf.

Der Schmerz hatte etwas Krampfartiges. Ich konnte das Bein keinen Millimeter im Kniegelenk knicken. Nicht der Schmerz brachte mich dazu, ruhig zu stehen, sondern eine vollkommene Blockade im Kniegelenk. Damit saß ich hier oben regelrecht fest.

»He Alter! Was ist! Komm endlich runter!«, rief mir Uli von unten zu.

»Ja, ja! Nimm schon mal die Personalien auf, ich muss hier noch was erledigen!«

Das ungläubige Gesicht meines Ulis konnte alles Mögliche aus-drücken, aber ich sah, wie er sich von seinem Sitz schwang und dann zu der Katzenbesitzerin ging. Sie war mittlerweile die Einzige, die noch hier geblieben war. Das Interesse für einen durchnässten Feuerwehrmann auf der Leiter und einen gleichsam nassen Feuer-wehrmann unten war allerdings nicht so groß, dass sie in diesem Sauwetter weiter warten wollte. Ich war froh darüber. Meine Situa-tion erschien mir alles andere als lustig und meinen sicher nicht ele-ganten Abstieg stellte ich mir ohne Zuschauer irgendwie besser vor.

Uli hatte Papier und Kugelschreiber gezückt, schrieb sich die Angaben der glücklichen Katzenbesitzerin auf. Ich hatte mich in meiner Not vorsorglich mit dem großen Karabinerhaken meines Sicherheitsgurtes in die Sprossen eingeklinkt und machte mit schmerzverzerrtem Gesicht die unmöglichsten Verrenkungen.

Uli und die Frau blickten zu mir herauf, darauf achtete ich natürlich auch. Es sollte doch keiner bemerken, welche Probleme mich hier oben plagten.

»Was macht Ihr Kollege denn noch da oben?«

Gute Frage, dachte Uli, der sich mein seltsames Gehampel auch nicht erklären konnte. Ein ungutes Gefühl beschlich ihn. Hätte er seinen Maschinistenposten besser nicht verlassen sollen?

Mann, die glotzten immer noch zu mir. Ich lächelte und winkte freundlich grüßend hinunter. Es war so ein »Alles klar«-Winken und verfehlte seine erwünschte Wirkung nicht. Uli zuckte mit den Schultern. »Wissen Sie, mein Kollege ist so ein eingefleischter Naturapostel. Der entschuldigt sich sicher gerade bei dem Baum wegen der vielen kleinen Äste, die er abgebrochen hat.«

»Wirklich?« Ungläubig sah sie Uli ins Gesicht. Aber der blickte sie so treuherzig an, dass sie an seinen Worten nicht zweifeln konnte und sah noch einmal mitleidsvoll zu mir hinauf. Unschlüssig stand sie im Regen. Den Schirm in der Rechten und die Katze im linken Arm. »Gehen Sie ruhig nach Hause.«

»Ja, aber . . .« wieder dieser mitleidsvolle Blick nach oben.

»Ach was, das geht schon in Ordnung. Der ist gleich unten und sehen Sie mal – was meinen Sie, wie happy der ist. Ist doch ein Naturfreund und Ihre Katze . . . das zählt für ihn unheimlich.«

Die Frau rief mir ein herzliches »Danke!« zu und: »nehmen Sies nicht so tragisch!« Dann ging sie.

Was sollte ich nicht so tragisch nehmen?

Uli grinste: »Du kannst deine Baumbesprechung jetzt einstellen, großer Guru, und runter kommen!«, rief er.

»Ich kann nicht, ich hab ein Problem!«, rief ich zurück.

»Soll ich hochkommen?«

»Ja!« Eine Minute später stand mein Kollege Uli wenige Sprossen unter mir. Ich klärte ihn über meine missliche Situation auf.

Den nun folgenden, für einen Feuerwehrmann unrühmlichen Abstieg, möchte ich dann doch zum Schutz und Ansehen meiner eigenen Person geflissentlich übergehen. Es sollte dem geneigten Leser reichen, dass ich ohne weiteren Schaden die Erde erreichte. Selten war ich froher über den wunderschönen, dichten Regen, der die Menschen davon abhielt, dieses einmalige Schauspiel zu genießen. Die Gunst des Wetters hat das Bild der Feuerwehr in der Öffentlichkeit gerettet. Andererseits hätten wir mit einer Fernsehübertragung meiner »privaten Rettungsaktion« sicher den ersten Preis bei der »Versteckten Kamera« bekommen. Uli fuhr durch, das hieß an der Wache vorbei direkt in das Benrather Krankenhaus.

Der diensthabende Chirurg brauchte keine Röntgenaufnahme für seine Diagnose: Ebenso schnell wie zutreffend urteilte er: »Eingeklemmter Meniskus.« Die Röntgenassistentin durfte trotzdem einige geschmackvolle Schwarzweißfotos schießen. Nach eingehender Betrachtung dieser Aufnahmen und der unzweideutigen Aussage: »Das kann jetzt mal kurz etwas weh tun«, folgten jene unvergesslichen Handgriffe, die kurz etwas weh taten. Danach hatte ich meine freie Beweglichkeit zurück. Das wog stärker. »So etwas kann immer wieder passieren. Bei bestimmten Bewegungen rutscht der Meniskus in einen Gelenkspalt und erzeugt die Blockade. Sie sollten das unbedingt beseitigen lassen.«

Seine Erklärung zu den heutzutage schonenden, endoskopischen Meniskusoperationen kannte ich schon, hörte sie mir aber noch einmal an. Dabei kreiste es in meinem Kopf. Sein: »Wir haben eine gute chirurgische Abteilung«, schmeckte mir aber dann doch nicht so gut. Zumindest nicht genug, um direkt da zu bleiben.

Den Termin in einer Fachorthopädischen Klinik erhielt ich dann freundlicherweise, weil so ein Düsseldorfer Feuerwehrmann ja rasch wieder fit sein muss, schon in zwei – statt wie sonst in sechs – Monaten.

Der Eingriff erfolgte in Vollnarkose, eine Routineoperation, und schon nach zwei Tagen wurde ich glücklich und zufrieden entlassen. Alles war bestens verlaufen. Natürlich brauchte ich mit meinen zwei Krücken nicht zu arbeiten. Eine angemessene Schonfrist, angefüllt

mit Heilgymnastik, sollte mich für den kommenden Feuerwehr-
alltag wieder herstellen.

Es war der fünfte Tag nach meiner Entlassung aus der Klinik.
Das Schicksal schlug unbarmherzig zu. Die Krücken benötigte ich
nicht mehr, ein leichtes Muskelaufbautraining konnte auch zu Hause durchgeführt werden. Alles deutete auf einen sehr schnellen,
zufrieden stellenden Heilungsverlauf hin.

Ich saß auf dem Teppich in unserem Wohnzimmer, machte meine Dehnübungen und bemerkte dabei am Knie einen winzigen,
aber dennoch auffälligen Eiterpickel genau auf der kleinen, durch
die endoskopische Operation entstandenen Narbe an der Innen-
seite des Knies. Innerhalb der nächsten halben Stunde schwoll das
Knie merklich an. Rötung und Spannungsdruck stellten sich ein.
Dann begannen gemeine, heftige Schmerzen und eine große Schwä-
che überkam mich. Bereits nach eine Stunde konnte ich mich von
Fieberschüben geschüttelt nicht mehr auf den Beinen halten. Ich
kroch ins Bett, zitterte von dem heftigen Schüttelfrost, der mich
gepackt hatte und mir das Gefühl gab, in einem Eiskeller zu liegen.
Dabei hatte ich ein gefährlich hohes Fieber. Ich muss den Arzt anrufen, schoss es mir noch durch den Kopf, aber der Weg zum Telefon gelang mir nicht mehr. Ich fiel aus dem Bett und verlor das
Bewusstsein. Wie lange ich da lag, weiß ich nicht.

Meine Frau kam nach Hause, fand mich und schaffte es irgendwie,
mich wieder ins Bett zu bugsieren. Fünf Minuten später kam mein
Hausarzt. Dr. Rassekhi, einer der wenigen Allgemeinmediziner, die
noch ihre Praxis verlassen und zu Notfällen nach Hause kommen.
Sofort erkannte er die lebensbedrohliche Situation. Ohne zeitliche
Verzögerung veranlasste er die Einweisung in die Klinik und versorgte mich, bis der Rettungswagen kam. Später erfuhr ich, dass er
sogar mitgefahren war.

Aggressive Streptokokken verbreiteten sich wie die Pest in
meinem Körper. Noch am gleichen Tag schob man mich erneut
in den OP. Ich erwachte mit einer Spüldrainage in einem frem-
den Zimmer. Mühsam kam die Erinnerung zurück und das Bewusstsein für die neue Umgebung. Man ließ mehrere Liter Spül-
flüssigkeit durch das Knie laufen. Und in meine Unterarmvene

liefen die Infusionsschläuche dreier am Ständer aufgehängter Glasflaschen.

Es wurde mir wieder schwarz vor Augen. Mehrere Tage peinigten mich grauenvolle Albträume. In meinem Inneren loderte ein alles verzehrendes Feuer. Manchmal wenn ich aufwachte, betrachtete ich mein Bein, das mehr und mehr einer riesigen Wassermelone ähnelte, denn einem menschlichen Bein. Ich hatte jegliches Zeitgefühl verloren. Das Essen war eine Qual, aber schlimmer noch peinigte mich ein unsäglicher Durst. Jeder Schluck, den ich zu mir nahm, rann wie glühendes, flüssiges Metall durch die ausgedörrte Kehle, um dann in einem Meer von Schmerzen die Wände meines Magens zu zerfressen.

Was keiner ahnte: Die Medikamente erzeugten innerhalb weniger Tage Magen- und Darmgeschwüre, dazu ein Antibiotikum, das bei mir allergische Reaktionen auslöste. Stunden um Stunden verrannen, längst war ich außer Stande, die Realität von den grauenhaften Wahnbildern, die meine Psyche quälten, zu unterscheiden. Manchmal betrachtete ich den tiefvioletten Streifen, der sich vom Knie zur Leiste heraufzog, voller Grauen und signierte seinen momentanen Stand mit einem Kugelschreiber durch einen Strich auf der Haut.

Eines Nachts, ich wusste, dass es meine letzte sein würde, schrieb ich an meine Lieben einen Abschiedsbrief. Viel verworrenes Zeug, bei dem ich immer wieder durch heftigen Würgereiz unterbrochen wurde. Die Schmerzen im kürbisdick geschwollenen, dunkel verfärbten Knie schienen unerträglich. Ständig schlichen sich diese grauenvollen Fratzengesichter an mein Lager und schnitten sich lange Streifen Fleisch aus meinem wehrlosen, geschwächten Körper. Selbst in der Bewusstlosigkeit fand ich keine Ruhe.

Eigentlich musste ich ja gestorben sein, aber der nächste Morgen graute und ich fühlte so etwas wie einen Anflug von aufkommender Kraft. Neben meinem Bett stand auf einem kleinen Tisch eine Schüssel mit Waschwasser und da lag auch meine Zahnbürste. Wann hatte ich sie das letzte Mal benutzt?

Die Körperpflege kostete mich den letzten Rest Kraft, dennoch wollte ich einmal auf beiden Beinen stehen. Keuchend vor Anstrengung saß ich endlich auf der Bettkante, zitternd am ganzen Körper.

Ich blickte auf die herabbaumelnden, nackten Beine. Eines dürr wie von einem Skelett, das andere unförmig verquollen und prall wie, wie ... eine Leberwurst im Naturdarm, schoss es mir durch den Kopf.

Ich wollte lachen, brachte aber keinen Ton aus der heftig entzündeten Kehle. Dabei beugte ich mich einige Zentimeter zu weit vor. Das war es.

Als ich wieder zu mir kam, lag ich in meinem Bett. Daneben stand die dicke Schwester mit bedenklichem Gesicht: »Sie trinken viel zu wenig.« Strafend blickte sie mich an und goss das Glas voll. Dann hob sie meinen Kopf an und führte das Glas an meine Lippen. Ich war zu schwach, um es selber zu halten und trank in gierigen Zügen das lebensspendende Nass. Aber die Flüssigkeit hatte kaum den Magen erreicht, da würgte ich das Wasser in hohem Bogen wieder heraus als wäre es Schwefelsäure. Entsetzt prallte die Schwester zurück und verliess das Zimmer. Sie wollte mir jetzt den Pfleger schicken. Das war als Drohung zu verstehen, da sie meine »Attacke« offensichtlich persönlich genommen hatte. Zum ersten Mal spürte ich wieder ein klammheimliches Gefühl wie Schadenfreude, denn ich konnte diese Schwester »Rabiata« nicht leiden. Die Wirkung des Wassers war verheerend. Vor Schmerz liefen mir die Tränen über die Wangen. Ohne die Infusionen, die permanent liefen, wäre ich sicher vertrocknet. Ich schlug die Decke zurück. Sie lag nicht unmittelbar auf dem mir so fremd gewordenen, geschwollenen Bein, sondern über einem Drahtgestell, damit die Decke das Bein nicht berührte. Die Haut war mittlerweile so hochgradig empfindlich, dass ich bei Berührungen selbst leisester Art hätte schreien können.

Der Pfleger kam, mit ihm der Oberarzt. Mein Bett war von Erbrochenem versaut, das nahm der Pfleger wortlos herunter und verschwand.

Der Oberarzt betrachtete mein Bein: »Was sind das für Striche hier?« Er deutete auf meine Markierungen mit dem Kugelschreiber und ich erklärte es ihm. »Starke Schmerzen?« Er war der erste, der nachfragte und ich musste heulen. Das Elend übermannte mich.

»Ich werde wiederkommen, und ich bringe den Professor mit. Wir kriegen das schon hin.«

Aber sie sollten DAS nicht wieder hinkriegen, längst hatte der Tod seine eisige Hand nach mir ausgestreckt und zugepackt.

Irgendwann kam der Professor. Nach einem kurzen Blick auf mein Bein drückte seine behandschuhte Hand auf den hochgradig entzündeten Bereich neben der Operationswunde. Ich schrie vor Schmerz auf. Wie ein artesischer Brunnen sprühte eine Eiterfontäne entlastend aus dem geschwollenen Bein, ergoss sich als übel riechende Flüssigkeit in mein Bett, das somit ein zweites Mal versaut war. Entsetzt über sein eigenes, offensichtlich ungewolltes Missgeschick, ließ der Professor seine bisherige Zurückhaltung fallen: »Was ist denn das für ein Mist! Ich will dieses Zimmer als septischen Bereich! Keiner betritt den Raum mehr ohne Kittel und Mundschutz!« Die mit ihm Erschienenen zuckten unter seinen Worten zusammen wie unter einer Peitsche.

Dann hatte er sich wieder im Griff. Aus respektabler Distanz sagte er: »Das sieht nicht gut aus, Herr Meyer-Pyritz. Wenn wir das in den nächsten zwei Tagen nicht in den Griff kriegen, müssen wir das Bein abnehmen. Das ist die einzige Chance, Sie am Leben zu halten.« Das waren klare Worte. Der Professor schien vorsichtige Aufklärung bei einem Feuerwehrmann und Rettungssanitäter für nicht angezeigt zu halten. Gut, dass ich gerade einen meiner lichten Momente hatte. Nicht ein einziges Mal, realisierte ich, hatte sich ein Internist in mein Zimmer verirrt. Ich machte ihn darauf aufmerksam. Aber er winkte nur ab und vertröstete mich erneut mit seinem: »Das bekommen wir schon wieder hin.«

An diesem Morgen – ich glaube es war morgen oder nicht – fasste ich einen Entschluss? Ich trug keine Uhr, es war mir auch egal. Nicht egal war mir allerdings der angekündigte Verlust meines Beines. Wie an jedem Tag besuchte mich auch an diesem Tag meine Frau, wie immer viele Stunden lang. Oft hatte ich das in meinem Fieberwahn gar nicht registriert. Andreas, mein bester Freund, hatte sie gefahren. Wie erschrak er, als er mich, seinen alten Weggefährten vieler Trips in die Wildnis, bleich und elend, dem Tode nahe, daliegen sah. Mein Schicksal konnte ich nicht mehr selbst bestimmen. Ich war längst der Spielball von Fieberträumen und Schwächeanfällen. Lichte Momente wurden immer seltener. Aber der Trieb, mein Leben zu erhalten, war noch nicht völlig erloschen.

»Ruft meine Feuerwache an«, schwach und leise kamen die Worte über meine Lippen. »Die wollen mir das Bein abnehmen...« Wieder drangen die nicht zurückzuhaltenden Tränen über meine Wangen und abgehackt hörte ich meine mir selbst fremd klingenden Worte: »Die müssen mich hier rausholen ... bitte ... bitte«.

Ich verlor erneut mein Bewusstsein.

Als ich wieder zu mir kam, waren die beiden immer noch da. »Ich hol den Arzt«, hörte ich Andreas sagen. »Nicht den Arzt ... nicht den Arzt ... holt die Feuerwehr.« Aber die Kehle war wie zugeschnürt, kein Wort kam heraus. Und so konnte keiner meine stumm flehenden Blicke deuten.

Statt eines Arztes kam der Pfleger und präsentierte mir ein Papier: »Wenn Sie das Krankenhaus verlassen«, erklärte er mit teilnahmslosem Gesicht, »dann müssen Sie hier unterschreiben, dass Sie das auf eigene Verantwortung machen.« Er warf die Blätter auf meine Bettdecke und verschwand. Im Türrahmen drehte er sich noch einmal um: »Ich hole mir die Sachen später ab.«

Er empfand diese Aktion als überaus peinlich, das stand ihm deutlich auf der Stirn geschrieben. Keiner der Ärzte ließ sich bei mir blicken.

Peter Küpperbusch hatte an diesem Tag C-Dienst an Feuerwache Sechs. Der Hilferuf meiner Frau erreichte ihn am späten Vormittag. »Also Frau Meyer-Pyritz, ich werde mich darum kümmern. Sagen Sie mir jetzt nur, wo Ihr Mann genau liegt und ich bin so ... na etwa gegen zwei Uhr bei ihm.«

Anrufe besorgter Ehefrauen, deren Männer im Krankenhaus liegen, sind zwar nicht an der Tagesordnung, aber er stufte dieses Telefonat doch unter der Rubrik – dringlich – ein.

Wie die meisten Feuerwehrmänner war er ein Mann der raschen Entschlüsse. Nachdem er verschiedene Telefonate geführt hatte, der wichtigste Anruf war ein fachliches Gespräch mit Dr. Soffke, einem der leitenden Notärzte der Stadt Düsseldorf, nahm er ein letztes Mal den Hörer zur Hand.

»Leitstelle Düsseldorf, Wüste hier.«

»He Manni, ich bin es, Peter Küpperbusch. Ich habe da so 'ne Spezialaktion vor und dafür brauche ich den RTW vom Diakonie-krankenhaus in Kaiserswerth.«

»Und wann, wieso, weshalb? Ihr C-Dienste habt doch überall die Finger drin.« Manni lachte bei seiner Fragerei. Er war ein alter Hase im Geschäft und spürte sofort, dass hier etwas außerhalb der üblichen Schiene abging. »Pass auf, Manni, ich muss einen sehr guten Mann aus dem Krankenhaus rausholen und das schnell und unbürokratisch. UND ZWAR JETZT! Also, ich fahr direkt los, sag den Jungs Bescheid. Wir müssen das Bein dieses armen Schweins retten, das werden die ihm nämlich sonst da abschneiden.«

»Und wer ist der Kollege?«

»Martin Meyer-Pyritz. Der beste Teamführer, den ich habe. Und das soll auch so bleiben.« »Was! Der Martin? Na, für den werde ich aktiv. Kannst dich auf mich verlassen. Fahr ruhig schon los, ich schick dir den RTW direkt zur Pforte.«

Eine halbe Stunde später trafen sich die RTW-Besatzung und Peter Küpperbusch vor dem Krankenhaus.

»Auf geht's Männer. Ich erklär euch die Einzelheiten unterwegs.«

Die Hecktüre des RTW flog auf, Guido Kotters zog die Trage raus, ließ das Untergestell abklappen. Dann schoben die Drei wie ein Roll-kommando durch die Gänge des Krankenhauses. Niemand ließ sich sehen, Türen, die sonst offen blieben, waren geschlossen. Es schien als wolle man die »Entführung« geflissentlich übersehen.

»Na du, Simulant!«

Ja, das waren sie, meine Kollegen, meine Freunde. Auch in dieser Scheiß-Situation immer noch locker. Ich war so glücklich, dass sogar mir ein kleiner Scherz über die Lippen kam. Aber keiner konnte lachen. Sie hatten schnell erkannt, welches Häufchen Elend sie auf ihre Trage legten. Mühelos, ein Federgewicht, abgezehrt und leichenblass.

Immer noch kam niemand vom Krankenhaus. Ich zeigte Peter die zu unterschreibenden Papiere. »Ja, ja, vergiss es. Junge, ab jetzt geht's aufwärts. Alles klar?« Seine Frage richtete sich an die Zwei vom RTW. »Von mir aus kann's los gehen.« Guido zog die Sicher-heitsgurte fest: »Damit du uns nicht laufen gehst.« Ich hatte schon wieder Tränen in den Augen. Guido schluckte: »Mensch, ich lass doch meinen alten Ausbilder nicht verre ... ah, na ja, du weißt schon.«

Es ging los. Sie rollten mich über den langen Gang, rein in den Aufzug. Meine Frau und Andreas immer dabei. Draußen schien die Sonne, es war wie eine Wiedergeburt. Ich hatte Mut gefasst.

Sie fuhren mit mir in die Notaufnahme des Diakoniekrankenhauses in Kaiserswerth.

Was folgte, waren viele Untersuchungen, andere besserverträgliche Medikamente und ein endloser Schlaf, der Schlaf des Genesens.

Als mich mein stets fürsorglicher Chefarzt eines Morgens besuchte, rauschte er, wie das so üblich ist, mit seiner Traube von Mitarbeitern ins Zimmer.

»Guten Morgen die Herren!« Wir lagen hier zu zweit. Er trat an mein Bett und sah mich lange an: »Ja Herr Meyer-Pyritz, heute kann ich Ihnen eine freudige Nachricht bringen. Als man Sie mir vor vierzehn Tagen brachte, waren Sie ein todkranker Mann. Wir hatten Ihnen höchstens noch zwei Tage gegeben. Ich sage Ihnen, und das nicht ohne Stolz, Sie sind jetzt über den Berg.« Ja, ich spürte, es ging aufwärts. Der Wille zu leben hatte wieder eine dominierende Rolle in meinem Krankenhausdasein erhalten.

Die geradezu rührende Pflege, die mir hier zuteil wurde, entsprang, wie ich später vom Oberarzt erfuhr, dem gewaltigen Ehrgeiz aller, mich durchzubringen. Es gibt nur sehr, sehr selten einen Patienten, der eine solche Streptokokkeninfektion überlebt. Die meisten Unglücklichen sterben innerhalb weniger Tage, manche schon nach Stunden.

Ich verdankte mein Überleben unter anderem meiner überaus starken Kondition. Muskeln und Sehnen waren in vielen Jahren sportlich gestählt. Die Organe nie durch Alkohol oder Nikotin geschädigt. Aber die Ärzte und das Pflegepersonal der Diakonie Kaiserswerth hatten schwer an mir arbeiten müssen. Ich war daher nicht der Einzige, der sich freuen durfte.

Fast drei Monate sollte dieses Zimmer noch mein Zuhause sein. Die Physiotherapeutin fand in mir einen fleißigen Schüler und der Tag näherte sich, an dem ich mit zwei Krücken bewaffnet, nach Hause entlassen wurde. Es war ein sehr herzlicher Abschied in ein neu geschenktes Leben.

Hochwasser und ein Haufen Geld

Der Wunsch, meine Kameraden zu besuchen, wurde immer stärker. Noch hatte ich Schonfrist, angefüllt mit Krankengymnastik, regelmäßigen Untersuchungen und sehr, sehr viel Schlaf. Es galt, den geschwächten Körper langsam aber gezielt wieder aufzubauen. Heute Morgen stand wie jeden Tag die spezielle Gymnastik auf dem Programm, anschließend fuhr ich direkt weiter zu meiner Feuerwache.

Du meine Güte, wie lange war ich nicht mehr durch die Toreinfahrt auf den gepflasterten Hof gefahren. Hinter den riesigen Glastüren standen die großen Feuerwehrfahrzeuge wie eh und je. Fast schien mir das alles etwas fremd, da erblickte mich einer meiner alten Kumpel. Michael Wassers semmelblonder Schopf erschien in einem der Hallentore: »He! Sehe ich richtig? Der Martin. Aber du gehst besser nach nebenan in die Feuerwehrschule. Der neue Grundausbildungslehrgang fängt gerade erst an. Da bist du richtig.«

Ich lachte und drückte herzhaft seine dargebotene Rechte.

»Junge, schön dass du wieder da bist. Komm rein.« Ruck zuck war ich umringt von allen, die ich so schmerzhaft vermisst hatte. Mir war als wäre ich Jahre in der Fremde gewesen. Natürlich gab es tausend Fragen, die ich nur zu gerne bei dem rasch aufgesetzten Kaffee beantwortete. Man denkt immer, alles müsse sich geändert haben, ähnlich wie nach einem Urlaub. Aber der Laden funktionierte natürlich wie immer. Der Alarmgong erklang: »Einsatz für den Notarzt. Peter-Behrens-Straße XX bei XX. Atemnot.«

Drei Mann in weißen Hosen sprangen auf, eilten zu den Rutschschächten.

»Na Teamführer! Zuckt es da nicht in den Gliedern?« Horst Heck trat in die Küche.

»Oh, der Chef kommt.«

»Keine Panik Männer. Ich wüsste zwar nicht, dass wir eine Pause haben, aber ich denke, das ist ein Grund zum Feiern. Ihr hättet mir ja ruhig Bescheid geben können.«

Ich stand auf. »Mensch Horst, was hör ich – Chef?« Horst winkte lässig ab und umarmte mich.

»Na Simulant, du bist anscheinend nicht kaputt zu kriegen.« Das war mein Horst, den so viele für unnahbar halten. Der, der so oft eine harte Linie verfolgte. Aber er hat andere Seiten und jetzt zeigte er sie mir und den anderen. In seiner Stimme klang ein weicher Ton und mancher, der ihn nicht so gut kannte, staunte.

»Und, wann fängst du wieder an?«

»Kann ich noch nicht so genau sagen, aber zwei Wochen wird es wohl noch dauern.«

»Hat der es gut, zwei Wochen auf der faulen Haut liegen.«

»Du kannst gern ein paar von den Streptokokken von mir bekommen, es sind noch einige übrig. Vielleicht springen dann auch zwei Monate für dich raus.« Meine scherzhafte Äußerung wurde dann aber doch dankend abgelehnt.

»So, das reicht. Ihr glaubt wohl, es gäbe gar keine Arbeit mehr? Wo ist mein Tagesdienst?«

Erwin Siebert war heute dran, er verteilte die täglich anfallenden Arbeiten an die Wachmannschaft. »Ja, Schmied, hurtig. An die Arbeit, ihr Kaffeetanten. Und du kommst jetzt mit in mein Büro.« Dabei deutete er mit dem Zeigefinger auf mich, wobei er sich gleichzeitig erhob. Das war das Zeichen für die Anderen, ebenfalls aufzustehen.

Ich folgte Horst in das DGL-Büro auf dem Galeriegeschoss. Neugierig war ich ja, hatte sich doch eine gewichtige Veränderung auf meiner Wachtour vollzogen. Klar, seit längerem schon war bekannt, dass wir einen neuen Dienstgruppenleiter bekommen sollten. Siggi würde in Pension gehen, also war eine Stelle frei. Horst Heck, mein alter Weggefährte von Wache Drei und Wache Zwei, war zweifelsfrei die richtige Besetzung. Aber wie oft passiert es in großen Verwaltungen, dass nicht immer die zum Zuge kommen, die an der Reihe wären. So sind auch an Horst andere »Emporkömmlinge« vorbeigezogen. Auf der Innenspur überholt, wie wir zu sagen pflegen. Klar, Horst war für einige in den oberen Etagen vielleicht etwas zu unbequem. Er ist eben ein aufrechter Mann. Einer, der sich nicht scheute auszusprechen, was andere in diplomatischen Worten für ihre eigenen Zwecke einsetzten. Außerdem hat er oft eine etwas raue Schale. Das braucht man aber auch auf solch einem Posten. Dass er ein guter Feuerwehrmann war, hatte er in vielen Jahren bewiesen. Ich traute ihm das Zeug zum DGL jedenfalls zu, obwohl ich auch zugeben muss, oft über ihn gemeckert zu haben. Den Durchbruch hat er wohl geschafft, als uns das große Hochwasser heftig bedrohte. Horst betreute den Düsseldorfer Süden.

Wir standen alle in der Übungshalle der Feuerwehr. Seit Tagen liefen die Vorbereitungen auf Hochtouren. Mehrere LKW-Ladungen Sand türmten sich meterhoch auf dem Hallenboden. In dieser heißen Phase mussten Tausende von Säcken gefüllt werden. Der damalige Grundausbildungslehrgang war ebenfalls dazu abgestellt worden und eine Abordnung junger Rekruten aus der Bergischen Kaserne sollte sich heute noch einstellen. Meine Vorgängertour hatte mit dieser Elendsarbeit begonnen. Die Sandberge waren jedoch so frustrierend hoch, dass man überhaupt kein Fortkommen sah.

Natürlich wurde der Alarmdienst nach wie vor übernommen. Zu unserem Leidwesen geschah in dieser Zeit recht wenig, so dass wir ohne Unterbrechung schaufelten und schaufelten. Ein städtisches Fahrzeug lieferte die Sandsäcke, immer in Bündeln zu je fünfhundert Stück inklusive Schnur zum Zubinden.

Wir verfügten sogar über Einfüllhilfen, trichterartige Metallkonstruktionen zum besseren Befüllen der Säcke. Aber um die schweißtreibende Muskelarbeit kam man damit natürlich nicht herum. Horst wachte mit Argusaugen über unser Tun. Er war überall, spornte seine Männer an, motivierte, delegierte, dirigierte und sorgte für Ablösung, wenn nötig für Ruhepausen und beendete diese, wenn sie ihm nicht angebracht schienen. Er hatte die Fäden in der Hand. Sogar für den Nachschub von Sand sorgte er, ja richtig, von Sand, denn selbst der größte Berg wird irgendwann kleiner.

Der Abtransport musste reibungslos funktionieren, laufend kamen Fahrzeuge mit neuen Hiobsbotschaften herein: Wasserdurchbruch hier, Dringlichkeitsstufe eins dort. Jeder sah sich als den Gefährdeten, da galt es, Ruhe und Übersicht zu bewahren.

Die Bundeswehr erschien am x-ten Tag. Je zwei Mann in Reih und Glied, den Klappspaten geschultert, ein zackiges Lied auf den Lippen marschierten sie in die Halle ein. Wir legten die Arbeit nieder, so etwas hatten wir noch nicht gesehen. Staunend beobachteten wir, mit welcher affenartigen Geschwindigkeit sich diese olivgrünen Burschen über den ihnen zugewiesenen Berg hermachten. Wahnsinn, die mussten ihre Ausbildung in der Sahara bekommen haben. Und das immer mit einem Lied auf den Lippen.

Dann stand er hinter uns, der Horst. Die Aktionen der »Sandwurmtruppe« schienen es ihm angetan zu haben, er schwang die verbale Peitsche und wir? Wie im Rausch eiferten wir denen nach, wollten unsere Berge gleich schnell abbauen – vergeblich.

Muskelkater und Blasen, Schwielen und Rückenschmerzen waren unsere täglichen Gesellen. Ich schlief wie ein Stein. Das ging so mehrere Tage und wir schafften es, den südlichen Teil von Düsseldorf vor der Überschwemmung zu bewahren. Es ist wohl überflüssig zu sagen, dass sämtliche Kameraden der Freiwilligen Feuerwehr natürlich genauso schufteten wie alle anderen. Die Arbeit schweißte uns zusammen.

Und in all diesen Tagen der Anstrengungen, des Schweißes und des Stresses hatte ich Horst Heck nicht ein einziges Mal fluchen oder schimpfen hören. Er hatte die Gesamtsituation voll im Griff und so lief alles wie am Schnürchen.

Jetzt saß ich bei ihm in seinem Büro, ein guter Tag für ihn und auch für mich. Wir führten ein »langes Gespräch«. Als ich später die Wache wieder verließ, meine Wache, freute ich mich auf den Tag, an dem ich die Uniform wieder anlegen würde, um mit meinen Kameraden zu retten, zu löschen, zu bergen und zu schützen, wie es unser tägliches Feuerwehrleben ist.

Zufrieden legte ich den Telefonhörer auf. Ich hatte gerade das Gespräch über meinen Neubeginn auf der Feuerwache geführt. Mit Freude registrierte Horst Heck die Rückkehr seines alten Mitstreiters. »Du bist erst mal als Teamführer auf dem NAW eingeteilt. Und bring den Kuchen mit – zum Einstand.« Ich lachte, in dieser Beziehung hatte sich also nichts verändert.

Viele endlos lange Wochen hatte ich mich auf den Dienst gefreut, aber als mich an diesem Morgen der Wecker gnadenlos um fünf Uhr dreißig aus dem Bett klingelte, war von dieser Freude nichts mehr übrig.

An diese Gnadenlosigkeit musste sich mein schlafverwöhnter Körper neu gewöhnen.

»Boah! Der Neue!« Das war nur der harmloseste Kommentar meiner Kollegen, mit denen ich heute meinen Dienst pünktlich um sieben Uhr begann. Nach der üblichen Verlesung des Dienstplanes verteilten wir uns auf die zugewiesenen Fahrzeuge.

Die Routinearbeit begann.

Dr. Nischik, der als Einziger im NAW-Team bereits eine Nacht hinter sich hatte, kam etwas verschlafen in die Fahrzeughalle. Der Alarm hatte ihn in der frühmorgendlichen Schlafphase erwischt. Heute war Sonntag und jetzt war es 7.30 Uhr. Wir Rettungsassistenten checkten immer noch die Ausrüstung durch.

»He, die Schlafmützen haben ja gar keine Infusionsbestecke mehr im Schubfach!«

»Sieh mal oben ins Staufach, da sollte noch ein komplettes Paket liegen!« So war es jedenfalls früher immer gewesen. Ironisch erntete ich einen neuen Kommentar für meinen Rat. »Woher will der Neue das denn wissen?« Anscheinend sollte das die nächsten Zeiten so weitergehen, na was soll's, solange nicht übertrieben würde, käme ich damit schon zurecht. Trotzdem öffnete Hajo ratgemäß die große Klappe zum Stauraum über der Fahrerkabine. Hier war es rappelvoll. Neben dem Burn-Pack, den Jet-Schienen, der Tasche mit Stiff-Necks gab es eine Unmenge von Kleinkram, wobei jedes Teil seine wichtige Bedeutung hatte. Das gesuchte Plastikpaket mit Infusionsbestecken fand sich zwischen dem Feuerwehrhelm, mit der in Leuchtfarbe versehenen »Notarzt«-Aufschrift und dem Rettungstuch.

»Alles klar! Ich hab's!«

Na also, dachte ich. Dann bat ich Ralf, unseren heutigen Fahrer: »Reich mir doch mal bitte das Fahrtenbuch rüber.« Ich streckte die Hand aus, Ralf jedoch winkte ab: »Das geht schon in Ordnung«, erklärte er, »vier Einsätze heute Nacht. Der Letzte um kurz vor fünf Uhr.«

»Oh ha, dann ist der Doc sicher platt. Den wecken wir besser nicht zum Frühstück.«

Aber diese gute Absicht erledigte sich mit der Alarmierung des Notarztwagens, die in diesem Moment erfolgte.

Aus dem Lautsprecher dröhnte: »Einsatz für den Notarzt in Garath. XXX Straße 47. Ohnmacht!«

»Oh, oh!« Ralf war bereits lange genug dabei, um zu wissen, dass solche Einsätze am Sonntagmorgen oft mit einer Todesfeststellung endeten.

Der Eimer mit Wischwasser flog samt Hajo aus dem Patientenraum. »Tja, alles feucht«, stellte er lakonisch fest, »da kann man nichts machen.«

Da hatte er recht: Desinfizieren und Putzen gehören zum allmorgendlichen Geschäft, aber die Notfälle nehmen nun mal keine Rücksicht auf unsere Aktivitäten als »Hausmänner«.

Dr. Nischik, schon seit vielen Jahren im Krankenhaus Benrath tätig, ist vermutlich der Dienstälteste unserer Notärzte. Sie fahren alle gerne mit uns, denn es ist wesentlich mehr als nur eine aufregende Abwechslung zu ihrem anstrengenden Krankenhausalltag.

Das hier ist elementarste Basismedizin mit ständig neuen Herausforderungen an ihr medizinisches Können und all den Problemen, die erschwerte Einsatzbedingungen mit sich bringen. Entweder man mag es oder mag es nicht, dazwischen gibt es nichts.

Für die besondere Befriedigung und Freude an unserer Arbeit sorgt der Teamgeist, der bei uns herrscht. Wenn man allerdings nach einer anstrengenden Nacht, in der man immer wieder rausfahren musste und erst in den frühen Morgenstunden erschöpft aufs Bett fällt, direkt um 7.30 Uhr erneut alarmiert wird, kann keine Euphorie mehr aufkommen.

Dr. Nischik bat stumm inständig um keine erneute Todesfeststellung. Drei in einer Nacht, das war selbst für ihn genug, er behandelte eindeutig lieber die Lebenden. Aber als erfahrener Notarzt hegte er die gleichen Befürchtungen wie mein Kollege Ralf.

Weit brauchten wir nicht fahren. Nur wenige Häuserblocks entfernt lag die Einsatzstelle. Der Straßenverkehr schlummerte noch, weil die meisten Menschen am Sonntagmorgen gerne etwas länger schlafen.

Daher schaltete Ralf die Sirene auch nur an der großen Ampelkreuzung zu. Wir wissen, dass Blaulicht allein kein Sonderrecht einräumt, dennoch querten wir die nächste rote Ampel ohne das nervige Gedröhne. Damit verstößt man zwar gegen einige Paragrafen der Straßenverkehrsordnung, aber es gibt wohl kaum jemanden aus unserer Zunft, der nicht schon Gleiches praktiziert hätte. Wir reißen niemanden gerne aus dem Schlaf und können nur abwägen, was machbar ist, immer mit dem Risiko einer Strafe im Rücken. Außerdem muss man im Verkehr sehr sicher sein, wir wollen ja selbst auch heil ankommen. So entwickelt sich im Laufe der Zeit ein Gespür für eine Fahrweise, welche die Anwohner möglichst wenig stört und die keineswegs mit Leichtsinn verwechselt werden darf.

Knapp drei Minuten später bogen wir in die gesuchte Straße ein. Rechts wie links strebten Hochhäuser in den Himmel.

»Meine Seite!«, rief Ralf.

Richtig, ich hatte die geraden Hausnummern, also konzentrierten wir unser Augenmerk nach links.

»Neununddreißig! Mach langsam, mach langsam ... einundvierzig ... dreiundvierzig ... es ist das mit dem großen Vordach!«

Der Wagen stoppte fast genau vor dem Eingangsbereich des Hochhauses auf der linken Straßenseite. Die Blaulichter waren abgeschaltet, dafür klackerte die Warnblinkanlage ihr gelbes Licht in regelmäßigem Rhythmus.

Jeder wusste genau, welchen Koffer, welches Gerät er zu tragen hatte.

Mit dem Fernschreiben in der rechten, stand ich vor der riesigen, verschlossenen Glastür, überflog an die vierzig Klingelschildchen auf der Suche nach dem passenden Namen. Wir haben ein System entwickelt, das die vielen Schilder relativ schnell sichtet.

Die gesuchte Wohnung lag im Parterre, wenn man der Anordnung der Namenschilder trauen durfte.

Noch während der Doc seinen Zeigefinger auf dem Klingelknopf presste, näherte sich von innen eine kleine, alte, weißhaarige Frau und öffnete.

Mit tränenerstickter Stimme forderte sie uns zur Eile auf. Ihr ängstliches Gesicht sprach Bände.

»Oh bitte, bitte kommen Sie schnell! Die Lotti! Oh mein Gott, die Lotti!«

Es gibt Momente, da brauchst du nicht zu fragen – du weißt es einfach. Und während wir eilig die wenigen Schritte zur unten liegenden Wohnung zurücklegten, dachte jeder im Stillen. »Wieder eine Tote mehr.«

Die Alte war trotz ihrer offensichtlichen Gebrechlichkeit vorausgeeilt. Jetzt trat sie zur Seite, winkte uns, vorbeizugehen. Zwar hielt sie die Türe offen, jammerte aber: »Ich geh da nicht rein! Ich geh da nicht rein!« Ihre dünne Stimme zitterte, sie war ziemlich fertig. Deshalb flüsterte ich Hajo ins Ohr: »Hajo, bleib mal bei ihr, Du verstehst?« Und Hajo verstand. Seine freundliche Art, sein jugendlicher Charme würden der alten Dame sicher gut tun. Lotti lag auf ihrem blanken alten Linoleumboden. Mit wenigen Blicken erfasste mein Auge die spärliche Einrichtung. Im hinteren Teil des Zimmers ein Schrank, wahrscheinlich aus den frühen Fünfzigern, mit Aufsatz und geschwungenen, dunklen Furnierholztüren. Durch die kleinen, verblichenen Scheiben konnte man Nippes erkennen. Eine Reihe gerahmter Familienfotos hing an der Wand und bildete den einzigen Schmuck der sonst kahlen Wände.

Links stand eine ebenfalls alte Zweisitzercouch, über ihrer verschlissenen Sitzfläche breitete sich eine wollene Decke. Der einfache Holztisch und zwei Sessel gehörten zu dieser Gruppe. An der Wand rechts stand nur ein kleines geschnitztes Vertiko.

Lotti, klein, fast zierlich, in einem dunkelblauen, geblümten Kittelkleid, lag wie ein Püppchen mit wachsbleichem Gesicht und starren weiten Augen in ihrer armseligen Eineinhalbzimmer Wohnung. Mitten auf dem Fußboden, wie aufgebahrt. Selten hatte mich eine Tote so gerührt. Trotz der offenkundigen Armut hatte hier ein Mensch mit Stil gelebt. Alles war so blitzsauber und aufgeräumt wie in einer Puppenstube.

Den anderen ging es anscheinend ebenso. Wir sprachen automatisch leiser.

Auf das EKG durften wir verzichten. Der Tod hatte Lotti schon vor mehreren Stunden ereilt. Dr. Nischik untersuchte sie. Die

Todesursache war ungeklärt, wir mussten also die Polizei hinzuziehen. Vergeblich blickte ich mich nach einem Telefon um.

Ich gab meinem Mitarbeiter daher den Auftrag: »Ralf, geh zum NAW und lass die Polizei über Funk nachkommen.«

Ralf war schon unterwegs, da rief ich noch: »Halt! Nimm bitte schon zwei Koffer mit, die brauchen wir nicht mehr.«

»Soll ich einen Totenschein mitbringen?«

»Ja und ein Laken, wir wollen sie zudecken.« Ralf nickte nur, nahm die beiden Koffer und ging.

Dr. Nischik setzte sich auf einen der zwei Sessel. Ich bemerkte, wie er sich erstaunt umsah. »Haben Sie jemals solch eine Wohnung gesehen, Herr Meyer-Pyritz?«

Ich verneinte. Also hatte er auch den gleichen Eindruck wie ich.

Wir benötigten für den unvermeidbaren bürokratischen Papierkrieg den Personalausweis der Verstorbenen. Die alte Dame draußen war außer Stande zu helfen. Sie war eine gut befreundete langjährige Nachbarin. Manchmal trafen sich die beiden zum gemeinsamen Frühstück und an Sonntagen, so wie heute, gingen sie anschließend zur Kirche.

»Jetzt bin ich ganz alleine«, schluchzte sie.

Hajo versuchte zu trösten: »Sie haben doch sicher nette Kinder oder Enkel, die Sie besuchen.«

»Ach junger Mann, wenn es doch so wäre. Aber eigene Kinder habe ich nicht und mein Mann ist schon sehr früh gestorben, wissen Sie. Und die Lotti«, Tränen rannen über ihre alten, runzeligen Wangen, »ja, die Lotti und ich . . . wir sind schon so lange zusammen.«

»Herr Meyer-Pyritz, sehen Sie doch mal nach, ob wir irgendwelche Ausweispapiere haben. Sonst kann ich doch keinen Totenschein ausstellen.«

Ich kam der Aufforderung unseres Notarztes nach. Natürlich durchwühlen wir nicht sämtliche Schränke und Schubladen. Aber der Blick in die Handtasche, der Griff in eine Jacke oder den Mantel reicht oft, um das benötigte Dokument zu finden.

Wichtig ist, diese Tätigkeit immer unter Zeugen durchzuführen. Denn es kommt leider immer wieder vor, dass das Personal im Rettungsdienst beschuldigt wird, wenn später irgendwelche Wertgegenstände vermisst werden.

Eine mittelgroße, braunlederne Damenhandtasche fiel mir auf. Sie stand direkt neben der Couch und war von den Möbeln abgesehen, der einzige Gegenstand, der so einfach auf dem Fußboden stand. Ich fasste den abgegriffenen Lederbügel und hob sie hoch.

Draußen vor der Wohnungstüre wurde es laut. Ich vernahm Hajos Stimme: »... Sie nicht sagen, wer Sie sind, lass ich Sie nicht rein.« Wen er da nicht herein lassen wollte, konnte ich natürlich nicht sehen, auch nicht ahnen. Aber dieser Jemand war offensichtlich sehr frech. Denn es erklang eine laut fordernde Männerstimme: »Mach Platz Mann! Da wohnt meine Oma! Die hat überall ihre Knete rumliegen. Ich muss da rein, sonst fehlt da nachher die Hälfte!«

Na, das ist ein nettes Früchtchen, dachte ich mir und wollte schon rausgehen, um Hajo, der noch neu im Beruf war, beizustehen.

Ich zögerte, anscheinend hatte er die Sache fest im Griff. Seine Antwort fiel sachlich, aber bestimmt aus. Er machte das ausgezeichnet. »Tut mir Leid, aber bis zum Eintreffen der Polizei kann ich niemanden hier herein lassen.

MOMENT! Auch Sie nicht!«

»Finger weg Mann! Sonst gibt es was aufs Maul!«

Dr. Nischik und ich sahen uns betroffen an. »Bleiben Sie ruhig«, er machte eine beschwichtigende Geste mit der Hand und erhob sich schnell aus seinem Sessel: »Ich sehe jetzt selber nach dem Rechten.«

Ich hielt immer noch die Tasche in den Händen, hatte aber noch nicht hineingesehen.

Dr. Nischik verließ die Wohnung, seine Stimme vermischte sich mit den anderen. Es wurde aber merklich leiser, was mich beruhigte. Na gut, also dann wieder zu den Papieren, dachte ich und klickte den goldfarbenen Messingverschluss der Handtasche auf.

Mir fielen fast die Augen aus dem Kopf, als ich hinein sah. Der Anblick von Bargeld hat doch etwas faszinierendes – besonders Bargeld in großen Mengen. Und davon war hier reichlich vorhanden. Genauer gesagt: Diese Handtasche war picke packe voll. Dicke Bündel Zweihunderter, mit Gummi zusammengehaltene Rollen Fünfhunderter – mir wurde ganz anders. Wie leicht hätte ich mir so eine Rolle einstecken können, ohne das es irgend jemand bemerkt hätte. Einen kurzen Moment spürte ich diese schlimme Versuchung. In der rechten Hand die geöffnete Tasche, starrte ich wortlos auf das viele Geld. Ich war in diesem Moment völlig alleine im Zimmer. Es war eine merkwürdige Versuchung. Eine, von der ich zuvor immer angenommen hatte, dass ich gegen sie gefeit wäre. Ich spürte das richtig körperlich: Zittern, ein Kloß im Hals und ein kleiner, gefährlicher Teufel in mir, der suggerierte:

»Greif zu! Keiner merkt was! Greif zu!«

Aber die Versuchung währte nur einem Moment. Zu tief saßen meine moralischen Werte, zu tief die Erziehung eines soliden Elternhauses. Zu ausgeprägt mein Verständnis für die inneren Werte und das Rechtsempfinden, das ein gutes menschliches Miteinander ermöglicht.

»DR. NISCHIK!« Fast erschrak ich über meine eigene Stimme. Das kleine Teufelchen ebenfalls. Es verschwand so schnell, wie es gekommen war.

Der Ruf und der Klang meiner Stimme schienen wohl sehr dringend zu sein, denn Dr. Nischik eilte sogleich zu mir: »Ist was passiert?«

Statt einer Antwort hielt ich ihm die weit geöffnete Ledertasche mit ausgestreckten Händen so unter die Nase, dass er mindestens ebenso erstaunt hineinblickte, wie ich eben.

Sein Mund stand weit offen, in harter Konkurrenz mit der Tasche, so dass ich lachen musste. »Donnerwetter!«, entfuhr es ihm endlich. »Wo kommt das denn her?«

»War hier drin!«

»Ah!«

»Nicht schlecht, wie?«.

»In der Tat. Mann oh Mann. Das ... phuuuu ... das sollte man nicht für möglich halten. Und jetzt?«

Ich klappte die Tasche wieder zu. »Also erst mal werde ich da nicht drin herumwühlen. Ich denke das ist eine Sache für die Polizei. Das ist mir zu heiß. Und lassen Sie mich bloß nicht mehr mit dem Geld allein. Sonst heißt es noch nachher, es fehle etwas.«

Dr. Nischik winkte ab: »Na, da mach ich mir bei Ihnen keine Sorgen ... obwohl ... lassen Sie doch nochmal sehen.«

Ich hielt ihm die Tasche erneut hin.

»Ja, da kann man schon schwach werden...«

»Wo kann man schwach werden?«

Ralf kam vom NAW zurück, die Mappe für die Personalien und einen Totenschein unter dem Arm.

Eine Antwort wartete er erst gar nicht ab, sondern schritt schnell auf uns zu: »He, was gibt es denn da Besonderes? Lass doch mal sehen.«

Er war ebenso geplättet wie wir beide.

»Mein lieber Freund, so ein Haufen Geld! Da hat die alte Dame aber lange für gespart.«

Ralf blickte auf die Tote herab, die mit weißem, kurz gelocktem Haar auf dem Boden lag. »Und? Ausweis auch drin?«

»Bist du toll? Ich wühle doch nicht in diesem Geld! Später heißt es noch, es fehlt was.«

»Ist doch Quatsch.«

»Von wegen. Es wäre nicht das erste Mal. Und es hat schon für viel weniger Ärger gegeben«, entgegnete ich. »Apropos Ärger, was ist denn da draußen los?«

»Ach der Schreihals. Kannst ganz beruhigt sein. Der Hajo hat alles im Griff.« Damit wollte er es bewenden lassen. Mir reichte das allerdings nicht, denn als Teamchef eines NAW muss man genau wissen was passiert, deshalb antwortete ich ihm: »Mag ja sein, ich möchte trotzdem wissen, was da los ist.«

»Am Besten siehst du dann selber nach.«

Ralf grinste diebisch bei dieser Erklärung und fuhr fort: »Tausend Worte können nämlich nicht soviel sagen, wie das Spitzbubengesicht verrät, das da draußen vor der Tür steht.«

Ich machte mir jetzt erst recht Sorgen und ging, um selber nachzusehen.

»Halt! Die Tasche!«

Ralf streckte die Hand aus: »Sonst brennt der uns noch durch.«

»Geben Sie mir das Geld, ich habe so den Eindruck, Sie sind hier beide etwas überfordert«, sagte Dr. Nischik.

»Siehste Ralf, unser Doc hat den Blick fürs Wesentliche. Wir kleinen Beamten sind damit zweifelsfrei aus dem Schneider.«

Damit gab ich Dr. Nischik die Tasche und ging nach draußen.

Spitzbubengesicht, diese Bezeichnung traf voll zu. Dem hageren Mann, Mitte Dreißig, stand die Verschlagenheit geradezu auf die Stirn geschrieben. Er stand jetzt etwas abseits, sog gierig und nervös an einer Selbstgedrehten. Schütteres, tiefschwarz gefärbtes und strähniges Haar fiel bis auf seine Schultern. Er war recht groß, was durch seine gebeugte Haltung aber nicht auffiel. Seine Kleidung war mit Sicherheit teuer, zeugte jedoch von wenig Geschmack. Durch meine langjährige Erfahrung wusste ich, dass man sich durch solche Äußerlichkeiten leicht in einem Menschen täuschen konnte. Hier trafen meine stummen Gedanken und Beobachtungen allerdings instinktiv das Richtige.

Ich wechselte mit Hajo einige Worte, was ihn veranlasste zu uns herüberzublicken. Dann schlenderte er auf uns zu. Ich roch bereits den Ärger. Er schien nur darauf gewartet zu haben, sich mit einem Weiteren von uns zu streiten. Trotz meiner inneren Einstellung wurde ich davon überrascht, als sein Zeigefinger vorschnellte und mich an der Brust traf. »Pass auf, Männeken! Ich sach dat jetzt nur noch einmal ... Isch je da jetzt rein! IS DAT KLAR?«

»NEIN, das ist NICHT klar!«

»Na jut ... wenn et sein muss ... zeich ich euch Pfeifen eben wat der Kalle so drauf hat!«

Manchmal ist die Polizei genau dann da, wenn man sie braucht, nicht immer, aber jetzt, und das war gut so. Bevor der Kalle uns zeigen konnte, was er so drauf hatte, legte sich eine Hand auf seine Schulter: »Würden Sie uns das bitte auch zeigen?«

Kalle zuckte zusammen, als er sich umdrehte. Seine Aggression zerplatzte wie eine Seifenblase und ich war nicht böse darum, obwohl ich sicher war, dass dieser Kalle sein, wie auch immer geartetes Repertoire an Boshaftigkeiten nicht durchgezogen hätte.

»Sie geben mir jetzt erst einmal Ihre Personalien und warten dann bitte hier.«

Damit war die Luft raus und eine der beiden Polizistinnen zog ihren Schreibblock.

Die andere kam mit uns in die Wohnung.

»He, ihr habt es ja voll drauf«, bemerkte ich mit einem Seitenblick auf die recht junge, attraktive Polizistin.

Ehrlich gesagt, hatte ich so meine Bedenken, wie sich die beiden einer gewaltsamen Eskalation entgegenstellen würden. Sie schien meinen unverhohlenen Blick auf ihre schlanke Gestalt zu bemerken und lächelte.

»Ihr Männer glaubt wohl, wir schaffen das nicht?«

Eilfertig beteuerte ich das Gegenteil. Etwas zu schnell und nicht glaubwürdig genug, denn sie versicherte mir sehr selbstbewusst, dass der Bursche gut beraten sei, keine Mucken zu machen. Ich schwieg zu diesem Thema und stellte lieber unseren Notarzt vor.

Nach den üblichen Fragen zeigte ich die Tasche mit dem gewichtigen Inhalt und erklärte damit, warum wir nicht weiter nach dem Personalausweis gesucht hatten.

Marion, so hieß sie, machte ein ebenso überraschtes Gesicht wie wir:

»Du meine Güte.« Und mit einem Blick des Mitleids schaute sie zu der toten Lotti herab. »Ob sie sich das viele Geld vom Munde abgespart hat? So, wie das hier ausschaut ... man möchte es fast annehmen.«

»Also ich glaube, um so viel Geld zusammenzubringen, bedarf es schon mehr als sparsam zu leben. Das sind doch bestimmt etliche Zehntausende«, entgegnete Dr. Nischik.

Wir konnten ihm da nur beipflichten.

Eigentlich war unsere Arbeit bis auf das Ausfüllen eines amtlichen Totenscheines beendet. Die Polizistin bat uns jedoch, noch etwas länger zu bleiben: »Ich muss ein Verzeichnis über dieses Geld anfertigen und bitte euch, so lange hier zubleiben, bis das Geld gezählt ist. Außerdem wäre es mir lieb, wenn ihr mitunterschreiben könnt.«

Dem haben wir natürlich zugestimmt. Immerhin stünden die beiden genauso schlecht da wie wir, wenn jemand im Nachhinein Beschuldigungen erheben würde. Sie bestellte über ihr Funkgerät zusätzlich einen Oberbeamten vom Dienst, der das Geld erst einmal in Beschlag nehmen würde. Die andere Polizistin kam jetzt zu uns und begann unverzüglich mit der Suche nach dem Personalausweis. Wir waren sehr erstaunt, als sie im Vertiko einen weiteren großen

Bargeldbetrag fand. In einer dicken braunen, verknitterten Packpapiertüte lag ein kleines Vermögen. Marion hatte die Handtasche auf dem Tisch ausgekippt. Ganz unten lag der Personalausweis, so dass der Doc endlich seine Papiere ausfüllen konnte.

Jasmin, die zweite Polizistin, schüttete den Inhalt der Papiertüte dazu. Soviel Geld hatte ich noch nie im Original auf einem Haufen gesehen.

Die beiden sortierten säuberlich nach Fünfzigern, Hundertern, Zweihundertern und Fünfhundertern. Es kamen mehr als 80.000,– € zusammen.

Wir setzten unsere Unterschrift auf das Verzeichnis und verabschiedeten uns.

Auf der Rückfahrt spekulierten wir mit abenteuerlicher Fantasie, woher Lotti das viele Geld hatte und ob der unsympathische Kerl es jetzt vielleicht erben würde.

An diesem Nachmittag saßen wir bei einer guten Tasse Kaffee mit der gesamten Wachmannschaft in vertrauter Runde in unserer Küche und berichteten von diesem außergewöhnlichen Einsatz. Ich selber nutzte diese Gelegenheit, allen einzuschärfen, wie wichtig es ist, nie alleine in der Wohnung zu bleiben. Auch bekannte ich jenes aufkommende Gefühl der Versuchung. Alle wurden sehr nachdenklich und einer meinte: »Also ich könnte mir schon denken, wenn man in echten Problemen steckt, zum Beispiel Schulden hat. Da kann man sicher schwach werden.«

Andere protestierten energisch. Ich hielt mich zurück. Hatte ich doch selber erlebt, wie schnell das Böse an einen herantreten kann.

Schweine auf der A 59

Nach dem Sonntagskaffee und dem Kuchen wollten einige Kollegen in unserer hauseigenen kleinen Turnhalle Fußballtennis spielen. »Was ist Martin, bist du dabei?«

»Klar!«, bejahte ich, ohne zu zögern.

Mein Chef machte ein bedenkliches Gesicht: »Meinst du nicht, es wäre besser damit noch etwas zu warten?«

»Wieso? Ich bin geheilt, sonst könnte ich ja auch nicht hier arbeiten.«

»Ja schon, aber du musst ja nicht gleich so voll einsteigen. Andere nach so einer Operation...«

»Ach was,«, rief Achim »der harte Mann kommt mit in den Keller!«

»Du brauchst dir wirklich keine Gedanken zu machen, Fritz. Die verfluchten Streptokokken haben die zwar nicht in den Griff bekommen, aber die Operation selbst hat der Professor super hingekriegt. Ich trainiere ja auch bereits wieder Taek-won-do.«

»Na gut, du musst es wissen. Aber übertreib es nicht.«

Fritz ist selber Sportler, er wusste schon, warum er Bedenken äußerte. Die Sache erübrigte sich dann aber auf dem Weg nach unten zu den Umkleidespinden.

Es gab Alarm: »Einsatz für Feuerwache Sechs: A 59 in Fahrtrichtung Innenstadt, Höhe Ausfahrt Garath. Verkehrsunfall mit eingeklemmter Person. Es rücken aus:

»Florian 6-46-1, der Rüstwagen und der Notarzt von Wache Sechs!«

Links um die Ecke, keine fünf Meter von meinem Spind entfernt, befindet sich der Rutschschacht in die Fahrzeughalle. Kurz hörte ich noch das Trappeln von Stiefeln auf der Treppe, dann düste ich an der dicken Edelstahlstange in die Tiefe. Über mir rauschte der große Ventilator. Hier unten, zwischen den Feuerwehrfahrzeugen, herrschte eiliges Treiben.

Alles war taghell erleuchtet. »Leiterbesatzung Rüstwagen besetzen!« Fritz' Stimme dröhnte durch die hohe Halle. Die beiden, denen das galt, hatten bereits ihre Alarmsachen aus der Drehleiter genommen und liefen zum Rüstwagen, der als letzter neben dem Tanklöschfahrzeug stand. Es war nicht mehr der alte Frontschnauzer, sondern die kleinere Version auf dem Gestell eines Unimogs. Jeder Fahrzeugführer hatte das gleiche Fernschreiben in der Hand.

Die unmittelbare Auffahrt konnten wir nicht nehmen, sonst wären wir auf der falschen Fahrbahnseite gelandet. Daher mussten wir notgedrungen erst einmal parallel zur A 59 über die Frankfurter Straße nach Süden fahren. Dort donnerten wir mit heulenden Sirenen bei Monheim auf die Autobahn, um die fast gleich lange Strecke wieder zurückzufahren. Es war dunkel draußen, immerhin stand der Winter fast vor der Tür und so fuhren bereits alle Verkehrsteilnehmer mit Licht. Das alte Spielchen, wir wurden natürlich wieder von mehreren Fahrzeugen überholt, die schneller fahren konnten als wir. Fahrzeuge, die uns dann wenige hundert Meter weiter vorn, beim Vordringen zur Unfallstelle noch mehr blockieren würden. Wir fuhren im Konvoi: vorneweg das LF, dann der Rüstwagen und wir mit dem NAW zuletzt. Die Weitsicht nach vorne war uns durch die vorausfahrenden, großen Feuerwehrwagen versperrt. Man muss höllisch aufpassen, denn wenn man zu dicht auffährt, läuft man Gefahr bei starkem Bremsen nicht mehr rechtzeitig zum Stehen zu kommen. Lässt man andererseits einen zu großen Abstand, drängen sich gnadenlos Fahrzeuge in unseren Verband, trotz Blaulicht. Deswegen fährt auch nicht nur der tatsächliche Fahrer mit höchster Konzentration, die anderen passen gleichfalls mit auf, achten auf sämtliche Verkehrsbewegungen.

Aus dem Lautsprecher tönte die tiefe Stimme von Manni Wüste: »An alle Fahrzeuge zur Einsatzstelle A 59. Erhöhte Gefahr durch frei laufende Tiere!«

»Na toll«, rief Hajo, »was für Viecher mögen das wohl sein!«

»Esel!«, kam es prompt von Ralf.

»Vorsicht, was du sagst.«

»Ich mein doch nicht dich.« Bis jetzt war kein Tier zu sehen.

Über Florentine meldete sich Fritz: »Martin, seid vorsichtig. Wir nähern uns dem Stauende. Hundert Meter voraus sind Schweine auf der Bahn.«

»Hab verstanden, Fritz.«

Dann ging es auch schon los. Ein BMW schoss an uns vorbei. »So ein Idiot!«

Die Bremslichter des Rüstwagens leuchteten auf. Ralf bremste hart ab. Dann hörten wir es quietschen – anschließend ein Krachen.

Aus dem Funk kam erneut Fritz' Stimme: »Rüstwagen und NAW vorbeifahren! Wir machen hier dicht!« Der Rüstwagen vor uns reagierte sofort. Auch wir wechselten hinter ihm auf die linke Spur, fuhren aber so versetzt, dass niemand mehr an uns vorbeikonnte. Jetzt war die Sicht nach vorne für uns frei und ich erkannte, warum Fritz jetzt schon anhielt und die Autobahn absperrte. Keine dreißig Meter voraus flammten Warnblinkanlagen auf. Beide Fahrspuren waren blockiert. Der schwarze BMW von eben stand quer, hatte sich mit der Motorhaube in die Mittelleitplanke gebohrt. Menschen standen mitten auf der Doppelfahrbahn. Etwas Großes, Dunkles kam zwischen den Autos herausgeschossen, ich sah die Menschen fluchtartig auf die Seite springen, dann hielten wir an. Ich erteilte meine Weisungen.

»Trage raus und alles draufpacken. Wir werden zwischen den Autos zum eigentlichen Unfall zu Fuß vordringen. Ralf!«

»Ja.«

»Schau nach dem BMW Fahrer, viel kann da nicht sein und komm dann nach.«

»Geht klar.«

Unser NAW stand jetzt weit links mit laufenden Blaulichtern und ebenfalls laufendem Motor. Die »Festbeleuchtung« im Patientenraum war an. Ein Blick zu den Kollegen vom Rüstwagen zeigte mir, dass sie ebenfalls keine Chance hatten, mit dem Fahrzeug durchzukommen. Horst sah zu uns, wir beluden unsere fahrbare Trage mit sämtlichen Koffern. Ich wollte alles vor Ort haben, um nicht immer hin- und herlaufen zu müssen.

»HE! HABT IHR NOCH PLATZ DA DRAUF?«

»ABER IMMER!«, rief ich zurück. Dr. Lux drängte. Er hatte seinen Kollegen Dr. Nischik heute früher abgelöst.

»Die sollen nachkommen. Los, wir rennen schon mal vor!«

»Einverstanden. Hajo fahr die Trage rüber und komm mit den Zweien hinterher.«

Ich flitzte mit dem Doc nach vorne. Neben uns tauchten meine Kollegen vom LF auf. Teilweise hatten sie Geräte in den Händen und eilten damit an uns vorbei. Wir beide hasteten hinterher, zwischen den Autos durch. Mit schnellen Blicken erfassten wir die Blechschäden – Belanglosigkeiten, keine ernsthaft verletzten Personen. Also weiter. Voraus hörten wir Schreie und das laute Quieken von Schweinen.

Leider konnte man trotz der vielen Autoscheinwerfer nicht gut sehen. Mist, dass unser LF hier nicht durch konnte. Dann, nach etwa einhundert Metern, erreichten wir den eigentlichen Unfallort.

Mehrere Pkw hatten sich ineinander verkeilt. Feuer oder Rauch waren zum Glück nicht auszumachen. Die rechte Leitplanke war niedergemacht, ein Schweinetransporter lag auf der Seite, hing leicht in die Böschung hinein. Aus den Drahtverschlägen heulte uns lautes, Nerven aufreibendes Schreien und Quieken der verängstigten und verletzten Schweine entgegen. Einige der miteinander verbundenen Käfige waren aufgegangen und die Tiere hatten sich in Panik aus dem Staub gemacht, wer weiß wie viele?

Aber unsere ersten Aktivitäten erstreckten sich auf die ineinander verkeilten fünf Fahrzeuge. Das Wichtigste war, uns einen Überblick zu verschaffen, um sofort weitere Hilfe, die dringend erforderlich war, anzufordern. Wir waren neun Feuerwehrmänner, allesamt Rettungsassistenten und ein Notarzt. Leider hatten wir weder ausreichende Beleuchtung noch die notwendigen Geräte. Aber Fritz hatte klugerweise zwei Mann zurückgelassen, die mit Hilfe der Stromversorgung aus dem LF zwei Stative mit Scheinwerferbrücken aufbauten. Fritz funkte zur Leitstelle.

»Es kommen gleich noch ein NAW und mehrere RTW! Die Autobahn wird auch auf der anderen Seite gesperrt!«

Gute Nachrichten, dachte ich.

Der Strahl meiner Taschenlampe glitt in das Innere der Autowracks. Wir hatten es mit neun Personen zu tun. Horst und Ludwig setzten die hydraulische Schere an. Ich sah Achim pumpen. Gut, das wir neben dem Hydraulikaggregat auch eine Handpumpe haben. Die beiden versuchten erst gar nicht die verkeilten Türen zu öffnen, sondern trennten kurzerhand das Dach des Pkw ab, so dass eine Art Cabrio entstand. Hajo quetschte sich bei der ersten Gelegenheit zu den Verletzten hinein. Es waren zwei Personen, ein Mann und eine Frau. Beide waren ansprechbar, standen aber unter Schock. Die Füße und Beine wahrscheinlich gebrochen, dazu kam möglicherweise ein Schleudertrauma. Sie waren angegurtet. In dem japanischen Kleinwagen davor, saß nur einer. Die Frontscheibe war zerborsten und ein Teppich winziger Krümelsplitter hatte sich über den Fahrer verstreut. Ich kroch über den Teil des Wagens, der früher seine Motorhaube gewesen war, zog meinen rechten Handschuh aus. Der Kopfverletzung nach zu urteilen, musste der Mann tot sein. Dennoch legte ich die Finger an den Hals, tastete nach dem Hals-puls – Nichts.

Dr. Lux blickte mich an.

Ich schüttelte den Kopf und er widmete sich sogleich wieder unseren beiden ersten Verletzten.

Aus der Ferne ertönten die Martinshörner mehrerer anrückender Fahrzeuge. Hoffentlich konnten sie schon von der anderen Seite anfahren. Ich sprang von dem japanischen Wagen und riss mir dabei die Hose am Knie auf, was ich aber nicht beachtete.

Horst und Ludwig schleppten die Hydraulikschere weiter nach vorn zu einem Wagen mit vier Leuten drin.

Achim zog mit aller Kraft an einer der hinteren Türen. Es gelang. Mit kreischendem Geräusch ließ sie sich ganz öffnen. Hinten saßen zwei Mädels von vielleicht zwölf, dreizehn Jahren. Sie weinten, zitterten am ganzen Körper. Blut lief ihnen über die Gesichter. Achim redete beruhigend auf sie ein.

Auf einmal wurde es hell an dieser schlimmen Einsatzstelle. Helmut und Frank hatten die 1000 Watt-Scheinwerfer aufgebaut. Hinten, bei Heinrich am LF lief der Stromgenerator und dann griffen weitere Feuerwehrmänner in das Geschehen ein.

Über die gesperrte Auffahrt Garath hatte die Polizei die Feuerwache Sieben zu uns geleitet. Der Maschinist dieses LF fuhr sogleich seinen Lichtmast aus, so dass es jetzt taghell wurde.

Ich hörte die klaren Anweisungen: »Zwei C-Rohre zur Sicherung vor! Hydraulikgerät nach links zum Kombi!«

Der Notarzt von Feuerwache Eins beugte sich zu mir: »Den nicht mehr! Und hier Stiffneck und dann auf die Vakuummatratze. Ich schicke Verstärkung.«

Die Männer und auch der C-Dienst von Wache Sieben mit Wolfgang Maurer verstanden ihr Handwerk. Die RTW rollten an. Was wir improvisierend begonnen hatten, konnte jetzt mit der Hilfe Vieler schnell und gut weitergeführt werden.

Ich konnte nicht alles um mich herum erfassen. Unser Team kümmerte sich um die Verletzten zweier PKW.

Der leitende Notarzt traf ein.

Wir hatten die Situation unter Kontrolle. Verletzte Menschen wurden in den RTW versorgt und in verschiedene Kliniken der Landeshauptstadt gefahren. Es gab zwei Tote und vier schwer Verletzte. Die Übrigen hatten mehr oder weniger Glück gehabt, wahrscheinlich würden sie nach ambulanter Krankenhausbehandlung wieder entlassen werden.

Die Autos hatten alle nur noch Schrottwert.

Von den herumlaufenden Schweinen sah ich keines mehr. Später erfuhren wir, dass eines von dem BMW erfasst worden war. Deshalb hatte der auch die Kontrolle über sein flottes Auto verloren und war in die Leitplanke gerauscht. Dem jungen Fahrer war nichts passiert. Die Polizei fand das Schwein, es hatte sich trotz seiner schweren Verletzung noch weitergeschleppt, lag dann elendig am Straßenrand. Sie hatten ihm den Gnadenschuss gegeben. Auf dem Transporter sind viele Tiere verendet. Angeblich sollen Schweine ja ein schwaches Herz haben.

Jetzt, nachdem die Verletzten in die Krankenhäuser gebracht worden waren, übernahmen meine Feuerwehrkollegen vom LF die traurige Arbeit der Leichenbergung. Wortlos holten sie die Toten aus den Autos. Diese Arbeit ist nicht einfach und ich möchte sie nicht beschreiben.

An dieser Stelle, lieber Leser, möchte ich die Gelegenheit ergreifen und mich dazu äußern, dass ich vieles aus ethischen und moralischen Grundsätzen nicht erwähne oder nicht detailliert beschreibe.

Die Arbeiten sind oft sehr, sehr schlimm und traurig. Es geht an die Substanz und wir, die Einsatzkräfte, müssen das selber oft sehr lange verarbeiten. So manchen sicherlich hoch brisanten Einsatz werde ich daher auch nie literarisch bearbeiten. Zu viel menschliches Leid und der große Schmerz der Angehörigen fordern selbst unter dem Aspekt des Datenschutzes Verschwiegenheit. Mit Hochachtung denke ich daher an die Männer und Frauen, die freiwillig bei der Feuerwehr und in den Hilfsorganisationen ihren Dienst verrichten und ebenfalls schlimmsten Ereignissen gegenüberstehen.

Wir, die Feuerwehrmänner in Düsseldorf, müssen während eines Jahres im Durchschnitt einhundertvierzigtausend Einsätze bewältigen. Eine wahnsinnige Herausforderung, wie sie alle Großstädte Deutschlands ebenfalls erleben. Darin enthalten sind natürlich auch unsere Rettungsdiensteinsätze. Einen konnten wir jetzt erfolgreich abschließen. Wir hatten ganze Arbeit geleistet, aber der Tod hatte wieder zwei Menschen mitten aus dem Leben gerissen.

Das Bewusstsein, die eigenen Kräfte immer und immer wieder mit solchen menschlichen Tragödien zu konfrontieren, bewirkte auch in Düsseldorf einen Umdenkprozess. In anderen Städten, die ja in der gleichen Situation sind, erhält das Einsatzpersonal schon seit längerem psychologische Betreuung nach besonders belastenden Einsätzen.

Aber wo ist die Hemmschwelle des Einzelnen, welche Belastung wirft einen Retter aus der Bahn? So viele Faktoren spielen eine Rolle. Was der eine als traumatische Erinnerung in seinen Gedanken herumträgt, kann einen anderen unter Umständen relativ kühl lassen.

Bin ich gerade einer schweren seelischen Belastung ausgesetzt, die vielleicht sogar meine eigene Familie betrifft, so ist meine psychische, möglicherweise auch physische Grenzbelastung sehr gering. Wir empfinden nun einmal recht unterschiedlich – dennoch sind wir alle Menschen, die trotz aller Verschiedenheit ähnliche Grundmuster aufweisen.

Vor etlichen Jahren war es verpönt gegen das Image eines »harten Mannes« mit so genanntem »Jammern« zu verstoßen. Sehr leicht konnte so aus einem »harten Mann« ein »Weichei« werden.

Heute wissen wir, dass die Aufarbeitung von Einsätzen ein wichtiges Instrument für das gut funktionierende Team, wie auch für den Einzelnen von elementarer Bedeutung ist.

Offen über seine Probleme zu reden, heißt nicht, sich freiwillig ins Abseits stellen, sondern ermöglicht sich und anderen, diese Belastungen besser zu verarbeiten. Aber nicht alles muss und soll oder möchte vor aller Augen ausgebreitet werden. Aus solchen und weitergehenden Überlegungen hat die Feuerwehr zwei parallel laufende Einrichtungen installiert.

Zum einen haben sich Männer aus dem Feuerwehralarm zu einer Gruppe formiert. Aufbauend auf ihrer grundsätzlich positiven Denkart, haben sie sich für die Verarbeitung von Stresssituationen weitergebildet. Der Faktor Verschwiegenheit und die fachlich qualitative Unterstützung unseres externen Supervisors Jan Mallmann-Kallenberg hat sich zu einer festen Institution entwickelt. Unter dem Namen – Open Team – steht es allen Feuerwehrmännern zur Verfügung. Anfänglich ablehnende Haltungen weichen mehr und mehr der Erkenntnis, dass mit diesen loyalen Männern Probleme, die früher totgeschwiegen wurden, zum Vorteil aller besser bewältigt werden.

Die zweite Neuerung ist personifiziert durch einen Geistlichen. Pfarrer Olaf Schaper passt sehr gut in unsere Truppe. Er ist jung, weltoffen, spricht unsere Sprache und versteht es, Gottes Wort durch die Tat zu verkünden. Oh, was haben wir zuerst gewettert, dass ein »Pfaffe« in unseren Männerverein einbrach. Und wie schnell hat er mit seinen klaren Worten und Gesten verstanden, die absolute Notwendigkeit seiner längst überfälligen Anwesenheit aufzuzeigen. Es ist sehr angenehm, mit einem »Außerirdischen« zu sprechen, der so irdisch ist, dass wir uns jetzt schon auf seinen nächsten Besuch freuen!

Olaf Schaper kann von jedem Feuerwehrmann zur Einsatzstelle gerufen werden. Wie oft habe ich verzweifelte Angehörige sich selbst überlassen müssen, Angehörige in tiefster Verzweiflung, die der Hilfe dringend bedurften. Dann ist er da, er kommt und bietet sich an. Hört zu, wo gesprochen werden will, schweigt, wenn gemeinsames Schweigen hilfreich ist, ohne sich oder seine kirchliche Institution in den Vordergrund zu spielen. Und wenn das

Wort Gottes, die Liebe von Jesus Christus benötigt oder erwünscht wird, dann ist er einfach der richtige Mann, mit seinen Fähigkeiten, die wir bei aller Anstrengung und Bemühung nicht erreichen können und für die wir leider auch keine Zeit haben.

Natürlich steht er auch uns, den Feuerwehrmännern, auf Wunsch zur Seite.

Wir haben alle gewonnen. Mit dieser Entscheidung hat die Stadt Düsseldorf den richtigen Weg beschritten. Denn endlich ist neben der Qualitätssicherung und fortschreitenden fachlichen Ausbildung etwas für die Seele getan worden. Ein unschätzbarer Vorteil, dessen wahren Wert, diejenigen spüren, denen er zuteil wird.

Meine eigene Seele nahm in dieser Zeit mächtig Schaden. Es war nun an der Zeit, unsere Wohnung, ein wahres Schmuckkästchen mit viel Liebe zum Detail und mit viel Zeit und Geld in Eigenleistung renoviert, zu verlassen.

Wehmütig blickte ich von dem kleinen Balkon, mit dem von mir geschmiedeten Geländer, über den wunderschönen parkähnlichen Garten. »Meinem« Garten, an dem mein ganzes Herz hing. Ich hatte ihn völlig neu gestaltet, aus einer vergammelten Wildnis ein Kleinod der Natur gemacht.

Zwölf Jahre ging es mir durch den Kopf – zwölf lange Jahre!

Zwei Tage vor Heiligabend zogen wir mit einem gemieteten Möbelwagen in unsere neue Eigentumswohnung in Ratingen Ost um. Mehrere Feuerwehrkameraden packten mit an. Als wir Spätabends in dem Tohuwabohu der zig Kisten, Kartons und Möbelteile standen, überkam uns eine riesige Müdigkeit. Diese letzte Schlacht hatte fast alle Energiereserven gekostet. Aber wir waren glücklich. Das hier war jetzt unser neues Zuhause, eins das uns niemand mehr wegnehmen konnte, eins in dem wir Ruhe zu finden hofften.

Einige Zeit war vergangen...

Auf der Feuerwache war Siggi pensioniert worden. Stilecht, mit einer letzten Fahrt auf dem alten Ölwagen. Es wurde eine gut gelungene Überraschung. Die Plane des ausrangierten Feuerwehrfahrzeugs war zurückgezogen. Siggi, der in seiner Freizeit mittelalterliche Musik in Originalkostümen auf Burgen und Schlössern präsentierte, wurde mit einem Dudelsackständchen seiner Mitmusikanten empfangen. Sie saßen auf der Ladefläche des Wagens und die Musik erfüllte unsere riesige Fahrzeughalle mit nie zuvor gehörten Klängen. Sie erfüllte auch unsere Herzen, besonders Siggis, den wir nicht gerne gehen ließen. An diesem Tag wurde geschlemmt, Reden wurden gehalten, alte Feuer neu entfacht, natürlich etwas vergrößert und gefährlicher als in der Realität. Eigentlich war unser Siggi immer noch fit, viel zu fit für eine Pensionierung, aber er hatte das Alter erreicht und es verdient, dem dauernden Alarmstress Ade zu sagen.

Auf dem Feuerlöschboot

Einer meiner Kollegen ließ sich auf das Feuerlöschboot im Hafen versetzen. Eine einschneidende Veränderung, die viele nicht verstanden. »Mensch Klaus, hast du dir das wirklich genau überlegt. Du hast es doch super hier, wohnst ganz in der Nähe und kannst mit dem Fahrrad zur Wache fahren. Und nun musst du quer durch die ganze Stadt.«

»Ach, macht euch darüber nur keine Gedanken. Ich hab mir das reiflich überlegt und will dahin. Die Fahrerei ist echt beschissen, das stimmt«, er zuckte mit den Schultern, »aber man hat ja ein paar Monate Probezeit.«

»Wie Probezeit?«

»Na ja, du wirst eingearbeitet und kannst dich danach entscheiden – bleiben oder gehen.«

»Also für mich wäre das nichts, immer auf so einem engen Boot. Irgendwann geht ihr euch doch gegenseitig auf den Keks.«

Klaus konnten solche Gespräche nicht mehr beeindrucken. Sein Entschluss stand fest. Er hatte die Meldung abgeschickt und seine Chancen standen nicht schlecht, da ein Mann dringend benötigt wurde. Nach Alter und Dienstgrad war er der Richtige. Außerdem konnte man einen gelernten Schlosser mit neuesten Kenntnissen auf einem vierunddreißig Meter langen Stahlschiff immer gut brauchen. Klaus hatte erst vor Kurzem in seiner freien Zeit seinen Schlossermeister vor der Industrie- und Handwerkskammer gemacht. Er suchte neue Herausforderungen.

Außerdem trug er sich seit längerer Zeit mit einem außergewöhnlichen Gedanken. Er wollte irgendwann mit einem selbst gebauten Katamaran die Welt umsegeln. Wenn ich einem meiner Kollegen das zutraute, dann ihm. Er war weit davon entfernt, als Fantast bezeichnet zu werden. Klaus plante seinen Lebenstraum mit der Präzision eines Uhrwerks. Die Versetzung zum Löschboot war nur ein Schritt zur Verwirklichung. »Martin«, sagte er einmal zu mir, als wir abends auf der Wache saßen und ich ihm Grundkenntnisse der englischen Sprache vermittelte. »Martin, es gibt keinen besseren Platz bei der Feuerwehr für mich als das Löschboot. Ich verlasse Euch nur ungern, aber da muss ich mich zwangsläufig mit all den Dingen beschäftigen, die ich später dringend benötige. Ich bin ganz heiß darauf.«

Er hatte recht, auf der Feuerlöschbootstation lernte er quasi im bezahlten Beruf nautisches Wissen. Und die Jungs da sind verdammt gut, das war allgemein bekannt.

Mit Klaus Seibert verließ uns ein guter Mann. An dem Tag, an dem wir die letzte gemeinsame Schicht auf unserer Wache hatten, wurde entschieden, dass wir mit der ganzen Truppe das Löschboot besuchen wollten. Irgendwann, wenn gutes Wetter wäre.

Die Zeit ist etwas, was keiner aufhalten kann, etwas, das für alle gleich schnell verläuft. Und doch gibt es Zeiten, die wie im Fluge vergehen und solche, die zäh wie Sirup dahinschleichen. *War es wirklich schon ein Jahr her?*

Der Kalender ist unbestechlich. Klaus' Anruf während der Frühstückspause stimmte mich nachdenklich. Er lud uns zu einer Tour auf dem Löschboot anlässlich seines Geburtstages ein. Das kann nicht wahr sein, dachte ich, seit fast einem Jahr bin ich schon in meiner neuen Wohnung, ein knappes Jahr seit Klaus zum Löschboot ging und fast ein Jahr mit Sterni als dritten neuen Dienstgruppenleiter.

Es war eine gute Zeit gewesen, aber wie rasch war sie verflogen. In unserem neuen Zuhause fühlten wir uns so wohl, als wären wir schon seit ewigen Zeiten hier drin. Dazu trugen die netten Nachbarn einiges bei. Die Neuen auf der Wache hatten sich prima eingefügt und unsere recht alte Wachtruppe in angenehmer Weise verjüngt. Das Arbeitsklima bei uns war gut. Ich fuhr jetzt seltener auf dem Notarztwagen. Ein Generationenwechsel hatte sich vollzogen und es war mir recht, jetzt überwiegend Aufgaben im Löschzug wahrzunehmen.

Wir strengten unsere kleinen, grauen Zellen an, denn ein Geschenk wollten wir Klaus ja schon mitbringen.

Das grandiose Ergebnis gereichte einer Truppe wie der Unsrigen zur Ehre: Klaus sollte ein aufgeblasenes Gummiboot erhalten, eine echte Bootsmannpfeife aus Messing und eine Flasche hochprozentiger »Medizin« für Unterkühlungen und andere Notfälle. Dermaßen »bewaffnet« marschierten wir, zwanzig Mann, eines schönen Nachmittags die Metallgitterstufen zum Löschboot hinunter.

Heute hatte die erste Tour Dienst, das war die Voraussetzung für unser Erscheinen, der Alarmdienst konnte ja schließlich nicht sich selbst überlassen werden.

Die fünf Männer der Stammbesatzung begrüßten uns herzlich an Bord. Es ist für sie nichts Außergewöhnliches, die Landrattenfeuerwehrmänner auf einer der üblichen Routinefahrten mitzunehmen. Heute aber war natürlich ein besonderer Anlass und wir freuten uns schon auf ein anschließendes kleines Grillen am Steiger, an dem das Boot vertäut lag. Aber jetzt hieß es erst Mal – Leinen los und volle Fahrt voraus.

Dieter Vitting, der heutige Löschbootführer, lachte: »Von wegen volle Fahrt voraus! Das gäbe eine schöne Bescherung.«

»Wieso? Lass die Motoren doch sausen. Ich will mal erleben, wie dieser Halbgleiter sich aus dem Wasser hebt. Das schafft ihr doch, oder?«

Dieter schmunzelte: »Was meint ihr, Jungs, haben die genug Geld dabei, um die Schäden, die wir anrichten, zu bezahlen?«

Seine Männer lachten und Dieter forderte jemand aus seiner Crew auf, uns unwissenden Löschknechten ein wenig Nachhilfe in Bootsführung zu geben.

»Haggi, rück mal nen paar Zahlen und Daten raus, damit die wissen, dass wir hier einen echten Hammer haben.«

»Moment! Den Hammer hat unser Schmied: Erwin! Zeigen.« Erwin schüttelte die Schmiedefaust und lachte.

»Erwin, Spielzeug!«, winkte Haggi ab, drehte bedächtig das große blankpolierte, hölzerne Steuerrad und zog dezent einen Gashebel. Ein tiefes, sonores Brummen ließ etwas von den Kräften ahnen, die unter uns im Maschinenraum schlummerten.

»Unser Boot ist 1992 in der Werft in Duisburg gewesen. Vorher hatten wir zwei V12 Motoren mit jeweils 630 PS.« Haggi blickte uns an, so als wolle er die Ehrfurcht auf unseren Gesichtern ablesen und fuhr fort: »Nach der Renovierung in der Werft erhielten wir zwei MTU-Motoren Typ V8 mit je 785 KW bei 1950 l/min.«

»1940 l/min?«

»Ich sprach von 1950 nicht 40«, verbesserte er. »Außerdem schaffen wir eine Löschleistung von 10000 l/min und eine Lenzleistung von 20000 l/min. Das ist die Menge Wasser, die WIR mit UNSERER Pumpe schaffen. Nicht so 'nen Pille Palle wie bei euren roten Spielzeugautos.«

»Moment, 785 KW ... das sind ...«

»Ach ja, ich vergaß, für die Opas unter euch, die immer noch in Pferdestärken rechnen. 785 KW entsprechen fast 1068 PS.«

»He, ich glaub, Haggi will 'ne Wasserleiche werden!«

Es herrschte eine Bombenstimmung hier oben am Steuerstand.

»Was ist denn jetzt? Gibst du Vollgas oder kneifst du?«

Natürlich konnten wir ihn damit nicht aus der Reserve locken.

»Im Hafenbecken geht das sowieso nicht. Und wenn wir gleich auf dem Strom sind, dreh ich auch nicht voll auf. Wir erzeugen einen so mächtigen Sog, dass andere Schiffe unter Umständen dann auf dem Trockenen sitzen.«

Michael setzte das Fernglas ab, dass er die ganze Zeit vor den Augen gehabt hatte. »Meinst du, ihr zieht durch die Geschwindigkeit eures Bootes den anderen das Wasser weg?«

»Genau, die meisten Berufsschiffe brauchen so ungefähr fünfzig Zentimeter Wasser unter dem Kiel und die sitzen dann auf dem Trockenen.«

»Ist denn so wenig Wasser im Rhein?«

»Zur Zeit ja, das entspricht überhaupt nicht der Jahreszeit. Aber in den nächsten Tagen rechnen wir mit etwa zwei Meter steigendem Pegel.«

»Zwei Meter! Wahnsinn!«

»Ach, das ist nichts Außergewöhnliches und wird auch dringend gebraucht. Seht nur den Schuber da Backbord, seine Wasserlinie ist verdammt hoch. Normalerweise läge der sehr viel tiefer. Jetzt hat er nur einen Bruchteil seiner Kapazität bunkern können.«

»Haggi, halt jetzt Mal den Schnabel.«

»Aaah!«

Klaus jonglierte ein Tablett mit Biergläsern über seinem Kopf.

»Endlich! Ich dachte schon, wir müssten hier verdursten!«

»Zum Wohl Jungs! Greift zu!«

Dieser Aufforderung brauchte keine zweite folgen.

»He und du?« Klaus stand nämlich mit einem Glas Limo in der Hand zwischen uns, genau wie die anderen Löschbootmänner.

»Wir sind im Dienst«, erklärte Dieter.

»Was denn? Ich dachte, ihr seid trinkfeste Seemänner? Jedenfalls hat man das immer so erzählt.«

»Tja Micha, es hat sicher eine Zeit gegeben, da hätten auch wir nicht nein gesagt. Aber – sauft ihr denn, wenn ihr auf der Wache seid?«

»Ne«

»Siehste, und wir auch nicht. Hier auf dem Wasser müssen wir genauso unseren Mann stehen wie ihr an Land. Und wie beschissen das ist, mit Alkohol im Balg unter PA zu arbeiten, das wird zumindest mancher der Älteren noch wissen.«

Wir nickten zustimmend. Er hatte recht. Es war überhaupt schon toll, dass uns jetzt Bier angeboten wurde.

Klaus verteilte die vollen Gläser und schaltete sich in unser Fachgespräch ein:

»Ich hab die letzten Worte von Haggi gehört und ich sag euch – und das ist kein Seemannsgarn. Mit der Sogwirkung bei voller Fahrt könnte man einen Schubverband auseinander reißen. Außerdem, was wir dabei an Uferbefestigung zerstören, wäre nicht wieder gut zu machen.«

Wir ergingen uns bei dem Gedanken an eine alles vernichtende Welle in den wildesten Farben. Mitten in das Stimmengewirr hinein dröhnte plötzlich der laute Ruf:

»Ruhe! Verdammt nochmal Ruhe! Ich krieg gerade einen Einsatz rein!«

Sofort verstummte jegliches Gerede.

»Löschbootführer! Löschbootführer, rufen Sie umgehend die Leitstelle an. Wir haben einen Bombenfund im Rhein vor Kaiserswerth.«

Damit endete die Durchsage und auch unser Schweigen. »Wow! Bombe im Rhein! Ist ja irre!«

»Haggi! Reiß das Ruder rum! Wir düsen nach Kaiserswerth!«

»Keine Angst, Jungs – wir sind ja bei euch!«

Solche und noch andere Sprüche kamen aus unseren aufgeregten Kehlen.

Dann die Ernüchterung.

»Tja Männer, das wird nichts werden. Ich lass jetzt drehen und setze euch an der Bootsstation ab.«

Massenhafter Protest auf unserer Seite – vergeblich. Dieter winkte ab und begab sich zum Telefon. Vorher erteilte er Order zum Wenden und Anlaufen der Löschbootstation.

Klaus, der noch mit Haggi hier oben auf dem Steuerstand war, versuchte uns zu trösten: »He, seid doch froh. Ihr könnt ruhig mit dem Grillen anfangen. Wer weiß, wann wir wieder zurückkommen.«

»Oder es rummst und euer Schiff verwandelt sich in ein Flugzeug!«

Feuerwehrmänner sind nicht unbedingt zart fühlende Wesen und so verabschiedete sich auch prompt einer mit den Worten: »Na dann tschüss Klaus. Gut, dass du Geburtstag hattest, so stirbst du wenigstens nicht als junger Mann.«

Klaus nahm es gelassen. Er musste sich jetzt um andere Dinge kümmern und ging.

Auch Haggi war nicht mehr so gesprächig wie vorhin.

Wir spürten, dass die Männer des Löschbootes jetzt mit ihren Gedanken woanders waren und redeten dementsprechend leiser.

Ein paar Minuten später legte das Boot wieder da an, wo es eben erst abgelegt hatte. Das war eine kurze Tour für uns gewesen, wofür wir aber Verständnis zeigten.

Gäste auf dem Löschboot sind nichts Außergewöhnliches, aber im Alarmfall müssen sie es verlassen, das galt auch für uns.

Jetzt standen wir auf dem Ausleger, eine schwimmende Metallkonstruktion, die dem Löschboot, dem wir jetzt nachblickten, als Anlegestelle diente. Der Fußboden dieser Plattform bestand aus verzinkten Gitterrosten, so dass wir unter unseren Füßen das schmutzige, dunkle Wasser des Rheins sehen konnten. Es gluckerte und die rücklaufende Welle des sich rasch entfernenden Löschbootes klatschte gegen die Schwimmkörper.

Die Plattform war länger noch als das Boot, also über 34 Meter. Auf ihr stand eine kleine Werkstatt in der alle Arbeiten ausgeführt wurden, die man selber erledigen konnte. Dieter hatte uns den Schlüssel zur Türe mitgegeben, so dass wir den darin untergestellten Grill herausholen konnten. Fleisch, Grillwürstchen und Getränke befanden sich dagegen in einem oben am Ufer liegenden, kleinen Haus, das über eine Metallgittertreppe mit der Plattform beweglich verbunden war. Das Haus diente tagsüber als Aufenthaltsbereich und nachts als Schlafraum. Vor vielen Jahren gab es das noch nicht. Da spielte sich alles ausschließlich auf dem Löschboot ab.

Während wir es uns am qualmenden Grill gemütlich machten, steuerte das Boot einem gefährlichen Einsatz entgegen.

Die Bombe im Rhein

Kaiserswerth lockt mit seiner alten Kaiserpfalz und den gemütlichen, direkt am Rhein gelegenen Lokalen die Menschen zu jeder Jahreszeit. Ständig flanieren Spaziergänger über den befestigten Rheindeich, der weiter nach Norden bis Duisburg oder entgegengesetzt bis zur Innenstadt begehbar ist. In relativ kurzer Zeit erreicht man das Altstadtufer, genießt den fantastischen Blick auf die reizvollen Häuser von Oberkassel und landet schließlich am eindrucksvollen Landtagsgebäude und dem daneben stehenden hohen Rheinturm. Wer möchte, lässt sich im Fahrstuhl in luftige Höhen ziehen, lässt es sich im gemächlich drehenden Restaurant oder Café gut schmecken oder sich von der fantastischen Aussicht zu noch weiteren Zielen inspirieren. Der Blick bis zum Internationalen Flughafen Düsseldorf gibt den Träumen freien Raum.

Man kann aber genauso gut im Schiffchen von Kaiserswerth bei Herrn Bourgueil die höchsten Gaumenfreuden genießen oder sich mit schmalerem Geldbeutel am Klemensplatz beim »Berliner Imbiss« mit der besten Currywurst versorgen, die es außerhalb Berlins zu kaufen gibt.

Aber all das war momentan nur von zweitrangiger Bedeutung.

Weit hatte sich der Fluss auf seine tiefere, innere Fahrrinne zurückgezogen. Wo sonst die Wellen der Schiffe an die hohe Kaimauer klatschten, lag jetzt der Blick frei auf den schlammüberzogenen, kiesbedeckten Boden des Rheins.

Und genau von hier besahen Hunderte mit Faszination diesen großen, grauen Gegenstand, der nur zur Hälfte seinen betonartigen Körper präsentierte. Die andere Hälfte steckte im Flussbett, vor den Augen der Schaulustigen verborgen, so wie er sich eigentlich seit mehreren Jahrzehnten im Wasser verborgen hatte.

Die meisten hätten auch heute nichts bemerkt, selbst bei näherem Hinsehen nicht. Aber einer der unzähligen namenlosen Besucher hatte eine Münze in das Fernrohr gesteckt, beobachtete interessiert das Treiben auf dem Rhein, dann die eifrig im Schlamm pickenden Möwen.

Er hatte schon lange keine Fliegerbombe mehr gesehen, ihren Anblick würde er aber nie vergessen, nie, solange er lebte. Eine hatte seiner Frau das Leben gekostet und ihn sein rechtes Bein ... der Atem stockte, sein Herz begann zu rasen. Er blickte sich um. Niemand schien etwas von der Gefahr zu ahnen. Fröhliche Menschen, lachende spielende Kinder, keiner wusste, was da wenige Meter vor ihnen lag. Es war der tausendfache Tod.

Nach seinem Anruf bei der Polizei reagierte die zwar sofort, aber dennoch mit der Ruhe und Gelassenheit, die dem Anruf entsprach. Gesichtete Fliegerbomben aus dem zweiten Weltkrieg waren zwar nicht an der Tagesordnung, aber auch nicht so selten, wie man vermuten möchte.

Immer wieder glaubten Menschen, solch einen gefährlichen Fund gemacht zu haben. Die meisten entpuppten sich aber als Betonrückstände aus neuerer Zeit. Bei vielen größeren Erdarbeiten tauchen allerdings immer wieder Blindgänger auf, die dann den Sprengmeistern risikoreiche Arbeit verschaffen.

Der Beamte, der den Anruf entgegennahm, stellte höflich und präzise einige Fragen, bedankte sich und forderte den Anrufer zum Warten auf. Ein Wagen mit zwei Polizisten würde schnellstmöglich zu ihm kommen. Danach informierte er umgehend seinen Dienstvorgesetzten. Die unaufhaltsame Kette eines vorgefertigten Routineplans nahm ihren Lauf.

Kurze Zeit später, der Bombenfund war offiziell bestätigt, lief die Maschinerie auf Hochtouren.

Polizei, Feuerwehr, das Innenministerium, der Bürgermeister, der Flughafendirektor, die Wasser- und Schifffahrtsdirektion und der Sprengmeister waren informiert.

Jeder setzte weitere Personen in Kenntnis und die Telefonleitungen glühten.

Eine Fliegerbombe von solchem Ausmaß unmittelbar vor Kaiserswerth, das bedeutete auch Evakuierung im größeren Stil.

Armin Harbort, der leitende Branddirektor der Berufsfeuerwehr Düsseldorf, saß vor einem Berg von Problemen in seinem Büro in der Hauptfeuerwache Eins in der Hüttenstraße. Es waren Geldprobleme. Seit längerem schon, so hatten ihm seine Leute unmissverständlich klar gemacht, benötigten sie dringend mehrere neue Großeinsatzfahrzeuge. Jedes ein Millionenobjekt. Der alte Kranwagen war auch überfällig, und er würde es schwer haben, seinen Standpunkt gegenüber dem Stadtkämmerer und anderen wichtigen Größen der Stadt durchzusetzen. Zumal da auch noch der dringend notwendige Neubau, der mittlerweile zu kleinen und nicht arbeitsplatzgerechten Leitstelle dringend anstand.

Obwohl die Leitstelle viel teurer als ein Kranwagen war, war sie dennoch leichter durchzusetzen. Da erhielt er Rückendeckung durch die Gesetze der Arbeitsplatzverordnung. Aber für den Kranwagen brauchte er andere überzeugende Argumente. Es gab eine eindeutige Lobby dagegen. Hauptargument seiner Widersacher war: Man könne ja ebenso gut einen Kranwagen von einem ortsansässigen Unternehmer mieten. *Immer dann, wenn es nötig ist.* Ein weit verbreitetes Argument, der Direktor lachte bitter. Was wussten die denn schon von der Brisanz lebenswichtiger Einsätze, wenn man den Kran sofort haben musste und nicht erst in einer Stunde oder in zwei. ER musste immer präsent sein. Er wollte nicht erst nach einem Fahrer in der Nacht telefonieren müssen, der dann sich vielleicht krank meldete, weil er keine Lust hatte, um drei Uhr nachts oder am Wochenende wegen eines verkaterten Kopfes seinen Lappen zu verlieren.

Ja, das würde nicht einfach werden, zumal die Kassen in der heutigen Zeit nicht gerade üppig gefüllt waren. Und dann gab es noch seine sechshundertvierzig Feuerwehrmänner, die alle endlich neue Uniformen brauchten. Andere Städte hatten längst gekauft. Die Ungeduld in der Mannschaft, die Unzufriedenheit wuchs. Aber er wollte nicht immer wieder sinnlos neu einkaufen. Da bastelten diverse Hersteller an der Euronorm, präsentierten eine neue Schutzbekleidung nach der anderen, verwarfen die erste, um die Nächste als »endgültig« verbessert herauszubringen. Nein, diese idiotische, unnötige Geldverschwendung machte er nicht mit. Erst wenn die normgerechte Schutzbekleidung endgültig stand, würde er grünes Licht zum Kauf geben. Es gab ja auch Städte, die zig Tausende zum Fenster hinauswarfen, da sie erneut zum Kauf gezwungen waren, weil sie zu früh zugeschlagen hatten.

Seit geraumer Zeit hatte sich ein Gremium gebildet, in dem seine Mitarbeiter maßgebliche Pionierarbeit geleistet hatten. Mit der neuen Schutzbekleidung war endlich der Durchbruch gelungen. Dieser Heinz Engels von der Feuerwehrschule schien ein überaus aktiver Mitarbeiter zu sein. Er war ihm schon vor gar nicht langer Zeit durch die erfolgreich neu gegründete Höhenrettung aufgefallen.

Ich werde mit Cimolino sprechen, dachte er, *die Dinge entwickeln sich.*

640 Männer, jeder brauchte drei Garnituren, jede würde so um die zwölfhundert Mark kosten. Er nahm sich fest vor, dieses Ziel bis zum Jahrtausendwechsel zu erreichen. Ich muss meine Männer optimal geschützt haben, auch wenn bereits schon in den eigenen Reihen über die neue Schutzbekleidung gemault wird. Man schwitzt darin zu sehr, meinten die wenigen, die bereits zur Testphase erste Exemplare trugen.

Verdammt! **WAS** soll ich denn einkaufen, man kann es nie allen recht machen.

Direktor Harbort ärgerte sich ...

Das Telefon vor ihm klingelte. Es war eine Direktleitung, also wichtig.

»Harbort hier, was gibt es?«

Er wurde unmittelbar nach der Bestätigung des Bombenfundes von seinem Leitstellenpersonal unterrichtet und erklärte den Einsatz noch am Telefon zur Chefsache. Anschließend verließ er sein Büro und begab sich unverzüglich in die Leitstelle auf der anderen Geschossebene. Keine fünf Minuten später hatte er die wichtigsten Männer um sich versammelt.

Verschiedene Aktivitäten liefen bereits auf Hochtouren, während die Köpfe des Krisenstabes, der für solche und ähnliche Fälle einberufen wird, rauchten. Jedes Problem bedurfte einer individuellen Lösung.

Die Teileevakuierung von Kaiserswerth schritt voran, längst war kein Zivilist auf der Uferpromenade mehr zu sehen. Die Schifffahrt war zu Berg wie zu Tal gesperrt worden. Innerhalb kurzer Zeit staute sich der Schiffsverkehr. Fluchend rasselte so manche Ankerkette hinunter, andere Schiffsführer nahmen es gelassener.

Der Sprengmeister rückte mit seinen Gehilfen im privaten Wagen an. Ein alter, geräumiger Jeep, seine rollende Werkstatt, genauer: Werkstatt, Labor, Kaffeebude.

Klar, das war jedes Mal eine neue Herausforderung und dennoch eine gewisse Routine – aber nie langweilig.

Sein Job hatte etwas von einem Dompteur im Löwenkäfig. So wurde es zumindest in der Presse beschrieben. Man hat die Bestien zwar im Griff, aber die wissen das nicht immer und verhalten sich nicht dementsprechend.

Er hatte nichts dazu gesagt, lediglich wissend gelächelt. Auch dieses Lächeln wurde interpretiert. Es sind stets die gleichen Fragen, die mit fast mitleidigem Respekt vor einem solchen Beruf gestellt werden, wobei die Menschen nicht begreifen, warum er sein Leben riskiert.

Sogar die Feuerwehrmänner, denen er sich etwas verwandt fühlt, verstehen ihn oft nicht, aber sie zollen ihm den nötigen Respekt und die Anerkennung, die er verdient.

Nachdem sie in den unbequemen hohen Wathosen über den Schlick bis zu der riesigen Bombe gestiefelt waren, geschah eine Zeit lang gar nichts.

Alle Augen blickten erwartungsvoll zu den drei Männern. Aber sie fassten das Ding nicht an, bückten sich nicht, schaufelten nichts frei ... sie standen einfach nur da und schauten.

Dann, nach endlosen Minuten des Wartens knackte das Funkgerät.

»Ja?«

»Wir sollten unser Baby auf die andere Seite schaffen.«

Jeder, der Funk hatte, hatte es gehört und muss gedacht haben:

Die sind ja wahnsinnig! Wie um alles in der Welt soll das Scheißding denn auf die andere Rheinseite geschafft werden? Und WER bitte schön soll das machen?

Drüben war weites flaches Land – unbebautes Land. Sicher, wenn es da rummste ... was soll's. Aber, das Ding wog mehrere Zentner, steckte tief im Flussbett.

212

Wer sollte das heben und auf ein Boot legen?

Der Sprengmeister funkte erneut: »Gebt mir den Feuerwehrchef, ich sag euch was wir tun werden.«

Die Leitungen standen.

»Herr Harbort?«

»Ja.«

»Gut. Mein Vorschlag. Ihr Feuerlöschboot kommt zu mir. Die Bombe liegt unmittelbar am Rand der Fahrrinne. Sie haben doch noch den fest installierten Bootskran, oder?«

»Ja, ist vorhanden.«

»Gut. Wir holen die Bombe damit an Deck und bringen sie auf die andere Rheinseite. Da kann ich entweder den Zünder ausbauen oder das Mistding hochgehen lassen ... Sind Sie noch dran?«

»Sicher. Wie gefährlich ist das für meine Männer?«

»Na ja, sagen wir mal so, ein Hornissennest zu transportieren, ist nicht so gefährlich.«

»Danke für Ihre Offenheit. Gibt es Alternativen?«

»Hier auf dieser Seite nicht ... jedenfalls nicht bisher. Ich muss sowieso erst alles freilegen, bis dahin steht die endgültige Entscheidung aus.«

»Was halten Sie von einem Hubschrauber?«

»Nicht so gut. Lassen Sie Ihr Feuerwehrboot lieber schon mal auslaufen. Wir sprechen uns ja noch, versteht sich. Das war es vorerst. Drücken Sie mir die Daumen. Wir werden jetzt ein bisschen graben. Bis dann.«

»Viel Glück und ... ich komme raus zu Ihnen.«

»In die Höhle des Löwen?«

»Na sagen wir, bis kurz davor. Man muss ja nicht übertreiben.«

Harbort machte ein ernstes Gesicht: »Gebt mir den Löschbootführer! Und ich will eine ständig offene Leitung haben!«

Dieter Vitting fühlte sich heute gar nicht wohl in seiner Haut und die vier Männer an seiner Seite machten auch nicht gerade einen freudigen Eindruck.

Sie alle hatten über die Mithöranlage einen persönlichen Auftrag von ihrem Branddirektor erhalten und man sagt seinem Direktor eben nicht: »Vielen Dank, aber wir fahren lieber mit Ihrem schönen Boot in die andere Richtung, denn das ist sicherer.«

»Herr Vitting, wer ist mit Ihnen unterwegs? Nennen Sie mir die Namen, ich möchte Ihre vollständigen Namen wissen.« Natürlich hätte der Direktor, der sich ja auf der Leitstelle befand, einfach nur auf den entsprechenden Dienstplan sehen müssen, um die Namen der Bootsbesatzung zu erfahren, aber darum ging es nicht ... die Männer wussten das und so hörten sie mit gemischten Gefühlen zu, wie Dieter sie einzeln hintereinander nannte :

»Herr Harbort, neben mir stehen Klaus Seidel, Christofer Engels, Klaus Seibert und Haggi Schröder.«

Seine Stimme klang etwas belegt. Er nannte nur die Namen, dann schwieg er.

»Männer, ich weiß, das ist ein verdammt gefährlicher Auftrag, und ich wollte, ich könnte ihn von euch abwenden ... aber wie es aussieht, gibt es zumindest in Moment noch keine andere Lösung. Ihr habt schon in vielen Situationen Schweres geleistet. Ich rechne mit euch ... ganz Kaiserswerth rechnet mit euch!«

Der Sprengmeister fluchte. Im Flussbett graben war einfach Mist, absoluter Mist!

Kaum hatte man mühselig eine Schaufel Schlick und Kies aufgenommen, rutschte die Hälfte grundsätzlich wieder runter und das Loch, das als solches nicht einmal zu erkennen war, füllte sich gleich wieder mit brackigem Rheinwasser.

»Verdammt! So wird das nichts! Wir werden das Mistding rausziehen ob es uns nun passt oder nicht. Lasst uns auf das Löschboot warten.« Diese Worte an seine Gehilfen fanden deren ungeteilte Zustimmung.

Während sie warteten, dachte er über seine vielfältigen Einsatzorte nach, ließ »seine« Bomben Revue passieren. In welchen Löchern hatte er nicht schon überall gesessen. In ausgehobenen Straßengräben, in Baugruben, bei Gleisbauarbeiten zwischen den Schienensträngen, auf Flughäfen. Jede Situation hatte ihre Besonderheit, aber das hier ... so eine elende Situation war selbst für ihn, den ausgebufften alten Hasen, eine völlig neue Herausforderung. Hier war das Risiko höher als gewöhnlich.

Gewöhnlich? Hach, was ist schon gewöhnlich an einem Job, an den man sich nie gewöhnen kann. Scheiße! Das Baby liegt auf dem Zünder! Und da konnte er nicht ran. Wie würde sich dieser verhalten, wenn sie die Bombe rausziehen?

»Was is jetzt Chef? Zigarettenpause?«

Er nickte nur, winkte und stiefelte dann in seiner unförmigen Wathose Richtung Kaimauer.

»Klaus übernimmt das Steuer!«

»Wann?«

»Meinetwegen jetzt schon.«

Haggi räumte seinen Platz hinter dem großen hölzernen Steuerrad und Klaus Seidel übernahm.

Dieter wollte seinen versiertesten Mann für das Manövrieren am Steuer. Niemand fühlte sich dadurch übergangen, Klaus hatte das sicherste Händchen, der perfekte Seemann. Böse Zungen behaupten er habe Schwimmhäute zwischen den Fingern.

»Haggi! Ich will dich vorn im Bug haben. Du lotest die Tiefe aus. Ich verlass mich hier lieber auf unser gutes altes Senkblei, es wird verdammt eng werden und ich hoffe nur, wir haben ausreichend Wasser, um nah genug ran zu kommen.«

Haggi nickte und begab sich sogleich auf seinen Posten. Dieter verteilte die weiteren Jobs.

Christofer und Klaus Seibert sollten den Kran bedienen und er selbst – hätte sich am liebsten verpisst – aber verdammt, sie hatten einen Auftrag, einen Scheißauftrag zwar, aber es gab niemanden, der ihnen diese gefährliche Arbeit abnehmen würde. Seinen Kollegen ging es nicht besser, das wusste er. Sie sprachen zwar jetzt nicht darüber, mussten sie auch nicht, trotzdem kreisten all ihre Gedanken um den großen Knall.

Klaus beschäftigte sich mit dem Kran. In Gedanken war er jedoch bei seiner Frau und seinen Kindern, die er über alles liebte. Er fummelte hier und da an den Hebeln, eine absolut überflüssige Tätigkeit, legte Seile und Bandschlaufen zum wiederholten Male von links nach rechts, um dann den großen metallenen Schekel ebenfalls zum dritten Mal auf seine Gängigkeit hin zu überprüfen.

Wenn sie doch schon da wären! Diese schier endlos schleichende Fahrt. Geht es los, ist die Nervosität vorbei, dann verflüchtigen sich all diese schwermütigen Gedanken. Und die Angst? Ja, die Angst! Ein gefährlicher Faktor, aber nur wenn sie dich lähmt, ansonsten ist sie eher gut, denn sie schützt dich, weil du vorsichtiger bist. Das ist wichtig!

Sie fuhren jetzt an mehreren vor Anker liegenden Schiffen vorbei. Die Wasser- und Schifffahrtsdirektion hatte den gesamten Verkehr gestoppt. Auffällig war auch, dass keine Menschen mehr am Ufer zu sehen waren.

»Einsatzstelle auf vierzehn Uhr Steuerbord voraus!«

»Hab sie im Glas gesichtet, Fahrt drosseln und auf Rufweite heranfahren!«

»Verstanden, auf Rufweite heranfahren, Fahrt wird gedrosselt!«

Klaus nahm das Gas zurück. Sie glitten jetzt nur noch, erzeugten keine Welle mehr.

»Gegenschub! Ankermanöver einleiten!«

»Ankermanöver wird eingeleitet!« Der Schiffsdiesel drehte die mächtigen Schrauben rückwärts. Mit sicherem Gespür manövrierte Klaus das Löschboot hart an den Rand der Fahrrinne.

»Wassertiefe?«

»Sechzig Zentimeter! ... Fünfundfünfzig Zentimeter! ... Nach Backbord noch knapp einen Meter! ... Vierzig Zentimeter über Grund!«

Dieter wollte kein Risiko eingehen, das war nah genug. Sie hatten sich gut positioniert. Die Bombe lag keine drei Meter in Höhe ihres Krans auf der Steuerbordseite. Wachsame Augen verfolgten vom nahen Ufer ihr Anlegemanöver.

Ein anerkennendes Nicken, dann murmelte der Sprengmeister etwas wie: »Liegen gut so, sollen bloß nicht noch weiter vor.« Dann winkte er seinen Leuten und das Trio kletterte die Eisensprossen an der Kaimauer hinunter, begab sich zurück auf seinen schlammigen Weg zu dem Platz, der es die nächste Stunde in Atem halten sollte.

Branddirektor Harbort stand mit einigen Beamten der Polizei sowie einigen Mitarbeitern am Geländer der Kaimauer. Weiter

zurück stand stadteinwärts ein größeres Aufgebot an Einsatzfahr-
zeugen, darunter auch ein Einsatzleitwagen, in den sie sich gleich
zurückziehen würden. Vorher aber, und das war dem Direktor
wichtig, wollte er der Bootsbesatzung wie versprochen seine direkte
Anwesenheit zeigen. Über die Florentine sprach er jetzt mit dem
Löschbootführer.

Natürlich konnte er den Verlauf des Geschehens durch bloße
Anwesenheit nicht beeinflussen, das wusste er, andererseits war seine Person vor Ort von Bedeutung, wenn Entscheidungen auf
höchster Ebene gefällt werden mussten. Außerdem sollten seine
Männer wissen, dass er sie nicht alleine ließ.

Daran dachten die Fünf auf dem Löschboot allerdings weniger.
Mit gemischten Gefühlen hörten sie sich an, welche Vorstellungen
der Sprengmeister vom weiteren Geschehen hatte und welche Aufgabe sie dabei übernehmen sollten.

Seine Handinnenflächen waren schweißnass. Klaus wischte sie
an den Hosenbeinen seiner Oberschenkel ab, griff die schwarzen
Kugelknopfhebel des Bootkrans. Gleichförmig summte der kräftige
Elektromotor und der Auslegearm gehorchte den Bewegungen, die
er von seinem Steuerstand aus vorgab. Zwei, mehrere Meter lange,
ungemein reißfeste Bandschlaufen baumelten vorn am Haken hängend, langsam über die Reling. Unten warteten die Männer und
blickten dem immer näher kommenden Arm des Krans entgegen.
Jetzt schwebten die Bandschlaufen in Reichweite und sie packten
zu.

»Okay! Das reicht erst mal! Wir werden die Schlaufen jetzt
befestigen und dann könnt ihr unser Baby aus dem Dreck ziehen!«

Klaus hätte auch ohne das taktische Zeichen von Dieter den
Kran angehalten. Seine Hände schwitzten schon wieder. *So eine
Scheiße*, dachte er, *wenn das Mistding hochgeht, wird von unserem
schönen Boot nicht mehr viel übrig bleiben und von mir natürlich
auch nicht*. Die Feuerwerker da unten sahen das wesentlich gelassener, sie hatten ja auch betont: »Während des Rausziehens wird wohl
nix passieren … ist eher unwahrscheinlich, Jungs!«

*Aber was will das schon heißen? – eher unwahrscheinlich – Scheiß
Bombe! Scheiß Krieg! Ist das hier überhaupt noch meine Arbeit?*

Jetzt war sie es jedenfalls, es gab kein zurück mehr. Die Arbeit als solche war ein Klacks, das Risiko jedoch . . .

Die Feuerwerker mussten richtig wühlen, um die zwei Bandschlaufen unter dem Bauch der Bombe hindurch zu befestigen. Endlich war es den beiden Gehilfen gelungen. Mit den ersten zwei Versuchen hatten sie ihren Chef nicht überzeugen können. Der stand nämlich kritisch daneben und schüttelte mürrisch seinen Kopf. Die Hände vor der Brust verschränkt, beobachtete er jeden Handgriff der beiden. Diesmal war er zufrieden. Die Zwei atmeten erst einmal befreit auf. Ihr Chef war pingelig, ein absoluter Pedant. Aber vielleicht war das ja auch die Voraussetzung in diesem Job. Jetzt jedenfalls saßen die Bandschlaufen, wie mit dem Maßband angelegt, millimetergenau und parallel nebeneinander, um dem schmutzig-graugrünen Bauch der Bombe. Ihre Finger waren klammgefroren, das lange Arbeiten im kalten Rheinwasser war alles andere als ein Vergnügen.

Draußen, am Ufer standen immer noch einige Polizisten und Feuerwehrmänner, manche blickten durch ein Fernglas. Man sprach leise, als könne man durch laute Geräusche eine Katastrophe herbeireden. »Es geht weiter«, flüsterte einer der Uniformierten seinem Nachbarn zu. Der nickte nur und wandte sein Auge keinen Zoll breit von dem Geschehen ab.

In der Tat, es schien ernst zu werden. Der Kran bewegte sich wieder und die Männer klinkten die zwei Bandschlaufen in den schwarzen Haken. Es war ein Moment höchster Spannung. Die Bänder strafften sich . . .

»Langsam! Gaaanz langsam!« Beschwörend hob der Sprengmeister seine Hände, dirigierte von unten die Zugbewegung. Allerdings konnte Klaus das nicht sehen. Seine Augen richteten sich permanent auf Dieter, der gemäß den Anweisungen des Sprengmeisters reagierte und die Handzeichen weiterleitete.

Der Kran zog, doch nichts tat sich . . ., nur das riesige Feuerlöschboot neigte sich leicht nach Steuerbord.

»STOPP!« Alle zuckten zusammen. Diesen Ruf hatte man sogar an Land gehört. Aufregung machte sich breit. Immerhin bemerkten sie ja auch hier draußen die Schräglage des Bootes. Eine Entwicklung, die mit großer Sorge und heftigen Bedenken über die Vorgehensweise diskutiert wurde. Einer der anwesenden Politiker wollte es genau wissen: »Fragen Sie nach, was los ist. Das sieht mir gar nicht gut aus.«

Das Funkgerät, das um den Hals des Sprengmeisters baumelte, hing vor seiner Brust bis tief in die Latzhose. Jetzt quäkte es, als sei er ein Bauchredner. Genervt zerrte er das Gerät hervor: »Was denn? Was ist denn?«

»Hören Sie, wir haben hier Politiker, die machen sich Sorgen ... äh ... das Boot liegt so schief und ...«

»JA, SPINN ICH DENN? Ich hab doch wohl eindeutig genug gesagt – NUR in Notfällen funken! Wenn die Sesselpupser das nicht abkönnen, schickt die zurück an ihre Schreibtische!«

Das kam so laut und deutlich aus dem Funkgerät, dass es die Umstehenden allesamt hören können. Darauf zogen einige Herren beleidigt ab, steckten die Köpfe zusammen und tuschelten etwas von Konsequenzen und arrogantem Heini. Unter den Übrigen, die hier immer noch standen, konnte man so manches süffisante Lächeln in den Gesichtern erkennen. Allerdings hütete man sich, den peinlichen Vorgang zu kommentieren. Das würde später, zu einem anderen Zeitpunkt noch ausführlich genug geschehen.

Der Sprengmeister widmete sich schon wieder seiner Aufgabe. Klar, er würde mit Sicherheit in irgendeiner Form einen Rüffel erhalten. Das berührte ihn aber herzlich wenig. Männer wie er konnten sich schon einiges erlauben. Dinge, die andere eben nicht durften. Aber wer wollte ihm denn ernsthaft schaden? Er war nicht so leicht zu ersetzen und immerhin hielt er jedes Mal seinen Arsch hin, um die Ärsche der anderen zu retten. Wenn er für jeden Bangschisser per Funk alles erklären müsste, könnte er seine Arbeit lieber gleich an den Nagel hängen.

»Passt auf! Keine Bewegung am Kran! Alles so lassen! Wir werden jetzt die Stangen einstechen und dann zieht sich das Ding von selber raus ... hoffe ich!«

Die Idee war nicht schlecht. Bei den Stangen handelte es sich um massive, fast drei Meter lange Brecheisen. Man wollte sie neben der Bombe tief in das Flussbett hinein stoßen, hin und her wackeln, um das Vakuum zu durchbrechen, das sich beim Hochziehen in der Tiefe gebildet hatte. Dieses Vakuum wurde um so größer, je kräftiger man zog. Es galt also, diese Saugkraft zu überwinden. Würde man einfach so weiterziehen, könnte die Bombe urplötzlich nach Überwindung dieser Saugkraft, wie von einem Katapult geschnellt emporschießen. Eine Vorstellung, die dem Sprengmeister gar nicht gefiel. Die schlimme Variante behielt er deshalb lieber für sich, hoffte stattdessen insgeheim, dass seine Rechnung aufgehen würde. Er hatte sich alles so schön zurechtgelegt. Dass bei dem Versuch, die Bombe aus dem Flussbett zu ziehen, ein Vakuum entstünde, hatte er erwartet. Dass es allerdings so stark wäre, das Feuerlöschboot mit seinen immerhin achtundneunzig Tonnen Wasserverdrängung in einer so starken Schräglage zu halten, das verblüffte selbst ihn.

Eine gewisse Sorge bereitete ihm das zu erwartende Auspendeln, wenn die Bombe frei käme und das Boot wieder in die Horizontale schaukelte. Sie mussten verdammt vorsichtig sein, sich am besten flach auf den Boden werfen. Weglaufen hätte keinen Zweck, ging sowieso nicht, da sie bis weit über die Knöchel im Schlick steckten. So eine pendelnde, mehrere Zentner wiegende Bombe würde, wenn sie einen unglücklich träfe, mindestens Knochenbrüche verursachen. Unschöne Vorstellung!

Er schärfte seinen Gehilfen die nötigen Verhaltensregeln ein, dann griffen sie alle Drei jeder eine der langen Eisenstangen.

»Auf mein Kommando! … Eins … zwei … und drei!«

RUMMS! Die massiven Stangen bohrten sich, von schwunghafter Muskelkraft getrieben, tief in das Flussbett. Die Männer hingen sich mit ihrem vollen Körpergewicht daran und wühlten sie Zentimeter um Zentimeter tiefer. Aber trotz heftigster Bemühungen konnten sie nicht tief genug eindringen.

»Habt ihr 'nen Vorschlaghammer an Bord?«

»Natürlich! Christofer! Hol den Hammer nach oben!«

»Aye, Aye Captain!« Kurze Zeit später reichte er den schweren Vorschlaghammer über die Bordwand hinunter.

Unter ihren kräftigen Schlägen bohrte sich eine Stange tiefer und tiefer.

»Stopp! Das dürfte reichen. Alle Mann an diese eine Stange.«

Sechs Hände packten zu, ruckelten mit roher Muskelkraft an dem tief steckenden Eisen. Sie keuchten und schwitzten, wollten schon aufgeben, da ertönte ein schlürfendes, glucksendes Geräusch. Sie hatten es geschafft. Luft und Wasser drangen in das unterirdische Vakuum. Das Gewicht des Bootes wirkte wie die riesige Kraft an einer Balkenwaage. Der Drang des Bootes sich wieder aufzurichten, zog über den Kranausleger an den befestigten Bandschlaufen und laut schmatzend riss sich jetzt die Bombe aus ihrem jahrzehntealten Bett.

»WEG! WEG!«, schrie der Sprengmeister. Alle drei Männer ließen sich hemmungslos in die matschige Brühe des aufgewühlten Flussbettes fallen.

Das Boot schaukelte sich auf. Der Kranausleger federte mächtig mit seiner gefährlichen Last hin und her. Es herrschte absolute Stille, von den Wassergeräuschen abgesehen. Ein gefährlicher Moment war überstanden, aber noch lastete das Geschehen über allen Beteiligten. Hätten die Männer sich nicht hingeworfen, sie wären alle hart getroffen worden.

»Okay, aufstehen!« Der Sprengmeister ergriff als erster erneut die Initiative. »Es gibt Arbeit. Worauf wartet Ihr?«

»Ach du Elend! Ich hab das ganze Dreckswasser in der Wathose!«

»Hab ich auch! Aber da müssen wir jetzt durch. Es gibt keine Pause!«

Auf dem Boot herrschte grenzenlose Erleichterung. Für die Besatzung war der gefährlichste Teil vorüber. Jetzt würden sie nur noch die Bombe an Bord hieven, an das gegenüberliegende Ufer fahren und sie dann dort wieder ausladen. Das eigentliche Entschärfen wäre dann Sache des Sprengmeisters, nicht die der Feuerwehrmänner. Keine zehn Pferde sollten sie danach noch in der Nähe dieser verdammten Bombe halten.

Allgemeine Erleichterung auch bei den Verantwortlichen an Land.

»Baby an Bord!«, klang es etwas später aus den Funkgeräten. »Wir nehmen Kurs andere Rheinseite.«

An Land schüttelte man sich die Hände. »Gratulation, Herr Branddirektor. Gute Leute. Hoffen wir, dass der Sprengmeister seine Sache ebenfalls gut zu Ende bringt.«

Ja, das hatte er! Seine gefährliche Arbeit, das Ausbauen des Zünders, geschah wie fast immer in der Einsamkeit mit sich selbst, mit dem Vertrauen auf Gott und auf seine ruhigen erfahrenen Hände.

Eine Fliegerbombe aus dem zweiten Weltkrieg, abgeworfen um Tod und Vernichtung zu bringen, hatte eine Stadt nach Jahrzehnten erneut in Atem gehalten. Mutige Männer hatten ihr Leben riskiert. Der Krieg ist das schmutzigste Geschäft, das sich die Menschen ausdenken können, um andere zu quälen, zu demütigen, zu erniedrigen oder auszubeuten.

Werden wir, die menschliche Rasse, uns jemals aus eigener Kraft davon befreien können und auch wollen?

Der Erdwolf, Teil I

Der Rhein hatte wieder seinen normalen Wasserstand, aber was ist schon normal für einen so großen Fluss? Im Frühjahr gibt es Hochwasser nach der Schneeschmelze, im Sommer die Wasserknappheit durch anhaltende Trockenzeiten und dazwischen gut sichtbar für jedermann, die sich ständig ändernden Pegelstände.

Trotz dieser witterungsabhängigen Wechselhaftigkeit hatten sich alle daran gewöhnt, die Berufsschiffer, die Betreiber der weißen Ausflugsdampfer, die Anwohner und Spaziergänger und auch die Feuerwehrmänner auf dem Löschboot.

Das Leben geht einfach weiter, unbeirrt von Katastrophen, von unzulässigen Einleitungen geldgieriger, skrupelloser Firmen in den Rhein und unbeirrt vom Leben und Sterben der Menschen.

Auch die Tage auf unserer Feuerwache gingen dahin, erstaunlicherweise jetzt schon eine ganze Zeit ohne besondere Ereignisse. Ich will nicht sagen, dass wir Feuerwehrmänner unbedingt das tägliche Flammeninferno benötigen, um einen imaginären Drang nach aufregenden Taten zu stillen, nein, weiß Gott nicht. Eine ruhige Nacht, in der man durchschlafen kann, ist auch für uns nicht verachtenswert. Dennoch baute sich zunehmend eine Art Gereiztheit auf, die nicht zuletzt daher rührte, dass unser Tagesablauf nun vermehrt von so unbefriedigenden Arbeiten wie Putzen, Auto waschen und Halle fegen bestimmt wurde. Natürlich gab es auch Abwechslung, dann wurde eben zuerst gefegt, dann geputzt und anschließend die Autos gewaschen.

Verständlich, dass der tragische Tod eines kleinen Tieres unsere geballte Aufmerksamkeit erhalten konnte.

»HE! Kommt mal her! Hier liegt ein toter Maulwurf!«

Dieser sensationelle Fund, entdeckt von meinem Kollegen Michael Musch, riss dreizehn gestandene Männer aus der öden

Tristesse eines langweiligen Tages schon am frühen Morgen mitten rein ins brodelnde Leben.

»WO?«»ZEIGEN!«»NICHT ANFASSEN! ICH KOMME!«, rief es aus allen Ecken.

Eigentlich musste genau zu dieser Zeit eine wirklich wichtige Arbeit durchgeführt werden, aber was war angesichts dieses weltbewegenden Ereignisses wichtig?

Der Einzige, und ich schreibe dies voller Häme, der nichts, NOCH nichts von dem sensationellen Fund mitbekam, war Sterni, unser DGL. Er saß nichtsahnend oben in seinem Büro, einsam und verlassen, abgeschnitten von uns, die wir Mann neben Mann dicht gedrängt auf das »riesige«, ausgewachsene Tier starrten. Angst zeigte keiner, obwohl ein Tier dieser Spezies zu den gefürchteten, unterirdischen Jägern in unseren Gefilden zählt. Wer hat sie nicht schon gesehen, die mächtigen Hügel frischer Erde – wie viele unschuldige Gärtner mochten diesem Prachtexemplar zum Opfer gefallen sein?

Nachdem wir dem »Erdwolf« genügend Schauergeschichten zugedichtet hatten, schien es meine Bestimmung zu sein, eine tragende Rolle im Folgegeschehen zu übernehmen.

Meine Unerschrockenheit im Umgang mit Tieren jeglicher Art sowie mein intelligenter Ideenreichtum, günstig an den allseits begehrten Nachmittagskuchen zu kommen, setzten in mir spontane grandiose Gedanken frei.

Für Äußerungen wie: »Ab in den Container, der hat bestimmt Läuse!« Oder: »Werft ihn ins Grüne, da holt ihn die Katze!« hatte ich nur Verachtung übrig.

»Seid ihr wahnsinnig?«, rief ich.

»Klar, sonst wären wir ja nicht hier!« Allgemeines Gelächter.

»Nein ernsthaft«, erläuterte ich meinen grinsenden Kollegen. »Dieser Maulwurf ist bares Geld wert!« Ich blickte in erstaunte Gesichter und fuhr mit gesenkter Stimme fort: »Wir werden ihn verkaufen!«

SCHWEIGEN

»Toll! Und welchem Blödmann willst du den Maulwurf andrehen?« Uli blickte sich provozierend um, wollte die Lacher auf seine Seite ziehen. Das ging schief.

Ich sagte gar nichts, die Diskussion lief völlig ohne meinen Beitrag.

»Kauf du ihn doch, dann kannst du dir aus seinem Fell 'nen warmen Mantel nähen lassen.« »Haha!«, konterte Uli trocken, das reicht ja nicht mal für meinen besten Freund!« dabei klopfte er sich viel sagend auf die Hose.

GEBRÜLL

Mit überschlagender Stimme schrie einer: »Ihr Schlappschwänze! Der eine ist groß genug für euch alle!«

»WER ist groß genug für was?« Ach du Schreck, ohne dass wir es bemerkt hatten, was bei unserem lauten Rumgegröle kein Wunder war, hatte sich Sterni herangepirscht.

Sein Gesicht verhieß nichts Gutes. Er erwartete auf seine Frage auch gar keine Antwort, sondern hielt uns eine kurze, aber heftige Ansprache, in der er sehr oft die Betitelung »wie die kleinen Kinder« benutzte. Im Prinzip hatte er Recht und so schlichen die anderen ein wenig wie geprügelte Hunde auseinander. Das galt jedoch nicht für mich.

Der Maulwurf lag, so als wäre nichts vorgefallen, wieder auf den kalten Steinfliesen. Sterni lächelte seltsam. Ich fühlte mich nicht sonderlich wohl, hätte mich auch gerne verdrückt, aber als Tagesdienst musste ich die Sache jetzt und gleich klären. Offensive war angesagt. »He Sterni, ich weiß genau, was du denkst.«

»Ach ja?« Seine Worte enthielten weder eine unterschwellige Neugier noch die Spur der Schärfe, wie bei der Zurechtweisung von eben. War das nun gut oder nicht? Ich fuhr in meiner begonnenen Erklärung weiter: »Schau mal, ich bin mir sicher, dass dieser Maulwurf«, dabei deutete ich mit einer schnellen Bewegung meines rechten Armes und ausgestrecktem Zeigefinger hart nach unten, »uns viel Geld einbringen wird.« Erwartungsvoll blickte ich ihm in die Augen. Noch immer zeigte sein Gesicht keine Regung, aber mit sanften Worten teilte er mir mit: »Wir müssen uns mal ernsthaft unterhalten. Komm mit hoch.« Ohne abzuwarten, drehte er sich um und ging. Was blieb mir anderes übrig, als hinterher zu laufen.

»KEINER vergreift sich an meinem Maulwurf!«, rief ich noch. Der mitleidige Blick, den mir Sterni über seine Schulter zuwarf, sprach Bände.

Wir durchquerten die wenigen Meter in der Fahrzeughalle, um in die ehemalige hauseigene Leitstelle zu gelangen. Vor etlichen Jahren hatte hier noch ein Feuerwehrmann, wie an allen anderen Wachen auch, Dienst geschoben. Man hatte diese Arbeitsplätze rationalisiert – leider. Denn es hatte auf diesen Plätzen für nicht mehr alarmdiensttaugliche Kollegen eine sinnvolle Tätigkeit gegeben. Die installierte Automatisierung von Toren sowie verschiedene andere störungsanfällige Einrichtungen konnten die qualitativ bessere Arbeit eines Menschen nicht ersetzen. Wahrscheinlich hatte sich irgendein Bürohengst mit irgendeiner »hochkarätigen« Einsparungsrechnung seinen eigenen Postenvorteil erarbeitet. Nach einigen Jahren zeigte das neue System mehr denn je seine Anfälligkeiten und Lücken. Aber das einmal installierte System war nicht rückgängig zu machen. Wer stellt schon neue Leute ein, besonders Feuerwehrmänner, die nicht mehr voll belastbar sind. Außerdem hatte man viel Geld in Umbauten gesteckt. Nein, hier würde sich keiner mehr die Finger dran verbrennen. Kranke Feuerwehrmänner haben keine Lobby.

Von der Zentrale ging es durch eine Schiebetür die Wendeltreppe hinauf. An einem der drei Schreibtische saß Fritz. Meist waren zwei DGL gemeinsam im Dienst, wobei immer nur einer von ihnen auch diese Funktion übernahm. Arbeit für zwei gab es reichlich.

Büroarbeit auf einer Feuerwache zählt leider auch zu den ungeliebten Tätigkeiten, die sich immer mehr ausweiten. Manchmal fragen wir uns, wie das passieren konnte, denn auch bei uns sind mittlerweile die Computerterminals eingezogen – Computer, die alles vereinfachen und rationalisieren, oder sollte ich mich da etwa irren?

Fritz fluchte: »Mann Sterni, das ist zum Haare ausraufen!« Er warf einen verzweifelten Blick auf seinen herbeigesehnten Kollegen, dessen Kopf gerade aus der Wendeltreppe auftauchte.

»Was ist das Problem?« Sterni durchmaß das kleine Büro mit drei langen Schritten und sah Fritz über die Schulter. Ich stand etwas deplatziert im Raum.

»Was ist das denn? Wie bist du denn da rein gekommen?«

Fritz schüttelte den Kopf: »Keine Ahnung, das passiert mir heute zum ersten Mal.«

»Lass mich das mal versuchen.« Sternis Finger betätigten verschiedene Tasten.

»Hab ich auch schon versucht, kannste vergessen.«

Aber Sterni wäre nicht Sterni, wenn er sich bereits nach dem ersten Versuch schon geschlagen gäbe. Er kannte sich in der Materie wesentlich besser aus als die meisten von uns, da er sich auch privat intensiv mit dieser Technik beschäftigte.

Wieder flogen seine Finger über die Tastatur. »Das gibt's doch nicht, dann eben ... und so ... und ...!«

»Hab ich auch schon ... hab ich alles schon ... ich krieg hier noch die Krise!«

Das würde ich gerne sehen. Fritz kriegt die Krise, der ruhige Fritz, dann muss es ihn schon sehr gefuchst haben.

Jetzt blickte er mich an. Ich hatte mich bisher still verhalten. »Gibt es was?«

Mit dem unschuldigen Gesicht eines braven Lammes schüttelte ich den Kopf: »Nööö, ich ähh muss nur ein paar Telefonate machen, dienstlich.«

Sterni zog sich gerade einen Drehstuhl heran. »Von wegen dienstlich. Der Kerl hat Tagesdienst: Mann, du bist die rechte Hand des DGL, nicht irgendeine nette kleine Kindergärtnerin!«

Auf Fritz' Gesicht kämpfte sein Unmut gegen diesen komischen, zum Lachen reizenden Vergleich. »Was war denn?«

Ich wusste nicht, ob seine Frage nun an mich oder an Sterni gerichtet war, denn er blickte wieder wie gebannt auf den Computermonitor.

Sterni blickte auch nicht mehr hoch. Während er immer noch im Programm alle Möglichkeiten ausprobierte, er saß mittlerweile, gab er eine für mich nicht gerade schmeichelhafte Erklärung: »Die ganzen letzten Tage gab es nichts Vernünftiges zu tun, aber anstatt sich mit den sinnvollen Arbeiten zu beschäftigen, benehmen die sich da unten wie kleine Kinder.«

ZONNNG! Der Bildschirm wurde schwarz.

»So ein Mist!« Sterni rutschte auf seinem Stuhl bis an die vordere Kante, fast fürchtete ich, er würde gleich hinunter rutschen, drückte verzweifelt einige Tasten, raste mit der Maus über das Pad ... vergeblich.

Dann kippte er unter einem Ächzen nach hinten. Jetzt hing er wie der berühmte Schluck Wasser in der Kurve auf dem Stuhl.

Fritz gab entnervt auf: »Ich ruf jetzt den ADV-Koordinator an!«

»NEIN!«

Erschrocken ließ Fritz den Telefonhörer, den er bereits in der Hand hielt, wieder auf die Gabel fallen.

Sterni rappelte sich auf: »Das nicht, nein, das nicht! Es reicht, wenn die da unten Blödsinn treiben! WIR werden unser Büro selbst in den Griff bekommen!«

Fritz zuckte mit den Schultern, sah wieder zu mir: »Was war denn nun los da unten?«

»Ach eigentlich nichts Besonderes. Die Jungs haben einen toten Maulwurf gefunden und ich werde ihn verkaufen.« Ein zweifelnder Blick traf mich: »Du verschaukelst mich doch?«

»Nein! Ich denke mir, dass den ein Tierpräparator sicher gerne nimmt.«

Fritz schüttelte abwägend seinen Kopf, zog die Mundwinkel zweifelnd nach unten, sagte aber nichts.

»Die sind bescheuert!« Sterni konnte nicht an sich halten, der Kampf mit dem Computer hielt an.

Ich spürte Oberwasser: »Hast du schon mal einen Maulwurf gesehen? In echt, nicht im Film.«

Ich wartete auf keine Antwort und wurde eindringlicher: »Das ist es nämlich, es gibt sie zwar, aber keiner bekommt sie zu sehen. Aber WIR haben einen ... heil und unversehrt!« Ich hob den Finger: »Keine Läuse, keine äußeren Verletzungen. Vermutlich Herzinfarkt.«

»Ich sag doch, der ist kein Tagesdienst, der ist 'ne Kindergärtnerin!« Sterni hämmerte auf die Tastatur, der Kampf wurde heftiger.

»So ein Maulwurf bringt locker fünfzig Euro!«, trumpfte ich auf: »Das reicht für Kuchen und Eis!«

Fritz war wie elektrisiert, stieß Sterni gegen die Schulter: »Eh Sterni! Kuchen! Umsonst!«

Aber der war in Gedanken wieder längst im Programm.

»Moment! ... Das ... ha ...ben ... wir ... jeeeeeetzt ... JA!

Seine Stimme verriet Erregung. Mit jeder Silbe programmierte er einen Befehl.

Der Bildschirm formte Zeile für Zeile der gesuchten Eingangsmaske. Ein triumphierendes Lächeln zeichnete sich auf seinem Gesicht ab, die verkrampfte Haltung entspannte sich langsam wieder und ich ahnte, dass sich auch damit meine Situation entspannen würde.

»Sterni! Kuchen! Umsonst!

»Jaha!«, echote er, »ich glaube, ihr habt jetzt schon beide 'ne riesige Maulwurfmacke!«

Aber Fritz hatte sich unrettbar auf meine Seite geschlagen: »Weißt du die Nummer?«

»Gelbe Seiten. Branchenbuch!«, erwiderte ich.

»Okay! Ich hab Hunger. Hau rein!«, rief er von seinem Schreibtisch zu mir hinüber und ich zog die untere Schublade des freien Schreibtisches auf und griff nach dem dicken Telefonbuch.

»Aber DAS geht auf dein Privatkonto!«, warf Sterni quasi als letzten schwachen Abwehrversuch ein.

Ich hob wie beschwörend meine geöffneten Hände: »Selbstverständlich! Meine private Pinnummer, meine privaten Kosten...« und mit listig leiser Stimme hinterher: »Dann natürlich auch mein privater Kuchen.«

»He! Sei bloß vorsichtig! Du verschwendest immerhin die Zeit deines Arbeitgebers!«

Ich wusste natürlich, dass das nicht so ernst genommen werden brauchte. Wir sind ja schließlich kein Produktionsunternehmen, was nicht heißen soll, dass wir den lieben, langen Tag im satten, zufriedenen Müßiggang verstreichen lassen. Die Vorstellung von Bier trinkenden, Karten dreschenden Feuerwehrmännern, die in vom Tabakqualm verräucherten Zimmern sitzen, ist ein falsches Bild aus uralten Tagen.

Der Feuerwehrmann von heute leistet neben seiner verantwortungsvollen Tätigkeit auch einen erheblichen Beitrag zur Instandhaltung und Pflege seiner Wache sowie der damit verbundenen Einrichtungen. Mit steigender Kompetenz wächst auch der immer aufwändigere Teil der Büroarbeit, die uns Feuerwehrmännern mehr und mehr aufgebürdet wird. Mit einer gewissen Mischung aus

Resignation und Ärger stellen wir dabei fest, dass die Laufbahnen von Verwaltungsbeamten in der Regel eine wesentlich zügigere Beförderung und auch bessere Bezahlung mit sich bringen, als wir sie im mittleren Dienst je erlangen können.

Dafür reißen wir uns im Einsatz oft den (Verzeihung) Arsch auf, riskieren Kopf und Kragen, tragen die Verantwortung über millionenschweres Gerät, entscheiden in Sekunden über Leben und Tod, über Gesundheit, Wohl und Wehe von Mensch und Tier. Wohlgemerkt, wir haben uns diesen Job ausgesucht, aber keiner hat zu Anfang gewusst, wie schwer es manchmal wird und wie hart es einen treffen kann, wenn man eine falsche Entscheidung fällt.

Politiker nehmen bestenfalls »ihren Hut«, stehlen sich meist mit einer guten Pension aus der Verantwortung. Feuerwehrmänner landen vor dem Kadi, verlieren möglicherweise ihre Pensionsansprüche, weil das Disziplinarverfahren Beförderungen aufhält oder zurücknimmt.

Wir haben keine gewieften Anwälte, die uns schützen, wenn wir einmal doch zu schnell mit Blaulicht in die Kreuzung gefahren sind, weil hinten im Wagen ein Mensch vor Schmerzen schreit. Wir müssen mit unserer »Schuld fertig werden« und stecken obendrein die Prügel ein.

Feuerwehrmänner sind ein wichtiger Teil im großen, namenlosen Heer der so genannten »kleinen Männer«.

Ich könnte auch Fernfahrer, Krankenschwestern, Altenpfleger und viele mehr aufzählen. Menschen, die nie aus der Masse heraustreten, die aber die Basis unserer Gesellschaft bilden, weil sie brav arbeiten, korrekt Steuern zahlen, ohne sie nach Lichtenstein zu schmuggeln. Ihr Anteil am Bruttosozialprodukt ist das, was diesen Staat noch ausmacht! Diese Menschen rationalisieren keine Arbeitsplätze oder fusionieren nicht, um noch mehr Macht zu erlangen. Sie haben kein Chalet in der Schweiz, keine drei Autos und überfette Konten. Aber mit ihren Steuern werden die Paläste von Versicherungen und Banken finanziert, der pompöse Regierungsumzug nach Berlin, alles wird unseren Volksvertretern bezahlt.

Wissen diese überhaupt noch für wen sie da sind? Wofür sie gewählt wurden?

Feuerwehrmänner wissen es noch – sie sind für die Bevölkerung da! Für unser Land! Dafür, dass wir nachts sicher schlafen dürfen! Sie erfüllen ihre Arbeit mit Idealismus genau wie Tausende von Polizisten, die ebenfalls ihren Kopf hinhalten, wenn es brenzlig wird!

Wo sind die Politiker, die Wirtschaftsbosse, die uns in die vielbeschworene Erneuerung der Moral führen, die so dringend gebraucht wird?

Ist der »kleine Mann« dumm, weil er zur Kasse gebeten wird? Hat der »kleine Mann« wirklich nicht verstanden, was die Politiker sagen wollten, wenn sie einmal nicht gewählt wurden? Nein! Ich behaupte, der »kleine Mann« ist die Basis der letzten Moral. Achten wir alle sorgsam darauf, dass wir sie nicht aufgeben, nur weil andere sie schon verloren haben und es einfach wäre, es Ihnen nachzumachen!

»HEH! MAULWURF-MARTIN! Bist du da oben?«

Ich erkannte Michael an der Stimme.

»Ja!«, rief ich runter: »Was ist?«

»Wie, was ist?

»Das frag ich dich! Der Maulwurf liegt hier noch immer so rum ...«

»Okay! Ich komme gleich! Muss nur noch mal telefonieren!«

Leicht gereizt klang es jetzt nach oben: »Kann sein, dass der dann schon platt ist!«

»Wieso?«

Micha, jetzt noch eine Spur knatschiger: »Es soll manchmal auf einer Feuerwache Alarm geben! Weißt du, was der Kleine dann sagt, wenn die Leiter darüber fährt?«

»Ja, ja! Nu beruhige dich mal wieder, ich bin gleich unten!«

Ich hörte, wie Michael etwas in seinen Bart murmelte, dann ertönte das schleifende Geräusch, der sich schließenden Schiebetüre. Bevor sie einrastete, rief er noch entrüstet über meine augenscheinliche Gleichgültigkeit: »QUACK macht der! Nur noch Quack!«, dann klackte die Türe etwas lauter zu als gewöhnlich.

Sterni blickte schadenfroh von seinem Keyboard auf, dem er sich intensiv gewidmet hatte: »Tja Tagesdienst, sieht so aus als hättest du da unten auch schlechte Karten.«

Ich verzichtete lieber auf eine Antwort und sinnierte stattdessen, was besser wäre, erst zu telefonieren oder tatsächlich erst den Maulwurf aus der Fahrzeughalle zu holen.

Natürlich hatte Michael Recht. Einerseits wollte ich aber auch nicht angerannt kommen, nur weil er mich rief. Andererseits hatte ich selber angeordnet, dass der Maulwurf von keinem angerührt werden durfte, aber – das war mir klar – meine Kompetenz in Sachen Maulwurf lag unzweifelhaft außerhalb der Machtbefugnisse eines Tagesdienstes. In dieser Eigenschaft konnte ich zwar Aufgaben und Arbeiten verteilen ... hm, mit dem Maulwurf allerdings konnte ich mich auch ganz schön lächerlich machen. Zumindest bei Sterni schien mir das schon gelungen zu sein. Ach verflixt, wir hatten tatsächlich nichts Gescheites zu tun gehabt in der letzten Zeit. Und ich spannte mich selbst vor diesen blödsinnigen Maulwurf, war ich denn verrückt?

Sterni boxte Fritz in die Seite, die Zwei waren sich längst wieder grün: »Merkst du was, ich glaub, der weiß nicht, was er tun soll!« Die beiden feixten: »Oh Mann! Unser Tagesdienst muss noch viel lernen.«

»Ja, ja«, pflichtete ihm Fritz unter eifrigem Kopfnicken bei und bekräftigte überlaut: »Also ich weiß nicht, ich weiß nicht, wenn er hierbei schon so unentschlossen ist, wie soll das erst an den Einsatzstellen werden?«

»Ihr seid blöd!« Energisch stand ich auf: »Ich geh jetzt runter und schmeiß den Kerl selber in den Container!«

»Großer Fehler. Schon wieder versagt!«, triumphierte Sterni auf.

»Wieso?« Am liebsten hätte ich mir für meine Frage auf die Zunge gebissen. Die verschaukelten mich doch. Ohne die Antwort abzuwarten, eilte ich entschlossen die Wendeltreppe hinunter.

Hinter mir schrie Sterni: »Solche Arbeiten muss man als Tagesdienst delegieren!«

»Und Kuchen zahlst du trotzdem!«, lachte Fritz lauthals.

Ein gütiges Schicksal hatte allerdings etwas anderes mit dem kleinen Maulwurf vor. Zwar hatte er sein vorwiegend unterirdisches Leben bereits ausgehaucht, ein Verschwinden auf Nimmerwiedersehen in den Tiefen unseres Containers sollte ihm jedoch erspart bleiben.

»Tiefgarage brennt! Menschenleben in Gefahr!«

Diese Alarmdurchsage der Leitstelle durchkreuzte im letzten Moment mein schändliches Vorhaben. Hart dröhnte der Vierfachgong durch die Fahrzeughalle. Von heftigem Rauschen begleitet, quäkte eine Stimme eine kaum zu verstehende Durchsage. Es schmerzte richtig in meinen Ohren:

»Telegraphische Feuermeldung! Objekt XXX! Es rücken aus: Von Feuerwache Sieben, 7/46/1 und der RTW 7/83/1, von Feuerwache Sechs, der C-Dienst, 6/46/1 und 6/33/1!«

Sofort machte ich auf dem Absatz kehrt und eilte die wenigen Schritte aus der Fahrzeughalle zurück in das Treppenhaus. Im Durchgangsbereich, der diese beiden Gebäudeteile miteinander verbindet, steht unsere Objektkartei. Ein heller Blechschrank mit vier tiefen Auszügen. Sauber nach Nummern und Brandabschnitten geordnet, hängen hier einige hundert Objekte. Jedes einzeln in einer stabilen Klarsichtfolie und mit einer aufgesteckten Kennnummer versehen. Zwangsläufig müssen die meisten Feuerwehrmänner hier vorbeilaufen, wenn sie im Alarmfall in die Halle wollen. Das war der einzige, aber wichtige Grund den sperrigen Schrank hier zu platzieren. Ansonsten sähen wir ihn lieber an anderer Stelle.

Ich zog die dritte Schublade auf, schnell überflogen meine Augen die kleinen aufgesteckten, schwarz gerahmten Objektnummern – da war sie: XXX. Ich nahm den Hängeordner heraus.

Hinter mir tauchten Fritz und Sterni auf. Sie waren genau wie ich die Wendeltreppe hinuntergeeilt. Fritz hatte im Vorbeigehen das Papier aus dem Fernschreiber gerissen. Ich drückte Sterni die Objektkartei in die Hand, dann stürmten wir zu Dritt in die hell erleuchtete Fahrzeughalle.

Obwohl die Kunstlichtbeleuchtung am helllichten Tag nicht nötig ist, flammen bei Alarm sämtliche Leuchtstoffröhren auf. Ein automatischer Vorgang, der gleichzeitig auf allen Gängen und in sämtlichen Räumen des riesigen Wachgebäudes abläuft.

Wenn ich auch selbst die Objektkartei herausgezogen hatte, konnte ich doch noch nicht sagen, wohin unsere »Reise« ging. Dazu hätte ich sie erst aufklappen müssen.

Das tat Sterni gerade. Nach einem kurzen Blick drehte er sich nach hinten um und teilte uns erste Informationen mit:

»Hört zu Männer, unser Objekt ist eine Tiefgarage. Das Ding hat zwei Untergeschosse und ist riesig!«

Ich zog ein bedenkliches Gesicht.

Uli lachte: »Sterni, mach dir man keine Gedanken, das Ding piss ich doch ganz alleine aus!«

Er reagierte nicht auf diese vollmundige Ankündigung. Aber ich fand es doch wichtig, meine jüngeren Kollegen, auf die Gefahren hinzuweisen:

»Stellt euch das nicht so leicht vor. Ich hab schon Brände in Tiefgaragen erlebt. Solange man nur eine Ebene hat, geht es noch, aber wenn es tiefer geht, beginnen neue Schwierigkeiten. Stellt euch vor, der Wagen steht weit hinten. Ihr müsst euch erst einmal durch den dunklen Malm herankämpfen und dann...«

Daniel unterbrach mich: »Wir haben doch den Lüfter!«, warf er ein.

»Vergiss es. In einer großen Tiefgarage reißt du damit gar nichts, und wenn es auf der unteren Ebene brennt, sowieso nicht. Außerdem denkt an den Kölner Feuerwehrmann. Funk könnt ihr bei dem Stahlbeton so gut wie vergessen, und die Luft in eurem Pressluftatmer ist schneller verbraucht, als Ihr denkt.«

»Martin hat recht.« Schaltete sich jetzt Sterni ein. Möglich, dass ja gar nichts vorliegt, wäre nicht das erste Mal bei einer Tiefgarage. Wenn aber doch, will ich eine hundertprozentige Atemschutzüberwachung. Wahrscheinlich ist Wache Sieben sowieso vor uns da, so dass wir unter Umständen nur in Reserve stehen. Aber das wird sich ja zeigen.«

Uli tuschelte irgendetwas in seinen Bart. Ich konnte es nicht verstehen, dazu war es zu leise. Aber offensichtlich teilte er meine Sorgen um den bevorstehenden Einsatzort nicht. Ich hatte aber keine Lust weiter darauf einzugehen. Außerdem zog er gerade seine schwarze Atemschutzmaske über sein Gesicht. Helmut war ebenfalls so weit. Beide saßen mit dem Rücken in Fahrtrichtung. Die

Einflaschen-Pressluftatmer steckten direkt hinter ihnen in den Halterungen. Ein gewaltiger Fortschritt im Vergleich zu den Fahrzeugen aus meiner Anfangszeit. Seither hatte ich mehrere Generationen von Löschgruppenfahrzeugen erlebt. Jedes war immer weiter verbessert worden.

Das LF 24 dieser moderneren Baureihe bot erheblich mehr Platz als die alten LF 16. Meine Güte, hatten wir uns vor vielen Jahren da mit sieben Mann hineinquetschen müssen! Während der Ausbildung gab es einen Merksatz:

Alle Wollen Wir Mit, Sicher Aber Schnell!

Den Anfangsbuchstaben eines jeden Wortes entsprechend hatte jeder einen festen Platz im Mannschaftsraum.

A stand für Angriffstrupp, **W** für Wassertrupp, **M** für Melder, **S** für Schlauchtrupp. Außerdem wurde mit diesem Satz auch die Reihenfolge der Sitzplätze vorgegeben.

Die jungen Feuerwehrmänner heutzutage schmunzeln gerne über solche »alten Zöpfe«.

Früher hatten sie aber wichtige Funktionen. Die Fahrzeuge waren wesentlich enger und dennoch mussten mehr Feuerwehrmänner darin sitzen und sich ausrüsten als heute. Das ging nur mit absoluter Disziplin und einem genau zugewiesenen Platz, an dem die persönliche Ausrüstung jedes einzelnen Feuerwehrmannes lag. Ohne diese Anordnung herrschte Chaos.

Manchmal habe ich allerdings das Gefühl, dass trotz größerer Fahrzeuge mit mehr Platz im Mannschaftsraum und weniger Personal, heute größeres Durcheinander herrscht als früher.

Teilweise ist das den lockeren Sitten unserer heutigen Zeit zuzuschreiben. Jeder wirft sein »Zeug« irgendwo hin! Lediglich der Angriffstrupp hat seinen festen Platz, bedingt durch die eingebauten Atemschutzgeräte.

Allerdings ist die persönliche Ausrüstung gegenüber vergangenen Zeiten viel umfangreicher geworden. Dabei dachte ich mit einer gewissen Skepsis an die neue Uniform, die wir bald erhalten sollten. Die Wachen Eins und Drei sollten sie zum Teil ja schon tragen, probeweise. Angeblich waren die nicht so zufrieden, denn man schwitzt darin wie in einem Saunaanzug und sie ist sehr dick und unbeweglich.

Na ja, noch trugen wir auf unserer Wache das alte Zeug, wer weiß, wie lange noch?

Ich grübelte, ob der Kölner Feuerwehrmann eine Chance in der neuen Uniform gehabt hätte? Haben die überhaupt schon umgestellt auf EU-Norm? Blöder Gedanke. Als ob eine andere Schutzbekleidung das Fehlen der lebensnotwendigen Luft im Pressluftatmer ersetzen könnte oder die miese Qualität unserer Handsprechfunkgeräte verbesserte. Der Mann ist elendig gestorben … ganz elendig. Ich spüre meine eigene Depression. Sterben, weil der Funk nicht klappt, scheiß Stahlbeton. Sterben nicht als Held, wie im Film, in dem man sich bewusst opfert, um anderen das Leben zu retten. Phhh, im Film, da rennen die ohne angeschlossenen PA rum, da stehen die sogar noch im flammenden Inferno. Film hat so wenig mit unserer Realität zu tun wie ein Thunfisch mit Rollschuhfahren.

Gleich würde uns auch eine dieser weitläufigen Tiefgaragen empfangen. Moderne Katakomben, in denen wir im Brandfall die Hand nicht mehr vor Augen sehen, wo wir Probleme haben, den Kontakt zum Vordermann nicht zu verlieren, so dick ist der schwarze rußige Qualm. Du orientierst dich an den Brandgeräuschen, an der Temperatur, die irgendwann so heftig ansteigt, dass sie dir die Ohren verbrennt, obwohl du das eigentliche Feuer noch gar nicht gesehen hast. Dann musst du tief gebückt weiter, nur unten lässt sich die Temperatur noch ertragen. Dann, endlich hörst du es, das brodelnde, prasselnde und zischende Geräusch der gierig fressenden Flammen. Wie ein kirschroter, wabernder Ball, der ständig seine Form wild und sprunghaft verändert, erkennst du dann den Brandherd. Jetzt erst ist die Zeit gekommen, den Kampf aufzunehmen. Tief, ganz tief am Boden, möglichst aus der Deckung heraus, schleuderst du Wasser aus deinem mitgeführten Strahlrohr in die Flammen. Sofort taucht alles um dich herum in totale Finsternis. Der glühend heiße Wasserdampf raubt dir jegliche Sicht. Wer sich jetzt schon verfrüht und neugierig in Sicherheit wähnend wieder aufrichtet, lernt die schmerzhafte Temperatur des gerade selbst erzeugten heißen Wasserdampfes kennen. Jede unbedeckte Hautstelle brennt höllisch. Mit viel Glück rötet sich nur die Haut, in den meisten Fällen aber entwickeln sich später Blasen, die typischen äußeren Zeichen einer Verbrennung zweiten Grades.

Was würde uns wohl gleich erwarten?

Es ist nicht gut, solchen dunklen Gedanken nachzugehen. Dadurch hatte ich den Rest der Fahrt nicht bewusst miterlebt, nichts von dem Fluchen des Maschinisten gehört, der sich durch den frühen dichten Verkehr quälte und fast seinen rechten Außenspiegel verloren hätte, weil es wieder einmal so eng wurde. Ich hatte auch nicht gehört, wie sich die Wache Sieben meldete und der Leitstelle mitteilte, dass eine Menge dunkler Qualm aus der Tiefgarage kam und sie den ersten Trupp zur Erkundung hineinschicken würden.

Erst ein lang gezogenes erwartungsvolles »AHHH!« meiner Kollegen auf diese über Funk mitgehörte Rückmeldung riss mich aus meinen Gedanken.

Uli, der mir direkt gegenüber saß, schlug kräftig seine Hand mit dem dicken Lederhandschuh auf meinen linken Oberschenkel, dass es klatschte. »So, Schluss mit dem faulen Leben!«

Er schien richtig happy zu sein, dass endlich etwas los war.

Eigentlich hatte er sogar Recht, diese tagelange Warterei hatte uns müde und träge gemacht. Aber wo war mein Schwung, meine Kraft? Ich fühlte mich auf einmal so ausgelaugt und schlapp und war heilfroh, nicht unter einem dieser grässlich schweren Pressluftatmer zu stecken und die schwarze Atemschutzmaske mit den Gummibändern stramm über das ganze Gesicht ziehen zu müssen. Ich hätte mich am liebsten verkrochen, irgendwo. Für eingehendere Betrachtungen meiner Jammersituation blieb keine Zeit. Die Ereignisse vor Ort forderten unsere gesamte Kraft und Konzentration.

Peter Küpperbusch, der C-Dienst, rief dem aussteigenden Sterni etwas zu. Den Anfang hatte ich nicht verstehen können, was ich aber hörte, ließ mir die Haare zu Berge stehen.

… wahrscheinlich noch zwei Kinder im VW-Bus! Im Untergeschoss!«

Gerda Klingenthal war spät dran an diesem Morgen. Normalerweise hätte sie längst ihre kleine Tochter Melanie in den Kindergarten gefahren. Aber Dominik hatte in dieser Nacht wieder einen schlimmen Asthmaanfall bekommen. Stundenlang hatte sie bei ihm gesessen. Er hatte mehrmals sein Spray inhaliert, aber seine Atmung wollte nicht besser werden. Sie kannten beide diese seit Jahren immer wiederkehrenden Anfälle und wussten genau, was zu tun war. Diesmal jedoch war Gerda nahe dran, den Notarzt zu rufen.

Dominik schluchzte, seine Lippen waren bläulich verfärbt, bleich sein kleines schmales Gesichtchen. Aber um nichts in der Welt wollte er wieder in das Krankenhaus. Er wollte bei seiner Mama bleiben und sie sollte ihm »Tim und Struppi« vorlesen. Auch dieser Anfall würde doch wieder vorübergehen, spätestens gegen Morgen. Er wollte auch unbedingt zur Schule, obwohl im Moment nichts, aber auch gar nichts darauf schließen ließ, dass es ihm in den nächsten Stunden besser gehen würde.

Dominik war ein tapferer, zäher Junge, der sich mit eisernem Willen gegen seine Krankheit auflehnte. Seine Mutter wusste das zu schätzen und sie liebte ihren Kleinen dafür nur um so mehr.

»Stress, Frau Klingenthal, Stress und Aufregung sind Gift für Dominik. Außerdem müsste der Junge dringend in Kur fahren. Eine Mutter-und-Kind-Kur, die würde auch Ihnen gut tun.«

»Aber ich…, wie…, ich muss doch arbeiten.« Resigniert hob sie die Schultern. »Das Geld wissen Sie…«

Gerda Klingenthal kämpfte gegen den Kloß in ihrem Hals, unterdrückte die aufsteigenden Tränen. Dann überwand sie ihre Hemmung und teilte sich ihrem Hausarzt mit:

»Ich bin geschieden, Doktor.« Ihre Stimme klang ausdruckslos und ihre Augen blickten aus dem Fenster in irgendwelche Fernen. »Ich habe mich verschuldet, um einen VW-Bus zu kaufen. Nur so war ich in der Lage Geld zu verdienen. Ich kann sie mir nicht leisten… diese Kur.«

Der Arzt rückte seine randlose Brille zurecht und blätterte in der vor ihm liegenden Krankenakte. Dann sah er sie ernst an. »Es ist wichtig.«

»Ich weiß, aber es geht nicht.«

»Ich könnte den Jungen auch alleine…«

»Auf keinen Fall«, ihre Stimme wurde lauter, der Widerstand war klar herauszuhören. Beschwichtigend hob der Arzt die Hände, lächelte sie milde an: »Ist vielleicht auch nicht so gut, wenn wir sie beide trennen.« Dann sah er wieder nach unten, fuhr mit dem Zeigefinger über die Zeilen. »Ich kann Ihnen ein Schreiben für die

Krankenkasse fertig machen. In Ihrer Situation wird wahrscheinlich alles bezahlt.« Er suchte wieder den Blickkontakt zu seiner Patientin. Sie aber wich ihm aus, senkte ihre Augen und schwieg. Es war ein betretenes Schweigen, das er unterbrach, indem er sich einen Ruck gab: »Überlegen Sie es sich noch einmal. Auf jeden Fall sollten Sie meinen Kollegen von der pneumologischen Abteilung in Kaiserswerth aufsuchen. Die Mädchen vorne werden Ihnen die Telefonnummer geben.«

Er erhob sich. Auch sie stand auf, nahm die dargebotene Hand zum Abschied und verließ dann die Praxis. Die Telefonnummer hatte sie sich nicht mehr geben lassen.

»Mama, »Tim und Struppi« bitte.«

Sorgenvoll ruhten ihre Augen auf ihrem kleinen Sohn. Er sah so zerbrechlich aus und hatte doch soviel Kraft. Würde sie auch weiterhin soviel Kraft haben? »Mama!«

Sie riss sich zusammen, blickte zur Uhr. Der schmale Sekundenzeiger drehte gnadenlos seine Runden, schleppend folgte der Lange für die Minuten und geradezu endlos der Kurze für die Stunden. Sie griff nach dem Cartoon, dessen rote und schwarze Deckblattfarben im gelblichen Licht der Nachttischlampe so unnatürlich erschienen. Dann schlug sie die Seite auf, bei der sie zuletzt geendet hatten:

»Kapitän Haddock nahm den verwirrten Professor Bienlein bei der Hand und zog ihn in das bereitstehende Auto...«

Nach einiger Zeit hörte sie erleichtert die sich wieder normalisierenden Atemzüge ihres eingeschlafenen Sohnes. Kurze Zeit später fielen auch ihr die übermüdeten, stark geröteten Augen zu. »Tim und Struppi« entglitt ihren Händen. So schliefen sie nebeneinander in Dominiks schmalem Bettchen, bis die beiden irgendwann am Morgen, natürlich viel zu spät, von Melanie mit ihrer Lieblingspuppe im Arm geweckt wurden.

Sie hatte ihren Chef angerufen, mitgeteilt, dass es etwas später würde: »Mein Sohn, Sie wissen ja, heute Nacht hatte er wieder einen Asthmaanfall.«

Ja, er wusste, er hatte bisher auch weitestgehend Verständnis gezeigt. *Allerdings wenn mehrere seiner freien Auslieferer ebenfalls ein Problem hätten ... Na ja, ich bin ja kein Unmensch oder Ausbeuter, trotzdem ...*

Gerda Klingenthal war froh, dass ihr Chef Verständnis zeigte, aber sie war nicht so naiv zu glauben, dass er solche Verspätungen immer schlucken würde. Sie versuchte dieses Manko mit besonderer Zuverlässigkeit auszugleichen. Wo andere schon mal schlabberten, indem sie zum Beispiel ein Paket erst am nächsten Tag auslieferten, weil es schon so spät war, achtete sie exakt auf das Datum. Wenn da der 20. draufstand, dann kam sie auch am 20., auch wenn es bereits sehr spät war. Das schätzte ihr Chef an ihr, denn seine Kunden legten größtmöglichen Wert auf termingenaue Lieferung.

Auch heute würde es wieder spät werden, das wusste sie. Voller Schrecken verdrängte sie den Gedanken, was wäre, wenn sie ohne die Hilfe ihrer Mutter klar kommen müsste. Immerhin würde sie im kommenden Monat 68 Jahre. Ich sollte ihr etwas Besonderes schenken. Gibt es etwas Besonderes, das billig ist?

Dominik wollte in die Schule. Es war wieder eines dieser ihr unverständlichen Wunder. Sie war selber schlagkaputt, er war fit ... geradezu unheimlich, aber es war wirklich so.

»Kommt Kinder! Zähneputzen, waschen und anziehen! Wir sind ja etwas spät dran heute, aber das holen wir doch wieder auf – oder?«

Ein paar Minuten später saßen sie gemeinsam beim Frühstück, dann ging es mit dem Fahrstuhl abwärts in die Tiefgarage.

Sie hatte lange überlegt, ob sie sich einen Tiefgaragenplatz leisten konnte. Aber die Gefahr, dass ihr wichtigstes Firmenkapital draußen gestohlen werden könnte, dass sie im Winter wesentlich später wegkäme, weil sie wie viele andere Eis kratzen müsste, hatten den Ausschlag gegeben. Trotzdem taten ihr die monatlichen 120 Mark weh.

Einer, der genügend Kleingeld besaß, war der Rentner Karl-Heinz Werner. Im Gegensatz zu Gerda Klingenthal hatte er seine Wohnung nicht gemietet, sondern gekauft. Von den achtundzwanzig Eigentumswohnungen hier im Haus waren knapp die Hälfte vermietet. Die Eigentümer hatten sie als solide Kapitalanlage gekauft und konnten zufrieden sein. Der Versicherungskonzern, der diesen umfangreichen Komplex erstellt hatte, vermietete den angrenzenden Büro- und Geschäftskomplex mit hoher gewinnbringender

Rendite. Aber auch der Verkauf der Eigentumswohnungen hatte sich gelohnt. Citynah, mit guter Bahnverbindung und das alles in einem soliden Mischungsverhältnis von Einzelhandelsgeschäften und ansprechenden Wohnhäusern. Fast mochte dieser Doppelkomplex zu wuchtig erscheinen, aber der Architekt verstand sein Handwerk. Mit verhältnismäßig geringen Mehrkosten hatte er das Äußere geschickt aufgelockert und somit die Proportionen entschärft. Beide Gebäude teilten sich die gemeinsame Tiefgarage. Sie konnte über zwei Ein- und Ausfahrten befahren werden, wobei durch die Nähe zum Büro- und Geschäftshaus eine Einfahrt überwiegend von den Angestellten genutzt wurde, während die Privatleute die andere Einfahrt wählten. Im Haus gab es einen Fahrstuhl, den Karl-Heinz Werner gerne nutzte. Das war einer der Gründe gewesen, sich hier eine Wohnung zu kaufen, er war nicht mehr gut zu Fuß.

Das war nicht sein einziges Problem, denn er hörte auch nicht mehr gut. Nach anfänglichem Sträuben hatte er sich doch ein Hörgerät angeschafft, obwohl es durch altersbedingte Vergesslichkeit meistens wohl verwahrt in seiner Nachttischschublade lag. So auch heute Morgen, als er seinen Friseur aufsuchen wollte. Er genoss das: Haare schneiden und gleichzeitig sich rasieren zu lassen.

Im Aufzug traf er Frau Bernschmidt, eine alte Quasselstrippe, die penetrant nach billigem Parfüm stank. Er verzog keine Miene, als sie zu ihm in den Fahrstuhl stieg. Für ihn war sie Luft, stinkende Luft.

Frau Bernschmidt schien das nicht im Geringsten zu stören: »Hallo, Herr Werner«, flötete sie und presste ihren dicken Busen demonstrativ gegen die Brust von Herrn Werner. Der Aufzug war nicht gerade groß, aber ausreichend für fünf Personen. Es bestand also kein Grund sich so zu quetschen. Frau Bernschmidt sah das anders. Immerhin war Herr Werner in ihren Augen nicht unattraktiv und zudem offensichtlich vermögend. Dass er verheiratet war, störte sie nicht, im Moment war er ja allein – zu allein, wie sie oft empfand. Und auf ihren riesigen Busen waren die Männer schon früher verrückt gewesen.

Aber Herr Werner mochte keinen Riesenbusen und den von Frau Bernschmidt überhaupt nicht. Nur war er viel zu sehr Gentleman, als das er sich beschwert hätte. Statt dessen räusperte er sich nur dezent und blickte demonstrativ zur Seite.

»Schon so früh auf den Beinen?«

Keine Reaktion. Aber sie ließ nicht locker. Eine Oktave höher, näherte sie sich seinem Ohr: »Ich fragte, schon so früh auf den Beinen?«

Es half nichts, er musste antworten: »Was sagten Sie bitte?«

»Aha, Sie haben Ihr süßes kleines Gerätchen nicht mit?«, rief sie und versuchte, mit der Rechten hinter sein Ohr zu fassen. In Wirklichkeit streichelte sie sein silbrig gelocktes Haar.

Wie von der Tarantel gebissen zuckte Herr Werner zurück: »Lassen Sie das!«, bellte er sie heftig an. Frau Bernschmidt zog beleidigt ihre Hand zurück und entzog ihm strafend den wallenden Busen. Im Erdgeschoss stieg sie aus.

Gott sei Dank, diese Frau schafft es noch, dass ich ausziehe.

Er fuhr bis auf die untere Parketage und angelte den Wagenschlüssel aus der Hosentasche.

Seinen Friseur konnte er eigentlich genauso gut zu Fuß erreichen, wahrscheinlich sogar besser. Nur zählte Herr Werner zu der Sorte Mensch, die selbst sinnlos kurze Wege grundsätzlich mit dem Auto erledigten. Der hohe Spritpreis konnte ihn nicht schocken. Zwar meckerte er wie die meisten Menschen, aber er zog daraus keine vernünftige Konsequenz. Dabei war seine Zeit als aktiver Autofahrer aus Gründen der Verkehrssicherheit längst abgelaufen. In den letzten drei Jahren häuften sich die Bagatellunfälle. Er sah nicht mehr so gut, insbesondere im Dunkeln, seine Reaktionsfähigkeit ließ sehr zu wünschen übrig (letztens hätte er fast einen Fußgänger angefahren, weil er bei einem völlig unnötigen Ausweichmanöver auf den Gehweg geraten war) und seinen Parkplatz in der Tiefgarage erreichte er nur noch mit Schrammen.

Wenn ich merke, dass ich nicht mehr sicher fahre, gebe ich meinen Führerschein freiwillig ab, hatte er immer betont. Seine Frau, die schon seit längerem nicht mehr mit ihm fuhr (worüber er ständig mit ihr in Streit geriet), hielt ihm seine eigenen Worte mindestens einmal die Woche vor. »Ich weiß gar nicht, was du hast, ich fahre doch sicher. Du kannst das ja gar nicht beurteilen! Du fährst ja nicht mehr mit mir!«

Wie viele Werners gibt es in diesem Land. Wie viele potenzielle Zeitbomben ticken in unserem Verkehr?

Sein tiefblauer, siebener BMW stand ziemlich weit hinten. Er war stolz auf seinen Wagen und stolz auf sich, weil er im Gegensatz zu vielen in seinem Alter noch Autofahrer war. Er fühlte sich fit und genoss die Freiheit fahren zu können, wann und wohin er wollte. Das würde er nicht aufgeben wollen. Noch nicht – vielleicht später einmal, wenn er nicht mehr sicher genug wäre. Der Gedanke an die ständigen Nörgeleien seiner Frau über sein fahrerisches Können, mischten sich mit dem Ärger über diese penetrant aufdringliche Frau Bernschmidt.

Heute war sie wirklich zu weit gegangen. Sein Puls war stark angestiegen, so dass sein implantierter Schrittmacher keine Zusatzimpulse abgeben musste. Er drehte den Zündschlüssel nach rechts. Ein widerlich schnarrendes Geräusch ertönte, dass er auch ohne sein Hörgerät vernehmen konnte. Er traktierte die Batterie eine ganze Weile ohne Erfolg. Endlich schaffte es die gequälte Technik, den Anlasser zu starten. Werner trat das Gaspedal tief durch, der Motor heulte laut auf.

»WRRMMM! WRMMM! WRRRRMMMMMM!«

Kleine Schweißtropfen bildeten sich auf seiner Stirne, er legte den Rückwärtsgang ein.

Gerda Klingenthal hatte den Fahrstuhl zur Tiefgarage schon früher verlassen. Sie schnallte ihre Tochter in den Kindersitz, den sie noch mit ihrem Mann zusammen gekauft hatte. Am liebsten hätte sie ihn weggeworfen. Alles, was an ihn erinnerte, hätte sie gerne weggeworfen. Dieses Schwein, aber sie besaß nicht genug Geld, um jede Kleinigkeit neu zu kaufen. Und ein Kindersitz war für sie keine Kleinigkeit. Also blieb er.

Sie atmete tief durch und schluckte die Verbitterung runter.

»So, mein Kleiner und jetzt du.«

»Ich bin nicht mehr klein!« Dominik hasste es, als klein tituliert zu werden, was seine Mutter nicht daran hinderte, es dennoch weiter zu sagen.

»Ich weiß, aber du wirst immer mein kleiner Dominik bleiben.« Sie rieb seine beiden Wangen mit den Handflächen, so dass er den

Kopf nicht zur Seite drehen konnte, wie er es so gern tat. Dann küsste sie ihn auf seine Stirn: »So! Jetzt geht es los!«

Sie drehte den Zündschlüssel, der Motor sprang sofort an. Sie legte den ersten Gang ein und drückte das Gaspedal leicht nach unten. Der VW-Bus rollte an.

»Mama! Licht an!«

»Oh ja richtig, hab ich doch glatt vergessen.« Die Mutter tat sehr überrascht, aber ihre Kinder riefen im Chor: »Das vergisst du doch jedes Mal!« Dann bog der Bus um die erste Ecke, fuhr in Richtung Ausgang auf die Rampe zu.

Frau Bernschmidt hatte inzwischen ihren Abfalleimer entleert. *Ich könnte eigentlich noch an meinen Wagen gehen und die Sonnenbrille herausnehmen, die ich gestern vergessen habe.* Sie entschloss sich, nicht den Fahrstuhl zu nehmen, sondern über die Einfahrt nach unten zu gehen, getrieben von der verführerischen Fantasie, ihrem Schwarm Herrn Werner noch einmal zu begegnen. Sie zog bei dem Gedanken die gezupften Augenbrauen hoch. Verdient hätte er es ja nicht, aber sie konnte ihm schon nicht mehr zürnen. Beschwingt tippelte sie auf ihren goldfarbenen Pumps die Schräge hinunter.

Erst als sie den Abgang zur zweiten Schräge erreichte, sah sie den BMW von Herrn Werner auf sich zukommen. Er fuhr ohne Licht. *Mein Gott*, dachte sie entrüstet. *Fährt denn hier jeder, ohne das Licht einzuschalten. Das ist ja die reinste Marotte hier im Haus.* Beherzt trat sie auf die Fahrbahn, fest entschlossen, ein paar ernste Takte loszulassen. So ging das ja wohl nicht. Und da behaupten die Männer immer noch, die besseren Fahrer zu sein!

Oh mein Gott! Die Bernschmidt!, durchzuckte es Herrn Werner. Unvermittelt tauchte ihre markante füllige Silhouette unverwechselbar vor ihm auf.

Was will DIE denn schon wieder. Ist die denn verrückt? Läuft das Weibsbild doch mitten auf der Fahrbahn. Fahren konnte sie ja noch nie – aber das sie nicht mal richtig als Fußgängerin . . .

Herr Werners Aufregung und sein Ärger schwollen weiter an. Er hatte sich sowieso noch nicht beruhigt. Er sah, wie Frau Bernschmidt die Hand hob und winkte, eindeutig ein Winken, das ihn zum Anhalten veranlassen sollte.

Ich denke gar nicht daran! Aber überfahren kann ich sie auch nicht (obwohl ihm der Gedanke schon durch den Kopf geschossen war, natürlich rein theoretisch).

Kurz entschlossen trat er hart auf die Bremse. Auf keinen Fall wollte er von dieser Frau angehalten werden. Die ist glatt im Stande und wollte bei ihm mitfahren.

Der schwere BMW nickte tief nach vorne ein. Dann riss er den Schalthebel in den Rückwärtsgang. Mit lautem Kreischen verabschiedeten sich einige Zahnräder ... der Schweiß auf seiner Stirne bildete jetzt schon kleine Rinnsale.

Wie ein Albtraum näherte sich die Bernschmidt.

Verflucht nochmal! Herr Werner verlor endgültig die Nerven.

Nun komm schon, du blöde Kiste...! Endlich rastete der Rückwärtsgang ein. Er ließ die Kupplung springen und gab Vollgas. Der Wagen bockte, wurde fast abgewürgt, schoss dann aber wie von einer Sehne geschnellt nach hinten. Erschrocken klammerten sich seine Hände fest um den ledernen Lenkradkranz. Die Knöchel traten weißlich hervor. Herr Werner riss seinen Kopf nach hinten und sah zwei helle Lichter. Aber anstatt zu bremsen, trat er voller Panik das Gaspedal weiter bis zum Anschlag durch. Reifen quietschten, es stank nach verbranntem Gummi.

Mit entsetztem Blick starrte Frau Bernschmidt dem sich rasant entfernenden BMW hinterher. Dann hörte sie diesen ohrenbetäubenden Knall.

Gerda Klingenthal hatte keine Chance. Als sie die weißen Leuchten der Rückfahrscheinwerfer bemerkte, war es bereits zu spät. Ihr blieb nicht einmal Zeit für die Schrecksekunde. Mit brutaler Energie wurde sie nach dem Anprall von ihrem Sitz nach vorne gerissen. Sie schlug mit dem Kopf gegen die Windschutzscheibe. Der Schmerz flutete wie eine Welle von oben nach unten durch ihren Körper, da riss sie die gleiche Energie auch schon wieder zurück. Peitschenartig schleuderte ihr Kopf weit in den Nacken, erschlafft sanken die Arme vom Lenkrad. Schlagartig wurde es finstere Nacht um sie. Das Bewusstsein hatte ihren leblosen Körper verlassen.

Dominik flog mit seinem Kindersitz gegen die Rückwand ihres Fahrersitzes. Er schrie laut auf, als sein kleines Gesicht schmerzverzerrt schutzlos dagegen prallte. Dann lag er unten auf dem Teppichboden des Busses und spürte, wie der Wagen zurückraste, in die Richtung aus der sie eben erst gekommen waren. Den zweiten Anprall erlebte er nicht mehr bewusst. Der Schock hatte ihn ergriffen und milderte die Schmerzen, als er zum wiederholten Male mitsamt seinem Sitz herumgewirbelt wurde. Diesmal knallte er äußerst hart gegen die unteren Holme der Rücksitzbank, auf der er eben noch angeschnallt war. Sein linkes Knie zerbrach mit hässlichem Knirschen.

Seine kleine Schwester Melanie hatte von all dem nichts mitbekommen. Nach der Aufforderung an ihre Mutter das Fahrlicht einzuschalten, beschäftigte sie sich intensiv mit ihrer Puppe. Alles ging so schnell. Sie wurde zwar in ihrem Sitz arg hin und her geschleudert, aber im Gegensatz zu ihrem Bruder schützte ihr Sitz sie so gut, dass später nur die blutunterlaufenen Striemen der strammen Gurtbänder den schlimmen Unfall dokumentierten. Die entstandenen Schmerzen spürte Melanie aber nicht. Voller Panik sah sie auf ihren blutenden Bruder hinunter, der seltsam verkrümmt und stumm, immer noch im Kindersitz, auf dem Boden des Autos lag. Sie wusste nicht, was geschehen war. Sie schluchzte und rief immer wieder nach ihrer Mama, aber die antwortete nicht. Dann roch sie den beißenden, ekeligen Qualm und die Tränen liefen noch stärker. Warum half ihr denn keiner? Fest drückte sie die Puppe an sich, die sie nicht verloren hatte. Ihr kleiner Körper zitterte wie Espenlaub. Dann presste sie die Schnalle des Hosenträgergurtes auf, dem sie ihr Leben verdankte.

Frau Bernschmidt lief so schnell es ihre Pumps erlaubten. Als sie durch die Seitenscheibe in den BMW blickte, wusste sie sofort, was sie tun musste. Herr Werner saß über das Lenkrad gebeugt, mit wachsbleichem Gesicht leblos in seinem Wagen. Sie klopfte erst an die Türe. Er regte sich nicht. Sie nahm ihren ganzen Mut zusammen und öffnete sie. Dann tastete sie nach seinem Hals. Zu einer anderen Zeit hätte sie das sicher sehr erregt. Jetzt empfand sie nur Angst. Den Halspuls fand sie nicht, aber sie vernahm das tiefe Stöhnen und war erleichtert darüber. Dann erkannte sie, dass sie nicht in der Lage war, diesen Mann aus dem Auto zu zerren. Bevor sie Hilfe holte, rettete sie Herrn Werners Leben mit zwei wichtigen Handgriffen. Zuerst legte sie mit dem seitlichen Hebel die Rücklehne weit nach hinten. Dann zog sie den Bewusstlosen selber vom Lenkrad weg und ließ ihn langsam zurückgleiten. Das war sehr anstrengend für eine dicke aufgeregte Frau, die in ihrem Leben nie schwere körperliche Arbeit verrichten brauchte. Aber sie wusste, dass es damit noch nicht zu Ende war.

Telefon, ich muss zum Telefon! schoss es ihr durch den Kopf. Oh Gott! Es riecht, als ob es brennen würde. Panik kam in ihr auf. Dann zwang sie sich, klar zu denken. Vielleicht hat Herr Werner ein Handy? Verzweifelt blickte sie sich im Wagen um. Nichts. Dann tastete sie die Brusttasche seines hellbraunen Tweedjacketts ab. Es wäre ja auch zu einfach gewesen. Jetzt musste sie rennen. Und sie rannte wie wohl nie zuvor in ihrem Leben. Auf halber Strecke stieß sie gegen den Abfalleimer, den sie vorhin fallen gelassen hatte. Bei aller Hektik und Panik, die sie ergriffen hatte, arbeitete ihr Gehirn dennoch logisch. Vernünftigerweise rannte sie nicht zum Fahrstuhl, um in ihre oben liegende Wohnung zu gelangen, sondern geradewegs in die Eingangshalle der Versicherungsgesellschaft. Die Pförtnerloge war immer besetzt, das wusste sie. Hier würde sie Hilfe bekommen.

Mehrere Menschen in der in schwarzem Granit gehaltenen, weitläufigen Halle blickten sich verwundert um, als sie schnaufend und schwitzend hereingestürzt kam. Am liebsten hätte sie lauthals schon im Eingang jedem Anwesenden ihre Not entgegengeschleudert, aber sie besaß kaum genug Puste, einige zusammenhängende Sätze heraus zu bringen.

Sie legte gerne etwas mehr Rouge auf als nötig. Jetzt aber schien sie einem, jeden Moment platzenden, purpurroten Luftballon ähnlicher zu sein, als einer fein gepuderten Dame.

Endlich hatte der erstaunte Pförtner begriffen, was diese Frau wollte. Einige Menschen waren stehen geblieben, allerdings nur aus Neugierde. Aber das Ereignis war ja nicht zu sehen, zumindest nicht von hier aus und so verliefen sie sich wieder. Es war wohl auch niemand unter ihnen, der ernstlich hätte helfen wollen.

247

Nachdem der Pförtner die Feuerwehr angerufen hatte, ertönte hinter ihm ein dezentes Signal. Die Brandmeldeanlage der Tiefgarage hatte sich aktiviert. Hier oben empfing er lediglich die Meldung, dass es irgendwo dort unten brannte.

In der Leitstelle der Berufsfeuerwehr Düsseldorf betätigte der zuständige Disponent die Alarmierungsknöpfe für die Feuerwachen Sechs und Sieben.

Der Pförtner rief in der Direktion der Versicherungsgesellschaft an. Immerhin standen die noblen Dienstwagen seiner Vorgesetzten da unten.

Frau Bernschmidts Herz raste in ihrer Brust, immer noch atmete sie heftig und schwer. Ohne auf die Rufe des Pförtners zu achten, sie müsse doch hier bleiben, verließ sie die Eingangshalle auf dem gleichen Weg, wie sie sie betreten hatte. Diesmal nur etwas langsamer.

Qualm drang aus der breiten Ausfahrt der Tiefgarage. Menschen sammelten sich an, blieben stehen. Es wurden immer mehr. Frau Bernschmidt musste mit einem Mal weinen. Hemmungslos liefen ihr die Tränen über die Wangen, verschmierten das ohnehin schon stark ramponierte Rouge. Die Menschen blickten verlegen zur Seite, zuckten die Schultern und gingen ein paar Meter weiter, um dann erneut stehen zu bleiben. Es gab ja etwas Aufregendes zu sehen. Und es würde sicher noch aufregender, denn in der Ferne erklangen die Sirenen der anrückenden Feuerwehr.

Ein Brand entwickelt sich meistens mit beängstigender Geschwindigkeit. Laien unterschätzen die potenziellen Gefahren und glauben, selber noch löschen zu können oder persönliche Gegenstände in Sicherheit bringen zu müssen, bevor sie selber die Gefahrenzone verlassen. Eine trügerische Fehleinschätzung mit nicht selten verheerenden Folgen für Leib und Leben.

Opfer von Unfällen hingegen haben meist keine Möglichkeit, sich aus eigener Kraft zu befreien. Für sie wird jede Sekunde des Wartens zur Qual und manchmal wissen wir, die Einsatzkräfte der Feuerwehr, nicht einmal, dass Menschen in Gefahr schweben.

Das Stichwort »Menschenleben in Gefahr« setzt nicht nur gewaltige Emotionen frei, es hat auch höchste Priorität vor allem anderen. Sämtliche Kräfte werden unverzüglich mit dem Ziel gebündelt, verletzte oder gefährdete Menschen zu retten. Hierin sind sich die Feuerwehren dieser Welt alle einig. Die am Einsatz Beteiligten wachsen oft über sich selbst hinaus, überschreiten ihre persönliche Leistungsgrenze und versuchen, das Unmögliche möglich zu machen.

Jetzt scheiden sich aber auch die Geister, hier wird die Spreu vom Weizen getrennt. Allerdings sind es nur Wenige, die spüren, dass sie den Anforderungen nicht gerecht werden, die von Angst gelähmt nicht in der Lage sind, qualifiziert und überlegt zu handeln und zu helfen. Deshalb sind diese Wenigen nicht automatisch schlechte Menschen, hier zeigt sich einfach nur:

Berufsfeuerwehrmann zu sein ist mehr als nur ein Beruf zum Geldverdienen!

Freiwillige Feuerwehrmänner und Feuerwehrfrauen setzen sich diesen Gefahren unentgeltlich aus idealistischen Gründen aus!

Das LF der Feuerwache Sieben donnerte von südlicher Richtung kommend über die breite, dichtbefahrene Kölner Landstraße, bog dann nach links ab. Die Männer kannten das markante, hohe Doppelgebäude von einer Besichtigung her. Allerdings beschränkte sich diese Besichtigung auf die äußeren Gegebenheiten, wie Anfahrmöglichkeiten, Wassereinspeisung ins Gebäude und die Art der Tiefgarage mit ihrer Brandmeldeanlage. Leider lag diese, der allgemeinen Orientierung dienende Begehung schon fast zwei Jahre zurück und die beiden Männer im Angriffstrupp waren zu dieser Zeit auch nicht im Dienst gewesen.

Sie saßen fertig ausgerüstet unter ihren Atemschutzmasken, die Pressluftatmer auf dem Rücken, den Handscheinwerfer in der Hand, allein im hinteren Mannschaftsraum.

Wienand Koch, der Maschinist, bremste das Feuerwehrfahrzeug, das für wesentlich mehr Männer gedacht war, hart neben der Tiefgarageneinfahrt.

Egon Pöhls Tage an Feuerwache Sieben waren gezählt. Nächsten Monat würde er das Kommando an Feuerwache Zwei in Oberkassel übernehmen. Heute sollte er in seinem alten Brandschutzabschnitt noch einmal hart gefordert werden. Er warf seinem Maschinisten einen bedenklichen Blick zu:

»Das ist genau das, was ich so liebe, Wienand! Keine Leute auf dem Wagen und dann Feuer in so einer Scheiß-Tiefgarage. Ich setz mir selbst auch ein Gerät auf und geh zusammen mit dem Angriffstrupp rein. Gib Rückmeldung: Qualm aus Tiefgarage, drei Mann unter PA zur Erkundung.«

Wenn Wache Sechs und der C-Dienst hier sind, sollen sie sofort mit Wasser hinterher kommen.«

Wienand hatte bereits den Funkhörer herausgerissen und sprach mit der Leitstelle.

Das hörte Egon Pöhl schon nicht mehr, da er sich unmittelbar nach seiner Anweisung aus dem hohen Führerhaus geschwungen hatte und das außen liegende Fach mit den weiteren vier Pressluftatmern öffnete.

Dirk Leisten und Alexander Fels warfen sich erstaunte Blicke zu: der Chef selber unter PA?

Für lange Erklärungen gab es aber weder Veranlassung noch Zeit. Während er sich das Gerät anschnallte, erteilte Egon Pöhl seine Befehle:

»Handfeuerlöscher! Brecheisen! Tragbarer Scheinwerfer! Wir dringen schnellstmöglich vor, solange wir noch einigermaßen sehen können. Es soll noch ein Mann im Wagen sein!«

»C-Rohr?«, fragte Alexander.

»Vergiss es! Das hier muss blitzschnell gehen. Rein, retten, raus! Löschen müssen die anderen!«

Während seiner schnell gesprochenen Worte hatte er sich die Gurte des Pressluftatmers strammgezogen und die Atemschutzmaske übergestreift.

Wienand sprang herbei, drehte das Anschlussgewinde des Lungenautomaten in die Maske ein. Die Drei rissen die gelben Plastikstreifen aus ihren Totmannschaltern, ein grelles kurzes Pfeifen ertönte, um sofort wieder zu verstummen. Die kleinen Atemschutzüberwachungsgeräte waren aktiviert, allerdings hatte sich niemand die Zeit genommen, die Überwachungstafel konsequent einzusetzen.

Wienand hob die drei Streifen auf und steckte sie in seine Hosentasche. Er machte ein saures Gesicht. Tolle Atemschutzüberwachung! Wie soll ich denn da meinen Job machen?

In der Tat, es war seine Aufgabe, aber er hatte auch noch anderes zu tun! Als erstes rannte er zum Heck des Fahrzeugs und kuppelte die beiden großen Schlauchhaspeln ab. Er zog die einachsigen, mit B-Schläuchen bestückten Haspeln nur wenige Meter hinter sein LF, damit er Bewegungsfreiheit am Pumpenbedienstand hatte. Das Aluminiumrollo flog in die Höhe. Die, für einen Laien verwirrende Anzahl von Kupplungsein- und abgängen, die vielen Ventile mit ihren Handrädern, die unzähligen Schalter und Hebel des riesigen elektrischen Bedienfeldes lagen vor ihm.

Wienand war völlig auf sich allein gestellt. Niemand, der die Feuerwehrschläuche aus den seitlichen Gerätefächern holte und ausrollte. Aber er verschwendete keine Zeit mit frustrierenden Gedanken über die chaotische Personalsituation.

Zügig mit sicheren, geschulten Griffen arbeitete er ab, was eigentlich vier Mann erledigen sollten. In diesem Moment höchster Gefahr war er nicht nur Maschinist, sondern zusätzlich noch Wassertrupp und Schlauchtrupp. Er raste an das hintere linke Fach, riss einen Verteiler sowie den oberen Korb mit drei in Buchten gelegten C-Schläuchen heraus.

Dann hastete er an die gegenüberliegende Fahrzeugseite, schob das Rollo nach oben, in dem sich die gerollten B-Schläuche befinden. An der Betonwand des Tiefgarageneingangs hatte er ein Hydrantenhinweisschild gesehen. Mit zwei B-Längen würde er locker hinkommen. Wienand zog das Standrohr und den langen Hydrantenschlüssel aus dem hinteren Fach der gleichen Seite, legte beides aber nochmal auf den Asphalt.

Rasch griff er einen der B-Schläuche und ließ ihn mit kräftigem Schwung abrollen. Eine Kupplung schloss er an den Pumpeneingang des Fahrzeugtanks, die andere klemmte er sich mit dem zweiten B-Schlauch unter den rechten Arm. In der linken trug er das Standrohr sowie den Hydrantenschlüssel. Nach zwanzig Metern hatte er den ersten angekuppelten Schlauch voll ausgezogen. Bis zum Unterflurhydrant waren es noch knapp zehn Meter. Der schwere B-Schlauch rutschte zwischen seinem Arm und seinem Körper immer weiter hinunter. Wienand fluchte. Ich hätte ihn anders packen sollen. Aber eben hatte er noch alle Hände voll gehabt, da war das nicht so einfach.

Er ließ den hinderlichen Rollschlauch vollends fallen und legte die letzten Meter schneller zurück.

Der Wasseranschluss für sein Standrohr befand sich auf einer hundertfünfziger Leitung im frostfreien Bereich tief in der Erde. Er musste nur den ovalen Metalldeckel öffnen, um an das hochgezogene Kupplungsteil zu gelangen, wobei ihm der lange Hydrantenschlüssel half. Das Standrohr hatte er schnell aufgeschraubt.

Jetzt flitzte er zurück zu dem fallen gelassenen B-Schlauch. In der Ferne ertönte eine Sirene. Hoffentlich die Verstärkung von Wache Sechs, dachte er und rollte auch den zweiten Schlauch mit einem kräftigen Armschwung aus, wobei er die beiden Kupplungsenden mit seiner linken Hand fest hielt. Wie eine Kegelkugel rollte der Schlauch ab. Mit jeder Umdrehung verringerte sich sein Umfang, bis das Ende schließlich auf die Straße peitschte. Wienand kuppelte die beiden ausgerollten B-Schläuche aneinander, so dass nun die Verbindung vom Hydrant zur Pumpe hergestellt war. Am Standrohr befanden sich zwei Anschlüsse für jeweils einen B-Schlauch. Jeder Anschluss hatte sein eigenes Ventil.

Bevor er den Schlauch mit Wasser füllte, spülte er zuerst über den ungenutzten Anschluss die Leitung frei. Sprudelnd pladderte der Wasserstrahl über den Gehweg. Nach zwei, drei Sekunden sperrte Wienand ab und öffnete das gegenüberliegende Ventil. Sofort füllte sich die angeschlossene B-Leitung mit dem einschießenden Wasser, schneller als er seinen Maschinenstand erreichen konnte. Jetzt verfügte er über »unbegrenzte« Mengen an Löschwasser und schaltete seine Pumpe ein. Speziell gestaltete Laufräder innerhalb des Pumpengehäuses verwandelten Fliehkraft in Druck. Mit nur geringen Bewegungen am Gashebel konnte er dem Wasser solche Drücke geben, dass ein Mann am Strahlrohr von dieser Kraft umgerissen werden konnte. Natürlich bestand seine Aufgabe genau darin, so etwas nicht vorkommen zu lassen, entsprechend würde er seine Druckmanometer immer genau im Auge behalten. Aber noch benötigte niemand Wasser aus seinem Fahrzeug. Es war kein weiterer Feuerwehrmann da, der diese dringende Aufgabe hätte übernehmen können!

Wienand machte sich ernsthafte Sorgen. Aber seine Kollegen hatten keine Alternative gehabt. Verdammt, wo bleibt nur die Wache Sechs?

Wache Sechs saß fest. Neugierige Autofahrer hatten die Zufahrtswege blockiert. Es waren zwar nur wenige, aber das reichte. Bis die sich endlich mühsam an die Seiten gequetscht hatten, verging etliche Zeit. Zeit, die dringend benötigt wurde und jetzt sinnlos verstrich. Nur im Schritttempo ging es weiter, es war fürchterlich.

Gute Arbeit hatte hingegen der Pförtner des Versicherungskonzerns geleistet, indem er von seinem Schaltpult aus die Rolltore der Tiefgarageneinfahrten hochfahren ließ und anschließend festsetzte. Dadurch konnten die Feuerwehrmänner Alexander Fels und Dirk Leisten unter der Führung ihres Chefs Egon Pöhl ohne zeitliche Verzögerung in die Tiefgarage eindringen.

Egon Pöhl hatte verlässliche Informationen, dass zumindest eine Person bewusstlos in einem BMW in Höhe der Abfahrt zum zweiten Untergeschoss liegen sollte.

Frau Bernschmidt hatte das trotz ihrer Aufgeregtheit dem Pförtner genau mitgeteilt. Von den anderen Menschen, die weiter unten in ihrem VW-Bus hilflos gefangen waren, ahnte sie selber nichts. Und so wusste bisher niemand von der akuten Gefahr, die das Leben einer Mutter und ihrer beiden Kinder bedrohte.

Der VW-Bus war nach dem heftigen Zusammenprall mit dem zurückrasenden BMW außer Kontrolle. Mit einer bewusstlosen Fahrerin rollte er die steil geneigte Fahrbahn zurück. In der Kurve rammte sein Heck einen alten Mitsubishi. Dieses Auto war etwas, das man landläufig als »Rostlaube« bezeichnet. Viel Prestolit und einige unqualifiziert eingeschweißte Bleche trugen nicht gerade zu seiner ohnehin geschwächten Karosserie bei. So kam es, dass der schwergewichtige VW-Bus den Motorraum des Mitsubishis wie Pergamentpapier zerbröselte. Der Kühler schob sich in den Motorblock, die Lichtmaschine riss ab. Das war an und für sich nicht tragisch. Aber der Kurzschluss, den das Massekabel unglücklicherweise an einem der wenigen echten Karosserieteile, die noch aus Autoblech bestanden, erzeugte, verursachte sofort einen Motorbrand. Dieser fand reichlich Nahrung in den ölverkrusteten, dicken Ablagerungen des altersschwachen Motors, der seit Jahren keine ordentliche Inspektion mehr erhalten hatte.

Die kleine Melanie hatte verzweifelt den Arm ihrer Mutter geschüttelt, vergeblich. Sie traute sich nicht, zu ihrem Bruder zu blicken, der nach wie vor regungslos auf dem schwarzen Kokosmattenboden lag, und drückte jetzt den Hebel der seitlichen Schiebetüre hinunter. Entweder war sie zu schwach, um den Widerstand der mechanischen Sperre zu überwinden oder die Kindersicherung war eingerastet. Melanie hatte sich jetzt einigermaßen unter Kontrolle. Zwar wusste sie nicht, wie ernst ihre Situation war (das war auch gut so, denn die dadurch entstehende Angst, hätte sie sicher völlig gelähmt), aber sie erkannte, dass sie Hilfe holen musste.

Nach den vergeblichen Versuchen an der Seitentüre stieg sie nach vorne durch und öffnete problemlos die Beifahrertüre. Draußen roch sie den ekeligen Brandrauch und musste heftig husten. Im Inneren des VWs war es bei Weitem nicht so schlimm. Hier drang der gefährliche Rauch durch die eingedellte Heckklappe nur gering aber kontinuierlich in den Fahrgastraum. Es war nur eine Frage der Zeit, bis das Feuer voll ausbrach, um dann irgendwann auf den VW-Bus überzugreifen. Melanie schlug die Beifahrertüre hinter sich zu, das war sehr gut. Dann marschierte sie im Licht der eingeschalteten Autoscheinwerfer die schräge Ausfahrt hinauf. Über ihr kräuselten sich dicke Schwaden stinkenden Brandrauchs die Decke entlang. Bei einer Körpergröße unter einszwanzig blieb sie davon verschont. Einmal nur blickte sie zurück. Was sie sah, ließ sie erschaudern. Heller Feuerschein und dichter dunkler Qualm hüllten ihren VW ein.

Die Puppe fest an ihr wild schlagendes Herz gepresst, rannte sie immer schneller nach draußen. Dann blieb sie voll Entsetzen abrupt stehen. Ehe sie sich entscheiden konnte, wohin sie fliehen sollte, hatten die drei »Außerirdischen« sie erreicht.

Die Feuerwehrmänner rannten auf die kleine Melanie zu. *Mein Gott, ein kleines Kind! Hoffentlich sind nicht noch weitere Menschen in Gefahr!*

Dirk ging in die Knie: »He Kleine, wo kommst du denn her?« Durch seine Atemschutzmaske klang seine Stimme für das verängstigte Mädchen bedrohlich und Dirk erkannte, warum die Kleine nur die Händchen vor ihr Gesicht schlug und jämmerlich schluchzte. Er nahm seinen Helm ab, riss sich die Maske vom Gesicht und griff behutsam die kleinen zitternden Händchen. Jetzt, nachdem aus dem »Außerirdischen« ein Mensch geworden war, berichtete Melanie unter Tränen mit stockender Stimme, was unten in der Tiefgarage geschehen war. Alles wusste sie nicht, aber das war für die Drei auch nicht nötig. Was sie erfuhren, reichte, um eine neue Strategie für ihr weiteres Vorgehen abzusprechen.

Dirk sollte die Kleine in Sicherheit bringen. Er hatte sowieso Helm und Maske ausgezogen und war im Moment die Vertrauensperson für das Mädchen. Er sollte dann unverzüglich mit hoffentlich verstärkten Kräften und Wasser am Rohr nachfolgen.

Egon und Alexander eilten tiefer in die Garage hinein. Hinter der ersten Kurve sahen sie den BMW. Er stand mit immer noch laufendem Motor und eingeschalteten Scheinwerfern auf einem bereits besetzten Parkplatz. Den Blechschaden, den er dabei erzeugt hatte, konnte man angesichts der Gesamtsituation allerdings als zweitrangig einstufen, obwohl er sicher nicht unbedeutend war.

Karl-Heinz Werner lag immer noch genauso in seinem Sitz, wie ihn Frau Bernschmidt verlassen hatte.

Nach einem kurzen Check zerrten ihn die beiden mit vereinten Kräften auf den Beifahrersitz. Alexander sollte ihn in seinem eigenen, eindeutig fahrtüchtigen Wagen nach draußen fahren. Das war die schnellste und sicherste Methode, dieses Problem zu lösen.

Nachdem sich der BMW entfernt hatte, stand Egon Pöhl allein hier unten. Ein Löschgruppenführer ohne Löschgruppe! Ein Feuerwehrmann ohne ausreichende Löschmittel mit einem Pressluftatmer auf dem Rücken und einem PKW-Brand, in dem sich zwei Menschen in akuter Lebensgefahr befanden! Das hätte er sich in seinen kühnsten Fantasien nicht träumen lassen.

Endlich hatten wir den Einsatzort erreicht. Wienand hatte sein Löschfahrzeug so platziert, dass genügend Bewegungsspielraum für weitere Kräfte und deren Entfaltung zur Verfügung stand. Er rannte sogleich zu uns und informierte Sterni über die vertrackte Situation.

Sekunden später drang unser Angriffstrupp in die Tiefgarage ein. Hinter sich zogen sie die zwei B-Schlauchhaspeln, die Wienand von seinem Fahrzeug abgekuppelt hatte. Auf den obersten Metern kam ihnen Dirk mit dem kleinen Mädchen entgegen. Er trug sie jetzt auf den Armen. Maske und Helm baumelten unter ihrem Körper in seiner Hand.

Draußen rauschte der zweite C-Dienst heran. Jürgen Leineweber hatte keine so lange Anfahrt gehabt, wie wir von Feuerwache Sechs. Trotz seines wendigeren Fahrzeugs und eines geschickteren Anfahrweges, hatte er diese Vorteile nicht nutzen können. Auch er wurde Opfer des allgemeinen und im direkten Umfeld des Einsatzortes speziellen Verkehrschaos.

Sterni sah mit Verwunderung, wie der rote C-Dienst-Bus eintraf. Er hatte ihn nicht angefordert. Wesentlich lieber hätte er noch einige einfache Feuerwehrmänner, denn die Tiefgarage war riesig.

Die komplizierte Situation an der Einsatzstelle mit zwei Einfahrten, zwei Tiefgeschossen und eingeschlossenen Menschen verlangte in der Tat nach mehr Personal und einer straffen Führung. Hierin lag die Stärke eines guten C-Dienstes!

Zwar gab es immer wieder Querelen zwischen den DGL und den C-Dienstmännern, sinnloses Kompetenzgerangel, aber in mehr und mehr Situationen zeigten sich die Vorteile anhand beeindruckender Ergebnisse. Es waren doch nicht nur »Sandkastenspiele«, welche die »Theoretiker« für den Ernstfall erdacht und geprobt hatten.

Jürgen Leineweber war ein stiller, aber scharfsinniger Mann. Reden musste er als Pressesprecher schon genug, an Einsatzstellen erteilte er Befehle und erwartete positive Resultate.

Er besprach die gesammelten, bereits bekannten Informationen mit seinen Kollegen. Dann erweiterten sie die bereits laufenden Maßnahmen.

Zuerst forderte er einen zusätzlichen Löschzug an. Außerdem einen RTW sowie einen NAW. Damit sah er sich auf der sicheren Seite. Ob er mit seiner Einschätzung richtig lag, würde sich erst nach Beendigung des Einsatzes zeigen. Aber wer konnte das schon mit Sicherheit voraussagen. Wenn es so einfach wäre – aber das war es nicht. Sicher, als Einsatzleiter ließ man meist mehr Fahrzeuge und Kräfte anrücken, als dann tatsächlich benötigt wurden, wenn sie überhaupt zur Verfügung standen. Man konnte aber auch nicht fern aller logischen Überlegungen bedenkenlos nachfordern, nur um auf jeden Fall auf der sicheren Seite zu stehen. Die strategischen Überlegungen mussten schon vernünftigen, nachvollziehbaren Handlungen entsprechen. Genauso schlüssig und konsequent mussten die daraus entwickelten Taktiken ausgeführt werden.

Die damit verbundene Belastung wiegt schwer. Auf jeder Einsatzstelle muss permanent das Vorgehen überdacht werden. Immer wieder entstehen neue Gefahrenmomente, treten neue Bedingungen auf, die vorher nicht bekannt waren.

Die Flexibilität und die Möglichkeiten des Geistes werden aber immer wieder von den Gegebenheiten vor Ort eingegrenzt. Ein Trupp kann eben nur an einer Stelle eingesetzt werden und ein Löschfahrzeug kann auch nicht nach Belieben von einem Punkt zum anderen umgestellt werden. Dinge, die einmal laufen, entwickeln Eigendynamik und das Geschehen bei solchen Unglücken richtet sich grundsätzlich nicht nach den Wünschen der Einsatzleiter. Das hatte Jürgen Leineweber in seiner langjährigen Laufbahn bei der Feuerwehr schon zu Genüge erfahren. Auch wenn ihm die Sorge um seine Männer nicht immer anzusehen war, bangte er doch um jeden Einzelnen.

Die Herausforderung an dieser Einsatzstelle lag eindeutig darin, eine nicht gesicherte Zahl von gefährdeten Menschen mit einer zu geringen Zahl von Einsatzkräften zu retten. Die Zeit war der alles bestimmende Faktor. Es ging buchstäblich um jede Sekunde. Das Auffinden der Brandstelle wurde zunehmend schwerer, denn der dynamische Verlauf eines PKW-Brandes vermindert die Sicht in einer Tiefgarage durch die starke Rauchentwicklung drastisch. Die Überlebenschance eingeschlossener Menschen sinkt in dieser giftigen Atmosphäre rapide gegen Null. Die Letalitätsrate durch Brandrauch ist gegenüber der direkten Flammeneinwirkung überproportional hoch. Das alles wusste er. In solchen Momenten hätte er sich am liebsten selbst ein Gerät auf den Rücken geschnallt, um mit seinen Männern in die akute Gefahrenzone einzudringen. Aber seine Aufgabe war es, den Einsatz zu leiten und dabei nicht die Übersicht zu verlieren.

Drei Trupps unter PA waren in die Tiefgarage geschickt worden. Der Angriffstrupp von Feuerwache Sechs mit Ulrich Nagel und Helmut Hackin war unterwegs mit den beiden B-Schlauchhaspeln. Zur Verstärkung folgte über den gleichen Weg Dirk Leisten mit Alexander Fels. Sie sollten, da sie sich unbelastet bewegen konnten, die beiden anderen überholen und lediglich mit Handfeuerlöschern zu Egon Pöhl vordringen. Der Versuch, mit ihm Kontakt über Florentine aufzunehmen, hatte zu keinem Ergebnis geführt. So wusste man draußen weder etwas über seinen Verbleib noch etwas über die momentane Situation vor Ort. So gesehen durfte der zweite Trupp ohne weiteres als Rettungstrupp betrachtet werden, hoffentlich nicht für einen eigenen Mann, ging es Jürgen Leineweber durch den Kopf.

Verdammt auch! Wie konnte Egon nur einen der eklatantesten Grundsätze des Atemschutzes einfach über Bord kippen. Niemals allein, das war wie beim Tauchen. Und das bei einem Mann wie Egon Pöhl, der selber Einsätze leitete.

Hoffentlich geht das gut. Aber mehr konnte er von hier draußen nicht machen.

Mittlerweile musste er die Einsatzstelle alleine leiten. Peter Küpperbusch war zu einem anderen Einsatz gerufen worden. Brand in Hellerhof, dem südlichsten Wachbezirk von Feuerwache Sechs. Die Leitstelle hatte ein Fahrzeug von Feuerwache Eins geschickt und gleichzeitig die Freiwillige Feuerwehr Garath alarmiert.

Den dritten Trupp, ebenfalls von Feuerwache Sechs, hatte er über den zweiten Einfahrtsweg in die Tiefgarage eindringen lassen. Er wurde unterstützt von der Drehleiterbesatzung, die ihnen so weit es ging eine Schlauchleitung zurechtlegte. Diesem alten Feuerwehrprinzip, über zwei unabhängige Wege zum Einsatzort vorzudringen folgend, hatte ich mich mit Daniel Schlagmann auf den Weg gemacht. Natürlich trugen auch wir Pressluftatmer auf den Rücken, allerdings die Version mit erhöhtem Luftvorrat, so dass wir für maximal sechzig Minuten Atemluft besaßen.

Draußen wurde unser LF in den unmittelbaren zweiten Eingangsbereich positioniert. Heinrich Osthoff war der Maschinist.

Die beiden B-Schlauchhaspeln rollten Fritz Horn und Stan Trunitschek so weit es ging die asphaltierte Einfahrt hinunter. Hier war die Verqualmung nur mäßig, so dass sie uns bis fast zur zweiten Ebene begleiten konnten. Dann verbot sich ein weiteres Vordringen ohne Atemschutz. Die Sicht war immer noch ausreichend, aber rußige Flocken tanzten in der Luft, außerdem enthielt die Luft sicher auch Brandgase, die mit bloßem Auge nicht zu erkennen sind. Sie sind heimtückisch, denn sie reizen nicht nur die Schleimhäute, sondern bergen auch noch wesentlich intensivere Gefahren. Rechtzeitig trennten sich die beiden von uns. Draußen wartete auf sie genauso dringliche Arbeit.

Ich betätigte mein Funkgerät: »DGL 6 für Angriffstrupp 2 kommen.«

Sofort meldete sich Sterni: »DGL 6 hört, kommen.«

»Frage Lautstärke und Verständigung, kommen?«

»Klar und deutlich.«

»Okay, wir erreichen jetzt die zweite Parkebene, die Sicht wird zunehmend schlechter. Wir schließen jetzt die Geräte an, Ende!«

»Angriffstrupp 2 verstanden. Meldet Euch wieder, Ende.«

Wir hatten gleich die erste Schlauchhaspel abgerollt. Vom LF bis hier hinunter fünf Schläuche à zwanzig Meter. Jetzt schlug die letzte Kupplung auf den Betonboden. Die leere Haspel schoben wir an die Seite und verkuppelten das Ende ihres letzten Schlauches mit dem Anfang des ersten Schlauches der zweiten Haspel. Den Alukorb mit C-Schläuchen mussten wir natürlich auch noch mitschleppen.

Ich verfluchte die Erbauer dieser Tiefgarage, die es versäumt hatten, eine Trockenleitung mit Wandhydranten einzubauen. Dann hätten wir uns diese Plackerei nämlich sparen können und wären wesentlich schneller vorangekommen. *War das nicht sogar Pflicht? Bei zwei Parkgeschossen unter der Erde? Und wenn es so wäre?* Uns nutzte das nichts. Was nicht vorhanden war, gab es eben nicht!

Daniel schien Ähnliches zu denken, denn er sprach mich an: »Also, ich hab in meiner Ausbildung gelernt, dass solche Objekte gesprinklert sein müssen.« Seine Worte klangen abgehackt und undeutlich durch die Atemschutzmaske. Wir bewegten uns ja auch nicht wie gemütliche Spaziergänger, sondern hatten einen leichten

Trab vorgelegt. Dementsprechend knapp viel meine Antwort aus: »Siehst du welche?«

»Ne!« Damit war unser Gespräch beendet und wir legten den weiteren Weg schweigend zurück.

Nachdem wir die untere Parkebene erreicht hatten, wandten wir uns in östliche Richtung. Die spärliche Notbeleuchtung zeigte einen langen Gang. Rechts wie links standen geparkte PKW, aber es gab noch reichlich freie Parkbuchten. Ganz weit hinten, ich schätzte in 30 Meter Entfernung, verloren sich die regelmäßig angeordneten Deckenleuchten in einem dichten, schwarzgrauen Nebel. Ab da würde es schwerer werden, das wusste ich aus Erfahrung. Denn das war kein Nebel, sondern massiver Brandrauch. Es musste also mächtig knistern, da hinten.

Ein Blick auf unsere Haspel: *Gut achtzig Meter, reicht wahrscheinlich. Ob die anderen schon vor uns da waren?*

Egon Pöhl war sich genau darüber im Klaren, eklatant gegen Grundsätze des Vorgehens unter Atemschutz zu verstoßen, gegen verschiedene andere Vorschriften übrigens ebenfalls!

Egal! Da unten schwebte eine Mutter mit ihrem Kind in Lebensgefahr!

Nachdem er sich rückblickend überzeugt hatte, dass Alex mit dem BMW problemlos nach draußen fuhr, fiel er in einen leichten Trab. So erreichte er rasch die Brandstelle. Die letzten zwanzig Meter hatte er schon gebückt laufen müssen, um nicht mit dem Kopf in der verqualmten Zone über ihm zu stecken. Noch hatte er den Lungenautomaten nicht angeschlossen. Er wollte die kostbare Atemluft in seiner Stahlflasche so lange wie irgend möglich erhalten. Der Zeitpunkt, an dem es ohne nicht mehr ging, käme noch früh genug, das wusste er genau. Und der Weg, den er jetzt noch ohne zurücklegen konnte, würde in wenigen Minuten nur noch mit Hilfe des Pressluftatmers begehbar sein. Seine Gedanken kreisten wie wild, würde es ihm gelingen die zwei Menschen aus der Gefahrenzone zu retten?

Aus der dunklen Wand vor ihm tauchten urplötzlich die Lichtkegel zweier Autoscheinwerfer auf. Er vernahm das Prasseln und Knistern eines im Vollbrand stehenden Fahrzeugs, ohne jedoch

Genaues erkennen zu können. Zu dicht war die Verqualmung vor ihm, die sich jetzt bis knapp über den Boden erstreckte.

Heftig atmend fiel er auf die Knie, riss das Sprechfunkgerät aus seiner Brusttasche: »Wienand! Hörst du mich? Ich brauche dringend Wasser! Wienand! Schick um Gottes Willen einen Trupp mit Wasser runter!«

Aber weder Wienand noch irgendwer sonst konnte ihn empfangen. Mehrere Schichten massiver Stahlbeton schirmten die ausgehenden Funkwellen hermetisch ab. Nicht einmal ein Rauschen drang an die Außenwelt.

Egon vertrödelte nicht eine Sekunde mit dem Warten auf eine mögliche positive Antwort. In fieberhafter Eile schraubte er das Anschlussgewinde seines Lungenautomaten in den Maskenanschluss. Routinemäßig blickte er auf sein Druckmanometer. Volle Ladung, aber er wäre auch mit nur fünfzig Bar Druck vorgegangen!

Bei aller Kühnheit startete er dennoch kein Kamikazeunternehmen. So hatte er von zwei auf seinem Weg befindlichen Betonpfeilern die angebrachten PG 6 abgerissen. Es standen ihm also zwölf Kilogramm Glutbrandpulver zur Verfügung. Damit konnte ein gut ausgebildeter und zu allem entschlossener Feuerwehrmann schon Etliches ausrichten. Und er war wild entschlossen zwei Menschen dieser Feuerhölle zu entreißen!

Egon lief tief gebückt auf die Front des VW-Busses zu. Die Scheinwerfer wirkten dabei wie die Leitstrahlen eines Flughafens. Ihm kam das sehr gelegen. Erstens konnte er so zielstrebig vorgehen und musste sich nicht orientierungslos durch die rabenschwarzen Rauchschwaden tasten, zweitens befand er sich dadurch in einem relativ sicheren Bereich. Er tastete den Griff der Beifahrertür, öffnete sie nur einen schmalen Spalt breit. Was er sah, und er konnte etwas sehen, gab ihm neue Energie und Hoffnung. Der Innenraum des Busses war nur leicht verqualmt. Sofort öffnete er die Türe ganz, warf die beiden Feuerlöscher in den Fußraum und schwang sich selbst auf den Beifahrersitz. Mit beiden Händen zog er hastig die Türe zu. Er spürte den Widerstand, hervorgerufen durch den leichten Überdruck, der sich bei einem Brand im Inneren eines geschlossenen Fahrzeugs aufbaut. Hier drin herrschten noch einigermaßen gute Sichtverhältnisse.

Der Blick durch die Frontscheibe hingegen zeigte pech-schwarze Finsternis. Im Rückfenster waberte es dunkelrot. Sein Blick erfasste die volle Tragweite der schweren, gefährlichen Aufgabe, sah die verkrümmte kleine Gestalt des Jungen, der mitsamt Kindersitz am Boden lag, und die bewusstlose Mutter, dazu ein Feuer, das jeden Moment durch den Motorraum oder zerplatzende Scheiben eindringen könnte. Auf einmal spürte er seine eigene Ohnmacht. Verzweiflung machte sich breit, es fehlte an allen Enden und Ecken: Kein Löschwasser, keine Vakuummatratze, keine Jet-Schienen und Stiff-Necks und keine Hand, die ihm helfen konnte. *Und gleich fliegen dir die Fetzen um die Ohren!*

Egon Pöhl spürte etwas. War das Angst? Oder war es nur die Nervosität dieser angespannten Situation?

Dann riss er sich zusammen. So elendig er sich gerade auch gefühlt hatte, so schnell war es wieder vorbei, aber es hatte einen nachhaltigen Eindruck in ihm hinterlassen.

Als erstes stülpte er der bewusstlosen Mutter die Fluchthaube über den Kopf. Ihren Halspuls tastete er erst gar nicht. Für Reanimationsmaßnahmen bestand hier sowieso keine Zeit. Außerdem wollte er nicht wissen, ob sie tot sei. Das würde ihn nur seiner Hoffnung berauben, eine Hoffnung, die er selber dringend benötigte, um die schwierige Rettung durchzuführen! Von Alex hatte er sich bei ihrer Trennung dessen Fluchthaube geben lassen. Diese zog er nun ebenfalls aus der schwarzen Kunststoffdose und nahm sie für den Jungen.

Am Besten, ich trage ihn so wie er ist mit Kindersitz nach draußen, dachte er sich. *Das Kind zuerst, dann die Mutter.* Sein Plan war, beide erst vor den Bus zu legen, um sie dann raus zu bringen. Ihm war klar, dass er es nicht schaffen würde, erst einen hinaus zu bringen, zurück zu kommen, um dann den zweiten zu holen. Die Rückscheibe würde gleich platzen, sie bildete bereits die gefährliche Krümelstruktur. Das bedeutete, ihre Stabilität war gleich Null.

Egon schnappte sich den Jungen.

Dirk und Alex trabten nicht, sie rannten! Jetzt überholten sie die beiden Kollegen mit den B-Schlauchhaspeln. Die machten zwar auch mächtig Dampf, hatten aber bei allen Bemühungen schnell voran zu kommen, eine Schlauchleitung zu verlegen.

Draußen wurde Herr Werner von zwei Rettungsassistenten der Malteser in ihrem RTW versorgt. Gleichzeitig kümmerte sich ein Dritter liebevoll um die kleine Melanie. Beide saßen im Führerhaus des RTW. Melanie weinte nicht mehr, saß auf dem Schoß des Rettungsassistenten und kuschelte sich eng an seinen weißen Pullover. Er musste nicht viel reden, streichelte beruhigend ihre blasse Wange. Da er selber zwei kleine Kinder hatte, wusste er, was hier nötig war.

Der ursprünglich an Feuerwache Sieben stationierte RTW war zwar mitalarmiert worden, zerknirscht und wütend musste die Besatzung kurze Zeit später der Leitstelle mitteilen, dass ihr Wagen wegen einer wörtlich »verreckten Batterie« nicht aus der Halle kam.

Der Wagen der Malteser stand am günstigsten, so dass sie in die Bresche sprangen.

Ohne die verschiedenen Hilfsorganisationen wäre ein funktionierender Rettungsdienst nicht durchführbar!

Feuerwache Vier war mittlerweile alarmiert worden. Von der Behrenstraße kommend, donnerten die Großfahrzeuge heran. Günter Nuth hatte sieben erprobte Männer bei sich.

Gleichzeitig näherte sich der Notarztwagen von Feuerwache Eins mit Dr. Schmitz-Beuting, Horst Herforth und zwei weiteren Rettungsassistenten.

Das Feuer fraß sich in den Motorraum des VW-Bus. An der Rückfront war der mehrschichtige Lack an vielen Stellen längst bis auf das nackte Blech runtergebrannt.

Kabel verschmorten in der Hitze, lösten einen Kurzschluss aus – die Scheinwerfer erstarben.

Dirk und Alex mussten weit vor der Stelle, an der ihr Chef seinen PA angeschlossen hatte, die Lungenautomaten eindrehen. Sie hatten das Track-Light mit, einen leistungsstarken Handscheinwerfer, der die üblichen Handlampen um ein zigfaches in seiner Leuchtkraft übertraf.

Sie erreichten ihren Chef, als er den Jungen vor dem VW-Bus ablegen wollte.

»Schnell! Noch die Fahrerin! Die Zeit ist knapp, der Bus wird jeden Moment durchzünden!«

Ein gutes Gefühl kam in ihm hoch. Natürlich legte er den Jungen jetzt nicht mehr ab, sondern begab sich unverzüglich auf den Rückweg. *Höchste Zeit, dass der Junge ärztlich versorgt würde!*

Bevor er die Biegung erreichte, warf er einen Blick zurück. Alex hatte sich die Frau quer über seine Schulter gelegt und folgte in etwa zwanzig Metern. Dirk ging seitlich hinter ihm. Dann sah er das helle Aufflammen, der VW-Bus hatte durchgezündet. Unwillkürlich zuckte er zusammen und ein grausiger Schauer rann über seinen Rücken.

Wenn ich jetzt noch da unten wäre?

Dann riss er sich von diesem Anblick los und eilte weiter dem Ausgang zu.

Die Feuerwehrmänner Ulrich Nagel und Helmut Hackin hatten ihre Schlauchleitung verlegt. Mit Genugtuung hatten sie die eigenen Kollegen mit den Geretteten zur Kenntnis genommen. *Also keine Menschenrettung mehr, nur noch Löscharbeit!* Schlagartig fiel der innere Druck von ihnen ab.

Auch sie mussten jetzt ihre Pressluftatmer aktivieren. Sie setzten den mitgebrachten Verteiler und kuppelten den B-Schlauch an sein Ende.

Auch wenn der C-Schlauch noch nicht ausgerollt war, gab Ulrich dem Maschinisten das wohl bekannte Kommando: »WASSER MARSCH!« über Florentine.

Keine Antwort. Uli war in punkto Funkdisziplin nicht gerade zimperlich. Er brauchte Wasser und das nicht erst in drei Stunden. Dementsprechend verärgert fiel sein zweiter Funkspruch aus:

»HE, IHR SCHEISSER! ICH HAB WASSER MARSCH GERUFEN! . . . SEID IHR TAUB ODER WAS?

Vielleicht war es für seinen weiteren Werdegang besser, dass ihn keiner hörte. Jedenfalls kapierte er schnell und rannte wieselflink, trotz PA auf dem Rücken, bis zur ersten Parkebene zurück. Hier hatte er endlich Erfolg mit seinem Funkspruch. Sein Wunsch nach Wasser wurde prompt erfüllt.

Als er zurück kam, hatte Helmut alles fertig. Das C-Rohr war angekuppelt, das Handrad links am Verteiler aufgedreht. Er hatte drei Schlauchlängen in großen Buchten zu einer ausreichenden Schlauchreserve verlegt, somit waren sie in der Lage, bei Bedarf zu jeder Seite des Brandes vorzudringen.

Die Strahlungswärme war gewaltig. Seit der Bus ebenfalls im Vollbrand stand, bildeten sich solch extreme Temperaturen, dass der Beton von der darüber befindlichen Decke in großen Placken abplatzte. Blasen bildeten sich auf den Lacken, der rechts und links parkenden PKW. Nur aus gesicherter Deckung, hinter einem entfernteren Fahrzeug kauernd, vermochten sie die ersten Wassermassen in das Flammenmeer zu schleudern!

Ich hatte mit Daniel die dunkle Wand erreicht. Unsere Sicht war gleich Null. Irgendwo voraus hörten wir es prasseln. Auch wir hatten unseren Verteiler gesetzt, kurz bevor wir in den dichten Brandrauch eintauchten. Im Gegensatz zu Uli und Helmut hatten wir, in Unkenntnis der Entfernung, sicherheitshalber vier C-Schläuche ausgelegt und das Strahlrohr an die letzte Kupplung angeschlossen. Somit hatten wir immerhin für weitere 60 Meter Spielraum, mit Sicherheit mehr als genug, denn die Brandgeräusche waren bereits zu vernehmen.

Natürlich ging es uns, was den Funk betraf, nicht besser als den anderen. Ich machte mich selber auf den Weg zurück. Vorher hatte ich Daniel strikt angewiesen, nicht weiter alleine vorzugehen. Unterwegs bekam ich Bedenken: *Wäre es nicht besser gewesen, ihn zu schicken? Hoffentlich hielt er sich an meine Anordnung! Sein jugendliches Temperament könnte ja ...*

Gott sei Dank fand ich ihn an der gleichen Stelle vor, an der ich ihn verlassen hatte.

Brandrauch führt zwar Wärme mit, schützt aber gleichzeitig auch vor der unangenehmen Strahlungswärme. Noch war die Temperatur erträglich. Dann blies uns auf einmal eine extreme Hitze entgegen. *Wasserdampf!* schoss es mir durch den Kopf.

Wie auf Kommando fielen wir beide auf alle viere. Für Daniel war das eine neue Erfahrung, er zögerte jedoch nicht eine Sekunde in seinem weiteren Vorgehen. Ich packte ihn am Bein, als er davonpreschen wollte: »He! Denk dran, wir müssen zusammen bleiben!«

Da wir uns in dieser Finsternis nur noch auf kürzeste Distanz und dann auch nur schemenhaft sehen konnten, war körperlicher Kontakt angezeigt. Hier unten am Boden war die Temperatur noch einigermaßen erträglich. Wobei die Temperatur nicht mein Problem war. Unbehagen bereitete mir viel mehr der leicht schräge Boden, über den wir gerade krochen. Brennbare Flüssigkeiten konnten so unmittelbar auf uns zufließen. Kein angenehmer Gedanke, besonders bei diesen elenden Sichtverhältnissen. Ich zerrte etwas heftiger an Daniels Bein, er war schon wieder voraus.

Verdammt, bin ich denn schon so alt, dass ich nicht mehr mithalten kann? Ich kam auf gleiche Höhe und teilte ihm meine Bedenken mit. Natürlich ging es trotzdem weiter, aber wir waren beide auf der Hut und versuchten, mit Augen und Ohren diese künstliche Nacht zu durchdringen. Kurze Zeit später brach ein Höllenfeuer los. *War das Krieg?*

Vor uns zerbarsten mit scharfem, ohrenbetäubendem Knall irgendwelche Geschosse. Wir pressten uns platt wie die Flundern auf den Boden. In diesem Moment war uns scheißegal, wer oder was noch auf uns zukriechen oder -fließen könnte. Die Erinnerung an die Geschichte mit der Propangasflasche geisterte noch äußerst lebhaft in unseren Köpfen.

Wenige Meter voraus schien ein komplettes Munitionsdepot hochzugehen. Grelle Blitze durchzuckten die undurchsichtige, rauch- und rußgeschwärzte Umgebung. Ganze Salven ohrenbetäubenden Lärms lähmten all unsere Bewegungen.

Zurück! Nur schnell zurück! dachte ich entsetzt, aber wir rührten uns keinen Millimeter.

In solchen Momenten vergehen Sekunden wie Stunden. Daniel, der dicht neben mir lag, stieß mich an den Arm: »Los, weg hier!«

Ich drehte meinen Kopf zur Seite: »Okay, lass uns verschwinden!«

In diesem Augenblick schoss Leuchtspurmunition über unsere Köpfe hinweg. Einige flogen krachend gegen die Querstreben der Betondecke. Es war ein höllisches Inferno, das hier, zwei Stockwerke unter der Erde, über uns hereingebrochen war. Ich spürte eine mächtige Scheißangst. Neben mir schlug scheppernd die »Kartusche« eines von der Decke abgeprallten Geschosses auf. Erschreckt rollte ich mich zur Seite, dann griff ich nach dem Ding. In dem scharfkantig aufgefetzten Blechmantel erkannte ich unschwer eine Spraydose, beziehungsweise ihren schäbigen Rest. Mit dem Erkennen ging eine gewisse Erleichterung einher. Ich zeigte Daniel meinen Fund. Er war mindestens so froh darüber wie ich. Wenigstens flog hier keine scharfe Munition herum, wobei eine explodierende Spraydose auch nicht zu unterschätzen ist. Wir mussten daher weiter auf dem Boden bleiben.

Mit dem Wissen um unseren Gegner kehrte Selbstvertrauen zurück. Es knallte und blitzte zwar immer noch – trotzdem: *Jetzt ist Schluss!* dachte ich mir.

»He Daniel! Gib mal Wasser! Wir schießen zurück!«

»Ah! Das gefällt mir!« Ich entnahm seiner, durch die Maske verzerrten Stimme einen gewissen Unterton, der mich ahnen ließ, dass der Kerl sicher diebisch dabei grinste. Sollte der sich etwa amüsiert haben, während ich mir fast in die Hose schiss?

Wir führten nicht mehr das alte CM-Strahlrohr mit, sondern eines von den moderneren Pistolenstrahlrohren mit variabler Wasserabgabe. Passend zu dem stattfindenden Gefecht hier unten, dachte ich, als der erste Stahl Löschwasser ins »Schwarze« traf. Die Richtung stimmte aber die Entfernung behielten wir sicherheitshalber noch bei.

»Bleib bloß unten! Gleich kommt Wasserdampf!«

Der weißliche, brühend heiße Wasserdampf war ein sicheres Zeichen unseres Erfolges, aber auch ein ernst zu nehmender neuer Gegner. Jede ungeschützte Hautstelle fällt ihm zu Opfer! Da hilft nur eins, tief unten bleiben.

Vereinzelt barst noch das eine oder andere Gefäß in der Brandhitze, dann verebbten endlich auch die Brandgeräusche, so dass wir das laute Siegesgebrüll von unserem Kollegen auf der anderen Seite der »Front« hören konnten.

»JAAA! SIEG! HELMUT! Komm raus aus dem Schützengraben! Jetzt NAHKAMPF!

Die Sicht war immer noch schlechter als in einem Bärenarsch, aber an der Stimme erkannte ich eindeutig Uli. Der alte Frontkämpfer der Bundeswehr hatte das Spektakel wahrscheinlich sogar genossen. Und Helmut, sein Kumpel aus dem Steinkohlebergbau, konnte diese »Spielerei« sowieso nicht erschüttern. Ihn, der in tausend Metern Tiefe schlagenden Wettern ausgesetzt gewesen war, kratzte so ein »Feuerchen« höchstens oberflächlich an der Haut.

Jetzt konnten wir endlich wieder aufrecht gehen. Wir Vier begegneten uns an den ausgebrannten Autowracks mit lautem Hallo. Ein Luftzug trieb die Rauchfetzen auseinander.

Die nachrückenden Kräfte hatten mehrere leistungsstarke Lüfter in Stellung gebracht. Bald konnten wir das ganze Ausmaß dieses Brandes erkennen.

Riesige Abplatzungen an der Betondecke würden die Statiker beschäftigen. Die Armierung aus Stahlmatten lag völlig frei. Mindestens sechs weitere PKW waren arg in Mitleidenschaft gezogen worden.

Zig Fahrzeuge benötigten eine gute Reinigung!

Ein anderer Trupp unter Atemschutz übernahm die restlichen Löscharbeiten. Wir Vier kehrten zufrieden mit unserer Leistung hinaus an das helle Tageslicht. Die gesamte Strecke war vom schwarzen, klebrigen Rauch dieses Brandes gezeichnet. Wir legten unsere Pressluftatmer auch erst in der sauberen Luft unter freiem Himmel ab. Jeder, der da unten gewesen war, sah schlicht aus wie ein Schwein. Die Kleider stanken hundserbärmlich, aber es herrschte Hochstimmung.

Später meinten einige: Die Feuerwehr hätte wieder einmal riesiges Glück gehabt. Ich sehe das etwas anders. Wir haben alles eingesetzt, alles gegeben und viel riskiert, besonders Egon und der Erfolg gab uns Recht. Nach solchen Einsätzen ist man stolz, Feuerwehrmann zu sein! Das Leben von vier Menschen war gerettet worden.

Um das Leben von Gerda Klingenthal und ihren Sohn Dominik mussten die Ärzte hart kämpfen. Nach langem Aufenthalt auf der Intensivstation der Düsseldorfer Uni-Klinik wurden sie zur Erleichterung aller auf eine Normalstation verlegt. Sie verließen die Klinik ebenso gesund wie einige Wochen zuvor Karl-Heinz Werner, der sich mit einem riesigen Blumenstrauß bei Frau Bernschmidt bedankte, mit einem zweiten bei Frau Klingenthal entschuldigte und sich selbst mit einem neuen BMW belohnte.

Für uns, die Feuerwehrmänner, bescherte der weitere Tag viel Arbeit. Allein die endlosen Schläuche wieder aufzurollen, beschäftigte uns geraume Zeit, denn die Feuerwache Vier rückte schnell wieder ab. Also blieb diese »tolle« Arbeit an den wenigen hängen, die bereits vorher schon ganze Arbeit geleistet hatten. Ich kuppelte gerade einen der B-Schläuche auseinander, da sah ich Daniel lässig an die Wand gelehnt stehen. Er beobachtete mich.

»Los Daniel! Schläuche aufrollen!«

»Ja, gleich! Ich will das noch ein bisschen genießen!«

»Was?«

»Na dich! Ist ja irre! Ein Hauptbrandmeister, der arbeitet!«

»WO?« »WO?« »WO?«, rief es von überall her.

»Na hier!«, rief Daniel. Dann packte er sich aber ganz schnell einen Schlauch.

In dieser Nacht wurden wir dreimal für brennende Müllcontainer rausgeklingelt. Der letzte war ein Fehlalarm, rettete diese verkorkste Nachtruhe aber auch nicht mehr, denn rausfahren und nachsehen mussten wir ja trotzdem. Ich fühlte mich schlapp, müde und total ausgepowert, als ich mich für die letzten zwei Stunden meiner Schicht hinlegte. Morgen ist Samstag, dachte ich, ach was, es ist ja bereits Samstag, wie mir ein Blick auf die Uhr bestätigte. Kurz vor vier! Um sechs ist Wecken. Ich wusste nur eins: schnelles Frühstück zu Hause und dann ins eigene Bett. Ein Bett, aus dem man nicht von Alarmen herausgerissen wird.

Gefährliche Begegnungen

Rolf Wagner schlotterten die Beine vor Angst. Es war das erste Mal und sie hatten ihn direkt erwischt!

Nachts hatten sie sich in die unterirdischen Tunnelanlagen der S-Bahn geschlichen, zwei andere und er, ausgerüstet mit Sturmhauben und Spraydosen. Es war ein verwirrendes Labyrinth. Rolf Wagner hätte nie gedacht, dass es so tief hinunterging.

Scheiße! Hier komme ich alleine nie mehr raus. Seit nunmehr zwanzig Minuten bewegten sie sich in dieser ihm unbekannten Welt. Sie waren über eine ganz normale Einfahrt einfach immer den Gleisen nachgegangen. Später wechselten sie mehrmals die Tunnelröhren, stiegen an metallenen Leitern in tiefe Schächte hinab und gelangten in andere Tunnelröhren. Hier unten herrschte Dämmerlicht und es war kalt. Er fror hundserbärmlich. Seine dünne, verschlissene Windjacke war völlig unzureichend. Die anderen, die er kaum kannte, trugen gefütterte Bundeswehrparka. Solche, die man billig in vielen Läden kaufen konnte. Er fragte sich, ob sie gekauft waren. Wahrscheinlich hatten seine neuen Kumpane die genauso geklaut, wie er heute die sechzehn Spraydosen. Sechzehn mal Silber, auf einmal. Das war eine neue Herausforderung gewesen. Kleinere Gegenstände hatte er ja schon immer mitgehen lassen, kein Problem. In und unter seiner weiten Windjacke steckte manchmal mehr, als seine Mutter beim täglichen Einkauf in ihrem Korb nach Hause trug. Auch sonst hatte er es faustdick hinter den Ohren. Aber das hier war neu.

Rolf Wagner kannte sich in der Sprayerszene nicht gut aus, aber durch seine vielen kleinen Gaunereien hatte er so seine Quellen. Über einen Kumpel hatte er erfahren, wie er die »richtigen« Leute treffen konnte. Man war sehr vorsichtig in diesen Kreisen, manche sahen sich als Künstler, die meisten aber waren einfach nur Dummköpfe, Schmierfinken ohne Visionen. Es gab eine Menge Mitläufer, stümperhafte Nachahmer und sogar solche, welche die Graffitis der »Großen« überschmierten. Dadurch war die Szene untereinander zerstritten und man beäugte jeden Neuen mit unverhohlenem Misstrauen. Die sechzehn Spraydosen, hochwertiger Autofelgenlack, waren lediglich eine Art »Zahlung«. Man duldete ihn, nachdem ihm andere auf den Zahn gefühlt hatten. Er war clean, was keineswegs mit integriert gleichzusetzen war. So stolperte er weiter über die Gleise und verfluchte sich innerlich selbst.

Gut nur, dass um diese Zeit keine Züge mehr fuhren. Der einzige Zug, der immer wieder eisig nach ihm griff, war dieser verdammte kalte Windzug. Immer noch glaubte er, sie müssten auf irgendwelche Aufseher treffen, aber er sah nicht einmal Ratten. Einmal aber, der Vorausgehende drehte sich um und legte den Zeigefinger auf die Lippen, glaubte er, es sei so weit. Als er dann aber um die Ecke lugte, sah er nur eine kleine Gruppe Fixer in einer weit entfernten Nische liegen. Genaueres konnte er nicht erkennen. Er verachtete die Fixer, das hatte er mit seinem Vater gemeinsam, damit war die Gemeinsamkeit aber auch schon dahin.

Einer der Zwei packte seinen Arm, zerrte ihn weiter. Sie machten offensichtlich einen Umweg.

In diesem Moment spürte er eine gewisse Überlegenheit gegenüber seinen anonymen Führern. Die Scheißer hatten Angst vor ein paar elenden Fixern, so glaubte er zumindest. Er hatte keine Angst. Seine Muskeln waren hart wie Stahl, ein Ergebnis der harten Arbeit am Bau. Da gab es nicht solche Schlaffis. Seine einzige Droge war Bier und selbst das trank er nur in Maßen. Sein Polier würde ihm den Arsch aufreißen, wenn er besoffen auf dem Gerüst stünde.

Endlich erreichten sie ihr Ziel. Drei Züge standen nebeneinander. Es war das Ende eines Tunnels. Jeweils zwischen zwei Zügen waren Rampen, fast wie Bahnsteige, nur diese hier bestanden aus nacktem Beton. Es lag viel Schmutz und Unrat herum. Man hatte den Eindruck, als wäre der Mist aus mehreren Zügen einfach hier rausgefegt worden. Jetzt vergammelte er zwischen den Gleisen.

Komisch, dachte Rolf. *Die tun immer so sauber, regen sich auf, wenn man ihre Züge bemalte, aber hier unten sind sie auch nur*

Schweine. Wobei er sich grinsend eingestand, selber ein Schwein zu sein. Aber seine Absichten unterschieden sich ja auch von denen seiner Kumpane. Er hatte Horror vor den Bahnheinis – zwei Mal hatten sie ihn wegen Schwarzfahren angezeigt, einmal hatten sie ihn einfach aus dem Zug geschmissen. Das wollte er ihnen heimzahlen, diesen arroganten Scheißern.

Es hatte geschüttet wie aus Eimern. Er sah noch genau ihr hämisches Grinsen. Sie waren zu zweit, das war ihr Glück, sonst...

Aber heute war er am Zuge. Lieber noch hätte er ihre lächerlichen, blauen Uniformen angesprüht, besonders die des einen, Schmalzlocke mit Pferdeschwanz und Brilli im Ohr. Das schmalbrüstige Jüngelchen hätte er umpusten können. Aber der andere hatte ein verdammt breites Kreuz. Stefan hatte dessen Hände betrachtet, sie waren mit Schwielen bedeckt. Er kannte das, der hatte irgendwo richtig malocht, genau wie er und solche Hände konnten zupacken.

An dem Tag war ihm nicht nach einer gebrochenen Nase zu mute gewesen. Also hatte er den Schwanz eingezogen und war in diesen beschissenen Regen gegangen. Seinen Kumpels hatte er das natürlich nie erzählt, wäre nicht gut fürs Image.

Am Zug rechts wurde bereits »gearbeitet«. Offensichtlich kannte man sich, trotz der Sturmhauben. Er hatte als Einziger keine.

»Dose!«

Der Kleinere von den beiden streckte die Hand aus.

Rolf setzte seinen Rucksack ab und holte eine Spraydose heraus. Irgendwie war er fasziniert von der Nachbargruppe. Sah gut aus, nein echt, das war stark, voll geil! Die hatten was drauf.

»Eh Mann! DOOOSE!«

»Ja, ja! Ist ja gut. Hier!«

Der andere sagte nichts weiter und schnappte sich die angereichte Dose.

Rolf holte sich auch eine raus und schüttelte sie, bis er die Kugel ausreichend klackern hörte. Dann stellte er sich an einen freien Platz vor den Waggon.

»He du Arsch! Du bist wohl nicht dicht! Wie?«

Erschrocken blickte er zur Seite. Da schrie ihn der Kleinere weiter an: »Wenn du schmieren willst, verpiss dich an den anderen Zug!« Dabei deutete er mit der Hand hinter sich.

Das sollte also »sein« Zug sein. *So was Idiotisches! Der war ja schon von vorne bis hinten beschmiert. Witzlos!*

Rolf tippte sich an die Stirn und missachtete die Aufforderung des Kleinen. Er zog die Plastikkappe mit der bloßen Hand von der Dose, wofür die anderen einen Schraubendreher benötigt hatten und drückte auf den kleinen weißen Sprühkopf.

PFFFF PFFFFF – der silbrige Schleier legte sich auf die Scheibe. Dann fiel die Spraydose aus seiner Hand. Er selbst schlug hart auf dem Betonboden auf. Er hatte nur den dumpfen Schlag gespürt, den er an der rechten Schläfe erhalten hatte. Nach einem kurzen heftigen Schmerz wurde es schwarz um ihn.

Anscheinend musste er längere Zeit so gelegen haben. Als sie ihn fanden, war die Blutlache bereits eingetrocknet und die hässliche Platzwunde verkrustet. Der Schädel brummte und auf dem rechten Auge sah er nur verschwommen. Was er sah, wollte ihn aufspringen lassen, aber die Beine versagten ihm den Dienst. Statt dessen stützte er sich auf die Hände, beugte seinen Kopf über den Rand der Betonplattform und übergab sich.

Sie brachten ihn zuerst auf die Wache. Jemand besah sich seine Verletzung und bestellte einen Krankenwagen. Einer der beiden Sanis verband seine Wunde, danach fuhren sie mit dem Krankenwagen in die chirurgische Ambulanz der Uniklinik.

Der diensthabende Arzt war nicht sonderlich erfreut. Die ganze Nacht hatte er sich schon um die Ohren geschlagen. Dann brachten zwei Sanis in Begleitung zweier Polizisten einen Jugendlichen, vermutlich einen Schläger. Na toll, der krönende Abschluss. Er nahm das übliche Protokoll auf. Die Schwester rasierte sorgfältig den Wundbereich und reinigte ihn anschließend. Stefan Wagner lag auf dem Behandlungstisch. Sein Kopf war mit einem sterilen grünen Tuch abgedeckt dessen Einschnitt nur den direkten Wundbereich freigab. Er lag auf der linken Seite.

Der Arzt redete nicht viel. »Ich werde Ihnen eine örtliche Betäubung geben. Still liegen bleiben und nicht wackeln.«

Wenige Minuten später hatte er die klaffende Wunde vernäht.

Den Rest übernahm wieder die Schwester.

Die Polizisten standen im Hintergrund und warteten. Der Arzt wusste genau weshalb.

»Schwester Heike! Wenn Sie fertig sind – Schädel in zwei Ebenen!« Jetzt sah er in die Richtung der Polizisten und verkündete mit Unschuldsmine: »Wenn da nichts ist, können Sie ihn mitnehmen.«

»Ja . . . aber er hat gebrochen!«, erklärte der eine. »Und was ist mit Gehirnerschütterung und so?«, warf der andere ein.

Der Arzt winkte ab: »Das sieht man heute nicht mehr so tragisch. Die Menschen fühlen sich viel kränker als sie sind, wenn sie streng im Bett liegen.«

Nach dieser Erklärung zeigte er auf Stefan Wagner.

»DER kann genauso gut bei Ihnen die Nacht verbringen.«

Die Polizisten zuckten mit den Schultern.

»Sie sind der Doc«.

In den frühen Morgenstunden fuhren sie den Jungen nach Hause. Es bestand keine Veranlassung ihn länger bei sich zu behalten als nötig. Rolf sah beängstigend aus. Die ausgeprägte Schwellung zog sich von der rechten Schläfe bis um das rechte Auge. Davon war nur noch ein Schlitz zu sehen. Im Übrigen war die Akte über seine diversen Vergehen bereits recht umfangreich. Er war hinlänglich bekannt, fiel aber noch unter das Jugendstrafgesetz.

Das war der Moment, in dem er weiche Knie bekam.

Sie standen vor seiner Haustüre. Mit Sicherheit würde um diese Zeit der Vater öffnen und vor dem hatte er einen riesigen Bammel.

Sein Vater überragte ihn fast um einen halben Kopf. Er hatte Arme wie Kräne und seine Hände waren groß wie Schaufelblätter. Die hatte er oft und reichlich zu spüren bekommen. Der Vater war Bauarbeiter und schuftete seit früher Jugend wie ein Pferd. Seinen Kindern hatte er Ehrlichkeit und Anstand eingebläut. Er hatte auch immer schon getrunken, sich aber nie richtig volllaufen lassen oder das Geld sinnlos versoffen wie andere. Es reichte immer für seine Familie. Klar, es war nicht viel. Seinen Wahlspruch hatte er auch seinen Kindern eingetrichtert: Lieber mit eigenen Händen hart malochen als von der Stütze leben.

Bernhard, Rolfs älterer Bruder, hatte eine Schreinerlehre begonnen, die er mit Bravur bestand. Aber als die Aufträge ausblieben, hatte der Alte einfach dicht gemacht und sechs Mann standen auf der Straße, sein Bruder auch. Nach einem langen Jahr Arbeitslosigkeit bekam er endlich eine Stelle in einem großen Möbelhaus – als Aufbauer. Nicht so berauschend. Schlechterer Job, weniger Geld, aber besser als auf der Straße stehen.

Tina, seine Schwester, war ein Flittchen, das war zumindest seine Meinung. Immerhin hatte sie seit ihrem dreizehnten Lebensjahr ständig wechselnde Liebhaber. Gelernt hatte sie nie was Richtiges, zumindest nichts beendet. Trotzdem verfügte sie immer über ausreichend Geld für die neuesten Fummel. Er hatte da schon so seine Vermutungen, wo das herkam. Aber was Tina anging, war sein Vater ja betriebsblind. Mit ihrer Koketterie und ihrem *mein allerliebstes Papilein* hatte sie ihn schon immer rumgekriegt.

Er jedenfalls wusste genau, dass er nicht geliebt wurde, dachte er zumindest. Er war noch sehr klein, da bekam er ein Gespräch zwischen seinen Eltern mit, dass eher ein ausgewachsener Streit war. Sein Vater hatte wieder getrunken und griff seiner Mutter grob an den Busen, was ihm eine heftige Ohrfeige einbrachte. Seine Mutter war nicht feige. Sie schrien sich an und die Mutter meinte, durch seinen verdammten Suff sei auch Rolf entstanden, ohne den es ihnen heute sehr viel besser ginge.

Er, der Nachzögling war also kein Wunschkind gewesen, er war ... Rolf schluchzte vor der Tür. Aber statt das ihn einer tröstete, stürzte der Vater mit puterrotem, zornigem Kopf aus der Küche: »Hast du also geschnüffelt, du kleine Ratte!« Dann prügelte er ihn windelweich.

An diesem Tag wurde nicht nur sein Fleisch geschunden, das war er ja fast gewohnt – an diesem Tag erhielt seine kleine unschuldige Seele Prügel!

Von da an wurde er verstockt, begann zu klauen und schwänzte öfter die Schule, als es gut war. Das ging einige Jahre so. Der Intellekt seines Vaters reichte nicht weiter als bis zum Kühlschrank. Er verzweifelte und versuchte, seinen Sohn mit vielen Extraportionen Prügel wieder hin zu bekommen. Bis ihm endlich ein vernünftiger Lehrer die Augen öffnete. Allerdings war es da bereits zu spät. Nachdem Stefan drei Mal sitzen geblieben war, verließ er die Hauptschule ohne Abschluss. Natürlich war es klar, dass der Junge mit auf den Bau ging. Er war kräftig und kam dort wenigstens nicht auf dumme Gedanken, dachte sein Vater.

In drei Monaten würde er achtzehn.

Nach dem zweiten Klingeln öffnete sich die Türe. Der finstere Blick seines Vaters wanderte zwischen ihm und den Polizisten hin und her. Bevor diese eine Erklärung abgeben konnten, schoss die Rechte hervor und verpasste Rolf eine so schallende Ohrfeige, dass es ihm fast die Sinne raubte. Sollte er bis dato noch keine Gehirnerschütterung gehabt haben, nun hatte er eine.

Rolf stand wieder einmal vor einem Richter, was ihn nicht sonderlich beeindruckte. Vielmehr erstaunte ihn die seiner Meinung nach lächerliche »Bestrafung«. Immerhin besaß er ein relativ intaktes Rechtsempfinden, obwohl er sich persönlich kaum darum scherte. Dennoch hatte ihn die einfache gerade Geisteshaltung seines Vaters geprägt und er wusste, dass man für begangenes Unrecht (wenn man so blöd ist, sich schnappen zu lassen) zahlen musste. Stefan wusste haargenau um seine Verfehlungen. Genauso die Polizisten, die ihn geschnappt hatten und auch sein Pflichtverteidiger. Ja, sogar der Richter und der Staatsanwalt. Aber, und das war das Bemerkenswerte, niemand schien ernsthaft an seiner Bestrafung interessiert.

Sein Vater hätte ihn windelweich geschlagen. Klar was sonst, so sagte er sich. Die hier aber schickten ihn zur Ableistung einiger Stunden sozialer Arbeit in diese »doofe« Organisation.

Dort war man erleichtert, als er sich nach seinem dritten Terrortag nicht mehr blicken ließ!

Das Schärfste, fand er, war dieser Rechtsanwalt, den man ihm einfach gegeben hatte. Der hatte den totalen Durchblick, schien sich aber nicht in Geringsten dafür zu interessieren, sondern trieb anscheinend sein eigenes Spiel. Und das hieß: armer Junge als Opfer seiner schlechten Erziehung, seines erschwerten sozialen Umfeldes bla, bla, bla...

Rolf hatte kapiert, auf welcher Welle er reiten musste, er brauchte sich dazu ja nicht einmal groß verstellen. Das Stichwort hieß

Resozialisierung. Er musste dem Richter nur glaubhaft machen, was der Rechtsverdreher ihm eingebläut hatte, um zu gewinnen.

Denn nur darum ging es – gewinnen! Gerechtigkeit, die gab es ja doch nicht, zumindest nicht hier, hier ging es um ganz andere Dinge. Rolf Wagner hatte das verstanden!

Eine Woche später tauchte er unter. Er erschien nicht mehr auf dem Bau und auch nicht mehr zu Hause. Seine Mutter heulte, sein Vater tobte. Mit dem missratenen Dreckskerl waren auch 600,– € verschwunden. Rolf Wagners Vater kochte vor Wut.

Es gab kein Zurück mehr. Nie wieder würde er sich schlagen lassen, nie wieder!

Von dem Geld kaufte er sich neue Klamotten und eine Bahnfahrkarte nach Hamburg.

Hier verdingte er sich als Rausschmeißer. Sehr schnell bekam er wegen seines äußerst brutalen Vorgehens einen bekannten Namen. Engere »Freunde« nannten ihn nur Conan!

Zwei Jahre später erfuhr Rolf, dass seine Schwester Tina von einem Zuhälter fürchterlich zugerichtet worden war. Drei Tage später lag der Kerl auf der Intensivstation des St. Vinzenz Krankenhauses in Düsseldorf Derendorf. Dadurch ging es Tina zwar auch nicht besser, aber Conan hatte die Dinge richtig gestellt. Natürlich war er nicht so blöd, allein in den Schuppen zu gehen. Seine Verbindungen von früher gab es nicht mehr, sie waren auch nie so toll gewesen. Aber als Rausschmeißer wusste er, wo er zu suchen hatte.

In der Düsseldorfer Altstadt hatte er schnell drei junge Burschen ködern können. Ein paar Scheine bar auf die Hand, die Sache war geritzt. Sie waren Skins, trugen die obligatorischen Springerstiefel, Bomberjacken und hatten die Haare kurz rasiert, fast wie eine Glatze. Sie waren brutal aber feige. Conan wusste das, aber darauf kam es ihm auch nicht an. Er musste nur zeigen, dass er Männer hatte. Das war wichtig.

Nachdem sie den Job erledigt hatten, besoffen sie sich in der Altstadt. Die drei kamen aus Essen.

Conan hatte nichts Besseres vor. Samstagmorgen, um 7.23 Uhr bestiegen sie die S 6 im Düsseldorfer Hauptbahnhof, Richtung Essen.

Ich war ziemlich erledigt. Um nicht einzuschlafen, nahm ich den angelesenen Roman aus meiner Tasche. Die Augen brannten und die Muskeln schmerzten. Das waren nicht allein die Anstrengungen dieser harten langen Nacht. Ich spürte die Erkältung ja schon seit gestern. Daher war ich froh, gleich in mein eigenes Bett fallen zu können, in dem ich herrlich ohne störende Alarmierungen mindestens bis Mittag schlafen würde.

Mein Ablöser erschien an diesem Morgen so früh, dass ich eine Bahn eher fahren konnte. Das war mir sehr recht, denn an Wochenenden fuhren die S-Bahnen in größeren Zeitintervallen. Wenn ich diese Bahn verpasste, hätte ich eine halbe Stunde länger warten müssen. So war es natürlich wesentlich angenehmer.

Frank Brozulat, der wie Charlton Heston in »Ben Hur« aussieht, klopfte mir freundschaftlich auf die Schulter: »Sieh zu, dass du ins Bett kommst. Du siehst verdammt müde aus.« Er hatte den Nagel auf den Kopf getroffen.

Gott sei Dank, die Bahn war pünktlich. Die S 6 würde über Düsseldorf Hauptbahnhof direkt weiter bis Essen Hauptbahnhof fahren. In Ratingen Ost würde ich aussteigen. Das liegt ziemlich genau in der Mitte der Strecke.

Um diese Zeit herrscht wenig Betrieb. Die Züge sind oft ziemlich verdreckt. Manchmal liegen die Angetrunkenen von Freitagnacht abstoßend auf den Sitzen, nicht selten in ihrem eigenen Erbrochenen. Oft wird man angepöbelt.

Es gibt leider bestimmte Zeiten, da sollte man besser nicht fahren. Jetzt war so eine Zeit!

Als ich den Waggon bestieg, sah ich nur wenige Fahrgäste. Einen alten Mann im grauen Mantel mit einem altmodischen, aber eleganten Mayserhut. Er saß direkt neben der Tür zum Durchgang in den vorderen Waggon. Auf der gleichen Seite, also in Fahrtrichtung links, schräg gegenüber eine unauffällige Frau mittleren Alters. Auf der anderen Seite, unmittelbar vor mir, ein Farbiger alleine in der Vierersitzgruppe.

Ich selbst saß mit dem Rücken vor der hohen Glaswand, die den Türbereich zu den Sitzplätzen trennt. Ich suche mir gerne diesen Platz, da bei jedem Öffnen der Tür viel frische Luft bis hierher dringt.

Hauptbahnhof, überraschend für mich stieg ein junges Pärchen aus. Die mussten wohl gelegen haben, da ich sie überhaupt nicht bemerkt hatte. Was soll's, dachte ich und widmete mich wieder meinem Buch.

Die nächste Station war Derendorf, danach geschah es.

Ich hörte das Grölen schon von weitem, es kam aus dem Waggon vor mir. Dann wurde die schmale Verbindungstüre mit lautem Knall aufgetreten. Jeder hier zuckte unangenehm zusammen. Im Türrahmen erschien Conan, offensichtlich angetrunken, eine Bierdose in der Hand. Er schwankte und schrie: »Mal herhören, ihr Schweine! Wir werden jetzt sechzig Mark kassieren fürs Schwarzfahren! Also raus mit der Kohle!«

Alle waren wie erstarrt. Grabesstille herrschte, jeder saß wie paralysiert auf seinem Platz.

»Na Opa! Was is? Raus mit der Kohle hab ich gesagt!« Conan schubste den Alten auffordernd gegen seine Schulter. Die Bande hinter ihm johlte.

»Nehmen Sie gefälligst Ihre Hände weg, Sie Flegel!« entrüstete sich der Alte.

»Na, na, Opa! Wir wollen doch keinen Streit, oder?« Mit diesen Worten riss er dem Alten den Hut vom Kopf und goss in aller Seelenruhe die Bierdose über ihm aus. »Ich finde, wir kühlen dich lieber ab, sonst wirst du uns noch gefährlich!«

Ein schallendes Gelächter aus den Kehlen seiner Mitläufer belohnte diesen Spott und seine Gemeinheit.

Bei mir hatte sich der Pulsschlag rasant gesteigert. Dieses widerliche Pack.

Wer käme als nächstes dran, fragte ich mich?

Auf jeden Fall war ich nicht bereit, meine Haut zu Markte zu tragen.

Vor über zwanzig Jahren hatte ich zum Berufsstart bei der Feuerwehr ein echtes Jagdmesser von Puma geschenkt bekommen. Es war sehr teuer gewesen, aber auch sehr gut, bei sachgemäßem Gebrauch ist es eigentlich unverwüstlich. Die achteinhalb Zentimeter lange Klinge wird nach dem Aufklappen fest arretiert. Sie läuft schlank und spitz zu und war immer noch rasiermesserscharf. Bei unserer

Einkleidung gab die Kleiderkammer jedem Mann ebenfalls ein Klappmesser. Das war nicht ganz so edel, hatte keine zusätzliche Säge und keinen echten Hirschhorngriff. Irgendwann hatte ich das Feuerwehrmesser verloren. Der Gedanke, dass mir das mit meinem guten Puma Messer genauso passieren könnte, veranlasste mich, es nicht mehr mit in den Alarm zu nehmen. Seit dieser Zeit trug ich es immer bei mir. Sehr zum Ärger meiner Frau, die das im höchsten Maße unpassend fand. Zugegeben, es ist nicht gerade das, was ein Gentleman gewöhnlich als Taschenmesser bei sich hat, wenn er denn eines trägt. Aber heute war ich froh, es dabei zu haben.

Ich zog es aus der Tiefe meiner seitlichen Hosentasche. Satt und schwer lag es in meiner Hand. Nach dem Aufklappen der Klinge schob ich es mit der gleichen, langsamen und unauffälligen Bewegung, mit der ich es hervorgeholt hatte, unter den rechten Oberschenkel. Es war ein beruhigendes Gefühl, aber längst nicht beruhigend genug. Spannung und Nervosität hatten sich meiner voll bemächtigt.

Vor meinem ersten wichtigen Kampf im Tae-Kwon-Do hatte ich ähnliche Nervosität verspürt, damals ging es jedoch um einen sportlichen Wettkampf, das hier war etwas völlig andres. Meine Muskeln verhärteten sich und meine Beine begannen zu zittern. Ich versuchte, mit tiefen Atemzügen und kontrollierter langsamer Atmung zu meiner Ruhe zurück zu finden, vergeblich. Die Spannung blieb.

Conan ließ seine blitzenden Augen über uns alle hinwegschweifen. Dann verzog er sein Gesicht zu einer Miene, die man am besten mit »Ha, ich hab dich!« bezeichnen kann.

Er fixierte den Farbigen vor mir höchstens ein, zwei Sekunden und kam dann großspurig heran. Sein immer noch grölendes Gefolge im respektvollen Abstand von drei Metern hinter ihm. Breitbeinig baute er sich unmittelbar vor dem Mann auf, dem – das konnte ich deutlich sehen – der Schweiß in Rinnsalen aus seinen kurzen krausen Haaren in den Hemdkragen rann. »Na Niggersau! Besser du rückst die Knete gleich raus! Sonst...« eine gemeine Geste kündigte unmissverständlich an, was sonst geschehen sollte.

So weit durfte es nicht kommen. Ich senkte mein aufgeschlagenes Buch, hinter dem ich ein wenig sinnlos Deckung gesucht hatte, und sah mich um. Im hinteren Teil war niemand mehr und weder von der Frau, noch von dem mit Bier durchnässten Alten konnte ich Hilfe erwarten. Außerdem hatte ich keinen Plan, sondern nur eine Heidenangst. Trotzdem waren meine Blicke Conan sogleich aufgefallen. Es lag wohl etwas in meinem Verhalten, das ihm Freude bereitete – der Hauch von Widerstand! Das würde die Sache ja wesentlich interessanter machen. Ich bekam auch prompt seine Reaktion zu spüren.

»Ahhh! Mir scheint, wir haben es hier mit einem kleinen Helden zu tun?« Dem Farbigen warf er einen schnellen befehlenden Blick zu: »Du bleibst brav sitzen, Bimbo, bin gleich wieder bei dir!« Dann schnellte er zur mir. Jetzt stand er so dicht vor mir, dass ich seine üble Ausdünstung roch.

Mein Blick fiel auf die große silbrige Gürtelschnalle mit dem Totenkopfemblem.

»GUCK MICH AN! ... Männeken!« Das »Männeken« kam gefährlich leise über seine schmalen Lippen,

»ICH REDE MIT DIR!«

Dann fasste seine rechte Hand unter mein Kinn, sicher in der Absicht seiner geschrieenen Aufforderung nachzuhelfen.

Ich schätze, er hatte selten echten Widerstand bei seinen Opfern gespürt, und wenn, hatte er ihn sehr schnell mit brutaler Gewalt gebrochen. Vermutlich bereitete es ihm sogar bestialische Freude, wenn ihm jemand Gelegenheit gab, äußerst hart vorzugehen, besonders wenn andere zusahen. Das erhöhte den Reiz ungemein. Heute lernte er etwas Neues.

Blitzschnell fasste ich mit der linken Hand seine Gürtelschnalle und riss ihn noch ein Stück näher zu mir, als er sowieso schon stand. Gleichzeitig griff ich mit der Rechten unter meinen Oberschenkel und stach das Messer durch den dicken Jeansstoff bis zum Heft tief zwischen seine Beine. Offensichtlich hatte er nicht realisiert, was da geschehen war. Sein ungläubiger Blick fiel auf meine Hand. Automatisch versuchte er einen Schritt zurück, was ihm nicht gelang. Mit eiserner Faust hielt ich ihn weiter an seiner Gürtelschnalle fest. Erstaunlicherweise verlief meine extreme Gegenwehr völlig glatt, jetzt überkam mich allerdings ein Gefühl panischer Angst. Doch einmal begonnen, musste ich die gefährliche Situation zu Ende bringen.

Seine Saufkumpane hatten noch nichts von der veränderten Situation mitbekommen. Möglich, dass sie sich wie ein Haufen toller Hunde auf mich stürzen würden. Dem musste ich zuvor kommen. Innerlich total aufgewühlt, schaffte ich es nur noch schreiend, mich einigermaßen zu halten:

»Beweg dich keinen Millimeter! Sonst schneid ich dir was ab!«

Conan schien wie erstarrt.

Jetzt merkten auch seine Kumpel, was hier abging. Sie standen unschlüssig und ich brüllte sie an:

»Und ihr Kerle setzt euch da drüben hin! Und wenn auch nur ein einziger von euch Anstalten macht, rüber zu kommen, ist der hier kein Mann mehr!«

Meine Stimme überschlug sich fast, mein Puls raste und ich saß jetzt schon so verkrampft, als hielte ich ihn seit Stunden fest.

Ich mach es, ich mach es wirklich, schoss es mir durchs Gehirn. Wenn die Kerle kämen, würde es ein Blutbad geben. Ich war so weit gegangen, jetzt würde ich mich auch weiter so teuer verkaufen wie irgend möglich.

Er war kreidebleich geworden und wagte jetzt erst zu sprechen: »Eh Mann, das ist doch nicht dein Ernst ... ich ...«

»Schweig! Halt deinen Mund und rühr dich nicht von der Stelle! Es ist mir bitterer Ernst!«

Was dann folgte, hätte mich unter anderen Umständen erheitern können. So nahm ich es lediglich mit Erleichterung zur Kenntnis.

Der Pöbel warf sich schräg gegenüber in die freie Vierergruppe. Sie grölten als sei nichts Außergewöhnliches passiert, machten ihre Zoten über das Schicksal ihres neuerworbenen Kumpanen. Immer wieder warf ich einen verstohlenen Seitenblick auf diesen Abschaum, der sich auf den Bänken fletzte und soff. Sie schienen nicht den geringsten Anteil am Schicksal ihres Kumpels zu fühlen, im Gegenteil schien sie die Situation im höchsten Grade zu belustigen. Conan hatte sein Image total verspielt.

Die wenigen Fahrgäste hatten diesen Waggon verlassen, bevor wir den nächsten Bahnhof anliefen. Der ältere Herr mit dem Hut, der Farbige und auch die Frau von der linken Seite. Sicher würden sie den Zugbegleiter aufsuchen. Das bedeutete, dass spätestens beim übernächsten Halt die Polizei den Spuk beenden würde.

Mein Wunschdenken zerplatzte wie eine Seifenblase. Statt der sehnlichst erhofften Polizei stieg lediglich eine ältere Nachbarin ein. Sie sah mich und schüttelte Ihren Kopf. »Aber Herr Meyer-Pyritz, was machen Sie denn da?« Dann setzte sie sich auf einen freien Platz und blickte aus dem Fenster. Ich war der Verzweiflung nahe. Diese elenden Feiglinge! Alle hatten sich klammheimlich davon gemacht. Nicht einer hatte die Polizei gerufen.

Was nun?

Conan stand noch immer breitbeinig vor mir, mittlerweile rann Angstschweiß an seinem Körper herab. Er hatte noch einen Versuch gestartet, sein Schicksal zu wenden. Vergeblich. Ich wusste zwar nicht, wie das ausgehen würde, aber ihn jetzt laufen zu lassen, wäre wahrscheinlich tödlich für mich gewesen.

Der Zug ruckte wieder an, er geriet ins Wanken. Meine Muskeln zitterten, ich vermochte ihn kaum fest zu halten. Es war nur eine Frage der Zeit, bis ich einen richtigen Krampf bekäme.

»He Mann, das war doch nur Spaß. Du willst doch nicht wirklich...«

Nebenan grölte der Mob. »Uiuiui! Conan, zuck doch mal!«

Augenscheinlich hatte ich von dieser Seite nichts zu befürchten, zumindest im Moment nicht.

Noch eine Station, dort musste ich aussteigen, das bereitete mir Kopfzerbrechen. Mir gingen sowieso die wildesten Gedanken durch den Kopf. Gleich war es so weit. Wie würde sich der Kerl verhalten, wenn er nicht vor Angst gelähmt von meinem Messer in Schach gehalten würde? Was ist mit seinen rauflustigen Kumpanen, die sicher gern einen Einzelnen zusammenschlagen würden? Ich hatte keine Antwort parat. Ich konnte nur hoffen, dass ich glimpflich davon käme.

»So mein Freund: Endstation!«, sagte ich mit grimmiger Stimme.

Fast versagten mir die zittrigen Beine den Dienst.

»Nimm die Tasche! Wir steigen aus!«

Er wagte nicht, zu widersprechen und griff nach meiner braunen Aktentasche. Das Messer immer noch zwischen seinen Beinen, bewegten wir uns langsam zur Tür. Der Zug kam zum Stillstand und das charakteristische Piepen des Türmechanismus ertönte.

»Öffnen!« herrschte ich ihn an, denn noch wollte ich meine Überlegenheitsposition nicht aufgeben. Die Türflügel glitten zischend zur Seite. Jetzt erst ließ ich seine Gürtelschnalle los und griff nach meiner Tasche. Mit einem Sprung war ich draußen, das Messer in der Rechten.

Conan stand wie angewurzelt im geöffneten Türrahmen, starrte mich mit hasserfüllten Augen an, machte aber keinerlei Anstalten, den Zug zu verlassen. Die Türen piepten wieder, dann schlossen sie sich hydraulisch und der Zug rollte an.

Geschafft! Ein zentnerschwerer Brocken fiel mir vom Herzen. Ich blickte auf das Messer in meiner Hand. Die Klinge war sauber. Zu meiner Erleichterung stellte ich fest, dass kein Blut an ihr klebte. Mit zittrigen Händen klappte ich es zusammen, steckte es zurück in die Hosentasche und suchte nach meinem Portemonnaie.

Hier auf den Bahnhof gibt es zwei Telefone. Ich wollte die Polizei anrufen. Das Zittern wurde stärker, die Nerven hatten doch reichlich gelitten. Es ist eine völlig andere Situation als im Film. Die Realität der Gewalt gehört eben nicht (Gott sei Dank) in den normalen Alltag eines normalen Bürgers.

Zwei Centstücke fielen mir hinunter, rollten über den Beton direkt vor die Füße meiner Nachbarin, die ebenfalls ausgestiegen war. Ich sah in ihre fragenden Augen und fühlte mich zu einer Rechtfertigung verpflichtet: »Ich, äh, muss die Polizei anrufen.«

Sie schüttelte den Kopf und ihr altes, faltiges Gesicht sah fragend aus: »Wozu?«

Das klang so resigniert und doch so überzeugend, ich konnte darauf nicht antworten. Anscheinend erwartete sie auch keine Antwort, denn sie fuhr erklärend fort: »Die Kerle sind doch weg. Was wollen Sie denn der Polizei sagen? Etwa, dass Sie Jemand mit einem Messer bedroht haben. Und angenommen man schnappt die, dann würden diese Leute doch alle gegen Sie aussagen. Seien Sie froh, mit heiler Haut davon gekommen zu sein.«

»Aber ich habe doch Sie als Zeugin«, wandte ich ein.

»Mich?« ein ungläubiger Blick aus ihren alten Augen traf mich.

»Ich habe lediglich etwas gesehen, was mich sehr geängstigt hat und das ist nicht gut für Sie.«

Sie hatte recht. Ich hob mein hinuntergefallenes Geld auf und ging nach Hause. Das Messer hatte ich desinfiziert und in den nächsten Wochen vermied ich die S-Bahn aus Sorge, den Rowdies erneut über den Weg zu laufen.

Der Erdwolf, Teil II
und ein verpasstes Mittagessen

Manchmal sind es die kleinen Dinge des Lebens, die uns die größten Sorgen bereiten oder die meiste Arbeit bescheren.

»Mein« Maulwurf schlummerte, eingeschweißt in Kunststoffbeuteln, die man normalerweise für Tiefkühlkost verwendet, im Gefrierfach eines Kühlschranks auf der Wache.

Wir nannten ihn deshalb den »Ötzi« von Feuerwache Sechs!

Aus dem Branchenbuch hatte ich mir die Telefonnummer eines Tierpräparators herausgesucht und hoffte, ihn anzutreffen. Ich hatte Glück – dachte ich zumindest.

»Guten Morgen, Meyer-Pyritz von der Feuerwehr Düsseldorf. Wir haben einen toten Maulwurf. Sind Sie daran interessiert?«

Entsetzt: »**Was!** Sie haben einen Maulwurf?« Hastig vorwurfsvoll: »Wie kommen Sie denn daran?«

Ich harmlos: »Tja ... den haben wir gefunden, in unserer Fahrzeughalle.«

Ungläubig: »Wie ... gefunden?« Streng: »Einen Maulwurf findet man nicht einfach so!«

Ich, immer noch harmlos: »Also unseren schon, der ist nämlich tot und ich dachte, Sie würden uns den abkaufen ... so zum Präparieren.«

Panik: »**Was!** Einen toten Maulwurf! **Den dürfen Sie überhaupt nicht haben!**«

Ich belustigt: »Ja äh ... wir haben ihn aber. Was ist nun? Wollen Sie ...«

Kurz vorm Überschnappen: »**Ich? Sind Sie wahnsinnig?** Der Besitz eines Maulwurfs ist strengstens verboten! **Ich** werd den jedenfalls nicht präparieren!«

Ich, mittlerweile skeptisch: »Ja, aber irgendwer wird den Maulwurf doch bestimmt nehmen?«

»Nein!«

Letzter Versuch: »Der ist aber sehr gut erhalten ... und recht groß.«

Verbiesterte Ablehnung: »Egal, **ICH nehme ihn jedenfalls nicht!**«

Allerletzter verzweifelter Versuch: »Sie bekommen ihn auch kostenlos!«

Drohend: »Ich hätte ihn auch nicht gekauft! Da mach ich mich ja strafbar.«

Ich fragte zerknirscht als letztes: »An wen muss ich mich denn wenden, damit ich das gute Tier doch noch loswerde?«

Genervt: »Wenn Sie unbedingt Probleme bekommen wollen, bitte ... wenden Sie sich an die untere Naturschutzbehörde.«

Immerhin erhielt ich von ihm die Telefonnummer und den Namen einer zuständigen Sachbearbeiterin dieses Amtes.

Wahnsinn! Das kann ja noch lustig werden.

Es wurde!

Heute führte Horst Heck die Wachgeschäfte. Ich saß bei ihm im Büro. Im Gegensatz zu Sterni, nahm er regen Anteil am Maulwurfsgeschäft. Es gibt halt doch noch Menschen, die einen guten Nachmittagskuchen zu schätzen wissen.

Es war acht Minuten vor elf Uhr.

Die Sachbearbeiterin der unteren Naturschutzbehörde schnappt nach Luft:

»**Was! Wie kommen Sie zu einem Maulwurf?** Diese Tiere unterliegen dem **STRENGSTEN** Artenschutz! **Den dürfen Sie überhaupt nicht haben!**«

Ähhh, jaaa ... so etwas hatte ich doch schon in ähnlicher Variante gehört.

Aber hier hatte ich es mit einer Behörde zu tun. Daher besann ich mich auf meine Möglichkeiten, von Beamten zu Beamten sozusagen. Also wurde ich dienstlich, was auch immer das ist.

»Sehr geehrte Frau Kollegin ...«

Vorwurfsvoll: »Ich bin keine Kollegin.«

Das war wohl nix. Ich wechselte blitzschnell die Strategie und erzählte rührselig von dem armen, unschuldigen Maulwurf, der doch noch so viel Gutes tun könnte.

Neugierig: »Was schwebt Ihnen denn da so vor?«

Kuchen! Gute Frau, Kuchen und Eis! Natürlich verkniff ich mir das und berichtete stattdessen wie hübsch sich mein allzu anhänglicher neuer Freund zum Beispiel in einer Vitrine des Düsseldorfer Aquazoos machen würde. Oder als praktisches Anschauungsobjekt im Biologieunterricht einer Schule.

Die Masterfrage (sie erfolgt in altbewährter Tradition betont leise): »Sie haben dabei doch keine finanziellen Ambitionen?«

PLING! Die Seifenblase zerplatzt! »NEEEIN! Natürlich nicht!« Ich erläuterte meine hehren Absichten, die ich bis dato selber noch nicht kannte.

Damit war das Eis gebrochen. Nachdem ich noch erfuhr, dass der Maulwurf eigentlich der Natur zu übergeben ist, es jedoch vertretbar sei, ihn zu einem sinnvollen Zweck einer Institution zur Verfügung zu stellen (unentgeltlich versteht sich), erhielt ich grünes Licht.

»Herr Meyer-Pyritz, rufen Sie einen der Tierpräparatoren an und teilen ihm mit, dass Sie mit mir gesprochen haben. Von diesem erhalten Sie ein Antragsformular, das Sie bitte ausgefüllt an mich schicken. Dazu benötige ich eine schriftliche Erklärung, wann und unter welchen Umständen Sie das Tier gefunden haben. Nachdem ich Ihren Antrag begutachtet habe, erhalten Sie ihn zurück und können dann damit zum Präparator. Haben Sie das verstanden?«

Oh ja, mir verschlug es zwar die Sprache, aber ich hatte.

Nach einem: »Herzlichen Dank« und: »Sie haben mir wirklich sehr geholfen« (was reichlich übertrieben war), beendete ich dieses aufschlussreiche Gespräch.

Das musste erst einmal verdaut werden. Ich sollte also wieder diesen Präparator anrufen? **NEIN!**

Da die anderen jedoch nicht drangingen, landete ich tatsächlich wieder bei dem ersten.

Dieser scheinheilige Bursche, hätte der mir nicht eben schon mitteilen können, was ich jetzt so mühsam erfahren hatte?

»Kostet Sie etwa hundert €!«

»Äh, ja ... dann – eh – rufe ich Sie nochmal an.«

Oh Mann! So hatte ich mir das eigentlich nicht vorgestellt. Maulwurf – was machst du mit mir?

Vom Gratiskuchen ganz zu schweigen, jetzt auch noch hundert €! Vielleicht sollte ich ihn doch lieber der Natur übergeben? Das hatte die Frau von der unteren Naturschutzbehörde ja auch gesagt.

Bei dem Gedanken an eine Katze musste ich lachen. Die streift ahnungslos durchs Gebüsch und findet für zweihundert D-Mark Tiefkühlkost.

Ich teilte Horst meine gemeinen Gedanken mit. Da ihm der Kuchen sicher war, egal wie die Sache auch ausgehen würde, amüsierte ihn die ungeahnte Entwicklung:

»Trifft ja keinen Armen, Du hast es doch. Also jetzt zieh die Geschichte auch durch!«

Dann hatte ich eine Idee.

Der Aquazoo! Dieses wunderschöne Aquarium mit seiner Reptilienabteilung, seinen Mineralien, Käfern und der paläontologischen Abteilung hatte mit Sicherheit eigene Präparatoren. Die müssten den Maulwurf doch kostenlos annehmen!

So weit war es also gekommen. Jetzt suchte ich schon verzweifelt einen Abnehmer, natürlich einen, der dazu berechtigt war und der mich nichts kostete.

Oh, du Wohltäter der Menschheit. Das ist wahrscheinlich die Strafe für meine Raffgier!

Nach einigen vergeblichen Versuchen, den einzigen Präparator des Aquazoos zu erreichen, verschob ich die Angelegenheit auf den folgenden Tag, an dem ich frei hatte. Irgendwie hatte ich das unbestimmte Gefühl, dass ich auch noch andere Arbeiten erledigen sollte.

Bis Mittag blieb es ruhig.

Heute schien es etwas besonders Gutes zu geben. Michael Wasser, ebenfalls einer unserer wirklich exzellenten Köche, zeigte, dass es noch etwas anderes gab, als Schnitzel mit Erbsen und Möhren (wobei ich dieses leckere Essen auf keinen Fall abwerten möchte). Aber manchmal können unsere Köche zaubern.

Heute war so ein Tag.

Bereits einige Minuten vor halb eins schlichen die ersten »Hungerleider« um den zentral im Küchentrakt angeordneten Arbeitsplatz.

Nach fast zwanzigjähriger Benutzung hatte der größte Teil des mittlerweile viel zu klein gewordenen Küchenmobiliars extreme Auflösungserscheinungen gezeigt. Und da die beiden Wachmannschaften nach wie vor eine Vielzahl von Feuerwehrmännern beköstigten, wurde uns eine neue professionelle Kücheneinrichtung genehmigt.

Endlich können unsere Köche nun mit ihren großen Töpfen auf einem passenden Herd kochen, einem, wie er in Großküchen üblich ist. Dazu gibt es einen überdimensionalen Bräter, in dem zwanzig Schnitzel zugleich brutzeln können, ein integrierter Suppentopf sowie eine Fritteuse. Das alles war dringend notwendig, immerhin wird Frühstück und Mittag für Seminarteilnehmer und Ausbilder der Feuerwehrschule angeboten. Das bedeutet manchmal an die siebzig Brötchen zum Frühstück und oftmals mehr als vierzig Mittagessen!

Ein so arbeitsintensives Essen wie heute lässt sich dann allerdings nicht herstellen.

Michael ist ja kein fest angestellter Koch für unser leibliches Wohl, sondern ein Feuerwehrmann wie jeder andere auch. Im Alarmfall muss er seine Küche mit all den Leckereien, die er gerade in Arbeit hat, schweren Herzens stehen lassen. Beim Verlassen schlägt er mit der flachen Hand auf den dicken, roten Not-Aus-Knopf neben der Tür. Dadurch werden sämtliche Platten und Elektrogeräte abgeschaltet.

Gut, dass heute nichts passierte. Es wäre eine Schande gewesen, diese köstlichen Leckereien verkochen zu lassen.

Ein Süppchen vom Feinsten. Überbackenes Seelachsfilet mit einer delikaten Sauce. Dazu Kroketten und ein raffiniert gewürzter, grüner Mischsalat. Anschließend gab es als Krönung eine Cremespeise mit Sahnehäubchen!

Selbst Addi, unser »erster« Koch, zollte Michael seine Anerkennung. Brav und gesittet standen wir, dreizehn Mann, bewaffnet mit Teller, Messer und Gabel in einer Reihe an.

Michael teilte jedem den Fisch zu, Beilagen nahm man sich selbst.

Mhhhh! Wie das duftete!

Ich saß mit Horst Heck, Stan Trunitschek, Erwin Siebert und Michael Wasser an einem der drei Tische. Am Nachbartisch saß die

»weiße Flotte«. Die RTW-Besatzung mit Axel Schleußer und Hajo Schödder sowie die NAW-Besatzung mit Michael Heinz, Bernd Toßerams und Thomas Gauda. Der Notarzt war noch nicht oben.

Achim Schorn, der seit längerem eine Müsliphase hatte, schielte seinem Nachbarn Addi auf den Teller:

»Lass mich nur mal ein kleines Stück probieren.«

»Finger weg!«

»Stell dich nicht so an. Ich will doch nur so ein winziges Stückchen Fisch!«, lachte er und machte Anstalten, sich dieses winzige Stück zu erobern.

Addi schob schnell seinen Teller zur Seite:

»Weg mit dem Müsli-Löffel!«

»Gibst du mir jetzt endlich mein . . .«, Achim setzte nach.

»Eh! Kauf dir einen!« rief Addi.

»Na Müslimann! Was gibt es denn heute Gutes in der Körnerküche?« Helmut Hackin kam als Letzter und stellte seinen Teller rechts neben Achim auf den Tisch.

»Ah! Helmut mein Freund. Ja, komm setz dich mal neben mich. Mhhh, was hast du denn da Gutes?«

»Willste mal probieren?« Bereitwillig schob Helmut ihm seinen reichlich gefüllten Teller hin.

»Das kann doch wohl nicht wahr sein!« entrüstete sich Addi.

»Was denn?«, rief Michael, der Koch: »Eh Schorn! Das kostet sechs Mark!«

»Kannst du kriegen! Dann will ich aber auch einen ganzen Fisch. Fisch esse ich doch immer, der ist gesund«, rief Achim zurück.

»Ist klar! Immer wenn es, was Besonderes gibt, willst du mitessen!«

»Was denn nun? Hast du noch einen über oder nicht?«

Michael stand auf. Das kleine Wortgefecht hatte keinen ernsten Charakter. »Komm rüber, ich hab noch 'ne Portion da.«

»Auch Salat?«

»Ja Mann! Du nervst mich! Auch Salat!«

»Kann ich auch noch einen Salat haben?«, schaltete sich Horst Heck ein.

Michael Wasser entrüstete sich: »Ihr sollt euch hier nicht die Wampe voll schlagen, wie in der Pommesbude! Das hier ist etwas ganz Besonderes! Also iss und halt den Mund!«

»Man wird ja noch fragen dürfen«, maulte Horst.

Der Notarzt betrat die Küche. Er hatte die letzten vorwurfsvollen Erklärungen unseres Kochs mitbekommen. Da er unseren bisweilen etwas rüden Ton kannte, hatte er sogleich die richtigen Worte parat: »Da komme ich ja gerade richtig. Wenn ich mich ohne Meckern mit anstelle, kann ich dann auch noch eine Portion erhalten?«

Die bissige Satire in seinen Worten übergehend, winkte Michael stumm mit dem Arm, was soviel bedeutete, wie ›mir nach‹.

Dann ertönte ein Doppelgong! Sofort verstummten sämtliche Gespräche, alles lauschte auf die Durchsage der Leitstelle: »Einsatz für den Notarzt – Firma XX – eingeklemmte Person in Maschine!«

»Tja Doc, das war es wohl. Ich lege eine Portion für später zurück.«

Die drei vom NAW sprangen auf. Halbleere Teller blieben zurück. Eine Minute später schallte ihre Alarmsirene von der Frankfurter Straße zu uns herauf.

Axel sinnierte: »Mann, bin ich froh, dass der NAW dran war, so ein leckeres Essen.« Im selben Moment ertönte die Rundspruchanlage zum zweiten Mal.

»Scheiße!«, rief Axel und schob seinen Stuhl zurück. Auch Hajo war aufgesprungen.

Wir anderen grinsten. So ist das eben, die weiße Flotte fuhr halt am meisten.

»Einsatz für Florian 6-72-1, Ölspur! Werstener Feld in Höhe 194!«

»So ein Mist, das sind wir!« Ich blickte Stan an, der traurig sein Essen ansah. Dann atmete er entsagungsvoll auf. »Komm!« In diesem einzigen Wort schwang eine ganze Welt voller Enttäuschung.

Axel strahlte, als wir an ihm vorbei gingen. »Glücksritter!«, rief ich.

»Schwing hier keine Reden, mach hin!«

Klar, dass sich mein Freund Horst Heck seinen Kommentar nicht verkneifen konnte.

Der Rutschschacht im Flur stand noch offen. In Windeseile gelangten wir so unter Umgehung der langen Treppe nach unten. Stan verschwand bereits in der Fahrzeughalle, während ich das Fernschreiben in der Zentrale abriss.

Wir nahmen den kleinen VW-Bus. Die drei Sack Ölbindemittel würden wahrscheinlich ausreichen. Außerdem war ja noch die blaue Kunststofftonne drei Viertel voll.

Wir fuhren mit Alarmsignalen, aber betont defensiv. Unterwegs stellten wir verschiedene Theorien auf, wieso die Wache Sieben diesen Einsatz nicht übernommen hatte, der doch zweifellos in ihrem Wachbezirk lag. Die konnten praktisch hinspucken, so nah war das.

Nach einigen Minuten bogen wir von der vierspurigen Schnellstraße rechts in die Itterstraße. Dann überquerten wir die Kölner Landstraße und fuhren weiter geradeaus zum Werstener Feld. Linker Hand lagen die flachen Gebäude der Feuerwache Sieben, wir rauschten daran vorbei. Kurze Zeit später erreichten wir unsere Einsatzstelle.

Es war ein unbedeutender, alltäglicher Einsatz. Auf einer Länge von etwa fünfzehn Metern hatte ein PKW Öl verloren. Sein Fahrer hatte wahrscheinlich nichts davon geahnt und seinen Wagen am Straßenrand geparkt. Es tropfte immer noch, wie wir unschwer mit einem Blick unter den Wagen feststellen konnten. Eine anwesende Motorradpolizistin notierte sich gerade das Kennzeichen. Vom Fahrer weit und breit keine Spur. Wir streuten die Ölspur mit unserem Bindemittel ab. Ein Sack des hellbraunen, gekörnten Materials reichte aus. Es staubte mächtig, als Stan das Zeug mit einem Kehrblech schwungvoll auswarf. Ich schob eine Blechwanne unter den Wagen. Jetzt drehte sich die Polizistin zu mir um. Ich erkannte Jutta Noack, sie kam auf uns zu.

»Na viel zu tun bei euch?«

»Bis jetzt hatten wir Ruhe.«

Mit Jutta trafen wir oft zusammen. Sie fuhr in diesem Gebiet Streife.

»Hör mal, der Wagen muss in eine Werkstatt. Damit kann der nicht weiterfahren.«

»Weiß ich. Ich lasse mir gerade den Halter durchgeben. Entweder der kommt sofort selber oder ich hol den Abschleppwagen. Braucht ihr 'ne Kehrmaschine?«

»Ne, nicht nötig. Das bisschen sollen die Autofahrer ruhig mit Ihren Reifen zerfahren. Ist auch besser wegen der Rutschgefahr.«

Jutta bekam über Funk den Halter mitgeteilt. Da er in einem anderen Stadtteil wohnte, konnte Sie nicht wissen, wann er wieder zu seinem Fahrzeug zurückkäme und bestellte den Abschleppwagen. Solange würden wir noch warten, weil wir unsere Blechwanne wieder mitnehmen wollten.

Während wir diesen Routine-Einsatz abwickelten, arbeitete die NAW-Besatzung fieberhaft während eines höchst kritischen Einsatzes.

Die Firma X veredelt Stahlbleche, die als tonnenschwere Rollen angeliefert werden. In einem aufwändigen Prozess durchlaufen die fast zwei Meter breiten »endlos« langen Stahlbänder, ein ausgeklügeltes System von unterschiedlichen Walzen. Als Endprodukt erscheint ein oberflächlich hochglänzendes, perfekt veredeltes Metallband, dessen genaueste Toleranzen im Bereich von tausendstel Millimeter liegen.

Trotz der umfangreichen Sicherheitsabsperrungen, der auffälligen Verbotsschilder und der ständigen Unterweisungen durch Sicherheitstechniker hatte es seit langem wieder einmal einen schweren Betriebsunfall gegeben.

Einer der Arbeiter war verbotenerweise über das Absperrgitter gestiegen, um ein Stück Packpapier vom laufenden Band zu entfernen. Ein Windstoß hatte es dort hin geweht.

Peter Stanger war seit über zehn Jahren im Produktionsbetrieb. Angefangen hatte er draußen, beim Verladen der Rollen. Seit er einmal gesehen hatte, wie einem Arbeiter die acht Tonnen über den Vorderfuß gerollt waren, hatte er mächtig Respekt bekommen. Die Stahlkappe des Sicherheitsschuhs, der hier Vorschrift ist, hatte den Fuß damals nicht schützen können. Der Mann verlor seinen Fuß. Drei Jahre später bekam Stanger den Job in der Produktionshalle. Er war froh darüber. Immer draußen bei Wind und Wetter – da ging es ihm hier drin doch besser. Lediglich, wenn das riesige Rolltor aufgefahren wurde, damit die Eisenbahnwagons die fertig veredelten Rollen abholen konnten, gab es unangenehmen Durchzug.

Die Firmenleitung achtete peinlich genau auf Sauberkeit.

Die Produktionshalle war von der Verladehalle durch durchscheinende, dicke, schwere Kunststoffplatten getrennt. Putzlappen, Verpackungsmaterial und Ähnliches durfte hier nicht einfach so herum liegen.

Vor Jahren hatte Peter Stanger einmal einen jungen Türken zusammengestaucht, der einen unachtsam weggeworfenen Putzlappen mit flinkem Griff vom Band fegte. Anschließend hielt er ihm eine Predigt über die extremen Gefahren, die von dem Türken nur mit einem Achselzucken abgetan wurde: »Alter Mann, pha! Viel Angst was?«

Darüber hatte er sich maßlos geärgert, aber nichts weiter gesagt. Er dachte sich seinen Teil: *Idiot, wenn du wüsstest, wie schnell dein Arm ab ist.*

In der Tat. Die Ränder des laufenden Metallbandes waren gefährlich scharf. Sie würden einen Arm schneller vom Körper trennen, als es das menschliche Auge registrieren könnte.

Davor musste er sich in acht nehmen. Das wusste er. Dennoch stieg er über das Band, beugte sich weit vor, um das Papier zu entfernen.

Wenn man die Gefahr kennt und vorsichtig ist, kann man das schon mal riskieren. Ich bin ja nicht blöd, so dachte er und das wurde ihm zum Verhängnis.

Zu seinem Glück beobachtete ihn einer seiner Vorarbeiter. Dieser rief ihm noch eine Warnung zu, die im Lärm der Maschinen jedoch unterging. Der Vorarbeiter stand unmittelbar in Griffnähe neben einem Notausschalter, reagierte sofort und rettete Peter Stanger damit das Leben. Das Band stoppte ohne zeitliche Verzögerung.

Dr. Paul-G. Peters war kein Chirurg, aber der wäre hier auch erst in zweiter Instanz erforderlich gewesen, wenn überhaupt.

Seit einigen Monaten erst fuhr er mit den Feuerwehrmännern gemeinsam auf diesem Notarztwagen. Er hatte sich darauf gefreut, denn seine Kolleginnen und Kollegen aus dem Krankenhaus Benrath mochten diese interessante Arbeit vor Ort und erzählten viel davon.

Das war Medizin pur. Ständige Improvisationen an unterschiedlichsten Einsatzorten forderten die sonst an ihren »perfekten« Klinikablauf gewöhnten Ärzte und vermittelten einen Hauch von Abenteuer. Auch der Umgang und die Zusammenarbeit mit diesen so ganz anderen Feuerwehrmännern gefielen ihm. Es ist genauso, wie die anderen erzählt hatten. Danach konnte man süchtig werden.

Es gab jedoch auch Einsätze, die unangenehm unter die Haut gingen. Manchmal wünschte er sich schon, den Rat seines Oberarztes einholen zu können. Auf Einsätze wie diesen hier, hätte er gerne verzichtet. Für solche Gedanken war aber keine Zeit. Hier war schnelles, umsichtiges Handeln erforderlich.

Gut, dass der junge Teamführer Michael Heinz bereits die Umsicht und Ruhe eines alten erfahrenen Routiniers an den Tag legte.

Lange vor seinem Eintritt in die Berufsfeuerwehr Düsseldorf, hatte er Erfahrung auf einem NAW in der heimatlichen Eifel sammeln können. Das El Dorado aller Motorradfahrer verleitet Könner und leider auch die Anfänger zu mancher riskanten Kurvenfahrt. Selbstüberschätzung und mangelnde Erfahrung enden für viele in einem tragischen Unfall.

Besonders dramatisch ist die Situation nach einem Rennen auf dem Nürburgring. Die weltberühmte Rennstrecke hat schon viele Opfer gefordert, und nach dem Besuch eines Rennens begeben sich die selbst ernannten Boliden auf die heiße Rücktour.

An den Anblick zerfetzter Körper kann man sich nie gewöhnen, nur mit der Zeit lernt man besser damit umzugehen. Michael hatte auf seinen Einsätzen schon so viel Blut sehen müssen, dass er bei dem Anblick des Mannes in der Walze nicht die Nerven verlor.

Bernd Toßerams, der weit mehr als zwanzig Dienstjahre auf dem Buckel hatte, wandte sich zu Micha und sagte:

»Da sollten wir gleich die Gruppe und am Besten den Rüstwagen nachbestellen.«

Micha nickte: »Mach das Tossi ... und bring den Amputationskoffer mit.«

Im Eiltempo rannte Tossi zurück zum NAW. Er schwang sich auf den Beifahrersitz und betätigte sofort die Sprechtaste des Funkgerätes. Auf den etwas umständlichen Sprechwunsch konnte er getrost verzichten. »Hier Florian Düsseldorf – zur Zeit sprechen mehrere Fahrzeuge. Warten Sie, bis Sie aufgerufen werden.« Die spinnen wohl auf der Leitstelle, dachte Tossi und knallte seine Anforderung erneut in den Hörer: »Hier Notarzt 6! Wir benötigen dringend Hilfe!«

»Notarzt 6, kommen Sie!«

Tossi fasste sich kurz, forderte die benötigte Gruppe sowie einen Rüstwagen an. Die Leitstelle bestätigte und löste den Alarm an Wache Sechs aus. Somit leerte sich die vor wenigen Minuten noch vollbesetzte Feuerwache endgültig und Sekunden später rasten die beiden Großfahrzeuge mit heulenden Sirenen aus der Fahrzeughalle.

Werkarbeiter hatten den Notarztwagen bis weit in die Verladehalle gelotst. Die Kette aus Männern an prägnanten Stellen im Werkgelände funktionierte vorbildlich. »Super«, nickte Michael anerkennend«, die sind echt gut.«

Ja, das waren sie wirklich. Einer von ihnen war sogar mit dem Fahrrad vorgefahren, um den Weg zu weisen. Das waren Männer, die hart arbeiteten, die richtig was für ihr Geld leisten mussten und die weiß Gott nicht zimperlich waren. Jetzt aber, wo sie einen der ihren in der Maschine hängen sahen, nagte an jedem die Verzweiflung angesichts ihrer eigenen Unfähigkeit zu helfen.

Mancher biss sich auf die Unterlippe und schämte sich nicht der Tränen, die über sein Gesicht liefen.

Thomas Gauda hatte so etwas noch nie erlebt. Bis auf die schlimmen Dias während seiner Ausbildung zum Rettungsassistenten, kannte er solche Situationen überhaupt nicht. Wie alle anderen vor ihm hatte er natürlich auch ein Praktikum im Krankenhaus absolviert sowie seine Zeit als Azubi auf einem der drei Düsseldorfer NAW absolviert, aber so eine harte Sache, nein, die hatte er noch nicht gesehen.

Schon als sie mit ihren Koffern in die Halle liefen, hörten sie den Mann schreien, es ging durch Mark und Bein. Erst nach der Spritze mit dem Morphium hörte er auf und wimmerte nur noch leise. Kurze Zeit später lief über die großlumige, braune Viggo der Plasmaexpander in die Vene des freien Armes.

Thomas hielt den Mann die ganze Zeit. Er hielt ihn solange, bis die anderen Feuerwehrmänner ihn befreiten. Und das sollte noch lange dauern!

Die Situation war schwierig! Man konnte nicht einfach seinen eingeklemmten Arm zurück ziehen. Bis über den Ellenbogen steckte er zwischen den riesigen Walzen fest. Wie er aussah und in welchem Zustand er sich befand, konnte man nur ahnen. Und die Anlage zurückfahren war unmöglich.

»He! Männer! Gleich kommen noch weitere Fahrzeuge von uns! Lotst die doch nochmal so gut rein, wie uns eben!« Michael hatte den Umstehenden diese Worte zugerufen und die Männer waren froh, wenigstens irgendetwas tun zu können.

Unabhängig von Tossis Nachforderung, hatte die Leitstelle den zuständigen C-Dienst alarmiert. Peter Küpperbusch befand sich noch an einer anderen Einsatzstelle, zusammen mit dem Löschzug der Feuerwache Sieben. Sie hatten eine telegraphische Feuermeldung der Uniklinik Düsseldorf erhalten, zu der auch Feuerwache Eins und verschiedene Sonderfahrzeuge ausgerückt waren. Wie es sich herausstellte, waren durch Schweißarbeiten im Rohrleitungssystem eines Versorgungsschachtes unter der Orthopädie, gleich mehrere Brandmelder ausgelöst worden.

Gerade wollte Peter Küpperbusch sich frei melden, da erreichte ihn die Nachricht von dem schweren Unfall in seinem Brandschutzabschnitt.

Er machte sich unverzüglich auf den Weg und erreichte die Einsatzstelle noch vor dem Eintreffen der Feuerwache Sechs.

Sogleich nahm er Kontakt zur Werksleitung auf, die auch schon durch einige Ingenieure vor Ort vertreten war. Der Schichtleiter wurde hinzu gezogen und schnell hatte sich Peter Küpperbusch ein klares Bild von der prekären Lage gemacht. Der Notarzt arbeitete mit seinem Team effizient, aber auf die Arbeiter hier durfte er nicht bauen. Er sah viele kreidebleiche Gesichter, einer hatte sich bereits übergeben. Trotzdem benötigte er ihre fachkundige Hilfe und rasch hatte er diesen Personenkreis um sich versammelt.

In der Ferne hörte man die Martinshörner der ankommenden Feuerwehr. Die Arbeiter hatten sich wieder optimal postiert und die Feuerwehrfahrzeuge bis nahe an den Einsatzort gelotst.

Peter Küpperbuschs Rettungsplan stand in groben Zügen. Rasch teilte er seine Überlegungen mit. Die Zeit brannte unter den Nägeln, seine Ausführungen fanden die Billigung und Bestätigung des ihn umgebenden, kleinen Krisenstabes.

Einige Minuten später hatte Horst Heck nach der kurzen Unterredung mit dem C-Dienst seine Männer eingeteilt.

Michael (eben noch Koch) fuhr den Rüstwagen bis auf wenige Meter an den Unfallort heran. Die an der Front eingebaute Seilwinde sollte eine zentrale Aufgabe übernehmen. Erwin, den alle nur den Schmied nennen, schleppte die schwere Metallkiste mit den Stahlketten alleine auf seiner Schulter. Achim zerrte den BKS-Zug aus dem LF und Helmut trug mit Addi die große hölzerne Handwerkzeugkiste.

Erwin war für diesen Einsatz der Versierteste. Sein Geschick im Umgang mit allem, was auch nur annähernd wie Metall aussah, muss ihm offensichtlich mit in die Wiege gelegt worden sein. Er, der gelernte Landmaschinenschlosser, hatte vor vielen Jahren zur Feuerwehr gewechselt. Wirklich gute Fachleute sind heutzutage Mangelware, somit durfte Erwin für unseren »Verein« als Glückstreffer bezeichnet werden.

Weder Peter Küpperbusch noch Horst Heck mischten sich ein, als der Schmied wie selbstverständlich die Schlosserarbeiten an beiden Seiten der Walze koordinierte. Sogar die Männer des Werkes unterstellten sich ohne Murren seinen Anordnungen. So schritt die Arbeit, der komplizierte Ausbau der Oberwalze, zügig voran.

Es war eine körperlich schwere Arbeit, dazu der permanente psychische Stress! Es war heiß in der Halle. Der Schweiß rann in Strömen und nass klebten die Hemden an den Körpern.

Unsere hochwertigen hydraulischen Geräte konnten leider nicht eingesetzt werden. Alles war gute solide Handarbeit mit Flaschenzügen, Hebeln und Keilen.

Dr. Paul-G. Peters und sein NAW-Team sah um keinen Deut besser aus als die verbissen arbeitenden Feuerwehrmänner. Peter Küpperbusch trat hinter ihn, klopfte ihm auf die Schulter: »Gute

Arbeit Doc!« Leise stellte er dann die alles entscheidende Frage: »Wie lange hält er noch aus?«

»Wir schaffen es. Nicht wahr, Thomas? Oder soll dich mal einer ablösen?« Mit der Beantwortung der Frage wandte er sich gleichzeitig an Thomas Gauda, der immer noch in schwieriger Körperhaltung den Eingeklemmten stützte.

Thomas schüttelte seinen Kopf: »Geht schon klar.« Er quälte sich ein gezwungenes Lächeln ab.

Die sind wirklich gut, die Jungs, ging dem Notarzt durch den Kopf.

Peter Küpperbusch stellte mit Zufriedenheit das Gleiche fest. Er wusste aber auch, dass ein Team nur so gut sein kann, wie es der Chef ist. Und Dr. Paul-G. Peters war gut.

In diesem harten Einsatz, der sein erster war, verdiente er sich den Respekt, die Anerkennung und auch die Freundschaft der Feuerwehrmänner.

Der Abschleppwagen traf ein. Es ist immer wieder faszinierend zu beobachten, wie schnell und geschickt ein Mann allein so einen PKW auf die Ladefläche zieht.

Das Motoröl, das sich während unserer Wartezeit in der Blechwanne angesammelt hatte, konnten wir in einen dafür vorgesehenen Plastikkanister kippen, das war uns nur recht.

Jutta bestieg wieder ihre schwere BMW und setzte den Helm auf. »Tschüss Jungs!« Sie winkte kurz, dann brauste sie mit dem Motorrad davon.

Für uns gab es hier ebenfalls nichts mehr zu tun.

»Komm! Der Fisch wartet.« Stan hatte recht. Der Fisch war zwar mittlerweile kalt, aber es gab ja die Mikrowelle.

Ich stimmte ihm zu, setzte mich in unseren VW-Bus und nahm den Funkhörer aus der Halterung. »Florian Düsseldorf für 6-72-1 kommen.«

»Florian Düsseldorf hört, kommen.«

»Zirka fünfzehn Meter Ölspur abgestreut. Einsatz beendet, wir sind frei.«

»6-72-1, Sie übernehmen neuen Einsatz! Anforderung von RTW zum Tür öffnen:

XX Straße 47 in Hellerhof bei Hanneman.«

Ich bestätigte die Angaben und notierte sie mir gleichzeitig auf einem Blatt Papier.

»Tschüss Fisch«, lachte ich.

Stan sah es ebenso gelassen: »C'est la vie!« Er schaltete Sirene und Blaulicht ein und gab Gas.

Es ging wieder über die Frankfurter Straße zurück. Zwangsläufig fuhren wir an unserer Wache vorbei und staunten nicht schlecht. Die Fahrzeughalle, die man von hier gut einsehen kann, stand leer.

Dass unsere roten Autos natürlich hier nicht nur wie Ausstellungsstücke in der Vitrine stehen sollen, wird wohl jedem klar sein, dass aber buchstäblich jeder der insgesamt sechs Plätze verwaist war, kam doch nicht alle Tage vor.

Was wir nicht wissen konnten – die Feuerwehrschule hatte sich unsere Drehleiter ausgeliehen und ließ den neuen Grundausbildungslehrgang hinten auf dem Hof steigen.

»Irgendwie gefällt mir das«, lachte Stan: »Tut doch gut zu wissen, dass die anderen jetzt nicht auf der faulen Bärenhaut liegen, sondern auch arbeiten müssen.«

Wir ahnten ja nicht wie sehr!

Die Rettungsarbeiten an der Walze kamen in eine kritische Endphase. Der Eingeklemmte stand unter einem schweren, traumatischen Schock. Obwohl bei Bewusstsein, registrierte er die dramatischen Bemühungen zu seiner Befreiung nur noch wie in Trance.

Die Seilwinde des Rüstwagens drehte sich Millimeter um Millimeter. Nachdem die Männer viele verschiedene Schrauben raus- und abgedreht hatten, etliche Metallstifte sowie unter Spannung stehende Federn entfernt hatten, musste die ca. 1,8 Tonnen wiegende Walze mit der Drahtseilwinde des Rüstwagens gesichert werden. Eilig montierte Drahtseile hingen von soliden Stahlträgern hinunter. Über Umlenkrollen verbanden sie die Walze mit dem Rüstwagenseil.

Die Männer schwitzten nicht nur von der anstrengenden, körperlichen Arbeit, auch die psychische Belastung lastete permanent auf allen. Außerdem wurde es jetzt äußerst kritisch. Ein falscher

Zug, ein zu starker Ruck, nicht auszudenken, welche verheerenden Folgen das hätte.

Hier ging es tatsächlich um Millimeter.

Parallel mit der vertikalen Bewegung der Walze, betätigte Achim die Hubstange des BKS-Zuges. Dieser war so befestigt, dass seine horizontal wirkende Gegenkraft ein gefährliches Pendeln der schweren Walze, wenn sie aus ihren seitlichen Halterungen rutschte, verhindern sollte. Gleich musste es so weit sein – würden sie den Mann freibekommen?

Draußen, auf einer großen asphaltierten Freifläche des Firmengeländes, landete der Rettungshubschrauber.

Vor fünf Minuten war er in Duisburg Buchholz aufgestiegen.

Die Flugbedingungen waren optimal: Sicht über Grund fast zehn Kilometer. Wind aus Süd – Südwest mit sechs Knoten. Der Hubschrauber, eine bewährte Maschine vom Typ Bo, flog in exakt fünfhundertvierzig Fuß Höhe mit einer Geschwindigkeit von fast zweihundertachtzig km/h.

Es bereitete dem erfahrenen Bundeswehrpiloten keine Mühe, das Firmengelände auszumachen. Er drehte eine elegante Schleife und setzte sanft auf. Arzt und Sanitäter sprangen sofort aus der seitlichen Schiebetüre und rannten in gebückter Haltung unter dem sich noch drehenden Rotor hinweg. Es dauerte eine Weile, bis die Rotorblätter zum Stillstand kamen, danach hingen sie weit ausladend nach unten.

Die Turbine hatte einen großen Lärm verursacht, dennoch war jeder in der Halle froh, dass der Hubschrauber eingetroffen war.

Zeitmäßig passte es optimal. Gerade griffen viele Hände hilfreich unter den befreiten Körper von Peter Stanger. Er durfte so wenig wie möglich bewegt werden. Sein verletzter Arm war schlimm entstellt. Bevor die Notarztwagenbesatzung ihn behutsam versorgte, war es doch einigen Arbeitern gelungen, einen neugierigen Blick zu erhaschen. Sie hätten lieber darauf verzichten sollen. Der Anblick der grausamen Verletzungen brannte sich in ihre Gedächtnisse und schreckte sie in nächtlichen Träumen auf.

Peter Stanger lag auf einer Vakuummatratze. Er war bereits intubiert worden, als er durch die Heckklappe in den Hubschrauber geschoben wurde.

Sämtliche Männer zogen sich danach auf respektvolle Entfernung zurück. Der Rotor begann sich erst langsam zu drehen, dann gab der Pilot mehr Gas. Die Turbine heulte auf und die Maschine erzitterte. Die Rotorflügel verschwommen zu einem einzigen kreisrunden Teller. Der Lärm steigerte sich nochmals, dann hob der Hubschrauber wie in Zeitlupe ab. Fünf, sechs Meter über dem Boden drehte er einen Kreis, zeigte den Männern jetzt sein lang gezogenes Heck mit dem Steuerpropeller, dann kippte er leicht nach vorne und flog rasch an Höhe gewinnend davon.

Mit den Augen verfolgten sie den Hubschrauber, solange bis er sich ihren Blicken entzog. Kurze Zeit später verebbte auch sein markant schlagendes »**FLAPP ... FLA**PP ... FLAPP ... flapp ... flapp« in der Ferne.

Im einem der vielen Operationssäle standen die Chirurgen, die Anästhesistin und die OP-Helfer bereit. In der Berufsgenossenschaftlichen Unfallklinik Duisburg Buchholz hatten die hoch qualifizierten Spezialisten schon viele »Wunder« vollbracht.

Bei Peter Stanger war kein Wunder mehr möglich. Er verlor seinen rechten Arm knapp unterhalb des Schultergelenks.

Nach der Feuerwache folgten zwei Ampelkreuzungen. Wir überquerten sie bei Grün, dann bogen wir rechts ab nach Hellerhof, dem Stadtteil, in dem viele Kollegen wohnten.

Wir erreichten die Hausnummer 47 in der XX-Straße um exakt 13.21 Uhr.

Der RTW stand mit laufenden Blaulichtern unmittelbar vor der Haustüre eines noch neu wirkenden Wohnhauses.

Sieht gut aus, war mein erster Eindruck. Schöne Klinkersteine, gepflegter Vorgarten. Der zweite Blick galt den Klingeln. Sechs an der Zahl, normal für zwei Vollgeschosse mit ausgebautem Dach.

Erstaunlich, dass wir nur zur ersten Etage laufen mussten (Feuerwehrmänner glauben, das alles immer oben passiert, jedenfalls fast alles, weil sie so oft die Treppen hinaufrennen müssen).

Axel bemühte sich mit dem bereits bekannten Federstahlhaken. Die Vergeblichkeit seiner Anstrengung erschien mir beim Anblick der Wohnungstüre keine Frage zu sein. Ich bekam bei dieser

»Tresortür« gewaltige Zweifel, ob wir überhaupt eine Chance hätten.

Axel zuckte mit den Schultern, machte ein unschuldiges Gesicht: »War ja nur ein Versuch. Außerdem dürften diese hier natürlich nicht verriegelt sein.« Er zeigte mit dem Finger auf zwei zusätzlich eingebaute Rundzylinder.

Der eine saß zentral und gehörte wahrscheinlich zu einem innen verlaufenden Panzerriegel. Der andere war wesentlich höher angebracht. Möglicherweise für weitere Sperrbolzen. Axel fuhr fort: »Verstärkter Türrahmen, Spezialanfertigung, ebenso wie die Tür. Das Teil kostet locker über viertausend Euro.«

»Was ist denn überhaupt geschehen?«, fragte Stan.

»Also wir sind von der Leitstelle geschickt worden. Da hieß es eiliger Transport.«

»Und weiter?«

Axel schüttelte den Kopf: »Nix weiter. Wir kamen an, keiner da. Ich hab dann ein zweites mal die Leitstelle angefunkt und da hieß es: Der Anruf wäre von der Tochter gekommen und die hätte lediglich gesagt, ihre Mutter müsse schnell in die Klinik.«

»Das ist alles?«

»Ja! Weitere Informationen haben wir nicht. Wir haben auch an den anderen Türen geklingelt ... man kann ja nicht einfach so wegfahren.«

»Und?«

»Hier«, Axel deutete auf die Nebentür, »auch so ein Monster, von der Bewohnerin haben wir erfahren, dass Frau Hannemann alleine wohnt und ... angeblich ganz laut geschrien hat.«

»Mhmmm.«

»Genau, hab ich auch gedacht. Ich hab daraufhin die Leitstelle nochmal informiert und euch nachgefordert. Das ist also jetzt eure Tür.«

Die Tür können wir vergessen!«, stellte Stan fest.

»Denk ich auch.«

»Was ist mit Fenstern oder Balkontüren?«

»Hajo ist hinten im Garten und sieht sich um.«

»Gut und von der Frau hier nebenan, kann man da vielleicht irgendwie rübersteigen oder so?« Stan hatte die Sache in die Hand genommen, eigentlich war das meine Aufgabe, aber was er sagte, war in Ordnung. Wozu also Kompetenzgerangel. Stan war keiner, der sich aus Eitelkeit in den Vordergrund drängte, dazu war er viel zu abgeklärt und ruhig. Er spielte seine Qualitäten eher runter, als sich damit zu profilieren, dabei besaß er genug davon.

»Habt ihr auch laut genug geklopft? Manchmal sind die alten Leute ja etwas schwerhörig.«

Axel sah mich vorwurfsvoll an: »Ja sicher. Ich hab auch gelauscht, aber da tat sich kein Mucks.«

»Pass auf, einer ruft jetzt noch einmal die Leitstelle an. Die sollen die Tochter schicken, sie wird bestimmt einen Schlüssel besitzen. Dann lass uns mal zu der Nachbarin hier auf den Balkon gehen und … na ja vielleicht sieht Hajo ja auch eine Möglichkeit. Willst du runter oder … also ich kann auch?«

»Ich geh runter, Stan. Macht ihr beide das ruhig hier oben.« Mit diesen Worten lief ich die Treppe hinunter und traf unten auf Hajo.

»Ich weiß, wie wir herein kommen.« Hajo strahlte.

»Und?«, sagte ich nur.

»Komm mit, ich zeig es dir!« Ohne weitere Erklärung rannte er vorweg. Ich spurtete hinterher, was blieb mir auch anderes übrig. Seitlich führte ein Weg aus Verbundsteinpflaster hinter das Haus. Zu meiner Überraschung befand sich hier ein kleiner, auch gepflasterter Hof mit offenen Einstellplätzen, so dass nur die nach vorne zeigende Hälfte des Hauses unterkellert war.

Ich hatte eigentlich die üblichen Terrassen erwartet. So besaßen die unteren Wohnungen genau wie die darüber liegenden einen Balkon. Für den Einsatz unserer relativ kurzen Anstellleiter langte es nicht. Bedingt durch die außergewöhnliche Bauweise konnten wir den Balkon der ersten Etage von unten leider nicht erreichen.

Dieser tiefen Einfahrt schloss sich eine kurze Grünfläche mit unterschiedlichen Ziersträuchern an. Nach Übersteigen des niedrigen Jägerzaunes standen wir jetzt hier und blickten gegen die Rückfront.

Hajo deutete nach oben: »Siehst du, was ich meine?«

»Ich sehe eine Dachterrasse, mehr nicht«, entgegnete ich ihm.

»Also pass auf.«

Ich blickte ihn interessiert an, mal sehen, was jetzt kommt. In etwa konnte ich es mir schon denken. Hajo wäre nicht Hajo, der begeisterte Höhenretter, wenn..., aber ich ließ ihn fortfahren, ohne meine Gedanken preiszugeben.

»Ich könnte mich, vorausgesetzt oben macht einer auf, also ich könnte mich von da oben abseilen...« Er sah mich an, ich sagte nichts: »Dann steig ich auf den Balkon, mach die Tür auf und bin drin! Ist doch ganz einfach.«

Im Prinzip war dagegen gar nichts einzuwenden. Hajo führte wie alle Düsseldorfer Höhenretter seine persönliche Ausrüstung immer mit, egal auf welchem Fahrzeug er eingesetzt war. Im Bedarfsfall kann man so ziemlich schnell alle Höhenretter, die im Dienst sind, und auf verschiedene Wachen verteilt sind, zusammenziehen und direkt einsetzen. Jeder dieser Männer besitzt den gleichen Rucksack. Er enthält ein Kernmantelseil, diverse Gurte, Bandschlaufen, Schäkel, Rebschnüre und verschiedene spezielle Ausrüstungsgegenstände.

Ich war sofort von seinem Plan begeistert, das entsprach ganz meiner Mentalität. Dennoch fragte ich mich:

Gibt es sinnvolle Alternativen? Gibt es eine andere, bessere Möglichkeit? Ich könnte ein Löschgruppenfahrzeug nachfordern. Mit der dreiteiligen Schiebleiter erreichten wir den Balkon ohne weiteres. Aber Wache Sechs war raus und Wache Sieben ebenfalls. Es würde lange dauern, bis ein Fahrzeug von einer anderen Wache hier im tiefsten Süden Düsseldorfs angekommen wäre. Glücklicherweise stand die Balkontür auf Kipp. Die würde uns wohl kaum Probleme bereiten. Um dahin zu gelangen müsste uns jemand seine obere Wohnung aufmachen.

Die Wohnungstür schied aus, das hatten wir ja schon festgestellt und ein Übersteigen von einem Balkon auf den anderen, war hier völlig unmöglich.

»Versuchen wir es!«

Der junge, dynamische Höhenretter strahlte. Wir eilten also wieder zum vorderen Eingang zurück. Hajo holte seinen Rucksack aus dem RTW. Ich lief, immer zwei Stufen gleichzeitig nehmend, zur ersten Etage hoch.

Axel und Stan waren inzwischen nicht untätig gewesen. Beide hatten sie an sämtlichen Türen im Haus geklingelt. Bei Dreien wurde ihnen geöffnet. Die Hoffnung, einen Schlüssel zu der betreffenden Wohnung zu erhalten, erfüllte sich leider nicht. Schade, aber es war einen Versuch wert gewesen.

Es ist ja nicht außergewöhnlich, dass Mitbewohner bei ihren Nachbarn, den eigenen Wohnungsschlüssel für etwaige Notfälle hinterlegen.

Immerhin hatten wir das Glück, dass eine der drei Wohnungen, bei denen geöffnet wurde, diejenige war, von der Hajo sich abseilen wollte.

»Stan, bleib du hier vor der Tür. Möglicherweise trifft ja vorher die Tochter mit dem Schlüssel ein.«

»Glaub ich kaum. Die kommt aus Meerbusch, ich hab noch einmal bei der Leitstelle nachgefragt.«

»Na gut. Aber einer muss hier bleiben. Axel und ich werden Hajo nach oben begleiten. Hoffentlich haben wir Glück. Kommt! Auf geht's!«

Oben angekommen drückte ich auf den Klingelknopf. Ein melodischer Gong ertönte und kurz darauf öffnete sich die Tür. Mir verschlug es fast die Sprache. Was da vor uns stand, musste unbedingt die jüngere Schwester von Pamela Anderson sein. Sie lächelte uns an: »Ja, was darf es denn diesmal sein?« Sie blickte an mir vorbei und sah Axel an. »Sie waren doch eben schon einmal bei mir.«

Axel blieb stumm wie ein Fisch. Sie schien sich ihrer Wirkung auf Männer sehr bewusst zu sein. Feuerwehrmänner sind halt auch »nur« Männer. Ich teilte ihr unsere Absicht mit und bat um ihre Unterstützung.

»Pamela« fand das Ganze recht aufregend, besonders Hajo hatte es ihr angetan. Der Gedanke, dass dieser drahtige, gut aussehende Feuerwehrmann, der offensichtlich ihrer Altersklasse entsprach, sich an einem Seil von ihrem Balkon herablassen würde, begeisterte sie. Mit grazilen Bewegungen geleitete sie uns durch ein geschmackvoll und modern eingerichtetes Wohnzimmer auf die Dachterrasse. Überall standen blühende Pflanzen zwischen zierlichen Rattanmöbeln. Während Hajo anscheinend nur noch Augen für »Pamela« hatte, hefteten sich meine Augen an das überaus stabile Metallgeländer. Axel prüfte bereits die in der Betonbrüstung verankerten

Schrauben. Sein Urteil fiel zufrieden stellend aus: »Das hält«, meinte er und ich pflichtete ihm bei.

Wir zwei waren mittlerweile zu unbedeutenden Statisten in einem frisch entstandenen Heldenepos degradiert worden. Unter den bewundernden Blicken lang bewimperter, rehbrauner Augen band sich der strahlende Held mit leicht zitternder Hand den doppelten Achtknoten in das Kernmantelseil. Na gut, vielleicht zitterten seine Hände auch nicht, aber wenn, dann nicht wegen der bevorstehenden Kletterei, sondern wegen der schmachtenden Blicke, die auf ihm ruhten.

Axel sicherte und Hajo schickte sich an, über die Brüstung zu steigen.

»He, sei bloß vorsichtig . . . Hajo«, hauchte »Pamela«.

Axel sah mich an, ich sah Axel an, wir sagten nichts. Aber wir dachte das Gleiche. Oh Mann, die hat es aber schnell erwischt. Ja, das Leben eines Junggesellen bietet schon so manchen Vorteil.

Erst als Hajo in der Tiefe baumelte, wandte sich »Pamela« uns zu. »Sie halten doch auch gut fest?«

»Ja, ja«, erwiderte Axel in betont unschuldiger Weise, die keineswegs Sicherheit ausstrahlte.

Hajo hatte es gleich geschafft. Dezent bremste er das durchlaufende Seil, bevor seine Stiefel auf einer schmalen freien Stelle zwischen den Blumenkästen der Balkonbrüstung aufsetzten. Er zog das Seil noch etwas nach und sprang dann in den Balkon hinein. »Bin unten!«, rief er hoch.

Ich beugte mich über die Brüstung: »Okay! Sieh zu, dass du herein kommst! Wir treffen Dich an der Wohnungstüre oder hast du Schwierigkeiten mit der Balkontür?«

»Kein Problem! Bis gleich!«, rief er zurück.

»Na bitte, das war es«, sagte Axel und fing an, das angebundene Seil loszuknoten.

»Kannst du hängen lassen.«

»Wieso?« Axel blickte mich ungläubig an: »Da muss doch jetzt keiner mehr runter. Oder denkst du, unser Klettermaxe kommt wieder hoch?«

So harmlos wie es mir möglich war, fiel meine Erklärung aus:

»Ach weißt du, der kann sich sein Seil selber wiederholen. Lass uns jetzt lieber schnell runtergehen.«

Axel kapierte sofort, grinste nur und folgte mir nach unten. Natürlich bedankte ich mich noch einmal für die freundliche Unterstützung und bat um Verständnis, dass wir jetzt sofort nach unten müssten.

Auf meine Bitte: »Darf der Kollege Sie gleich noch einmal belästigen und sein Seil holen?«, lächelte sie freundlich und ihrer Antwort konnte ich entnehmen, dass sie mich genau verstanden hatte. »Wenn Sie den Richtigen hochschicken, gerne.«

Die in Kippstellung stehende Balkontür bereitete Hajo keine besonderen Probleme. Feuerwehrmänner wissen genau, mit welchen einfachen Möglichkeiten eine ungesicherte Balkontüre oder ein auf Kipp stehendes Fenster geöffnet werden kann. Einbrecher leider auch!

Hajo hatte das Fenster geschickt geöffnet und stieg nun in die Wohnung ein. Er verzichtete auf eine genaue Untersuchung der Räume und eilte sogleich an die Wohnungstür.

Unsere Befürchtungen in punkto Sicherheit bestätigten sich sofort. Quer über die gesamte Türbreite zog sich ein Panzerriegel. Zusätzlich zu dem Standardtürschloss gab es ein solides, aufgeschraubtes Kastenschloss im oberen Bereich. Alle drei Sperren waren verschlossen, daran hätten wir uns die Zähne ausgebissen.

Glücklicherweise steckte der Schlüsselbund im Schloss des Panzerriegels, so dass Hajo ohne Zeitverzögerung öffnete.

Wir fanden Frau Hannemann in ihrem Badezimmer. Sie war ohne Bewusstsein, eine starke Schwellung zog sich von ihrer rechten Schläfe über das Auge, das völlig zugeschwollen war.

Der rechte Oberschenkel zeigte eine dunkle Prellung und eine unnatürliche Lage. Auch ohne Röntgengerät konnten wir die Fraktur diagnostizieren.

Es war schwere Arbeit, die Frau ohne große Bewegungen aus ihrem kleinen Badezimmer zu holen. Das war aber unumgänglich, da in diesen beengten Verhältnissen eine adäquate Versorgung nicht möglich war. Für vier Mann war es zu eng, so dass Axel und Hajo den ersten schweren Teil allein bewältigen mussten. Ich benutzte derweil das im Flur stehende Telefon und rief die Leitstelle an. Da es eilig war, wählte ich die Notrufnummer 112.

Sofort meldete sich ein Kollege mit dem üblichen Ansagetext. Ich unterbrach ihn :

»Hallo Jürgen, Martin hier von der 6-72-1. Wir sind in der Wohnung und brauchen den Notarzt. Bewusstlose Person, wahrscheinlich Schädelhirntrauma und Oberschenkelfraktur.«

»Okay, ich schicke euch den NAW von Sechs, der ist jetzt wieder frei.«

»Was ist mit der Tochter?« wollte ich noch wissen: »Die wollte doch kommen.«

»Nach unserer Kenntnis ist sie unterwegs.«

»Na gut. Jürgen, ich melde mich, wenn wir wieder frei sind. Bis der NAW da ist, bleiben wir aber noch hier.«

»Alles klar. Ruf dann mal von der Wache an wegen der Personalien.«

Stan hatte mittlerweile die Vakuummatratze aus dem RTW heraufgebracht. Ein Blick überzeugte mich, dass meine Hilfe nicht von Nöten war. Die Drei versorgten die immer noch bewusstlose Frau Hannemann optimal. Was sie jetzt noch brauchte, konnten wir nicht mehr bieten:

Die medikamentöse Behandlung sowie die adäquate Versorgung durch den Notarzt.

Ich musste an die erste Aussage der Leitstelle denken.

Hatte nicht die Tochter angerufen und gesagt, ihre Mutter müsse dringend ins Krankenhaus. Zu diesem Zeitpunkt konnte Sie aber noch nichts von dem Sturz gewusst haben. Also musste doch irgendeine andere Ursache für unseren Einsatz verantwortlich sein. Aber welche?

Hatte Frau Hannemann vielleicht ein Herzproblem und deshalb ihre Tochter angerufen? Zumindest wäre das eine Möglichkeit. Vielleicht war ihr danach übel geworden und sie war deshalb ins Bad gegangen. Ein Schwindelanfall oder eine Bewusstlosig-. keit könnte dann den Sturz verursacht haben. Ich vermutete, dass sie erst mit dem Oberschenkel auf den Toilettenrand gefallen und dann mit der Schläfe auf die harten Bodenfliesen geschlagen war. Das war natürlich nur eine Möglichkeit von vielen. Genauso gut konnte eine Stoffwechselentgleisung Ursache gewesen sein.

Ich ging in das Schlafzimmer. Ich suchte nach Anhaltspunkten. Bestimmte Medikamente, mögliche Einweisungspapiere für einen Klinikaufenthalt, irgendetwas das weiterhelfen konnte. Auf dem Nachttisch stand Nitrolingualspray. Die Plastikkappe war entfernt, sie lag auf dem Boden. Das war nicht gerade ergiebig. Ich ging in die Küche. Vorher war noch niemand von uns hier drin gewesen. Es knirschte unter meinen Stiefelsohlen. Ich trat auf Glas. Ganz offensichtlich war ein Glas mit Wasser hinuntergefallen. Der dickere Boden war erhalten geblieben, der Rest in tausend kleine Bruchstücke zersplittert. Das Wasser war durch die ganze Küche gespritzt. Auf dem Küchentisch lag eine angebrochene Medikamentenpackung. Ich erkannte sie sogleich: eines der üblichen Herzpräparate. Im Schrank lagen weitere. Meine Anfangsvermutung schien sich zu bestätigen. Wahrscheinlich hatte Frau Hannemann noch im Bett gelegen, es war ja auch nicht gemacht. Das Nitrospray war wie bei den meisten Herzpatienten ihr ständiger Begleiter, deshalb stand es auch auf dem Nachttisch. Offensichtlich hatte sie akute Probleme und das Spray benutzt, wobei ihr die Plastikkappe hinuntergefallen war. Alles in diesem Haushalt war exakt aufgeräumt und sauber.

Mit Sicherheit hätte Frau Hannemann die Kappe wieder aufgehoben, wenn es ihr nicht so schlecht gegangen wäre. So aber ließ sie die kleine, unscheinbare Plastikkappe liegen und rief ihre Tochter an. Dann war sie in die Küche gegangen, wollte ihre Tabletten nehmen, was ihr offensichtlich nicht mehr gelang. Unter Umständen hatte sie einen frischen Infarkt erlitten, was die Übelkeit und den Gang zur Toilette erklärte. Erbrochen hatte sie ja auch.

Solche Überlegungen sind wichtig, will man der Ursache auf den Grund gehen. Allerdings darf man sich nicht in eine Idee verrennen und sich dadurch den Blick für anderes versperren. Und besonders wichtig ist, dass man während dieser Gedanken und Nachforschungen seine erste Pflicht, die Versorgung des Patienten, nicht vernachlässigen darf. Was das betraf, wurde alles getan. Ich hatte daher Zeit, etwas intensiver Sherlock Holmes zu spielen und war mit meiner Schlussfolgerung zufrieden.

Unser Notarzt Paul G. Peters hatte sich, nachdem sie wieder auf der Feuerwache Sechs angekommen waren, erst einmal in sein Zimmer begeben. Total durchgeschwitzt wollte er schnell unter die Dusche springen und neue saubere Kleidung anziehen. So konnte er unmöglich seinem nächsten Patienten unter die Augen treten. Der würde bei seinem momentanen Anblick glatt das Fürchten lernen. Rotes Blut auf weißer Kleidung schafft einfach nicht das notwendige Vertrauen.

Mit dem Duschen klappte es nicht mehr. Im Adamskostüm wollte er gerade unter den Wasserstrahl treten, da alarmierte es erneut.

»Einsatz für den Notarzt Feuerwache Sechs! Anforderung von Florian 6-83-1, XX Straße 47 in Hellerhof, bewusstlose Person!«

Na ja, wenigstens habe ich nicht mehr das blutverschmierte Zeug an, tröstete sich Paul und kleidete sich in Windeseile an. Dann rannte er die Treppe hinunter und traf mit den Rettungsassistenten in der Fahrzeughalle zusammen ein. Auch sie hatten sich umgezogen und beschäftigten sich noch mit den dringenden Arbeiten an der Ausrüstung, die der eben erst abgeschlossene Einsatz verlangte.

»Sind die Infusionen drauf?«, rief Michael Tossi zu.

»Aber sicher! Ich habe alle verbrauchten Medikamente wieder aufgefüllt!«

Auf Tossi war Verlass. Er wusste aus Erfahrung genau, welche Dinge zuerst erledigt werden mussten, um wieder einsatzbereit zu sein. Erst das Pferd und dann der Reiter, pflegte er manchmal zu sagen.

»Ja Doc, das ist kein Zuckerschlecken hier!«

Der Notarzt lachte über diese Äußerung und stieg durch die seitliche Schiebetür hinten ein. *Krankenhausdienst ist auch kein Zuckerschlecken,* dachte er und seine Gedanken beschäftigten sich mit den letzten Nachtdiensten, die ihm viel abverlangt hatten. Kaum Schlaf, dazu weitere Zusatzschichten für den erkrankten Kollegen, letzte Nacht alleine sieben Neuzugänge in sechs Stunden und noch die laufende Arbeit von zwei Stationen.

Eigentlich Wahnsinn! Wie lange konnte das ein Mensch durchhalten? Und die Bezahlung – ha, die meisten Menschen glauben immer noch, Krankenhausärzte erhielten fürstliche Gehälter. Weit gefehlt.

Paul G. Peters dachte an sein langes Studium.

Zu weiteren Gedanken über seine weitere Zukunft kam er nicht mehr – die Türe wurde aufgerissen:

»Arbeit Doc! Wir sind da!«

Sie zogen die Taschen und Koffer aus ihren Halterungen. Er selbst löste das EKG-Gerät aus seiner Wandhalterung und sprang aus dem Notarztwagen. Seine Gedanken waren jetzt wieder voll auf den neuen Einsatz konzentriert.

Zwei Minuten später kamen seine Anweisungen sicher und präzise:

»Gib mir 'ne grüne Viggo. Mit der Infusion noch warten, ich will erst den Glucosetest sehen. Aber das EKG könnt Ihr schon anlegen.«

Meine Kollegen, die Frau Hannemann bisher versorgt hatten, überließen jetzt bereitwillig dem Notarztteam das Feld. Dennoch hatte jeder von uns selber ausreichend Erfahrung auf diesem Wagen gesammelt, um unterstützend eingreifen zu können.

Ich teilte dem Doc meine Beobachtungen und Schlussfolgerungen mit.

»Hm«, brummte er nur. »Was ist mit dem EKG, zeig mal.« Tossi drehte das Gerät, so dass er den Monitor beobachten konnte.

»Wie sieht es aus mit dem Zucker?«

»Moment noch, kommt gleich ... 89! Normal.«

»Okay, dann eine Iono, aber langsam laufen lassen.«

»Ja, eine Iono. Martin, kannst du mal?«

»Sicher.« Ich nahm die Weichinfusionsflasche aus dem Koffer und riss ein Besteck auf.

Der Doc verlangte nach einem Reflexhammer, strich die Fußsohlen entlang. Danach blickte er auf und blies die Ausatemluft über seine vorgewölbte Unterlippe.

»Also, ich denke ich werde die Frau intubieren.«

Ohne eine Frage unsererseits abzuwarten, lieferte er sogleich die Erklärung:

»Vermutlich eine Hirnblutung. Bevor es zu Komplikationen kommt, möchte ich sie transportsicher versorgt haben.«

»Tubusgröße?«, frug Michael Heinz sofort.

»Achtunddreißiger! Und macht mir 'ne Hypno fertig.«

Fünf Minuten später trugen wir die Frau mit Vakuummatratze und Trage durch das Treppenhaus nach unten in den NAW.

Die Tochter war noch immer nicht erschienen.

Mit eingeschalteten Sondersignalen fuhr der NAW zur Uniklinik. Die Neurochirurgen würden einen Arzt in die allgemeine Chirurgie schicken, wo die Erstversorgung begann.

Ich blickte ihnen hinterher, ob sich meine Herzinfarkttheorie bewahrheitete, wusste ich jetzt immer noch nicht. Auf unserem EKG war jedenfalls keine Auffälligkeit zu sehen gewesen. Aber das musste nicht heißen, dass ich falsch lag. Ich wollte auf jeden Fall nachfragen.

Hajo hatte sein Seil geholt. Er strahlte, hüllte sich aber in Schweigen.

Die Polizei war, wie immer bei solche Einsätzen, natürlich auch gekommen. In Fällen, in denen wir eine Wohnung gewaltsam aufbrechen müssen, übernehmen sie bis zum sorgfältigen Verschließen die Sicherungspflicht. Immerhin verletzen wir Feuerwehrmänner eines der elementaren Grundrechte: das Recht auf Unverletzlichkeit der Wohnung. Ein Recht verankert im Grundgesetz, das wir nur brechen dürfen, um höhere Rechte zu wahren, wie zum Beispiel Menschenrettung oder Brandbekämpfung.

Die Polizisten wollten sich um die Benachrichtigung der Tochter kümmern, so dass wir die Einsatzstelle verlassen konnten.

»Mann Stan, ich hab Kohldampf bis unter beide Arme. Lass uns bloß schnell zur Wache fahren.«

Stan nickte gleichsam mitfühlend. Auch er verspürte mächtigen Appetit. Aber heute war einer der harten Tage. Wir sollten unsere Wache vor Einbruch der Dunkelheit nicht mehr sehen.

Das heißt, sehen schon, aber nur im Vorbeifahren, denn bereits in Höhe der BP-Tankstelle kurz vor der Wache, meldete sich die Leitstelle mit einem neuen Auftrag.

Zwar wurden wir nicht unmittelbar persönlich angefunkt, dennoch änderte das nichts an der Tatsache, dass wir erneut im Geschäft waren.

Die Frankfurter Straße verläuft pfeilgerade, so dass wir weit sehen konnten. Dreihundert Meter voraus öffneten sich auf der linken Seite gerade zwei der großen Hallentore der Feuerwache Sechs. Das Öffnen des Tore sahen wir zwar nicht, aber das kurz darauf mit zuckenden Blaulichtern ausrückende LF und die folgende Drehleiter konnte keinem Auge entgehen. Noch war unsere Entfernung zu groß, um die Sirenen der sich entfernenden Alarmfahrzeuge zu hören. Aber der Funk, den wir natürlich mithören konnten, war eindeutig.

»Florian Düsseldorf für 6-46-1 kommen.«

»Hört, kommen.«

»Ausrückstärke Eins/Fünf. Unser Kombi ist noch im Einsatz.«

Ich erkannte sogleich die unverwechselbare Stimme von Horst, er senkt seinen Tonfall, wenn er dienstlich wird, immer um eine Oktave. Und gerade wurde er dienstlich. Ich stellte mir seinen Unmut vor: Verdammt, wo blieben seine zwei Mann, dachte er sicher, denn wir waren ja für ihn immer noch unterwegs.

Ich wusste nicht, zu welcher Alarmierung die Kollegen ausrückten, aber unser Platz war jetzt eigentlich hinten im LF. Da saß anscheinend nur ein Mann, denn Eins/Fünf bedeutete: Ein Gruppenführer (das war Horst selbst), ein Maschinist und nur einer im Mannschaftsraum. Dazu die beiden von der Drehleiter. Verdammt knapp und für einen Brandeinsatz völlig unzureichend. Normalerweise müssten es auch zwei Mann mehr sein. Also, ging es mir durch den Kopf, war die Unfallreserve ebenfalls unterwegs.

Stan hatte den gleichen Gedankengang: »Die Reserve ist raus, deshalb hat der Horst nur einen Mann. Wir melden uns am Besten bei der Leitstelle und fahren hinterher.«

»Denk ich auch«, pflichtete ich ihm bei und ergriff den Funkhörer. »Florian Düsseldorf für 6-72-1 kommen.«

»Kommen Sie.«

»Wir sind unmittelbar hinter Zug 6, werden wir benötigt?«

»Ja, setzen Sie Ihre Fahrt mit Sondersignalen fort. Sie fahren zur telegraphischen Feuermeldung Objekt XXX in der XXX-Straße 198. Sprechen Sie Florian 6-46-1 direkt an.«

»Verstanden, Ende.«

Ich schaltete die Florentine, unser Handsprechfunkgerät ein. »Horst, hörst du mich?«

»Selbstverständlich, mein Freund.«

»Wir sind unmittelbar hinter euch. Was liegt an?«

»Brand in der Schule, wahrscheinlich im Chemiesaal. Habt ihr eure Klamotten dabei?«

»Klar doch, liegt alles hinter uns.«

»Gut, ich erwarte euch gleich vollständig ausgerüstet bei mir.«

Im Hintergrund hörte ich jemanden schreien: »Fahrt rein! Das bisschen schaffe ich alleine!«

»Wer war das?« wollte ich wissen.

»Achim wird größenwahnsinnig. Mit dem kannst du gleich in den Angriffstrupp gehen.«

Wir beendeten unser Gespräch. Über die Florentine geht es meist etwas lockerer zu, da hört ja auch nicht die halbe Stadt zu.

Stan blieb gelassen: »Na ja, Schule. Was wird es schon sein. Wahrscheinlich hat der Pauker etwas zu viel Knallgas erzeugt und den Melder ausgelöst. Das hatten wir doch schon öfters.«

Stan wird wohl recht haben, dachte ich. Zu Schulen fährt man zwar nicht allzu häufig und wenn doch, dann meist mit dem RTW zu irgendwelchen Unfällen, aber richtige Brandeinsätze? Fehlmeldungen ja, dann sind es meistens Bauarbeiten mit Schweißbrennern oder auf Fluren rauchende Schüler, welche die automatischen Rauchmelder auslösen.

»Hurra! Die Schule brennt!«, das kenne ich nur aus dem Fernsehen.

»Sag mal, wie spät ist es eigentlich?«

»Warum?«

»Nein, sag mir erst, wie spät es ist.«

Obwohl Stan selber eine Uhr trug, blickte ich auf meine:

»Kurz nach zwei.«

»Also doch! Ich dachte schon meine Uhr geht falsch.«

Ich sah ihn verständnislos an:

»Was soll das bedeuten, Stan?«

Stan warf mir einen vorwurfsvollen Seitenblick zu:

»Na, überleg doch mal. Kurz nach zwei. Die Schule ist doch längst aus.«

»Wieso? Zwei Uhr ist doch nichts Ungewöhnliches. Mein Sohn hat manchmal noch länger Schule. Und an manchen Nachmittagen laufen auch noch AGs.«

»Mmmm«, brummte Stan.

»Glaubst du nicht?«

»Ja, ja, doch schon, aber von mir aus dürfen die ruhig schon zu Hause sein. Wenn es da wirklich brennt, sind uns die vielen Kinder nur im Weg.«

»Oder schon draußen. Immerhin wird so etwas ja geübt.«

Stan lachte. Es war ein Lachen, das seinen Unmut ausdrückte. »Ich hab das einmal erlebt, von wegen geordnetem Rausgehen und so. Das schaffst du noch bei den Kleinen, aber alles was danach kommt macht Chaos, glaub mir.«

Ich schwieg. Hoffentlich ging seine Befürchtung nicht in Erfüllung.

Das Schulgebäude war mir vom Äußeren vertraut. Die Raumaufteilung im Inneren aber nicht. Wie schon erwähnt, hatte ich auch hier bereits einige Einsätze gehabt, allerdings mit dem Rettungswagen und sie hatten sich auf die vom Hauptgebäude abgetrennte Turnhalle beschränkt.

Diese Kenntnisse konnten mir also hier und jetzt nichts nützen. Inzwischen hatten wir mit unserem VW-Bus die vorausfahrenden Großfahrzeuge eingeholt.

Die Schule lag nur noch wenige Hundert Meter entfernt. Mir fiel sofort der riesige Fahrradparkplatz auf, die Räder standen dicht an dicht, ein klares Indiz dafür, dass die Schüler immer noch anwesend waren, obwohl wir nur wenige Schüler sahen. Darüber wunderte ich mich, immerhin hatte es in der Schule Feueralarm gegeben.

Alle drei Feuerwehrwagen bogen rechts in die kleine Stichstraße ein. Noch dröhnte der Klang unserer Sirenen. Aber erst als wir durch das weit geöffnete zweiflügelige Eisentor auf den Hof fuhren, erblickte ich wenige Schüler, die uns erstaunt anstarrten.

Stan fuhr unseren Wagen seitlich neben das LF. Ich sah noch wie Horst heraussprang und auf den Haupteingang zueilte. Kurz bevor er darin verschwand, drehte er sich noch einmal um. »Martin. Rüste dich aus!«, rief er mir zu. Dann lief er durch die Tür.

Ich kletterte nach hinten ins LF. Da saß mein alter Kämpfer und Weggefährte Achim ganz allein auf der Rücksitzbank, fix und fertig ausgerüstet mit dem Pressluftatmer auf seinem Rücken und der schwarzen Atemschutzmaske über dem Gesicht.

»Das ist sowieso nix«, rief er mir als Begrüßung zu. »Lohnt gar nicht, dass du dich anziehst.«

Ich entgegnete nichts, setzte mich einfach auf den Platz vor das zweite Gerät und begann mich auszurüsten. Achim zog es jetzt vor, ebenfalls zu schweigen. So saßen wir eine kleine Weile unter unseren Geräten und warteten. Wir waren hier drin allein, denn draußen bereiteten die Maschinisten des LF und der Drehleiter einen möglichen Einsatz vor. Stan half ihnen dabei, denn solange wir nicht konkret wussten, was sich im Gebäude abspielte, durften wir die Erkundungszeit nicht nutzlos verstreichen lassen. Darum wurde vorsorglich der erste B-Schlauch von der Pumpe bis zum Eingang verlegt. An sein Ende kuppelten meine Kollegen einen Verteiler an und stellten einen Korb mit drei C-Schläuchen daneben. Sollten wir zum Einsatz kommen, würden Achim und ich diese C-Schläuche mitnehmen.

Aber irgendwie spürten wir, dass hier nichts Ernstes passiert war. Es gab keine rufenden, hektischen Menschen, keinen Qualm (wobei das nicht unbedingt sein musste), jedenfalls saßen wir hier und warteten auf die erlösende Nachricht, dass wir wieder aus unseren fürchterlich unbequemen Atemschutzmasken raus durften.

Endlich öffnete sich die Seitentüre und Addi blickte zu uns hoch.

»Was ist? Können wir ablegen?«

»Von wegen!«, lachte er uns an: »Ich verpass euch jetzt jedem ein Paar Säureschutzhandschuhe und dann dürft ihr da herein marschieren.«

»Wie, ist da tatsächlich was passiert?«

»Klar, Horst hat mich eben angefunkt. Irgendeine chemische Substanz ist umgekippt.«

»Und was ist mit den Schülern?«

Addi zuckte mit den Schultern: »Keine Ahnung, davon hat er nichts gesagt.«

Während des kurzen Wortwechsels waren wir ausgestiegen und zogen uns die von Addi bereitgehaltenen Säurehandschuhe an.

»Wohin?«, fragte ich nur.

Addi deutete auf den schräg zu unserm Fahrzeug liegenden Haupteingang. Dort stand Fritz und winkte.

»Da steht der Chef, also viel Glück.«

Als wir ihn erreichten, lautete meine erste Frage: »Kannst Du uns denn schon etwas Näheres sagen?«

»Ja schon ... aber so richtig weiß hier keiner Bescheid.«

Fritz berichtete über das, was er und Horst bisher ermittelt hatten. Dabei schritten wir zügig durch die langen Flure des Schulgebäudes. Schlimm kann es eigentlich nicht sein, dachte ich mir. Immerhin fand der normale Unterricht weiter statt, wie ich den Geräuschen der Klassenzimmer entnehmen konnte, an deren Türen wir vorbei gingen. Vereinzelte Schüler begegneten uns auf unserem Weg, der anscheinend bis zum hintersten Winkel gehen sollte.

Verwunderte Blicke trafen uns. Einer meinte nur:

»He Mann, echt cool!«

Anscheinend konnte unser Anblick, der woanders für helle Aufregung gesorgt hätte, hier niemanden umhauen.

»Also es gab keinen Unterricht, aber die Versuchsanordnung im Chemiesaal steht seit gestern und hat sich heute selbstständig gemacht?«

»Hab ich das richtig verstanden?«

»So wurde uns berichtet. Der Chemielehrer ist erkrankt, der Unterricht ausgefallen und der Deutschlehrer soll akute Atembeschwerden haben.«

»Der hat das also entdeckt?«

»Genau, irgend so ein Eierkolben ...«

»Erlenmeyerkolben«, verbesserte ich.

»Meinetwegen, ist ja auch egal. Jedenfalls aus dem soll es kräftig rauchen.«

Fritz wandte sich uns zu und hob beschwörend die Hände:

»Nur konnte uns bis jetzt keiner sagen, um was es sich dabei handelt. Also, seid vorsichtig.«

Der Gang beschrieb eine lange Kurve, deren Ende wir nun sahen. Hier hatten sich dann doch etliche Leute, vermutlich Lehrer, versammelt. Unter ihnen erblickte ich auch Horst.

Als er uns sah, löste er sich aus der kleinen Gruppe und ging uns entgegen.

»Ihr wisst Bescheid?«

Ich wollte schon antworten, da kam mir Fritz zuvor:

»Wenn sich nichts Neues ergeben hat, wissen die Zwei alles.«

»Gut«, nickte Horst, dann wandte er sich uns zu. »Geht rein, Fenster öffnen, seht Euch etwas um, vielleicht bekommt Ihr ja was raus. Ansonsten keine Experimente. Gleich kommt der C-Dienst, dann können wir mit den entsprechenden Geräten auch genaue Messungen durchführen.«

»Hm«, brummte ich unter der Maske. Ich kann nicht sagen, wie Horst dieses ›Hm‹ einsortierte, jedenfalls gab er anschließend noch eine Erklärung ab.

»Ja Martin, ich hätte schon ganz gerne nähere Informationen. Die hier«, er deutete auf die wenige Meter entfernt stehende, heftig diskutierende Gruppe »können leider nicht helfen. Aber für den Deutschlehrer hab ich sicherheitshalber einen Krankenwagen bestellt. Wäre daher nicht schlecht, wenn wir für den Doc im Benrather Krankenhaus irgendwas Verwertbares hätten. Verstehst Du?«

Ich nickte: »Geht es ihm denn so schlecht?«

Wir sprachen leise, so dass die anderen uns nicht verstehen konnten. »Es ist der Lange dahinten, der hustet unentwegt und hat Nasenbluten. Ich denke, das reicht.«

Achim zupfte an meinem Ärmel: »Wollt ihr schwatzen oder handeln?«

Horst zog bedenklich die Augenbrauen hoch, enthielt sich aber eines Kommentars. Davon abgesehen gab es jetzt auch nichts mehr zu besprechen.

Wir drehten deshalb unsere Flaschenventile auf und ließen uns von Horst und Fritz die Lungenautomaten in die Atemanschlüsse eindrehen. Mit dem Zischen unserer Geräte verstummte die Diskussion der anderen.

Sie machten bereitwillig Platz, so dass wir die letzte Tür dieses Ganges erreichen konnten.

Im Chemiesaal, der diesen Namen meines Erachtens nicht verdiente, denn er sah aus wie ein normales Klassenzimmer, waberte ein bräunlicher Nebel unter der Decke.

Er entströmte einem Erlenmeierkolben, der eine wässerige farblose Flüssigkeit enthielt. Der Kolben war einer von insgesamt acht. Alle enthielten diese augenscheinlich gleichen Flüssigkeiten, aber nur der eine rauchte.

»Ich öffne die Fenster«, sagte Achim.

»Nein! Warte noch!«, rief ich so laut, wie ich es unter meiner Maske konnte. Mir war ein schlimmer Gedanke gekommen.

Achim hielt inne. »Wieso? Wir sollen doch lüften.«

Ich deutete auf die braunen Schwaden unter der Decke.

»Was ist, wenn das Zeug draußen weiter hoch steigt, in ein offenes Fenster zieht und ...«

Achim ließ mich nicht ausreden, sondern unterbrach mich, da er sofort verstanden hatte, was ich befürchtete. Seine Antwort war entsprechend:

»Also, wir lassen die Luken dicht!«

»Genau.«

Der Raum besaß ein Digestorium. Warum hatte der Chemielehrer seinen offensichtlich gefährlichen Versuch nicht da drin stattfinden lassen? Ich sah mir die Versuchsanordnung näher an. Der fahrbare, mit säurefester Keramik belegte Tisch wirkte trotz vieler Gerätschaften sehr aufgeräumt.

Ein handgeschriebenes, aufgeschlagenes Buch (vermutlich das des Chemielehrers) wies eng beschriebene Seiten mit Strukturformeln und Zeichen auf, die meine Fachkenntnisse überstiegen. Daraus konnte ich keine Schlüsse ziehen.

Auf dem Tisch lag auch eine Rolle Lackmuspapier. Achim riss einen mehrere Zentimeter langen Streifen davon ab.

»Mal testen«, meinte er.

Ich nickte.

Nachdem die Spitze des Papiers in die Flüssigkeit eintauchte, zog er es wieder zurück. Der Farbumschlag auf Rot erfolgte sofort. Es handelte sich also um eine Säure, soviel war klar. Vielleicht gelang es, die Rauchbildung zu unterbinden, wenn wir den Sauerstoff der Luft absperrten. Ich legte deshalb eine kleine Petrischale über die Kolbenöffnung.

Aber der Dampfdruck war zu stark, wenige Sekunden später fiel sie hinunter. Richtig abdichten wollte ich das Glasgefäß nicht, denn sonst wäre es vielleicht zerborsten und wir hätten eine noch größere Schweinerei erzeugt. Der Kolben war groß, er enthielt bestimmt noch einen halben Liter Flüssigkeit. Wer weiß, wie viel er also noch abrauchen würde?

Aber irgendetwas Sinnvolles wollte ich erreichen. Vielleicht gelang es, diesen Prozess durch Abkühlung zu stoppen. Ich musste wissen, ob die Flüssigkeit im Kolben warm oder kalt war. War sie nämlich warm, konnte ich weiteres Abrauchen wahrscheinlich durch Kühlung unterbinden, zumindest aber stark vermindern. Ich zog einen Handschuh aus und berührte die Außenwand des Kolbens. Er war sehr warm.

Achim blickte interessiert zu, sagte aber nichts. Ich sah mich um.

»Was suchst du?«, fragte er.

»Ich brauche einen Eimer oder etwas Ähnliches, in dem wir den Kolben abkühlen können. Ich vermute, wir haben es hier mit Stickoxiden zu tun. Es könnte sich also um Salpetersäure handeln.«

Mit dem Sinn fürs Praktische kippte Achim den Blechabfalleimer aus, der neben dem Chemietisch stand, und füllte ihn am Handwaschbecken mit Wasser. Mit den Worten: »Kipp jetzt aber bloß nichts hier rein!«, schob er einige Geräte zur Seite und stellte mir den Eimer auf den Tisch.

Ich schüttelte den Kopf. »Lieber nicht. Lass uns hier in das Digestorium gehen.« Ich deutete auf den kleinen Raum mit der dicken Glasscheibe hinter uns.

Achim nickte: »Gute Idee, dafür ist das ja auch schließlich gemacht worden.«

Mit Wassereimer und Erlenmeierkolben begaben wir uns jetzt in diesen Raum, in welchem eigentlich die chemischen Versuche vorgeführt werden sollten, – zumindest solche Gefährlichen. Vorsichtig tauchte ich den Kolben in den Wassereimer und setzte ihn auf seinem Grund ab. Noch veränderte sich nichts – er rauchte immer noch. Wir verließen sicherheitshalber den Raum und zogen die Türe hinter uns zu. Es wäre sinnlos gewesen, sich noch länger hier aufzuhalten und wir schritten daher direkt auf den Ausgang zu.

»Das war gut«, lobte Horst, nachdem er unseren Bericht gehört hatte. »Aber bleibt noch hier, vielleicht müsst Ihr noch einmal rein.«

Dann sprach er mit den anderen und veranlasste, dass sämtliche auf dieser Seite befindlichen Fenster oberhalb des Chemieraumes geschlossen blieben. Einige der Anwesenden entfernten sich. Ich blickte ihnen hinterher und sah Peter Küpperbusch eilig auf uns zukommen. Im Tross folgten zwei Feuerwehrmänner vom Umweltschutzwagen. Sie schleppten ihre Koffer mit. Das kleine transportable Labor.

Peter war in guter Stimmung. »Guten Tag die Herren!«, klang es euphorisch über seine Lippen.

Die noch verbliebenen Angestellten der Schule schienen nicht so erfreut. Immerhin hatte vor etwa fünf Minuten einer unserer Krankenwagen den Deutschlehrer abgeholt. Das drückte verständlicherweise ihre Stimmung. Wir hatten das nicht mitbekommen, da wir uns zu diesem Zeitpunkt noch im Chemiesaal aufgehalten hatten.

»Na Männer. Wie ist die Lage?«

Horst informierte unseren C-Dienst. Peter hörte nur zu, unterbrach ihn nicht, nickte immer mit dem Kopf und sprach dann mit den Männern vom Umweltschutzwagen, die sich daraufhin an ihren Koffern zu schaffen machten. Das Gespräch konnte ich nicht verstehen, da ich mich mit Achim etwas abseits an eine Fensterbank gestellt hatte, um unsere Atemschutzgeräte hierauf abstützen zu können.

Jetzt kam Peter zu uns. »Hört mal, ihr beiden. Ihr müsst gleich eine Messung durchführen. Ich lass das Gerät gerade fertig machen.«

Er deutete zu den beiden mit den Koffern. »Die Jungs sagen euch, was ihr machen müsst. Ihr habt doch noch genug Luft in euren Flaschen?«

»Reicht aus«, antwortete Achim.

»Gut«, meinte Peter. »Danach könnt ihr wahrscheinlich lüften. Aber nicht direkt. Kommt erst wieder raus, ich will die Ergebnisse sehen und entscheide danach, okay?«

»Sicher.«

»Ach und übrigens«, Peter drehte sich noch einmal um. Wie beiläufig kam es über seine Lippen: »Das war gut, wirklich gut, aber dreht deshalb bloß nicht durch.«

Achim boxte mich in die Seite: »Ich glaub den Tag streich ich rot im Kalender an.«

»Wieso?«

»Hör mal, meistens meckern die doch mit mir . . . und jetzt, nur Lob. Ist ja fast verdächtig.«

Ich kicherte in mich hinein: »Das liegt daran, weil du unter der Atemschutzmaske nicht so viel diskutieren kannst.«

Paff, da erhielt ich erneut einen Hieb.

»Und das von meinem besten Freund«, entrüstete er sich. Bevor ich eine Antwort parat hatte, kamen unsere beiden Kollegen mit den Messgeräten.

Es geschieht relativ selten, dass wir vom Löschzug solche Messungen vornehmen. Meist machen das die Spezialisten vom Umweltschutzwagen selber. Aber da wir noch unsere Atemschutzgeräte anhatten, lag es auf der Hand uns mit dieser Aufgabe zu betreuen.

Eine kurze Unterweisung in die Handhabung der Messgeräte reichte und wir begaben uns zum zweiten Mal in den Chemiesaal. Ich blickte sofort zum Digestorium. Hinter der Scheibe hatte sich Rauch gebildet. Unsere »Aktion Eimer« schien doch nicht den Erfolg zu bringen, den ich mir erhofft hatte. Wenigstens befand sich dieser Rauch nicht auch noch hier im Raum. Wir führten eine Gasmessung mit mehreren Prüfröhrchen durch und ermittelten anschließend die Gaszusammensetzung. Damit konnten wir feststellen, ob es sich bei der vorhandenen Luftkonzentration um ein explosionsfähiges Gemisch handelte.

Das Ganze nahm nicht viel Zeit in Anspruch, wir gingen wieder nach draußen auf den Flur und verfolgten interessiert die Auswertung unserer Messergebnisse. Auch Peter und Horst sahen den Arbeiten an den aufgeklappten Aluminiumkoffern zu. Einer der Lehrer wollte wissen, was nun gemacht würde. Peter, der sich auf sein Knie gestützt hatte, richtete sich auf. »Wir können jetzt lüften und dann werden wir das Zeug neutralisieren.«

»Also alle Fenster auf?«, frug ich.

»Ja! Ihr könnt alle Fenster aufreißen und auch die Dachluken des Digestoriums öffnen. Und schaltet die Zwangsentlüftung an.«

»Geht klar. Was passiert mit der Säure?«

»Damit macht ihr nichts. Das übernehmen später die anderen.«

Na also, endlich kam Bewegung in die Sache. Zum dritten Mal gingen Achim und ich in den Chemiesaal. Wir öffneten sämtliche Fenster, dann schaltete ich die Absaugvorrichtung im Digestorium ein. Ein starkes Rauschen ertönte und in kürzester Zeit verschwand die braune Wolke aus dem kleinen Versuchsraum.

Draußen auf dem Flur hatten Fritz und Stan den großen fahrbaren Ventilator unseres LF aufgestellt. Nachdem wir den Raum wieder verlassen hatten, starteten sie den kräftigen Benzinmotor.

Dadurch entstand ein so gewaltiger Durchzug, dass die Luft im Chemiesaal in wenigen Sekunden ausgewechselt war.

Jetzt konnte man den Raum wieder ohne Atemschutz betreten.

Unsere Aufgabe war erfüllt. Ich war froh, endlich die eng anliegende Atemschutzmaske abziehen zu können. Sie baumelte an ihrem schwarzen Trageband vor meiner Brust, während wir den langen Gang zu unserem Fahrzeug zurückgingen.

Entweder gab es an dieser Schule nie Pausen, oder die Lehrer hatten bewusst während unseres Einsatzes, die Schüler in den Klassenzimmern gelassen. Denn noch immer sahen wir so gut wie niemanden, selbst der Schulhof war verlassen.

Addi wollte natürlich wissen, was genau passiert sei. Während wir die Atemschutzgeräte wieder auszogen, berichteten wir. »Und was für eine Säure war das?«, fragte er uns.

Da mussten wir leider passen und bekamen eine nicht gerade rühmliche Antwort. »Na, ihr seid mir die richtigen Feuerwehrmänner. Machen alles Mögliche, stellen Analysen und wissen dann doch nichts Konkretes.«

Ich versuchte mich zu verteidigen, aber Addi lachte nur: »War doch nicht ernst gemeint. Aber lass uns nachher mal den Peter fragen. Es interessiert mich, mit welchem Zeug die da herumexperimentiert haben.«

Das fanden wir beide auch und ich nahm mir vor, auf der Wache diesen Einsatz noch einmal anzusprechen.

Horst kam zurück, hinter ihm folgten Fritz und Stan mit dem Ventilator.

»Wir fahren zur Wache!«, rief Horst uns zu und stieg sofort auf der Beifahrerseite ein. »Was ist mit euch beiden, braucht Ihr eine extra Einladung oder wollt Ihr nicht einsteigen?«

»Lieber Horst«, antwortete ihm Stan«, falls es deiner geschätzten Aufmerksamkeit entgangen sein sollte, wir sind mit unserem eigenen Auto gekommen.«

Horst schaute von oben aus seinem Fenster auf uns herab und winkte lässig mit der Hand:

»Ist ja schon gut und nun fahrt mal schön mit eurem eigenen Auto hinter uns her.«

»Eine Frage noch, was war das denn nun für ein Zeug?«

»Ich weiß genau soviel oder genauso wenig wie du. Die Drei wollen jetzt noch genaue Analysen machen. Wir können Peter nachher fragen. Ich möchte auch wissen, mit was wir es da zu tun hatten.«

Damit war die Sache erst einmal abgetan und Horst meldete sich über Funk bei der Leitstelle frei.

Als wir vom Schulhof fuhren, warf ich noch einen Blick zurück. Aber von unserem C-Dienst und den beiden anderen vom Umweltschutzwagen war noch nichts zu sehen.

Mittlerweile spürte ich etwas, das wir in unserer Gegend »Kohldampf« nennen. Ein Gefühl, nicht zu vergleichen mit den sinnlichen Gelüsten auf etwas Leckeres, sondern schlichtweg ein Hungergefühl, wie mir mein leerer Magen deutlich signalisierte. Und so freuten wir uns beide auf ein warmes Essen.

Unsere Freude wurde jedoch durch eine neue Alarmierung unserer Leitstelle zunichte gemacht. Ich sah die glücklichen Gesichter unserer Kollegen vom LF und der Drehleiter, die weiter zur Wache fahren durften, denn es wurde nur unser Fahrzeug benötigt.

Unser neuer Auftrag führte uns zu einem Wasserschaden. Melden sollten wir uns bei einer Familie Ruguwitz. Ich blickte zu Stan hinüber, dessen starrer Gesichtsausdruck meine Stimmung auch nicht aufbessern konnte.

»Hmmm, jetzt ein leckeres Schnitzel ... oder ein gebratenes Hähnchen ... könntest du dir das vorstellen?«

»Halt bloß deinen Mund«, zischte er mir leise entgegen.

»Was sagst du, ich konnte dich nicht verstehen, du sprachst so leise.«

»Du hast mich ganz genau verstanden, du kleiner Sadist, du!« Aber trotz seiner Worte entspannte sich seine Miene wieder.

Bei genauerem Hinsehen konnte ich sogar ein leichtes Lächeln erkennen. Stan grollt nicht lange, gegen wen auch?

Es gab niemanden, mit dem wir hadern konnten, weil unsere Mägen knurrten.

Ich streckte die Arme aus und holte tief Luft: »Vielleicht ist ja auch nix, dann sind wir schnell wieder drin. Was meinst du, Stan?«

»Optimist, wovon träumst du bloß nachts?«

»Man wird doch noch hoffen dürfen«, entgegnete ich, dann schwiegen wir. Ernstlich rechnete keiner von uns mit einem Fehleinsatz. Natürlich kommt das immer wieder vor, aber irgendwie passte das nicht in den heutigen Tagesablauf. Das schien sich auch zu bestätigen, als wir die Nähe des neuen Einsatzortes erreichten.

Auf der Straße standen mehrere Menschen vor einem großen Miethaus. Sie erwarteten uns bereits dringend, also erübrigte sich die Suche nach der Klingel der Familie Rugowitz und man stürmte sogleich mit einer Flut von Worten auf uns ein.

Was ich beim Aussteigen sah, zerstörte unsere Hoffnung auf ein rasches Ende dieses neuen Einsatzes. Die Haustüre stand sperrangelweit offen, wir hörten lautes Plätschern und ein breiter Wasserstrom floss aus dem Treppenhaus über die Türschwelle auf den Gehweg. Die Menschen waren ziemlich aufgebracht, es gelang uns nicht, sie zu beruhigen, aber immerhin erreichten wir mit eindringlichen Worten, dass jetzt nur eine Person berichtete.

Das Wasser käme aus der dritten Etage, aber da mache niemand auf.

»Die Leute sind gestern Abend . . . können Sie sich das vorstellen?«, sie betonte es eindringlich nochmal ». . . gestern spät Abends eingezogen.«

»Kein Spediteur!«, warf ein anderer ein: »Keiner weiß, wie sie heißen. Keiner weiß, wann die nun richtig einziehen werden . . .«,

»denn sie haben nur ein paar Sachen raufgetragen und . . .«,

»... und ein Teil davon war die Waschmaschine.«

So ging das immer weiter. Mittlerweile redeten wieder alle auf uns ein.

Wir gingen die Treppe hinauf. Es pladderte unaufhörlich weiter.

»Hat jemand schon versucht den Hauptwasserhahn im Keller zuzudrehen?«, rief Stan.

Mehrere Stimmen verneinten.

»Dann hat ja niemand mehr Wasser, das geht doch nicht!«

Na ja, dachte ich, *trotzdem wäre es nicht verkehrt gewesen, zumindest bis der Schaden behoben ist.*

»Ich mach das schon«, erklärte Stan. »Sieh du zu, dass du die Türe aufbekommst, ich dreh erst mal die Leitung ab.« Bereitwillig führten ihn einige der Hausbewohner in den Keller. Ich versuchte es erst einmal mit Klingeln. »Das bringt nichts! Die sind nicht da!«

Stimmt, die Leute hatten recht, aber bevor ich hier einfach so eindrang, musste ich mich vergewissern.

»Hat vielleicht einer von Ihnen einen Schlüssel?«

»Mann, Sie sind naiv, wir kennen die Leute doch noch gar nicht, die hier einziehen!«

»Ja schon, aber es könnte doch sein, dass Sie noch vom Vormieter, so als guter Nachbar, Sie verstehen...«

Nein, man verstand nicht, außerdem sei hier schon ein neues Schloss drin. Okay, dann was anderes:

»Haben Sie schon den Vermieter informiert?«

»Ha, der Mann ist lustig, der Vermieter interessiert sich nur für seine Kohle! Verstehen Sie! Und heute ist Freitag, da erreichen wir den sowieso nicht.«

Beifälliges Gemurmel der anderen, die den Wortführer offensichtlich als den für ihre Belange richtigen Mann ansahen.

Auf einmal kam kein Wasser mehr unter der Türe hervor. Stan hatte also die Hauptleitung abgesperrt. Ich versuchte mein Glück mit dem Spezialhäkchen aus Federstahl, vergeblich.

Mittlerweile kamen mir Bedenken diese Wohnungstüre aufzubrechen.

Lag hier wirklich ein Notfall vor? Wenn ich die Türe aufbrach, musste ich auch die Polizei kommen lassen. Die wiederum würde den Schlüsseldienst bestellen und das ist teuer, immerhin war fast Wochenende.

Ich fasste einen Entschluss.

»Hören Sie! Bitte, ich möchte Ihnen etwas mitteilen!«

Endlich verstummten die Stimmen und ich erklärte:

»Ich darf nicht einfach eine Wohnung aufbrechen. Es besteht keine Gefahr mehr, das Wasser ist abgesperrt. Sie müssen sich bis Montag untereinander aushelfen. Die Wohnungen auf der rechten Treppenhausseite können ihren Nachbarn auf der linken Seite Wasser geben. Es kann nämlich sein, dass die sonst entstehenden Kosten eine Menge Ärger bereiten werden.«

»Wieso? Wie meinen Sie das?«

»Wenn ich den Schließzylinder ziehe, muss ein neues Schloss eingesetzt werden. Dazu sind wir nicht ausgestattet...«

»Was heißt das?«

»Das heißt, wir haben kein neues Schloss, dass wir einsetzen können. Also wird die Polizei...«

»Wie, Polizei?«

»Ja, die müssen wir kommen lassen, das ist Gesetz, wenn wir eine Wohnung aufbrechen. Und die lässt dann den Schlüsseldienst kommen. Und das alles ist eben teuer und könnte doch vermieden werden, wenn Sie sich dieses eine Wochenende helfen.« Puh, das war's, so hoffte ich.

Aber dem war nicht so. »He! Wir haben kein Wasser mehr!«, riefen einige Menschen im Treppenhaus.

»Ist ja auch abgestellt!«, rief einer aus der Gruppe von hier oben zurück.

»Kann man da nicht wenigstens vorher informiert werden?«

»Ich hab auch kein Wasser mehr! Und ich wohne auf der rechten Seite!«, rief eine andere Stimme.

Verdammt, dachte ich, das fehlte noch, jetzt hat also niemand mehr Wasser.

Eine Frau tippte mir auf die Schulter. Ihr Gesicht drückte Empörung aus.

»Ich finde das nicht richtig. Wir sind doch die Geschädigten. Die Wohnung ist doch noch gar nicht bewohnt. Überlegen Sie mal, wir haben kleine Kinder im Haus und sollen jetzt das Wochenende ohne Wasser sein. Und wer sagt uns, dass es am Montag besser ist?«

Die Frau hatte nicht Unrecht. Wenn wir jetzt wegfuhren, hatte niemand was davon, außerdem hätten wir den guten Ruf der Feuerwehr, zumindest bei diesen Menschen richtig ruiniert. Und wofür? Für eine fast leer stehende Wohnung. Ich geriet ins Wanken.

Da kam mein Kollege die Treppe heraufgestürmt.

»Das ist sehr schlecht. Es gibt nur die eine Absperrung für beide Hausseiten. Jetzt hat daher keiner mehr Wasser.«

»Ja, ja, ich weiß schon.« Dann teilte ich ihm meine Bedenken mit.

Stan nickte und winkte beruhigend ab. Dann wandte er sich an die Umstehenden:

»Liebe Leute, das ist doch alles kein Problem. In so einem großen Haus hat doch bestimmt irgendjemand einen Schließzylinder in der Werkzeugkiste liegen, oder?«

»Ich hab noch so'n Ding!«

»Ich auch!« rief ein zweiter.

»Na also, wären Sie denn auch bereit, den zur Verfügung zu stellen? Dann können wir nämlich öffnen und später wieder richtig abschließen.«

»Und was ist mit der Tür?«

»Der passiert nichts! Wir sind da sehr vorsichtig!«

»Machen Sie auf, ich hol das Ding«, erwiderte derselbe Mann bereitwillig und eilte eine Treppe höher.

»Gut«, sagte Stan »dann holen wir jetzt unser Werkzeug.«

Im Treppenhaus wischten bereits einige Frauen mit dem Putzlappen die Wasserpfützen weg.

»Stan, das war prima. Ich wusste im Moment wirklich nicht, was ich mache sollte.«

»Dafür sind wir doch zu zweit«, antwortete er mir und griff nach der Werkzeugkiste.

»Die Polizei muss ich aber trotzdem kommen lassen«, meinte ich.

»Ja, das ist richtig, mach du das, ich geh schon nach oben.«

»Warte, ich pack mit an.«

Aber Stan war schon unterwegs. Also setzte ich mich auf den Beifahrersitz und funkte zur Leitstelle. Die Polizei sei bereits unterwegs, teilte man mir mit und ich ging eilig hinter meinem Kollegen die Treppe hoch.

Die Türe bereitete uns keinerlei Probleme. In der Wohnung erlebten wir dann eine Überraschung. Nicht die Waschmaschine war der Übeltäter, denn die stand noch unangeschlossen in der Küche.

Der Durchlauferhitzer war es. Er war ziemlich dilettantisch montiert und – ich musste den Kopf schütteln über so viel Unvermögen – unter seinen Anschlüssen stand ein randvoller Wassereimer. Als hätten diese »Spezialisten« geahnt, welchen handwerklichen Bockmist sie hier veranstalteten. Dass die Anschlüsse nicht nur tropften, sondern die ganze Wohnung und mehr beschädigten, damit hatten sie wohl nicht gerechnet.

Der Kunststoffbelag des Küchenbodens hatte sich gehoben und der neu verlegte Teppichboden der gesamten Wohnung war vollkommen mit Wasser vollgesogen.

Wir drehten die Anschlussleitung in der Küche zu. Einige simple Umdrehungen und der Spuk war vorüber.

Die Hausbewohner konnten die Hauptleitung im Keller wieder öffnen. Solange warteten wir sicherheitshalber noch in der Wohnung. Alles war dicht. Das genügte.

Den Eimer kippten wir aus und stellten ihn wieder unter den Durchlauferhitzer, obwohl das jetzt nicht mehr nötig war.

Zwei Polizisten kamen zu uns herein. Ich erklärte ihnen kurz das Geschehene und auch auf welche Art wir die Tür wieder abschließen wollten.

»Einwandfrei«, meinte der eine. »Ich rede mal mit dem Mann, dann kann er den Schlüssel am Montag dem Hauswirt oder dem neuen Mieter, falls der sich blicken lässt, geben.«

Die vorher so aufgebrachten Menschen verabschiedeten uns jetzt sehr freundlich.

»So und jetzt zum Essen.«

»Beschwör es nicht«, antwortete Stan. »Ich glaube an gar nichts, bevor mein Magen nicht gefüllt ist.«

Der Erdwolf, Teil III

Diesen anstrengenden vierundzwanzig Stunden folgten zwei freie Tage. Die hatte ich dringend nötig, denn auch in dieser Nacht waren uns nur wenige Stunden Schlaf vergönnt gewesen. Aber wenigstens war es uns gelungen, die lang ersehnte Mahlzeit in Ruhe essen zu können.

An diesem »Feierabendmorgen« trug ich in meiner Tasche eine wertvolle Fracht von der Feuerwache nach Hause: den tiefgefrorenen Maulwurf.

Aus nahe liegenden Gründen verschwieg ich meiner Frau, dass wir seit einer Stunde ein Haustier in unserer Tiefkühltruhe beherbergten. Wie kam es dazu? Das unschuldige Tierchen lag doch eigentlich gut auf der Feuerwache. So dachte ich, aber nachdem mich eine neugierige Notärztin nach dem unbekannten Päckchen gefragt hatte, musste mein Liebling ausziehen. Die Gnadenfrist galt auch nur großzügigerweise, wie sie sagte, bis zu diesem besagten Morgen.

»Herr Meyer-Pyritz! Von Ihnen hätte ich eigentlich etwas anderes erwartet!« Die Betonung der Worte sowie ihr strafender Blick ließen keinen Widerstand zu.

Nach dieser niederschmetternden Erfahrung hatte ich das dumpfe Gefühl, dass Frauen möglicherweise doch etwas anders denken als Männer und deshalb beschloss ich, den Maulwurf klammheimlich in die heimische Truhe zu legen. Leider bin ich nicht gut als Geheimnisträger geeignet, da ich ein sehr ausgeprägtes Mitteilungsbedürfnis habe. Meine Frau kannte die Maulwurfstory sowieso und nach meiner neuesten Erzählung beim heutigen Frühstück kam prompt die gefährliche Frage: »Und was habt ihr jetzt mit diesem Tier gemacht?« Allein in dieser Art zu fragen, drückte sie ihren Ekel aus. Es wurde kritisch für mich, für uns, also den Maulwurf und mich.

Ich schwieg, trank verlegen mehrere Schlucke Tee, würgte an einem Bissen meines Brötchens. Ich sah sie lieber nicht an.

»NEIN! Du hast doch nicht …sag nur dieser tote Maulwurf ist jetzt bei uns?« Bei dem Gedanken schüttelte sie sich.

Ich musste Farbe bekennen und ging in die Offensive.

»Keine Panik, es ist alles steril, er liegt ganz unten, letzte Schublade.«

So jetzt war es raus.

»Igitt! Dann geh ich da nicht mehr ran!«

Na ja, dachte ich, damit kann ich leben. Ich hatte weitaus Schlimmeres erwartet. Natürlich versuchte ich die Angelegenheit zu verharmlosen, aber das gelang mir nicht. Auch hier stand auf einmal eine Galgenfrist im Raum. Zwei Tage, nicht länger, dann musste er weg, endgültig. Oh Mann, warum ist die Welt der Frauen nur so kompliziert, die ganze Truhe lag doch voll mit gefrorenem Fleisch, war der harmlose, unschuldige Maulwurf denn etwas anderes? Egal, ich nickte brav und versprach mit aufrichtigen Beteuerungen, dass uns der kleine Kerl innerhalb dieser zwei Tage verlassen würde.

Höhere Mächte verhinderten dies allerdings, aus den zwei Tagen wurden zwei Wochen, dann aber kehrte der Tierpräparator vom Aquazoo aus dem Urlaub zurück. Das bedeutete im Klartext, dass man mir den Maulwurf nicht nur abnahm, sondern man freute sich sogar aufrichtig darüber. Nach seiner Bearbeitung sollte er einer Dependance des Aquazoo, dem Benrather Heimatmuseum, zur Verfügung gestellt werden. Kostenlos selbstverständlich und ohne lästigen Formularkrieg. Na bitte, es ging doch!

Als ich den mir mittlerweile lieb gewordenen, überaus anhänglichen Maulwurf abgab, war ich dann doch etwas erleichtert. Endlich war es vollbracht. Welch ein Akt!

Gefährliche Sturmnacht

Der Herbst war gekommen und mit ihm der kalte Regen und der Wind, der nicht nur die letzten welken Blätter von den Bäumen riss, sondern auch uns Feuerwehrmänner frösteln ließ. Alle anderen Wachen hatten bereits die neue Einsatzbekleidung erhalten. Wir dagegen liefen immer noch in einer, für diese Jahreszeit unpassenden Uniform herum. Erst im Dezember, so hieß es, würden auch wir eingekleidet. Der Reißverschluss meiner Lederjacke klemmte, einige der unteren Zähne griffen nicht mehr richtig ineinander. Diese elende Fummelei war nervig. Aber es wurden keine Reparaturen mehr durchgeführt. Es lohnte sich nicht, es würde kein Geld mehr in die alten Uniformen investiert.

»Ihr bekommt ja noch vor Weihnachten die neuen Sachen.«, hieß es.

Toll, dachte ich, und ärgerte mich, weil meine klammen Finger den Reißverschluss nicht aufbekamen.

Eben noch hatten wir den dritten umgestürzten Baum dieser schlimmen Sturmnacht mit Kettensägen zerkleinert und fuhren nun wieder zur Feuerwache.

»Zieh das Ding doch einfach über den Kopf«, riet mir mein Kollege Frank.

»Quatsch! Komm mal her!« Helmut griff mit seinen Händen nach meiner Jacke: »Das haben wir gleich.«

»Lass das! Wenn du mit deinen Fingern da dran gehst, ist sie gleich ganz hin.«

Helmut lachte: »Vertrau mir, ich kann auch sehr vorsichtig sein.«

»Aber wirklich!«

»Ja doch.«

Ich ließ ihn gewähren. Ein Ruck seiner kräftigen Hände, der Reißverschluss war auf. »Na bitte«, triumphierte er, »und nix kaputt!«

Tatsächlich, es war nicht kaputter als ohnehin schon. »Danke«, sagte ich und blickte immer noch verdutzt auf meine offene Lederjacke.

»Ich würde den ja nicht mehr ranlassen.«

»Na klar, das musste ja sein«, stöhnte Helmut auf.

Es war Muschi, der da seinen Kommentar abgegeben hatte. Verübeln konnte ich es ihm nicht. Vor einigen Wochen hatte Helmut ihm die Hand gedrückt, scherzhaft, zur morgendlichen Wachablösung. Michael hatte danach einen Mittelhandknochen gebrochen. Bei jeder passenden und auch unpassenden Gelegenheit kam das nun aufs Tablett. Helmut hatte das natürlich nicht mit Absicht getan, er besaß einfach nur gewaltige Kräfte in seinen Händen.

Weit nach Mitternacht fuhren wir von der rückwärtigen Seite in unsere Feuerwache ein. Die große Halle war taghell erleuchtet. Die beiden Ventilatoren der Rutschschächte rauschten noch immer. Niemand hatte sie abgestellt, denn seit unserem Ausrücken vor gut vier Stunden war die Wache verwaist. Rettungswagen und Notarztwagen waren immer noch unterwegs, es war wirklich eine schlimme Nacht.

Die Kameraden der freiwilligen Feuerwehr Garath waren ebenfalls alarmiert worden, denn man hatte sämtliche Kräfte benötigt. Ihr Löschgruppenfahrzeug war auch noch nicht zurück. Einen Einsatz hatten wir gemeinsam erledigt, dann wurden sie zu einem »Baum auf Rheinbahnfahrdraht« gerufen. Während wir uns auf der Rückfahrt befanden, hörten wir über Funk die Meldungen vieler Kollegen mit. So ziemlich alle waren unterwegs. Erstaunlich, dass wir überhaupt zur Wache fahren durften.

»Ich denke, niemand braucht sich mehr hinzulegen!«, rief Sterni nach hinten in den Mannschaftsraum des LF.

»Es geht mit Sicherheit gleich weiter. Lasst uns lieber die kurze Verschnaufpause nutzen und einen heißen Kaffee trinken.«

Stumm gaben wir ihm recht.

»Wer hat Hausdienst?«, fragte er.

»Ich«, meldete sich Muschi.

»Gut, du kochst den Kaffee, die anderen machen das Fahrzeug wieder klar.«

Unsere beiden Kettensägen brauchten neue Ketten. Die eine war stumpf, bei der anderen waren zwei Zähne ausgebrochen. Wir mussten einiges säubern und verbrauchte Materialien auffüllen. Das ging schnell, so dass wir bereits nach einer knappen viertel Stunde oben in der Küche saßen. Es tat gut, den heißen Kaffee zu schlürfen.

Wir saßen gerade erst ein paar Minuten in der Küche, als wir das Öffnen eines Hallentores vernahmen. Das tiefe, markante Brummen eines Dieselmotors konnte nur von einem großen Feuerwehrfahrzeug stammen.

»Da kommt sicher die FF (Freiwillige Feuerwehr) rein. Ich geh mal runter.«

»Okay, Micha, setz noch einen Kaffee auf oder haben wir genug?«

»Nö, will noch jemand eine zweite Tasse?«

Mehrere Hände zeigten auf. Ich hörte, wie Micha sagte: »Dann setze ich gleich zwei Kannen auf.«

Ich lief die Treppe nach unten. Es war wirklich die FF. Die Männer hatten zwar ihren eigenen Aufenthaltsraum, freuten sich aber über die Einladung auf einen frischen heißen Kaffee in unserer Küche.

»Wir kommen gleich hoch, nur noch das Fahrzeug klar machen!«, riefen sie mir zu.

Das ist bei ihnen nicht anders als bei uns oder irgendwo sonst auf der Welt. Erst muss der Feuerwehrmann sein Gerät einsatzbereit machen, dann hat er Zeit für sich selbst.

Wir hatten einige Stühle mehr als üblich an die zusammengeschobenen Tische gestellt, so dass wir eng zusammengerückt beieinander saßen. Eng ist gemütlich, heißt es nicht zu Unrecht, so auch hier bei uns. Leider bestand unsere gemütliche Runde nicht lange.

Die Rundspruchanlage ertönte:

»Wachführer, rufen Sie die Leitstelle an.«

Sterni erhob sich ächzend: »Oh Mann, geht das schon wieder los?«

Das Telefon hängt an der Wand neben dem Aquarium. Die Fische waren längst ruhig, standen bewegungslos im Wasser.

»Ja, Sternberg, was gibt's?«

Am anderen Ende der Leitung fragte Jürgen Schulte, einer der Disponenten: »Ihr habt doch einen Höhenretter auf der Wache?«

»Ja, Hajo Schödder.«

»Gut, der wird gebraucht. Schick den bitte sofort in die Innenstadt zur XX-Straße in Höhe Nummer X. Auf der Baustelle steht ein Kran, jemand will springen.«

»Ich habe aber nur noch den Kombi frei oder wir müssten mit dem LF fahren.«

»Nein, der Kombi ist gut, dann kann der gleich über Wache Sieben fahren und da noch einen Mann mitnehmen.«

»Okay, ich schicke Hajo sofort los.«

Sterni hatte den Hörer noch nicht aufgelegt, als er auch schon rief: »Hajo! Du wirst als Höhenretter gebraucht. Fahr sofort mit dem Kombi zur Sieben, da nimmst du noch einen Kollegen mit.«

Er nannte ihm den Einsatzort und schnell eilte Hajo aus der Küche. »Mann! Ist der heiß.«, spottete einer von der FF.

»Na, nicht heißer als ihr, wenn ihr mit Euren Autos auf den Hof schießt«, konterte Helmut. Aber ehe eine mögliche Diskussion über die Fahrweise unserer freiwilligen Kollegen aufkommen konnte, wurde dieses Thema durch eine erneute Alarmierung unterbrochen.

»Einsatz Florian 6-46-1 und 6-33-l, unklare Feuermeldung Schloss Benrath.«

Wie, keine weiteren Fahrzeuge, wunderte ich mich, *aber vielleicht waren ja die anderen Feuerwachen durch weitere Einsätze blockiert.*

»Sollen wir mitfahren?«, rief der Gruppenführer der FF.

Wir drängten bereits durch die Küchentüre.

Die ersten rissen die Schächte zu den kurzen Rutschstangen auf und verschwanden in der Tiefe.

Sterni rief ihnen zu: »Nein! Wenn wir euch brauchen, werdet ihr alarmiert!«

Dann ergriff er mit beiden Händen die Edelstahlstange und rutschte hinter den anderen nach unten.

Die Dieselmotoren waren noch warm, wir hatten ihnen ja nicht einmal eine drei viertel Stunde Ruhe gegönnt, zu kurz die Zeit, sich abzukühlen.

Der Regen hatte ein wenig nachgelassen, der Sturm jedoch blies nach wie vor mit unverminderter Stärke. Die jungen, geschmeidigen Bäume im Mittelstreifen der Frankfurter Straße wurden mit ihren blätterlosen Kronen von seiner Kraft bis fast an die Erde gedrückt. Aber ich hatte kein Auge für dieses beeindruckende Naturschauspiel, meine Gedanken eilten voraus zum Benrather Schloss.

Die Vorstellung, es brennen zu sehen, ließ mich erschaudern. Ein Albtraum für jeden Düsseldorfer Feuerwehrmann. Ich hatte immer gesagt, wenn das Schloss brennt, möchte ich freihaben.

Normalerweise müssten mehrere Löschzüge hierhin unterwegs sein. Ich wunderte mich daher, dass die Freiwillige Feuerwehr Garath auf der Wache geblieben war.

Ganz offensichtlich waren wir die Einzigen, die zu diesem Einsatz ausrückten. Die Sirenen unseres Fahrzeugs heulten mit dem Sturm um die Wette. Die Straßen waren leer, denn momentan war nur unterwegs, wer unbedingt musste.

Wir nahmen die Benrather Ausfahrt, bogen in die enge Linkskurve, unten wieder rechts und schon erreichten wir die Benrather Schlossallee. Linker Hand lag der Weiher, dahinter das als Jagdschloss erbaute, heutige Kulturgut ersten Grades. Von zwei Flügeln eingerahmt ist der barocke Gesamtkomplex eine wahre Augenweide.

Aber heute Nacht störte weißer Qualm, der in Fetzen vom Dach hinunterwehte, den gewohnten Anblick. Die Jüngeren rutschten unruhig auf ihren Plätzen herum, jeder wollte schon mal einen Blick auf das Kommende erhaschen, bevor wir in die breite Einfahrt einfuhren.

»Das ist nichts!«, rief ich erleichtert, »das ist nur die Heizung, das hab ich schon mal erlebt. Der Wind drückt den Qualm nach innen und dann springt die Brandmeldeanlage an.«

»Ich hoffe, du hast Recht«, erwiderte Sterni, »mir ist nicht wohl bei dem Gedanken an einen Schlossbrand.«

Der Kastellan erwartete uns bereits am Hauptportal und winkte. Seine Geste sollte Entspannung signalisieren. Als mittlerweile alter

Hase von Wache Sechs kannten wir uns von den alljährlichen Pflichtbesichtigungen des Schlosses. Sterni kannte er nicht. In dieser unwirtlichen Nacht empfing er uns mit seiner gewohnten Herzlichkeit.

Natürlich begaben wir uns trotz seiner Entwarnung in den kleinen Raum, in dem der Hauptmelder hängt, um ihn wieder zurück zu stellen. »Das ist die Heizung.«, erklärte er, »Sie kennen das doch.« Er sprach mich direkt an.

»Ja, ich weiß, das Problem tritt immer auf, wenn der Wind so ungünstig steht.«

»Tut mir leid, dass sie umsonst gekommen sind.«

»Ha, Sie sind gut, wäre es Ihnen denn lieber, wenn Ihr schönes Schloss in Flammen stünde?«

»Nein! Gott bewahre!« der Kastellan hob beschwörend die Hände, »so war das ja nicht gemeint, ich . . .«

»Ich weiß, war doch auch von mir nur ein Scherz«, unterbrach ihn Sterni.

Der Kastellan wechselte das Thema. »Sie haben in dieser Nacht doch sicher reichlich zu tun, oder?«

»Das kann man wohl sagen, Sie sind mit Sicherheit nicht unser letzter Kunde.« Mit einem Seufzer fügte er hinzu: »Wenn nur alle so wären, ging es uns besser.«

Der Kastellan antwortete: »Dazu kann ich nur sagen, dass ich wirklich besser dran bin, als Sie. Ich schleppe mich jetzt wieder in mein Bett, das dürfte noch warm sein.«

Glücklicher Kastellan, dachte ich, Schloss gerettet und das Kuschelbett wartet. Hätte ich jetzt auch gerne. »Kommt, wir gehen«, sagte Sterni und riss mich aus meinen Wunschträumen. Der Kastellan begleitete uns zum Ausgang, da rannte unser Maschinist auf uns zu.

»Mensch Sterni! Hört ihr mich denn nicht? Wir haben einen neuen Einsatz!«

Jetzt war's vorbei mit dem gemütlichen Gang.

Wir stürmten ohne große Verabschiedung die hohen Treppen des Portals hinunter, vorbei an den majestätisch blickenden Steinlöwen, rein ins LF. Nein, gehört hatten wir nichts, darum hatte sich Achim im Laufschritt selbst auf den Weg gemacht.

»Wir haben einen Kaminbrand in der XX-Straße hier in Benrath.«, erklärte er uns und lenkte das große Fahrzeug zwischen den für uns weit geöffneten, schmiedeeisernen Gitterflügeln hinaus auf die Benrather Schlossallee. Die Drehleiter fuhr dicht hinter dem LF.

Ich kannte die Gegend, in die wir gerufen wurden, recht gut. Ältere Häuser, viele noch mit Ofenheizung. Es war nicht das erste Mal, dass ich hier einen Kaminbrand erlebte. Und immer war es ernst gewesen. Michael und Frank brauchten die angelegten Pressluftatmer nicht mehr auszuziehen.

Weil wir vom Schloss abfuhren, hatten wir einige Kilometer gespart und erreichten die Straße mit den alten Häusern und ihren angegrauten Fassaden sehr schnell.

Den hellroten Funkenflug sahen wir bereits aus weiter Entfernung. Wild stoben die Funken auseinander, wurden vom starken Wind weit weggetragen. »Fahr ganz ran, Achim, damit die Drehleiter direkt vor dem Haus stehen kann.«

»Okay.« Achim war ein versierter Maschinist, der dazu eigentlich keine Aufforderung benötigte. Er setzte das LF exakt eine Länge vom Hauseingang an die linke Straßenseite. »Angriffstrupp mit Schornsteinfegerkehrgerät über den Leiterkorb zum Kamin vor! Die anderen kontrollieren innen, Feuerlöscher und Kübelspritze mitnehmen!« Natürlich, ich hatte mich schon an die Beifahrerseite unseres LF begeben und ließ das mittlere Rollo hochschnellen. In einem separaten Auszug standen hintereinander die Kleinlöschgeräte. Ich löste den Schnellverschluss des PG12 und hob ihn aus seiner Halterung. Nachdem ich ihn neben mir auf der Straße abgesetzt hatte, tat ich das Gleiche mit dem Wasserzerstäuber.

Wir hatten die alte Kübelspritze seit einiger Zeit gegen dieses effektivere Löschgerät ausgewechselt. Im Grunde war es eine typische Gartenspritze.

Die Sache war nicht ungefährlich, nie zuvor hatte ich solche Funken oder gar Flammen aus einem Kamin kommen sehen. Leicht konnte sich daraus ein Dachstuhlbrand entwickeln. Wir mussten gründlich und schnell vorgehen. Die rabenschwarze Nacht und der heulende Sturm, der sich zu einem Orkan auszuweiten schien, taten das ihre, um unsere Arbeit noch mehr zu erschweren. Gut, dass dieses alte Wohnhaus nur ein Obergeschoss besaß. Wir durften unsere Drehleiter nicht weiter in die Höhe fahren, der Sturm war inzwischen so stark, dass sie umgeworfen werden konnte.

Wie ging es jetzt Hajo? Eigentlich gehörte er mit mir zur TLF-Besatzung, deswegen war ich jetzt der vierte Mann auf dem LF. Ich musste unwillkürlich an ihn denken, bei diesem Sturm zu einem Lebensmüden auf einen hohen Baukran zu klettern ...!

Hajo spürte eine schon lange nicht mehr erlebte Nervosität. Er redete sich ein, das sei nur die normale Anspannung vor einem Einsatz, wusste dabei jedoch, dass er sich selbst etwas vormachte.

Es würde sein erster richtiger Einsatz als Höhenretter werden, und er fuhr ganz alleine mit eingeschalteten Sirenen und Blaulichtern durch diese bedrückende Sturmnacht. Was würde ihn auf diesem Baukran erwarten?

Immer und immer wieder hatten sie mit ihren Ausbildern solche Dinge durchgesprochen. Er hatte Höhen erklettert, an die er zuvor im Traum nicht gedacht hatte. Mit der Zeit und den immer schwierigeren Aufgaben, die man ihm und den anderen im Team stellte, wuchs auch das Vertrauen in sich selbst und der größte Teil der Angst verlor sich. Ein Rest blieb immer und das war auch gut so. Die Angst stellt einen Schutz dar, es ist Selbstschutz vor falschen, dreisten und gefährlichen Aktionen, die bei dieser gefährlichen Arbeit nur das Leben kosten könnten.

Dieter Klüppel wartete bereits vor dem Tor der Feuerwache Sieben auf den Kombi, der ihn abholen sollte.

Hajo sah ihn dort stehen, neben sich den gleichen wasserfesten Sack mit der Ausrüstung, den auch er bekommen hatte. Er wendete den Kombi auf der breiten Straße und ließ den Motor laufen. Dieter riss die seitliche Schiebetüre auf und warf seinen Sack hinein, dann schwang er sich auf den Beifahrersitz. Obwohl er schon über vierzig war, besaß er nicht nur einen durchtrainierten, drahtigen Körper, sondern auch ein jungenhaftes Gesicht. Er strahlte Hajo an:

»Na, Hajo, jetzt wird es ernst.«

Hajo nickte nur und gab Gas. Der VW-Bus beschleunigte nur langsam, aber mit durchgetretenem Gaspedal schaffte er auf gerader Strecke immerhin 110 km/h.

»Nervös?« Hajo schüttelte den Kopf, aber Dieter sah es seinem jungen Kollegen an.

Er selbst war einer der Ältesten im Team. Man brauchte solche erfahrenen Männer, die auf viele Jahre Praxis zurückgreifen konnten. Mit der richtigen Mischung verschiedener Männer erreicht man auch in einer solchen Spezialistentruppe die erforderliche Teamarbeit, in der sich alle ergänzen und voneinander profitieren. Die Anwesenheit des Ruhe ausstrahlenden Kollegen verfehlte ihre Wirkung nicht. Als sie sich der Einsatzstelle näherten, blickten beide dem Kommenden gelassen entgegen.

Die Einsatzstelle befand sich in einem engen Hinterhof, der frei von vorne zugänglich war, da das Haus, das an der Straße gestanden hatte, abgerissen worden war.

Es war eines jener typischen fünf- bis sechsgeschossigen Bauten, oben Mietwohnungen und unten kleine Geschäfte. Von vorne waren die meisten Häuser gepflegt, die Fassaden frisch renoviert oder zumindest neu gestrichen. Hinten sah es oft anders aus. Manche Häuser hatten keinen Verputz, der rohe Backstein bildete die Fassade. Kleine Balkone klebten an ihnen wie Schwalbennester mit unterschiedlichsten Bedachungen.

Die entstandene Baulücke wurde durch verkeilte, lange Hölzer gegen die rechten wie linken Giebelwand versteift. Dieser Schutz war nötig, um die Stabilität der anderen Häuser zu gewährleisten, wenn die Baugrube ausgeschachtet würde. Aber so weit war man noch nicht. Zur Zeit lag ein riesiger Berg Bauschutt da, wo einst der Keller des ehemaligen Hauses gewesen war. Der Baukran stand hinten im Hof und überragte die Giebel der Häuser um etliche Meter. Es war einer von der Art, in denen der Kranführer hoch oben in einer Kanzel saß, um sein Gerät zu bedienen. Zu dieser Zeit lag er wahrscheinlich zu Hause in seinem Bett. Statt seiner erkannte man schemenhaft gegen den wolkenverhangenen Nachthimmel eine andere Gestalt, die auf dem vorderen Drittel des Auslegers saß.

Die Feuerwache Eins war mit ihrem kompletten Löschzug vertreten und man hätte sicher eine reelle Chance gehabt, die Drehleiter bis zu dem Mann heranzufahren. Denn Höhe und Abstand befanden sich noch im erreichbaren Bereich, wenn nur der Sturm nicht gewesen wäre. Er machte alle diesbezüglichen Überlegungen zunichte und dem Einsatzleiter einen dicken Strich durch die Rechnung.

Wie eine Wetterfahne schwenkte der Ausleger ständig wechselnd mit der Richtung, aus welcher der Sturm blies. Hier gab es nur eine Möglichkeit, man musste schon selbst zu dem Lebensmüden hinaufklettern.

Ein klarer Fall für die Höhenretter.

Johannes Müller, der sich von seinen Freunden immer nur Jo nennen ließ, hasste seinen Namen. Warum nur hatten ihn seine Eltern bloß Johannes genannt, ihn, einen Jungen, der jetzt bald fünfzehn würde – aber, dachte er bitter, dazu würde es ja nun nicht mehr kommen.

Mit diesem Namen war das Leid über ihn hereingebrochen. Wie oft hatte man ihn gehänselt, wie viele Male war er gedemütigt worden, vor allem von den Mädchen in seiner Klasse.

Heute war es besonders schlimm gewesen. Nachdem Max, dieser arrogante, selbstgefällige Typ, der sich alles erlauben konnte, ihn mitten im Unterricht wegen seines Namen verhöhnt hatte, rief ihn die Lehrerin nach vorne. Sie hatten Religion und die Wilms ließ ihn, Johannes, vor der gesamten höhnisch grinsenden Klasse stehen und hielt dabei eine Belehrung, die eigentlich den anderen galt, die er aber wie körperliche Schmerzen empfand. Es ging um Johannes den Täufer und die anderen Jünger von Jesus. Und es wäre dumm, einen solchen Namen zu verlachen, einen Namen von solcher Größe. Später in der Pause wurde es nur noch schlimmer. Was konnte vernichtender sein, als unter dem »Schutz« der Religionslehrerin zu stehen.

Christine, die er immer angehimmelt hatte, ja die er liebte, hatte sich demonstrativ von ihm abgewendet. Jetzt stand sie in der Gruppe um Max, ab und zu warfen sie ihm Blicke zu.

Er würgte an seinem Pausenbrot, die anderen hatten immer tolle Sachen, seine Mutter gab ihm immer noch dieses verhasste Pausenbrot mit.

Bitterkeit stieg in ihm auf, er hasste sie auf einmal alle – wie gemein und schlecht sie waren. Christine nicht, nein die nicht, die liebte er, obwohl sie es nicht wusste. Einmal hatte er auf dem Gang vor dem Klassenzimmer versucht, sie zu küssen. Man hatte ihn von hinten geschubst und dann ausgelacht. Seitdem hatte er sich nicht mehr getraut.

Aber er liebte sie.

Doch dann traf es ihn wie ein Dolch in sein Herz.

Max schrie zu ihm rüber, dann küsste der Kerl seine Christine so richtig auf den Mund und sie wehrte sich nicht. Im Gegenteil, sie lachte danach zu ihm rüber. Aber sie lachte ihn aus, er fühlte das und die Tränen in seinen Augen verschleierten seinen Blick.

Er rannte vom Schulhof runter und rannte. Er rannte, bis ihn die Lungen schmerzten und er nicht mehr sagen konnte, wo er war.

Irgendwann, es war sehr spät, kam ihm zu Bewusstsein, dass er nach Hause musste. Aber seine Schultasche war noch in der Schule, er konnte doch nicht ohne sie zu Hause erscheinen. Also trottete er mit trübsinnigen Gedanken durch die Straßen, bis er vor dem verschlossenen Schulgebäude ankam. Seine Verzweiflung war groß und so gelangte er niedergeschlagen bei seiner Mutter an und schwieg eisern auf alle Fragen.

Natürlich hatten die anderen bereits gegessen und die anfängliche Besorgtheit der Mutter über das Ausbleiben ihres ältesten Sohnes wandelte sich in Unmut. Um die Angelegenheit noch schwerer für Johannes zu machen, kündigte sie an, die Sache heute Abend noch einmal mit dem Vater zu besprechen.

Der Vater war schlecht drauf, er hatte auch wieder eine Alkoholfahne.

Johannes erhielt die Prügel, die er verdiente, wie sein Vater meinte. Der Jüngere fing sich auch welche ein, weil er aus Angst gleich mitheulte und das konnte der Vater sowieso nicht vertragen. Johannes hatte seit dem hinuntergewürgten Pausenbrot nichts mehr gegessen.

Es war spät in der Nacht, der Sturm heulte vor dem zugigen Fenster seines Zimmers und er spürte unbändigen Hunger. Leise schlich er sich in die Küche. Aus dem Kühlschrank nahm er das letzte Stück Wurst heraus, das ziemlich verloren zwischen den vielen Bierflaschen lag.

Da hörte er die Klospülung.

Oh weh, er war nicht der Einzige, der wach war. Wenn ihn sein Vater erwischte, wusste er genau was passieren würde. Schnell wollte er sich verdrücken, da stand der Vater auch schon im Türrahmen der kleinen Küche. Er schien mittlerweile vollkommen blau zu sein und lallte:

»Was has'n du an meinem Bier zu suchen?«

Johannes kannte die Gefahr nur zu gut. Sein einziges Heil lag in der Flucht und die Chancen standen gut, denn der betrunkene Vater torkelte gegen den Tisch. Er war zwar immer noch gefährlich aber nicht mehr schnell genug. Johannes gelang die Flucht aus der Küche. Hastig riss er im Vorbeieilen seine Jacke vom Haken und rannte aus dem Haus. Wäre er in sein Zimmer gegangen, hätte ihn sein Vater mit Sicherheit trotz seines betrunkenen Zustandes aufgesucht. Und was ihm dann blühte, wusste er nur zu genau.

Jetzt stand er draußen vor der Türe und sofort überkam ihn die Kälte. Regen peitschte auf ihn herab, durchnässte seine unzureichende Kleidung und der Sturm heulte dazu. Johannes stand da wie ein Häufchen Elend. Mit der rechten Hand zog er die Jacke über den Kopf und lief gebückt auf den alten Wagen zu, der ständig an derselben Stelle vom Straßenrand stand und nie verschlossen war.

»Den klaut keiner mehr«, sagte sein Vater immer.

In der Tat, es bedurfte schon eines seltsamen Geschmacks, sich an diesem alten, hässlichen Auto zu vergreifen. Johannes ekelte sich vor dem Dreck, der Gestank des überquellenden Aschenbechers vermischte sich mit dem leerer Bierflaschen. Überall flogen Reste alter Tageszeitungen und Papierfetzen herum. Dazu die schmutzigen Arbeitsklamotten mit den unangenehmen Ausdünstungen seines Vaters. Aber hier saß er im Trockenen und niemand würde ihn suchen.

Seine Gedanken wurden von den Ereignissen des Tages geprägt und seine Depressionen verstärkten sich. Er hatte nur noch einen Wunsch – weg, weit weg zu sein, von allen, die ihn immer nur traten, die seine Gefühle missachteten.

Natürlich besaß er noch keinen Führerschein, aber dennoch hatte er wie die meisten Jungs in seinem Alter schon mehrfach ein Auto gefahren. Ich könnte einfach abhauen, jetzt, welch ein Triumph. Ha, mit dem Wagen seines Vaters.

Der Gedanke faszinierte ihn so, dass er darüber seinen eigentlichen Kummer vergaß. Wie automatisch spielten seine Finger mit dem Wagenschlüssel. Es war weniger ein durchdachter Entschluss, als eine spontane, unüberlegte Handlung, deren Tragweite er nicht erkannte.

Auf einmal startete er den Motor und bewegte das Gefährt wie in Trance durch die nächtlichen Straßen. Der Regen fiel so dicht, dass er kaum etwas sehen konnte. Hastig betätigte Johannes verschiedene Knöpfe und Hebel. Endlich hatte er den Richtigen erwischt.

Mit einem kräftigen »Schwapp, Schwapp« wischten die Gummis über die Scheibe. Voller Schrecken tauchte vor seinen Augen im Bruchteil einer Sekunde ein anderer PKW auf, um sogleich wieder im dichten Schleier des Regens zu verschwinden. Dann ein lautes Krachen und er wurde hart nach vorne geschleudert.

Der Wagen stand.

Der Intervallwischer machte erneut »Schwapp, Schwapp«. Dann wieder Pause.

Die Brust schmerzte, außerdem wuchs eine mächtige Beule an seiner Stirn, das war alles. Er hatte noch einmal Glück gehabt. Glück? Von wegen! Wilde Panik überfiel Johannes. Das ist mein Ende, dachte er und voller Entsetzen wurde ihm klar, dass er nun nicht mehr zurück konnte. Sein Vater würde ihn erschlagen. Er stieg benommen aus dem Wagen, spürte den Regen nicht mehr und sah nur den verbeulten Wagen, den er ... mein Gott, er war gegen diesen geparkten Wagen gefahren.

Er weinte jämmerlich und rannte zum zweiten Mal an diesem schlimmen Tag kopflos durch die Straßen.

Wie er auf den Kran geklettert war, wusste er nicht mehr.

Er wollte nur eins, nicht mehr leben.

Dann rutschte er mit dem linken Bein zwischen die metallenen Streben des Auslegers. Ein heftiger, brennender Schmerz ließ ihn aufschreien. Es war dieser irrsinnige Schmerz, der sein Gehirn durchzuckte und ihn in die Realität zurückwarf. Wie ein Keulenschlag traf ihn die Erkenntnis, dass hier oben in dieser schwindelnden Höhe sein letztes Stündlein geschlagen hatte.

Angst, panische Angst, überfiel ihn und er klammerte sich mit der Kraft der Verzweiflung an das kalte Eisen und schrie um Hilfe.

Wahrscheinlich hätte ihn in dieser Nacht niemand gehört.

Die Menschen hatten vor dem Sturm und dem Regen die Fenster geschlossen und schliefen längst in ihren warmen Betten. Dennoch gab es einen, der schon seit einigen Jahren jede Nacht um diese Zeit mit seinem großen, dunkelbraunen Mischlingsrüden eine Runde um den Block machte.

Karl Zimmermann hatte Unruhe in den Beinen und da er nicht durchschlafen konnte, hatte sich auch sein Hund auf die nächtlichen Rundgänge eingestellt. Manchmal hatte Karl keine Lust zu laufen, so wie in dieser lausigen Nacht, aber der Hund drängelte und so gab er schließlich nach.

Ihr Weg führte sie immer an diesem Haus, beziehungsweise der jetzigen Baustelle vorbei. Karl Zimmermann hatte den Hut tief in die Stirne gezogen, den Mantelkragen hochgeschlagen. Er verfluchte sich, bei diesem Sauwetter hier herumzulaufen und hörte die verzweifelten Schreie, des immer matter werdenden Jungen hoch oben vom Kranausleger nicht.

Aber Hektor hörte ihn, sein Gehör war wesentlich schärfer als das seines alten Herrchens. Mitten in seinem Trott blieb er wie angewurzelt stehen und hob den Kopf.

»Na was ist, Alter? Willst du hier im Regen stehen bleiben?«

Karl war weitergegangen und drehte sich jetzt nach seinem Hund um.

Dieser schlug an. »Bist du wohl ruhig! Hektor aus!«

Aber Hektor bellte weiter.

Schließlich hob Karl den Kopf, blickte wie sein Hund in die Höhe. Regen fiel ihm in die Augen, aber sehen konnte er noch gut. Trotz seiner zweiundsiebzig Jahre benötigte er keine Brille, außer zum Lesen und er sah den Jungen sofort. In seinem Alter geht nicht mehr alles so schnell wie in jungen Jahren, dafür aber geordnet und systematisch.

Karl Zimmermann besaß ein Handy.

»Unnutzer, neumodischer und teurer Quatsch!« hatte er zu seinem Schwiegersohn gesagt. Trotzdem hatte er so ein fummeliges, kleines Ding zu seinem letzten Geburtstag geschenkt bekommen.

»Mein Gott Vater, wenn du schon jede Nacht draußen rumlaufen musst, ist es besser, dass du ein Handy dabei hast. Wie leicht kann dir etwas zustoßen. Und dann? Wer soll Dich denn nachts finden?«

Karl hatte sich zwar anfangs etwas gesträubt, aber sein klar arbeitender Verstand sagte ihm, dass sein Schwiegersohn nicht ganz Unrecht hatte. Allerdings lag das Ding, wie er es nannte, oft zu Hause auf der Vitrine.

Heute hatte er es eingesteckt und mit nassen Fingern tippte er die drei Ziffern des Polizeinotrufes: 110.

Karl Zimmermann war auch noch an der Einsatzstelle, als meine Kollegen Hans-Jochen und Dieter eintrafen.

Norbert Dieckmann hatte an diesem Tag B-Dienst. Er arbeitete sowieso an Feuerwache Eins und erhielt die Information per Telefon von der Leitstelle. Der Einsatz eines einzelnen Löschzugs stellte kein Kriterium für seine Anwesenheit dar, auch nicht, wenn die Höhenretter dazugerufen wurden.

Das war Sache des untergeordneten C-Dienstes.

Andererseits, so überlegte er, *wach bin ich so oder so.*

Der Einsatz ist auch nur wenige Straßen entfernt und es wäre nicht uninteressant, die neu gebildete Höhenrettertruppe im Ernstfall agieren zu sehen.

Kurz entschlossen teilte er dem Disponenten mit, dass man seinen Fahrer alarmieren möge, er führe sofort raus.

Norbert Dieckmann war seit einigen Jahren Leiter der Abteilung Technik, somit verbrachte er die meiste Zeit im Büro. Aber auch er hatte wie jeder andere Feuerwehrmann die entsprechende Grundausbildung durchlaufen. Von ihm wurde heute Anderes verlangt, als von den meisten, mit denen er einst begonnen hatte. Hier draußen musste er Verbände führen und taktische Einheiten koordinieren, damit es an großen Einsatzstellen nicht drunter und drüber ging. Auch wenn er schon lange nicht mehr »Frontkämpfer« war, stand er in so mancher kritischen Situation ganz nah bei seinen Männern. Von seinen Entscheidungen, seinem Geschick hing auch das Gelingen und ihre Gesundheit ab. Darüber war er sich absolut im klaren und daher wurden seine strategischen Überlegungen stets von seiner messerscharfen Logik getragen. Heute konnte er sich allerdings zurückhalten und mehr den Beobachter »spielen«, obwohl die anderen Führungskräfte von einem B-Dienst, der an der Einsatzstelle erscheint, automatisch Entscheidungen erwarten. Das war auch hier nicht anders und der Zugführer von Wache Eins wurde zu seiner Zufriedenheit in seiner bisherigen und auch geplanten Arbeit bestätigt.

»Wer leitet die Aktion der Höhenretter?«, wollte Norbert Dieckmann nur wissen.

»Oliver Schulz«, erhielt er zur Antwort und das schien ihn zu beruhigen. Dem Mann traute er viel zu, sachlich versiert und ruhig genug, um diese höchst kritische Situation zu meistern. Wenn seine Männer, die er mit ausgebildet hatte, einigermaßen spurten, würde der Junge da oben bald wieder festen Boden unter den Füßen haben.

Frank und Micha bestiegen den Leiterkorb.

Viel Platz hatten die beiden nicht, aber es reichte, immerhin war er ja für drei Personen zugelassen.

Zu ihren Füßen stand auf dem Boden aus Aluriffelblech die eiserne Kiste mit dem Schornsteinfegerkehrgerät. Micha hielt sich am Geländer fest und Frank bediente die Korbsteuerung. Langsam hob sich der abgesenkte Leiterpark mit seinem an der Spitze befestigten Korb in die Höhe. Er schwenkte jetzt recht winkelig zur Straße auf das Haus zu. Der Sturm zerrte bereits mächtig an der immer höher fahrenden Leiter.

Jens, der Maschinist, verfolgte jede Fahrbewegung seiner Kollegen. Er hatte noch kein vergleichbar kritisches Wetter erlebt und saß angespannt vor dem Monitor.

Sein wachsamer Blick wechselte ständig zwischen der Überwachungseinheit und dem realen Geschehen in der Höhe. Dabei trieb ihm der Sturm den Regen in Strömen ins Gesicht, so dass er ständig mit der Hand über die Augen wischen musste.

Auch Erwin wandte keinen Blick von der Leiter.

Als Führer trug er die Verantwortung. Am liebsten hätte er sich selbst auf den Maschinistenposten gesetzt, denn von dort konnte man jederzeit in die Fahrbewegungen eingreifen.

Aber Jens war aufmerksam.

Alle waren aufmerksamer als gewöhnlich.

Bei solch einem Sturm war das aber auch lebensnotwendig. Erwin begrenzte in seinen Gedanken die mögliche Ausfahrhöhe auf weniger als zehn Meter. Ein größeres Risiko wollte er nicht eingehen. Es gab Richtwerte, Tabellen, in denen Angaben standen, wie hoch eine Leiter bei welcher Windstärke ausgefahren werden darf. Es wäre nicht die erste Leiter gewesen, die kippte.

Erwin trat dicht unter den hoch gelegenen Maschinistenstand und rief gegen den Sturm:

»He Jens! Sag denen, das sie bloß nicht so dicht an den Kamin heranfahren sollen! Die Leiter schwankt viel zu stark hin und her. Nicht, dass Sie dagegen donnern!«

Jens nickte und betätigte den Lautsprecher zur Korbbesatzung:

»Frank! Nicht so dicht an den Kamin fahren!«

Oben im Korb winkte Frank nur mit dem Arm.

»Was soll das?«, rief Erwin. »Ist das nun okay oder sind die lebensmüde?«

»Keine Ahnung!«, rief Jens zurück. »Soll ich noch mal fragen?«

»Nein! Nimm die Hydraulik raus! Wir fahren von unten!«

Sofort betätigte Jens das Fußpedal. Damit fiel die Korbsteuerung aus.

Jetzt konnte die Leiter nur noch von hier unten gefahren werden. Frank und Micha drehten sich sofort um, blickten nach unten und Frank rief ins Mikro:

»Jens! Wir haben keinen Saft mehr!«

»Weiß ich! Ab jetzt fahre ich!«

»Wieso?«

»Chefsache!«, rief Jens zurück und deutete auf Erwin, der mittlerweile zu ihm hochgeklettert war.

Der brüllte, so dass es kaum eines Mikrofons bedurfte:

»Passt mal auf, ihr Heinis! Ihr sollt mit dem Korb nicht den Schornstein abreißen! Ihr sollt ihn kehren! Wir setzen euch jetzt rechts davon ab, dann steigt einer aus und kehrt, der andere bleibt im Korb und sichert! Klar?«

»Aye, Aye, Sir!« kam es zurück.

»Na also, geht doch«, murmelte Erwin zufrieden und schlug Jens auf die nasse Schulter, dass es klatschte. »Na Kleiner, schon mal so ein Mistwetter erlebt?«

»Klar Schmied, alle vierzehn Tage einmal!« dabei blickte Jens Erwin todernst in die Augen.

»He! Guck nach oben, du! . . . wenn der Korb dreißig Zentimeter vor dem First ist, hältst du an. Und so etwa anderthalb Meter vom Schornstein wegbleiben.«

»Die dreißig Zentimeter kann ich von hier aus aber nicht sehen, Erwin.«

»Warte, ich stell mich unten ans Haus und winke dich ein.«

Erwin sprang von der Leiter und lief die wenigen Schritte zum Haus. Er wählte seine Position so, dass er seitlich zum Maschinisten und gleichzeitig in guter Sicht zum Leiterkorb stand. Dann winkte er mit eindeutigen Kommandos die Leiter in ihre endgültige Position.

Es war gut, dass die beiden da oben mit Atemschutzgeräten ausgestattet waren. Manchmal hüllte der dichte rußige Qualm die beiden Feuerwehrmänner ein, so dass sie sekundenlang nicht zu erkennen waren. Das war keine gute Luft zum Atmen.

Frank hatte zusätzlich die Kopfhaube eines Flammschutzanzuges übergestülpt und trug die dazugehörigen, silbrig glänzenden Handschuhe.

Eine Vorsichtsmaßnahme zu der Erwin geraten hatte und die sich als äußerst nützlich erwies, denn aus dem Kamin stob immer wieder ein rot glühender Funkenstrahl hervor, der sich unter Franks eifrigem Fegen heftig verstärkte. Die Drähte des ersten Stoßbesens waren schnell verglüht und mit seinen normalen Lederhandschuhen hätte er das Kaminfegerwerkzeug nicht anfassen können, so hoch waren die Temperaturen. Frank konzentrierte sich auf die schwierige Arbeit.

Es war verdammt gefährlich.

Der Sturm zerrte heftig an ihm, sein Stand hier oben war alles andere als sicher und auch das Geschirr, das ihn mit dem Leiterkorb verband, konnte kein Gefühl der Sicherheit aufkommen lassen.

Aber gibt es das überhaupt in meinem Beruf! Ist nicht fast jeder Einsatz mit Gefahr verbunden? Vom Dach hinunterfallen kann ich jedenfalls nicht, doch auch dieser Gedanke ließ das mulmige Gefühl in ihm nicht verstummen.

Im Haus ging es Helmut und mir dagegen wesentlich besser. Wenn man einmal davon absah, dass wir in dem unserer Meinung nach überheizten, aber ansonsten urgemütlichen Wohnzimmer mächtig schwitzten.

Der alte, emaillierte Gussstahlofen strahlte sehr viel Wärme in den kleinen Raum. Der Fußboden bestand aus echten Naturholzdielen, die im Laufe der Jahre durch Wachsen und Bohnern einen matten Glanz erhalten hatten. Einen Teil des Bodens bedeckte ein handgefertigter Kelim, der so groß war, dass die uralten, aber immer noch gemütlich wirkenden Möbel darauf Platz fanden. In dem engen Bereich hinter dem Ofen hatte sich die ehemals weiße Papiertapete gelblich verfärbt. Die schwarzblecherne Ofenpfeife reichte bis unter die niedrige Zimmerdecke und die für uns so wichtige Revisionsklappe klemmte – wie üblich. Mit Hilfe des Beils, das ich wie einen Hammer benutzte, trieb ich die Klappe in ihrer gefalzten Führung Zentimeter um Zentimeter nach oben. Endlich hatte ich die Öffnung frei und spiegelte den Kamin aus.

»Oben auf dem Dachboden ist noch so eine Klappe«, erklärte uns der alte Mann, der mit seiner Frau dieses Haus bewohnte und unserer Tätigkeit interessiert zusah.

»Ja, ich weiß, mein Chef ist zum Nachsehen schon rauf.«

»Ach so . . . wo ist ihr Chef?«

»Oben auf den Dachboden.«

»Das ist gut, denn da ist auch so eine Klappe.«

»Das sagten Sie bereits.«

»Was sagte ich bereits?«

»Dass oben auch eine Klappe ist.«

»Ja, da ist eine. Soll ich da mal nachsehen?«

»Nicht nötig, mein Chef ist schon da oben.«

»Wer ist da oben?«

Ich verdrehte die Augen, atmete tief durch.

»Ganz ruhig Martin«, raunte mir Helmut zu, »warte mal erst, bis du so alt bist.«

»Solange will ich aber hier nicht warten«, flüsterte ich zurück.

Der Alte kam etwas näher: »Ich kann Sie nicht verstehen, was ist denn überhaupt passiert?«

Helmut nahm sich der Sache an. Er legte fürsorglich seinen Arm um die Schulter des alten Mannes, der einfach ein wenig durcheinander war, und erklärte mit ruhiger Stimme die Notwendigkeit unserer Arbeit. Tunlichst vermied er Worte, die Angst erzeugen konnten. Dann geleitete er den alten Mann zu seiner Frau, welche die ganze Zeit still lächelnd aber schweigsam auf dem Sofa gesessen hatte.

Sie ergriff seine Hand.

»Komm, Josef, setz dich zu mir. Die Feuerwehmänner werden schon das Richtige machen.«

Es war das Erste und Einzige, was sie sagte und in ihrer milden Stimme klang soviel Vertrauen, das es mich rührte.

»Das sind zwei ganz Liebe«, flüsterte Helmut mir zu.

Ich nickte.

Dann rief Sterni von oben: »Martin! Komm mal rauf!«

Es klang irgendwie dringend.

Schnell eilte ich aus der Stube in den schmalen Flur. Mehrere Stufen auf einmal nehmend, erreichte ich den Dachboden. Meine Güte, der war vollkommen mit Kram vollgestopft.

Es herrschte schummriges Licht. Das halb blinde Glas des winzigen Giebelfensters und die enge Bodenluke würden den Speicher auch bei Tageslicht sicher nicht mehr erhellen.

Sterni leuchtete mit seiner Taschenlampe an eine Seite des geschleiften Kamins. Er deutete auf einen tiefen, schräg von oben verlaufenden Riss, der mit Sicherheit neu war. Die Rußspuren, die dort zu sehen waren, sprachen eine eindeutige Sprache.

»Ich möchte hier oben ein C-Rohr haben«, er blickte mich an und erklärte: »nur zur Sicherheit … die Kübelspritze ist mir einfach nicht genug.«

»Mhmm …« Ich blickte mich nochmals um.

»Hast recht. Wäre schade um das alte Haus. Wir machen das.« Ich wollte mich gerade auf den Weg nach unten begeben, als Sterni mir noch hinterherrief:

»Reich mir solange die Kübelspritze rauf. Ich warte hier oben, bis ihr so weit seit.«

»Geht klar.«

Draußen auf der Straße hatte Achim bereits über Florentine die Order erhalten, dass wir ein C-Rohr brauchten und entsprechende Vorarbeiten geleistet. Vor dem Hauseingang lag der C-Schlauch fertig angekuppelt, so dass wir ihn nur noch über die Treppe auf den Dachboden ziehen mussten. Vom Dach des LF strahlte der Scheinwerfermast mit seinen Flutlichtern nach oben. Ich warf kurz einen Blick nach oben zum Dachfirst.

Frank und Micha waren immer noch beschäftigt.

»Wasser marsch« wollten wir erst geben, nachdem wir die Schlauchleitung sorgfältig verlegt und an der schmalen Holztreppe befestigt hatten.

»Keinen hohen Druck fahren«, hatte ich Achim gebeten: »Maximal vier bar, das reicht.«

Sollte das Feuer wirklich hier oben durchbrechen, hätten wir es mit dem Sprühstrahl schnell unter Kontrolle. Wir mussten uns nur davor hüten, den Kamin unmittelbar nass zu machen. Wahrscheinlich würde er dann durch die großen Temperaturunterschiede vollends reißen. Genau das durfte unter keinen Umständen passieren.

Es sollte aber alles anders kommen.

In einem anderen Stadtteil befanden sich ebenfalls Feuerwehrmänner hoch über dem Erdboden. Allerdings wesentlich höher als wir bei unserem Kaminbrand.

Oliver, Dieter und Hajo waren über die Stufen aus Rundeisen im inneren Stahlgerüst des Krans emporgestiegen.

Bis zum ersten Hindernis kamen sie gut voran. Der Zugang zur Kranführerkabine, eine hölzerne Luke, stand auf. Heftig schlug sie der Sturm immer wieder gegen die Metallstreben. Aber der Lärm ging im Heulen dieses fürchterlichen Sturmes unter.

Nacheinander kletterten sie in die Führerkabine. Von hier gab es wiederum eine Ausstiegsluke nach oben. Sie war ebenfalls nicht verschlossen, ihr Deckel musste nach außen hochgeklappt werden. Oliver stellte sich auf den Kranführerstuhl und klinkte die Verriegelung auf.

Kaum hatte er die Luke angehoben, riss sie ihm der Sturm aus den Händen. Mit voller Wucht schlug sie gegen die Metallstreben. Alle Drei erschraken mächtig. Hier oben wütete die entfesselte Natur viel heftiger als unten am Boden. Es war schlimmer, als man unten vermuten konnte.

Eng aneinander gepfercht in der schmalen Kabine besprachen sie ihr weiteres Vorgehen.

Oliver hatte jedem seine feste Position zugeteilt. Er würde mit Hajo über den Ausleger zu dem Jungen vordringen. Dieter sollte sichern. Ob sich einer mit dem Jungen abseilen oder ob sie ihn auf dem gleichen Weg zurückbrächten, den sie gekommen waren, konnte er erst unmittelbar vor Ort entscheiden. Die Wahrscheinlichkeit sprach für das Abseilen.

Sie trugen alle den gleichen Overall, einen leichten Bergsteigerhelm und hohe Schnürschuhe. Diese Bekleidung war für ihre Aufgabe wesentlich zweckmäßiger als die gewöhnliche Feuerwehruniform. Auch trugen sie keinen Hakengurt, sondern einen breiten Hüftgurt mit Sitzschlaufen um die Oberschenkel sowie einen aus reißfestem Schlauchband gefertigten Brustbund.

Die Vielzahl von Bandschlingen, Schäkel und Karabinern rechts wie links an ihrem Gurt, zeigten auch einem Nichteingeweihten, in welche Richtung diese Männer wollten. In wetterfesten Rucksäcken führten sie lange, hochreißfeste Kernmantelseile mit. Oliver war froh, dass sie endlich die neuen, lang ersehnten Overalls trugen. Darin waren sie viel beweglicher als in der normalen Feuerwehruniform, die sich in diesem Sauwetter mit Regenwasser vollgesogen hätte und immer schwerer geworden wäre. Aber auch so war es noch anstrengend genug und äußerst gefährlich.

Die Hände waren jetzt schon klamm von den Berührungen mit dem kalten Metall des Krans. Aber Handschuhe waren hier keine Hilfe.

Sie hatten jetzt die kritische Stelle erreicht, von der sie aus dem relativ sicheren Inneren des Krans auf den freien Ausleger hinaus klettern mussten. Nur Dieter sollte hier zurückbleiben. Er suchte sich eine sichere Standposition und befestigte sich an zwei voneinander unabhängigen, soliden Metallstreben gegen einen möglichen Absturz. Dann band er die Seilsicherung mit der Fallbremse an einen weiteren Festpunkt.

Hajo und Oliver hatten sich in der Zwischenzeit den doppelten Achtknoten durch Brust- und Beckengurt gezogen. Dieter führte das Sicherungsseil durch das Grigri.

Im Falle, dass einer der Vorankletternden wirklich abstürzen sollte, wäre Dieter nicht in der Lage gewesen, seinen Kameraden am Seil zu halten. Aber genau das war seine Aufgabe und dieses kleine metallene Grigri ermöglichte es ihm. Immer und immer wieder hatten sie das trainiert und immer wieder überprüfte ein zweiter Mann, ob das Seil auch richtig eingelegt war. Ein kleiner Fehler, ein falscher Knoten, ein unsicherer Festpunkt, bedeutete hier in dieser Höhe den sicheren Tod!

Oliver ließ sich auf alle viere herab. Bei gutem Wetter hätte er es sich zugetraut, aufrecht bis vorne zu gehen. Aber es ging hier nicht darum, was man sich zutraute, es ging hier darum, ein Leben zu retten und selbst zu überleben. Davon abgesehen – hätte Oliver auch bei gutem Wetter seine Sicherheit nicht aufs Spiel gesetzt.

Da der Ausleger wie ein Windsack oder wie eine Wetterfahne vom Sturm in seine Richtung getrieben wurde, presste er ihn mit aller Gewalt nach vorne, dorthin, wo der Junge fast an der Spitze hing. Entweder hatte dieser das Bewusstsein verloren oder er war mittlerweile so entkräftet, dass er auf Olivers Zurufe nicht mehr reagierte.

Die Befreiung aus seiner misslichen Lage würde äußerst schwierig werden, das konnte Oliver von hier oben noch wesentlich besser erkennen, als es von unten möglich gewesen war. Der Junge steckte bis zu den Oberschenkeln zwischen den Stahlversteifungen des Auslegers. Ein Bein schlenkerte haltlos im stürmischen Wind, wahrscheinlich war es gebrochen. Sein Oberkörper war kraftlos nach vorn gekippt und die Arme hielten die seitlichen Metallstangen umklammert. Ob er sich wirklich noch bewusst fest hielt, konnte Oliver nicht erkennen, denn es trennten ihn noch fast sechs Meter von dem reglosen Jungen. Hajo verfolgte genau wie Dieter das stetige Vorankommen ihres Ausbilders mit wachsamen Blick.

Die Kälte hier oben war eisig, kroch in sie herein. Das war der gewaltigste Sturm, den er seit seiner Zeit bei der Feuerwehr erlebt hatte. Einer, der Bäume entwurzeln konnte und vielleicht auch Baukräne? Ein beunruhigender Gedanke. Er versuchte, ihn zu verdrängen. Es gelang nicht, der Gedanke kam immer wieder zurück.

Oliver setzte gerade seine vierte Sicherung, die letzte würde er unmittelbar bei dem Jungen anbringen. Kurz darauf hatte er sein Ziel erreicht. Seine eigenen Finger waren zu kalt, um den Halspuls zu ertasten. Der Junge reagierte nicht mehr. Zumindest war er total unterkühlt, er schwebte in akuter Lebensgefahr und war bewusstlos. Sein Unterschenkel, so konnte Oliver jetzt sehen, war tatsächlich gebrochen. Aber das war im Moment zweitrangig.

Er würde sich gemeinsam mit ihm abseilen müssen – der Weg zurück, den er gekommen war – unmöglich!

Jetzt brauchte er Hajo.

Alleine war es zu schwer hier vorne. Auf sein Zeichen begab sich Hajo auf den gleichen gefährlichen und beschwerlichen Weg.

Oliver hatte jetzt etwas Zeit. Zuerst sicherte er den Jungen, damit er ihm nicht noch im letzten Moment hinabstürzen würde. Dann entnahm er dem mitgeführten Rucksack eines von den kleinen chemischen Wärmepäckchen. Er musste unbedingt seine eiskalten Hände wieder geschmeidig machen. Sie versagten jetzt schon fast den Dienst, fühlten sich taub und kraftlos an. Mit solchen Händen wäre ein weiteres Arbeiten nicht möglich gewesen.

»Verdammt!«

Das Wärmepäckchen entglitt Olivers verkrampften Fingern. Sein Blick verfolgte es bei seinem Weg in die Tiefe.

Ein leichter Schauder überkam ihn.

Beim zweiten Päckchen passte er besser auf. Sekunden später spürte Oliver, wie die Wärme und damit die Beweglichkeit der Finger zurückkehrte.

Genug, das muss reichen, entschied er sich.

Das Päckchen steckte er in eine der vielen Klettverschlusstaschen und warf einen Blick zu Hajo.

Dieser kam gut voran und nutzte die bereits vorhandenen Sicherungen. Als er Oliver erreichte, hatte dieser verschiedene Vorbereitungen getroffen. Unter anderem hatte er über Funk mit den Feuerwehrkollegen am Boden gesprochen und dem Notarzt einen ersten Zustandsbericht gegeben.

»So wenig wie möglich bewegen«, war ihm gesagt worden. Leichter gesagt als getan.

Oliver war genau wie Hajo und Dieter Rettungsassistent und kannte die Gefahren einer Unterkühlung. Aber die Zwangssituation hier oben ließ ihnen keinen Spielraum für medizinische Versorgungen. Selbst die Unterschenkelfraktur war im Moment zweitrangig.

Hajo legte die Hände an seinen Mund und hauchte sie an.

»Kalt was«, meinte Oliver und riss den Klettverschluss der Brusttasche auf. »Hier«

»Oh gut . . . danke.«

Hajo rieb die wohltuende Wärme in seinen Handflächen: »Schon besser.«

»Gib mir auch noch mal.«

Er gab das Päckchen wieder zurück und Oliver rieb sich ein zweites Mal die Hände. Dabei erklärte er, wie er sich das weitere Vorgehen gedacht hatte.

Unten an der Erde hatte Norbert Dieckmann sein Fernglas aus dem Wagen geholt. Dass der Regen ihn trotz seiner imprägnierten Jacke durchnässte, bemerkte er nicht. Gespannt verfolgte er die Arbeit der Höhenretter und viele Gedanken schossen ihm dabei durch den Kopf.

Nach der Beaufort Scala hatten sie Windstärke 10! Das war ein schwerer Sturm mit Geschwindigkeiten von 89 bis 102 km/h oder 48 bis 55 Knoten! Fast Orkanstärke.

Norbert Dieckmann hatte sich die Informationen vom Flughafen Düsseldorf durchgeben lassen. Von dort erhielten sie immer die wichtigsten Wetterdaten. Kritische Veränderungen wie diesen aufziehenden Sturm erfuhren sie automatisch, auch ohne Anfrage. Das war bereits am Nachmittag geschehen. Diese Infos werden umgehend an alle Wachen weitergeleitet.

Er blickte nochmals auf das Fax in seiner Hand und verglich es mit dem vom Nachmittag. Es hatte mit Windstärke 7 bis 8 begonnen, jetzt hatten sie 10. Er hoffte, dass das Schlimmste bald vorüber sei. Zu gut erinnerte er sich an andere, ähnlich harte Sturmnächte. Sie trieben die Einsatzstatistik der Feuerwehren immer gewaltig nach oben, etwas auf das er gerne verzichtet hätte.

»Die Jungs da oben riskieren ihren Arsch, ich hoffe das geht glatt.«

Norbert setzte das Glas ab und sah den Mann an, der sich neben ihm eingefunden hatte. Es war Dieter Seiter, der Zugführer von Feuerwache Eins.

»Gibt es irgendwelche Bedenken?«

Dieter schüttelte den Kopf:

»Nein, das nicht, aber du siehst ja, wie die Lage ist. Lass mich mal bitte durch das Glas sehen.«

Norbert kam diesem Wunsch nach und Dieter blickte nach oben.

»Oh Mann! Ich bin ja wirklich nicht zimperlich, aber da oben ... könnte ich drauf verzichten.«

Wer diesen Mann näher kannte, wusste, dass er seinen durchtrainierten Körper trotz seiner ein Meter neunzig und einhundert Kilo genauso einsetzen würde, wenn es drauf ankäme.

Norbert Dieckmann schien das zu wissen, denn er lachte trocken:

Ich wette, es juckt dir in den Fingern, wenn du das siehst, gib es zu.«

Dieter schwieg jedoch und blickte weiter durch das Glas. Ohne abzusetzen, erklärte er dann:

»Wenn das hier vorbei ist, sollte ich mit meinen Jungs unbedingt mal zur Wache. Dieser verdammte Sturm, wir sind seit heute Nachmittag pausenlos im Einsatz. Wir müssten dringend mal was zu beißen bekommen.«

»Tja«, sagte Norbert und sein Gesicht legte sich in bedenkliche Falten: »Das sieht nicht gerade gut für euch aus. Nach meiner letzten Information sind alle Wachen draußen.«

»Auch Wache Sechs?«

»Ja, die haben zur Zeit einen Kaminbrand. Warum fragst du?«

»Nur so, find ich gut, dass die auch raus sind. Ich war doch viele Jahre da Wachführer und ich kenne die meisten gut. Warum soll es denen besser gehen als mir.«

Eine kurze Zeit schwiegen beide, dann ging ein Ruck durch Dieters kräftige Gestalt:

»Sieht so aus, als kämen sie jetzt runter. Hier, dein Glas, ich muss nach vorne.«

Er eilte schnell über den durchweichten, mit Bauschutt übersäten Boden zu einer Gruppe Feuerwehrmänner, die gleich Arbeit bekämen. Als Zugführer hatte er natürlich längst seine Anordnungen getroffen.

Alle hatten auf diesen Moment der Rettung gespannt gewartet, jeder wusste was er zu tun hatte. Dennoch war Dieter Seiters Platz jetzt hier, unmittelbar bei seinen Männern, und er erteilte ihnen seine letzten Anordnungen.

Oben auf dem Ausleger hatten Oliver und Hajo schwerste körperliche Arbeit vollbracht. Nach unendlichen Mühen war es ihnen gelungen, den bewusstlosen Jungen zu sich heraufzuziehen und so zu sichern, dass sich Oliver jetzt gemeinsam mit ihm von ihrer momentanen Position abseilen wollte.

Dieser fürchterliche Sturm hatte ihre ohnehin gefährlich Arbeit zu einem hoch brisanten »Drahtseilakt« werden lassen. Jetzt keuchten sie vor Anstrengung und schwitzten wie bei einem Saunagang. Dabei peitschte der Sturm den Regen immer noch mit unverminderter Stärke auf sie hinunter.

Alles, aber auch wirklich alles musste jetzt hundertprozentig sitzen. Sie durften sich nicht den kleinsten Fehler erlauben. Einer der kritischsten Momente kam, als sich Oliver mit dem Jungen, den er an sich gebunden hatte, vom Ausleger hinunterließ. Er selbst war in das bis zum Erdboden herabhängende Seil eingebunden.

Unten hatten Feuerwehrmänner das Ende erfasst. Ein zweites Seil, das ebenfalls mit ihm verknotet war, wurde jetzt von Hajo bedient. So wie Dieter weiter hinten im Kran Hajo sicherte, so sicherte Hajo mit diesem Seil seinen Kollegen Oliver und den Jungen. Jetzt ging auf einmal alles sehr schnell. Der Sturm erfasste die frei hängenden Männer, zerrte mit aller Kraft an seiner Beute. Aber die Männer unten am Seil hielten fest, sonst wären die beiden wie leichte Strohpuppen abgetrieben worden. Hajo kontrollierte den Seilnachlauf und zwei Minuten später nahmen nasse, aber kräftige Arme die beiden knapp vor Erreichen des Erdbodens in Empfang.

Eine Krankentrage stand bereit und kurz darauf befand sich Johannes in der Obhut der Notarztwagenbesatzung.

Oliver war sichtlich erleichtert.

Aber die Strapazen der geglückten, schwierigen Rettung steckten ihm in den Knochen. Er war völlig durchnässt, zitterte vor Anstrengung und Kälte und ließ sich bereitwillig von seinen Kollegen aus dem Seil binden.

Hajo und Dieter mussten noch den Abstieg schaffen. Am liebsten hätte sich Hajo an dem hinunterhängenden Seil abgelassen, aber er musste den beschwerlichen Weg über den Ausleger zurücknehmen, wobei er sämtliche eingebundenen Seilsicherungen wieder entfernte. Obwohl auch er den Kräfte verzehrenden Anstrengungen ausgesetzt war, ging ihm alles locker von der Hand. Grund dafür war das erhebende Glücksgefühl über die gelungene Rettung. Allerdings schmerzten ihn die Innenseiten seiner Oberschenkel sehr, darauf hatte er bis jetzt nicht sonderlich geachtet. Nachdem alle Karabiner und Bandschlaufen wieder seitlich an seinem breiten Hüftgurt hingen, erreichte er endlich den Platz, von dem Dieter immer noch angebunden, die Aktion der beiden gesichert hatte.

»Komm rein«, er reichte Hajo die Hand und half ihm beim Einstieg in den Kran. Sie verstauten alle Ausrüstungsteile in ihren Säcken und kletterten in Richtung Kranführerkabine nach unten. Der Weg war für beide lang und beschwerlich.

Jetzt, nachdem fast alles vorüber war, kam die Ernüchterung. Runter, nur noch runter von diesem elendigen Kran. Raus aus diesem grauenvollen Sturm, raus aus dem peitschenden Regen und der Kälte. Und dann die nassen Klamotten wechseln, dazwischen eine heiße Dusche und auch heißen Kaffee ... wie es wohl dem Jungen geht?

Hoffentlich schafft er das.

Oliver, Dieter und Hajo fuhren mit den anderen Feuerwehrmännern zur Wache Eins. Unter der Dusche stellten sie fest, dass sie sich die Haut auf den scharfen kantigen Eisen des Auslegers von den Oberschenkeln gescheuert hatten. Wasser und Seife brannte in den Wunden, aber was war das gegen den Erfolg, den sie für sich verbuchen konnten.

Auf der Straße stand das Wasser zentimeterhoch und nichts deutete darauf hin, dass sich die Situation in nächster Zeit bessern würde.

Ich bedauerte die beiden oben auf dem Dach, Regen und Sturm beutelten sie ganz schön. Aber auch hier unten war die Situation alles andere als Zuckerschlecken. Einem solchen Dauerregen war meine Lederjacke nicht gewachsen.

Die Feuchtigkeit war längst durchgezogen und das Wasser lief in feinen Rinnsalen unter dem hochgeschlagenen Kragen unangenehm den Hals hinunter.

Ich beeilte mich, mit den Schläuchen ins Haus zu kommen. Um mich bildeten sich kleine Regenpfützen, eine nasse Spur hinter mir herziehend, die sich leider nicht vermeiden ließ, stapfte ich die Treppe hinauf. Oben legte ich das angekuppelte Strahlrohr ab und wechselte einige Worte mit Sterni über das weitere Vorgehen.

Helmut hatte unten im Wohnraum die blecherne Klappe wieder verschlossen und wollte mit Hilfe einiger Bindestrups die noch nicht mit Wasser gefüllte Leitung am Treppengeländer festbinden. In diesem Moment wurde das Heulen des Sturmes von einem lauten Krachen und Splittern von Holz übertönt.

Wir zuckten zusammen und dann brach es auch schon über uns herein. Prasselnd donnerten zerborstene Dachziegel auf uns hinunter, das halbe Hausdach schien einzustürzen. War es gezielte Reaktion oder einfach nur Angst, ich kann es nicht mehr sagen, jedenfalls ließen wir uns beide sofort auf den Boden fallen. Keinen Moment zu spät.

Es rauschte und krachte noch einmal, dann schlug ein Baumstamm mitten in dieses Chaos ein. Helmut brüllte von unten:

»Sterni! Martin! Seid ihr okay?«

Ich blickte Sterni an und er mich, dann drehten wir langsam unsere Köpfe. Unmittelbar über uns, nur Zentimeter entfernt, schwebte der Stamm einer Pappel mit gewaltigem Umfang. Ich schob einige dünnere Zweige mit nassem Laub zur Seite und betrachte ungläubig das Ungetüm, das mich fast erschlagen hätte.

»Los raus hier!«

Er hatte Recht, das war noch nicht zu Ende, der Stamm konnte sich jederzeit weiter bewegen.

»Helmut, wir kommen!«, rief ich und wir robbten zur Treppenluke.

»Ach du Scheiße! Was ist das denn?«

Helmut steckte seinen Kopf in den Dachboden.

»Das darf doch wohl nicht wahr sein!«

Achim stürmte vom Flur herein:

»Wie sieht es denn hier aus? Jemand verletzt?«

»Wir sind in Ordnung, aber was ist mit den Jungs auf dem Dach?«

»Schwein gehabt. Der Baum ist links aufs Dach gefallen und die Leiter steht rechts.«

Wir atmeten erleichtert auf.

Glück gehabt, das hätte auch böse enden können. Draußen auf dem Dach hatten Frank und Michael das Ganze allerdings sehr viel hautnaher erlebt.

Frank stand am Kamin und fluchte innerlich.

So hatte er sich einen Kaminbrand nicht vorgestellt.

In der Ausbildung hatte man ihm das doch wesentlich anders vermittelt, auch nur theoretisch und ohne einen Sturm, der einen fast vom Dach fegte. *Wieso geht dieser elende Kaminbrand nicht von allein aus, es schüttet doch wie aus Eimern*, dachte er.

Auch Micha fühlte sich in dem Leiterkorb auch nicht sonderlich wohl und um nichts in der Welt wäre er mit der Drehleiter noch einige Meter höher gefahren.

Die Leiter schwankte hin und her, das Ganze erinnerte mehr an ein Karussell, als an eine sichere Feuerwehrleiter.

War er hier überhaupt noch sicher?

Hoffentlich ist das Feuer bald aus, so dass sie endlich wieder festen Boden unter den Füßen hätten. Außerdem kam er sich vor wie eine nasse Katze. Bei dem Gedanken musste er selber lachen. Es blieb sein einziges Lachen, denn was jetzt passierte, würde er nie mehr vergessen.

Immer wieder hatte er besorgte Blicke auf die hohe Pappel geworfen, die sich bei manchen Windböen erschreckend weit über das Dach des alten Hauses bog. Pappelholz bricht leicht, das hatte er viele Male gehört.

Gerade steigerte sich der Sturm wieder einmal, wie so oft schon in dieser schlimmen Nacht, als es geschah. Das Krachen klang hier draußen noch lauter als im Haus.

Mit schreckensweiten Augen schrie er so laut es unter seiner Atemschutzmaske ging:

»Frank! Vorsicht! Der Baum!«

Da er gegen den Sturm schrie, ging sein Warnruf im Krachen des abreißenden Stammes unter. Aber das Krachen war so laut, dass Frank entsetzt von selbst hochblickte.

Starr vor Schreck und einer Reaktion unfähig, sah Frank, wie der gewaltige Stamm mit brachialer Gewalt wenige Meter von ihm entfernt durch das Hausdach schlug. Durch die Erschütterung verlor er sein Gleichgewicht und rutschte mehrere Meter über die Dachpfannen in Richtung Straße.

Dann verspürte er einen leichten Ruck! Der Falldämpfer, den sie Gott sei Dank in die Seilsicherung eingebunden hatten, verhinderte den tiefen Absturz.

Erwin und Jens hatten dem Ganzen tatenlos zusehen müssen. Alles geschah in Sekunden. Da war keine Möglichkeit zu einer Gegenreaktion gewesen.

Aber Erwin behielt die Nerven, gab unmittelbar danach klare, unmissverständliche Befehle:

»Jens! Motor starten! Leiter leicht anheben, bis Frank frei hängt! Dann sofort runter mit den beiden! Achim! Sieh mal nach, was drinnen los ist!«

Achim sprintete los.

»Was ist? He, Frank, bist du okay?«, rief er dann nach oben.

Frank schien sich gerade erst bewusst zu werden, wie er in diese Situation geraten war.

Er hing mit dem Hintern auf dem Dach, drei Meter unterhalb des Leiterkorbes. Mehr gab die gestraffte Seilsicherung nicht her, die an der heftig schwankenden Leiter befestigt war.

Frank hob den Daumen, Erwin atmete erleichtert auf:

»Also nichts wie runter mit den beiden!«

Diese Aufforderung galt Jens.

Kreidebleich saß er auf dem Maschinistenstand. Seine Hände zitterten leicht, als er die Hebel bediente und sich zwang, keine übertriebenen, hektischen Fahrbewegungen auszuführen. Nachdem er zuerst die Leiter etwas angehoben hatte, schwebte Frank wie ein Fisch an der Angel unter dem Leiterkorb. Dann schwenkte die Leiter nach rechts und fuhr gleichzeitig ein. Zuletzt senkte sie sich, bis Frank mit seinen Füßen den festen Boden wieder berührte. Die Leiter stand.

Erwin hatte sich vorher schon so platziert, dass er Frank direkt beim »Landen« behilflich sein konnte.

Rasch hatte er ihn aus der Sicherungsleine befreit und beide gingen einige Schritte zur Seite. Erst jetzt senkte Jens die Leiter vollends zur Erde, so dass auch Micha den Korb verlassen konnte. Sie schauten sich betroffen an, dann sahen sie hinauf zu dem in das Dach eingeschlagenen Baumstamm. Es war ein wahnsinniger Anblick.

Das faserig abgerissene Ende zeigte zur Straße hin und auf der anderen Seite, die man von hier nicht einblicken konnte, ragte die Krone noch einige Meter über das Dach hinaus. Dazu jagte gerade ein erneuter Funkenflug, getrieben vom dem nach wie vor heftigen Sturm, aus dem immer noch brennenden Kamin. Ein Glück, dass dieser nicht getroffen worden war.

Die Dinge stünden dann mit Sicherheit nicht so »günstig« wie jetzt. Wie leicht hätte es mehrere von uns erwischen können.

Sterni und Achim kamen aus dem Haus.

Mit Erleichterung vernahm Sterni, dass hier draußen so weit alles in Ordnung war.

Keiner war ernsthaft zu Schaden gekommen, obwohl allen der Schreck noch in den Gliedern steckte.

Wir hatten aber jetzt mehr denn je alle Hände voll zu tun und es war gut, dass wir diese noch gebrauchen konnten. Allerdings war dringend weitere Hilfe erforderlich.

Wir mussten den Baum vom Dach holen, dann musste das Dach zumindest provisorisch über dem zerstörten Bereich abgedeckt werden, ja und dieser unselige Kaminbrand – verdammt, der trieb auch immer noch sein Unwesen.

Sterni besprach sich kurz mit Erwin, dann schwang er sich nach vorn ins LF und ergriff den Funkhörer. Auf seine Anfrage erhielt er ein unbefriedigendes:

»Warten Sie, bis Sie angefunkt werden, zur Zeit sprechen mehrere Fahrzeuge.« Daraufhin lehnte er sich aus dem Fenster und rief: »He! Erwin! Fangt schon mit dem Baum an, ich schätze, dass wird vorerst nichts mit der Verstärkung, die haben alle selbst genug zu tun.«

»Kann ich mir denken.« Erwin wischte zum x-ten Male das Regenwasser aus dem Gesicht, eigentlich eine sinnlose Handbewegung, denn sofort rannen neue Ströme über die durch Sturm und Regen gefühllos gewordene Haut.

Sterni warf einen besorgten Blick auf das zerstörte Dach und machte sich Sorgen, denn es gab noch eine weitere riesige Pappel, sollte die ebenfalls dem Sturm zum Opfer fallen, würde sie zwar nicht dieses Haus treffen, aber die »Hütte« nebenan schien genauso altersschwach zu sein. Ein äußerst beunruhigender Gedanke. Während ihm diese Dinge durch den Kopf gingen, rief ihn die Leitstelle: »Florian 6-46-1, Sie haben einen Sprechwunsch? Kommen Sie!« Er forderte eine weitere Löschgruppe und den C-Dienst an. Die Antwort fiel so aus, wie er befürchtet hatte und das war überhaupt nicht befriedigend: »Zur Zeit sind sämtliche Kräfte im Einsatz. Sobald wir jemanden frei haben, schicken wir Verstärkung. Ende.«

Verdammt, **das** war es also. *Mann, was dachten die sich eigentlich.* Sterni war sauer, aber immer noch fair genug einzugestehen, dass die Männer auf der Leitstelle sich ja auch keine Feuerwehrleute aus den Rippen schneiden konnten.

Er wollte schon wieder aus dem Fahrzeug steigen, als Helmut an die Beifahrertüre klopfte.

Auch er war inzwischen nass wie ein begossener Pudel. »Sterni, wir brauchen einen RTW! Dem alten Herrn drinnen geht es schlecht.«

»Was heißt schlecht?«

Helmut schien genervt, seine Antwort fiel etwas heftig aus: »Mann Sterni! Mach schon, er hat wahrscheinlich vor lauter Aufregung einen Infarkt bekommen.«

»Sag das doch gleich.«

Mit diesen Worten griff er zum zweiten Mal nach dem Funkhörer, diesmal drückte er aber nicht auf Sprechwunsch. Diesmal hatte er es eilig und schaltete sich direkt ein.

Die Leitstelle reagierte prompt:

»Wollen Sie einen RTW oder einen NAW?«

»Helmut! RTW oder NAW?«, wollte Sterni jetzt genau wissen.

Helmut zuckte mit den Schultern:

»Der Martin sagte RTW … aber bei einem Infarkt?«

Sterni drückte wieder die Sprechtaste:

»Wir haben vermutlich einen Herzinfarkt.«

Das reichte dem Disponenten und seine Antwort enthob Sterni von einer eigenen Entscheidung.

»Wir schicken Ihnen den NAW. Ende.«

»Sie schicken den Notarzt!«, rief Sterni und Helmut rannte mit der Information wieder zurück ins Haus, wo ich dringend seine Hilfe benötigte.

Nachdem ich auf dem Dachoden dem durchgeschlagenen Baumstamm knapp entkommen war, war ich die steile Treppe mehr hinuntergerutscht als gelaufen.

Unten zitterten mir die Knie vor Aufregung.

Ich sah Achim, als er durch den Flur hereinstürmte.

»Wir sind okay!«, rief ihm Sterni entgegen, denn er konnte sich denken, dass sein Maschinist nur aus berechtigter Sorge um uns seinen Platz am Fahrzeug verlassen hatte.

Er ging Achim entgegen und fasste ihn am Arm:

»Komm Achim, ich muss wissen, wie es draußen aussieht.« Dann drehte er sich noch zu Helmut und mir um und rief uns zu:

»Kümmert ihr euch um die beiden Alten hier drin!«

Und schon verschwanden sie aus unseren Blicken.

»Komm Helmut, er hat recht, lass uns nach den beiden sehen, die müssen ja auch einen heillosen Schreck erhalten haben.«

Genauso wie wir die beiden vorhin verlassen hatten, saßen sie noch immer gemeinsam auf dem Sofa.

Herr Hofer hatte unsere Rückkehr offensichtlich dringend erwartet. Ich sah es seiner ungeduldig fragenden Miene an. Seiner Frau konnte ich erstaunlicherweise keine Gefühlsregung ansehen.

Er wollte sich erheben, wurde aber von einem flehenden Blick seiner Frau und dem schnellen Griff nach seiner Hand zurückgehalten. Langsam setzte er sich wieder nieder. Beider Augen sahen mich nun erwartungsvoll an. Natürlich hatten sie das laute Krachen gehört, das Splittern und Prasseln vernommen.

Wie gelähmt vor Angst, hatten sie sich eng umschlungen auf dem Sofa zusammengeduckt. Dann vernahmen sie unser Rufen, die eiligen Schritte der schweren Feuerwehrstiefel und waren sehr verunsichert. Alles hatte ja nur wenige Minuten gedauert und keiner der beiden traute sich, in dieser Zeit aus dem Wohnzimmer zu gehen.

Jetzt erwarteten sie von mir Aufklärung, und dass sie nichts Gutes vermuteten, konnte ich ihren besorgten Mienen entnehmen.

Ich versuchte den beiden so schonend wie möglich beizubringen, was sich draußen ereignet hatte, und dass ihr Haus dadurch arg in Mitleidenschaft gezogen worden war.

Stumm und ausdruckslos blickte Frau Hofer durch mich hindurch. In ihren Augen bildeten sich Tränen, die über die faltige Haut ihrer Wangen lief. Herr Hofer reagierte hingegen äußerst emotional. Mit einer Energie, die ich ihm wegen seiner langsamen und behäbigen Bewegungen nicht zugetraut hätte, erhob er sich und eilte in den Flur.

»Ich muss das sehen! Ich muss das sehen!«, stieß er schwer atmend hervor.

Was sollte ich machen? Hatte ich ein Recht, ihm, dem Hausherrn, die Besichtigung seines beschädigten Hauses zu verweigern? Natürlich hätte ich ihm gerne diesen Anblick erspart … aber … ich lief ihm also nach.

Nicht, dass er noch auf den Dachboden kroch, das war denn doch zu gefährlich.

Von der Treppe konnte man, den Blick nach oben gerichtet, das aufgerissene Dach erkennen. Ein kalter Wind pfiff unangenehm, mit Regentropfen vermischt.

»Hören Sie, Herr Hofer. Wollen Sie nicht lieber hier unten bleiben? Sie können dort oben doch nichts machen.«

Herr Hofer, der einen Moment unschlüssig an der Treppe stehen geblieben war, stützte sich schwer auf das Geländer und schüttelte energisch den Kopf.

»Ich muss wissen, was mit meinem Haus passiert ist, verstehen Sie?«

Ich fasste ihn am Arm: »Herr Hofer, das ist nicht ungefährlich«, versuchte ich ihn zu überzeugen.

Abrupt drehte er den Kopf zu mir um.

Ich erschrak.

Sein Gesicht war kreidebleich und seine Antwort hatte einen barschen Tonfall:

»Lassen Sie mich!«

Dann stieg er die Stufen empor. Einen kurzen Moment spürte ich Zorn in mir aufsteigen. Eine solch harsche Abfuhr! Aber meine Gefühlsaufwallung hielt nur Sekunden.

Der Schmerz über den Verlust und sein hohes Alter rechtfertigten seinen abweisenden Ton, er tat mir Leid. Als ich sah, dass Herr Hofer nicht bis auf den Boden stieg, sondern nur seinen Blick über das Chaos wandern ließ, wartete ich unten an der Treppe seine Rückkehr ab.

Er schien mir noch etwas älter geworden zu sein, mühsam umklammerte seine Rechte den Handlauf und seine Beine zitterten. Schnell sprang ich ihm zu Seite, wollte ihn stützen, aber er schob mich mit der freien Hand weg, schüttelte stumm den Kopf und setzte seinen Weg fort. Da oben hatte der Regen sein Haar sofort durchnässt. In wirren Strähnen hing es ihm in die hohe Stirn und so betrat er wieder das Wohnzimmer.

Verzweifelt hob er die Hände und seiner Kehle entrann heiser nur ein Wort, dem Verzweiflung und grenzenloses Leid zu entnehmen war:

»Martha!« Dann brach er wie erschlagen zusammen.

Leblos sank sein Körper auf den Teppich des Wohnzimmers.

Ich war wie vom Donner gerührt, damit hatte ich nicht gerechnet. Noch stand ich seitlich hinter ihm, meinen Blick auf seine Frau gerichtet, deren Augen sich vor Schreck weiteten.

Helmut, der in diesem Moment aus dem Fenster geschaut hatte, drehte sich abrupt um. Er hatte nur dieses verzweifelte »Martha« und dann einen dumpfen Aufschlag gehört, er war genauso bestürzt wie ich.

Aber wir verharrten nicht in unserem Schrecken.

Sofort eilten wir auf den am Boden Liegenden zu. Ich tastete nach dem Halspuls. Nichts! Auch die Atmung hatte ausgesetzt – wir mussten unverzüglich mit der Wiederbelebung beginnen.

Ein kurzer Blick zu Frau Hofer zeigte mir, dass wir mit ihrer Hilfe nicht rechnen konnten. Ich hätte sie gerne zu meinen Kollegen nach draußen geschickt. Erstens bekämen wir dann Hilfe und zweitens wäre sie dem Folgenden nicht schutzlos ausgesetzt. Aber ich verwarf diesen Gedanken.

Hatte sie schon vorher stumm und bewegungslos auf dem Sofa gesessen, so wirkte sie nun wie zur Salzsäule erstarrt. Hoffentlich machte sie uns nicht auch noch schlapp.

Auf zart fühlende Überlegungen konnten wir aber in diesem Moment leider keine Rücksicht nehmen.

Jede Sekunde war wichtig und wir drehten den leblosen Mann auf den Rücken. Leider mussten wir die Reanimation ohne Hilfsmittel beginnen, da sich unser Erste-Hilfe-Koffer draußen auf dem LF befand.

»Helmut, lauf raus und lass den RTW kommen, ich schaffe das hier drin schon.«

Helmut nickte und sprang auf.

»Und bring den Koffer mit!«

»Klar doch!«, rief er und war auch schon aus dem Zimmer.

Ich war jetzt ganz auf mich alleine angewiesen und spulte das Gelernte und viele Male angewendete Programm ab.

Zuerst den Kopf des Patienten überstrecken, damit die Zunge nicht erschlafft nach hinten rutschte und die Atmung blockierte. Eine Prothese brauchte ich nicht zu entfernen, davon überzeugte ich mich. Herr Hofer hatte noch sein vollständiges, eigenes Gebiss. Trotzdem kostete es mich einige Überwindung, die Atemspende durchzuführen. Die linke Hand lag über der Stirn. Ein über sein Gesicht gelegtes Taschentuch senkte meine Hemmschwelle, dann blies ich mehrere Atemzüge über seine Nase tief in seine Lungen. Dabei drückte meine rechte Hand den Unterkiefer, des im Nacken überstreckten Kopfes nach oben und verschloss mit dem Daumen seinen Mund. Diese Methode, unzählige Male am Übungsphantom trainiert, liegt mir mehr als die sogenannte Mund zu Mund Beatmung.

Jetzt suchte ich den Druckpunkt für die externe Herzmassage. Es ist ungemein wichtig, an der richtigen Stelle zu komprimieren, um keine weiteren Schäden herbeizuführen. Zu weit rechts oder links von der Mitte des Brustbeins kann man die Rippen brechen, die dann zu allem Übel oft die Lungenflügel verletzen. Liegt man zu tief, also am Ende des Brustbeins, reißt seine Spitze unter Umständen ab und verletzt den Herzbeutel. Um das zu vermeiden, tastet man von der unteren Spitze des Brustbeins (es beginnt über der Magengrube) drei bis vier Finger nach oben (Richtung Kopf). Dort setzt man genau mittig einen Handballen auf und verstärkt ihn mit der zweiten Hand. Durch Gewichtsverlagerung des eigenen Körpers presst man jetzt mit durchgedrückten Armen senkrecht von oben das Herz des Betroffenen zwischen dem Brustbein und der Wirbelsäule zusammen. Dadurch gelangt der Sauerstoff, den man vorher als Atemspende gegeben hat, mit dem komprimierten Herzblut in den Körperkreislauf. Ein Geübter kann den permanenten Wechsel zwischen Beatmung und Herzmassage eine Zeit lang durchführen. Man muss allerdings ruhig und besonnen arbeiten und dabei einen Atemrhythmus finden, welcher der eigenen Frequenz nahe kommt, sonst verausgabt man sich zu schnell, was man durch aufkommenden Schwindel bemerken wird. Besser geht es natürlich zu zweit, einer spendet konsequent nur den Atem, während der andere in der Einatemphase seines Partners jeweils fünf Herzmassagestöße vornimmt. Der Vorteil liegt auf der Hand. Man hält nicht nur länger durch, sondern hat auch den Kopf des Patienten immer fest im Griff, genau, wie der einmal gefundene Druckpunkt nicht mehr verlassen werden muss.[1]

Für Frau Hofer hatte ich jetzt kein Auge mehr, aber trotz meiner intensiven Bemühungen kreisten meine Gedanken unablässig um diese Frau.

Es musste schrecklich sein, mit anzusehen wie ihr bedauernswerter Mann um sein Leben rang, das ohne mein Eingreifen bereits beendet gewesen wäre.

---

1 *Anm. d. Autors: Ich schildere diesen Vorgang so genau, damit Sie, lieber Leser, in der Lage sind, in ähnl. Situationen richtig zu helfen.*

Wenn man dringend auf Hilfe wartet, verliert man jedes Zeitgefühl. So ging es auch mir.

Obwohl höchstens drei Minuten bis zu Helmuts Rückkehr vergangen sein konnten, kam es mir wie eine kleine Ewigkeit vor. Helmut setzte den großen Aluminiumkoffer unmittelbar neben mir ab und klappte ihn auf. Seine beiden Hälften enthielten alles, was wir momentan dringend brauchten. Ich nahm mir sofort einen fünfer Guedeltubus und den Beatmungsbeutel.

Jetzt, mit Helmuts Unterstützung, lief die Rettungsaktion viel besser. Auch brauchte ich keine Mund-zu-Mund- bzw. Mund-zu-Nase-Beatmung mehr durchzuführen, da ich dafür jetzt den Beatmungsbeutel hatte.

»Ich habe den Notarztwagen bestellt«, erklärte Helmut und komprimierte fleißig weiter.

»Gut, ich hoffe, dass er bald kommt.«

»Also war das gut?«

»Was?«

»Na mit dem NAW.«

»Wieso fragst du?«

»Weil du vorhin einen RTW wolltest.«

»Hab ich wirklich RTW gesagt?«

»Ja.«

»Hmmm…« mehr sagte ich nicht. Gut, dass Helmut nicht auf mich gehört hatte, denn wir brauchten hier dringend einen Arzt.

Jens kam ins Wohnzimmer. Er zog die dicke Überjacke aus und bot uns seine Hilfe an.

Ich lehnte ab: »Gut gemeint Jens, aber wir sind jetzt richtig eingespielt.«

Ich warf einen Seitenblick zu Frau Hofer:

»Kümmere dich am besten um die Frau.«, raunte ich ihm zu und er verstand.

Ich schätzte, dass mindestens fünf Minuten vergangen sein mussten, als wir den ankommenden Notarztwagen hörten.

Volker Zenz, der Notarzt, war der erste, der das Wohnzimmer betrat.

»Wie lange?«, war seine erste knappe Frage.

»Zehn, maximal fünfzehn Minuten. Er ist vor unseren Augen genau hier zusammengebrochen. Seitdem sind wir dran.«

»Okay. Alles zur Intubation fertig machen. Ich brauche einen vierziger Tubus mit Führungsstab, zwei Supra auf zehn verdünnt und eine Iono!«

Michael Heinz bereitete die EKG-Ableitung vor.

Die Dinge liefen ohne besondere Absprache, das war traurige Routine.

»Gibt es Vorerkrankungen, oder muss er irgendwelche Medikamente einnehmen?«

Jens, der sich in den letzten Minuten um die Frau gekümmert hatte, hatte einige Fragen diesbezüglich gestellt und konnte daher für sie antworten.

»Keine Erkrankungen, keine OPs, keine Medikamente ... und kein Hausarzt«, fügte er noch hinzu.

Dr. Zenz sah ihn erstaunt an.

»Donnerwetter, anscheinend bis eben noch kerngesund?«

Ich zuckte ebenso erstaunt mit den Schultern: »Sieht so aus.« Uli tippte mir auf die Schulter: »Komm Alter, ich löse dich ab.«

Das Angebot nahm ich dankend an.

Ich hatte die ganze Zeit mit lang gestreckten Füßen auf den Knien gesessen und meine Unterschenkel waren schon gefühllos geworden, so dass ich kaum hochkam.

Trotz unserer ernsten Situation flüsterte Uli leise über meinen nicht gerade geschmeidigen Versuch, mich zu erheben:

»Sag ich doch – Alter.«

Wenn ich auch nicht in der Lage war, der momentanen Situation etwas Lustiges abzugewinnen, so musste ich innerlich doch über seine Worte schmunzeln.

Ich wollte Sterni aufsuchen und die weiteren Schritte mit ihm besprechen, so weit das nicht bereits geschehen war. Denn dass wir hier noch länger beschäftigt sein würden, stand für mich außer Frage.

Auf meinem Weg nach draußen warf ich einen Blick in die kleine Küche, in die sich Jens mit Frau Hofer zurückgezogen hatte. Sein stummer Blick sagte mir, dass er mit der bedauernswerten alten Frau eine schwere Aufgabe erhalten hatte.

Ich beschloss, ihn zu erlösen. *Das*, ging es mir durch den Kopf, *ist doch ein klarer Fall für unseren Feuerwehrseelsorger Olaf Schaper.*

Im Flur sah ich das Telefon.

Ohne lange zu zögern, griff ich den Hörer und wählte die Nummer unserer Leitstelle.

Nachdem ich mein Anliegen vorgetragen hatte, versprach man mir, den Pfarrer zu informieren und zu uns zu schicken. Zufrieden mit der Durchführung meines Entschlusses, begab ich mich in den strömenden Regen nach draußen. Ich hatte das ganze Ausmaß der Katastrophe von hier ja noch gar nicht gesehen und erschrak bei diesem Anblick.

Die abgerissene Pappel hatte wesentlich mehr zerstört, als ich angenommen hatte. Aber so faszinierend dieser Anblick auch war, mein Hauptaugenmerk galt dem benachbarten Baum ein Haus weiter. Ich befürchtete Schlimmes.

Nachdem ich Sterni das mitgeteilt hatte, schüttelte er den Kopf, meinte aber ernst.

»Ich habe mir die gleichen Sorgen gemacht, aber wir können unmöglich auf Verdacht alle Bäume kappen. Außerdem, selbst wenn wir wollten, zur Zeit haben wir ja wohl hier genug zu tun.«

Da musste ich ihm uneingeschränkt Recht geben, dennoch warf ich ein:

»Wir sollten aber wenigstens die Menschen warnen. Stell dir vor, die schlafen oben unter dem Dach. Ich mag nicht daran denken, was passiert, wenn da der Baum ...«

»He, Schwarzseher, ich denke, da ist keiner mehr im Bett. Sieh dir doch die Leute an, die hier draußen im Regen stehen und zuschauen.«

Sterni deutete hinter sich, wo auf der gegenüberliegenden Straßenseite doch tatsächlich trotz nachtschlafender Stunde und diesem absoluten Sauwetter eine Gruppe Zuschauer unverzagt ausharrte.

Insgeheim gestand ich mir ein, dass ich genau wie diese Menschen durch die lauten Ereignisse, die sich hier abspielten, hinausgegangen wäre. Allerdings sah ich nur Jugendliche und Erwachsene, keine kleinen Kinder und die schlafen in alten Häusern wie diesen gewöhnlich unter dem Dach.

Nachdem ich meine Bedenken ausgesprochen hatte, zuckte Sterni nur mit den Schultern und gab entnervt auf.

»Meine Güte, was habe ich nur verbrochen? Erst fällt mir fast ein Baum auf den Kopf, dann bin ich nass bis auf die Haut und jetzt willst du auch noch die Nachbarschaft retten, bevor was geschehen ist! Und dass, wo ich hier jeden Mann dringend brauche.«

»Finde ich gut, wie du das sagst, mir ist nämlich auch fast ein Baum auf den Kopf gefallen und ich bin ebenfalls nass bis auf die Haut und . . . ich brauche nur zwei Minuten.«

»Na hau schon ab, du . . . Retter der Welt. Aber in zwei Minuten bist du zurück.«

»Alles klar, danke.«

Ich spurtete über die Straße auf die Gruppe der Menschen zu, die sich dicht an die gegenüberliegende Hauswand gedrängt hatten, damit ihnen der Sturm wenigstens nicht den kalten Regen in den Rücken peitschte.

Einige hatten unsinnigerweise versucht, einen Regenschirm aufzuspannen, jetzt hielten sie nur noch das nackte, verbogene Gestell mit einigen traurigen Stofffetzen in den Händen. Interessiert sahen sie mich auf sich zukommen.

»Wohnt jemand von Ihnen in diesem Haus?« ich deutet auf das gefährdete Haus, vor dem sich die riesige Pappel gerade wieder einmal unter der Urgewalt des Sturmes beängstigend nieder bog. Ich hatte sehr laut gesprochen, denn immer noch heulte und pfiff es wie aus einer wildgewordenen Orgel.

Die Menschen schüttelten die Köpfe.

Eine jüngere Frau meinte, die Besitzer, ein älteres Ehepaar, seien für einige Tage zu Besuch bei der Schwester des Mannes.

»Sind Sie sicher, dass jetzt niemand da wohnt?«, fragte ich sie.

»Hundertprozentig! Wir sind gute Nachbarn, ich hab ja die Schlüssel, solange die weg sind. Aber warum fragen Sie?«

»Wegen **diesem** Baum.«, ich deutete zu der Pappel.

»Wir machen uns Sorgen, dass der genauso abbricht wie nebenan, verstehen Sie?«

Sie verstand die anderen auch, wie mir ihr zustimmendes Gemurmel mitteilte.

»Find ich gut, dass sich die Feuerwehr solche Gedanken macht.« hörte ich jemanden sagen und freute mich darüber, denn ich sah mich in meinem Handeln bestätigt.

»Danke für die Auskunft. Ich muss wieder rüber. Wir haben noch reichlich zu tun«, erklärte ich und rannte zurück.

Das Wasser stand auf der Straße, bei jedem Schritt spritzte es nach allen Seiten und aus dem wolkenverhangenen dunklen Nachthimmel schienen sich die Schleusen noch immer nicht schließen zu wollen.

Ich hatte keine zwei Minuten benötigt, als ich mich bei Sterni zurückmeldete.

In dieser kurzen Zeit hatte er weitreichende Entscheidungen getroffen.

So versetzte Erwin gerade unsere Drehleiter in eine bessere Position, die es uns ermöglichen sollte, die ersten wichtigen Schnitte an dem auf dem Dach liegenden Baum vorzunehmen.

Frank und Micha hatten den Auftrag, dem Kaminbrand vom Revisionsschacht aus mit unserem Pulverlöscher zu Leibe zu rücken.

Die erfreulichste Nachricht erfuhr ich zum Schluss:

Die Freiwillige Feuerwehr von Garath war auf dem Weg zu uns. Sterni strahlte:

»Ich hab gesagt, die sollen die riesigen Planen aus der Übungshalle mitbringen und so viele Arbeitsleinen wie möglich.«

Er sah mich an: »Wir werden das Dach damit provisorisch abdichten.«

»Und der Baum?«

»Nur rechts und links absägen. Ich sehe mir das gleich noch mal von oben genauer an. Wenn keine Einsturzgefahr besteht, lassen wir ihn möglicherweise auch so liegen. Die Arbeit mit den Kettensägen ist unter den jetzigen Bedingungen verdammt gefährlich. Da kann lieber morgen ein Autokran das Ding komplett runterheben.«

Ich gab ihm Recht. Wahrscheinlich bestand jetzt keine weitere Gefahr mehr. Aber um sicher zu gehen, mussten wir uns genau überzeugen.

»Was ist mit dem C-Dienst?«, wollte ich wissen.

»Keine Ahnung, aber ich schätze, dass die genau wie wir permanent im Einsatz sind. Ist auch egal, früher haben wir ja auch die Entscheidungen alleine getroffen. Komm, ich will mit euch die Situation klären.«

Mit euch meinte er Erwin und mich, seine beiden Hauptmeister.

Oben auf dem Dach erkannten wir im Licht eines mitgenommenen Scheinwerfers das ganze Ausmaß des Unglücks.

Wir hatten großes Glück gehabt, dass wir uns vor dem herabstürzenden Baum auf den Boden geworfen hatten. Dieser gewaltige Stamm hätte uns mit seinem enormen Gewicht erschlagen und zerquetscht, wie der Fuß eines Elefanten einen kleinen Käfer. Mein Gott, da hatte uns eine Legion von Schutzengeln gerettet.

Ich schüttelte die bedrückenden Gedanken ab und konzentrierte mich auf die Arbeit.

Die Gesamtkonstruktion des Hauses war nicht gefährdet, davon konnten wir uns überzeugen.

Es war wirklich besser, den Stamm nicht in dieser Nacht mit der Kettensäge zu kürzen oder völlig zu beseitigen.

Sterni hatte Recht, das konnte am anderen Tag unter sichereren Bedingungen erledigt werden. Aber wir wollten so schnell wie möglich das offene Dach verschließen. Schon jetzt hatte der Regen zusätzlichen Schaden angerichtet. Das Dach war so oder so hin, da war nichts mehr zu retten. Jetzt konnten wir nur noch die Regenfluten abhalten, damit sie nicht das Haus bis in die untere Etage beschädigten.

»Hoffentlich kommen sie bald mit den Planen«, meinte Erwin.

Sein Blick schweifte bedenklich über das zerstörte Dach.

Der Sturm tobte immer noch und fegte durch das Geäst.

»Die müssen wir aber verdammt gut befestigen, sonst fetzt der Sturm sie weg wie ein morsches Segel.«

Als hätten sie es gehört, kamen hinter uns zwei Männer der FF die Treppe herauf.

»Oh je! Das sieht ja aus wie nach einem Erdbeben!«

Die Beiden waren mächtig beeindruckt, kein Wunder, denn sie hatten so etwas vorher noch nicht gesehen.

Wir freuten uns über ihr Eintreffen und begrüßten unsere Helfer, die immer noch respektvoll ihre Augen über den Baumstamm schweifen ließen:

»Und, sägen wir den jetzt klein?« kam die Frage.

»Nein, nein, der bleibt liegen«, wehrte Sterni ab.

Dann erklärt er den Kollegen, wie er sich den weiteren Ablauf der Dinge vorstellte.

Die folgenden anderthalb Stunden wurden sehr anstrengend und die mühsame Arbeit war nicht ungefährlich.

Aber endlich gelang es uns mit vereinten Kräften, die Planen so zu verzurren, dass das Dach einigermaßen abgedichtet war, ohne dass der Sturm sein zerstörisches Werk weiter fortsetzen konnte.

Ich betrachtete die blutunterlaufenen Striemen und Schrammen an meinen Händen. Manchmal muss man auf Handschuhe verzichten, besonders wenn sie total durchnässt sind und beim Knotenbinden mehr behinderten als schützen. Ich war nicht der Einzige, dem es so ergangen war.

Unser Haus konnte sich in punkto Ästhetik zwar nicht mit einem Kunstobjekt à la Christo messen, erfüllte aber seinen Zweck und wies gewisse Ähnlichkeiten auf.

Das war also geschafft, auch den Kaminbrand hatten wir gelöscht. Eigentlich konnten wir mit unserer Leistung zufrieden sein, aber trotzdem wollte keine rechte Freude aufkommen.

Die körperliche Erschöpfung war groß, wir waren alle komplett durchnässt, frösteln und darüber hinaus bedrückte uns das tragische Schicksal der beiden alten Menschen, die so hart betroffen waren.

Draußen auf der Straße stand der rote VW-Bus von Olaf Schaper.

Die Gardinen, die eine gewisse Intimsphäre schaffen sollen, waren nicht zugezogen. Er saß mit der Frau des reanimierten Ehemannes im Wohnzimmer und half ihr über diese schweren Stunden hinweg.

Gut, dass es ihn gibt, auch für uns.

Ich weiß, wovon ich schreibe, denn ich habe diese psychisch belastende Betreuung oft genug übernommen.

Eine Bürde, die mich meist länger verfolgte, als die ohnehin schwere Feuerwehrtätigkeit.

Der Bezirksschornsteinfegermeister kam trotz des miserablen Wetters und der nachtschlafenden Zeit heraus und begutachtete unsere Arbeit.

Zuerst war er etwas mürrisch, was man ihm unter den gegebenen Umständen nachsehen konnte. Als er jedoch das ganze Ausmaß des Ereignisses erfuhr und mit eigenen Augen betrachtete, zollte er uns seine aufrechte Anerkennung über die geleistete Arbeit.

Dem Kamin gab er allerdings keine Überlebenschance.

Einige Monate später fuhr ich mit dem NAW durch diese Straße.

Das Haus stand noch, war aber kernsaniert worden und besaß natürlich auch ein neues, aufgestocktes Dach.

Herr Hofer war seinem Herzinfarkt im Krankenhaus erlegen. Was aus seiner Frau geworden ist, weiß ich nicht zu berichten.

Diese Geschichte ist nur *eine* Facette, Teil eines der vielen Menschenschicksale, denen wir für einen kurzen Moment ihres Lebens begegnen.

Solche Schicksale gibt es überall, an jedem Tag, zu jeder Stunde.

Solche Ereignisse verändern das Leben der Betroffenen – oft in schmerzlicher Weise.

Und so, wie wir uns hier in Düsseldorf bemühen, geben überall auf der Welt Feuerwehrleute und Rettungskräfte ihr Bestes.

Sie retten, löschen, bergen und schützen, und setzen sich mit dem gleichen Mut und Idealismus für uns alle ein, so wie ich es hier in meinem Buch beschrieben habe, auch dann, wenn es **brandgefährlich** wird!

Anhang

AB-Rett.: Abrollbehälter Rettung. Speziell ausgestattetes Containerfahrzeug für große Einsatzstellen mit vielen Verletzten.

A-Dienst: Beamter der Branddirektion mit höchster Entscheidungskompetenz an Einsatzstellen.

Anästhesist: Narkosearzt.

BKS-Zug: mechanisches, handbetriebenes Hebegerät.

Bolus: Verschluss von Speise- oder Luftröhre durch Fremdkörper.

B-Schlauch: (auch Bertha) Feuerwehrschlauch von 75 Millimeter Durchmesser und 20 Meter Länge.

C-Schlauch: (auch Cäsar) Feuerwehrschlauch von 55 Millimeter Durchmesser und 15 Meter Länge.

DGL: Dienstgruppenleiter.
Leitet eine der Dienstgruppen der 10 Düsseldorfer Feuerwachen im 24 Stunden-Dienst.

Endotrachealtubus: Kunststoffschlauch, der zur künstlichen Beatmung durch Mund oder Nase bis in die Luftröhre geschoben wird. (siehe: *Intubation*)

FW-U: Feuerwache Umweltschutz. Spezialtruppe der Feuerwehr mit Sonderfahrzeugen und Spezial-Geräten.

Führungsstab:
a) mehrere Personen, die einen Einsatz leiten.
b) biegsamer Kunststoffstab, wird als Einführhilfe in den Endotrachealtubus eingeführt.

G 5: Glukose 5%. Infusionslösung mit 5% Zuckeranteil.

GAT: General Aviation Terminal.

GKTW: Großraumkrankentransportwagen. Hier: Ein speziell ausgestatteter Feuerwehrbus.

Glukose: Zuckerlösung. Entweder als Infusion (siehe: *G5*) oder als Ampulle zur Injektion.

Grigri: Eigenname Fa. Petzel. Seilsicherungsgerät.

Großlumig: hier: med. Ausdruck für Injektionsnadeln mit großem Innendurchmesser.

Guedeltubus: kurzer, harter Kunststoffschlauch. Schützt, in die Mundhöhle eingeführt, Bewusstlose vor dem Ersticken.

GW-U: Gerätewagen Umweltschutz. Sonderfahrzeug der *FW-U*.

Hyperventilieren: falsches, überhastetes Atmen. Verschiebt den Säure-Basenhaushalt. Erste Anzeichen: Schwindel und Ohnmacht.

Hypno: med. Kürzel für Hypnomidate. Kurzzeitnarkotikum, auch zur Narkoseeinleitung.

Inspirationsphase: Einatemphase.

IONO: Infusionslösung zur Volumenauffüllung.

KEF: Katastropheneinsatzfahrzeug. Hier ein VW-Bus (auch Kombi genannt) für kleinere Einsätze.

Konnektor: Verbindungsstück zwischen *Endotrachealtubus* und dem Schlauch des Beatmungsgerätes.

Laryngoskop: med. Gerät zur Kehlkopfspiegelung. Wird bei der *Intubation* eingesetzt.

Lutten: Faltbare Kunststoffschläuche zum Be- und Entlüften geschlossener Räume.

Neurogener Schock: Schockzustand durch nervliche Fehlsteuerung. (z. B. durch Angst, Schreck, Unfallerleben)

Oxylog: Tragbares Beatmungsgerät der Fa. Dräger Medizintechnik.

PEEP: positiv endexpiratoriy pressue.
Steuerungsventil für den Luftdruck in der Lunge von Beatmungspatienten.

Perfusor: med. Gerät zur genauen Dosierung von Medikamenten in den Blutkreislauf.

Plasmaexpander: Infusionslösung zur Volumenauffüllung.

Pneumothorax: Eine spezielle Brustkorb/Lungenverletzung.

Reanimieren: Wieder beleben durch Herzmassage und künstliche Beatmung.

Reponieren: Einrichten von Knochenbrüchen in ihre natürliche Lage.

RTW: Rettungs-Transport-Wagen.

RW I: Rüstwagen. Zweimannfahrzeug mit einer Ausstattung für techn. Einsätze.

SEG: Sonder-Einsatz-Gruppe.

Schleuderketten: Eine Art Schneekette für Großfahrzeuge, welche nicht aufgezogen werden muss.
Kettenstränge werden während der Fahrt bei Bedarf über einen eigenen Antrieb permanent unter die Antriebsräder geschleudert.

Steckleiter: Tragbare Feuerwehrleiter aus drei ineinander gesteckten Teilen, von denen je nach Bedarf ein bis drei Teile eingesetzt werden.

Urbason: Medikament zur Schockprophylaxe.

Viggo: Med. Firmenname für eine Venenverweilkanüle, über die flüssige Medikamente in den Blutkreislauf gegeben werden.

VU: Verkehrsunfall.

Wadi: Ausgetrocknetes Flussbett.